Deutsch von
Angela Praesent

Toni Morrison

Solomons Lied

Roman

Rowohlt

Die Originalausgabe erschien 1977 unter dem Titel
«Song of Solomon»
bei Alfred A. Knopf, New York
Umschlag- und Einbandgestaltung
Barbara Hanke

1.–10. Tausend Februar 1979
11.–20. Tausend Oktober 1993

Gesetzt aus der Garamond (Linotron 505 C)
Gesamtherstellung Clausen & Bosse, Leck
Printed in Germany
ISBN 3 498 04261 0

Daddy

Die Väter sollen
sich in die Lüfte schwingen
Und die Kinder sollen
ihre Namen wissen

Teil I

I

Der Vertreter der Genossenschaftlichen Lebensversicherung von North Carolina versprach, pünktlich um drei vom Mercy ans andere Ufer des Lake Superior zu fliegen. Zwei Tage, bevor das Ereignis stattfinden sollte, heftete er einen Anschlag an die Tür seines kleinen gelben Hauses:

> Um drei Uhr nachmittags am Mittwoch, dem 18. Februar 1931, werde ich vom Mercy abheben und auf meinen eigenen Schwingen davonfliegen. Bitte, vergebt mir. Ich liebe euch alle.
>
> Robert Smith
> Vers.-Vertr.

Mr. Smith zog keine solchen Massen an wie Lindbergh vier Jahre zuvor – nicht mehr als vierzig oder fünfzig Personen stellten sich ein –, denn es war bereits elf Uhr am Morgen eben jenes Mittwochs, den er für seinen Flug gewählt hatte, als überhaupt jemand den Anschlag las. Zu dieser Tageszeit und mitten in der Woche sprachen sich Neuigkeiten nur schleppend herum. Die Kinder waren in der Schule, die Männer bei der Arbeit, und die meisten Frauen schnürten ihre Korsetts und machten sich auf den Weg, um zu sehen, was an Schwänzen oder Innereien der Metzger zu vergeben hatte. Nur die Arbeitslosen, die Selbständigen und die Allerjüngsten waren zur Stelle – absichtlich zur Stelle, weil sie davon gehört hatten, oder zufällig zur Stelle, weil sie gerade in eben diesem Augenblick am Uferende der Not Doctor Street vorbeikamen – ein Straßenname, den die Post nicht anerkannte. Auf Stadtplänen war die Straße als Mains Avenue verzeichnet, aber der einzige farbige Doktor der Stadt hatte bis zu seinem Tod in dieser Straße gewohnt, und als er 1896 dort hinzog, begannen seine Patienten, von denen niemand dort oder auch nur in der Nähe wohnte, die Straße Doctor Street zu nennen. Später, als andere Neger dort hinzogen und als die Post ein gebräuchliches Instrument der Nachrichtenübermittlung unter ihnen wurde, kamen Briefe aus Louisiana, Virginia, Alabama und Georgia, die an Bewohner von Häusern in der Doctor Street adressiert waren. Die Postsortierer ließen solche Briefe zurückgehen oder leiteten sie an die Abteilung für unzustellbare Briefe weiter. Dann, 1918, als Farbige zur Armee eingezogen wurden, gaben einige im Rekrutierungsbüro die «Doctor Street» als ihre Adresse an. Auf diese Weise erlangte der Straßenname einen halb offiziellen Status. Doch nicht auf Dauer. Einige Kommunalpolitiker, deren öffentliches Leben in der Hauptsache darin bestand, sich um geeignete Namen und die Erhaltung der städtischen Wahrzeichen zu kümmern, achteten darauf, daß der Name «Doctor Street» nie irgendwo als offizielle Bezeichnung verwendet wurde. Und da sie wußten, daß nur die Bewohner der Southside ihn am Leben erhielten, ließen sie in den Läden, Friseurstuben und Restaurants dieses Stadtteils Bekanntmachungen aushängen, in denen es hieß, daß die Avenue, die in nordsüdlicher Richtung von der Shore Road am See zu der Kreuzung der Fernstraßen 2 und 6 (nach Pennsylvania) führe und zwischen der Rutherford Avenue und dem Broadway sowie parallel zu diesen beiden Straßen verlaufe, stets als Mains Avenue und nicht als Doctor Street bekannt gewesen sei und es immer bleiben werde.

Eine wahrhaft erhellende Bekanntmachung, denn sie wies den Bewohnern der Southside einen Weg, wie sie ihre Erinnerungen lebendig erhalten und dennoch die Kommunalpolitiker zufriedenstellen konnten. Sie nannten die Straße Not Doctor Street und neigten dazu, das Hospital an ihrem nördlichen Ende, eine Einrichtung christlicher Nächstenliebe, No Mercy Hospital zu nennen, denn erst 1931, am Tage nach Mr. Smiths Sprung von der Krankenhauskuppel, wurde es der ersten farbigen werdenden Mutter gestattet, in seinem Innern, statt draußen auf seinen Eingangsstufen zu gebären. Die Großzügigkeit des Hospitals dieser bestimmten Frau gegenüber lag nicht darin begründet, daß sie das einzige Kind jenes schwarzen Doktors war – in all den Jahren seines Berufslebens waren ihm nie Belegbetten zugestanden und nur zwei seiner Patienten waren je ins Mercy Hospital aufgenommen worden, beides Weiße. Und überdies war der Doktor 1931 längst tot. Es mußte Mr. Smiths Sprung von dem Dach über ihren Köpfen gewesen sein, was die Leute vom Krankenhaus bewog, die Frau aufzunehmen. Doch wie auch immer, ob die Überzeugung des kleinen Versicherungsvertreters, er könne fliegen, den Ort ihrer Entbindung mitbestimmte oder nicht – den Zeitpunkt beeinflußte sie mit Sicherheit.

Als die Tochter des toten Doktors Mr. Smith so pünktlich, wie er es versprochen hatte, hinter der Kuppel zum Vorschein kommen sah, die weiten blauseidenen Flügel bauschig vor der Brust zusammengerafft, ließ sie ihren bedeckten Henkelkorb fallen. Rotsamtene Rosenblüten ergossen sich daraus. Der Wind blies sie herum, auf, nieder und in kleine Schneehaufen hinein. Ihre halbwüchsigen Töchter liefen gebückt umher und versuchten sie einzufangen, während ihre Mutter sich stöhnend den Unterleib hielt. Die Jagd nach den Rosenblüten fand eine Menge Aufmerksamkeit, nicht aber das Stöhnen der Schwangeren. Jedermann wußte, daß die Mädchen Stunde um Stunde mit dem Markieren, Zuschneiden und Heften des kostbaren Samts zugebracht hatten und daß man im Kaufhaus Gerhardt schnell bei der Hand sein würde, jede beschmutzte Blüte zurückzuweisen.

Eine Weile ging es nett und heiter zu. Die Männer halfen mit bei dem Versuch, die Blüten aufzulesen, ehe der Schnee sie durchweichte – retteten sie vor einem Windstoß oder pflückten sie vorsichtig aus dem Schnee. Und die ganz kleinen Kinder konnten sich nicht entscheiden, ob sie den blau umhüllten Mann auf dem Dach im Auge behalten sollten oder die unten auf der Erde umherwirbelnden roten Tupfen. Sie wurden aus ihrem Dilemma erlöst, als eine Frau plötzlich zu singen anfing. Die Sängerin, hinten in der Menge stehend, war so ärmlich gekleidet, wie die Tochter des Doktors gut gekleidet war. Die letztere trug einen adretten grauen Mantel mit der traditionellen Schleife der Schwangeren in Nabelhöhe, einen schwarzen Glockenhut und ein Paar Damengaloschen mit vier Knöpfen. Die singende Frau trug eine dunkelblaue Strickmütze, tief in die Stirn gezogen. Sie hatte sich statt in einen Wintermantel in eine alte Steppdecke gehüllt. Den Kopf auf die Seite geneigt, die Augen starr auf Mr. Robert Smith gerichtet, sang sie mit kraftvoller Stimme:

Sugarman ist fortgeflogen
Sugarman ließ uns allein
Sugarman saust durch die Luft
Sugarman flog heim

Einige der rund fünfzig dort versammelten Leute stießen sich gegenseitig an und kicherten. Andere hörten zu, als sei es die helfende und erklärende Klaviermusik zu einem Stummfilm. So standen sie eine Weile da, und niemand schrie zu Mr. Smith hinauf, so beschäftigt waren sie alle mit den geringfügigen Ereignissen um sie herum – bis die Krankenhausleute kamen.

Sie hatten von den Fenstern aus zugesehen – anfangs mit milder Neugier, später, als die Menge bis zu den Mauern des Krankenhauses anzuschwellen schien, mit Besorgnis. Sie fragten sich, ob da eine dieser Kundgebungen stattfinde, wie sie die Gruppen gegen Rassendiskriminierung ständig veranstalteten. Doch als sie weder Plakate noch Redner sahen, wagten sie sich in die Kälte hinaus: weißbekittelte Chirurgen, Angestellte der Verwaltungs- und Personalabteilung in schwarzen Jacketts und drei Krankenschwestern in gestärkten Schürzenkleidern.

Der Anblick von Mr. Smith und seinen weiten blauen Flügeln lähmte sie einige Sekunden lang, ebenso der Gesang der Frau und die verstreuten Rosen. Manche von ihnen dachten flüchtig, daß es sich vielleicht um so etwas wie einen Gottesdienst handle. Philadelphia, wo Father Divine regierte, war nicht sehr weit entfernt. Vielleicht waren die jungen Mädchen mit den Blumenkörben zwei seiner Jungfrauen. Aber das Lachen eines Goldzahnmannes brachte sie wieder zu Sinnen. Sie hielten inne in ihren Tagträumereien und kamen schnell zur Sache, gaben Befehle. Ihre Rufe und ihre Geschäftigkeit stifteten große Verwirrung, wo vorher nur einige wenige Männer und ein paar Mädchen, die mit Samtstückchen spielten, und eine singende Frau gewesen waren.

Eine der Krankenschwestern erforschte, in der Hoffnung, mit Tatkraft das Durcheinander entwirren zu können, die Gesichter um sie herum, bis sie eine stämmige Frau entdeckte, die so aussah, als könnte sie, wenn sie nur wollte, die Erde bewegen.

«Sie», sagte sie und bewegte sich auf die stämmige Frau zu. «Sind das Ihre Kinder?»

Die stämmige Frau wandte ihr langsam den Kopf zu und hob die Brauen, als sie so achtlos angesprochen wurde. Als sie dann sah, woher die Stimme kam, senkte sie die Brauen und verschleierte ihre Augen.

«Madam?»

«Schicken Sie eines rüber zur Notaufnahme. Sagen sie ihm, er soll dem Pförtner sagen, er soll schnell herkommen. Der Junge da kann gehen. Der da.» Sie zeigte auf einen katzenäugigen Jungen von etwa fünf oder sechs Jahren.

Die stämmige Frau ließ ihre Augen am Finger der Krankenschwester entlanggleiten und sah den Jungen an, auf den sie zeigte.

«Gitarre, Ma'am.»

«Was?»

«Gitarre.»

Die Krankenschwester starrte die stämmige Frau an, als hätte sie Walisisch gesprochen. Dann schloß sie den Mund, sah wieder den katzenäugigen Jungen an und verschränkte die Finger, während sie ihre nächsten Worte sehr langsam an ihn richtete.

«Hör zu. Lauf zur Pförtnerloge an der Rückseite des Krankenhauses. An der Tür steht ‹Notaufnahme›. N-O-T-A-U-F-N-A-M-E. Aber der Pförtner sitzt da. Sag ihm, er soll hierherkommen. Doppelt plötzlich. Los jetzt. Los!» Sie löste ihre Finger voneinander und stieß die Handflächen mit schaufelnden Bewegungen in die winterliche Luft.

Ein Mann in braunem Anzug kam auf sie zu, weiße Atemwölkchen ausstoßend. «Feuerwehr is unterwegs. Gehn Sie rein. Sie friern sich zu Tode.»

Die Schwester nickte.

«Sie ham ein *H* ausgelassen, Madam», sagte der Junge. Er war neu im Norden und hatte gerade gelernt, daß er Weißen gegenüber den Mund aufmachen konnte. Aber die Schwester war schon davongegangen und rieb sich die Arme wegen der Kälte.

«Granny, sie hat ein *H* ausgelassen.»

«Und ein ‹bitte›.»

«Glaubst du, er springt?»

«Spinner bringen alles fertig.»

«Wer ist das?»

«Kassiert Versicherungsbeiträge. Spinner.»

«Wer ist die Frau, die da singt?»

«Das ist wirklich das letzte, was es gibt.» Aber sie lächelte, als sie zu der singenden Frau hinsah, und so lauschte der katzenäugige Junge der musikalischen Darbietung mit mindestens ebenso viel Interesse, wie er dem flügelschlagenden Mann auf dem Dach des Krankenhauses widmete.

In der Menge breitete sich jetzt, da die Gesetzeshüter herbeigerufen wurden, eine leichte Nervosität aus. Alle kannten Mr. Smith. Zweimal im Monat kam er an ihre Türen, um einen Dollar und achtundsechzig Cent zu kassieren und auf einem gelben Kärtchen das Datum sowie ihre Wochenraten in Höhe von vierundachtzig Cent zu vermerken. Sie waren immer etwa einen halben Monat im Rückstand und redeten endlos von Vorauszahlungen – nachdem sie zu Beginn erörtert hatten, was er denn überhaupt so bald schon wieder bei ihnen suche.

«Sie schon wieder hier? Möchte meinen, ich wär Sie grad erst losgeworden.»

«Satt hab ich Ihr Gesicht. Richtig satt.»

«Wußt ichs doch. Kaum hab ich zwanzig Cent beisammen, da kommen Sie. Pünktlicher als der Sensenmann. Kennt der Hoover Sie eigentlich?»

Sie zogen ihn auf, beschimpften ihn, ließen ihm durch ihre

Kinder sagen, sie seien nicht da oder krank oder nach Pittsburgh gefahren. Aber sie klammerten sich an diese kleinen gelben Karten, als bedeuteten sie etwas – legten sie zärtlich in die Schuhschachtel zu den Mietquittungen, Heiratsurkunden und nicht mehr gültigen Fabrikkennmarken. Mr. Smith lächelte sich durch das alles hindurch, brachte es fertig, die Augen fast die ganze Zeit auf die Schuhe des Kunden gerichtet zu halten. Er trug einen dunklen Straßenanzug bei seiner Arbeit, aber sein Haus war nicht besser als ihre Häuser. Nie hatte er, soweit sie wußten, eine Frau gehabt, und in der Kirche sagte er nichts als ein gelegentliches «Amen». Niemals verprügelte er jemanden, nie wurde er nach Einbruch der Dunkelheit gesehen, also nahmen sie an, er sei wahrscheinlich ein anständiger Mensch. Aber er war eng verbunden mit Krankheit und Tod, auch wenn von beidem nichts zu erkennen war auf dem braunen Bild von dem Gebäude der Genossenschaftlichen Lebensversicherung von North Carolina auf der Rückseite ihrer gelben Karten. Vom Dach des Mercy zu springen, war das Interessanteste, was er je getan hatte. Keiner von ihnen hätte vermutet, daß er das Zeug besaß. Zeigt einem bloß, murmelten sie einander zu, daß man sich nie richtig auskennt in den Menschen.

Die singende Frau wurde leiser und ging, die Melodie vor sich hinsummend, durch die Menge auf die Rosenblüten-Dame zu, die noch immer ihren Bauch umfaßt hielt.

«Solltest dich aufwärmen», wisperte sie ihr zu und berührte sie leicht am Ellbogen. «In der Morgenfrühe ist ein Vögelchen da.»

«Oh», sagte die Rosenblüten-Dame. «Morgen früh?»

«An welchem Morgen sonst?»

«Das kann nicht sein», sagte die Rosenblüten-Dame. «Es ist noch zu früh.»

«Nichts da. Genau rechtzeitig.»

Die Frauen sahen einander tief in die Augen, als ein lauter Schrei von der Menge aufstieg – ein wogendes *Oooh.* Mr. Smith hatte eine Sekunde lang die Balance verloren und versuchte tapfer, sich an ein hölzernes Gestänge zu klammern, das von der Kuppel emporragte. Sogleich begann die singende Frau wieder:

Sugarman ist fortgeflogen
Sugarman ließ uns allein . . .

In der Stadt zogen die Feuerwehrleute ihre Mäntel an, aber als sie am Mercy Hospital ankamen, hatte Mr. Smith die Rosenblüten gesehen, die Musik gehört und war in die Luft gesprungen.

Am nächsten Tag wurde im Mercy Hospital zum erstenmal ein farbiges Kind geboren. Mr. Smiths blauseidene Flügel mußten ihren Eindruck hinterlassen haben, denn als der kleine Junge mit vier entdeckte, was Mr. Smith vor ihm gelernt hatte – daß nämlich nur Vögel und Flugzeuge fliegen konnten –, verlor er jedes Interesse an sich. Die Gewißheit, ohne jene einzigartige Gabe leben zu müssen, machte ihn traurig und ließ seine Phantasie so beraubt zurück, daß er sogar den Frauen, die seine Mutter nicht haßten, langweilig erschien. Diejenigen, die sie haßten, die ihre Einladungen zum Tee annahmen und auf das große düstere Doktorhaus mit seinen zwölf Zimmern und die grüne Limousine neidisch waren, bezeichneten ihn als «sonderbar». Die anderen, die wußten, daß das Haus weit mehr ein Gefängnis war als ein Palast und das die Dodge-Limousine nur für sonntägliche Ausfahrten benutzt wurde, bedauerten Ruth Foster und ihre trockenen Töchter und nannten ihren Sohn «tief». Sogar geheimnisvoll.

«Ist er mit einer Glückshaube zur Welt gekommen?»

«Sie hätten sie trocknen und ihm einen Tee davon zu trinken geben sollen. Sonst sieht er eines Tages Geister.»

«Das glauben Sie?»

«Ich nicht, aber das sagen die alten Leute.»

«Na, ein Tiefer jedenfalls ist er. Schaut euch seine Augen an.»

Und sie lösten Klumpen des zu schnell gebackenen Rhodonkuchens von ihren Gaumen und schauten dem Jungen noch einmal in die Augen. Er hielt ihren starrenden Blicken nach Kräften stand, bis er nach einem flehenden Blick zu seiner Mutter das Zimmer verlassen durfte.

Es gehörte einige Planung dazu, um, den Rücken vom Summen ihrer Stimmen umspült, aus dem Salon zu gehen, die schwere Doppeltür, die ins Eßzimmer führte, zu öffnen und die Treppe hinaufzuschleichen, an all den Schlafzimmern vorbei, ohne die Aufmerksamkeit von Lena und Corinthians zu erregen, die wie große Babypuppen vor einem Tisch voller roter Samtreste saßen. Seine Schwestern nähten nachmittags Rosen. Leuchtende, leblose Rosen, die monatelang in Körben lagen, bis der Spezialitäten-Einkäufer von Gerhardt den Hausmeister Freddie herüberschickte und den Mädchen ausrichten ließ, man könne ein weiteres Gros gebrauchen. Wenn es ihm gelang, an seinen Schwestern vorbeizuschleichen und ihren beiläufigen Bosheiten aus dem Wege zu gehen, kniete er sich in seinem Zimmer ans Fensterbrett und fragte sich immer wieder aufs neue, warum er unten auf der Erde bleiben müsse. Die Stille, die das Doktorhaus dann durchflutete, unterbrochen nur von dem Gemurmel der Kuchen essenden Frauen, war nichts anderes als eben dies: Stille. Sie war nicht friedlich, denn was ihr vorausging und ihr bald ein Ende machen würde, war die Anwesenheit von Macon Dead.

Massig, polternd, zu Ausbrüchen ohne Vorwarnung neigend, hielt Macon jedes Mitglied seiner Familie in einem beklommenen Zustand der Angst. Sein Haß auf seine Frau glitzerte und funkelte in jedem Wort, das er zu ihr sprach. Die Enttäuschung, die er über seine Töchter empfand, rieselte wie Asche auf sie nieder, trübte den Schmelz ihrer Gesichter und erstickte die Fröhlichkeit in ihren Stimmen, die Mädchenstimmen hätten sein müssen. Unter der eisigen Hitze seines Blickes stolperten sie über Türschwellen und ließen den Salzstreuer in die Dotter ihrer pochierten Eier fallen. Die Art und Weise, wie er ihre Anmut, Klugheit und Selbstachtung verstümmelte, war das einzige, was Aufregung in ihr Leben brachte. Ohne die Spannung, ohne das Drama, das er auslöste, hätten sie womöglich nichts mit sich anzufangen gewußt. In seiner Abwesenheit beugten sie die Hälse über blutrote Samtquadrate und warteten begierig auf irgendeinen Wink von ihm, und Ruth, seine Frau, begann jeden Tag wie gelähmt durch die Verachtung ihres Mannes und beschloß ihn angeregt und belebt davon.

Wenn sie hinter ihren Nachmittagsgästen die Tür schloß und das stille Lächeln auf ihren Lippen ersterben ließ, begann sie mit der Zubereitung von Speisen, die ihr Mann ungenießbar fand. Sie legte es nicht darauf an, daß ihre Mahlzeiten Übelkeit erregten; sie wußte einfach nicht, wie sie es anders machen sollte. So merkte sie etwa, daß der Rhodonkuchen zu krümelig war, als daß sie ihn ihrem Mann vorsetzen konnte, und entschied sich für ein Renettendessert. Aber das Mahlen von Kalb- und Rindfleisch für einen Hackbraten dauerte so lange, daß sie nicht nur das Schweinefleisch vergaß und sich entschließen mußte, den Braten mit ausgelassenem Speck zu übergießen, sondern auch gar nicht mehr genug Zeit hatte, einen Nachtisch zu machen. Dann begann sie in aller Eile den Tisch zu decken. Wenn sie das weiße Leinentischtuch entfaltete und über den edlen Mahagonitisch wogen ließ, sah sie jedesmal wieder den großen Wasserfleck. Nie deckte sie den Tisch oder ging durch das Speisezimmer, ohne einen Blick darauf zu werfen. So wie es den Leuchtturmwärter immer wieder an sein Fenster zieht, wie er immer wieder hinausblickt aufs Meer, oder wie ein Gefangener unwillkürlich nach der Sonne späht, wenn er zu seinem täglichen Rundgang den Hof betritt, so sah Ruth mehrmals am Tage nach dem Wasserfleck. Sie wußte, daß er da war, immer da sein würde, aber sie mußte sich seines Vorhandenseins vergewissern. Wie der Leuchtturmwärter und der Gefangene betrachtete sie ihn als einen Anhalt, als Orientierungspunkt, als einen beständigen sichtbaren Gegenstand, der ihr versicherte, daß die Welt noch existierte, daß dies das Leben war und nicht ein Traum. Daß sie irgendwo, tief innen, lebendig war, was sie nur deshalb als wahr anerkannte, weil etwas, das ihr innig vertraut war, da draußen existierte, außerhalb ihrer selbst.

Noch in der Höhle des Schlafs spürte sie, ohne daß sie etwa

davon träumte oder daran dachte, seine Gegenwart. Oh, sie sprach endlos mit ihren Töchtern und ihren Gästen darüber, wie er zu entfernen sei – was diesen einzigen Makel auf dem prächtigen Holz verdecken könne: Vaseline, Tabaksaft, Jod, eine Behandlung zunächst mit Sandpapier und anschließend mit Leinöl. Sie hatte es alles versucht. Doch ihr Blick war nährend: der Fleck trat im Laufe der Jahre eher noch deutlicher hervor.

Der wolkige graue Kreis bezeichnete die Stelle, an der die Schale gestanden hatte, die zu Lebzeiten des Doktors tagtäglich mit frischen Blumen gefüllt worden war. Tagtäglich. Und wenn es keine Blumen gab, enthielt sie ein Blätterarrangement, einen Strauß Zweige und Beeren, Kätzchen, Kiefernzweige ... Aber immer etwas, was der Tafel am Abend Anmut verlieh.

Für ihren Vater war dies ein Detail, das seine Familie von den Leuten unterschied, unter denen sie wohnten. Für Ruth war es die Summe der liebevollen Eleganz, von der ihre Kindheit, wie sie glaubte, umgeben gewesen war. Als Macon sie heiratete und in das Doktorhaus zog, behielt sie den Brauch, den Tisch zu schmücken, bei. Dann kam die Zeit, in der sie durch die liederlichste Gegend der Stadt zum Strand hinunterwanderte, um Treibholz zu suchen. Sie hatte auf der Frauenseite der Zeitung ein Tischschmuckarrangement aus Treibholz und getrocknetem Tang gesehen. Es war ein feuchter Novembertag, und der Doktor war damals schon gelähmt und lebte von flüssiger Nahrung, die er in seinem Schlafzimmer zu sich nahm. Der Wind hatte ihren Rock rund um die Knöchel gelüftet und war schneidend durch ihre geschnürten Schuhe gedrungen. Sie hatte sich die Füße mit warmem Olivenöl einreiben müssen, als sie zurückkam. Beim Abendessen, bei dem nur sie beide am Tisch saßen, wandte sie sich ihrem Mann zu und fragte ihn, wie ihm der Tischschmuck gefalle. «Die meisten Leute übersehen solche Dinge. Sie sehen es, aber sie sehen nichts Schönes darin. Sie sehen nicht, daß die Natur es schon so vollkommen geschaffen hat, wie es nur sein kann. Sieh es mal von der Seite an. Es ist hübsch, nicht?»

Ihr Mann blickte auf das Stück Treibholz mit seinem Spitzennetz aus gelblichem Tang, und, ohne den Kopf zu bewegen, sagte er: «Dein Huhn ist noch rot am Knochen. Und es gibt anscheinend ein Kartoffelgericht, in das Klumpen gehören. Kartoffelbrei ist das hier jedenfalls nicht.»

Ruth ließ den Tang verfallen, und später, als seine Rippen und Stengel sich als brauner Schorf auf dem Tisch ringelten, entfernte sie die Schale und bürstete den Schorf weg. Aber der Wasserfleck, den die Schale all die Jahre hindurch verdeckt hatte, kam zum Vorschein. Und einmal zum Vorschein gekommen, verhielt er sich, als sei er selbst eine Pflanze, und erblühte zu einer riesigen, samtig grauen Blume, die pulste wie Fieber und seufzte wie Wanderdünen. Aber er konnte auch still sein. Geduldig, geruhsam und still.

Doch angesichts einer Boje blieb einem nichts, als sie zur Kenntnis zu nehmen, sie als Beweis für die vage Ahnung zu betrachten, daß man am Leben bleiben will. Noch eines anderen bedarf man, um von Sonnenaufgang zu Sonnenuntergang zu gelangen: eines Balsams, einer sanften Berührung oder Liebkosung. So erhob sich Ruth aus ihrer arglosen Untüchtigkeit, um gleich nach der Zubereitung des Abendessens und knapp vor der Rückkehr ihres Mannes aus seinem Büro ihren Teil Balsam zu beanspruchen. Es war eine ihrer beiden geheimen Schwächen – diejenige, die mit ihrem Sohn zu tun hatte –, und teilweise kam die Lust, die diese Schwäche ihr bereitete, von dem Zimmer, in dem sie ihr frönte. Ein feuchtes Grün hauste da, erzeugt von dem Immergrün, das sich gegen das Fenster preßte und das Licht filterte. Es war nur ein kleiner Raum, den der Doktor Studierzimmer genannt hatte, und abgesehen von einer Nähmaschine, die zusammen mit einer Schneiderpuppe in einer Ecke stand, gab es darin nur noch einen Schaukelstuhl und einen winzigen Schemel. In diesem Raum saß sie mit ihrem Sohn auf dem Schoß, schaute auf seine geschlossenen Lider und lauschte dem Geräusch seines Saugens. Schaute auf seine Lider weniger aus Mutterfreude als aus dem Bedürfnis, dem Anblick seiner fast bis zum Boden baumelnden Beine auszuweichen.

Bevor ihr Mann am Spätnachmittag sein Büro verschloß und nach Hause kam, rief sie ihren Sohn zu sich. Wenn er in den kleinen Raum trat, knöpfte sie ihre Bluse auf und lächelte. Er war zu jung, um von ihren Brustwarzen eingeschüchtert zu werden, aber er war alt genug, um den faden Geschmack von Muttermilch langweilig zu finden, und so kam er widerstrebend wie zur Erfüllung einer häuslichen Pflicht und legte sich in die Arme seiner Mutter und versuchte, wie er es an jedem Tag seines Lebens wenigstens einmal getan hatte, die dünne, schwach süßliche Milch aus ihrem Fleisch zu saugen, ohne ihr mit seinen Zähnen weh zu tun.

Sie spürte ihn. Seine Zurückhaltung, seine Höflichkeit, seine Gleichgültigkeit – das alles drängte sie zu Phantasien. Sie hatte den deutlichen Eindruck, daß seine Lippen ihr einen Faden von Licht entzogen. Es kam ihr vor, als sei sie ein Zaubergefäß, das Goldfäden absonderte. Wie die Müllerstochter – die da des Nachts in einem Raum voller Stroh saß, entzückt von der geheimen Macht, die Rumpelstilzchen ihr verliehen hatte: goldene Fäden von ihrer ganz persönlichen Spindel rinnen zu sehen. Und dies war die andere Seite ihrer Lust, einer Lust, auf die sie nicht verzichten mochte. Als daher Freddie, der Hausmeister – der gern so tat, als sei er ein Freund der Familie und nicht nur ihr Handlanger und Mieter –, eines Tages noch spät seine Miete zum Doktorhaus brachte und an dem Immergrün vorbei durchs Fenster sah, ging der Schrecken, der Ruth sogleich in den Augen stand, auf die prompte Einsicht zurück, daß sie nicht weniger als die Hälfte dessen verlieren würde, was ihr tägliches Leben ertragbar machte. Freddie indes deutete ihren Blick als schlichte Scham, was ihn jedoch nicht davon abhielt zu grinsen.

«Gnädiger Himmel. Verdammich.»

Er kämpfte mit dem Immergrün um bessere Sicht, von seinem Gelächter mehr behindert als von den Ranken. Ruth sprang so schnell auf, wie sie nur konnte, und bedeckte ihre Brust; ihren Sohn ließ sie zu Boden fallen und bestätigte ihm somit den Verdacht, den er zu hegen begonnen hatte – daß diese Nachmittage sonderbar und unrecht waren.

Bevor Mutter und Sohn noch sprechen, sich auf geziemende Weise neu gruppieren oder auch nur Blicke tauschen konnten, war Freddie schon ums Haus gelaufen, die Verandastufen hinaufgesprungen und rief nach ihnen unter prustendem Gelächter.

«Miss Rufie. Miss Rufie. Wo? Wo treibt ihr euch alle rum?» Er öffnete die Tür zu dem grünen Zimmer, als sei es nun seines.

«Verdammich, Miss Rufie. Wann hab ich 'n das zuletzt gesehn? Weiß nich mal, wann ich das zuletzt gesehn hab. Ich mein, is ja nix Schlimmes dabei. Ich mein, alte Leute schwörn ja drauf. Is nur, Sie wissen ja, man siehts nich viel hier oben ...» Aber seine Augen waren auf den Jungen gerichtet. Anerkennende Augen, die eine Komplicenschaft vermittelten, von der sie ausgeschlossen war. Freddie sah an dem Jungen herauf und herunter, registrierte den standhaften, aber verschlossenen Blick und den überraschenden Kontrast zwischen Ruths zitroniger Haut und der schwarzen Haut des Jungen. «Gab drunten im Süden 'ne Menge Weibervolk, die ihre Kinder lang gestillt ham – 'ne Menge. Siehts aber nich mehr viel. Kannte 'ne Familie – war allerdings nich die hellste, die Mutter – hat ihrn Jungen gestillt, bis der so beinah dreizehn war, nehm ich an. Is aber 'n bißchen viel, nich?» Während er so daherschwatzte, rieb er sich die ganze Zeit das Kinn und sah den Jungen an. Schließlich hörte er auf und gluckste leise vor sich hin. Er hatte die Wendung gefunden, nach der er gesucht hatte. «Ein Milchmann. Das isses, was Sie da ham, Miss Rufie. 'nen natürlichen Milchmann, wenn ich jemals einen gesehn hab. Aufgepaßt, Frauen. Da kommt er. Ha!»

Freddie trug seine Entdeckung nicht nur in die Häuser von Ruths Nachbarschaft, sondern auch zur Southside, wo er wohnte und wo Macon Dead Mietshäuser besaß. Darum blieb Ruth in der Nähe des Hauses und empfing fast zwei Monate keine Nachmittagsgäste, um nicht hören zu müssen, daß man ihrem Sohn einen neuen Namen gegeben hatte – den abzuschütteln er niemals imstande war und der nichts dazu beitrug, beider Beziehung zu seinem Vater zu verbessern.

Macon Dead erfuhr nie, wie es dazu kam – wie sein einziger Sohn einen Spitznamen erwarb, der ihm anhaftete, obwohl er selbst sich weigerte, ihn zu gebrauchen oder ihn anzuerkennen. Es war eine Sache, die ihn nicht wenig beschäftigte, denn die Namensgebung in seiner Familie war immer von etwas umgeben gewesen, was er für monumentale Torheit hielt. Niemand erwähnte ihm gegenüber den Zwischenfall, aus dem der Spitzname erwachsen war, denn er war ein Mann, dem man sich nur schwer nähern konnte, ein harter Mann von so kühler Art, daß niemand sich zu einem zwanglosen oder spontanen Gespräch mit ihm ermutigt fühlte. Nur Freddie, der Hausmeister, nahm sich Freiheiten bei Macon Dead heraus, und Freddie war der letzte Mensch auf der Welt, der ihm davon erzählt hätte. So hörte Macon Dead weder davon, noch machte er sich ein Bild von Ruths plötzlichem Schrecken, ihrem ungeschickten Aufspringen aus dem Schaukelstuhl, von dem Sturz des Jungen, den der winzige Schemel gebremst hatte, oder von Freddies belustigter, bewundernder Zusammenfassung der Situation.

Ohne irgendein Detail zu kennen, erriet er jedoch mit der Präzision seines von Haß geschärften Verstands, daß der Name, bei dem er Schulkinder seinen Sohn rufen hörte, der Name, den er den Lumpensammler gebrauchen hörte, als er dem Jungen drei Cents für ein Bündel alter Kleider auszahlte – erriet er, daß dieser Name nicht rein war. Milchmann. Das klang gewiß nicht nach dem ehrlichen Beruf eines Milchhändlers, und er dachte dabei auch nicht an kalte, blanke Kannen, die glänzend wie wachhabende Offiziere auf der Küchenveranda standen. Es klang schmutzig, intim und schwül. Er wußte, daß der Name, woher er auch immer kam, etwas mit seiner Frau zu tun hatte und wie das Gefühl, das er stets empfand, wenn er an sie dachte, mit Ekel bedeckt war.

Dieser Ekel und das Unbehagen, mit dem er seinen Sohn betrachtete, beeinflußte alles, was er in der Stadt tat. Wenn er sich hätte traurig fühlen können, einfach traurig, es hätte ihm Erleichterung gebracht. Fünfzehn Jahre des Bedauerns über das Ausbleiben eines Sohnes waren in Bitterkeit darüber gemündet, daß er nun endlich unter widerwärtigsten Umständen einen besaß.

Es hatte eine Zeit gegeben, in der sein Kopf voller Haar gewesen war und Ruth entzückend komplizierte Unterwäsche getragen hatte, von der sie zu befreien er sich absichtlich viel Zeit nahm. In der sein Vorspiel einzig darin bestanden hatte, die Verschlüsse und Verschnürungen ihrer Unterwäsche aufzubinden, aufzuhaken, aufzuschnallen, welche die schönste, die zarteste, die weißeste und weichste gewesen sein mußte, die es auf der Welt gab. Mit jeder Öse ihres Korsetts spielte er (und es waren vierzig – zwanzig auf jeder Seite); jedes gerippte Seidenband, das sich blaßblau durch das schneeige Oberteil ihres Mieders schlängelte, schnürte er auf. Er löste nicht nur die blaue Schleife, ganz heraus aus dem Saum zog er es, so daß sie es später mit einer Sicherheitsnadel wieder einfädeln mußte. Die elastischen Bänder, die ihre Achselblätter mit dem Unterrock verbanden, ließ er auf- und zuschnappen, neckte sie und sich selbst mit dem Geräusch der Schnallen und dem Beben seiner Fingerkuppen auf ihren Schultern. Niemals sprachen sie während dieser Entkleidungen. Aber gelegentlich kicherten sie, und wie beim Doktorspiel von Kindern war das Entkleiden natürlich das Allerschönste.

Wenn Ruth nackt war und so feucht und krümelig dalag wie ungebleichter Zucker, beugte er sich hinab, um ihre Schuhe aufzuschnüren. Das war die abschließende Wonne, denn gleich nachdem er ihre Füße entblößt hatte, drang er in sie ein und ejakulierte schnell. Ihr gefiel es so. Ihm auch. Und in fast zwanzig Jahren, während derer er kein Auge auf ihre nackten Füße geworfen hatte, vermißte er allein die Unterwäsche.

Einst hatte er geglaubt, der Anblick ihres Mundes auf den Fingern des Toten werde dasjenige sein, was ihm immer in Erinnerung bleiben würde. Er hatte sich geirrt. Nach und nach erinnerte er sich an immer weniger Details, bis er sie sich schließlich neu ausdenken, ja erfinden mußte, erraten mußte, wie sie ausgesehen haben mochten. Die Vorstellung schwand dahin, die Widerlichkeit niemals.

Um seine Wut zu nähren, blieb er auf die Erinnerung an ihre Unterwäsche angewiesen; an jene runden, unschuldigen Korsettösen, die für ihn nun auf immer verloren waren.

Wenn also die Leute seinen Sohn Milchmann riefen und wenn sie die Lider senkte und sich den Schweiß von der Oberlippe tupfte, sobald sie es hörte, dann bestand da eindeutig ein schmutziger Zusammenhang, und es war für Macon Dead nicht von der geringsten Bedeutung, ob jemand ihm die Details mitteilte oder nicht.

Und sie taten es nicht. Niemand war zugleich mutig und interessiert genug, es ihm zu erzählen. Die interessiert genug waren, Lena und Corinthians, die lebenden Beweise für jene Jahre, in denen er seine Frau entkleidet hatte, waren nicht mutig genug. Und die einzige Person, die es gewagt hätte, aber kein Interesse zeigte, war die einzige Person auf der Welt, die er mehr haßte als seine Frau – ungeachtet der Tatsache, daß sie seine Schwester war. Er hatte sich seit der Geburt seines Sohnes nicht mehr herabgelassen, sie zu besuchen, und er hegte nicht die Absicht, ihre Beziehung nun zu erneuern.

Macon Dead grub in seiner Tasche nach den Schlüsseln und krümmte die Finger um sie, ließ ihre gebündelte Festigkeit besänftigend auf sich wirken. Es waren die Schlüssel zu sämtlichen Türen seiner Häuser (nur vier davon eigentlich Häuser, die übrigen waren in Wirklichkeit Hütten), und von Zeit zu Zeit strich er zärtlich darüber, während er die Not Doctor Street hinunter zu seinem Büro ging. Jedenfalls betrachtete er es als sein Büro, hatte sogar das Wort BÜRO an die Tür malen lassen. Aber die Schaufensterscheibe widersprach ihm. Abblätternde, im Halbkreis angeordnete Goldlettern wiesen sein Geschäftslokal als Sonnys Laden aus. Den Namen des Vorbesitzers abzukratzen war kaum der Mühe wert, da er ihn den Leuten nicht aus den Köpfen kratzen konnte. Sein Ladenbüro wurde nie anders genannt als Sonnys Laden, obwohl sich niemand an jenen Sonny erinnern konnte, der dreißig Jahre zuvor hier vermutlich das eine oder andere betrieben hatte.

Dorthin ging er nun – stolzierte, wäre das bessere Wort, denn er besaß einen hohen Hintern und den weit ausholenden Gang eines Athleten – und dachte über Namen nach. Sicher, dachte er, hatten er und seine Schwester irgendeinen Vorfahren, einen geschmeidigen jungen Mann mit onyxfarbener Haut und Beinen, so gerade wie Bambusrohr, der einen wirklichen Namen gehabt hatte. Einen Namen, der ihm bei der Geburt mit Liebe und Ernst verliehen worden war. Einen Namen, der kein Witz war, keine Maske und kein Markenzeichen. Aber wer dieser geschmeidige junge Mann war und von woher seine Bambusbeine ihn wohin getragen hatten, würde man nie erfahren. Nein. Auch nicht seinen Namen. Seine eigenen Eltern hatten, in irgendeiner perversen Anwandlung von Resignation, eingewilligt, einen Namen hinzunehmen, der ihnen von jemandem angetan worden war, dem nichts hätte gleichgültiger sein können. Eingewilligt, ihn hinzunehmen und all ihren Nachkommen weiterzugeben, diesen belastenden Namen, den ein betrunkener Yankee der Unionsarmee in völliger Gedankenlosigkeit hingekritzelt hatte. Buchstäblich ein Schreibfehler, seinem Vater auf einem Stück Papier ausgehändigt, das er an seinen einzigen Sohn weiterreichte, der desgleichen tat und es an seinen Sohn weiterreichte, an Macon Dead, der einen zweiten Macon Dead zeugte, der Ruth Foster (Dead) ehelichte und Magdalene, Lena Dead genannt, und First Corinthians Dead und (als er es am wenigsten erwartete) einen weiteren Macon Dead zeugte, der nun in dem Teil der Welt, auf den es ankam, als Milchmann Dead bekannt war. Und, als sei dies nicht genug, eine Schwester namens Pilate Dead, die ihrem Bruder gegenüber die Umstände oder Einzelheiten dieser törichten Fehlbenennung seines Sohnes nie erwähnen würde, weil die ganze Sache sie ergötzt haben dürfte. Sie kostete sie wohl aus, faltete sie vielleicht gar ebenfalls in ein Messingkästchen und ließ es als Gehänge von ihrem anderen Ohr baumeln.

Als junger Vater hatte er die Sitte unterstützt, die Namen für alle Kinder – mit Ausnahme des ersten männlichen – blindlings der Bibel zu entnehmen. Und auf was immer sein

Finger deutete, dabei war er geblieben, denn er wußte um jede Konfiguration bei der Namensgebung seiner Schwester. Wie sein Vater, verwirrt und melancholisch ob des Todes seiner Frau im Kindbett, die Bibel durchgeblättert und, da er nicht ein Wort lesen konnte, eine Gruppe von Buchstaben ausgewählt hatte, die ihm stark und schön erschien; in der er eine ausladende Figur erblickte, die aussah wie ein Baum, der sich hoheitsvoll, aber beschützend über eine Reihe kleinerer Bäume breitete. Wie er die Gruppe von Buchstaben auf ein Stück braunes Papier kopiert hatte – wie es Analphabeten tun –, jeden Schnörkel, Bogen und Balken der Buchstaben kopiert und das Ganze der Hebamme vorgelegt hatte.

«Das ist der Name des Babys.»

«Das willst du als Namen für das Baby?»

«Das will ich als Namen für das Baby. Sag ihn.»

«So kannst du das Baby nicht nennen.»

«Sag ihn.»

«Das ist ein Männername.»

«Sag ihn.»

«Pilate.»

«Was?»

«Pilate. Du hast Pilate aufgeschrieben.»

«Peillot, wie auf den Flußschiffen?»

«Nein. Nich wie das Peillot auf 'nem Flußschiff. Wie 'n Heilandmörder. Kannst kaum 'n schlimmeren Namen finden. Für 'n kleines Mädchen auch noch.»

«Mein Finger hat drauf gedeutet.»

«Na, brauchst mit dem Hirn ja nich folgen. Willst das mutterlose Kind hier doch nich nach dem Mann nennen, der Jesus ermordet hat, oder?»

«Hab Jesus gebeten, daß er meine Frau rettet.»

«Vorsicht, Macon.»

«Hab ihn die ganze Nacht gebeten.»

«Hat dir dein Baby gegeben.»

«Ja. Hat er. Baby namens Pilate.»

«Jesus, Erbarmen.»

«Wo willst du hin mit dem Stück Papier?»

«Wandert hin, wos herkommt. Gradwegs in dem Teufel sein Feuer.»

«Gibs her. Kommt aus der Bibel. Bleibt in der Bibel.»

Und da blieb es, bis das Mädchen zwölf wurde und es herausnahm, zu einem winzigen Päckchen faltete und in ein Messingkästchen steckte und das ganze Ding an seinem linken Ohrläppchen befestigte. So eigen, wie sie als Zwölfjährige mit ihrem Namen gewesen war – wieviel eigenartiger sie seitdem geworden sein mochte, konnte Macon nur raten. Aber er wußte sicher, daß sie die Namensgebung des dritten Macon Dead mit der gleichen Achtung und Ehrfurcht behandeln würde, mit der sie sich bei der Geburt des Jungen verhalten hatte.

Macon Dead erinnerte sich, daß sie, als sein Sohn geboren wurde, sich mehr für diesen ersten Neffen zu interessieren schien als für ihre eigene Tochter und sogar für die Tochter dieser Tochter. Noch lange nachdem Ruth wieder wohlauf und so gut imstande war, den Haushalt zu führen, wie man es von ihr je erwarten durfte – und da war nicht viel zu erwarten –, kam Pilate weiterhin zu Besuch, mit offenen Schnürbändern, eine Strickmütze tief in die Stirn gezogen, und trug ihr närrisches Ohrgehänge und ihren widerlichen Geruch in die Küche. Seit seinem sechzehnten Jahr hatte er sie nicht mehr gesehen, erst ein Jahr vor der Geburt seines Sohnes war sie in seiner Stadt aufgetaucht. Nun benahm sie sich wie eine Schwägerin, wie eine Tante, pfuschte herum in dem Versuch, Ruth und den Mädchen zur Hand zu gehen, aber da sie von ordentlicher Haushaltsführung weder etwas verstand noch ein Interesse dafür aufbrachte, war sie im Weg. Schließlich setzte sie sich bloß auf einen Stuhl neben die Wiege und sang dem Baby vor. Das war so schlimm nicht, aber woran Macon sich vor allem erinnerte, war der Ausdruck in ihrem Gesicht. Überraschung stand darin und Eifer. Aber in solcher Intensität, daß es ihm Unbehagen bereitete. Oder vielleicht war es mehr als das. Vielleicht war es das Wiedersehen mit ihr, so viele Jahre, nachdem sie sich vor jener Höhle getrennt hatten, und die Erinnerung an seine Wut und ihren Verrat. Wie tief sie seit damals gesunken war. Nicht eine Spur von Schicklichkeit mehr. Einst war sie ihm das Liebste auf der Welt gewesen. Nun war sie verschroben, düster und – schlimmer noch – verschlampt. Ein regelrechter Grund zur Beschämung, wenn er es hinnehmen würde. Aber er nahm es nicht hin.

Schließlich hatte er ihr verboten wiederzukommen, solange sie nicht ein wenig Selbstachtung an den Tag legen konnte. Eine richtige Arbeit finden konnte, statt eine Weinbude zu betreiben.

«Warum kannst du dich nicht kleiden wie eine Frau?» Er stand neben dem Herd. «Was soll die Matrosenmütze da auf deinem Kopf? Hast du keine Strümpfe? Willst du, daß ich mein Gesicht verliere hier in der Stadt?» Er bebte, wenn er daran dachte, daß die Weißen in der Bank – die Männer, die ihm halfen, Häuser zu kaufen und Hypotheken aufzunehmen – herausfinden könnten, daß diese abgerissene illegale Weinpanscherin seine Schwester war. Daß der begüterte Neger, der sein Geschäft so geschickt führte und in dem großen Haus in der Not Doctor Street wohnte, eine Schwester besaß, die eine Tochter, aber keinen Mann hatte, und daß diese Tochter eine Tochter, aber keinen Mann hatte. Ein Haufen Irrer, die Wein brauten und in den Straßen sangen «wie gewöhnliche Straßendirnen! Genau wie gewöhnliche Straßendirnen!»

Pilate hatte dagesessen und ihm zugehört, ihre fragenden Augen auf sein Gesicht gerichtet. Dann sagte sie: «Hab mich um dich auch krank gesorgt, Macon.»

Aufgebracht war er zur Küchentür gegangen. «Mach nur weiter, Pilate. Nur weiter so. Die Wand zwischen mir und dem Bösen ist hauchdünn, und ich versuch, sie nicht zu durchbrechen.»

Pilate stand auf, warf sich ihre Steppdecke um und ging, mit einem letzten liebevollen Blick auf das Baby, zur Küchentür hinaus. Sie kam nie wieder.

Als Macon Dead die Tür seines Büros erreichte, sah er ein paar Schritte entfernt eine untersetzte Frau und zwei kleine Jungen stehen. Macon schloß seine Tür auf, ging zu seinem Schreibtisch hinüber und ließ sich dahinter nieder. Als er sein Rechnungsbuch durchblätterte, trat die untersetzte Frau ein, allein.

«Tag, Mr. Dead, Sir. Bin Mrs. Bains. Wohn drüben in Nummer drei in der Fünfzehnten.»

Macon erinnerte sich – nicht an die Frau, aber an die Umstände in Nummer drei. Die Großmutter oder Tante oder was auch immer seines Mieters war dort eingezogen, und die Miete war seit langem überfällig.

«Ja, Mrs. Bains. Sie haben was für mich?»

«Also – deswegen komm ich, mit Ihnen reden. Wissen ja, Cency hat mich mit den ganzen Babies hängenlassen. Un mein Wohlfahrtsscheck reicht für nich mehr, als 'nen ausgewachsnen Hofhund lebendig zu halten – halblebendig, sollt ich sagen.»

«Ihre Miete beträgt vier Dollar im Monat, Mrs. Bains. Sind schon zwei Monate im Rückstand.»

«Weiß wohl, Mr. Dead, Sir, aber Babies halten nich durch, ohne was im Bauch.»

Ihre Stimmen waren leise, höflich, nichts deutete auf einen Konflikt hin.

«Halten sie auf der Straße durch, Mrs. Bains? Da sitzen sie nämlich, wenn Sie sich nich was ausdenken, wie Sie mir mein Geld verschaffen.»

«Nee, Sir. Halten nich durch auf der Straße. Wir brauchen beides, schätz ich. Grad so wie Ihre.»

«Dann halten Sie sich mal besser dran, Mrs. Bains. Haben Zeit bis –» er drehte sich zur Wand, um den Kalender zu Rate zu ziehen – «bis kommenden Samstag, Mrs. Bains. Nich Sonntag. Nich Montag. Samstag.»

Wäre sie jünger gewesen und noch voller Saft, das Glitzern in ihren Augen hätte ihre Wangen überströmt. Nun, in dieser Phase ihres Lebens, schimmerte es nur. Sie preßte die Handfläche auf Macon Deads Schreibtisch, beschränkte das Schimmern auf ihre Augen und schob sich vom Stuhl hoch.

«Was bringts Ihnen, Mr. Dead, mich un die Kinder da rauszusetzen?»

«Samstag, Mrs. Bains.»

Gesenkten Kopfes flüsterte Mrs. Bains etwas und ging

langsam und schwerfällig aus dem Büro. Als sie die Tür zu Sonnys Laden hinter sich schloß, kamen ihre Enkel aus dem Sonnenlicht in den Schatten, in dem sie stand.

«Was hat er 'n gesagt, Granny?»

Mrs. Bains legte dem größeren Jungen eine Hand aufs Haar und spielte leicht damit, suchte mit den Nägeln gedankenabwesend nach verschorften Stellen.

«Muß nein zu ihr gesagt haben», meinte der andere Junge.

«Müssen wir raus?» Der große Junge schüttelte ihre Finger ab und sah sie von der Seite an. Seine Katzenaugen waren goldene Schlitze.

Mrs. Bains ließ ihre Hand herabfallen. «Ein Nigger im Geschäft is ein schrecklicher Anblick. Ein schrecklicher, schrecklicher Anblick.»

Die beiden Jungen sahen einander an und wieder auf ihre Großmutter. Ihre Lippen waren geöffnet, als hätten sie etwas Bedeutsames vernommen.

Als Mrs. Bains die Tür schloß, wandte Macon Dead sich wieder den Seiten seines Rechnungsbuchs zu, ließ die Fingerspitzen über die Zahlen gleiten und dachte mit dem unbeschäftigten Teil seines Verstands daran, wie er Ruth Fosters Vater zum erstenmal seine Aufwartung gemacht hatte. Nur zwei Schlüssel steckten damals in seiner Tasche, und hätte er Leuten wie der Frau, die eben gegangen war, ihren Willen gelassen, dann hätte er überhaupt keinen Schlüssel besessen. An diesen Schlüsseln lag es, daß er es wagen konnte, in jenen Abschnitt der Not Doctor Street hinüberzugehen (Doctor Street hieß sie damals noch) und sich dem wichtigsten Neger in der Stadt zu nähern. Die Löwenklaue klopfend gegen die Tür fallen zu lassen, sich mit dem Gedanken zu tragen, die Tochter des Doktors zu ehelichen – das war nur möglich, weil jeder Schlüssel für ein Haus stand, das er zu jener Zeit besaß. Ohne jene Schlüssel wäre er bei dem ersten «Ja?» des Doktors abgedriftet. Oder wie frisches Wachs unter der Hitze dieser fahlen Augen zerschmolzen. Statt dessen war er imstande zu sagen, er sei seiner Tochter, Miss Ruth Foster, vorgestellt worden und würde sich glücklich schätzen, wenn der Doktor ihm erlaube, ihr hier und da Gesellschaft zu leisten. Daß seine Absichten ehrenwert seien und er selbst es gewiß verdiene, vom Doktor als ritterlicher Freund seiner Tochter in Erwägung gezogen zu werden, da er, mit fünfundzwanzig, bereits ein farbiger Mann von Besitz sei.

«Ich weiß nichts über Sie», sagte der Doktor, «außer Ihrem Namen, den ich nicht mag, aber ich werde mich über die Wahl meiner Tochter nicht hinwegsetzen.»

In Wirklichkeit wußte der Doktor eine ganze Menge über ihn und war diesem hochgewachsenen jungen Mann dankbarer, als zu zeigen er sich gestattete. Lieb wie ihm sein einziges Kind war, nützlich wie sie sich im Haus seit dem Tod seiner Frau erwies, hatte er doch in letzter Zeit begonnen, sich an ihrer Anhänglichkeit zu stoßen. Ihr steter Strom von Liebe war beunruhigend, und sie hatte die Gesten der Zuneigung, die in ihrer Kindheit so liebenswert gewesen waren, nie abgelegt. Allein schon der Gutenachtkuß war ein Meisterstück an Begriffsstutzigkeit auf ihrer und von Unbehagen auf seiner Seite. Mit sechzehn bestand sie noch immer darauf, daß er abends zu ihr kam, sich auf ihr Bett setzte, ein paar scherzhafte Worte mit ihr tauschte und ihr einen Kuß auf die Lippen drückte. Vielleicht lag es am lauten Schweigen seiner toten Frau, vielleicht an Ruths bestürzender Ähnlichkeit mit ihrer Mutter. Wahrscheinlicher noch lag es an der Ekstase, die in Ruths Gesicht immer aufzuglühen schien, wenn er sich zum Kuß über sie beugte – einer Ekstase, die er als dem Anlaß unangemessen empfand.

Nichts von alldem hatte er natürlich dem jungen Mann dargelegt, der seine Aufwartung machen kam. Worauf zurückzuführen ist, warum Macon Dead noch immer glaubte, die beiden Schlüssel hätten magisch gewirkt.

Mitten in seiner Träumerei wurde Macon durch ein rasches Pochen am Fenster unterbrochen. Er blickte auf, sah Freddie zwischen den Goldlettern durchspähen und ermunterte ihn mit einem Nicken einzutreten. Ein Bantamgewicht mit Goldzähnen, war Freddie an der Southside so etwas wie ein Stadtausrufer. Eben dieses rasche Pochen an der Fensterscheibe, dieses goldblitzende Lächeln war seinem inzwischen berühmt gewordenen, an Macon gerichteten Ausruf vorhergegangen: «Mr. Smith is zerplatscht!» Es war für Macon offenkundig, daß Freddie nun von einem weiteren Desaster zu berichten hatte.

«Porter is wieder irr besoffen! Hat sein Schießgewehr!»

«Auf wen hat ers abgesehen?» Macon begann Bücher zuzuklappen und Schubladen zu öffnen. Porter war einer seiner Mieter, und morgen war die Miete fällig.

«Nich auf wen Bestimmtes. Hockt sich bloß ins Mansardenfenster un fängt an, mit 'nem Schießgewehr rumzufuchteln. Sagt, muß sich einen umlegen, eh es morgen is.»

«Heut bei der Arbeit gewesen?»

«Ja. Un seine Tüte gekriegt.»

«Alles versoffen?»

«Nich alles. Hat nur eine Flasche gekriegt, bleibt ihm noch 'ne Handvoll Geld.»

«Wer is so verrückt, ihm Schnaps zu verkaufen?»

Freddie ließ ein paar Goldzähne sehen, sagte aber nichts; also wußte Macon, daß es Pilate gewesen war. Er verschloß alle Schubladen außer einer – die schloß er auf und entnahm ihr eine kleine Kaliber .32.

«Polizei warnt jeden Panscher im Land, und er kriegts trotzdem irgendwie.» Macon spielte die Scharade weiter und tat so, als wüßte er nicht, daß seine Schwester diejenige war, bei der Porter und jedermann – ob Erwachsener, Kind oder Tier – Wein kaufen konnten. Er dachte zum hundertstenmal, daß sie ins Gefängnis gehörte und daß er sie gern dorthin befördern würde, wenn er sicher sein könnte, daß sie nicht über ihn tratschen und ihn schäbig aussehen lassen würde in den Augen des Gesetzes – und der Banken.

«Können Sie umgehn mit dem Ding da, Mr. Dead, Sir?»

«Kann ich.»

«Porter is irr, wenn er besoffen is.»

«Weiß, wie er ist.»

«Wie ham Sie vor, ihn runterzutreiben?»

«Hab nicht vor, ihn runterzutreiben. Ich hab vor, mein Geld einzutreiben. Kann ruhig weitermachen und sterben da oben, wenn er will. Aber wenn er mir nicht meine Miete runterwirft, pust ich ihn aus dem Fenster.»

Freddies Kichern war sanft, aber seine Zähne preßten sich fester zusammen. Als geborener Speichellecker liebte er Klatsch und die Verbreitung von Klatsch. Er war das Ohr, das jede gemurmelte Klage, jedes Schimpfwort vernahm, und er war das Auge, das alles sah: die verstohlenen Liebesblicke, die Kämpfe, die neuen Kleider.

Macon kannte Freddie als Narren und als Lügner, aber als verläßlichen Lügner. Er hatte immer recht, was die Fakten anging, und immer unrecht, was die Motive betraf, aus denen die Fakten entstanden. Wie er nun gerade recht damit hatte, daß Porter über ein Gewehr verfügte, im Mansardenfenster saß und betrunken war. Aber Porter wartete nicht darauf, jemanden – wenn dies bedeutete: irgend jemanden – umzubringen, bevor es morgen wurde. Vielmehr hatte er eine sehr genaue Vorstellung, wen er umbringen wollte – sich selbst. Eine Vorbedingung allerdings gab es, die er laut und deutlich vom Speicher herunterbrüllte. «Ich will ficken! Schickt mir jemand zum Ficken rauf! Hört ihr mich? Schickt mir jemand rauf, ich sags euch, oder ich blas mir das Hirn in die Luft!»

Als Macon und Freddie sich dem Hof näherten, antworteten die Frauen aus dem Logierhaus gerade kreischend auf Porters Bitte.

«Was 'n das für 'n Handel?»

«Erst bring dich um, dann schicken wir dir wen.»

«Muß es 'ne Frau sein?»

«Muß es was Menschliches sein?»

«Muß es was Lebendiges sein?»

«Kanns 'ne Scheibe Leber sein?»

«Leg das Ding hin und werf mir mein gottverdammtes Geld runter!» Macons Stimme drang schneidend durch die Späße der Frauen. «Laß die Dollars da runterflattern, Nigger, dann jag dich in die Luft!»

Porter wandte sich um und zielte mit seinem Gewehr auf Macon.

«Wenn du abdrückst», brüllte Macon, «treff bloß nicht

daneben. Wenn du losballerst, sorg bloß dafür, daß ich tot bin, sonst knall ich dir nämlich die Eier in die Gurgel!» Er zog seine eigene Waffe hervor. «Raus jetzt aus dem verfluchten Fenster!»

Porter zauderte nur für eine Sekunde, bevor er den Lauf des Gewehrs auf sich selbst richtete – oder es versuchte. Dessen Länge machte es schwierig; seine Trunkenheit machte es unmöglich. Während er sich abmühte, den richtigen Winkel zu finden, wurde er plötzlich abgelenkt. Er lehnte sein Gewehr an das Fensterbrett, holte seinen Penis heraus und pinkelte den Frauen über die Köpfe, womit er ein panisches Geschrei und Gerenne auslöste, das zu verursachen dem Gewehr nicht gegeben gewesen war. Macon rieb sich am Hinterkopf, während Freddie sich krümmte vor Lachen.

Über eine Stunde lang hielt Porter sie in Schach: indem er sich duckte, schrie, drohte, urinierte und all das mit flehentlichen Bitten um eine Frau durchflocht.

Immer wieder stieß er mit wogenden Schultern grandiose Schluchzer aus, denen neuerliche Aufschreie folgten.

«Ich lieb euch! Lieb euch alle. Seid doch nich so. Frauen ihr. Aufhörn. Seid doch nich so. Seht ihr denn nich, wie ich euch lieb? Sterben würd ich für euch, killen würd ich. Lieben tu ich euch, sag ich. Wenn ich euchs doch sag. O Gott, hab Erbarmen. Was soll ich denn tun? Was in aller Welt soll ich verflucht noch mal tuuun?»

Tränen strömten ihm über das Gesicht, und er wiegte den Gewehrlauf in den Armen, als sei er die Frau, um die er gebettelt, nach der er gesucht hatte, sein Leben lang. «Gib mir Haß, Herr», winselte er. «Haß nehm ich alle Tage. Aber gib mir keine Liebe. Ich vertrag keine Liebe mehr, Herr. Kann sie nicht ertragen. Genau wie Mr. Smith. Konnt sie nich tragen. Is zu schwer. Jesus, *du* weißts. Weißt alles drüber. Is sie nich schwer? Jesus? Is Liebe nich schwer? Verstehst du nich, Herr? Dein eigner Sohn konnt sie nich tragen. Wenn sie ihn umgebracht hat, was glaubst du, daß sie mir tut? Hm? Hm?» Er wurde wieder wütend.

«Runter jetzt da, Nigger!» Macons Stimme war noch immer laut, aber sie ermüdete allmählich.

«Und du, du Stummelschwanzaffe –» er versuchte auf Macon zu deuten – «bist der Schlimmste. Du hast das Töten nötig. Du hasts wirklich *nötig*. Weißte warum? Na, ich sag dir warum. Ich *weiß* warum. Jeder . . .»

Porter sackte im Fenster zusammen, «jeder weiß warum» murmelnd, und schlief rasch ein. Während er absank, rutschte ihm das Gewehr aus der Hand, ratterte über das Dach hinab und schlug mit lautem Knall auf dem Boden auf. Der Schuß pfiff am Schuh eines Herumstehenden vorbei und riß ein Loch in den Reifen eines abgetakelten Dodge, der auf der Straße geparkt war.

«Geh und hol mir mein Geld», sagte Macon.

«Ich?» fragte Freddie. «Mal angenommen, er . . .»

«Geh und hol mir mein Geld.»

Porter schnarchte. Den Gewehrschuß und die Leerung seiner Taschen verschlief er wie ein Säugling.

Als Macon aus dem Hof schritt, war die Sonne hinter der Brotfabrik verschwunden. Müde, gereizt, ging er die Fünfzehnte Straße hinunter und schaute nur auf, als er an einem seiner Häuser vorbeikam, dessen Silhouette in der zwischen Zwielicht und Dämmerung vibrierenden Beleuchtung verschwamm. Hier und da verstreut, dehnten seine Häuser sich hinter ihm aus wie hingekauerte Geister mit verhüllten Augen. Er betrachtete sie ungern in diesem Licht. Während des Tages boten sie einen ermutigenden Anblick; nun schienen sie ihm überhaupt nicht zu gehören – ja er hatte die Empfindung, als wären die Häuser miteinander verbündet, um ihm das Gefühl zu vermitteln, er sei der Außenseiter, der besitzlose, landlose Wanderer. Dieses Gefühl von Einsamkeit bewog ihn dazu, eine Abkürzung zurück zur Not Doctor Street zu wählen, auch wenn ihn diese am Haus seiner Schwester vorbeiführte. In der sich verdichtenden Dunkelheit würde er, da war er sicher, von ihr unbemerkt vorbeigehen können. Er durchquerte einen Hof und folgte einem Zaun, der zur Darling Street führte, wo Pilate in einem schmalen einstöckigen Haus wohnte, dessen Fundament sich mehr aus dem Boden zu erheben als darin zu gründen schien. Sie hatte keine Elektrizität, weil sie die Rechnungen nicht bezahlen mochte. Auch Gasrechnungen bezahlte sie nicht. Abends beleuchteten sie und ihre Tochter das Haus mit Kerzen und Petroleumlampen; sie kochten und wärmten sich mit Holz und Kohle, pumpten Wasser für die Küche durch ein Rohr vom Brunnen in ein trockenes Spülbecken und lebten ganz so, als sei Fortschritt ein Wort, das bedeutete, ein Stückchen weiter des Wegs zu gehen.

Ihr Haus stand dreißig Meter vom Gehweg entfernt und wurde von vier riesigen Kiefern bewacht, von denen sie die Nadeln gewann, die sie in ihre Matratze steckte. Als er die Kiefern sah, mußte er plötzlich an ihren Mund denken; wie gern sie als Mädchen Kiefernnadeln gekaut und daß sie folglich schon damals gerochen hatte wie ein Wald. Ein Dutzend Jahre lang war sie gleichsam sein Kind gewesen. Sie hatte sich nach dem Tod ihrer Mutter aus deren Schoß hervorgekämpft, ohne die Hilfe pulsender Muskeln oder den Druck geschwind strömenden Fruchtwassers. Infolgedessen war ihr Bauch während all der Jahre, die er sie kannte, so glatt und kräftig gewesen wie ihr Rücken, an keiner Stelle von einem Nabel durchbrochen. Das Fehlen eines Nabels war es, was die Leute davon überzeugte, sie sei nicht auf normalen Wegen auf diese Welt gelangt; sei niemals geborgen gewesen, geschwommen oder gewachsen an einem warmen, feuchten Ort, durch eine hauchdünne Schnur mit einer verläßlichen Quelle menschlicher Nahrung verbunden. Macon wußte es anders, denn er war dabeigewesen und hatte die Augen der Hebamme gesehen, als die Beine seiner Mutter zusammenfielen. Und auch ihre Schreie gehört, als das Baby, das sie gleichermaßen tot geglaubt hatten, sich Zoll für Zoll mit dem Kopf voraus aus einer leblosen, stummen und gleichgültigen Fleischeshöhle hervorgedrängt hatte, Nabelschnur und Nachgeburt hinter sich herziehend. Aber das übrige war wahr. Als der Lebensstrang des Neugeborenen einmal durchschnitten war, schrumpfte der Stumpf der Nabelschnur, fiel ab, ohne eine

Spur zu hinterlassen, die darauf hindeutete, daß er jemals existiert hatte; was er als kleiner Junge, der sein Schwesterchen hütete, nicht seltsamer fand als einen kahlen Kopf. Er war siebzehn Jahre alt, unwiderruflich von ihr getrennt und bereits auf dem Wege, seinem Drang nach Reichtum zu folgen, als er erfuhr, das es wahrscheinlich keinen zweiten Bauch wie den ihren gab auf der Welt.

Nun, da er sich ihrem Grundstück näherte, vertraute er darauf, daß die Dunkelheit jeden in ihrem Haus daran hindern würde, ihn zu sehen. Er blickte nicht einmal nach links, während er vorbeiging. Aber dann hörte er die Musik. Sie sangen. Alle zusammen. Pilate, Reba und Rebas Tochter, Hagar. Soweit er sah, war niemand auf der Straße; die Leute saßen beim Abendessen, leckten sich die Finger, bliesen in mit Kaffee gefüllte Untertassen und schwatzten zweifellos über Porters Eskapade und Macons furchtlose Begegnung mit dem wilden Mann in der Mansarde. Es gab keine Straßenlaternen in diesem Teil der Stadt; nur der Mond wies einem Fußgänger den Weg. Macon ging weiter, widerstand nach besten Kräften dem Klang der Stimmen, der ihm folgte. Er näherte sich schnell einem Abschnitt der Straße, wohin die Musik nicht dringen konnte, als ihm, wie der Szene auf der Rückseite einer Postkarte, ein Bild dessen vor Augen trat, worauf er zusteuerte – sein eigenes Haus; der schmale, unnachgiebige Rücken seiner Frau; seine Töchter, ausgedörrt von Jahren des Verlangens; sein Sohn, zu dem er nur sprechen konnte, wenn seine Worte einen Befehl oder eine Kritik enthielten. «Hallo, Daddy.» «Hallo, Sohn, stopf dein Hemd rein.» «Ich hab einen toten Vogel gefunden, Daddy.» «Bring solchen Schmutz nicht ins Haus . . .» Dort gab es keine Musik, und heute abend wünschte er sich ein ganz klein wenig Musik – von dem Menschen, dem er zuerst zugetan gewesen war.

Er kehrte um und ging langsam auf Pilates Haus zu. Sie sangen ein Lied, das Pilate anführte, eine Melodie, die von den beiden anderen aufgegriffen und variiert wurde. Ihr kraftvoller Alt, Rebas durchdringender Sopran als Gegenstimme und die sanfte Stimme des Mädchens, das jetzt ungefähr zehn oder elf sein mußte, zogen ihn an wie einen Teppichstift unter dem Einfluß eines Magneten.

Dem Klang erliegend, trat Macon näher. Er wünschte kein Gespräch, keinen Zeugen, nur zuzuhören und sie vielleicht zu sehen, die drei, die Quelle dieser Musik, die ihn an Felder und wilden Truthahn und Kaliko denken ließ. So leichten Schritts, wie er nur konnte, schlich er an das Seitenfenster heran, in dem das Kerzenlicht am schwächsten flackerte, und spähte hinein. Reba schnitt sich mit einem Küchen- oder Taschenmesser die Zehennägel, den langen Hals fast bis auf die Knie gebeugt. Das Mädchen, Hagar, flocht ihr Haar, während Pilate, deren Gesicht er nicht sehen konnte, weil sie dem Fenster den Rücken zuwandte, etwas in einem Topf rührte. Traubenbrei vielleicht. Macon wußte, es war keine Speise, die sie rührte, denn sie und ihre Töchter aßen wie die Kinder. Wonach immer ihnen der Sinn stand. Nie wurde eine ausgewogene Mahlzeit geplant oder zusammengestellt oder aufgetragen. Und nie gingen sie gemeinsam zu Tisch. Pilate buk vielleicht Hefebrot, und jede von ihnen aß es mit Butter, wenn sie Lust dazu verspürte. Oder es mochten Trauben da sein, vom Weinmachen übriggeblieben, oder tagelang nichts als Pfirsiche. Wenn eine von ihnen eine Gallone Milch kaufte, tranken sie davon, bis nichts mehr da war. Wenn eine andere an eine Kiste Tomaten kam oder an ein Dutzend Maiskolben, aßen sie auch die, bis nichts mehr übrig war. Sie aßen, was sie hatten oder wessen sie habhaft wurden oder wonach sie Verlangen hatten. Die Gewinne aus dem Weinverkauf verdunsteten wie Meerwasser in einer heißen Brise, gingen drauf für Hagars Talmischmuck, für Rebas Geschenke an Männer, für – er wußte nicht was.

Hier am Fenster, verborgen in der Dunkelheit, spürte er, wie die Reizbarkeit des Tages von ihm abfiel, und genoß die mühelose Schönheit der im Kerzenlicht singenden Frauen. Rebas weiches Profil, Hagars rührige Hände, rührig in ihrem üppigen Haar, und Pilate. Er kannte ihr Gesicht besser als sein eigenes. Wenn sie sang wie jetzt, war ihr Gesicht eine Maske; alle Gefühle und Leidenschaften waren dann aus ihren Zügen verschwunden und in ihre Stimme eingegangen. Aber er wußte, daß ihr Gesicht, wenn sie weder sang noch sprach, von ihren sich ständig bewegenden Lippen belebt wurde. Sie kaute auf Dingen. Als Baby, als ganz kleines Mädchen, behielt sie Dinge im Mund – Stroh von Besen, Knorpel, Kerne, Blätter, Schnüre, und am allerliebsten, wenn er welche für sie auftreiben konnte, Gummibänder und Radiergummis. Ihre Lippen blieben unter lauter kleinen Bewegungen lebendig. Wenn man ihr nahe war, fragte man sich, ob sie gleich lächeln würde oder bloß einen Strohhalm vom Gaumengrund auf die Zunge schob. Vielleicht holte sie einen Ringel Gummiband aus der Wangentasche, oder lächelte sie wirklich? Aus der Ferne sah es so aus, als flüsterte sie vor sich hin, wenn sie lediglich an winzigen Kernen knabberte oder sie mit den Schneidezähnen spaltete. Ihre Lippen waren dunkler als ihre Haut, weinfarben, heidelbeerig, so daß ihr Gesicht einen kosmetischen Eindruck machte – als habe sie sorgsam einen sehr dunklen Lippenstift aufgetragen und den Glanz mit einem Stück Zeitungspapier abgenommen.

Als Macon sich unter dem Gewicht von Erinnerung und Musik weich werden fühlte, erstarb das Lied. Die Luft war still, und doch konnte Macon Dead sich nicht losreißen. Es gefiel ihm, sie so unverhohlen betrachten zu können. Sie bewegten sich nicht. Sie hörten einfach auf zu singen, und Reba schnitt sich weiter die Fußnägel. Hagar flocht und entflocht ihr Haar, und Pilate wiegte sich beim Rühren wie eine Weide.

2

Nur Magdalene, genannt Lena, und First Corinthians waren wirklich glücklich, als der große Packard gleichmäßig und leise aus der Einfahrt rollte. Sie allein hatten ein Gefühl von Abenteuer und genossen schamlos den plüschigen Luxus des Automobils. Jede hatte ein Fenster für sich und verfügte über einen unverstellten Ausblick auf den vorbeifliegenden Sommertag. Und jede der beiden war zugleich alt genug und jung genug, um tatsächlich zu glauben, sie sei eine Prinzessin und fahre in einer königlichen Kalesche, von einem mächtigen Kutscher gelenkt. Auf dem Rücksitz, von Macon und Ruth unbeobachtet, streiften sie ihre Lackpumps ab, rollten die Strümpfe über die Knie herunter und betrachteten die Männer, die durch die Straßen gingen.

Diese Ausfahrten, welche die Familie an Sonntag nachmittagen unternahm, waren zum Ritual geworden und für Macon viel zu bedeutsam, als daß er sie hätte genießen können. Für ihn stellten sie eine Möglichkeit dar, sich zu versichern, daß er in der Tat ein erfolgreicher Mann war. Für Ruth waren sie weniger ein Ritual des Ehrgeizes, aber doch eine Art, ihre Familie zur Schau zu stellen. Für den kleinen Jungen waren sie schlicht eine Last. Auf dem Vordersitz zwischen seinen Eltern eingeklemmt, sah er nur die geflügelte Frau, die über der Nase des Wagens dahinritt. Er durfte während der Fahrt nicht auf dem Schoß seiner Mutter sitzen – nicht weil sie es nicht geduldet hätte, sondern weil sein Vater dagegen war. So gelang es ihm nur, indem er sich auf den taubengrauen Sitz kniete und durch das Rückfenster blickte, etwas anderes zu sehen als die Schöße, Füße und Hände seiner Eltern, das Armaturenbrett oder die silberflüglige Frau, die auf der Spitze des Packard schwebte. Aber rückwärts zu fahren, machte ihn beklommen. Es war, als fliege man blind, und nicht zu wissen, wohin er fuhr – wo genau er gewesen war –, störte ihn. Er mochte es nicht, Bäume zu sehen, die er überholt hatte, oder Häuser und Kinder in den Raum entschwinden sehen, den das Automobil hinter sich gelassen hatte.

Macon Deads Packard rollte langsam die Not Doctor Street hinunter, durch den rauhen Teil der Stadt (später als Blutbank bezeichnet, weil Blut dort so leicht floß), über die Umgehungsstraße ins Zentrum und von dort in Richtung der wohlhabenden weißen Wohngegenden. Manche der Schwarzen, die den Wagen vorbeifahren sahen, seufzten in gutmütigem Neid über seine Eleganz, seine Würde. 1936 gab es wenige unter ihnen, denen es so gutging wie Macon Dead. Andere ließen die Familie mit einer winzigen Spur Eifersucht und einer Menge Belustigung vorübergleiten, denn Macons breiter grüner Packard entsprach in nichts dem, wofür ihrer Ansicht nach ein Auto da war. Er fuhr nie schneller als zwanzig Stundenmeilen, ließ den Motor nie aufheulen, blieb nie für ein oder zwei Blocks im ersten Gang, um Fußgänger das Zittern zu lehren. Er hatte nie einen geplatzten Reifen, blieb nie mit leerem Tank liegen, brauchte nie zwölf grinsende Straßenjungen mit ihren Mädchen im Schlepptau, damit sie halfen, ihn einen Hügel oder einen Randstein hinaufzuschieben. Nie hielt ein Stück Seil die Tür am Rahmen fest, und keine Teenager sprangen auf sein Trittbrett und ließen sich die Straße hinunter mitnehmen. Er grüßte niemanden, und niemand grüßte ihn. Niemals trat er plötzlich auf die Bremse und fuhr ein Stück rückwärts, um mit einem Freund zu lachen oder ihm etwas zuzubrüllen. Keine Bierflaschen oder Eistüten ragten aus den offenen Fenstern. Ebensowenig stellte sich je ein kleiner Junge aufrecht hin, um durch eines der Fenster hinauszupinkeln. Nie ließ er Regen darauf fallen, wenn er es vermeiden konnte, und zu Sonnys Laden ging er zu Fuß – nur zu diesen Anlässen holte er den Wagen heraus. Mehr noch, sie bezweifelten, daß er je mit einer Frau auf dem Rücksitz zusammengewesen war, denn das Gerücht wollte es, daß er in «schlechte Häuser» ging oder bisweilen bei einer losen oder einsamen Mieterin lag. Außer den leuchtenden, streifenden Augen von Magdalene, genannt Lena, und First Corinthians war in dem Packard überhaupt kein wirkliches Leben. So nannten sie ihn Macon Deads Leichenwagen.

First Corinthians zog sich die Finger durchs Haar. Es war langes, leichtes Haar, von der Farbe nassen Sandes. «Willst du wo Bestimmtes hin, oder fahren wir nur so rum?» Sie hielt die Augen auf die Straße geheftet und beobachtete die vorbeigehenden Männer und Frauen.

«Achtung, Macon. Du biegst hier immer falsch ab.» Ruth sprach sanft von der rechten Wagenseite.

«Willst du fahren?» fragte Macon sie.

«Du weißt, daß ich nicht fahre», antwortete sie.

«Dann überlaß es mir.»

«Gut, aber mach mir keine Vorwürfe, wenn ...»

Macon bog an der Gabelung gewandt nach links in die Straße ein, die durch das Zentrum und in eine Wohngegend führte.

«Daddy? Fahren wir wo Bestimmtes hin?»

«Honoré», sagte Macon.

Magdalene, genannt Lena, schob sich die Strümpfe tiefer an den Beinen hinunter. «Am See? Was gibts denn da draußen? Nichts gibts da draußen, niemand.»

«Da draußen ist eine Strandsiedlung, Lena. Dein Vater möchte sie sich ansehen.» Ruth schaltete sich wieder in die Unterhaltung ein.

«Wozu? Das sind Häuser von weißen Leuten», sagte Lena.

«Nicht alles sind Häuser von weißen Leuten. Manches davon ist gar nichts. Einfach nur Land. Ganz drüben auf der anderen Seite. Könnte ein hübscher Sommerort für Farbige werden. Strandhäuser. Verstehst du, was ich meine?» Macon blickte durch den Rückspiegel auf seine Tochter.

«Wer soll drin wohnen? Gibt keine Farbigen, die sich zwei Häuser leisten können», sagte Lena.

«Reverend Coles kann es, und Dr. Singleton auch», korrigierte Corinthians sie.

«Und dieser Anwalt – wie heißt er doch?» Ruth sah sich nach Corinthians um, die sie nicht beachtete.

«Und Mary, nehm ich an.» Lena lachte.

Corinthians starrte kalt auf ihre Schwester. «Daddy würde einer Barfrau kein Grundstück verkaufen. Daddy, würdest du uns neben einer Barfrau wohnen lassen?»

«Das Haus gehört ihr, Corinthians», sagte Ruth.

«Interessiert mich nicht, was ihr gehört. Was sie ist, interessiert mich. Daddy?» Corinthians lehnte sich vor und suchte bei ihrem Vater Bestätigung.

«Du fährst zu schnell, Macon.» Ruth preßte die Schuhspitze gegen das Bodenbrett.

«Wenn du noch einmal etwas über meine Fahrweise sagst, läufst du zu Fuß nach Hause. Es ist mir ernst.»

Magdalene, genannt Lena, setzte sich vor und legte ihrer Mutter die Hand auf die Schulter. Ruth war still. Der kleine Junge kickte mit den Füßen gegen die Unterseite des Armaturenbretts.

«Laß das!» befahl ihm Macon.

«Ich muß auf die Toilette», sagte sein Sohn.

Corinthians hielt sich den Kopf. «O Gott.»

«Aber du bist doch gegangen, bevor wir abgefahren sind», sagte Ruth.

«Ich *muß*!» Er begann zu quengeln.

«Bist du sicher?» fragte ihn seine Mutter. Er sah sie an. «Ich denke, es ist besser, wir halten», sagte Ruth, ohne sich direkt an jemanden zu wenden. Ihre Augen streiften die Landschaft, in die sie hineinfuhren.

Macon veränderte die Geschwindigkeit nicht.

«Bekommen *wir* ein Sommerhaus, oder verkaufst du bloß Grundstücke?»

«Ich verkaufe gar nichts. Ich denke daran zu kaufen und dann zu vermieten», antwortete ihr Macon.

«Aber bekommen *wir* –»

«Ich muß», sagte der kleine Junge.

– «da auch ein Haus?»

«Vielleicht.»

«Nur wir? Wer sonst noch?» Corinthians war sehr interessiert.

«Ich kanns dir nicht sagen. Aber in ein paar Jahren – in

fünf oder zehn – werden eine ganze Menge Farbige so viel haben, daß sie es sich leisten können. Eine ganze Menge. Verlaß dich drauf.»

Magdalene, genannt Lena, holte tief Luft. «Da vorn könntest du an den Rand fahren, Daddy. Sonst macht er vielleicht den Sitz schmutzig.»

Macon sah sie im Spiegel an und fuhr langsamer. «Wer geht mit ihm?» Ruth fummelte am Türgriff. «Du nicht», sagte Macon zu ihr.

Ruth blickte ihren Mann an. Sie öffnete die Lippen, sagte aber nichts.

«Ich nicht», sagte Corinthians. «Ich hab hohe Absätze.»

«Na, komm», seufzte Lena. Sie stiegen aus dem Wagen, kleiner Junge und große Schwester, und verschwanden zwischen den Bäumen, die gleich neben dem Straßenrand aufragten.

«Du glaubst wirklich, es gibt mal genug Farbige – ich meine, nette Farbige – in der Stadt hier, die da wohnen könnten?»

«Sie müssen nicht hier aus der Stadt sein, Corinthians. Zu einem Sommerhaus werden die Leute fahren. Weiße tun das ständig.» Macon trommelte mit den Fingern auf das Lenkrad, das ein wenig bebte, da der Wagen im Leerlauf war.

«Neger mögen kein Wasser.» Corinthians kicherte.

«Sie werden es mögen, wenn es ihnen gehört», sagte Macon. Er schaute aus dem Fenster und sah Magdalene, genannt Lena, aus den Bäumen kommen. Einen großen bunten Blumenstrauß hatte sie in der Hand, aber ihr Gesicht war verknittert vor Ärger. Über ihr hellblaues Kleid breiteten sich feuchte Flecken wie Finger.

«Er hat mich naß gemacht», sagte sie. «Er hat mich naßgemacht, Mama.» Sie war den Tränen nahe.

Ruth schnalzte mit der Zunge.

Corinthians lachte. «Ich hab euch doch gesagt, Neger mögen kein Wasser.»

Er wollte es nicht. Es passierte, bevor er fertig war. Sie war ein paar Schritte von ihm weggegangen, um Blumen zu pflücken, war dann zurückgekommen, und als er ihre

Schritte hinter sich hörte, hatte er sich umgedreht, bevor er fertig war. Es wurde allmählich zu einer Gewohnheit – diese Konzentration auf Dinge hinter ihm. Fast als sei keine Zukunft zu haben.

Doch wenn die Zukunft nicht eintraf, so dehnte die Gegenwart sich aus, und der kleine Junge, der sich in dem Packard so unwohl fühlte, ging zur Schule und traf mit zwölf den Jungen, der ihn nicht nur befreien, sondern auch zu der Frau bringen konnte, die mit seiner Zukunft so viel zu tun hatte wie mit seiner Vergangenheit.

Gitarre sagte, er kenne sie. Sei sogar in ihrem Haus gewesen.

«Wie siehts aus da drinnen?» fragte ihn Milchmann.

«Blank», antwortete Gitarre. «Blank und braun. Mit 'nem Geruch.»

«'nem schlechten Geruch?»

«Weiß nich. Ihrem Geruch. Wirst schon sehn.»

All jene unglaublichen, aber durchaus möglichen Geschichten über die Schwester seines Vaters – die Frau, in deren Nähe zu gehen sein Vater ihm verboten hatte – hielten sie beide in Bann. Keiner mochte einen Tag länger leben, ohne die Wahrheit herauszufinden, und dies zu tun, hielten sie für ihr natürliches Recht. Schließlich kannte Gitarre sie bereits, und Milchmann war ihr Neffe.

Sie fanden sie breitbeinig auf der Treppe vor der Tür sitzend, in einem schwarzen Kleid mit langen Ärmeln und langem Rock. Ihr Haar war ebenfalls schwarz umschlungen, und aus einiger Entfernung konnten sie außer ihrem Gesicht eigentlich nichts sehen als die leuchtende Orange, die sie schälte. Nur aus Winkeln bestand sie, erinnerte er sich später, Knien, vor allem, und Ellbogen. Ein Fuß deutete nach Osten und einer nach Westen.

Als sie näher kamen und das Messingdöschen von ihrem Ohr baumeln sahen, da wußte Milchmann, sei es durch den Ohrring, die Orange oder den winkligen schwarzen Stoff, daß nichts – weder die Weisheit seines Vaters noch die Warnungen der Welt – ihn von ihr fernhalten konnten.

Gitarre, der älter war und schon auf der High School, hatte keine der Bedenken, mit denen sein junger Kumpan noch kämpfte, und machte als erster den Mund auf.

«*Hi.*»

Die Frau sah auf. Sah erst Gitarre an und dann Milchmann.

«Was is 'n das für 'n Wort?» Ihre Stimme war hell, aber mit Kieseln gesprenkelt. Milchmann starrte weiter auf ihre Finger, die sich an der Orange zu schaffen machten. Gitarre grinste und zuckte mit den Achseln. «Bedeutet Hallo.»

«Dann sag, was du meinst.»

«Okay. Hallo.»

»Schon besser. Wollt was?»

«Nix. Kommen bloß vorbei.»

«Steht vorbei, scheints.»

«Wenn Sie uns hier nich wolln, Miss Pilate, gehn wir.» Gitarres Stimme klang weich.

«Bin nich ich, der was will. Du willst was.»

«Wolln Sie was fragen.» Gitarre spielte nicht länger den Gleichgültigen. Sie war zu direkt, und um mit ihr Schritt zu halten, mußte er sorgfältig auf seine Sprache achten.

«Frag.»

«Jemand sagt, Sie ham keinen Nabel.»

«Das die Frage?»

«Ja.»

«Klingt nich wie 'ne Frage. Klingt wie 'ne Antwort. Her mit der Frage.»

«Ham Sie?»

«Was?»

«Ham Sie 'nen Nabel?»

«Nein.»

«Was 'n mit passiert?»

«Keine Ahnung.» Sie ließ ein helles Stück Schale in ihren Schoß fallen und trennte langsam eine Orangenscheibe ab. «Hab jetzt ich mal 'ne Frage gut?»

«Klar.»

«Wer is dein kleiner Freund?»

«Das hier is Milchmann.»

«Kann er reden?» Pilate schluckte ein Stück von der Frucht.

«Klar. Kann reden. Sag was.» Gitarre stieß Milchmann mit dem Ellbogen an, ohne Pilate aus den Augen zu lassen.

Milchmann holte tief Luft, hielt sie an und sagte: «Hi.»

Pilate lachte. «Müßt allesamt die blödsten Neger auf Erden sein, die sie noch nich gehängt ham. Was bringn die euch bloß bei in ihrn Schulen? Sagst ‹Hi› zu Schweinen und Schafen, wenn du sie in Trab bringen willst. Wenn du zu 'nem Mensch ‹Hi› sagst, sollt er aufstehn un dich umhaun.»

Scham durchflutete ihn. Er war auf manches gefaßt gewesen, aber nicht auf dieses Gefühl; auf Verlegenheit, ja, aber nicht auf das hier. Sie war diejenige, die häßlich, schmutzig, arm und betrunken war. Die schrullige Tante, mit der seine Kameraden in der sechsten Klasse ihn aufzogen und die er haßte, weil er sich persönlich verantwortlich fühlte für ihre Häßlichkeit, ihre Armut, ihren Schmutz und ihren Wein.

Statt dessen machte sie sich lustig über seine Schule, über seine Lehrer, über ihn. Und während sie so arm aussah, wie sie der Behauptung aller nach war, fehlte da doch etwas in ihren Augen, das dies bestätigt hätte. Auch war sie nicht schmutzig; ungepflegt, ja, aber schmutzig nicht. Das Weiße ihrer Fingernägel war wie Elfenbein. Und wenn er nicht völlig total falsch sah, dann war diese Frau eindeutig nicht betrunken. Natürlich war sie nichts weniger als hübsch, und doch wußte er, daß er ihr den ganzen Tag lang hätte zusehen können: den Fingern, die fasrige Adern von den Orangenstücken abzogen, den beerenschwarzen Lippen, die sie aussehen ließen, als trüge sie Make-up, dem Ohrring . . . Und als sie aufstand, blieb ihm fast die Luft weg. Sie war so groß wie sein Vater, um Köpfe größer als er selbst. Ihr Kleid war nicht so lang, wie er gedacht hatte; es reichte ihr gerade bis unter die Waden, und nun konnte er ihre nicht zugebundenen Männerschuhe und die silbrigbraune Haut ihrer Knöchel sehen.

Sie hielt die Schalen so, wie sie ihr in den Schoß gefallen waren, und als sie die Stufen hinaufging, sah es aus, als fasse sie sich an den Schritt.

«Dein Daddy würd das nich mögen. Mag keine blöden Leute.» Dann sah sie geradewegs Milchmann an, mit der einen Hand die Schalen haltend, die andere auf dem Türknopf. «Kenn deinen Daddy. Kenn dich auch.»

Wieder machte Gitarre den Mund auf. «Sie die Schwester von seim Daddy?»

«Einzige, wo er hat. Sin nur drei Deads am Leben.»

Milchmann, der nicht ein Wort hatte hervorbringen können nach seinem dümmlichen «Hi», hörte sich brüllen: «Ich bin ein Dead! Meine Mutter ist eine Dead! Meine Schwestern. Du und er sind nicht die einzigen!»

Noch während er am Brüllen war, fragte er sich, warum er so plötzlich in Abwehrhaltung ging – seinen Namen so hütete. Er hatte diesen Namen immer gehaßt, jeden Buchstaben davon, und bevor er und Gitarre Freunde wurden, hatte er auch seinen Spitznamen gehaßt. Aber aus Gitarres Mund klang er klug, erwachsen. Nun verhielt er sich dieser fremden Frau gegenüber, als sei diesen Namen zu führen eine Frage tiefen persönlichen Stolzes, als habe sie versucht, ihn aus einer sehr besonderen Gruppe auszustoßen, der er nicht nur angehörte, sondern in der er auch das Recht besaß, über Mitgliedschaft zu bestimmen.

In das herzschlaglange Schweigen hinein, das auf seine gebrüllten Worte folgte, lachte Pilate.

«Wollt ihr ein weichgekochtes Ei?» fragte sie.

Die Jungen sahen einander an. Sie hatte ihnen gegenüber den Rhythmus gewechselt. Sie wollten kein Ei, aber sie wollten bei ihr sein, die Weinbude dieser Frau betreten, die einen Ohrring besaß, keinen Nabel und aussah wie ein hoher schwarzer Baum.

«Nein, danke, aber gern 'nen Schluck Wasser.» Gitarre lächelte zurück.

«Na. Dann kommt nur rein.» Sie machte die Tür auf, und sie folgten ihr in einen großen sonnigen Raum, der kahl wirkte und vollgestopft zugleich. Ein moosgrüner Sack hing von der Decke. Kerzen waren überall auf Flaschen gesteckt; Zeitungsartikel und Illustriertenbilder waren an die Wände genagelt. Aber außer einem Schaukelstuhl, zwei Stühlen mit geraden Lehnen, einem großen Tisch, einem Spülbecken und einem Herd gab es keine Möbel. Über allem hing der Geruch von Kiefern und gärenden Früchten.

«Solltet eins versuchen. Ich verstehs, sie grad richtig zu machen. Mags nämlich nich, wenn mirs Weiße davonläuft. Mags wie feuchten Samt. Woran liegts, daß ihr keins versucht?»

Sie hatte die Schalen in einen großen Steinguttopf fallen lassen, der wie fast alles in diesem Haus für einen anderen Zweck gemacht war. Nun stand sie vor dem trockenen Becken und pumpte Wasser in eine blau-weiße Waschschüssel, die sie als Kochtopf benutzte.

«Also, das Wasser und das Ei müssen sich gleich zu gleich gegenüberstehn, sozusagen. Kann nich eins die Oberhand übers andere gewinnen. Drum muß die Temperatur für beide die gleiche sein. Erst treib ich dem Wasser die Kälte aus. Bloß die Kälte. Laß es nich warm werden, denn das Ei is Zimmertemperatur, versteht sich. Also dann, das eigentliche Geheimnis steckt hier im Kochen. Wenn die Bläschen an die Oberfläche kommen, wenn sie so groß sin wie Erbsen, un knapp bevor sie so groß werden wie Murmeln. Na, genau dann nimmst du den Topf vom Feuer. Machst nich bloß das Feuer aus; nimmst den Topf runter. Dann legst du 'ne gefaltete Zeitung über den Topf und erledigst was Kleines. Wie an die Tür gehn oder den Eimer ausleern un von der Veranda reinholn. Ich geh gewöhnlich zur Toilette. Nich für lang, wohlgemerkt. Nur mal so schnell. Wenn du das alles gemacht hast, kriegst du dir ein perfektes weichgekochtes Ei.

Weiß noch, was für 'n Zeug immer bei rauskam, wenn ich für mein Vater gekocht hab. Dein Vater –» sie deutete mit dem Daumen auf Milchmann – «der konnt kein Schnurz kochen. Hab mal 'nen Kirschkuchen für ihn gemacht oders versucht. Macon war 'n netter Junge un arg gut zu mir. Wär nett, wenn du ihn hättest damals kennen können. Wär dir auch 'n richtig guter Freund gewesen, wie er mir einer war.»

Ihre Stimme ließ Milchmann an Kiesel denken. Kleine runde Kiesel, die aneinanderschlugen. Vielleicht war sie heiser, oder vielleicht lag es an der Weise, wie sie die Wörter aussprach, gedehnt und verkürzt zugleich. Der Kiefern- und Weingeruch war betäubend, und betäubend wirkte auch die hereinströmende Sonne, stark und ungezügelt, weil keine Gardinen oder Jalousien an den Fenstern waren, die das ganze Zimmer beherrschten, zwei an jeder von drei Wänden – eines auf jeder Seite der Tür, eines rechts und links von Becken und Herd und zwei an der gegenüberliegenden Wand. Hinter der vierten Wand müssen die Schlafzimmer liegen, dachte Milchmann. Die Kieselstimme, die Sonne und der betäubende Weingeruch schwächten die beiden Jungen, und wohlig saßen sie halb benebelt da und hörten sie reden und reden . . .

«Wär dein Daddy nich gewesen, wär ich heut nich hier. Wär im Mutterleib gestorben. Un im Wald noch mal gestorben. Der Wald da un die Dunkelheit hätten mich glatt umgebracht. Hat mich aber gerettet, un da steh ich un koch Eier. Unser Papa war tot, versteht ihr. Ham ihn fünf Fuß hoch in die Luft gejagt. Drum, als wir aus Circes großem Haus raus sin, wußten wir nich wohin, drum sin wir bloß rumgelaufen un ham in Wäldern gelebt. Farmland. Aber Papa is eines Tags zurückgekommen. Wußten erst nich, daß ers war, weil wir ihn beide fünf Fuß hoch in die Luft ham fliegen sehn. Hatten uns da verirrt. Übrigens, Dunkelheit! Du meinst, Dunkelheit is bloß eine Farbe, stimmt aber nich. Gibt fünf oder sechs Arten von Schwarz. Manche seidig, manche wollig. Manche einfach leer. Manche wie Finger. Und steht auch nich still. Bewegt sich und wechselt von einer Art Schwarz in die andre. Zu sagen, dies oder das is pechschwarz, is so, als ob man sagt, das is grün. Was für 'n Grün? Grün wie meine Flaschen? Grün wie 'n Grashüpfer? Grün wie Gurken, wie Salat oder grün wie der Himmel, kurz bevor er aufbricht und losstürmt? Na, is genauso mit Nachtschwarz. So gut wie 'n Regenbogen.

Also, wir verirrt und da war dieser Wind und vor uns der Rücken von unserm Daddy. Warn paar ängstliche Kinder, wir. Macon hat mir ständig erzählt, die Sachen, vor denen wir Angst hatten, wärn nich wirklich. Was für 'n Unterschied machts, ob das, wo du vor Angst hast, wirklich is oder nich? Weiß noch, wie ich mal gewaschen hab für 'n Mann un seine Frau, drunten in Virginia. Mal nachmittags kommt der Mann zitternd in die Küche un sagt, hab ich Kaffee fertig. Ich frag ihn, was is es, was sich ihn gegrapscht hat, er säh so schlimm aus. Sagt, kriegts nich zusammen, fühlt sich aber, als würd er gleich von 'ner Klippe stürzen. Dabei steht er doch da auf dem gelben un weißen un roten Linoleum, so flach wie 'n Bügeleisen. Hält sich erst an der Tür fest, dann am Stuhl, un versucht, so gut er kann, nich runterzustürzen. Ich hab den Mund aufgemacht un wollt ihm sagen, da gibts keine Klippe in der Küche da. Dann is mir eingefallen, wies war, in dem Wald zu stecken. Habs richtig wieder gespürt, von vorn bis hinten. Also, sag ich zu dem Mann, will er, daß ich ihn festhalt, damit er nicht stürzen kann. Schaut mich an mit dem dankbarsten Blick von der Welt. ‹Das würdst du tun?› sagt er. Ich geh um ihn rum und verschränk meine Finger ihm vor der Brust un halt ihn fest. Sein Herz hat ihm unter der Weste ausgeschlagen wie 'n läufiges Maultier. Aber nach un nach hat er sich beruhigt.»

«Sie ham ihm das Leben gerettet», sagte Gitarre.

«Von wegen. Seine Frau is reingekommen, bevors Zeit war zum Loslassen. Hat mich gefragt, was ich da mach, und ich habs ihr erzählt.»

«Was erzählt? Was ham Sie gesagt?»

«Wahrheit. Daß ich versuch, ihn vor zu bewahren, von 'ner Klippe zu stürzen.»

«Möcht wetten, da hätt sie gewünscht, er wär runtergesprungen. Hat sies geglaubt? Sagen Sie bloß, sie hats Ihnen geglaubt.»

«Hat sie nich, erst nich. Aber kaum laß ich los, fällt er wie 'n Klotz zu Boden. Zerschlägt sich die Brille un alles. Fällt glatt aufs Gesicht. Un wißt ihr was? Ging ganz langsam zu Boden. Schwör euch, hat drei Minuten gedauert, volle drei Minuten vom aufrechten Stand, bis wo er sich das Gesicht auf dem Boden zermatscht hat. Weiß nich, ob die Klippe wirklich war oder nich, hat aber drei Minuten gebraucht, um runterzufallen.»

«War er tot?» fragte Gitarre.

«Mausetot.»

«Wer hat euern Daddy erschossen? Ham Sie gesagt, einer hat ihn erschossen?» Gitarre war fasziniert, Lichter funkelten in seinen Augen.

«Fünf Fuß in die Luft . . .»

«Wer?»

«Weiß nich wer, un weiß nich warum. Weiß bloß, was ich euch sag: was, wann und wo.»

«Wo ham Sie nich gesagt.» Er blieb hartnäckig.

«Doch, hab ich. Von 'nem Zaun.»

«Wo war der Zaun?»

«Auf unsrer Farm.»

Gitarre lachte, aber seine Augen glänzten zu sehr, um viel Humor auszudrücken. «Wo war die Farm?»

«Montour County.»

Er gab es auf, «wo» zu fragen. «Na gut, dann wann?»

«Als er da saß – auf dem Zaun.»

Gitarre fühlte sich wie ein frustrierter Detektiv. «In welchem Jahr?»

«Dem Jahr, wo sie die Iren da in den Straßen umgelegt ham. War 'n gutes Jahr für Gewehre un Totengräber, soviel weiß ich.» Pilate legte einen Faßdeckel auf den Tisch. Dann holte sie die Eier aus der Waschschüssel und begann sie zu schälen. Ihre Lippen bewegten sich über einem Orangenkern, mit dem sie im Mund herumspielte. Erst als die Eier aufgeschnitten waren und ihr feuchtes, rötlichgelbes Inneres offenbarten, kehrte sie zu ihrer Geschichte zurück. «Eines Morgens sin wir aufgewacht. Die Sonne war fast viertels über den Himmel. Strahlend wie sonstwas. Un blau. Blau wie die Bänder am Häubchen von meiner Mutter. Seht ihr den Streifen Himmel da?» Sei deutete aus dem Fenster. «Genau hinter den Hickorybäumen. Seht ihr? Genau da drüben.»

Sie schauten und sahen den Himmel, der sich hinter den Häusern und Bäumen erstreckte. «Das is die Farbe», sagte sie, als habe sie etwas Wichtiges entdeckt. «Selbe Farbe wie meiner Mama ihrer Bänder. Würd ihre Bänderfarbe überall erkennen, weiß nur ihrn Namen nich. Nachdem sie tot war, wollt Papa ihn niemand sagen lassen. Na, bevor wir uns fertig den Sand aus den Augen reiben un so recht umschaun können, sehn wir ihn da auf 'nem Baumstumpf sitzen. Richtig im Sonnenlicht. Fangen an, ihn zu rufen, aber er schaut weiter weg, wie als würd er uns anschaun un zur gleichen Zeit nich anschaun. Was in seinem Gesicht hat uns Angst gemacht. War, als säh man ein Gesicht unter Wasser. Papa is nach 'ner Weile aufgestanden und aus der Sonne tiefer in den Wald reingegangen. Sin bloß so dagestanden un ham den Baumstumpf angeguckt. Zitternd wie Laub.»

Pilate schabte die Eierschalen zu einem Häufchen zusammen, mit Fächerfingern, die immer von neuem sanfte Streichbewegungen vollzogen. Die Jungen sahen zu, trauten sich nicht, etwas zu sagen, weil es den nächsten Teil ihrer Geschichte ruinieren könnte, und trauten sich nicht, still zu bleiben, weil es sie davon abhalten könnte weiterzuerzählen.

«Zitternd wie Laub», murmelte sie, «grad wie Laub.»

Plötzlich hob sie den Kopf und stieß einen Laut aus wie eine Waldeule. «Uuh! Komme schon!»

Weder Milchmann noch Gitarre sahen oder hörten jemanden näher kommen, aber Pilate sprang auf und lief zur Tür. Sie hatte sie noch nicht erreicht, da stieß ein Fuß sie auf, und Milchmann sah den gebeugten Rücken eines Mädchens. Sie schleifte einen großen Fünf-Scheffel-Korb gefüllt mit etwas, was wie Brombeergestrüpp aussah, und eine Frau, die ihn von der anderen Seite schob, sagte: «Paß auf die Türschwelle auf, Baby.»

«Ich habs» antwortete das Mädchen. «Schieb.»

«Wird Zeit», sagte Pilate.» Licht is weg, bevor du dich versiehst.»

«Tommys Lastwagen is stehngeblieben», sagte das Mädchen schnaufend. Als die beiden den Korb in den Raum geschafft hatten, streckte das Mädchen seinen Rücken und drehte sich zu ihnen herum. Aber Milchmann brauchte ihr Gesicht nicht zu sehen; er hatte sich bereits in ihren Hintern verliebt.

«Hagar.» Pilate blickte im Raum umher. «Das hier is dein Bruder, Milchmann. Un das hier sein Freund. Wie heißt du noch mal, Hübscher?»

«Gitarre.»

«Gitarre? Spielst auch?» fragte sie.

«Das is nich ihr Bruder, Mama. Sin Cousins.» Die ältere Frau sprach.

«Selbe Sache.»

«Is es nich. Is es, Baby?»

«Nein», sagte Hagar. «Is 'n Unterschied.»

«Da is 'n Unterschied.»

«Na, was is der Unterschied, Reba? Wo du so viel weißt.»

Reba sah zur Decke. «Bruder is 'n Bruder, wenn beide dieselbe Mutter ham oder wenn beide –»

Pilate unterbrach sie. «Ich mein, was is der Unterschied in der Art, wie man sich zu ihnen benimmt? Mußt du dich nich zu beiden auf dieselbe Art benehmen?»

«Is nich der Punkt, Mama.»

«Schweig, Reba. Ich sprech mit Hagar.»

«Ja, Mama. Du behandelst sie beide gleich.»

«Dann warum ham sie zwei Wörter für, statt einem, wenn kein Unterschied is?» Reba legte die Hände auf die Hüften und öffnete weit die Augen.

«Zieh den Schaukelstuhl rüber», sagte Pilate. «Ihr Jungen müßt Platz machen, oder aber ihr wollt helfen.»

Die Frauen umringten den Korb voller Brombeeren, die noch an ihren kurzen, dornigen Zweigen hingen.

«Was solln wir tun?» fragte Gitarre.

«Die kleinen Beeren da von ihrn scheußlichen Zweigen holen, ohne daß sie platzen. Reba, hol den andern Topf da.»

Hagar sah sich um, ganz Augen und Haare. «Warum ziehn wir nich 'n Bett aus dem Hinterzimmer? Dann können wir alle sitzen.»

«Boden is gut genug für mich», sagte Pilate, und sie hockte sich auf ihre Schenkel und zog vorsichtig einen Zweig aus dem Korb. «Das alles, was ihr habt?»

«Nein.» Reba rollte seitwärts einen riesigen irdenen Topf herbei. «Noch zwei draußen.»

«Bringt die besser rein. Ziehn draußen zuviel Fliegen an.»

Hagar machte sich zur Tür auf und nickte Milchmann zu. «Los, Bruder. Kannst helfen.»

Milchmann sprang auf, stieß seinen Stuhl nach hinten und trottete Hagar hinterher. Sie war, schien ihm, das hübscheste Mädchen, das er je gesehen hatte. Sie war viel älter als er. Sie mußte so alt sein wie Gitarre, vielleicht sogar schon siebzehn. Er glaubte zu schweben. Zusammen schleiften er und Hagar zwei Körbe die Verandastufen hinauf und ins Haus. Sie war so stark und muskulös wie er.

«Vorsichtig, Gitarre. Langsam. Machst sie ständig kaputt.»

«Laß ihn in Ruhe, Reba. Muß erst das Gefühl für kriegen. Hab dich gefragt, spielst du auch. Das, warum sie dich Gitarre rufen?»

«Nich, weil ich spiel. Weil ich wollte. Als ich ganz klein war. Erzähln sie mir wenigstens.»

«Wo hattst du denn 'ne Gitarre gesehn?»

«War 'n Wettbewerb in 'nem Laden, unten in Florida. Hab das gesehn, als meine Mutter mich in die Stadt mitgenommen hat. War noch 'n Baby. Eins von diesen Dingern, wo du raten mußt, wieviel Bohnen in dem großen Glas sin, un 'ne Gitarre gewinnst. Hab nach geschrien, sagen sie. Un immer nach gefragt.»

«Hättst Reba rufen solln. Würd sie dir holen.»

«Nee, konnst sie nich kaufen. Mußtest die Zahl von Geleebohnen angeben.»

«Habs gehört. Reba hätt gewußt wie viele. Reba gewinnt Sachen. Hat noch nie was verloren.»

«Wirklich?» Gitarre lächelte, aber er zweifelte noch. «Hat Glück?»

«Klar hab ich Glück.» Reba grinste. «Leute kommen von überall un wolln, daß ich für sie 'n Los zieh un sag, auf was für Nummern sie setzen solln. Klappt ganz hübsch für sie, un für mich klappts immer. Gewinn alles, was ich versuch zu gewinnen, un 'nen Haufen Sachen, wo ichs nich mal versuch.»

«Is so weit gekommen, daß keiner ihr 'n Tombolaschein verkaufen will. Wolln bloß, daß sie ihre hält.»

«Seht mal.» Reba steckte die Hand in den Ausschnitt ihres Kleids und zog einen Brillantring hervor, der an einer Schnur hing. «Hab ich letztes Jahr gewonnen. Ich war die . . . was wars noch, Mama?»

«Fünfhunderttausendste.»

«Fünfhundert . . . nein, das wars nich. Das is nich, was sie gesagt ham.»

«Halbe Million is, was sie gesagt ham.»

«Richtig. Die halbe millionste Person, die zu Sears un Roebuck reinkommt.» Ihr Lachen war stolz und heiter.

«Wollten ihn ihr nich geben», sagte Hagar, «weil sie so 'n schlechten Eindruck machte.»

Gitarre war erstaunt. «Erinner mich an den Wettbewerb, kann mich aber nich erinnern, daß ich was von gehört hab, 'ne Farbige hätt ihn gewonnen.» Gitarre, dessen Element die Straßen waren, glaubte, jede öffentliche Sache zu kennen, die in der Stadt vor sich ging.

«Hat keiner. Hatten Leute zum Bilderaufnehmen un alles, die bloß drauf gewartet ham, daß der nächste durch die Tür tritt. Aber mein Bild ham sie nie in die Zeitung gesetzt. Ham schon geguckt, ich un Mama, nich?» Mit einem Blick suchte sie bei Pilate Bestätigung und fuhr dann fort. «Ham aber das Bild von dem Mann reingesetzt, der 'n zweiten Preis gewonnen hat. Hat 'ne Kriegsschuldverschreibung gewonnen. War weiß.»

«Zweiten Preis?» fragte Gitarre. «Was für 'n ‹zweiten Preis›? Entweder du bist der Halbmillionste oder du bists nich. Kann keinen Zweit-Halbmillionsten geben.»

«Kann, wenn der Gewinner Reba is», sagte Hagar. «Der einzge Grund, warums 'n zweiten gab, war, das sie erster war. Un der einzge Grund, warum sie 'n ihr gegeben ham, war wegen den Kameras.»

«Erzähl ihnen, warum du bei Sears drinnen warst, Reba.»

«Hab nach 'ner Toilette gesucht.» Reba warf den Kopf zurück, um ein Lachen entschlüpfen zu lassen. Ihre Hände waren von Brombeersaft besudelt, und als sie sich die Tränen von den Augen wischte, zog sie violette Streifen von ihrer Nase bis zum Backenknochen. Viel heller als Pilate oder Hagar, hatte Reba die einfältigen Augen eines Kindes. Alle hatten sie einen arglosen Blick an sich, aber hinter Pilates und Hagars Gesicht lauerte Vertracktheit und noch etwas mehr. Nur Reba, mit ihrer hellen, pickligen Haut und rücksichtsvollen Art, sah so aus, als könne ihre Einfalt auch Leere sein.

«Gibt nur zwei Toiletten im Zentrum, wo sie Farbige reinlassen: Mayflower-Restaurant und Sears. Sears war näher. Zum Glück hatts die Natur nich eilig. Ham mich fünfzehn Minuten aufgehalten wegen meim Namen un meiner Adresse, damit sie mir den Brillant rüberschicken können. Aber ich wollt sie ihn mir nich schicken lassen. Hab sie immer wieder gefragt, is das 'n echter Wettbewerb? Ich glaub euch nich.»

«War 'n Brillantring wert, dich da rauszuholen. Hast 'ne Menschenmenge angezogen, un hätt nich viel gefehlt, auch Fliegen», sagte Hagar.

«Was willst du machen mit dem Ring?» fragte Milchmann sie.

«Tragen. Gewinn selten was, was ich mag.»

«Schenkt alles weg, was sie gewinnt», sagte Hagar.

«'nem Mann», sagte Pilate.

«Behält nie was davon . . .»

«Das is, was sie gewinnen will – 'n Mann . . .»

«Schlimmer als Santa Claus . . .»

«Komische Art Glück, was gar keins is . . .»

«*Er* kommt bloß einmal im Jahr . . .»

Hagar und Pilate zogen das Gespräch auseinander; jede riß einen Faden von Erläuterungen an sich, sprach mehr zu sich selbst als zu Milchmann oder Gitarre – oder auch nur zu Reba, die den Ring wieder in ihr Kleid hatte fallen lassen und freundlich lächelte und flink die purpurdunklen Beeren von den Zweigen trennte.

Milchmann war fast einssiebzig groß damals, aber er konnte sich an keinmal in seinem Leben erinnern, wo er so vollkommen glücklich gewesen war. Er war mit seinem

Freund zusammen, einem älteren Jungen – weise und gütig und furchtlos. Er saß gemütlich in der berüchtigten Weinbude; er war umgeben von Frauen, die Gefallen an ihm zu finden schienen und die laut herauslachten. Und er war verliebt. Kein Wunder, daß sein Vater Angst vor ihnen hatte.

«Wann is der Wein hier fertig?» fragte er.

«Die Ladung hier? Paar Wochen», sagte Pilate.

«Lassen Sie uns von haben?» Gitarre lächelte.

«Klar. Magst jetzt welchen? Is reichlich Wein im Keller.»

«Will ich nich. Ich will von dem hier. Vom Wein, den ich gemacht hab.»

«Du denkst, den hast du gemacht?» Pilate lachte ihn aus. «Du denkst, das wärs schon? Paar Beeren pflücken?»

«Oh.» Gitarre kratzte sich am Kopf. «Hab ich vergessen. Müssen sie noch mit nackten Füßen zerstampfen.»

«Füßen? Füßen?» Pilate war empört. «Wer macht Wein mit sein Füßen?»

«Würd vielleicht gut schmecken, Mama», sagte Hagar.

«Könnt nich schlechter schmecken», sagte Reba.

«Taugt was, Ihr Wein, Pilate?»

«Könnts dir nich sagen.»

«Warum nich?»

«Hab nie probiert.»

Milchmann lachte. «Verkaufst Wein, den du nich mal probierst?»

«Leute kaufen ihn nich wegen dem Geschmack. Kaufen ihn, um betrunken zu werden.»

Reba nickte. «Früher jedenfalls. Kaufen jetzt gar nichts.»

«Will keiner mehr billigen Hausgemachten. Depression is vorbei», sagte Hagar. «Hat jeder jetzt Arbeit. Können sich Four Roses leisten.»

«Sin noch genug, die kaufen», sagte Pilate zu ihr.

«Wo kriegt ihr den Zucker für her?» fragte Gitarre.

«Schwarzmarkt», sagte Reba.

«Wer is ‹genug›? Sag die Wahrheit, Mama. Wenn Reba nich die hundert Pfund Lebensmittel gewonnen hätt, wir hätten gehungert im letzten Winter.»

«Hätten nich.» Pilate steckte sich ein frisches Stück Zweig in den Mund.

«Hätten *doch*.»

«Hagar, widersprich deiner Mama nich», flüsterte Reba.

«Wer hätt uns zu Essen gegeben?» Hagar blieb beharrlich. «Mama kommt Monate ohne Essen aus. Genau wie 'ne Eidechse.»

«Eidechse lebt so lang ohne Essen?» fragte Reba.

«Mädchen, läßt keiner dich hungern. Hast jemals 'n hungrigen Tag gehabt?» fragte Pilate ihre Enkeltochter.

«'türlich hat sie nich», sagte ihre Mutter.

Hagar warf einen Zweig auf den Haufen am Boden und rieb sich die Finger. Die Spitzen waren tief rot verfärbt. «Manche meiner Tage war 'n hungrige.»

Mit der Geschwindigkeit von Vögeln schossen die Köpfe von Pilate und Reba empor. Sie spähten nach Hagar, dann tauschten sie Blicke.

«Baby?» Rebas Stimme war sanft. «Bist hungrig gewesen, Baby? Warum hast du nichts von gesagt?» Reba sah gekränkt aus. «Bekommst von uns alles, was du willst, Baby. Alles. Hast du gewußt.»

Pilate spie den Zweig in ihre Handfläche. Ihr Gesicht wurde still. Ohne die bewegten Lippen war ihr Gesicht wie eine Maske. Es kam Milchmann vor, als habe jemand gerade ein Licht ausgeknipst. Er betrachtete die Gesichter der Frauen. Rebas war knittrig geworden. Tränen liefen ihr die Wangen hinunter. Pilates Gesicht war totenstill, aber wachsam, als warte sie auf irgendein Zeichen. Hagars Profil war unter ihrem Haar verborgen. Sie beugte sich vor, die Ellbogen auf den Schenkeln, und rieb sich die Finger, die in dem abnehmenden Licht blutbefleckt aussahen. Ihre Nägel waren sehr, sehr lang.

Die Stille hielt an. Nicht einmal Gitarre wagte sie zu durchbrechen.

Dann sprach Pilate. «Reba. Sie meint nich Essen.»

Begreifen überzog langsam Rebas Gesicht, aber sie antwortete nicht. Pilate begann zu summen, während sie sich wieder ans Beerenpflücken machte. Nach einem Augenblick fiel Reba ein, und zusammen summten sie in vollkommener Harmonie, bis Pilate die Führung übernahm:

O Sugarman verlaß mich nicht
Daß Baumwoll mich ersticke
O Sugarman verlaß mich nicht
Daß weiße Arme mich erdrücken

Als die zwei Frauen zum Refrain kamen, hob Hagar den Kopf und sang auch.

Sugarman ist fortgeflogen
Sugarman ließ uns allein
Sugarman saust durch die Luft
Sugarman flog heim

Milchmann konnte kaum atmen. Hagars Stimme heimste auch die letzten Stückchen Herz ein, die er noch sein eigen nennen konnte. Als er glaubte, er werde ohnmächtig unter dem Gewicht dessen, was er fühlte, wagte er einen Blick auf seinen Freund und sah die untergehende Sonne Gitarres Augen vergolden, ein träges Lächeln des Wiedererkennens in den Schatten rücken.

Köstlich wie sich der Tag für Milchmann erwies, wurde sein Glanz noch dadurch vermehrt, daß er Heimlichkeit und Trotz mit einschloß – welche sich beide binnen einer Stunde nach der Heimkehr seines Vaters in Nichts aufgelöst hatten. Freddie hatte Macon Dead wissen lassen, daß sein Sohn den Nachmittag «trinkend in der Weinstube» verbracht habe.

«Er lügt! Ham nichts getrunken. Nichts. Gitarre hat nich mal das Glas Wasser gekriegt, um das er gebeten hat.»

«Freddie lügt nie. Er stellt falsch dar, aber er lügt nie.»

«Dich hat er angelogen.»

«Mit dem Weintrinken? Kann sein. Aber nicht damit, daß du dort warst, hm?»

«Nein, Sir. Damit nich.» Milchmann milderte seinen Ton etwas, aber es gelang ihm, seiner Stimme die trotzige Schärfe zu belassen.

«Nun, was hattest du für Anweisungen von mir?»

«Du hast gesagt, ich soll von da wegbleiben. Von Pilate wegbleiben.»

«Richtig.»

«Aber du hast mir nie gesagt warum. Sie sind unsre Cousins. Sie ist deine eigne Schwester.»

«Und du bist mein eigner Sohn. Und du wirst tun, was ich dir sage. Mit oder ohne Erklärungen. Solang du deine Füße unter meinen Tisch streckst, tust du in diesem Haus, was man dir sagt.»

Mit zweiundfünfzig war Macon Dead noch ein ebenso imposanter Mann wie mit zweiundvierzig, als Milchmann ihn für das Größte auf der Welt gehalten hatte. Größer sogar als das Haus, in dem sie wohnten. Aber heute hatte er eine Frau gesehen, die genauso groß war und die ihm das Gefühl gegeben hatte, ebenfalls groß zu sein.

«Ich weiß, ich bin der jüngste in dieser Familie, aber 'n Baby bin ich nich. Behandelst mich, als wär ich 'n Baby. Sagst ständig, brauchst mir nichts zu erklären. Was denkst du, wie ich mich da fühl? Wie 'n Baby, so fühl ich mich. Wie 'n zwölfjähriges Baby!»

«Werd du mir gegenüber nicht laut.»

«Is das die Art, wie dich dein Vater behandelt hat, als du zwölf warst?»

«Halt deine Zunge in Zaum!» brüllte Macon. Er nahm die Hände aus den Taschen, wußte aber nicht, was mit ihnen anfangen. Einen Augenblick lang war er verwirrt. Unter der Frage seines Sohnes hatte sich die Kulisse verschoben. Er sah sich selbst als Zwölfjährigen in Milchmanns Schuhen stehen und empfinden, was er für seinen eigenen Vater empfunden hatte. Die Erstarrung, die ihn befallen hatte, als er den Mann, den er liebte und bewunderte, vom Zaun stürzen sah; etwas Wildes lief durch ihn hindurch, als er ansehen mußte, wie der Körper im Dreck zuckte. Sein Vater hatte fünf Nächte lang auf einem Lattenzaun gesessen, ein Gewehr in den Armen, und war schließlich gestorben bei der Verteidigung seines Besitzes. War es das, was dieser Junge für ihn empfand? Vielleicht war es Zeit, ihm etwas zu erzählen.

«Na, hat er?»

«Ich hab Seite an Seite mit meinem Vater gearbeitet. Im gleichen Schritt mit ihm. Seit ich vier oder fünf war, haben wir zusammengearbeitet. Nur wir zwei. Unsere Mutter war tot. Starb, als Pilate geboren wurde. Pilate war noch ein Baby. Blieb tagsüber drüben auf einer andern Farm. Hab sie selbst jeden Morgen auf den Armen rübergetragen. Dann bin ich immer über die Felder zurückgegangen zu meinem Vater. Wir haben Präsident Lincoln vor den Pflug gespannt und . . . So haben wir sie gerufen: Präsident Lincoln. Papa hat gesagt, Lincoln war ein guter Pflüger, bevor er Präsident war, und man sollte einen guten Pflüger nicht von seiner Arbeit wegholen. Er nannte unsre Farm Lincolns Himmel. War winzig. Aber mir kam sie damals groß vor. Ich weiß jetzt, es muß 'ne winzige Farm gewesen sein – hundertfünfzig Morgen vielleicht. Fünfzig haben wir bestellt. Rund achtzig davon waren Wald. Muß ein Vermögen an Eiche und Kiefer dringesteckt haben; vielleicht waren sie darauf aus – auf das Holz, Eiche und Kiefer. Wir hatten einen Teich, der war vier Morgen groß. Und einen Bach, voller Fische. Mitten im Herzen von einem Tal. Schönste Berg, den du je gesehen hast, Montour-Kamm. Wir wohnten im Montour County. Gleich nördlich von Susquehanna. Wir hatten einen Schweinestall mit vier Boxen. Die große Scheune war vierzig auf hundertvierzig Fuß – mit Walmdach sogar. Und ringsrum in den Bergen gabs Wild und wilden Truthahn. Weißt nich, was gut is, bevor du nich wilden Truthahn geschmeckt hast, wie Papa ihn gemacht hat. Hat ihn immer ganz schnell angebrannt im Feuer. Ganz schwarz gebrannt, von oben bis unten. Hat ihn versiegelt. Den Saft versiegelt. Dann hat er ihn vierundzwanzig Stunden auf 'nem Spieß rösten lassen. Wenn du das Schwarzverbrannte abgeschnitten hast, war das Fleisch drunter zart, duftend, saftig. Und Obstbäume hatten wir. Äpfel, Kirschen. Pilate hat mal versucht, mir 'nen Kirschkuchen zu backen.»

Macon hielt inne und ließ das Lächeln hervorkommen. Seit Jahren hatte er nichts von alldem ausgesprochen. Hatte in letzter Zeit kaum daran zurückgedacht. Als er jung verheiratet gewesen war, hatte er Ruth oft von Lincolns Himmel erzählt. Im Dunkeln auf der Verandaschaukel sitzend, erschuf er dann das Land wieder, das seines hätte werden sollen. Oder als er gerade anfing mit dem Geschäft, Häuser zu kaufen, lungerte er manchmal beim Friseur herum und tauschte Geschichten mit den Männern dort. Aber seit Jahren hatte ihm für derlei die Zeit gefehlt, oder das Interesse. Nun tat er es wieder, für seinen Sohn, und jede Einzelheit des Landes stand ihm klar vor Augen: der Brunnen, die Apfelbäume im Garten, Präsident Lincoln; ihr Fohlen, Mary Todd; Ulysses S. Grant, die Kuh; General Lee, ihr Schwein. Auf diese Weise hatte er gelernt, was an Geschichte er noch im Kopf hatte. Sein Vater konnte nicht lesen, konnte nicht schreiben; wußte nur, was er sah und wovon er gehört hatte. Aber er hatte in Macons Gedächtnis gewisse historische Gestalten eingraviert, und als Junge dachte Macon in der Schule immer an die Persönlichkeit seines Pferdes, seines Schweins, wenn er über diese Leute las. Sein Vater mochte ihren Ackergaul zum Scherz Präsident Lincoln genannt haben, aber Macon dachte immer mit Zuneigung an Lincoln, da er ihn zuerst als starkes, beständiges, frommes und gehorsames Pferd kennengelernt hatte. Er mochte sogar General Lee, denn eines Frühlings schlachteten sie ihn und aßen das beste Schweinefleisch außerhalb Virginias «von der Keule bis zum geräucherten Schinken bis zu den Rippchen, zu den Würsten, zu den Backen, zu den Füßen, zum Schwanz und dem Preßkopf» – acht Monate lang. Und im November gab es Schweinegrieben.

«Hatt gar nichts gegen General Lee», erklärte er Milchmann lachend. «Beste General, den ich je gesehen hab. Sogar seine Eier ham geschmeckt. Circe hat den besten Eintopf draus gemacht, den sie je gekocht hat. Ha! Wußt doch den Namen von der Frau nich mehr. Das wars, Circe. Hat auf 'ner großen Farm gearbeitet, die 'n paar Weißen gehörte in Danville, Pennsylvanien. Komisch, wie einem Sachen entfallen. Jahrelang fällt dir rein gar nichts ein. Dann auf einmal kommts dir alles wieder. Hatten 'nen Hundewettlauf, die. War der große Sport damals. Hunderennen. Ihre Hunde ham sie wirklich geliebt, die Weißen. Ham 'nen Nigger umgebracht un sich gleichzeitig die Haare gekämmt. Aber über ihre Hunde hab ich erwachsene weiße Männer weinen sehn.»

Seine Stimme klang Milchmann verändert. Weniger hart, und seine Sprechweise war anders. Südstaatlicher und gemütlicher und weicher. Auch Milchmann sprach weich. «Pilate sagte, jemand hat euern Vater erschossen. Fünf Fuß in die Luft geschossen.»

«Hat sechzehn Jahre gebraucht, um die Farm so weit zu kriegen, daß sie was abwarf. Is heute alles Milchwirtschaft da oben. War damals nich so. Damals wars . . . schön.»

«Wer hat ihn erschossen, Daddy?»

Macon konzentrierte den Blick auf seinen Sohn. «Papa konnt nich lesen, konnt nich mal seinen Namen schreiben. Hat immer 'n Zeichen gebraucht. Sie ham ihn reingelegt. Hat irgendwas unterschrieben, ich weiß nich was, un sie ham ihm gesagt, sein Grund gehört ihnen. Hat nie was gelesen. Hab versucht, ihms beizubringen, hat aber gesagt, er könnt sich die kleinen Zeichen von einem Tag auf den andern nich merken. Ein Wort hat er im Leben geschrieben – Pilates Namen; aus der Bibel rauskopiert. Das is, was sie zusammengefaltet in ihrem Ohrring trägt. Hätt michs ihm beibringen lassen solln. Alles was ihm an Schlechtem passiert is, is passiert, weil er nich lesen konnt. Hat seinen Namen verhunzt gekriegt, weil er nich lesen konnt.»

«Seinen Namen? Wie?»

«Als die Freiheit kam. Mußten sich alle Farbigen im Staat beim Freedmen's Bureau eintragen.»

«Dein Vater war 'n Sklave?»

«Was 'n das für 'ne blöde Frage? 'türlich. Wer war das 1869 nich gewesen? Alle mußten sich eintragen. Frei unfrei. Frei und Sklave gewesen. Papa war noch unter zwanzig un ging sich einschreiben, aber der Mann hinterm Schreibstisch war betrunken. Fragt Papa, wo er geboren is. Papa sagt, Macon. Dann fragt er ihn, wo sein Vater wär. Papa sagt, ‹der is tot›. Fragt ihn, wem er gehört, Papa sagt ‹Ich bin frei›. Na, der Yankee der hats alles aufgeschrieben, aber in die falschen

Spalten. Läßt ihn in Dunfrie geboren sein, wo, zum Teufel, das auch sein mag, un in die Spalte für den Namen schreibt der Dummkopf ‹Dead› Komma ‹Macon›. Aber Papa konnt nich lesen, un drum hat er erst rausgefunden, wie er eingetragen war, als Mama 's ihm gesagt hat. Sin sich auf 'nem Fuhrwerk unterwegs nach Norden begegnet. Ham angefangen, über dies un das zu reden, hat ihr erzählt, daß er 'n Freigelassner is, un vor ihr mit seinen Papieren angegeben. Als sie sein Papier gesehn hat, hat sie ihm vorgelesen, was draufstand.»

«Hätt doch den Namen nich zu behalten brauchen, oder? Hätt seinen richtigen Namen benutzen können, oder nich?»

«Mama gefiel er. Gefiel der Name. Hat gesagt, der wär neu und würd die Vergangenheit auslöschen. Ganz auslöschen.»

«Was war sein richtiger Name?»

«Erinner mich nich mehr so gut an meine Mutter. Starb als ich vier war. Hellhäutig, hübsch. Sah für mich wie 'ne Weiße aus. Schlagen überhaupt nich nach ihr, ich un Pilate. Wenn du je dran zweifelst, daß wir aus Afrika sin, schau Pilate an. Sieht genau aus wie Papa, un der sah aus wie all die Bilder von Afrikanern, die du je zu sehn kriegst. 'n Afrikaner in Pennsylvanien. Verhielt sich auch wie einer. Hat sein Gesicht verschlossen wie 'ne Tür.»

«Ich hab Pilates Gesicht so gesehen.» Milchmann fühlte sich ihm nah und vertraut, nun, da sein Vater zwanglos und persönlich mit ihm gesprochen hatte.

«Ich habe meine Meinung nicht geändert, Macon. Ich möchte nicht, daß du dort bist.»

«Warum? Du hast noch immer nicht gesagt warum.»

«Hör nur zu, was ich sage. Die Frau da taugt nichts. Is 'ne Schlange, und kann dich verzaubern wie 'ne Schlange, bleibt aber immer noch 'ne Schlange.»

«Du sprichst über deine eigne Schwester, die du jeden Morgen auf deinen Armen über die Felder getragen hast.»

«Das ist lange her. Hast sie getroffen. Wie hat sie dir ausgesehen? Wie wer Nettes? Wer Normales?»

«Also, sie . . .»

«Oder wie 'n Messer an deiner Kehle?»

«So hat sie nicht ausgesehen, Daddy.»

«Nun, so ist sie.»

«Was hat sie getan?»

«Geht nicht drum, was sie getan hat; geht drum, was sie ist.»

«Was ist sie?»

«Eine Schlange, hab ich dir gesagt. Je die Geschichte von der Schlange gehört? Von dem Mann, der ein kleines Schlangenbaby auf dem Boden sah? Nun, der Mann sah dieses Schlangenbaby blutend und verletzt daliegen. Im Schmutz. Und der Mann hatte Mitleid mit ihm und hob es auf und steckte es in seinen Korb und nahm es mit nach Hause. Und fütterte es und versorgte es, bis es groß und stark war. Fütterte es mit denselben Sachen, die er selbst aß. Dann eines Tags wandte die Schlange sich gegen ihn und biß ihn. Steckte dem Mann ihre Giftzunge mitten ins Herz. Und während er da im Sterben lag, wandte er sich an die Schlange und fragte sie: ‹Wozu hast du das getan?› Er sagte: ‹Hab ich nicht gut für dich gesorgt? Hab ich dir nicht das Leben gerettet?› Die Schlange sagte: ‹Doch.› ‹Wozu hast du es dann getan? Wozu hast du mich getötet?› Weißt du, was die Schlange sagte? Sagte: ‹Aber du hast gewußt, daß ich eine Schlange bin, nicht?› So. Es ist mir Ernst damit, daß du aus dieser Weinbude und von Pilate so weit fortbleibst, wie du kannst.»

Milchmann senkte den Kopf. Sein Vater hatte ihm nichts erklärt.

«Junge, du hast bessere Dinge mit deiner Zeit anzufangen. Übrigens, es ist Zeit, daß du anfängst, arbeiten zu lernen. Montag fängst du an. Komm nach der Schule in mein Büro; arbeite ein paar Stunden und lern, was wirklich ist. Pilate kann dir nicht eine Sache beibringen, die du in dieser Welt gebrauchen kannst. In der nächsten vielleicht, aber nicht in dieser. Laß mich dir gleich jetzt die einzige wichtige Sache beibringen, die du je wissen mußt: besitze Sachen. Und laß die Sachen, die du besitzt, andere Sachen besitzen. Dann besitzt du dich selbst und andere Leute obendrein. Von Montag an werd ich es dir beibringen.»

3

Für Milchmann wurde das Leben ungleich besser, nachdem er für Macon zu arbeiten begonnen hatte. Ganz im Gegensatz zu den Hoffnungen seines Vaters fand er mehr Zeit, die Weinbude zu besuchen. Botengänge für Macons Mietshäuser lieferten ihm den Grund, sich in den Straßen der Southside aufzuhalten und die Leute kennenzulernen, die Gitarre so gut kannte. Milchmann war jung, und er war freundlich – das genaue Gegenteil seines Vaters – und die Mieter fühlten sich ihm gegenüber unbefangen genug, um ihn zu necken, ihn zu füttern, sich ihm anzuvertrauen. Aber es war schwierig, Gitarre öfter zu treffen. Der Samstag war der einzige Tag, an dem er ihn mit Sicherheit finden konnte. Wenn Milchmann am Samstagmorgen früh genug aufstand, konnte er seinen Freund zu fassen bekommen, bevor Gitarre sich aufmachte, in den Straßen herumzustreifen, und bevor er selbst Macon helfen mußte, die Mieten einzutreiben. Aber es gab Tage in der Woche, an denen sie gemeinsam die Schule schwänzten und herumlungerten, und an einem solchen Tag nahm Gitarre ihn mit in Feathers Billardsaal an der Zehnten Straße, mitten in der Blutbank-Gegend.

Es war elf Uhr morgens, als Gitarre die Tür aufstieß und brüllte: «He, Feather! Gib uns zwei Bier.»

Feather, ein kleiner, gedrungener Mann mit schütterem, aber lockigem Haar, sah zu Gitarre auf, dann zu Milchmann und runzelte die Stirn.

«Schaff den raus hier.»

Gitarre hielt plötzlich inne und verfolgte den Blick des kleinen Mannes zu Milchmanns Gesicht und wieder zurück. Das halbe Dutzend Männer, das da Poolbillard spielte, drehte sich auf den Ton von Feathers Stimme hin um. Drei von ihnen waren Air Force-Piloten, Angehörige des 332.

Kampfgeschwaders. Ihre prächtigen Mützen und herrlichen Lederjacken waren sorgfältig über Stühle gehängt. Ihr Haar war sehr kurz geschoren; die Manschetten waren an den Unterarmen ordentlich hochgekrempelt; ihre weißen Krawatten hingen ihnen als schneeige Rechtecke aus den Hüfttaschen. Silberketten schimmerten ihnen am Hals, und sie schauten leicht amüsiert zu, während sie die Spitzen ihrer Stöcke mit Kreide einrieben.

Gitarres Gesicht glänzte vor Verlegenheit. «Der is mit mir», sagte er.

«Schaff ihn hier raus, hab ich gesagt.»

«Na komm, Feather, das is mein Freund.»

«Is Macon Deads Junge, nich?»

«Warum?»

«Schaff ihn raus hier. Darum.»

«Kann nichts dafür, wer sein Daddy is.» Gitarre hatte seine Stimme unter Kontrolle.

«Ich auch nich. Raus.»

«Was hat sein Daddy dir 'n getan?»

«Noch nichts. Drum will ich ihn hier raus haben.»

«Is überhaupt nich wie sein Daddy.»

«Brauch nich wie er sein – *von* ihm is genug.»

«Ich verbürg mich für –»

«Hör auf, dich mit mir anzulegen, Gitarre. Schaff ihn raus. Is nich alt genug für feuchte Träume.»

Die Piloten lachten, und ein Mann, der einen grauen Strohhut mit weißem Band trug, sagte: «Ach, laß den Jungen bleiben, Feather.»

«Du halt den Mund. Den Laden hier führ ich.»

«Was kann er schon anrichten? 'n Kind von zwölf.» Er lächelte Milchmann an, der sich bremsen mußte, nicht ‹Nein, dreizehn› zu sagen.

«Is aber nich dein Problem, was?» fragte Feather. «Sein Daddy is nicht dein Hauswirt, oder, un 'ne Konzession hast du auch nicht zu verlieren. Du hast nichts . . .»

Feather behandelte den Mann mit dem weißen Hutband auf die gleiche bissige Art wie die Jungen. Da Feather ein neues Ziel gefunden hatte, nutzte Gitarre die Gelegenheit, um seine Hand hervorschnellen zu lassen wie eine Doppelaxt, die in einen Baum fährt, und zu brüllen: «Bis später dann. Komm, weiter. Wechseln wir die Tapeten.» Seine Stimme war jetzt laut und tief – laut und tief genug für zwei. Milchmann ließ die Hände in seine Gesäßtaschen gleiten und folgte seinem Freund zur Tür. Er reckte ein wenig den Hals, passend zu dem kühlen Stolz, den die Soldaten, wie er hoffte, in seinen Augen bemerkt hatten.

Stumm schlenderten sie die Zehnte Straße hinunter, bis sie an eine Steinbank kamen, die vom Gehweg bis nahe an den Randstein vorragte. Dort blieben sie stehen und setzten sich, die Rücken den Augen zweier Männer in weißen Kitteln zugekehrt, die sie beobachteten. Einer der Männer lehnte in der Tür eines Friseurladens. Der andere saß in einem gegen die Fensterscheibe des Ladens zurückgekippten Stuhl. Sie waren die Besitzer des Friseurladens, Eisenbahn-Tommy und Hospital-Tommy. Keiner der Jungen sagte etwas, nicht zu den Männern und nicht zum anderen. Sie saßen da und sahen dem Verkehr zu.

«Sind die Hallen der Gelehrsamkeit allesamt eingestürzt, Gitarre?» Hospital-Tommy sprach von seinem Stuhl. Seine Augen waren milchig wie die sehr alter Leute, aber sonst wirkte an ihm alles fest, geschmeidig und jung. Sein Ton war beiläufig, verriet aber dennoch Autorität.

«Nein, Sir.» Gitarre antwortete ihm über die Schulter.

«Was, bitte tust du dann um diese Tageszeit hier draußen auf der Straße?»

Gitarre zuckte mit den Achseln. «Ham uns eben 'n Tag frei genommen, Mr. Tommy.»

«Dein Kompagnon auch? Ist der auch auf Studienurlaub?»

Gitarre nickte. Hospital-Tommy redete wie ein Lexikon, und bei den meisten seiner Wörter mußte Gitarre raten. Milchmann sah weiter den vorbeifahrenden Autos zu.

«Keiner von euch beiden scheint viel Spaß an seinem Ferientag zu haben. Um finster dreinzuschaun hättet ihr auch in den Hallen der Gelehrsamkeit bleiben können.»

Gitarre fischte nach einer Zigarette und bot Milchmann eine an. «Feather hat mich bloß wild gemacht, sonst nichts.»

«Feather?»

«Mm. Wollt uns nich reinlassen. Geh da dauernd hin. Dauernd, un sagt nichts. Aber heut wirft er uns raus. Meint, mein Freund hier is zu jung. Is das zu ticken? Feather? Sich drum kümmern, wie alt wer is?»

«Ich wußte nicht, daß Feather überhaupt genug Hirnzellen hat, um sich zu kümmern.»

«Hat er nich. Gibt bloß an, sonst nichts. Wollt mir nich mal 'ne Flasche Bier geben.»

Eisenbahn-Tommy lachte sanft von der Tür her. «Sonst nichts? Wollt dir kein Bier geben?» Er rieb sich den Nacken und winkte Gitarre dann mit gekrümmtem Finger. «Komm rüber, Junge, und laß mich dir von ein paar andern Sachen erzählen, die du nie kriegst. Los, komm rüber.»

Widerstrebend standen sie auf und schlichen näher an den lachenden Mann heran.

«Du glaubst, das is was? Kein Bier kriegen? Na, laß mich dich was fragen. Hast du schon mal ganz still in der Kombüse vom Speisewagen der Baltimore-Ohio-Linie gestanden, mitten in der Nacht, wenn die Küche geschlossen hat und alles blitzblank ist und fertig für den nächsten Tag? Und die Lokomotive donnert die Gleise entlang und drei von deinen Kumpels warten mit 'nem funkelnagelneuen Pack Karten auf dich?»

Gitarre schüttelte den Kopf. «Nein, hab ich nie . . .»

«Stimmt, hast du nie. Und wirst du nie. Das ist noch was Spannendes, was du nicht kriegen wirst, von 'ner Flasche Bier ganz abgesehen.»

Gitarre lächelte. «Mr. Tommy», setzte er an, aber Tommy schnitt ihm das Wort ab.

«Bist jemals vierzehn Tage am Stück auf Achse gewesen un heimgekommen zu 'ner lieben Frau, 'nem saubren Laken un 'nem Fünftel von 'nem wilden Truthahn? Hm?» Er sah Milchmann an. «Du?»

Milchmann lächelte und sagte: «Nein, Sir.»

«Nich? Na, freu dich nich drauf, denn das kriegst du auch nie.»

Hospital-Tommy zog einen Stoppelfeder-Zahnstocher

unter seinem Kittel hervor. «Zieh den Jungen nicht auf, Tommy.»

«Wer zieht hier auf? Ich sag ihm die Wahrheit. Er wirds nich kriegen. Keiner von beiden wirds kriegen. Und ich werd euch noch was sagen, was ihr nie kriegt. Werdet nie ein Privatabteil haben mit vier roten Samtsesseln, die sich an Ort und Stelle drehn, wann immer ihrs wollt. Nein. Und ihr kriegt nie eure eigne Spezialtoilette, un euer eignes spezialangefertigtes acht Fuß langes Bett auch nich. Un 'nen Diener un 'nen Koch un 'nen Sekretär, die mit euch reisen un alles tun, was ihr sagt. Alles: eure Wärmflasche auf die richtige Temperatur bringen und dafür sorgen, daß der Rauchtabak im silbernen Humidor an jedem einzelnen Tag frisch ist. Das is noch was, was ihr nie kriegt. Je fünftausend Dollar ehrliches Bargeld in eurer Tasche gehabt un in 'ne Bank spaziert un dem Bankmann gesagt, wollt soundso ein Haus in soundso 'ner Straße, und er hats euch auf der Stelle verkauft? Na, werdet ihr nie kriegen. Und keine Gouverneursresidenz oder achttausend Morgen Wald zu verkaufen. Und nie werd ihrs Kommando über ein Schiff haben, wanns weitersegeln soll, und keinen Zug führen, und wenn ihr wollt, könnt ihr ins 332. eintreten und ganz allein tausend deutsche Flugzeuge abschießen und in Hitlers Hintergarten landen und ihn mit euern eignen Händen auspeitschen, aber werd nie vier Sterne auf der Hemdbrust haben, oder auch bloß drei. Und ihr werd kein Frühstückstablett früh am Morgen reingebracht kriegen, mit 'ner roten Rose drauf und zwei warmen Croissants und 'ner Tasse heißer Schokolade. Ah, bah. Nie und nimmer. Und keinen Fasan, für zwanzig Tage zwischen Kokosblättern vergraben und mit Reis gefüllt und über Holzfeuer so zart und delikat gebraten, daß es euch die Tränen in die Augen treibt. Und keinen Rothschild 1929 oder auch bloß einen Beaujolais dazu.»

Ein paar Männer, die vorbeikamen, blieben stehen, um sich Tommys Vortrag anzuhören. «Worum gehts?» fragten sie Hospital-Tommy.

«Feather hat ihnen kein Bier gegeben», sagte er. Die Männer lachten.

«*Und* kein gebackenes Alaska!» fuhr Eisenbahn-Tommy fort. «Keins! Werd ihr nie kriegen!»

«Kein gebackenes Alaska?» Gitarre riß die Augen weit auf vor Schrecken und griff sich an die Kehle. «Mir bricht das Herz!»

«O ja. Das ist nun was, was ihr haben werdet – ein gebrochenes Herz.» Eisenbahn-Tommys Augen wurden sanfter, aber die Heiterkeit in ihnen erlosch plötzlich. «Und Torheit. Jede Menge Torheit. Darauf könnt ihr rechnen.»

«Mr. Tommy, Söör», sang Gitarre in gespielter Demut, «wollten doch bloß 'ne Flasche Bier, sonst nichts.»

«Aber jaah», sagte Tommy. «Na, willkommen an Bord.»

«Was is gebackenes Alaska?» Sie verließen die Tommys so, wie sie auf sie gestoßen waren, und gingen weiter die Zehnte Straße hinunter.

«Was Süßes», antwortete Gitarre. «Ein Dessert.»

«Schmeckts gut?»

«Weiß nich. Kann Süßes nich essen.»

«Kannst nich?» Milchmann war verblüfft. «Warum nich?»

«Wird mir schlecht von.»

«Du magst überhaupt nichts Süßes?»

«Obst, aber nichts mit Zucker. Bonbons, Kuchen, solches Zeug. Mags nich mal riechen. Kommt mir schon fast hoch.»

Milchmann suchte nach einer physischen Ursache. Er war sich nicht sicher, ob er jemandem traute, der keine Süßigkeiten mochte. «Mußt Zucker-Diabetes haben.»

«Vom Nich-Zucker-Essen kriegst du kein Zucker-Diabetes. Kriegst du vom Zuviel-Zucker-Essen.»

«Woran liegts denn dann?»

«Weiß nich. Muß da an Tote denken. Und an Weiße. Und fang an zu kotzen.»

«An Tote?»

«Hm. Und an Weiße.»

«Kapier ich nich.»

Gitarre sagte nichts, darum fuhr Milchmann fort: «Wie lang is das schon so mit dir?»

«Seit ich klein bin. Seit mein Vater in 'nem Sägewerk

zerstückelt wurde un sein Boss vorbeikam un uns Kindern Süßes mitgebracht hat. Götterschaum – Meringuen. 'n großen Sack voll Götterschaum. Hatte seine Frau extra für uns gemacht. Süß ist das, Götterschaum. Süßer als Rübensirup. Richtig süß. Süßer als . . .» Er blieb stehen und wischte sich die Schweißperlen ab, die sich auf seiner Stirn bildeten. Seine Augen wurden fahl und unstet. Er spuckte auf den Gehweg. «Wa-wart mal», flüsterte er und trat in den Durchgang zwischen einem Bratfisch-Restaurant und Lilly's Beauty Parlor.

Milchmann wartete auf dem Gehweg und starrte auf das gardinenverhangene Schaufenster des Schönheitssalons. Schönheitssalons hatten immer Gardinen oder Jalousien vor den Fenstern. Friseurläden nicht. Die Frauen wollten nicht, daß irgendwer auf der Straße sie sehen konnte, wenn sie ihr Haar gemacht bekamen. Sie schämten sich.

Als Gitarre wieder zum Vorschein kam, tränten ihm die Augen von der Anstrengung des Würgens. «Komm mit», sagte er, «wir besorgen uns Gras. Das is nun was, was ich vertrag.»

Bevor Milchmann vierzehn wurde, hatte er festgestellt, daß eines seiner Beine kürzer war als das andere. Wenn er barfuß und stangengerade dastand, hing sein linker Fuß etwa einen Fingerbreit über dem Boden. Also stand er niemals aufrecht; er machte einen Buckel oder lehnte sich an oder schob die eine Hüfte vor, und nie erzählte er jemandem davon – niemals. Wenn Lena sagte: «Mama, warum geht er bloß *so?*», sagte er: «Ich gehe, wies mir gefällt, und setz mich dabei über alles hinweg, sogar über deine häßliche Visage.» Ruth sagte: «Seid still, ihr zwei. Sind nur Wachstumsschmerzen, Lena.» Milchmann wußte es besser. Es war kein Hinken – überhaupt nicht –, nur die Andeutung davon, aber es sah aus wie ein affektierter Gang, wie der Schritt eines sehr jungen Mannes, der weltmännischer zu erscheinen suchte, als er war. Es störte ihn, und er eignete sich Bewegungen und Gewohnheiten an, um zu verbergen, was für ihn ein schändlicher Makel war. Er legte im Sitzen das linke

Bein über das rechte Knie, nie andersherum. Und jeden neuen Tanz tanzte er auf eine seltsam steifbeinige Weise, welche die Mädchen herrlich fanden und andere Jungen schließlich nachahmten. Die Verunstaltung bestand vornehmlich in seinem Kopf. Vornehmlich, aber nicht ausschließlich, denn nach einigen Stunden auf einem Basketballfeld hatte er stechende Schmerzen in diesem Bein. Er schonte es, glaubte, er habe Kinderlähmung, und fühlte sich aus diesem Grund insgeheim mit dem früheren Präsidenten Roosevelt verbunden. Selbst als alle für Truman schwärmten, weil er einen Bürgerrechtsausschuß gebildet hatte, zog Milchmann noch insgeheim FDR vor und fühlte sich ihm sehr, sehr nahe. Sogar näher als seinem Vater, denn Macon hatte keine Unvollkommenheit und das Alter schien ihn stärker zu machen. Milchmann fürchtete seinen Vater, respektierte ihn, wußte aber, daß er ihm – wegen des Beines – nie würde gleichkommen können. Also unterschied er sich von ihm in so vieler Hinsicht, wie er es wagte. Macon war glatt rasiert – Milchmann bemühte sich verzweifelt um einen Schnurrbart. Macon trug Fliegen – Milchmann trug lange Krawatten. Macon scheitelte sein Haar nicht – Milchmann ließ sich in seines einen Scheitel einrasieren. Macon haßte Tabak – Milchmann versuchte, sich jede Viertelstunde eine Zigarette in den Mund zu stecken. Macon hortete sein Geld – Milchmann verschenkte seines. Aber er kam nicht umhin, mit Macon die Liebe für gute Schuhe und feine, dünne Socken zu teilen. Und er versuchte auch, als Angestellter seines Vaters seine Arbeit so zu tun, wie Macon sie getan haben wollte.

Macon war begeistert. Sein Sohn gehörte jetzt ihm und nicht mehr Ruth, und es war ihm eine Erleichterung, nicht wie ein Hausierer in der ganzen Stadt umhergehen und Mieten kassieren zu müssen. Es gab seinem Geschäft mehr Würde und ihm mehr Zeit, nachzudenken, zu planen, die Bankiers aufzusuchen, öffentliche Ankündigungen und Auktionsanzeigen zu lesen, herauszufinden, welche Grundstücke wegen Steuerschulden versteigert wurden, auf welche keine Erben Anspruch erhoben, wo Straßen gebaut wurden, welche Supermärkte, Schulen und wer der Regierung was für die vorgesehenen Wohnungsbauprojekte zu verkaufen versuchte. Die zugigen Siedlungen, die rings um Rüstungsfabriken aus dem Boden gestampft wurden. Als Neger würde er kein großes Stück von der Torte bekommen, das wußte er. Aber es gab da Land, das noch niemand haben wollte, oder kleine Ecken Land, die irgendwer keinen Juden überlassen wollte, oder keinen Katholiken, oder Land, von dem noch niemand wußte, daß es irgendeinen Wert besaß. Es sickerte 1945 am Rand ganz schön viel Tortenfüllung durch die Kruste. Füllung, die für ihn zu haben war. Alles war für Macon Dead während des Krieges besser geworden, außer Ruth. Und Jahre danach, als der Krieg vorüber und jene Tortenfüllung ihm geradewegs in den Schoß geströmt war, ihm die Hände klebrig gemacht hatte und sein Bauch unter ihrem Gewicht zum Hängewanst abgesackt war, da wünschte er noch immer, er hätte sie erwürgt – damals, 1921. Sie hatte nicht aufgehört, gelegentlich Nächte außer Hauses zu verbringen, aber sie war jetzt fünfzig Jahre alt, und welchen Liebhaber konnte sie sich so lange gehalten haben? Welchen Liebhaber konnte es geben, von dem nicht einmal Freddie wußte? Macon kam zu dem Schluß, es sei ohne Bedeutung, und immer seltener wurde er wütend genug, um sie zu ohrfeigen. Besonders seit dem letztenmal, das zum letzten wurde, weil sein Sohn aufgesprungen war und ihn mit einem Schlag gegen den Heizkörper an der Wand befördert hatte.

Milchmann war zu der Zeit zweiundzwanzig, und da er seit sechs Jahren gevögelt hatte, und ein paar Jahre davon mit derselben Frau, hatte er begonnen, seine Mutter in einem neuen Licht zu sehen. Sie war nicht mehr die Person, die ihm wegen Überschuhen und Erkältungen und Essen lästig fiel, die den meisten kleinen Freuden, die es zu Hause für ihn gab, im Wege stand, weil sie in irgendeiner Form alle Schmutz, Lärm oder Unordnung mit sich brachten. Nun sah er sie als zerbrechliche Frau, die genügsam winzige Dinge tat; kleine Leben hegte und pflegte, die ihr nicht weh taten, wenn sie starben: Rhododendron, Goldfische, Dahlien, Geranien, Kaisertulpen. Denn diese kleinen Leben starben durchaus. Die Goldfische trieben an der Wasseroberfläche, und wenn sie mit dem Fingernagel von der Seite an das Glas tippte, schnellten sie nicht in panischem Blitzbogen davon. Die Rhododendronblätter wuchsen breit und grün, und wenn ihre Farbe am sattesten und wächsernsten war, verzichteten sie plötzlich darauf und fielen zu schlaffen gelben Herzen zusammen. In einer Weise war sie eifersüchtig auf den Tod. Unter dem Schmerz, den sie verspürte, als der Doktor starb, hatte sie sich auch eine Spur pikiert gefühlt, als habe er sich einem interessanteren Thema zugewandt, als es das Leben war – einen anregenderen Gefährten als sie gewählt –, und sei aus freien Stücken gefolgt, sobald der Tod ihm winkte. Sie war leidenschaftlich in der Gegenwart von Tod, heroisch sogar, wie sonst zu keiner Zeit. Seine Drohung verlieh ihr Zielhaftigkeit, Klarheit, Wagemut. Unabhängig von dem, was Macon getan hatte, war ihr Verdacht immer gewesen, daß der Doktor nicht hätte sterben müssen, wenn er es nicht gewollt hätte. Und dieser Verdacht, persönlich gescheitert oder zurückgewiesen worden zu sein (sowie ein Gran Rache Macon gegenüber), mochte sie dazu bewegt haben, ihren Mann Wege hinabzuleiten, aus denen es außer Gewalt keinen Ausweg gab. Lena hielt Macons Wutanfälle für unberechenbar. Aber Corinthians entdeckte allmählich ein Muster. Entdeckte, daß ihre Mutter es gelernt hatte, ihren Mann zu einen Höhepunkt zu treiben, nicht von Macht (ein neunjähriges Mädchen konnte Ruth ungestraft ohrfeigen), sondern von Hilflosigkeit. Sie begann etwa mit der Schilderung eines Vorfalls, in dem sie eine Art ehrlichen Hanswurst darstellte. Als ein Stück liebenswürdiger Tischkonversation fing es an, harmlos an der Oberfläche, da von niemandem verlangt wurde, ihre Verlegenheit zu teilen; sondern alle konnten ihre Ehrlichkeit bewundern und über ihre Unwissenheit lachen.

Sie war bei der Hochzeit von Mrs. Djvoraks Enkelin gewesen. Anna Djvorak war eine alte Ungarin, die zu den Patienten ihres Vaters gezählt hatte. Er hatte viele weiße Patienten aus der Arbeiterschicht gehabt und einige weiße

Patientinnen aus der Mittelschicht, die ihn gut aussehend fanden. Anna Djvorak war davon überzeugt, daß der Doktor ihrem Sohn auf wunderbare Weise das Leben gerettet hatte, indem er ihn im Jahre 1903 nicht in das Tuberkulose-Sanatorium schickte. Fast alle, die in das «Sana», wie man es nannte, gingen, starben darin. Anna wußte nicht, daß der Doktor dort wie im Mercy keine Belegbetten hatte. Auch wußte sie nicht, daß die 1903 übliche Tuberkulosebehandlung die für die Patienten schädlichste war. Sie wußte lediglich, daß der Doktor eine bestimmte Diät verschrieben hatte, strikt einzuhaltende Ruhestunden und zweimal täglich Lebertran. Der Junge blieb am Leben. Es war nur natürlich, daß sie die Tochter des Wunderdoktors bei der Hochzeit der jüngsten Tochter dieses Sohnes dabei haben wollte. Ruth ging hin, und als die Gemeinde an den Altar schritt, um die Hostie zu empfangen, ging sie ebenfalls. Als sie da mit gesenktem Kopf kniete, entging ihr, daß der Priester vor der Wahl stand, ihr die Oblate auf den Hut zu legen oder sie zu übergehen. Er wußte sofort, daß sie nicht katholisch war, da sie auf seine Worte hin nicht den Kopf hob und die Zunge herausstreckte, damit ihr die Oblate vorsichtig darauf gelegt werden könne.

«Corpus Domini Nostri Jesu Christi», sagte der Priester, und dann zischte er ihr zu: «Ssss. Kopf hoch!» Sie blickte auf, sah die Oblate und den Meßgehilfen, der ein kleines silbernes Tablett darunter hielt. «Corpus Domini Nostri Jesu Christi custodiat animam tuam . . .» Der Priester hielt ihr die Hostie entgegen, und sie öffnete den Mund.

Bei dem Empfang später fragte der Priester sie unverblümt, ob sie katholisch sei.

«Nein, ich bin Methodistin», sagte sie.

«Ich verstehe», sagte er. «Nun, die kirchlichen Sakramente sind jenen vorbehalten, die –»

In diesem Augenblick unterbrach ihn die alte Mrs. Djvorak. «Father», sagte sie, «ich möchte Ihnen eine meiner liebsten Freundinnen vorstellen, Dr. Fosters Tochter. Ihr Vater hat Ricky das Leben gerettet. Ricky wäre heute nicht hier, wenn . . .»

Father Padrew lächelte und schüttelte Ruth die Hand. «Sehr erfreut, Sie kennenzulernen, Miss Foster.»

Es war eine schlichte Episode, ausführlich erzählt. Lena hörte zu und erlebte jede Phase der Gefühle ihrer Mutter mit, von religiöser Exstase über unschuldiges Vertrauen bis zur Verlegenheit. Corinthians hörte analysierend zu, erwartungsvoll – gespannt, wie ihre Mutter aus dieser Anekdote eine Situation entwickeln würde, in der Macon sie entweder mit Worten geißeln oder schlagen mußte. Milchmann hörte nur halb hin.

«‹Sind Sie katholisch?› fragte er mich. Na, ich war einen Augenblick verlegen, aber dann sagte ich: ‹Nein, ich bin Methodistin.› Und er fing an, mir zu erzählen, daß nur Katholiken in einer katholischen Kirche an der Kommunion teilnehmen könnten. Na, das hatte ich noch nie gehört. Jeder kann an der Kommunion teilnehmen, dachte ich. In unserer Kirche kann am ersten Sonntag jeder nach vorn kommen. Na, bevor er es herausbekommen konnte, trat Anna hinzu und sagte: ‹Father›, ich möchte Ihnen eine meiner liebsten Freundinnen vorstellen. Dr. Fosters Tochter.› Na, da bestand der Priester nur noch aus Lächeln. Und schüttelte mir die Hand und sagte, er sei *sehr* erfreut und geehrt, meine Bekanntschaft zu machen. So kam schließlich alles in Ordnung. Aber ehrlich, ich wußte es nicht. So unschuldig wie ein Lamm bin ich da vorgegangen.»

«Du hast nicht gewußt, daß nur Katholiken in einer katholischen Kirche an der Kommunion teilnehmen?» fragte Macon Dead sie und machte mit seinem Ton klar, daß er ihr nicht glaubte.

«Nein, Macon. Wie sollte ich das wissen?»

«Du siehst sie ihre eigenen Schulen aufmachen, und glaubst immer noch, ihr religiöses Zeug steht jedem offen, der grad mal vorbeischauen möchte?»

«Kommunion ist Kommunion.»

«Du bist eine törichte Frau.»

«Father Padrew fand das nicht.»

«Du hast dich lächerlich gemacht.»

«Mrs. Djvorak fand das nicht.»

«Sie hat bloß versucht, die Hochzeit in Gang zu halten, zu verhindern versucht, daß du noch mehr Scheiße baust.»

«Macon, bitte nicht diese Sprache vor den Kindern.»

«Was für Kinder, gottverdammt? Jeder hier ist alt genug zum Wählen.»

«Es gibt keinen Grund zum Streit.»

«Du machst dich in einer katholischen Kirche lächerlich, bringst auf dem Empfang alle in Verlegenheit und kommst zu Tisch, um dich daran zu weiden, wie wundervoll du warst?»

«Macon . . .»

«Und lügst hier in aller Ruhe vor, du hättest es nicht besser gewußt?»

«Anna Djvorak war nicht im geringsten –»

«Anna Djvorak weiß noch nicht mal deinen Namen! Sie hat dich *Dr. Fosters Tochter* genannt! Ich wette hundert Dollar mit dir, daß sie deinen Namen immer noch nicht kennt! Du selbst bist niemand. Bist die Tochter von deinem Daddy!»

«So ist es», sagte Ruth mit dünner, aber fester Stimme. «Ich bin allerdings die Tochter von meinem Daddy.» Sie lächelte.

Macon nahm sich nicht die Zeit, seine Gabel hinzulegen. Er ließ sie auf den Tisch fallen, während seine Hand schon über dem Brotteller unterwegs und dabei war, zu der Faust zu werden, die er ihr in den Kiefer schmetterte.

Milchmann hatte nichts davon geplant, aber er mußte wissen, daß er seine Mutter eines Tage, nachdem Macon sie geschlagen hatte, die Lippen mit der Hand würde verdecken sehen, während sie mit der Zunge nach kaputten Zähnen fahndete und, wenn sie keine fand, versuchte, die partielle Gaumenplatte in ihrem Mund wieder zurechtzurücken, ohne daß jemand es merkte – und daß er es an jenem Tag nicht würde aushalten können. Bevor sein Vater die Hand zurückziehen konnte, hatte Milchmann ihn am Jackenkragen gepackt, von seinem Stuhl hochgezogen und nach hinten gegen die Heizung gestoßen. Das Rollo am Fenster flatterte und rollte sich auf.

«Faß sie wieder an, noch einmal, und ich bring dich um.»

Macon war so entsetzt darüber, angegriffen zu werden,

daß er nicht sprechen konnte. Er hatte die Überzeugung gewonnen – nach Jahren, in denen er Furcht und Respekt verbreitet hatte, wo immer er den Fuß hinsetzte, nach Jahren, in denen er in jeder Versammlung alle anderen überragte –, daß er unbezwinglich sei. Nun kroch er an der Wand entlang und blickte auf einen Mann, der so groß war wie er, und vierzig Jahre jünger.

So wie der Vater randvoll war mit widersprüchlichen Gefühlen, als er an der Wand entlangkroch – Erniedrigung, Wut und widerwilliger Stolz auf seinen Sohn –, so empfand auch der Sohn seine eigenen Widersprüche. Da waren der Schmerz und die Beschämung, seinen Vater vor irgendeinem Mann zerknittert zu sehen – und sei es vor ihm selbst. Kummer über die Entdeckung, daß die Pyramide kein fünftausendjähriges Wunder der zivilisierten Welt war, auf geheimnisvolle Weise für die Ewigkeit errichtet von Generation auf Generation kühner Männer, die ihr Leben gelassen hatten, um sie zu vollenden, sondern daß sie in einem Hinterraum bei Sears von einem geschickten Schaufensterdekorateur hergestellt worden war, aus Papiermaché, garantierte Haltbarkeit gerade ein einziges Leben.

Er empfand auch Schadenfreude. Schnaubende, galoppierende Schadenfreude, so alt wie Begierde. Er hatte etwas gewonnen und im selben Augenblick etwas verloren. Unendliche Möglichkeiten und ungeheuerliche Verantwortlichkeiten erstreckten sich vor ihm, aber er war noch nicht so weit, aus den ersteren Vorteile ziehen oder die Bürde der letzteren auf sich nehmen zu können. Also stakste er um den Tisch herum und fragte seine Mutter: «Alles mit dir in Ordnung?»

Sie betrachtete ihre Fingernägel. «Ja, mir fehlt nichts.»

Milchmann blickte auf seine Schwestern. Er hatte sie (oder ihre Rollen) nie wirklich von seiner Mutter zu unterscheiden vermocht. Sie waren ganz junge Mädchen gewesen, als er geboren wurde; jetzt waren sie fünfunddreißig und sechsunddreißig. Aber da Ruth nur sechzehn Jahre älter war als Lena, hatten alle drei immer gleichaltrig auf ihn gewirkt. Als er nun über den Tisch hinweg den Augen seiner Schwestern begegnete, warfen sie ihm Blicke so voll frischen jungen Hasses zurück, daß es ihn bestürzte. Ihre fahlen Augen schienen nicht mehr in ihrer noch fahleren Haut zu verschwimmen. Es kam ihm so vor, als seien Kohlelinien um ihre Augen gezogen, als verschmierten zwei Schleifspuren ihnen die Wangen und als seien ihre rosigen Lippen vor Haß so geschwollen, daß er jeden Augenblick hervorbrechen müsse. Milchmann mußte zweimal blinzeln, bis ihre Gesichter wieder die vage beunruhigte Leere annahmen, die er gewöhnt war. Schnell verließ er das Zimmer, begreifend, daß es dort niemand gab, der ihm danken – oder ihn beschimpfen würde. Seine Handlungsweise war allein seine eigene. Sie würde zwischen seinen Eltern nichts ändern. Sie würde in ihnen nichts ändern. Er hatte seinen Vater niedergeschlagen, und vielleicht ergaben sich auf dem Schachbrett ein paar neue Konstellationen, aber das Spiel würde weitergehen.

Mit Hagar zu schlafen hatte ihn großzügig gemacht. Glaubte er jedenfalls. Weitherzig. Bildete er sich jedenfalls ein. Weitherzig und großzügig genug, um seine Mutter zu verteidigen, an die er so gut wie nie dachte, und um seinen Vater aufs Kreuz zu legen, den er fürchtete und liebte.

Wieder in seinem Zimmer, spielte Milchmann mit Gegenständen auf seiner Kommode. Da war ein Paar silberner Haarbürsten, die ihm seine Mutter geschenkt hatte, als er sechzehn wurde; seine Initialen waren darauf eingraviert, die Kürzel für einen medizinischen Doktorgrad. Er und seine Mutter hatten darüber gescherzt, und sie ließ deutlich durchblicken, er solle ein Medizinstudium in Erwägung ziehen. Er hatte sie abgewehrt. «Wie würde das denn aussehen? M. D., M. D. Wenn du krank wärst, würdest du zu einem Mann namens Dr. Dead gehen?»

Sie lachte, erinnerte ihn aber daran, daß sein Mittelname Foster war. Er könne doch Foster als Familiennamen führen? Dr. Macon Foster. Ob das nicht gut klänge? Er mußte es zugeben. Die Bürsten mit den Silberrücken sollten ihn ständig daran erinnern, was ihre Wünsche für ihn waren – daß er seine Ausbildung nicht mit der High School beenden, sondern danach aufs College gehen und einmal Medizin studieren solle. Sie hatte so viel Respekt vor der Arbeit ihres Mannes wie Macon vor College-Absolventen. Für Milchmanns Vater war die Zeit auf dem College müßig verplempert, fernab vom Zweck des Lebens, der darin bestand, daß man Sachen zu besitzen lernte. Er war darauf erpicht gewesen, daß seine Töchter aufs College gingen – wo sie passende Ehemänner hätten finden können –, und eine, Corinthians, war auch gegangen. Aber was Milchmann betraf, so war das sinnlos – besonders da die Gegenwart seines Sohnes im Büro für ihn eine wirkliche Hilfe bedeutete. Eine so große Hilfe, daß er es fertiggebracht hatte, ein paar seiner Bankfreunde mit ein paar von ihren Freunden reden zu lassen und seinem bei der Musterung als 1-A – voll wehrfähig – eingestuften Sohn den Status «unentbehrlich zur Unterstützung der Familie» zu verschaffen.

Milchmann stand vor seinem Spiegel und betrachtete im schwachen Licht der Wandleuchte sein Bild. Wie gewöhnlich war er wenig beeindruckt von dem, was er sah. Er hatte schon ein gutes Gesicht. Augen, über die Frauen ihm Komplimente machten, eine entschiedene Kinnpartie, prachtvolle Zähne. Wenn man es auseinandernahm, war es ganz in Ordnung. Sogar besser als ganz in Ordnung. Aber es fehlte der Zusammenhang, die Verbindung der Züge zu einem ganzen Ich. So gänzlich vorläufig sah er aus – wie ein Mann, der um die Ecke irgendwo hineinspäht, wo er nichts verloren hat, und sich zu entscheiden sucht, ob er weitergehen oder umkehren soll. Die Entscheidung, die er fällt, würde äußerst wichtig sein, aber die Art und Weise, wie er sie fällt, wäre bedachtlos, zufällig und blind.

So stand er im Schein der Lampe und versuchte nicht daran zu denken, wie sein Vater ausgesehen hatte, als er an der Wand entlangkroch; da hörte er ein Klopfen an seiner Tür. Er wollte weder das Gesicht von Lena oder Corinthians sehen noch ein heimliches Gespräch mit seiner Mutter führen. Aber es machte ihn nicht im mindesten glücklicher, im Gang die Umrisse seines Vaters zu sehen. An der geringfügigen Wunde in Macons Mundwinkel war noch ein

Blutstrich sichtbar. Aber er stand aufrecht, und sein Blick war fest.

«Schau, Daddy», begann Milchmann, «ich –»

«Sag nichts», sagte Macon und schob sich an ihm vorbei. «Setz dich.»

Milchmann ging aufs Bett zu. «Schau, laß uns versuchen, das zu vergessen. Wenn du versprichst –»

«Ich hab gesagt, setz dich. Und dann meine ich, setz dich.» Macons Stimme war leise, aber sein Gesicht sah aus wie das von Pilate. Er schloß die Tür. «Bist jetzt 'n großer Mann, aber groß reicht längst nicht. Du mußt 'n ganzer Mann sein. Un wenn du 'n ganzer Mann sein willst, mußt du mit der ganzen Wahrheit fertig werden.»

«Das brauchst du alles nicht tun, weißt du. Ich muß nicht alles wissen zwischen dir und Mama.»

«Ich muß es tun, und du mußt es wissen. Wo du schon in dem Geschäft bist, die Faust gegen deinen Vater zu erheben, hast du besser 'n bißchen Wissen hinter der Faust stecken, wenn dus nächste Mal mit fuchtelst. Hat nichts von dem, was ich jetzt sag, mit Entschuldigung oder Rechtfertigung zu tun. Is reine Information.

Ich hab deine Mutter 1917 geheiratet. Sie war sechzehn, lebte mit ihrem Vater allein. Kann dir nicht sagen, daß ich in sie verliebt gewesen wär. Haben die Leute nicht so verlangt wie heute. Leute haben erwartet, daß sie höflich zueinander waren, ehrlich und – und klar. Hast dich drauf verlassen, daß Leute das waren, was sie sagten, weils keine andere Art zu überleben gab. Das Wichtige, wenn du eine Frau nahmst, war, das ihr beide drin übereingestimmt habt, was wichtig ist.

Der Vater von deiner Mutter hat mich nie gemocht, und ich muß sagen, ich war sehr enttäuscht von ihm. Er war eben der größte Neger in dieser Stadt. Nicht der reichste, aber der angesehenste. Aber 'n größerer Heuchler hat nie gelebt. Hat sein Geld in vier verschiedenen Banken gehabt. Immer gelassen und würdevoll. Ich dachte, er wär von Natur so, bis ich herausbekam, daß er Äther schnüffelte. Die Neger in der Stadt hier haben ihn verehrt. Hat sich aber nicht 'nen Dreck um sie geschert. Sie Kannibalen genannt. Er hat deine beiden

Schwestern selbst entbunden, und jedesmal war das einzige, was ihn interessierte, ihre Hautfarbe. Dich hätte er verleugnet. Mir gefiel der Gedanke nicht, daß er der Doktor von seiner eignen Tochter sein sollte, besonders da sie auch meine Frau war. Im Mercy haben sie Farbige damals nicht genommen. Wie auch immer – Ruth wollte zu keinem andern Doktor gehen. Ich hab versucht, eine Hebamme für sie zu bekommen, aber der Doktor meinte, Hebammen wären dreckig. Ich hab ihm gesagt, mich hätte eine Hebamme entbunden, und wenn für meine Mutter eine Hebamme gut genug wär, wär eine Hebamme auch gut genug für seine Tochter. Na, sind ein paar Worte zwischen uns deswegen gefallen, und am Ende hab ich ihm gesagt, es könnt nichts Schmutzigeres geben als einen Vater, der seine eigene Tochter von ihrem Baby entbindet. Das brachte es auf den Nenner. Hatten uns danach sehr wenig zu sagen, aber sie haben es trotzdem gemacht. Bei Lena wie bei Corinthians. Mich haben sie durch blindes Stechen die Namen aussuchen lassen, aber das war alles. Deine Schwestern sind bloß etwas über ein Jahr auseinander, weißt du. Und beide Male war er dabei. Sie hatte ihre Beine weit offen, und er war dabei. Ich weiß, er war Doktor, und 'nem Doktor solln solche Sachen nichts ausmachen, aber er war ein Mann, bevor er Doktor war. Da wußt ich, daß sie gegen mich unter einer Decke steckten, für immer, die beiden, und egal, was ich tat, sie schafftens immer, daß es nach ihnen ging. Sorgten dafür, daß ich nicht vergaß, in wessen Haus ich war, wo das Porzellan herkam, wie er die Waterford-Schale aus England hatte kommen lassen, und den Tisch genauso, auf den sie sie stellten. Der Tisch war so groß, daß sie ihn auseinandernehmen mußten, um ihn durch die Tür zu kriegen. Ständig gab er damit an, daß er der zweite Mann in der Stadt war, der eine zweispännige Kutsche besaß.

Wo ich hergekommen war, die Farm, die wir hatten, das zählte für sie nicht. Und was ich zu machen versuchte – sie hatten kein Interesse dafür. Schuppen kaufen in Schuppenstadt, nannten sies. ‹Wie gehts in Schuppenstadt?› So hat er mich abends begrüßt.

Aber das wars gar nicht. Damit konnte ich fertig werden, denn ich wußte, was ich wollte, und auch ganz gut, wie ich drankommen konnte. Es war was anderes, etwas, wo ich den Finger nicht drauflegen konnte. Einmal hab ich versucht, ihn dazu zu bekommen, etwas von dem Geld in den vier Banken auszugeben. Gleisland ging für 'ne Menge Geld weg – Eisenbahngeld. Die Erie-Lackawanna-Gesellschaft war am Aufkaufen. Ich hatte eine gute Nase dafür, wo die Strecke verlaufen würde. Überall bin ich da rumgegangen, an der Shore Road, den Docks, wo es sich gabelt in Route 6 und Route 2. Ich hab ausgeklügelt, wo genau die Gleise würden verlaufen müssen. Und Land gefunden, das ich billig hätte kaufen und an die Eisenbahnvertreter weiterverkaufen können. Er wollte mir nicht einen Cent leihen. Hätte ers getan, er wär als reicher Mann gestorben, statt in mittleren bis guten Verhältnissen. Und ich wär ein Riesenstück weiter gewesen. Hab deine Mutter gebeten, ihn zu überreden. Ich hab ihr genau gesagt, wo die Erie drauflossteuerte. Sie sagte, es müsse *seine* Entscheidung bleiben, sie könne ihn nicht beeinflussen. Das sagte sie mir, ihrem Ehemann. Da hab ich begonnen, mich zu fragen, mit wem sie verheiratet war – mit mir oder mit ihm.

Nun, er wurde krank.» Macon stockte, als erinnere die Erwähnung von Krankheit ihn an seine eigene Gebrechlichkeit, und zog ein großes weißes Taschentuch aus der Tasche. Behutsam preßte er es gegen die winzige Wunde an seiner Lippe. Er betrachtete den schwachen Fleck, den sie auf dem Taschentuch hinterließ. «Der viele Äther», sagte er, «muß ihm ins Blut gegangen sein. Sie hatten ein andres Wort dafür, aber ich weiß, es war dieser Äther. Er legte sich einfach hin und fing an aufzuschwellen. Sein Körper jedenfalls; Arme und Beine schwanden ihm einfach dahin. Er konnte keine Sprechstunde mehr halten, und zum erstenmal in seinem Leben hat der großspurige Esel erfahren, was es heißt, krank sein und 'nen andern Esel dafür bezahlen müssen, daß er einen gesund macht. Einer von den Doktors, der, der sich um ihn gekümmert hat – einer von denen, die ihn keinen Fuß in ihr Krankenhaus haben setzen lassen und die ihn, wenn er *ihre* Tochter oder Frau entbunden hätte oder bloß dran gedacht hätte, mit Donnerwetter hier fortgejagt hätten –, einer von denjenigen, die er seiner Beachtung wert befand, also der kam hier herein mit irgendeinem Zaubertrunk, Radiathor, und erklärte ihm, der würde ihn heilen. Ruth war ganz aufgeregt. Und ein paar Tage lang ging es ihm besser. Dann wurde er kränker. Konnte sich nicht bewegen, Löcher bildeten sich auf seinem Kopf. Und er lag einfach da in dem Bett, wo deine Mutter immer noch schläft, und dann ist er da gestorben. Hilflos, fetter Bauch, dürre Arme und Beine, sah aus wie eine weiße Ratte. Konnte sein Essen nicht verdauen, weißt du. Mußte seine ganzen Mahlzeiten trinken und etwas schlucken nach jeder. Ich glaub bis zum heutigen Tag, das war auch Äther.

In der Nacht, wo er starb, war ich drüben gewesen, auf der andern Seite von der Stadt, eine Veranda reparieren, die runtergebrochen war. Mr. Bradlees Haus. Die Veranda hatte sich zwanzig Jahre geneigt und brach dann einfach runter, glatt vom Fundament weg. Hab mir ein paar Männer zum Helfen geholt und bin rüber, um sie wieder aufzurichten, damit die Leute nicht springen mußten, um aus dem Haus zu kommen, und drei Fuß raufklettern, um reinzukommen. Jemand schleicht auf Zehenspitzen zu mir ran und sagt: ‹Doktor is gestorben.› Ruth, hieß es, wär oben bei ihm. Nahm an, sie ist durcheinander, und bin auf der Stelle rauf, sie trösten. Hatte nicht die Zeit, mich umzuziehen von der Arbeit an der Veranda, aber bin trotzdem rauf. Sie saß auf einem Stuhl neben seinem Bett, und im Augenblick, wo sie mich sah, sprang sie auf und schrie mich an: ‹Du wagst es, so hier hereinzukommen? Mach dich sauber! Werd erst sauber, bevor du hier hereinkommst!› Das tat mir ein bißchen weh, aber die Toten respektiere ich ja. Ging mich waschen. Nahm ein Bad, zog ein sauberes Hemd und einen Kragen an und ging wieder hinein.» Macon hielt von neuem inne und berührte seine gerissene Lippe, als komme daher der Schmerz, der sich in seinen Augen zeigte.

«Im Bett», sagte er und verstummte so lange, daß Milchmann nicht sicher war, ob er fortfahren würde. «In dem

Bett. Da war sie, als ich die Tür aufmachte. Lag neben ihm. Nackt wie ein Katzenjunges. Küßte ihn. Er tot und weiß und aufgebläht und dürr, und sie hatte seine Finger in ihrem Mund.

Nun, ich möchte, daß du eins weißt. Ich hatte danach eine furchtbare Zeit. Ich kam auf allerlei Gedanken. Ob Lena und Corinthians meine Kinder wären. Bin ganz hübsch schnell draufgekommen, daß sies waren, weil klar war, daß der Bastard nichts und niemanden ficken konnte. Äther hatte schon lange, bevor ich auftauchte, mit allem aufgeräumt, was er auf dem Gebiet jemals hatte. Und hätt sich nich so Sorgen drum gemacht, was für 'ne Hautfarbe sie hatten, wenn sie nich von mir gewesen wärn. Dann dacht ich drüber nach, wie er Ruth entbunden hat. Ich sag nich, daß sie Kontakt hatten. Aber es gibt massenweise Dinge, die 'n Mann tun kann, um 'ne Frau zufriedenzustellen, auch wenn er nich ficken kann. Wie auch immer, Tatsache is, daß sie in dem Bett war un an seinen Fingern suckelte, un wenn sie das macht, wo er tot war, was hat sie wohl alles gemacht, als er lebendig war? Kann man nur noch umbringen, so eine Frau. Ich schwöre, mancher Tag geht vorbei, wo ichs bedaure, daß sies mir ausgeredet hat, sie umzubringen. Nur, mir war nicht danach, den Rest von meinen Tagen auf irgend 'nem Felshaufen zu verbringen. Aber verstehst du, Macon, manchmal krieg ich mich nich schnell genug zu packen. Bricht einfach durch. Heute abend, als sie gesagt hat: ‹Ja, ich bin die Tochter von meinem Daddy›, und dieses süßliche Lächeln dazu . . .» Macon sah zu seinem Sohn auf. Die Tür seines Gesichts hatte sich geöffnet; seine Haut schimmerte wie Opal. Mit einem nur leichtem Beben in der Stimme sagte er zu ihm: «Ich bin kein böser Mann. Ich möchte, daß du das weißt. Oder glaubst. Kein Mann hat je seine Verantwortung ernster genommen als ich. Ich erhebe keinen Anspruch auf einen Heiligenschein. Aber du mußt alles wissen. Ich bin vierzig Jahre älter als du, und ich hab nicht noch mal vierzig in mir. Das nächste Mal, wenn dus dir in den Kopf setzt, auf mich loszugehen, möcht ich, daß du nachdenkst über den Mann, von dem du meinst, du prügelst ihn. Und denk dran, daß ich dich das nächste Mal vielleicht nicht lasse. Alt wie ich bin, ich lasse dich vielleicht nicht.»

Er stand auf und schob das Taschentuch wieder in seine Gesäßtasche.

«Sag jetzt nichts. Aber denk über alles nach, was ich gesagt habe.»

Macon drehte den Türknopf und verließ, ohne einen Blick zurück, das Zimmer.

Milchmann saß auf der Kante seines Betts; alles war still, mit Ausnahme des leichten Summens in seinem Kopf. Er empfand sich als seltsam abgerückt von alldem, was er gehört hatte. Als ob ein Fremder, neben dem er auf einer Parkbank Platz genommen hatte, sich zu ihm umgewendet und ihm Intimes zu erzählen begonnen hätte. Er brachte volle Sympathie für die Probleme des Fremden auf – verstand vollkommen dessen Sicht der Dinge, die ihm geschehen waren –, aber zum Teil beruhte diese Sympathie auf der Tatsache, daß er selbst in die Geschichte des Fremden weder verwickelt noch in irgendeiner Weise davon bedroht war. Es war das genaue Gegenteil des Gefühls, daß er vor einer oder noch nicht einmal einer Stunde verspürt hatte. Der Fremdling, der soeben aus seinem Zimmer gegangen war, war zugleich der Mann, für den er leidenschaftlich genug empfand, um ihn mit aller Inbrunst, die ihm zu Gebote stand, zu schlagen. Selbst jetzt noch konnte er in der Schulter das Kribbeln spüren, das den unkontrollierbaren Drang signalisiert hatte, seinem Vater das Gesicht zu zerschmettern. Auf dem Weg hinauf zu seinem Zimmer hatte er sich isoliert gefühlt, aber rechtschaffen. Er war ein Mann, der einen anderen Mann eine hilflose Person hatte schlagen sehen, und er hatte eingegriffen. Bestand nicht darin die Geschichte der Welt? War es nicht das, was Männer taten? Die Schwachen beschützen und dem König des Berges entgegentreten? Und der Umstand, das die Schwache seine Mutter und der König des Berges sein Vater war, verschärfte die Lage, änderte aber nichts an den wesentlichen Punkten. Nein. Er wollte nicht so tun, als sei es aus Liebe zu seiner Mutter geschehen. Sie war zu wesenlos, zu schattenhaft für Liebe. Aber gerade ihre

Dunstigkeit machte sie um so verteidigungsbedürftiger. Sie war kein mütterlicher Schindgaul mit plattgedrücktem Verstand und unter der Last von Hausarbeit und Sorge für andere gekrümmten Schultern, vertiert unter einem Bären von Mann. Sie war auch nicht die giftzüngige Schralle, die sich mit lockerem Maul und kesser Lippe selbst verteidigte. Ruth war eine blasse, aber komplizierte Frau, gewundenen Wegen und überspannt feinen Manieren verfallen. Sie schien eine Menge zu wissen und sehr wenig zu verstehen. Der Gedankengang war interessant – und neu für ihn. Nie hatte er seine Mutter als Person, als eigenständiges Individuum betrachtet, mit einem eigenen, nicht nur das seine ermöglichenden oder behindernden Leben.

Milchmann zog sein Jackett an und verließ das Haus. Es war halb acht Uhr abends und noch nicht dunkel. Er wollte sich bewegen und andere Luft atmen. Er würde nicht wissen, was er fühlen sollte, bevor er nicht wußte, was denken. Und das Denken fiel schwer in diesem Raum, wo die Silberbürsten mit den Initialen M. D. im Licht glänzten und wo der Stuhl, auf dem sein Vater eben gesessen hatte, noch den Abdruck seiner Schenkel im Polster bewahrte. Während die Sterne sich allmählich zu erkennen gaben, versuchte Milchmann herauszufinden, was wahr war, und welcher Teil von dem, was wahr war, irgend etwas mit ihm zu tun hatte. Was sollte er, wenn es nach seinem Vater ging, mit diesen neuen Informationen anfangen, die über ihm ausgekippt worden waren? War das ganze ein Versuch, sich schuldig zu bekennen, um billig davonzukommen? Zunächst einmal, war es denn *wahr*? Hatte seine Mutter gef ... es getrieben mit ihrem eigenen Vater? Macon hatte gesagt, nein. Der Doktor sei impotent gewesen. Woher wußte er das? Na, er mußte wissen, wovon er sprach, denn er war viel zu erpicht darauf, daß es stimmte, um die geringste Möglichkeit zu übersehen, daß es stattgefunden hatte. Dennoch, er hatte eingeräumt, daß es «andere Dinge» gab, die ein Mann tun konnte, um eine Frau zufriedenzustellen. «Verflucht noch mal», sagte Milchmann laut, «warum, zum Teufel, hat er mir den ganzen Scheiß erzählt?» Er wollte nichts davon wissen. Er konnte nichts daran ändern. Der Doktor war tot. Du kannst die Vergangenheit nicht wiederholen.

Milchmanns Verwirrung verwandelte sich schnell in Wut. «Ihr komischen Leichenschänder», flüsterte er, «ihr komischen.» Wenn er wollte, daß ich Ruhe gebe, dachte er, warum sagt er das nicht einfach? Kommt zu mir wie ein Mann und sagt: Cool, Junge. Bleib du cool, und ich bleib auch cool. Wir nehmens beide cool. Und ich würde sagen, okay, gemacht. Aber nein. Kommt mir mit einer ausgefransten Geschichte über Woher und Warum.

Milchmann steuerte die Southside an. Vielleicht konnte er Gitarre finden. Ein Glas mit Gitarre zusammen wäre genau das richtige. Oder wenn er Gitarre nicht finden konnte, würde er Hagar besuchen gehen. Nein. Mit Hagar, mit irgendeiner Frau, mochte er aufs erste nicht reden. Von wegen komisch. Na, das war wirklich ein komischer Haufen. Seine ganze Familie war ein Haufen Irrer. Pilate, die den ganzen Tag sang und das Blaue vom Himmel herunterschwätzte. Reba, die auf allem abfuhr, was Hosen anhatte. Und Hagar ... also, nett war sie ja schon, aber trotzdem, nicht, wie sichs gehörte. Einiges war seltsam an ihr. Aber wenigstens waren sie lustig und nicht voller Geheimnisse.

Wo Gitarre sein mochte? Nie zu sichten, wenn man ihn wirklich brauchte. Ein richtiges Kreuz – kreuzte hier auf, da auf, irgendwann, aber nie zur rechten Zeit. Milchmann merkte, daß er hier und da vor sich hin murmelte und daß die Leute auf der Straße ihn ansahen. Plötzlich kam es ihm so vor, als seien für diese Tageszeit eine Menge Leute unterwegs. Wohin, zum Teufel, gingen die alle? Er gab sich Mühe, seine Gedanken nicht laut zu artikulieren.

«Wenn du 'n ganzer Mann sein willst, mußt du mit der ganzen Wahrheit fertig werden», hatte sein Vater gesagt. Könnte ich nicht ein ganzer Mann sein, ohne das alles zu wissen? «Hast besser 'n bißchen Wissen hinter der Faust stecken.» Okay. Was für Wissen? Daß meine Mama mit ihrem Daddy gebumst hat. Daß mein Großvater ein edelgelber Nigger war, der Äther liebte und einen Haß auf schwarze Haut hatte. Warum hat er dich dann seine Tochter heiraten lassen? Damit er sie bumsen konnte, ohne daß die Nachbarn es wußten? Hast du sie jemals dabei erwischt? Nein. Du hast bloß was gespürt, wo du deinen Finger nicht drauflegen konntest. Sein Geld wahrscheinlich. Wollte dich nicht den Finger drauflegen lassen, was? Und seine Tochter wollt dir nicht helfen, was? Also hast du dir gedacht, sie müssens auf dem Operationstisch treiben. Wenn er dir die vier Bankbücher da gegeben hätte, um mit zu tun, was dir Spaß macht, die Erie-Lackawanna-Eisenbahn aufzukaufen, hätt er sie so viel haben können, wie er bloß wollte, stimmts? Hätt gleich in euer Bett kommen können, und ihr drei hättet einen draufgemacht. Hätte eine Titte gekriegt und du hättst . . . die . . . andre . . . gekriegt . . .

In voller Fahrt erstarrte Milchmann zu Stein. Kalter Schweiß brach ihm im Nacken aus. Leute rempelten ihn an, die versuchten, an dem einzelnen Mann, der ihnen im Weg stand, vorbeizukommen. Er hatte sich an etwas erinnert. Oder geglaubt, sich an etwas zu erinnern. Vielleicht hatte er es geträumt und es war der Traum, an den er sich erinnerte. Das Bild entwickelte sich – von den beiden Männern, die mit seiner Mutter im Bett lagen und jeder an einer Brust knabberten –, aber das Bild bekam einen Sprung, und in dem Sprung kam ein anderes Bild zum Vorschein. Da war dieses grüne Zimmer, ein sehr kleines grünes Zimmer, und seine Mutter saß in dem grünen Zimmer und ihre Brüste waren entblößt und jemand saugte an ihnen und dieser jemand war er selbst. Und? Na und? Meine Mutter hat mich gestillt. Mütter stillen Babies. Warum der Schweiß? Er ging weiter, bemerkte kaum die Leute, die sich an ihm vorbeischoben, ihre verärgerten, verkniffenen Gesichter. Er versuchte, mehr von dem Bild zu sehen, aber es ging nicht. Dann hörte er etwas, wovon er wußte, daß es sich auf das Bild bezog. Gelächter. Jemand, den er nicht sehen konnte, im Zimmer, lachend . . . über ihn und über seine Mutter, und seine Mutter schämt sich. Sie senkt die Augen und will ihn nicht ansehen. «Sieh mich an, Mama. Sieh mich an.» Aber sie tut es nicht, und nun ist das Lachen laut. Alle lachen. Hat er die Hosen naß gemacht? Schämt seine Mutter sich, weil er beim Saugen die Hosen naß gemacht hat? Was für Hosen? Er trug damals keine Hosen. Er trug Windeln. Babies machen immer ihre Windeln naß. Warum glaubt er, er habe Hosen an? Blaue Hosen mit Gummiband an den Waden. Kleine blaue Cord-Knickerbocker. Warum ist er so angezogen? Lacht der Mann darüber? Weil ein winziges Baby blaue Knickerbocker anhat? Er sieht sich da stehen. «Sieh mich an, Mama», ist alles, was er zu sagen weiß. «Bitte, sieh mich an.» Stehen? Er ist ein winziges Baby. Ein Säugling in den Armen seiner Mutter. Er kann nicht stehen.

«Ich konnte nicht stehen», sagte er laut und drehte sich einem Schaufenster zu. Da war sein Gesicht, schräg aus dem hochgeschlagenen Kragen seines Jacketts ragend, und da wußte er. «Meine Mutter hat mich gestillt, als ich alt genug war, um zu sprechen, zu stehen und Knickerbocker zu tragen, und jemand hat es gesehen und gelacht und – und darum nennen sie mich Milchmann und darum tut es mein Vater nie und darum tut es meine Mutter nie, aber jeder sonst tut es. Und wieso habe ich das vergessen? Und warum? Und wenn sie das mit mir gemacht hat, wo es keinen Grund dafür gab, als ich auch Milch und Ovomaltine und sonst alles aus einem Glas trinken konnte, hat sie dann vielleicht auch andere Dinge mit ihrem Vater gemacht?»

Milchmann schloß die Augen und schlug sie dann auf. Auf der Straße wimmelte es nun noch mehr von Menschen; alle gingen in die Richtung, aus der er kam. Alle hatten es eilig und rammten ihn. Nach einer Weile begriff er, daß niemand auf der anderen Straßenseite ging. Es fuhren keine Autos, und die Straßenlaternen brannten nun, denn es war dunkel geworden, aber der Gehweg auf der anderen Straßenseite war völlig leer. Er drehte sich zurück, um zu sehen, wo alle hin wollten, aber es gab nichts zu sehen außer ihren in die Nacht vorandrängenden Rücken und Hüten. Er blickte noch einmal zur anderen Seite der Not Doctor Street hinüber. Keine Menschenseele.

Einen Mann mit Mütze, der an ihm vorbeizukommen versuchte, berührte er am Arm. «Warum sind alle auf dieser Straßenseite?» fragte er ihn.

«Paß auf, Freundchen», fauchte der Mann und trieb in der Menge weiter.

Milchmann ging geradeaus, noch immer in Richtung Southside, ohne sich auch nur einmal zu fragen, warum er nicht zur anderen Straßenseite überwechselte, auf der überhaupt niemand ging.

Er glaubte, kühl, klar zu denken. Er hatte seine Mutter nie geliebt, aber immer gewußt, daß sie ihn liebte. Und dies war ihm immer richtig erschienen, so wie es sein sollte. Ihre erwiesene, ewig währende Liebe zu ihm, Liebe, die er sich nicht einmal erdienen oder verdienen mußte, erschien ihm natürlich. Und nun verweste diese Liebe. Er fragte sich, ob es irgendwen auf der Welt gab, der ihn mochte. Ihn um seiner selbst willen mochte. Seine Besuche in der Weinbude kamen ihm (vor dem Gespräch mit seinem Vater) wie eine Verlängerung der Liebe vor, die von seiner Mutter zu erwarten er sich angewöhnt hatte. Nicht daß Pilate oder Reba die besitzwütige Liebe seiner Mutter für ihn empfanden, aber sie hatten ihn fraglos und mit der größten Unbefangenheit der Welt akzeptiert. Ernst nahmen sie ihn auch. Stellten ihm Fragen und fanden all seine Antworten wichtig genug, um darüber zu lachen oder mit ihm zu streiten. Alles, was er zu Hause tat, stieß auf stilles Verständnis bei seiner Mutter und seinen Schwestern (oder auf Gleichgültigkeit und Kritik bei seinem Vater). Den Frauen in der Weinbude war nichts gleichgültig und sie verstanden nichts. Jeder Satz, jedes Wort war für sie neu, und sie lauschten dem, was er sagte, wie Raben mit glänzenden Augen, bebend in ihrem Eifer, jeden Klang des Alls einzufangen und zu deuten. Nun stellte er sie in Frage. Stellte jeden in Frage. Sein Vater war die Wand entlanggekrochen und dann mit einer furchtbaren Neuigkeit hinaufgekommen. Seine Mutter war geschildert worden nicht als Mutter, die schlicht ihren einzigen Sohn anbetete, sondern als obszönes Kind, das schmutzige Spiele mit jedem männlichen Wesen in ihrer Nähe spielte – mochte es ihr Vater oder ihr Sohn sein. Selbst seine Schwestern, die duldsamsten und zuvorkommendsten von allen Frauen, die er kannte, hatten ihre Gesichter verwandelt und sich die Augen mit roter Schminke und Kohlestaub umrändert.

Wo war Gitarre? Er mußte den einzigen verbleibenden Menschen finden, dessen Klarheit ihn nie enttäuschte, und falls er sich nicht außerhalb des Staates aufhielt, war Milchmann entschlossen, ihn zu finden.

Sein erster Halt, Tommys Friseurladen, war ergiebig. Gitarre war mit mehreren anderen Männern da, die in den verschiedensten Haltungen angelehnt herumstanden, aber alle auf irgend etwas horchten.

Als Milchmann hineinkam und Gitarres Rücken entdeckte, war er so erleichtert, daß er ausrief: «He, Gitarre!»

«Pst!» sagte Eisenbahn-Tommy. Gitarre drehte sich um und bedeutete ihm hereinzukommen, aber still zu sein. Sie lauschten dem Radio und murrten und schüttelten die Köpfe. Es dauerte eine Weile, bevor Milchmann herausfand, was sie so in Spannung hielt. Ein Negerjunge war in Sunflower County, Mississippi, zu Tode getrampelt aufgefunden worden. Man fragte nicht danach, wer ihn totgetrampelt hatte – seine Mörder hatten sich offen damit gebrüstet –, und man fragte nicht nach dem Motiv. Der Junge hatte irgendeiner weißen Frau nachgepfiffen, sich zu leugnen geweigert, daß er mit anderen geschlafen hatte, und war aus den Nordstaaten im Süden zu Besuch. Sein Name war Till.

Eisenbahn-Tommy versuchte den Lärm in Grenzen zu halten, damit er die Worte des Nachrichtensprechers bis zur letzten Silbe hören konnte. Nach ein paar Sekunden war es vorbei, denn der Ansager hatte nur ein paar Spekulationen und noch weniger Fakten mitzuteilen. In dem Moment, als er zu einem anderen Nachrichtenthema überging, brachen im Friseurladen laute Gespräche aus. Eisenbahn-Tommy, derjenige, der versucht hatte, das Schweigen aufrechtzuerhalten, war nun selbst vollkommen stumm. Er trat an seinen Streichriemen, während Hospital-Tommy versuchte, seinen Kunden im Stuhl zu halten. Porter, Gitarre, Freddie, der Hausmeister, und drei oder vier andere Männer explodierten, brüllten zornige Epitheta durch den Raum. Außer Milchmann waren nur Eisenbahn-Tommy und Empire State still – Eisenbahn-Tommy, weil er mit seinem Rasiermesser beschäftigt, und Empire State, weil er einfältig war und wahrscheinlich stumm, obwohl sich da niemand sicher zu sein schien. Daß er einfältig war, stand ganz außer Frage.

Milchmann versuchte sich auf das Gewirr von Gesprächen zu konzentrieren.

«Wird in der Morgenzeitung stehn.»

«Kann drinstehn und nicht drinstehn», sagte Porter.

«Kam im Radio! Muß in der Zeitung stehn!» sagte Freddie.

«Setzen die Art von Nachricht in keine weiße Zeitung. Nich bevor er nich wen vergewaltigt hat.»

«Wetten? Was wettst du, daß es drinsteht?» sagte Freddie.

«Wett so viel, wie du verlieren kannst», antwortete Porter.

«Bist mit fünf drin.»

«Mal langsam», rief Porter. «Sag, wo.»

«Was heißt hier ‹wo›? Ich krieg fünf, im Fall es steht in der Morgenzeitung.»

«Auf der Sportseite?» fragte Hospital-Tommy.

«Oder bei den Comics?» sagte Nero Brown.

«Nee, Mann. Titelseite. Wett fünf Dollar auf Titelseite.»

«Wo is, verflucht, der Unterschied?» brüllte Gitarre. «Is 'n Junge totgetrampelt worden un ihr steht rum un red euch 'n Mund fußlig drüber, ob so 'n Knacker 's in die Zeitung setzt. Is zertrampelt, oder? Tot, oder? Weil er irgend 'ner Scarlett O'Hara-Fotze nachgepfiffen hat.»

«Was macht ers auch?» fragte Freddie. «Wußte, daß er in Mississippi war. Was hat er gedacht, daß das wär? Tom Sawyer-Land?»

«Hat mal gepfiffen! Na und!» Gitarre kochte. «Das 'n Grund zum Sterben?»

«Kam aus 'm Norden», sagte Freddie. «Spielt sich groß auf unten im Fußkettenland. Was, zum Teufel, denkt der, daß er wär?»

«Hat gedacht, er wär ein Mann, das hat er gedacht», sagte Eisenbahn-Tommy.

«Na, hat er falsch gedacht», sagte Freddie, «gibt keine schwarzen Männer im Fußkettenland.»

«Quatsch, gibt keine», sagte Gitarre.
«Wen denn?» fragte Freddie.
«Till. Das is einer.»
«Is tot. Toter Mann is kein Mann. Toter Mann is 'ne Leiche. Nichts sonst. 'ne Leiche.»
«'n lebendiger Feigling is auch kein Mann», sagte Porter.
«Zu wem redst du?» Freddie brauchte nicht lang, um die persönliche Beleidigung zu entdecken.
«Beruhigt euch, ihr zwei», sagte Hospital-Tommy.
«Zu dir!» rief Porter.
«Du nennst mich 'nen Feigling?» Freddie wollte erst die Fakten haben.
«Wenn der Schuh paßt, steck ihn rein, dein rostigen Fuß.»
«Wenn ihr so weitermachen wollt, müßt ihr alle aus meinem Laden raus.»
«Sag dem Nigger da Bescheid», sagte Porter.
«Es ist mir jetzt ernst», fuhr Hospital-Tommy fort. «Für all das gibts keinen Grund. Der Junge ist tot. Seine Mama weint sich die Augen aus. Will ihnen nicht erlauben, ihn zu begraben. Damit sollte genug farbiges Blut auf den Straßen sein. Wenn ihr Blut vergießen wollt, vergieß das von den Knackern, die ihm das Gesicht eingeschlagen haben.»
«Oh, die fassen sie», sagte Walters.
«Fassen sie? Fassen sie?» Porter war verblüfft. «Wohl dein verfluchten Verstand verlorn? Die fassen sie, aber ja doch – um ihnen 'nen Orden zu geben un 'ne Riesenparty.»
«Jaa. Ganze Stadt bereitet 'n Umzug vor», sagte Nero.
«Die müssen sie fassen.»
«Na, dann fassen sie sie. Glaubst du, die kriegen lang aufgebrummt? Im Leben nich!»
«Wie können die denn anders, als ihnen lang aufbrummen?» Walters' Stimme klang hoch und gepreßt.
«Wie? *Lassens* einfach. So.» Porter fingerte an seiner Uhrkette herum.
«Aber das weiß doch jetzt jeder. Ist doch alles vorbei. Überall. Gesetz ist Gesetz.»
«Willst wetten? Das is mir sichres Geld!»
«Bist dumm, Mann. Richtig dumm. Gibt kein Gesetz für

'nen farbigen Mann außer dem, was ihn auf 'n elektrischen Stuhl schickt», sagte Gitarre.

«Heißt, Till hat 'n Messer gehabt», sagte Freddie.

«Sagen sie immer. Hätt 'n Päckchen Bubble Gum haben können, würden schwörn, war 'ne Handgranate.»

«Sag immer noch, hätts Maul halten solln», sagte Freddie.

«Solltest deins halten», erklärte ihm Gitarre.

«He, Mann!» Wieder spürte Freddie die Drohung.

«Süden is schlimm», sagte Porter. «Schlimm. Ändert sich nichts in den guten alten U-S-A. Möcht wetten, sein Daddy hat sich irgendwo im Pazifik die Eier abknallen lassen.»

«Wenn sie nich schon ab sin – die Knacker da sorgen für. Wißt ihr noch, die Soldaten 1918?»

«Uuuuh. Fang nich davon an ...»

Die Männer begannen Greuelgeschichten auszutauschen, erst Geschichten, die sie gehört hatten, dann solche, die sie miterlebt hatten und schließlich von Dingen, die ihnen selbst passiert waren. Eine Litanei von persönlicher Erniedrigung, Schmach und Wut kehrte sichelartig als Humor zu ihnen selbst zurück. Dann lachten sie schallend über die Geschwindigkeit, mit der sie gerannt waren, die Pose, die sie eingenommen, die List, die sie ersonnen hatten, um einer Gefährung ihrer Männlichkeit, ihres Menschseins zu entkommen oder sie abzuschwächen. Alle außer Empire State, der hängelippig dastand, den Besen in der Hand, mit dem Gesichtsausdruck eines sehr intelligenten Zehnjährigen.

Und Gitarre. Sein Feuer war allmählich erloschen, nur in seinen Augen hielten sich Spuren davon.

Milchmann wartete ab, bis er seine Aufmerksamkeit auf sich lenken konnte. Dann verließen sie beide den Laden, gingen schweigend die Straße hinab.

«Was ist los? Du hast sauer ausgesehen, als du reingekommen bist.»

«Nichts», sagte Milchmann. «Wo kriegen wir was zu trinken?»

«Bei Mary?»

«Äh-äh. Zu viele Nutten, die einen nerven.»

«Is erst halb neun. Cedar Lounge macht vor neun nich auf.»

«Scheiße. Überleg du. Bin müde.»

«Hab einen Schluck auf der Bude», bot Gitarre an.

«Bestens. Läuft dein Kasten?»

«Äh-äh. Noch kaputt.»

«Ich brauch was an Musik. Musik und 'nen Schluck.»

«Dann bleibt nur Miss Mary. Ich halt die Damen sonstwo beschäftigt.»

«Ach? Möcht ich sehen, wie du den Damen vorschreibst, was sie tun sollen.»

«Na komm, Milchmann. Is nich New York hier; Auswahl is beschränkt.»

«Okay. Zu Mary.»

Sie gingen ein paar Blocks bis zur Kreuzung von Rye Street und Zehnter Straße. Als sie an einer kleinen Bäckerei vorbeikamen, schluckte Gitarre schwer und beschleunigte seine Schritte. Daß Mary diejenige war, die in der Blutbank die besten Geschäfte machte – obwohl es an jeder der drei anderen Ecken eine ähnliche Kneipe gab –, lag an Mary selbst, einer hübschen, aber zu stark geschminkten Bardame und Teilhaberin, die flott war, lustig und die ihre Gäste gut unterhielt. Huren, die in ihrer Bar anschafften, waren in Sicherheit; einsame Trinker konnten in Frieden dort trinken; Anschluß Suchende fanden, was immer sie bevorzugten, Gänschen oder Glucken – sogar Küken; ruhelose Hausfrauen wurden dort hofiert und tanzten sich die Sohlen durch; Teenager lernten dort die «Lebensregeln»; und alle fanden es aufregend dort. Denn bei Mary machte die Beleuchtung jeden schön, oder wenn nicht schön, so doch faszinierend. Die Musik gab Gesprächen, bei denen man anderswo eingeschlafen wäre, Kolorit und Konturen. Und Speisen wie Getränke lockten aus den Leuten Verhaltensweisen hervor, die nichts Geringeres waren als großes Drama.

Doch all das begann gegen elf Uhr. Um halb neun am Abend, als Gitarre und Milchmann ankamen, war die Bar praktisch leer. Sie nahmen einen Tisch am Rand und bestellten Scotch und Wasser. Milchmann trank seinen schnell aus und bestellte einen neuen, bevor er Gitarre fragte: «Wie kommts, daß sie mich Milchmann nennen?»

«Himmel, wie soll ich das wissen? Is dein Name, oder?»

«Mein Name ist Macon Dead.»

«Du schleifst mich den ganzen Weg bis hierher, um mir deinen Namen zu sagen?»

«Ich muß es wissen.»

«Ach, trink aus, Mann.»

«Du kennst deinen Namen, oder?»

«Laß den Scheiß. Was geht dir im Kopf rum?»

«Hab meinen Alten matt gesetzt.»

«Matt gesetzt?»

«Jaa. Geschlagen. Gegen die verfluchte Heizung geschmissen.»

«Was hat er dir getan?»

«Nichts.»

«Nichts? Bist einfach auf ihn los und hast ihn umgepustet?»

«Jaa.»

«Ohne Grund?»

«Hat meine Mutter geschlagen.»

«Oh.»

«Er hat sie geschlagen. Hab ich ihn geschlagen.»

«Tüchtige Leistung.»

«Jaa.»

«Meins ernst.»

«Weiß ich.» Milchmann seufzte tief. «Ich weiß.»

«Hör mal. Kann ich verstehn, wie du dir vorkommst.»

«Äh-äh. Kannst du nich verstehn. Wenn dirs nich selbst passiert, kannst dus nich verstehn.»

«Doch, kann ich. Du weißt, ich hab mal 'ne Menge gejagt. Als Kind zu Hause unten –»

«Oh, Scheiße, müssen wir wieder von Alabama hören?»

«Nicht Alabama. Florida.»

«Egal.»

«Hör erst mal zu, Milchmann. Hör mir zu. Ich hab da 'ne Menge gejagt. Fast seit ich laufen konnte, und ich war gut drin. Jeder hat gesagt, ich wär für geboren. Ich konnt alles hören, alles riechen und sehen wie 'ne Katze. Weißt du, was ich mein? Einfach für geboren. Und ich hatte nie Angst – nicht vor Dunkelheit oder Schatten oder komischen Geräuschen, und ich hab mich nie gefürchtet zu töten. Was auch immer. Kaninchen, Vögel, Schlangen, Eichhörnchen, Rehe. Und ich war noch klein. Hat mir nie was ausgemacht. Ich hab auf alles gezielt. Die erwachsenen Männer haben immer drüber gelacht. Sagten, ich sei von Natur ein geborener Jäger. Nachdem wir hier raufgezogen sind mit meiner Großmutter, war das das einzige am Süden, was ich vermißt hab. Drum, als meine Großmutter uns Kinder im Sommer immer zurück nach Hause geschickt hat, hatte ich nichts im Sinn, als wieder zu jagen. Sie packten uns in den Bus, und wir blieben den Sommer über bei der Schwester von meiner Großmutter, Tante Florence. Sobald ich hinkam, hab ich Ausschau nach meinen Onkels gehalten, um raus in den Wald zu gehen. Und in einem Sommer – ich war so zehn oder elf, nehm ich an – sind wir alle losgegangen, und ich hab mich allein davongemacht. Ich dachte, ich hätte 'ne Rehfährte gesehen. Es war nicht die Jahreszeit für Rehe, aber das hat mich eh nicht gestört. Wenn ich eins sah, hab ich eins geschossen. Ich hatte recht mit der Fährte; es war von 'nem Reh, aber mit komischen Abständen – nicht weit auseinander, wie ich dachte, daß es sein sollte, aber doch von 'nem Reh. Du weißt, sie treten in ihre eigenen Abdrücke. Wenn dus noch nie gesehen hättest, würdst du denken, da ist ein zweibeiniges Geschöpf gesprungen. Jedenfalls, ich blieb auf der Fährte, bis ich ein paar Büsche sah. Das Licht war gut, und plötzlich sah ich ein Hinterteil zwischen den Ästen. Ich habs mit dem esten Schuß zu Fall gebracht und mit dem nächsten erledigt. Na, ich hab mich vielleicht gut gefühlt, sag ich dir. Sah mich schon meinen Onkels zeigen, was ich erwischt hatte. Aber als ich hinkam – und ich bin ganz langsam gegangen, weil ich dachte, ich müßt vielleicht noch mal drauf schießen –, sah ich, es war 'ne Ricke. Keine junge; sie war alt, aber war immer noch 'ne Ricke. Ich kam mir ... schlecht vor. Weißt du, was ich mein? Ich hab 'ne Ricke getötet. 'ne Ricke, Mann.»

Milchmann schaute Gitarre mit den weitaufgerissenen, starren Augen eines Mannes an, der versucht, nüchtern zu wirken.

«Drum weiß ich, was in dir vorging, als du deinen Vater deine Mutter hast schlagen sehn. Sollte ein Mann nicht tun. Du konnst nichts für das, was in dir vorging.»

Milchmann nickte mit dem Kopf, aber Gitarre war klar, daß nichts von dem, was er gesagt hatte, die Sache geändert hatte. Gut möglich, daß Milchmann nicht einmal wußte, was eine Ricke war, und was es auch sein mochte, seine Mutter war es nicht. Gitarre strich mit dem Finger über den Rand seines Glases.

«Was hat sie getan, Milchmann?»

«Nichts. Gelächelt. Hat ihm nich gefallen, ihr Lächeln.»

«Leuchtet nicht ein. Red einleuchtend. Und trink langsamer. Du weißt, du verträgst keinen Alkohol.»

«Was soll das heißen, ich vertrag keinen Alkohol?»

«'tschuldige. Bedien dich.»

«Versuch, 'n ernstes Gespräch zu führn un du redst Scheiß, Gitarre.»

«Ich hör zu.»

«Un ich red.»

«Redst schon, aber was sagst du! Dein Papa knallt deiner Mama eine, weil sie ihn anlächelt. Du knallst ihm eine, weil er ihr eine geknallt hat. Also, is das bei euch die Art, wie ihr 'n Abend zu Hause verbringt, oder willst du noch was andres mit sagen?»

«Is nachher raufgekommen, mit mir reden.»

«Wer?»

«Mein Alter.»

«Was hat er 'n gesagt?»

«Gesagt, ich müßt 'n ganzer Mann sein un die ganze Sache wissen.»

«Weiter.»

«Wollt mal die Erie-Lackawanna kaufen, un meine Mutter wollt ihn nich lassen.»

«Ach nee? Vielleicht hat sie Prügel nötig.»

«Sehr komisch, Mann.»

«Warum lachst 'n dann nich?»
«Lach ja. Innerlich.»
«Milchmann?»
«Äh?»
«Dein Daddy klebt deiner Mama eine, richtig?»
«Richtig. Richtig.»
«Du haust ihn, richtig?»
«Richtig.»
«Würdigt keiner, was du gemacht hast. Richtig?»
«Mensch, Gitarre. Schon wieder richtig.»
«Nich deine Mutter, nich deine Schwester, un dein Daddy würdigts am allerwenigsten.»
«Am allerwenigsten. Richtig.»
«Also putzt er dich runter.»
«Mm. Nee. Nee. Er . . .»
«. . . red in Ruhe mit dir?»
«Richtig!»
«Erklärt dir alles mögliche.»
«Jaa.»
«Warum er sie geschlagen hat.»
«Mmm.»
«Un dreht sich alles um, was, was vor ewiger Zeit passiert is? Vor deiner Geburt?»
«Geraten! Bist 'n sehr schlauer kleiner farbiger Junge. Und ich erzähl auch der Universität Oxford von dir.»
«Un du wünschst, er hätts für sich behalten, weils dich nichts angeht un du eh nichts dran ändern kannst.»
«Sie haben soeben die Prüfung bestanden. Dr. Gitarre Bains.»
«Aber es macht dir trotzdem zu schaffen?»
«Laß mich überlegen.» Milchmann schloß die Augen und versuchte das Kinn in die Hand zu stützen, aber es war zu schwierig. Er versuchte gerade, so rasch wie möglich so betrunken wie möglich zu werden. «Ja. Na, es hat mir zu schaffen gemacht. Bevor ich hier reinkam. Ich weiß nich, Gitarre.» Er wurde ernst, und sein Gesicht sah still und gefaßt aus wie das eines ausgewachsenen Mannes, der versucht, sich nicht zu übergeben . . . oder zu weinen.

«Vergiß es, Milchmann. Was es auch is, vergiß es. Is nichts. Was er dir auch erzählt hat, vergiß es.»

«Ich hoff, ich kanns. Hoff bloß, ich kanns.»

«Hör mal, Baby, Leute machen komische Sachen. Unsereins vor allem. Ham schlechte Karten, un der Versuch, im Spiel zu bleiben, bloß im Spiel un lebendig zu bleiben, treibt uns in komische Sachen. Sachen, für die wir nichts können. Sachen, wo einer dem andern weh tut. Wissen nich mal warum. Aber schau, kehrs nich nach innen un steck keinen mit an. Versuchs zu verstehn, aber wenns nich geht, vergiß es und halt dich stark, Mann.»

«Ich weiß nich, Gitarre. Scheint mir ans Mark zu gehn, verstehst du?»

«Laß es nich zu. Außer, du hast 'n Plan. Schau dir Till an. Dem sin sie auch ans Mark gegangen. Jetzt is er bloß noch 'n Satz in den Abendnachrichten von Radio WJ.»

«War 'n Verrückter.»

«Nein. Nich verrückt. Jung, aber verrückt nich.»

«Wen störts, ob er 'ne Weiße fickt? Kann jeder. Was prahlt er auch mit? Wen störts?»

«Weiße Knacker.»

«Dann sin die noch verrückter als er.»

«Klar doch. Aber sin verrückt un lebendig.»

«Jaa, gut, ich scheiß auf Till. Wer im Matsch steckt, bin ich.»

«Bruder, hör ich recht?»

«Okay. Nehm ich zurück. Ich . . .»

«Was is 'n dein Matsch? Daß dir dein Name nich gefällt?»

«Ja.» Milchmann ließ den Kopf gegen das Rückenpolster fallen. «Ja, mein Name gefällt mir nich.»

«Will dir mal was sagen, Baby. Nigger kommen zu ihrn Namen genau wie zu allem übrigen – auf dem bestmöglichen Weg. Dem bestmöglichen Weg.»

Milchmanns Blick war jetzt verschwommen und seine Sätze auch. «Warum können wir denn nicht auf rechtem Wege zu unserm Zeug kommen?»

«Der beste Weg ist der rechte Weg. Komm. Ich bring dich heim.»

«Nein, ich kann da nich hin zurück.»

«Nein? Wohin denn?»

«Laß mich in deiner Bude bleiben.»

«O Mann, du kennst meine Situation. Einer von uns muß auf dem Boden schlafen. Außerdem . . .»

«Ich schlaf auf dem Boden.»

«Außerdem hab ich womöglich Besuch.»

«Ungelogen?»

«Ungelogen. Komm, wir gehn.»

«Ich geh nich heim, Gitarre. Hörst du mich?»

«Willst du, daß ich dich zu Hagar rüberbring?» Gitarre winkte die Kellnerin mit der Rechnung herbei.

«Zu Hagar. Ach ja. Süße Hagar. Möcht wissen, was deren Name ist.»

«Hast ihn eben gesagt.»

«Mein ihrn Nachnamen. Den Namen von ihrm Daddy.»

«Frag Reba.» Gitarre zahlte ihre Getränkerechnung und half Milchmann, die Tür anzusteuern. Wind war aufgekommen und hatte die Luft abgekühlt. Gitarre schlug mit den Ellbogen, um sich der Kälte zu erwehren.

«Frag jeden *außer* Reba», sagte Milchmann. «Reba weiß ihrn eignen Nachnamen nich.»

«Frag Pilate.»

«Jaa. Werd Pilate fragen. Pilate weiß was. Steckt in dem schwachsinnigen Ding, das sie am Ohr hängen hat. Ihr Name und der von allen andern. Möcht wetten, meiner steckt auch drin. Werd sie nach meinem Namen fragen. Sag mal, weißt du, wie der Daddy von meinem Alten an sein Namen gekommen is?

«Äh-äh. Wie?»

«Weißer Knacker hat 'n ihm gegeben.»

«Ach nee?»

«Klar. Un er hat 'n genommen. Wie 'n blökendes Schaf. Einer hätt ihn erschießen solln.»

«Wozu? War doch schon *Dead.*»

4

Wieder einmal tätigte er seine Weihnachtseinkäufe in einer Rexall-Drogerie. Es war spät, ein Tag vor Heiligabend, und er hatte nicht den Schwung oder die Energie oder die Geistesgegenwart besessen, es früher oder mit Umsicht zu tun. Langweile, anfänglich eine milde Infektion, hatte nun völlig von ihm Besitz ergriffen. Keine Tätigkeit, kein Gespräch schien ihm der Mühe wert. Die flattrigen Vorbereitungen zu Hause kamen ihm heuchlerisch und schäbig vor. Seine Mutter plapperte, wie sie es jedes Jahr tat, in einem fort von dem Preis von Butter und Bäumen. Als ob ihr Baum im mindesten anders sein würde als noch jedesmal: das riesige, schattenhafte Ding in einer Ecke, beladen mit Schmuck, den sie seit ihrer Mädchenzeit besaß. Als ob ihre englischen Kuchen eßbar wären oder ihr Truthahn je bis auf den Knochen gar. Sein Vater schenkte ihnen allen Umschläge mit unterschiedlichen Geldsummen, ohne auch nur einmal auf den Gedanken zu verfallen, daß sie vielleicht gern etwas bekämen, was er regelrecht in einem Kaufhaus selbst ausgesucht hatte.

Die Geschenke, die Milchmann kaufen mußte, waren nur wenige und in einer Drogerie einfach auszusuchen. Eau de Cologne und Puder für Magdalene, genannt Lena; eine Rougedose für Corinthians; eine Fünf-Pfund-Pralinenschachtel für seine Mutter. Und irgend etwas an Rasierzeug für seinen Vater. In einer Viertelstunde war er fertig. Das einzig problematische Geschenk war das für Hagar. Es fiel schwer, eilig etwas für sie auszusuchen, weil sie alles mochte, aber für nichts eine Vorliebe hatte. Wichtiger noch, er war sich nicht sicher, ob er es weiterführen wollte. Weiterführen diese Sache, daß er mit Hagar «ging». Er führte sie selten irgendwohin aus, es sei denn ins Kino, und er nahm sie nie mit zu Parties, auf denen Leute seiner Kreise tanzten und lachten und Liebesverhältnisse anspannten. Jeder, der ihn kannte, wußte von Hagar, aber sie galt als sein privater Honigtopf, nicht als wirkliche oder legitime Freundin, nicht als jemand, den er vielleicht heiraten würde. Und nur ein oder zwei der verschiedenen Frauen, mit denen er sich «im Ernst» traf, hatten ihretwegen Streit angefangen, denn sie betrachteten sie kaum als Rivalin.

Nun, nach mehr als einem Dutzend Jahren, wurde er ihrer müde. Ihr exzentrisches Benehmen hatte seinen Reiz verloren, und das große Glück, als welches er die schwindelerregende Leichtigkeit erachtet hatte, mit der er zwischen ihre Beine gelangen und dort bleiben konnte, war in Verdruß über ihre Weigerung umgeschlagen, ihn danach gieren, sich darum mühen, Schwierigkeiten dafür auf sich nehmen zu lassen. Nicht einmal zahlen mußte er dafür. Es war so frei, so reichlich verfügbar, daß es seine Glut eingebüßt hatte. Er spürte keine Erregung, kein pochendes Blut mehr im Hals oder im Herzen, wenn er an sie dachte.

Sie war das dritte Bier. Nicht das erste, daß die Kehle mit beinahe schmerzlicher Dankbarkeit aufnimmt; nicht das zweite, das die vom ersten geweckte Lust bestätigt und vertieft. Sondern das dritte, das du trinkst, weil es da ist, weil es nicht schaden kann und weil – was ändert es noch?

Vielleicht war das Ende des Jahres eine gute Zeit, es abzublasen. Es führte nirgendwo hin und hielt ihn träge wie einen versöhnten Honigbär, der nur die Tatze nach mehr ausstrecken brauchte und so die Behendigkeit des Baumbesteigers, des Bienenkämpfers verloren hatte, aber nicht die Erinnerung daran, wie spannend die Suche einmal gewesen war.

Er würde ihr etwas Nettes zu Weihnachten kaufen, sicher, ein nettes Andenken an ihn, aber nichts, was sie auf Heiratsideen bringen würde. Da war Modeschmuck ausgestellt. Er würde ihr vielleicht gefallen, aber verblassen vor dem Brillantring, den Reba im Kleid stecken hatte. Eine Timex? Sie würde sie nie ansehen. Während er auf die Glasröhre starrte, in der die Uhren verwahrt waren, merkte er, wie er ärgerlich wurde. Diese ganze Unentschlossenheit, was er für Hagar besorgen sollte, war neu. In vergangenen Jahren hatte er einfach etwas ausgesucht (oder von seinen Schwestern aussuchen lassen) aus einer langen Liste von Dingen, die Hagar ausdrücklich erwähnt hatte, Dinge, die in ihrem Haushalt ganz fehl am Platz waren: einen marineblauen Satin-Bademantel (das für eine Frau, die in einem Haus ohne Badezimmer wohnte); einen Muff; ein Haarnetz mit samtener Schleife; ein Rheinkiesel-Armband mit passenden Ohrringen; Lackpumps; White Shoulders-Parfum. Milchmann wunderte sich immer über ihre Bestimmtheit und Habgier, bis er sich daran erinnerte, daß Pilate und Reba keine Festtage feierten. Und doch war ihre Großzügigkeit so warmherzig, daß sie wie Achtlosigkeit anmutete, und sie taten ihr Bestes, Hagar jede Laune zu befriedigen. Als er sie erstmals in die Arme genommen hatte, war Hagar ein eitles und etwas reserviertes Geschöpf gewesen. Er dachte gern so daran zurück – daß er sie in die Arme genommen hatte –, aber in Wahrheit war sie es gewesen, die ihn nach hinten ins Schlafzimmer gerufen und lächelnd dagestanden hatte, während sie ihre Bluse aufknöpfte.

Seit er sie zum erstenmal gesehen hatte, als er zwölf war und sie siebzehn, war er tief in sie verliebt gewesen, abwechselnd verlegen und geistreich in ihrer Gegenwart. Sie behandelte ihn wie ein Kind, ignorierte ihn, neckte ihn – tat, wonach ihr zumute war, und er war dankbar, sie sehen zu können, was sie auch tat und wie sie auch sein mochte. Der Eifer, mit dem er seines Vaters Mieten kassierte, rührte größtenteils daher, daß dies ihm Zeit ließ, die Weinbude zu besuchen und – hoffentlich – Hagar dort zu finden. Er konnte jederzeit vorbeikommen, und nach der Schule versuchte er es so einzurichten, daß er sie sah.

Jahre verstrichen, und immer noch ging sein Atem in Hagars Gegenwart schnell wie der eines Hündchens. Er verlangsamte sich schließlich, nachdem Gitarre ihn zu seiner ersten Party an der Southside mitgenommen hatte und als er herausfand, daß er bei Mädchen seines Alters und seines Viertels ohne jede Anstrengung beliebt war. Aber wenn auch sein Atem nicht mehr der eines Hündchens war, konnte Hagar noch Leben in eine Hose bringen, als er siebzehn war und sie zweiundzwanzig. Was sie an dem flauesten, fadesten Tag, an den er sich erinnern konnte, auch tat – einem Wegwerftag im März, als er mit dem zweifarbigen Ford seines Vaters zu ihrem Haus hinüberfuhr, um zwei Flaschen Wein zu holen. Auf Milchmann zählte und verließ man sich, wenn es darum ging, den Alkohol zu beschaffen, den er und seine Freunde unter einundzwanzig als wesentlich für jede Party betrachteten. Als er bei Pilate ankam, geriet er mitten in eine häusliche Krise.

Rebas neuer Freund hatte sie um ein kleines Darlehen gebeten, und sie hatte ihm erklärt, sie habe überhaupt kein Geld. Der Mann, der ungebeten zwei oder drei hübsche Geschenke von ihr erhalten hatte, glaubte, sie lüge und wolle ihm nahelegen, sich davonzumachen. Sie stritten sich hinter dem Haus – das heißt, der Mann stritt. Reba weinte und versuchte ihn davon zu überzeugen, daß stimmte, was sie gesagt hatte. Gleich nachdem Milchmann die Tür aufmachte, kam Hagar aus dem Schlafzimmer gerannt, wo sie aus dem hinteren Fenster geschaut hatte. Sie schrie Pilate zu: «Mama! Er schlägt sie! Ich habs gesehn! Mit der Faust, Mama!»

Pilate schaute von einem Geographiebuch für die vierte Klasse auf und klappte es zu. Langsam, wie es Milchmann vorkam, ging sie zu einem Regal, das über dem trockenen Spülbecken hing, legte das Geographiebuch hinein und holte ein Messer heraus. Immer noch langsam ging sie zur Vordertür hinaus – eine Hintertür gab es nicht –, und kaum war sie hinaus, konnte Milchmann Reba schreien und den Mann fluchen hören.

Es fiel ihm nicht ein, Pilate aufzuhalten – ihr Mund bewegte sich nicht, und ihr Ohrring blitzte wie Feuer –, aber, wie Hagar folgte er ihr hinter das Haus, wo sie, von hinten an den Mann herantretend, ihm den rechten Arm um den Hals schleuderte und das Messer genau über seinem Herz zum Halt brachte. Sie wartete, bis der Mann die Messerspitze spürte, bevor sie es ihm geschickt etwa einen halben Zentimeter tief durch das Hemd in die Haut stieß. Immer noch den Arm um seinen Hals, so daß er nicht sehen, aber spüren konnte, wie das Blut sein Hemd klebrig machte, sprach sie mit ihm.

«So, ich bring dich nich um, Süßer. Nur keine Sorge. Halt bloß 'ne Minute still, das Herz is genau hier, aber ich stech nich tiefer. Denn wenn ich 'ne Spur tiefer steche, gehts glatt durch dein Herz. Mußt also ganz still halten, hörst du? Kannst dich kein bißchen bewegen, denn ich könnt die Kontrolle verlieren. Is jetzt nur 'n kleines Loch, Süßer, nich mehr als 'n Nadelkratzer. Verlierst vielleicht zwei Eßlöffel Blut, mehr nich. Un wenn du ganz still hältst, krieg ichs wieder raus, ohne 'nen Fehler zu machen. Aber bevor ich das tu, dacht ich, wir sollten uns 'n bißchen unterhalten.»

Der Mann schloß die Augen. Schweiß rann ihm seitlich von den Schläfen über das Gesicht. Ein paar Nachbarn hatten sich auf Rebas Schreie hin in Pilates Hof versammelt. Sie wußten sofort, daß der Mann neu in der Stadt war. Sonst hätte er ein paar Dinge über Reba gewußt, und dazu gehörte, daß sie alles weggab, was sie besaß, und ihm den letzten Vierteldollar gegeben hätte, wäre einer im Haus gewesen; und er hätte, was wichtiger war, gewußt, daß man mit nichts herumspielen konnte, was Pilate gehörte, die nie jemanden plagte, jedem half, der man jedoch auch die Macht zuschrieb, aus ihrer Haut zu steigen, aus fünfzig Fuß Entfernung einen Busch in Brand zu setzen und einen Mann in eine überreife Runzelrübe zu verwandeln – alles auf Grund der Tatsache, daß sie keinen Nabel besaß. Also hatten sie nicht viel Mitleid mit ihm. Sie reckten bloß die Hälse, um besser hören zu können, was Pilate ihm zu sagen hatte.

«Du siehst, Liebes, das da is das einzige Kind, das ich hab. Das erste Baby, das ich hatte, un wenn du dich umdrehn un mein Gesicht sehn könntest, was du natürlich nich kannst, weil mir vielleicht die Hand ausrutscht, dann wüßtest du, sie is auch das letzte. Frauen sin närrisch, weißt du, un Mamas sin die närrischsten von allen. Un du weißt, wie Mamas sin, oder? Hast 'ne Mama, oder? Klar hast du eine, also weißt du, wovon ich sprech. Mamas sin gekränkt un nervös, wenn einer ihre Kinder nich mag. Das erste richtige Unglück in meim Leben war, als ich gemerkt hab, das wer – 'n winzig kleiner Junge wars

– mein kleines Mädchen nich mag. Hat mich so wild gemacht, daß ich nich wußt, was ich tu. Wir tun, was uns möglich is, aber wir ham nich die Kraft von euch Männern. Drum machts uns so traurig, wenn 'n ausgewachsner Mann anfängt, eine von uns zusammenzuschlagen. Weißt du, was ich mein? Würds hassen, wenn ich das Messer hier rauszieh un du versuchst 'n andres Mal, gemein zu meim kleinen Mädchen zu sein. Weil, eins weiß ich genau, was sie auch gemacht hat, zu *dir* war sie zu gut. Trotzdem, würds hassen, es weiter rein zu drücken un deine Mama so fühlen zu lassen wie ich jetzt. Gebs zu, ich weiß nich, was machen. Kannst mir vielleicht helfen. Sags mir, was soll ich tun?»

Der Mann kämpfte um Luft, und Pilate lockerte ihren Griff an seinem Hals, aber nicht an seinem Herz.

«Laß mich los», flüsterte er.

«Hmmmmm?»

«Laß mich los. Ich . . . leg . . . nie mehr die Hand an sie. Versprechs.»

«Richtiges Versprechen, Guter?»

«Jaa. Versprechs. Siehst mich nie mehr un nimmer.»

Reba saß auf der Erde, die Arme um die Knie geschlungen, blickte mit ihrem nicht zugeschwollenen Auge auf die Szene, als sei sie im Kino. Sie hatte eine geplatzte Lippe und üble Prellungen an den Wangen, und obgleich ihr Rock und ihre Hände Spuren von Versuchen aufwiesen, den Blutstrom aus ihrer Nase zu stillen, war ein kleines Rinnsal geblieben.

Pilate zog das Messer aus dem Hemd des Mannes und nahm ihren Arm weg. Er taumelte ein wenig, sah auf das Blut an seinen Kleidern hinab und zu Pilate hinauf, und ging dann, sich die Lippen leckend, rückwärts unter Pilates Augen an der Seite des Hauses entlang. Ihre Lippen begannen sich erst wieder zu bewegen, als er außer Sicht war und die Straße hinunterrannte.

Alle Aufmerksamkeit wandte sich Reba zu, der es schwerfiel aufzustehen. Sie sagte, sie glaube, etwas sei innerlich gebrochen, wo er sie getreten habe. Pilate befühlte ihre Rippen und sagte, nichts sei gebrochen. Reba meinte aber, sie wolle ins Krankenhaus. (Es war ihr Traum, Patient in einem Krankenhaus zu sein; ewig versuchte sie, eingewiesen zu werden, denn ihrer Filmphantasie nach war es ein hübsches Hotel. Sie spendete dort Blut, so oft man es ihr erlaubte, und hörte erst damit auf, als die Blutbank in eine büroartige Ambulanz in einiger Entfernung vom Mercy Hospital verlegt wurde.) Sie war nun hartnäckig, und Pilate gab, entgegen ihrem Urteil, Reba nach. Ein Nachbar erbot sich, sie zu fahren, und fort waren sie; Hagar blieb es überlassen, Milchmann seinen Wein zu verkaufen.

Er war entzückt über die Vorstellung und folgte Hagar ins Haus, um zu lachen und aufgeregt darüber zu reden. Sie war so gelassen, wie er aufgewühlt war, so einsilbig, wie er schwatzhaft.

«War das nich was? Wau! Sie is 'ne Hand größer als er un redet über Schwäche.»

«Wir sin schwach.»

«Verglichen mit was? 'ner B-52?»

«Is nich jede Frau so stark wie sie is.»

«Hoffentlich nich. Halb so stark is zuviel.»

«Na, Muskelstärke is nur eine Seite. Nein, Frauen sin in andrer Weise schwach.»

«Nenn mir eine. Ich möchte, daß du mir eine nennst. Wo seid ihr schwach?»

«Ich mein nich mich. Ich mein andre Frauen.»

«Du hast keine Schwäche?»

«Hab noch keine gefunden.»

«Nehm an, du denkst, du kannst mich verprügeln.» Die zwanghafte Grundüberlegung des Siebzehnjährigen drang durch – wer ihn verprügeln könne.

«Wahrscheinlich», sagte Hagar.

«Ha! Na, das Gegenteil beweis ich dir lieber nich. Pilate mit ihrm Messer könnt zurückkommen.»

«Hat dir Angst gemacht, Pilate?»

«Schon. Macht sie dir keine?»

«Nee. Keiner macht mir Angst.»

«Klar. Bist zäh. Ich weiß, du bist zäh.»

«Nich zäh. Laß mir bloß von niemand sagen, was ich tu. Tu, was ich will.»

«Pilate sagt dir, was du tun sollst.»
«Aber ich muß es nich tun, wenn ich nich will.»
«Wünscht, ich könnt das von meiner Mutter auch sagen.»
«Tut deine Mutter dich schikanieren?»
«Also . . . schikanieren nich gerade.» Milchmann suchte zappelnd nach einem Wort, um das Genörgel zu beschreiben, als dessen Opfer er sich sah.
«Wie alt bist du jetzt?» fragte Hagar. Sie zog die Augenbrauen in die Höhe wie eine Frau, die gelindes Interesse am Alter eines kleinen Kindes zeigt.
«Siebzehn.»
«Bist alt genug zum Heiraten.» Hagar ließ deutlich durchblicken, daß er seiner Mutter nicht erlauben sollte, sich in irgend etwas einzumengen, was er tat.
«Ich wart auf dich», sagte er in dem Versuch, zu männlicher Dreistigkeit zurückzukehren (oder dazu vorzustoßen).
«Mußt lange warten.»
«Warum?»
Hagar seufzte, als werde ihre Geduld auf die Probe gestellt. «Möcht den Mann gern lieben, den ich heirat.»
«Versuchs mit mir. Könntest es lernen, wenn dus versuchst.»
«Du bist zu jung für mich.»
«Kommt auf 'n Vestand an.»
«Eh-eh. Auf mein Verstand.»
«Du bist wie alle Frauen. Wartest drauf, daß Prinz Zauberhaft die Straße langgetrabt kommt un grad vor deiner Tür anhält. Dann saust du die Stufen runter, un – wumm! Eure Blicke begegnen sich, un er reißt dich hoch auf sein Pferd un ihr beide reitet dem Wind entgegen. Geigenklänge, un auf der Hinterbacke vom Pferd 'n Stempel mit ‹MGM läßt grüßen›. Richtig?»
«Richtig», sagte sie.
«Was machst du in der Zwischenzeit?»
«Dem Höcker in 'nem kleinen Jungen seiner Hose beim Wachsen zusehn.»
Milchmann lächelte, aber er war nicht amüsiert. Hagar lachte. Er sprang auf, um sie zu packen, aber sie rannte ins

Schlafzimmer und schloß die Tür. Er rieb sich mit dem Handrücken das Kinn und sah auf die Tür. Dann zuckte er mit den Achseln und griff nach den beiden Weinflaschen.

«Milchmann?» Hagar streckte den Kopf aus der Tür. «Komm hier rein.»

Er drehte sich um und stellte die Flaschen auf dem Tisch ab. Die Tür war offen, aber er konnte sie nicht sehen, konnte sie nur lachen hören, ein leises, in sich gekehrtes Lachen, als habe sie eine Wette gewonnen. Er bewegte sich so schnell, daß er vergaß, vor dem grünen Sack, der von der Decke hing, den Kopf einzuziehen. Eine Beule begann sich auf seiner Stirn zu bilden, bevor er sie erreichte. «Was habt ihr da bloß drin?» fragte er sie.

«Is Pilates Kram. Nennt es ihre Erbschaft.» Hagar war dabei, ihre Bluse aufzuknöpfen.

«Was hat sie 'n geerbt? Backsteine?» Dann sah er ihre Brüste.

«Das is, was ich in der Zwischenzeit mach.»

Ihr Treiben und Kichern war frei und offen gewesen, damals, und sie begannen, wenn Gitarre bei der Arbeit war, so viel Zeit in seinem Zimmer zu verbringen, wie Gitarre selbst sich zu Hause aufhielt. Sie wurde zu einer halb geheimen, aber dauerhaften Einrichtung in seinem Leben. Höchst kapriziös, mal gewährend, mal sich verweigernd. Er wußte niemals, wann oder warum sie das eine oder das andere tat. Er nahm an, daß Reba und Pilate davon wußten, aber sie machten nie eine Anspielung auf den Wandel in seiner Beziehung zu Hagar. Wenn er sie auch nicht mehr in gleichem Maße anbetete wie als Zwölfjähriger, so fand er es doch herrlich, mit ihr zu schlafen, und sie war eine kuriose, lustige, sonderbare Gefährtin, verwöhnt, aber auf ungekünstelte Weise, und somit erfrischender als die meisten Mädchen seines Alters. Es gab Monate, in denen Hagar ihn nicht sehen mochte, und dann erschien er eines Tages und da war nichts als Lächeln und Willkommen.

Nach rund drei Jahren, die über Hagars auf- und abschwellender Leidenschaft vergingen, wurden ihre Verweigerungen rarer, bis sie schließlich um die Zeit, als er seinen

Vater geschlagen hatte, überhaupt nicht mehr vorkamen. Mehr noch, sie fing an, auf ihn zu warten, und je mehr er sich im anderen Teil seines geselligen Lebens engagierte, desto verläßlicher wurde sie. Sie begann zu schmollen, zu maulen und ihm vorzuwerfen, er liebe sie nicht oder wolle sie nicht mehr sehen. Und während er selten an sein Alter dachte, war sie sich des ihren sehr bewußt. Milchmann hatte seine sorglose Jungenzeit bis zum einunddreißigsten Jahr ausgedehnt. Hagar war sechsunddreißig – und nervös. Sie pflanzte die Pflicht breit in die Mitte ihrer Beziehung; er sann auf einen Ausweg.

Er bezahlte bei der Verkäuferin für die Geschenke, die er ausgesucht hatte, und verließ die Drogerie, nun entschlossen, einen Strich zu ziehen.

Ich werde sie daran erinnern, daß wir Cousins sind, dachte er. Er würde ihr überhaupt kein Geschenk kaufen; statt dessen würde er ihr einen hübschen Geldbetrag geben. Erklären, daß sie sich etwas richtig Nettes kaufen solle, daß seine Schenkerei sie nur kompromittiere. Daß er nicht sei, was sie brauche. Sie brauche einen ständigen Freund, der sie heiraten könne. Er stehe ihr im Wege. Und da sie verwandt seien und alles, solle sie anfangen, sich nach jemand anderem umzusehen. Es schmerze ihn, würde er sagen, schmerze ihn tief, nach all den Jahren, aber wenn man jemanden liebe, wie er sie, müsse man zuerst an den anderen denken. Man könne nicht egoistisch sein gegenüber jemandem, den man liebe.

Nachdem er sich so sorgfältig ausgedacht hatte, was er zu ihr sagen würde, kam es ihm vor, als hätte er das Gespräch schon geführt und alles geklärt. Er ging in das Büro seines Vaters zurück, holte Bargeld aus dem Safe und schrieb Hagar einen netten Brief, der so schloß: «Außerdem möchte ich dir danken. Dir danken für alles, was du mir bedeutet hast. Dafür, daß du mich all diese Jahre glücklich gemacht hast. Ich unterschriebe diesen Brief in Liebe, aber mehr noch in Dankbarkeit.»

Und er unterschrieb auch «in Liebe», aber das Wort «Dankbarkeit» und die ausgewalzte Kälte von «dir danken» waren es, was Hagar an einen strahlend blauen Ort wirbeln ließ, wo die Luft dünn war und immer Stille herrschte, wo die Menschen flüsternd sprachen oder überhaupt keine Geräusche von sich gaben und alles gefroren war außer dem Feuer, das gelegentlich in ihrer Brust ausbrach und vor sich hin prasselte, bis sie hinaus in die Straßen lief, um Milchmann Dead zu finden.

Noch lange nachdem er das Geld und den Brief in einen Umschlag geschoben hatte, blieb Milchmann am Schreibtisch seines Vaters sitzen. Immer wieder addierte er Zahlenreihen, jedesmal kamen 80 Cent zu viel oder 80 Cent zu wenig dabei heraus. Er war noch immer zerstreut und gereizt, und es lag nicht allein an dem Problem mit Hagar. Er hatte vor einiger Zeit mit Gitarre ein Gespräch über das Fangnetz gehabt. Ein Junge, etwa sechzehn Jahre alt, war auf dem Weg von der Schule nach Hause mit etwas – mit einem Seil, nahm man an – stranguliert worden und hatte den Schädel eingeschlagen bekommen. Die Staatsbeamten, die mit der örtlichen Polizei zusammenarbeiteten, sagten, die Art, wie der Junge umgebracht worden war, erinnere an die Ermordung eines anderen Jungen am Silvesterabend 1953 und von vier erwachsenen Männern 1955 – die Strangulierung, der eingeschlagene Schädel. In den Billardräumen und in Tommys Friseurladen ging das Gerücht um, Winnie Ruth Judd habe wieder zugeschlagen. Die Männer lachten darüber und gaben für Neulinge die Geschichte von Winnie Ruth zum besten, einer verurteilten Mörderin, die ihre Opfer mit der Axt erschlug und verstümmelte und in Kisten steckte, 1932 in eine staatliche Anstalt für geisteskranke Kriminelle eingewiesen worden war und jedes Jahr zwei- bis dreimal ausbrach.

Einmal war sie zweihundert Meilen weit durch zwei Staaten gewandert, bevor man sie faßte. Da es in der Stadt im Dezember jenes Jahres einen brutalen Mord gegeben hatte, zu der Zeit, als Winnie Ruth sich auf freiem Fuß befand, waren die Leute an der Southside überzeugt, sie sei es gewesen. Von da an sagten die Neger, wenn von einem besonders scheußlichen Mord berichtet wurde, das sei Winnie Ruth gewesen. Sie sagten es, weil Winnie Ruth weiß war, und die Opfer ebenfalls. Es war ihre Art zu erklären, was sie als weißen Wahnsinn betrachteten – Verbrechen, die geplant und in wahrhaft geisteskranker Weise an gänzlich Fremden verübt wurden. Solche Morde konnten nur von einem Wahnsinnigen der gleichen Rasse begangen worden sein, und auf Winnie Ruth Judd paßte die Beschreibung. Sie glaubten fest daran, daß die Angehörigen ihrer eigenen Rasse einander aus guten Gründen umbrachten: Verletzung des Territoriums eines anderen (ein Mann war bei der Frau von einem anderen vorgefunden worden; Weigerung, die Gesetze der Gastfreundschaft zu beachten (ein Mann hatte in den Fleischtopf seines Freundes gegriffen und sich die dicksten Brocken herausgefischt); oder verbale Beleidigungen, die ihre Männlichkeit, Ehrlichkeit, Menschlichkeit und geistige Gesundheit in Zweifel zogen. Wichtiger noch, sie glaubten, daß die Verbrechen, die sie begingen, legitim seien, weil sie in der Hitze der Leidenschaft begangen wurden: Wut, Eifersucht, Verlust des Gesichts und so weiter. Bizarre Morde amüsierten sie, es sei denn natürlich, das Opfer war einer der ihren.

Sie stellten Mutmaßungen über Winnie Ruths Motive für diesen jüngsten Mord an. Einer sagte, sie sei geil nach so langer Zeit im Knast und habe sich nach einem geeigneten Opfer umgeguckt. Aber sie wisse zu gut, daß kein erwachsener Mann sie haben wolle, und sei deshalb auf einen Schuljungen verfallen. Ein anderer sagte, sie könne wahrscheinlich zweifarbige Schuhe nicht leiden, und als sie aus der Klapsmühle rausgewesen und vierhundert Meilen in die Sicherheit gelaufen sei, habe sie als erstes einen Jungen mit zweifarbigen Schuhen gesehen und hätte es nicht schlucken können – sei Amok gelaufen.

Durch die Witze zog sich jedoch eine Strähne unausgesprochenen Schreckens. Von seiten der Polizei hieß es, man habe einen Zeugen, der glaube, er habe einen «Neger mit buschigen Haaren» von dem Schulhof rennen sehen, auf dem die Leiche gefunden wurde.

«Derselbe Neger mit buschigen Haaren, den sie gesehen

haben, als Sam Sheppard mit der Axt seine Frau umgelegt hat», sagte Porter.

«Mit 'nem Hammer, Mann», sagte Gitarre. «Siebenundzwanzig Hammerschläge.»

«Jesus im Himmel. Warum siebenundzwanzig? Das is 'n harter Mord.»

«Jeder Mord ist ein harter Mord», sagte Hospital-Tommy. «Irgendwen umzubringen, ist hart. Seht ihr die Filme, wo der Held jemandem die Hände um den Hals legt und das Opfer hustet ein bißchen und verscheidet? Glaubts nicht, meine Freunde. Der menschliche Körper ist robust. Er kann Kräfte aufbringen, wenn er in Todesgefahr ist.»

«Hast im Krieg jemand umgebracht, Tommy?»

«Hab an ein paar Hand angelegt.»

«Mit den Händen?»

«Bajonett, Freund. Die Männer des Zweiundneunzigsten haben Bajonette gebraucht. Belleau Wood glänzte unter ihnen. Glänzte nach Kräften.»

«Wie hat sichs angefühlt?»

«Unerfreulich. Höchst unerfreulich. Selbst wenn du weißt, er würde mit dir dasselbe machen, ist es immer noch eine höchst taktlose Angelegenheit.»

Sie lachten wie üblich über Tommys penible Redeweise.

«Drum wollt einer um gar keinen Preis in der Armee sein», sagte ein fetter Mann. «Was wär, wenn du so durch die Straßen ziehst un Orval Faubus dir übern Weg läuft?»

«Junge, was würd ich den Kerl gern schlachten», sagte ein kräftig gebauter Mann.

«Sag das öfter. Ham dein Arsch bald unten im Präsidium.»

«Hab kein buschiges Haar.»

«Machens buschig.»

Nehmen 'n paar Schlagringe un machen dir 'n *Schädel* buschig un nennens Haar.»

Von Empire States Kichern, das aufrichtig klang, abgesehen, war das Gelächter Milchmann damals trübe und nervös vorgekommen. Jeder Mann in diesem Raum wußte, daß er von der Straße weg aufgegriffen werden konnte und, gleichgültig, wie gut er beweisen mochte, wer er war und wo er sich zur Zeit des Mordes aufgehalten hatte, höchst ungemütliche Verhöre würde über sich ergehen lassen müssen.

Und da war noch etwas. Seit einiger Zeit hatte Milchmann Andeutungen aufgeschnappt, daß bei einem oder mehreren dieser Morde ein Zeuge oder der Täter tatsächlich ein Neger gewesen war. Irgendein Ausrutscher, jemand, der ein Detail über das Opfer wußte. Wie zum Beispiel, ob Winnie Ruth zweifarbige Schuhe leiden konnte oder nicht. Hatte der Junge zweifarbige Schuhe angehabt? Stand das in den Zeitungen? Oder war das bloß eines der phantasievollen Details, die sich ein guter Witzbold so ausdachte.

Die beiden Tommys machten sauber. «Geschlossen», sagten sie zu einem Mann, der das Gesicht durch die Tür streckte. «Laden macht zu.» Die Unterhaltung erstarb, und die Männer, die nur so herumlungerten, schienen wenig geneigt zu gehen. Gitarre auch, aber schließlich schlüpfte er in sein Jackett, veranstaltete ein kurzes Schattenboxen mit Empire State und kam Milchmann zur Tür nach. Die Läden an der Southside trugen nur spärliche Lichter und Girlanden zur Schau, die noch kärglicher wirkten durch die schäbigen Julfest-Bänder und Glocken, die die Stadt zwischen den Laternenpfählen hatte anbringen lassen. Nur in der Stadtmitte waren die Lichter groß, hell, festlich und voller Hoffnung.

Die beiden Männer gingen die Zehnte Straße hinunter, auf Gitarres Zimmer zu.

«Kaputt», sagte Milchmann. «Was für 'n kaputter Scheiß.

«Kaputte Welt», sagte Gitarre. «Kaputte, verquere Welt.»

Milchmann nickte. «Eisenbahn-Tommy hat gesagt, der Junge hätte zweifarbige Schuhe angehabt.»

«Hat er?» fragte Gitarre.

«Ob ers gesagt hat? Weißt du genau. Hast mit uns allen mitgelacht.»

Gitarre warf einen Blick auf ihn. «Was steckt dir in der Nase?»

«Weiß, wenn man mir was vormacht.»

«Dann is es eben so, Mann. Nichts sonst. Vielleicht hab ich keine Lust, drüber zu diskutieren.»

«Willst sagen, hast keine Lust, mit mir darüber zu diskutieren. Bei Tommy hast du vollgesteckt mit Diskussion.»

«Schau, Milchmann, wir warn lange dick miteinander, richtig? Aber das heißt nich, daß wir nich verschiedne Leute sin. Können nich immer gleich über alles denken. Können wirs nich dabei lassen? Gibt alle möglichen Leute auf dieser Welt. Manche sin neugierig, manche nich; manche reden, manche schrein; manche sin Treter, un manche werden getreten. Nimm mal dein Daddy. Das is 'n Treter. Erste Mal, wo er mir vor Augen gekommen is, hat er uns aus unserm Haus getreten. War drum gleich 'n Unterschied da zwischen dir un mir, aber wir sin trotzdem Freunde geworden . . .»

Milchmann blieb stehen und zwang Gitarre dazu, ebenfalls stehenzubleiben und sich umzudrehen. «Willst mir doch wohl kein beschißnen Vortrag halten.»

«Kein Vortrag, Mann. Versuch, dir was zu sagen.»

«Also, sags mir. Gib mir nich 'nen verflucht beschißnen Vortrag.»

«Was nennst du 'nen Vortrag?» fragte Gitarre. «Wenn für zwei Sekunden nich *du* redst? Wenn du wem andern zuhörn mußt statt reden? Is das 'n Vortrag?»

«'n Vortrag is, wenn wer zu 'nem einunddreißigjährigen Mann redet, als wär er 'n zehnjähriges Kind.»

«Willst, daß ich red oder nich?»

«Nur los. Red. Bloß red nich in dem komischen Ton mit mir. Als wärst du 'n Lehrer un ich 'n Rotzbengel.»

«Das is das Problem, Milchmann. Interessierst dich mehr für mein Ton als für das, was ich sag. Versuch, dir zu sagen, daß wir nich in allem einig sein müssen; daß du un ich verschieden sin; daß –»

«Willst sagen, du hast 'n geheimen Scheiß, von dem ich nich wissen soll.»

«Will sagen, gibt Dinge, die mich interessiern un dich nich.»

«Woher weißt du, das sie mich nich interessiern?»

«Ich kenn dich. Kenn dich 'ne Weile. Hast deine vornehmen Freunde un deine Picknicks auf Honoré Island un kannst dirs leisten, mit fünfzig Prozent von deim Hirn über 'n Weiberarsch nachzugrübeln. Hast das rothaarige Weib da un eins auf der Southside, die zwischendrin nich mitgerechnet.»

«Kanns nich glauben. Nach all den Jahren knallst du mir vor 'n Kopf, wo ich leb?»

«Nich wo du lebst – wo du rumhängst. Lebst nirgendwo. Nich in Not Doctor Street un auf der Southside *auch* nich.»

«Du neidest mir –»

«Gar nichts neid ich dir.»

«Wo ich hingeh, bist du willkommen. Habs versucht, daß du mitfährst nach Honoré –»

«Scheiß-Honoré! Hörst du? Einzige Art, wie ich in den Niggerhimmel geh, is mit 'nem Kasten Dynamit un 'ner Schachtel Streichhölzer.»

«Hat dir früher gefallen.»

«Hat mir nie gefallen! Bin mitgegangen, aber gefallen hats mir nie. Nie.»

«Was is falsch dran, daß Neger Strandhäuser besitzen? Was willst du, Gitarre? Bist wild auf jeden Neger, der nich Böden schrubbt un Baumwolle pflückt. Hier is nicht Montgomery, Alabama –»

Gitarre sah ihn an, voller Wut zuerst, und dann begann er zu lachen. «Hast recht, Milchmann. Hast nie in deim Leben 'n wahreres Wort gesagt. Is eindeutig nich Montgomery, Alabama, hier. Sag mal. Was würdst du machen, wenn es das wär? Wenn sich herausstellen würd, daß hier 'n anderes Montgomery is?»

«Flugticket kaufen.»

«Genau. Jetzt weißt du was über dich selbst, was du vorher nich gewußt hast: wer du bist un was du bist.»

«Klar. 'n Mann, der sich weigert, in Montgomery, Alabama, zu leben.»

«Nein. 'n Mann, der nich da leben kann. Wenns je mal hart auf hart käm, würdst du schmelzen. Bist kein ernster Mensch, Milchmann.»

«Ernst is bloß 'n andres Wort für jämmerlich. Weiß alles über ‹ernst›. Mein Alter is ernst. Meine Schwestern sin ernst.

Un keiner is ernster als meine Mutter. So ernst is die, daß sie sich verzehrt. Hab sie neulich mal im Garten beobachtet. War so kalt wie Hexentitten da draußen, mußten aber vorm 15. Dezember 'n paar Zwiebeln in die Erde, meinte sie. Also, da lag sie auf ihrn Knien un buddelte Löcher in die Erde.»

«Un? Seh den Witz nich.»

«Der Witz is, daß sie die Zwiebeln da drinhaben wollte. Sie mußte nich. Sie pflanzt gern Blumen. Mags wirklich. Aber du hättest ihr Gesicht sehn sollen. Sah aus wie die unglücklichste Frau von der Welt. Die jämmerlichste. Also wo is der Spaß? Hab meine Mutter nie in meim ganzen Leben lachen hörn. Sie lächelt manchmal, macht sogar 'n kleines Geräusch. Aber ich glaub nich, daß sie je laut aufgelacht hat.»

Ohne den geringsten Übergang und ohne zu wissen, daß er es tun würde, begann er Gitarre einen Traum zu beschreiben, den er über seine Mutter geträumt hatte. Er nannte es Traum, weil er ihm nicht erzählen wollte, daß es wirklich passiert war, daß er es wirklich gesehen hatte.

Er stand am Spülbecken in der Küche und goß den Rest seines Kaffees in den Ausguß, und als er durchs Fenster blickte, sah er Ruth im Garten graben. Sie machte kleine Löcher und steckte etwas hinein, was wie kleine Zwiebeln aussah. Während er dastand und ihr gedankenlos zusah, begannen Tulpen aus den Löchern zu wachsen, die sie gegraben hatte. Erst eine vereinzelte dünne Röhre von Grün, dann lösten sich zwei Blätter vom Stamm – eines auf jeder Seite. Er rieb sich die Augen und schaute wieder hin. Nun kamen mehrere Stengel hinter ihr aus der Erde. Entweder waren es Zwiebeln, die sie bereits gesetzt hatte, oder sie waren so lange im Sack gewesen, daß sie gekeimt hatten. Die Röhren wuchsen höher und höher, und bald waren es so viele, daß sie sich gegeneinander und gegen das Kleid seiner Mutter preßten. Und immer noch bemerkte sie weder etwas davon, noch wandte sich sich um. Sie grub einfach weiter. Aus manchen der Stiele begannen Blüten zu sprießen, blut-rote Blüten, die hinüberschnellten und ihren Rücken berührten. Schließlich merkte sie, wie es da wuchs und nickte und sie berührte. Milchmann dachte, sie würde aufspringen vor Angst, wenigstens vor Überraschung. Aber sie tat es nicht. Sie wandte sich von ihnen ab, schlug sogar nach ihnen, aber spielerisch, neckisch. Die Blumen wuchsen und wuchsen, bis er nur noch ihre Schulter darüber sehen konnte und ihre Dreschflegelarme, hoch über den schnellenden, schnappenden Blüten. Sie erstickten sie, nahmen ihr den Atem mit ihren weichen, zerklüfteten Lippen. Und sie lächelte nur und wehrte sie ab, als seien es harmlose Schmetterlinge.

Er wußte, daß sie gefährlich waren; bald würden sie alle Luft um sie her aufsaugen und sie schlaff auf der Erde liegen lassen. Aber sie schien davon nichts zu ahnen. Sie deckten sie schließlich zu, und er sah nichts mehr als einen Hügel verschlungener Tulpen, herabgebeugt über ihren Körper, der sich bis zum äußersten wehrte.

Er beschrieb Gitarre dies alles so, als unterstreiche der Traum seinen Standpunkt, was die Gefahren des Ernstseins betraf. Er versuchte beim Erzählen so heiter wie möglich zu sein, aber am Ende blickte Gitarre ihm in die Augen und sagte: «Warum bist du ihr nich helfen gegangen?»

«Was?»

«Ihr helfen. Sie drunter wegziehen.»

«Aber es gefiel ihr. Sie hatte Spaß. Es gefiel ihr.»

«Bist du sicher?» Gitarre lächelte.

«Sicher bin ich sicher. War mein Traum.»

«War auch *deine* Mutter.»

«Au, Mann, warum machst du was draus, was nich da is? Machst aus dem Ganzen was Superernstes, bloß um dein Standpunkt zu beweisen. Erst bin ich im Unrecht, weil ich nich in Alabama leb. Dann bin ich im Unrecht, weil ich mich in mein Traum nich richtig benehm. Jetzt bin ich im Unrecht, weil ich ihn geträumt hab. Verstehst du, was ich mein? Die kleinste Kleinigkeit is 'ne Sache von Leben un Tod für dich. Wirst genau wie mein Alter. Denkt, ich sollt mich entschuldigen, wenn 'ne Büroklammer in der falschen Schublade liegt. Was geht bloß mit allen vor?»

«Scheint, alle gehn in die falsche Richtung, du ausgenommen, was?»

Milchmann schluckte. Ihm fiel wieder ein, wie sich an jenem lang vergangenen Abend, nachdem er seinen Vater geschlagen hatte, alle auf einer Straßenseite gedrängt hatten, unterwegs in die Richtung, aus der er kam. Es war, als sei Gitarre in jenem Traum auch gewesen.

«Mag sein», sagte er. «Aber ich weiß, wo ich hingeh.»

«Wohin?»

«Wo gerade die Party is.»

Gitarre lächelte. Seine Zähne waren so weiß wie die Schneeflocken, die auf seinem Jackett liegen blieben. «Frohe Weihnachten», sagte er, «und ein glückliches Neues Jahr.» Er winkte mit der Hand und bog um die Ecke in seine Straße ein. Er war in den schneeverwehten Schatten der Southside verschwunden, bevor Milchmann ihn fragen konnte, wohin er gehe, oder ihm sagen konnte, er solle warten.

Nun schloß er das Rechnungsbuch in Sonnys Laden und kapitulierte vor den Zahlenreichen. Etwas ging mit Gitarre vor, war schon mit ihm vorgegangen. Ständig hackte er auf Milchmann wegen seiner Lebensweise herum, und jenes Gespräch war nur ein weiteres Beispiel dafür gewesen, wie sehr er sich verändert hatte. Vorbei die Zeiten, wo Milchmann die Treppe zu Gitarres Zimmer hinaufrennen und ihn zu einer Party oder in eine Bar mitschleppen konnte. Und er wollte nicht über Mädchen oder Trips reden. Sport war so ziemlich das einzige, wofür er sich noch begeisterte, und Musik. Ansonsten bestand er nur aus Düsterkeit und goldenen Augen. Und Politik.

Diese Atmosphäre von Ernsthaftigkeit, die er heraufbeschwor, verleitete Milchmann dazu, mehr über seine Familie zu reden, als er es normalerweise tun würde, und auch dazu, mit frivolen Bemerkungen die Art von Leben zu verteidigen, das er führte. Mädchen und Parties auf Honoré. Gitarre wußte, daß er sich nicht nur dafür interessierte, oder? Er wußte, daß Milchmann andere Interessen hatte. Wie, zum Beispiel? fragte er sich selbst. Na, er war sehr gut im Geschäft seines Vaters, um eins zu nennen. Ausgezeichnet sogar. Aber er mußte gleich zugeben, daß der Immobilienhandel ihn nicht wirklich interessierte. Wenn er sein ganzes Leben damit verbringen müßte, über Mieten und Grundstücke nachzudenken, er würde den Verstand verlieren. Aber genau damit würde er sein ganzes Leben verbringen, oder? Davon ging sein Vater aus, und davon war er auch ausgegangen, nahm er an.

Vielleicht hatte Gitarre recht – teilweise. Sein Leben war inhaltlos, ziellos, und es stimmte, daß er sich um andere Leute nicht furchtbar viel Sorgen machte. Es gab nichts, was er stark genug begehrte, um etwas dafür zu riskieren, um Unannehmlichkeiten dafür auf sich zu nehmen. Dennoch, was gab Gitarre das Recht, so zu reden? Auch er lebte nicht in Montgomery; tat nichts, als in dieser Autofabrik zu arbeiten und irgendwohin zu schleichen – keiner wußte wohin – und in Tommys Friseurladen herumzulungern. Er behielt eine Frau nie länger als ein paar Monate, die durchschnittliche Zeitspanne, wie er sagte, bevor sie «Dauereinrichtungsgeräusche» von sich zu geben begann.

Er sollte heiraten, dachte Milchmann. Ich vielleicht auch. Wen? Frauen gab es scharenweise, und für die Honoré-Clique war er der begehrenswerte Junggeselle. Vielleicht würde er sich eine aussuchen – die Rothaarige. Ein hübsches Haus finden. Sein Vater würde ihm dabei helfen. Richtig als Partner bei seinem Vater eintreten und ... Und was? Es mußte etwas Besseres geben, dem man entgegensehen konnte. Für Geld konnte er kein Interesse aufbringen. Niemand hatte ihm je welches verweigert, also besaß es keine exotische Anziehungskraft für ihn. Bei Politik – bei Friseurladen-Politik jedenfalls und bei Gitarres Sorte – schlief er ein. Er war gelangeilt. Alle langweilten ihn. Die Stadt war langweilig. Die Rassenprobleme, über denen Gitarre sich verzehrte, waren das Langweiligste von allem. Er fragte sich, was sie anfangen würden, wenn sie keine Schwarz-Weiß-Probleme zu bereden hätten. Wer wären sie, wenn sie nicht die Beleidigungen, die Gewalt und Unterdrückung schildern könnten, aus denen sich ihre Leben (und die Fernsehnachrichten) zusammensetzten? Wenn sie nicht einen Kennedy oder Elijah hätten, um über ihn zu streiten? Für alles hatten sie eine Entschuldigung. Jede ungetane Arbeit, jede unbezahlte Rechnung, jede Krankheit, jeder Tod war DEREN Schuld. Und Gitarre wurde genau wie sie – außer daß er keine Entschuldigungen für sich selbst vorbrachte –, stimmte, so kam es Milchmann vor, in jede Klage ein, die er hörte.

Milchmann ging auf die Toilette, die auch als Teeküche diente, und schaltete die Heizplatte ein, um sich einen Pulverkaffee zu machen. Während er dort war, hörte er ein schnelles Pochen an der Fensterscheibe. Er trat zurück ins Büro und sah durch die Beschriftung hindurch Freddies Augen. Milchmann schloß die Tür auf.

«He, Freddie. Was gibts?»

«Such 'n warmes Plätzchen. Halten mich auf Trab heut abend, wo bald Weihnachten is un so, renn nichts als die Straße rauf un runter.» Zu Freddies Hausmeisterpflichten im Warenhaus kamen die eines Boten und Paketausträgers.

«Hast schon 'nen neuen Lieferwagen gekriegt?» fragte ihn Milchmann.

«Wohl verrückt? Muß erst der Motor rausplumpsen, bevor sie mir 'n anständigen geben.»

«Hab Kaffeewasser aufgestellt. Auch 'ne Tasse?»

«Grad, was mir fehlt. Hab deine Lichter gesehn un gedacht, muß da 'ne heiße Tasse Kaffee geben. Hättst nich zufällig 'n Schlückchen zum Reintun, was?»

«Ganz zufällig doch.»

«Brav, Junge.»

Milchmann ging zur Toilette, hob den Deckel des Wasserbehälters hoch und holte eine Viertel-Liter-Flasche heraus, die er vor Macon versteckt hielt, der keinen Alkohol im Haus duldete. Er brachte die Flasche ins Büro, stellte sie auf den Schreibtisch und ging zurück, um zwei Tassen Kaffee zu machen. Als er wieder hineinkam, versuchte Freddie den Eindruck zu erwecken, als habe er die Flasche nicht bereits an den Hals gesetzt. Sie gaben einen Schuß in ihren Kaffee, und Milchmann sah sich nach seinen Zigaretten um.

«Harte Zeiten, Junge», sagte Freddie geistesabwesend nach dem ersten Schluck. «Harte Zeiten.» Dann fragte er, als sei ihm aufgefallen, daß etwas fehle: «Wo is ’n dein Kumpel?»

«Gitarre, meinst du?»

«Klar, Gitarre. Wo is er?»

«Hab ihn seit ’n paar Tagen nich gesehn. Kennst Gitarre. Verschwind dir im Nu aus ’n Augen.» Milchmann bemerkte, wie weiß Freddies Haare waren.

«Wie alt bist du, Freddie?»

«Wer weiß? Ham Dreck am Morgen gemacht un am Nachmittag mich.» Er kicherte. «Bin aber schon lange, lange da.»

«Hier geboren?»

«Ne-ein. Unten im Süden. Jacksonville, Florida. Schlimmes Land, Junge. Schlimmes, schlimmes Land. Weißt du, daß sie in Jacksonville nich mal ’n Waisenhaus ham, wo farbige Babies hin könn? Müssn sie ins Gefängnis tun. Erzähl den Leuten, wo über die Sit-ins reden, bin im Gefängnis *groß* geworden un schreckt mich nich.»

«Wußt nich, daß du ’n Waisenkind warst.»

«Also, kein richtiges Waisenkind. Hatt ’ne Familie un alles, aber meine Mama starb, un keiner wollt mich nehmen. War wegen der Art, wie sie gestorben is, daß keiner mich nehmen wollt.»

«Wie is sie ’n gestorben?»

«Geister.»

«Geister?»

«Glaubst nich an Geister?»

«Also –» Milchmann lächelte – «bin bereit zu, denk ich.»

«Glaubst besser dran, Junge. Sin hier.»

«Hier?» Milchmann schaute sich nicht im Büro um, aber er hätte es gern getan. Der Wind heulte draußen in der Schwärze, und Freddie sah wie ein Gnom aus, wenn er seine Goldzähne blitzen ließ. «Mein nich unbedingt in dem Raum hier. Könnt zwar sein.» Er legte den Kopf schräg und horchte. «Nein. Ich mein, sin in der Welt.»

«Hast welche gesehn?»

«Massen. Massen. Geister ham meine Mutter getötet. Hab ich natürlich nich gesehn, aber viele seither.»

«Erzähl von.»

«Nee, tu ich nich. Erzähl nich von den Geistern, wo ich gesehn hab. Mögens nich.»

«Dann erzähl mir von denen, die du nich gesehn hast. Die deine Mutter getötet ham.»

«Oh. Na ja. Von dem. Is über 'n Hof gegangen mit 'ner befreundeten Nachbarin, un beide ham aufgeschaut un 'ne Frau die Straße runterkommen sehn. Sin stehngeblieben, um zu sehn, wers is. Als die Frau herangekommen is, hat die Nachbarin sie gegrüßt, un kaum hat sie 'n Wort gesagt, verwandelt die Frau sich in 'nen weißen Stier. Vor ihrn Augen. Meine Mama is in Wehen zu Boden gefallen an Ort un Stelle. Als ich geboren war un sie mich ihr gezeigt ham, hat sie geschrien un war weg. Is nich mehr zu sich gekommen. Mein Vater war zwei Monate tot, als ich geboren bin, un sie konnten keinen von mein Leuten un sonst niemand zu kriegen, 'n Baby anzunehmen, das durch 'n weißen Stier auf die Welt gekommen is.»

Milchmann fing an zu lachen. Er wollte Freddie nicht kränken, aber er konnte das Lachen nicht zurückhalten, und je mehr er es versuchte, um so mehr kam es heraus.

Freddie wirkte eher überrascht als gekränkt. «Glaubst mir nich, was?»

Milchmann konnte nicht antworten, so sehr mußte er lachen.

«Okay», sagte Freddie und warf die Hände in die Höhe. «Okay, lach weiter. Gibt aber 'ne Menge seltsame Sachen, wo du nichts von weißt, Junge. Wirsts lernen. Menge seltsame Sachen. Seltsames Zeug geht eben vor hier in der Stadt.»

Milchmann hatte sein Gelächter jetzt unter Kontrolle. «Was? Was für seltsames Zeug passiert hier in der Stadt? Hab länger keine weißen Stiere gesehn.»

«Mach die Augen auf. Frag dein Kumpel. Der weiß es.»

«Was für 'n Kumpel?»

«Dein Kumpel Gitarre. Frag ihn, was für 'n seltsames Zeug passiert is. Frag ihn, wies kommt, daß er plötzlich mit Empire State rumrennt.»

«Empire State?»

«Is richtig. Empire State.»

«Keiner rennt mit Empire State rum. Is 'n Idiot. Steht bloß mit 'nem Besen rum un sabbert. Kann nich mal reden.»

«Redet nich. Heißt nich, daß ers nich kann. Einzger Grund, warum ers nicht tut, is, weil er vor langer Zeit seine Frau mit 'nem andern Mann im Bett erwischt hat, un hat seitdem nichts mehr zu sagen gefunden.»

«Na, un was hat Gitarre mit ihm zu tun?»

«Gute Frage. Polizei würd da auch gern die Antwort drauf wissen.»

«Wie kommst du von Empire State auf die Polizei?»

«Hast nich gehört? Leute sagen, die Polizei sucht nach 'nem Farbigen, der den weißen Jungen im Schulhof umgebracht hat.»

«Weiß das. Jeder weiß das.»

«Na, die Beschreibung paßt auf Empire State. Un Gitarre hat ihn wo hingebracht. Versteckt ihn, glaub ich.»

«Was is da so seltsam dran? Du weißt, daß Gitarre so is. Würd jeden verstecken, nach dem das Gesetz sucht. Haßt Weiße, Uniformen besonders, un jeder, hinter dem sie her sin, kann bei ihm auf Hilfe rechnen.»

«Verstehst nich. Der un State benehmen sich nich, als würden sie ihn bloß verstecken. Benehmen sich, als wär ers gewesen.»

«Bist 'n bißchen betrunken, Freddie?»

«Klar, bin 'n bißchen betrunken, ändert aber nichts. Schau her. Weißt noch, wie Emmet Till umgebracht worden is? Dreiundfünfzig, damals? Na, gleich danach is 'n weißer Junge im Schulhof ermordet worden, stimmts?»

«Ich weiß nich. Kann mich nich an die Daten von Morden erinnern, die ich nich begangen hab.»

«Weißt du nich?» Freddy war skeptisch.

«Nein. Willst du sagen, daß State es war?»

«Ich sag, er benimmt sich so, un sag, Gitarre weiß von, un sag, was Seltsames geht vor. Das is, was ich sag.»

Er ist wütend auf mich, dachte Milchmann, weil ich über seine Mutter und diese Weiße-Stier-Geschichte gelacht habe. Also versucht er, es mir heimzuzahlen.

«Halt die Augen offen», fuhr Freddie fort. «Halt sie nur offen.» Er schaute in die Flasche, sah, daß sie leer war, und stand auf, um zu gehen. «Tja. Seltsames Treiben hier in der Gegend. Aber laß mein Namen raus, wenn du was hörst. War ganz genauso, als der Versicherungsmann vom Dach gesprungen is. Je von dem erzählen hörn?»

«Kommt mir so vor.»

«Muß gewesen sein, als du 'n winziges Baby warst, 1931. Na, gab damals auch seltsames Zeug.» Freddie knöpfte sich den Mantel zu und zog seine Klappmütze so tief über die Ohren, wie es nur ging. «Also, danke für den Kaffee. Hat mir arg gutgetan. Arg gut.» Er zog seine Handschuhe aus der Tasche und ging auf die Tür zu.

«Nichts zu danken, Freddie. Frohe Weihnachten, falls ich dich vorher nich mehr seh.»

«Dir auch. Un dein Leuten. Erzähl Mr. Dead un deiner Mutter, hätt frohe Weihnachten gesagt.» Er lächelte wieder. Als er an der Tür angekommen war, zog er die Handschuhe an. Dann drehte er langsam den Kopf um und wandte Milchmann das Gesicht zu. «Nenn dir noch wen, der vielleicht was drüber weiß, was vorgeht. Corinthians. Frag Corinthians.»

Er ließ fröhlich sein Gold blitzen und war gegangen.

5

Nichts geschah mit der Angst. Er lag in Gitarres Bett, das Gesicht dem Sonnenlicht zugewandt, und versuchte sich vorzustellen, wie es sich anfühlen würde, wenn der Eispikkel in seinen Nacken eindrang. Aber sich einen Strahl weinroten Bluts auszumalen und sich zu fragen, ob der Eispickel ihn zum Husten bringen würde, half nichts. Angst lag ihm auf der Brust wie ein Paar gekreuzter Tatzen.

Er schloß die Augen und warf den Arm übers Gesicht, um seine Gedanken vor Überbelichtung zu schützen. In der Dunkelheit, die sein Arm erzeugte, konnte er Eispickel schneller niedersinken sehen als die Regentropfen, die er als kleiner Junge mit der Zunge aufzufangen versucht hatte.

Vor fünf Stunden, bevor er an Gitarres Tür klopfte, hatte er auf der obersten Stufe gestanden, tropfnaß von dem Sommerregen, der noch immer gegen das Fenster prasselte, und sich vorgestellt, die Tropfen seien winzige stählerne Pickel. Dann klopfte er an die Tür.

«Ja?» Die Stimme klang leicht aggressiv; Gitarre öffnete seine Tür nie mehr auf ein Klopfen hin, bevor er nicht wußte, wer es war.

«Ich – Milchmann», antwortete er und wartete die klikkenden Geräusche von drei Schlössern ab, die geöffnet wurden.

Milchmann trat ein, die Schultern unter dem nassen Jakkett hochgezogen. «Was zu trinken?»

«Weißt du doch nun.» Gitarre lächelte, seine goldenen Augen waren für den Augenblick getrübt. Sie hatten sich nicht oft gesehen seit jener Auseinandersetzung über Honoré gegen Alabama, aber der Streit war für sie beide bereinigend gewesen. Sie begegneten sich unbefangen, nun, da sie sich nicht mehr verstellen mußten. Wenn sie im Gespräch das Schlachtfeld der Unterschiede berührten, blieben ihre

Wortgefechte von gutmütigem Humor getragen. Zudem war ihre Freundschaft auf direktere Weise auf die Probe gestellt worden. Die letzten sechs Monate waren für Milchmann gefährlich gewesen, und Gitarre war ihm immer wieder zu Hilfe gekommen.

«Dann Kaffee», sagte Milchmann. Er setzte sich mit der Schwerfälligkeit eines uralten Mannes aufs Bett. «Wie lang willst 'n das durchhalten?»

«Ewig. Is vorbei, Mann. Kein Tropfen mehr. Wie wärs mit Tee?»

«Himmel.»

«Sogar offener. Möcht wetten, hast gedacht, Tee wächst in Beuteln.»

«O Gott.»

«Wie Louisiana-Baumwolle. Nur daß die Schwarzen, die 'n pflücken, Windeln un Turbane tragen. Siehst in ganz Indien nichts andres. Büsche, wo winzige Teebeutelchen dran blühn. Stimmts?»

«Gib mir 'n Tee, Gitarre. Bloß den Tee. Ohne Geographie.»

«Keine Geographie? Okay, keine Geographie. Wie wärs mit 'nem bißchen Geschichte im Tee? Oder 'n bißchen Sozialpoli – nein. Is immer noch Geographie. Milchmann, verdammt, ich glaub wirklich, mein ganzes Leben besteht aus Geographie.»

«Spülst du deine Töpfe nich für die Leute, bevor du für sie Wasser drin kochst?»

«Zum Beispiel, ich leb jetzt im Norden. Also fällt mir als erstes die Frage ein, im Norden von was? Na, nördlich vom Süden. Also existiert Norden, weils Süden gibt. Aber heißt das, daß Norden anders is als Süden? Nich doch! Süden is bloß im Süden vom Norden . . .»

«Man steckt die verfluchten Blätter nich ins kochende Wasser. Man gießts Wasser *über* die Blätter. In 'ner Kanne, Mann. In 'ner Teekanne!»

«Aber da gilts, 'n leichten Unterschied festzuhalten. Leute im Norden – die da geboren un aufgewachsen sin, heißt das – sin mäklig mit ihrm Essen. Na, nich mit dem Essen.

Kümmern sich letztlich 'n Dreck ums Essen. Wo sie mäklig drin sin, is die Aufmachung. Weißt, was ich mein? Töpfe un so 'n Scheiß. Also, was Töpfe angeht, sin sie richtig komisch. Aber Tee? Können Earl Grey nich vom guten alten Lipton seim Aufguß unterscheiden.»

«Will Tee, Mann. Nich Wongtong-Weizenschrot.»

«Alte Lipton schrotet sich 'n paar gefärbte *New York Times* un steckt sie in liebe weiße Beutelchen, un Neger im Norden laufen Amok. Können nich an sich halten. Schon mal gemerkt? Wie sie die weißen Beutelchen lieben?»

«Oh, Jesus.»

«Der is auch aus dem Norden. Hat in Israel gelebt, aber im Herzen ein Mann aus dem Norden. In seim blutenden Herzen. Seinem lieben alten blutenden roten Herzchen. Leute im Süden glauben, er gehört ihnen, aber das liegt dran, daß ers erste Mal, wo sie 'n zu sehn gekriegt ham, an 'nem Baum aufgeknüpft war. Da ham sie 'n Bezug zu, verstehst du. Zum Knüpfer un zum Geknüpften. Aber die im Norden wissens besser ...»

«Von wem redst du? Weißen oder Schwarzen?»

«Schwarz? Weiß? Sag bloß, bist einer von den rassistischen Negern? Wer hat was von Schwarzen gesagt? Is hier bloß 'ne Geographiestunde.» Gitarre reichte Milchmann eine dampfende Tasse Tee.

«Tja, also wenn das Tee is, bin ich 'n weiches Spiegelei.»

«Siehst, was ich mein? Mäklig. Warum mußt du 'n *weiches* Spiegelei sein? Warum kannst du nich einfach 'n Spiegelei sein? Oder schlicht 'n gutes altes Ei? Un warum überhaupt 'n Ei? Der Neger is schon massenhaft Sachen gewesen, aber 'n Ei noch nie.»

Milchmann begann zu lachen. Gitarre hatte es wieder mal geschafft. Er war patschnaß an die Tür gekommen, bereit, sich hinzuhauen und zu sterben, und hier lachte er nun, verschüttete Tee und prustete seine Antwort heraus: «Wieso? Wieso kann 'n Nigger kein Ei sein? Kann 'n Ei sein, wenn ers bloß will.»

«Denkste. Kann kein Ei sein. Steckt nich in ihm drin. Irgendwas mit sein Genen. Seine Gene lassens nich zu, daß er ’n Ei wird, kann sich anstrengen, wie er will. Natur sagt nein. ‹Nein, kannst kein Ei werden, Nigger. Also, kannst ’ne Krähe werden, wenn du magst, oder ’n großer Pavian. Aber kein Ei. Ei is schwierig, kompliziert. Zerbrechlich obendrein. Un weiß.›»

«Gibt braune Eier.»

«Rassenmischung. Außerdem will sie keiner.»

«Franzosen schon.»

«Jaa, in Frankreich. Aber nich im Kongo. Franzose im Kongo rührt ’n braunes Ei nich an.»

«Warum nich?»

«Hat Angst vor. Könnt seiner Haut was tun. Wie die Sonne.»

«Leute in Frankreich lieben Sonne. Versuchen ständig, in die Sonne zu kommen. An der Riviera –»

«Versuchen, in die französische Sonne zu kommen, aber nich in die Kongo-Sonne. Im Kongo hassen sie die Sonne.»

«Also, ich hab ’n Recht drauf, zu werden, was ich will, un ich will ’n Ei werden.»

«Gebraten?»

«Gebraten.»

«Dann muß dir einer die Schale aufschlagen.»

Geschwinder als ein Pulsschlag hatte Gitarre den Ton gewechselt. Milchmann wischte sich den Mund ab und mied Gitarres Augen, weil er wußte, der Phosphor war in sie zurückgekehrt. Das kleine Zimmer verstummte in Habachtstellung. Es war eine Veranda im ersten Stock, in die man Wände eingezogen hatte, so daß sie der Hausbesitzerin einen Erlös einbrachte und einen Wächter dazu. Die Außentreppe machte es ideal für einen Junggesellen. Besonders für einen so geheimniskrämerischen wie Gitarre Bains.

«Kann ich die Bude heut nacht haben?» fragte ihn Milchmann. Er betrachtete seine Fingernägel.

«Zusammen?»

Milchmann schüttelte den Kopf.

Gitarre glaubte ihm nicht. Glaubte nicht, daß sein Freund wirklich allein sein wollte in der Nacht vor dem Tag seiner eigenen Ermordung.

«Macht mir Angst, Mann. Wirklich Angst.»

Milchmann antwortete nicht.

«Bist nich verpflichtet, 'ne Nummer abzuziehn, weißt du. Nich für mich. Weiß jeder, daß du tapfer bist, wenn du willst.»

Milchmann sah auf, antwortete aber noch immer nicht.

«Schließlich un endlich», fuhr Gitarre behutsam fort, «kriegst du womöglich 's Herz rausgeschnitten. Bist dann nichts als noch 'n tapferer Nigger, wo nutzlos draufgegangen is.»

Milchmann griff nach dem Pall Mall-Päckchen. Es war leer, also zog er eine längere Kippe aus dem Planter's-Erdnußbutterdeckel, der Gitarre an diesem Tag als Aschenbecher diente. Er streckte sich auf dem Bett aus und ließ seine Finger über die Stellen an seinen Kleidern gleiten, an denen Streichhölzer stecken konnten. «Is alles cool», sagte er.

«Scheiße», sagte Gitarre. «Gar nichts is cool. Nichts, nirgendwo. Nich mal der Nordpol is cool. Wenn du meinst, zieh rauf uns schau zu, wie die verdammten Gletscher dir 'n Arsch vereisen. Un was die Gletscher nich schaffen, holn sich die Eisbärn.» Als Gitarre aufstand, berührte er mit dem Kopf fast die Decke. Verärgert über Milchmanns Gleichgültigkeit, machte er seiner Erregung Luft, indem er das Zimmer aufräumte. Er zog eine leere Kiste unter dem Holzstuhl hervor, der in der Ecke stand, und begann Abfall hineinzuwerfen: abgebrannte Streichhölzer vom Fensterbrett, Schweineknochen von dem Spießbraten, den er am Tag zuvor gegessen hatte. Er knüllte die gewellten Pappschalen zusammen, die randvoll mit Krautsalat gewesen waren, und feuerte sie in die Kiste. «Jeder Nigger, den ich kenn, möcht cool sein. Nichts gegen Selbstkontrolle, kann aber keiner andre kontrollieren.» Er blickte seitwärts nach Milchmanns Gesicht, auf der Suche nach einem Zeichen, einer Bresche. Diese Art von Schweigen war neu. Etwas mußte geschehen sein. Gitarre war ernstlich in Sorge um seinen Freund, aber er wollte auch nicht, daß in diesem Zimmer etwas passierte, was die Polizei herbringen würde. Er griff nach den Erdnußbutterdeckel-Aschenbecher.

«Warte. Sin noch 'n paar gute Kippen drin.» Milchmann sprach leise.

Gitarre schmiß den gesamten Aschenbecher in die Kiste.

«Warum hast das gemacht? Weißt doch, wir ham keine Zigaretten.»

«Dann setz dein Arsch in Bewegung un hol welche.»

«Na komm, Gitarre. Laß den Scheiß.» Milchmann stand vom Bett auf und griff nach der Kiste. Er hätte sie erwischt, nur trat Gitarre einen Schritt zurück und schleuderte sie quer durch den Raum, ließ den Dreck sich wieder dort ausbreiten, wo er herkam. Anmutig und sparsam wie eine Katze, rundete er den Schwung seines Arms zum Bogen und schmetterte die Faust gegen die Wand, Milchmann jede denkbare Bewegung versperrend.

«Paß auf.» Gitarres Stimme war leise. «Paß auf, wenn ich dir was zu sagen versuch.»

Kopf an Kopf, Zehe an Zehe standen sie da. Milchmanns linker Fuß schwebte über dem Boden, und Gitarres Augen mit ihrem phosphorizierenden Leuchten versengten ihm ein wenig das Herz, aber er nahm ihren Blick an. «Un wenn ichs nich tu? Was dann, Mann? Machst mich fertig? Mein Name is Macon, weißt du noch? Ich bin schon Dead.»

Gitarre lächelte nicht über den vertrauten Scherz, aber auf seinem Gesicht stand genügend Wiedererkennen, um den grellen Glanz seiner Augen zu mildern.

«Sollt einer deim Mörder erzähln», sagte Gitarre.

Milchmann lachte kurz auf und ging zurück zum Bett. «Machst dir zuviel Sorgen, Gitarre.»

«Nich mehr Sorgen wie nötig. Aber im Moment muß ich wissen, wies kommt, daß du dir gar keine machst. Kommst hoch hier, wo du weißt, daß der dreißigste Tag is. Weißt, wenn einer dich finden will, kommt er hierher – wenn nich zuerst, dann zuletzt. Un verlangst, ich soll dich allein lassen. Jetzt sag mir, was du da machst.»

«Schau», sagte Milchmann. «Von all den Malen hab ich bloß zweimal Angst gehabt: beim erstenmal un beim dritten. Habs seither bewältigt, stimmts?»

«Schon, is nur was komisch diesmal.»

«Is nich komisch.»
«Schon. Du. Du bist komisch.»
«Nein. Bin ich nich. Bloß müde. Müde, vor Verrückten wegzulaufen, müde von dieser verquatschten Stadt, die Straßen hier rauf- und runterzulaufen, ohne wo hinzukommen . . .»
«Na, hast schon fast gewonnen, wenn du bloß müde bist. Hast bald so viel Ruh, wie du je brauchst. Kann dir kein bequemes Bett versprechen, aber Leichenbestatter stelln halt keine Matratzen her.»
«Vielleicht kommt sie diesmal nich.»
«Hat in sechs Monaten keinmal ausgelassen. Rechnest mit, daß sie auf Urlaub geht, oder was?»
«Kann mich vor dem Weib nich länger verstecken. Muß das stoppen. Will das in 'nem Monat nich wieder durchmachen.»
«Warum läßt du ihre Leute nich was gegen tun?»
«Bin ihre Leute.»
«Hör zu, Milchmann, ich verschwind, wenn dus sagst. Aber hör mir 'ne Minute zu. Die Frau hat letztes Mal 'n Carlson-Abziehmesser gehabt. Weißt, wie scharf 'n Carlson-Abziehmesser is? Schneid dich durch wie 'n Laserstrahl, Mann.»
«Weiß ich.»
«Nee, weißt du nich. Warst unter der Bar, als ich un Moon sie gepackt ham.»
«Weiß, was sie hatte.»
«Is morgen kein Moon hier in dem Zimmer. Un kein Gitarre, wenn ich auf dich hör. Hat diesmal vielleicht 'ne Pistole.»
«Was für 'n Idiot gibt 'ner farbigen Frau 'ne Pistole?»
«Selbe Idiot, der Porter 'n Gewehr gegeben hat.»
«Is Jahre her.»
«Is nich mal das, was mich kümmert. Is, wie du dich verhältst. Als würdst dus wolln. Als würdst dich drauf freun.»
«Was bringt dich 'n da drauf?»
«Schau dich an. Bist richtig fein gemacht.»

«Hab in Sonnys Laden arbeiten müssen. Weißt doch, mein Vater verlangt, daß ich mich so anzieh, wenn ich hinterm Schreibtisch sitz.»

«Hast Zeit zum Umziehn gehabt. Is nach Mitternacht.»

«Okay. Bin also sauber. Freu mich also drauf. Ich bin grad mit fertig, dir zu erzähln, daß ich mich nich mehr verstecken mag . . .»

«Is 'n Geheimnis, nich? Hast 'n Geheimnis.»

«Sin wir schon zwei.»

«Zwei? Du un sie?»

«Nein. Du un ich. Hast 'n paar komische Nebelbomben geworfen in letzter Zeit.» Milchmann sah zu Gitarre auf und lächelte. «Nur damit du nich denkst, ich hätts nich gemerkt.»

Gitarre grinste zurück. Nun, wo er wußte, daß es ein Geheimnis gab, glitt er ins gewohnte Gleis ihrer Beziehung zurück.

«Okay, Mr. Dead, Sir. Sie sind auf sich gestellt. Würden Sie ihre Besucherin bitten, 'n bißchen Ordnung zu machen, bevor sie geht? Will nich zurückkommen un unterm Haufen Zigarettenkippen nach deim Kopf suchen müssen. Wär nett, wenn er wo läg, wo ich gleich drauf stoß. Un wenns ihr Kopf is, der liegen bleibt – na, sin 'n paar Handtücher auf'm Regal hinten in der Kammer.»

«Gib deiner Seele Ruh, Junge. Verliert schon keiner den Kopf.»

Dann lachten sie über den unbeabsichtigt passenden Ausdruck, und im Klang dieses Gelächters nahm Gitarre seine braune Lederjacke und brach auf.

«Zigaretten!» rief Milchmann ihm nach. «Bring mir Zigaretten, bevor du verschwindst.»

«Verstanden!» Gitarre war halb die Treppe hinunter. Schon hatten seine Gedanken Milchmann verlassen und waren in das Haus vorausgeflogen, wo sechs alte Männer ihn erwarteten.

Er kam nicht zurück in jener Nacht.

Milchmann lag ruhig im Sonnenlicht, mit leerem Kopf und Lungen, die sich nach Tabakrauch sehnten. Allmählich kehrten seine Angst vor dem Tod und sein Verlangen nach ihm wieder. Vor allem wollte er dem entkommen, was er wußte, den Implikationen dessen entkommen, was ihm erzählt worden war. Und das einzige auf der Welt, was er von der Welt wußte, war das, was andere Menschen ihm erzählt hatten. Er kam sich vor wie ein Abfalleimer für die Handlungen und Haßgefühle anderer Leute. Er selbst tat nichts. Außer dem einenmal, als er seinen Vater geschlagen hatte, hatte er nie selbständig gehandelt, und jener Akt, sein einziger, hatte ihm wiederum unerwünschtes Wissen eingebracht sowie einige Verantwortung für dieses Wissen. Als sein Vater ihm über Ruth erzählte, schloß er sich seiner Verachtung für sie an, aber er fühlte sich hereingelegt; fühlte sich, als sei ihm eine Bürde aufgeladen worden und als verdiene er das nicht. Nichts davon war seine Schuld, und er wollte weder etwas damit zu tun haben noch darüber nachdenken oder eine Rolle darin spielen müssen.

In dieser Stimmung träger Selbstgerechtigkeit suhlte er sich in Gitarres Bett. Es war dieselbe Selbstgerechtigkeit, die ihn dazu bewogen hatte, seine Mutter wie ein Geheimagent zu beschatten, als sie rund eine Woche zuvor aus dem Haus gegangen war.

Von einer Party heimkehrend, hatte er Macons Buick kaum den Randstein hinaufgefahren und die Lichter ausgeschaltet, als er seine Mutter ein Stück vor ihm die Not Doctor Street hinuntergehen sah. Es war halbzwei Uhr morgens, aber trotz der Stunde und ihres hochgeschlagenen Mantelkragens hatte sie überhaupt nichts Verstohlenes an sich. Sie ging in einer Weise, die auf ihn entschlossen wirkte. Weder eilig noch ziellos. Einfach der gleichmäßige Gang einer Frau auf dem Weg zu einer bescheidenen, aber ehrbaren Arbeit.

Als Ruth um die Ecke bog, wartete Milchmann einen Augenblick und ließ den Wagen an. Schleichend, ohne den Motor in einen höheren Gang gleiten zu lassen, fuhr er um die Ecke. Sie stand an der Bushaltestelle, also wartete Milchmann im Schatten, bis der Bus kam und sie einstieg.

Sicher war dies keine Begegnung von Liebenden. Der Mann hätte sie irgendwo in der Nähe abgeholt. Kein Mann würde eine Frau, für die er irgendwelche Zuneigung empfand, mitten in der Nacht mit öffentlichen Verkehrsmitteln zu sich kommen lassen, zumal eine Frau von Ruths Alter. Und welcher Mann wollte überhaupt eine Frau über sechzig?

Dem Bus zu folgen war ein Alptraum; er hielt zu oft, zu lange, und es war schwierig, ihm auf der Spur zu bleiben, sich zu verstecken und aufzupassen, ob sie ausstieg. Milchmann schaltete das Autoradio ein, aber die Musik, von der er sich die Glättung seiner Nervenenden erhoffte, zerrte nur an ihnen. Er war sehr nervös und dachte ernstlich daran umzukehren.

Schließlich fuhr der Bus am Regionalbahnhof vor. Seiner letzten Haltestelle. Da, unter den wenigen verbliebenen Fahrgästen, sah er sie in die Bahnhofshalle gehen. Er glaubte, er habe sie verloren. Er würde nie herausfinden, welchen Zug sie nahm. Wieder dachte er daran, nach Hause zurückzukehren. Es war spät, er war erschöpft und er war sich nicht sicher, ob er noch das geringste mehr über seine Mutter wissen wollte. Aber wo er so weit gekommen war, sah er ein, daß es töricht wäre, jetzt umzukehren und die Dinge für immer in der Schwebe zu lassen. Er hielt auf dem Parkplatz und ging langsam auf den Bahnhof zu. Vielleicht nimmt sie keinen Zug, dachte er. Vielleicht trifft er sich mit ihr im Bahnhof.

Er sah sich vorsichtig um, bevor er die Türen aufstieß. Drinnen war keine Spur von ihr. Es war ein kleines, schlichtes Gebäude. Alt, aber gut beleuchtet. Den bescheidenen Wartesaal beherrschte das große Siegel von Michigan in leuchtendem Technicolor, gemalt wahrscheinlich von einer High School-Zeichenklasse. Zwei rosa Rehe standen sich auf den Hinterbeinen gegenüber, und ein Adler hockte auf Augenhöhe zwischen ihnen. Die Schwingen des Adlers waren ausgebreitet und sahen aus wie hochgezogene Schultern. Den Kopf wandte er nach links: ein grimmiges Auge bohrte sich in das eines Rehs. Violette lateinische Wörter spannten sich in einem langen Band unter dem Siegel ein: *Si Quaeris Peninsulam Amoenam Circumspice.* Milchmann verstand das Latein nicht, und er verstand nicht, warum der Staat des Vielfraßes sich einen Rehbock ins Siegel malen ließ. Oder waren es Ricken? Gitarres Geschichte davon, wie er eine getötet hatte, fiel ihm wieder ein. «Sollte ein Mann nich tun.» Milchmann verspürte kurz das Pochen von so etwas wie Reue, aber er schüttelte es ab und nahm die Suche nach seiner Mutter wieder auf. Er ging zur Rückseite der Station. Noch immer nichts von ihr zu sehen. Dann entdeckte er, daß es einen oberen Bahnsteig gab, eine Treppe, die hinaufführte, und einen Pfeil mit den aufgemalten Wörtern FAIRFIELD UND NORDÖSTLICHE VORORTE. Vielleicht war sie da oben. Er bewegte sich vorsichtig auf die Treppe zu, nach oben und um sich blickend, ob er sie nicht irgendwo sah oder verfehlte. Ein Lautsprecher brach die Stille und kündigte die Ankunft des Zwei-Uhr-fünfzehn-Zugs nach Fairfield Heights an, Abfahrt vom oberen Bahnsteig. Er flitzte dann gerade noch rechtzeitig die Treppe hinauf, um Ruth in einen Wagen steigen zu sehen und selbst in einen anderen zu springen.

Der Zug hielt an zehn Orten, in etwa zehnminütigen Abständen. Bei jedem Halt beugte er sich zwischen den Wagen hinaus, um zu sehen, ob sie ausstieg. Nach der sechsten Station fragte er den Schaffner, wann der nächste Zug in die Stadt zurückfahre. «Fünf Uhr fünfundvierzig», sagte er.

Milchmann sah auf seine Uhr. Es war bereits drei. Als der Schaffner «Fairfield Heights. Endstation», ausrief, eine halbe Stunde später, blickte Milchmann wieder hinaus, und diesmal sah er sie aussteigen. Er huschte hinter den dreiseitigen Holzbau, der wartende Fahrgäste vor dem Wind schützte, bis er ihre breiten Gummiabsätze die Stufen hinuntertappen hörte.

Unten an der Straße hinter dem Schutzraum waren Läden – alle jetzt geschlossen: Zeitungsstände, Coffee-Shops, Schreibwarengeschäfte, aber keine Häuser. Die wohlhabenden Leute von Fairfield wohnten nicht an einer Bahnstation, und nur wenige ihrer Häuser waren von der Straße aus überhaupt zu sehen. Nichtsdestoweniger ging Ruth in ihrem gleichmäßigen Schritt die Straße hinunter und war in ein paar Minuten an dem breiten, gewundenen Weg angekommen, der zum Friedhof von Fairfield führte.

Als Milchmann den schmiedeeisernen Bogen über dem Eingang anstarrte, fielen ihm wieder Fetzen aus dem Geplauder seiner Mutter ein; wie sie sich mit soviel Sorgfalt nach einem Friedhof für den Doktor umgesehen habe – einem Ort, wo die Neger nicht alle in einem Bereich zusammengelegt wurden. Und vor vierzig Jahren war Fairfield Farmland gewesen, mit einem Landfriedhof, der zu winzig war, als daß sich jemand darum gekümmert hätte, ob die Toten darauf weiß waren oder schwarz.

Milchmann lehnte sich an einen Baum und wartete am Eingang. Nun wußte er, falls er je Zweifel gehabt hatte, daß alles, was ihm sein Vater erzählt hatte, wahr war. Sie war eine törichte, egoistische, schrullige, leicht obszöne Frau. Wieder fühlte er sich mißbraucht. Warum konnte in seiner ganzen Familie niemand einfach normal sein?

Er wartete eine Stunde, bevor sie herauskam.

«Hallo, Mama», sagte er. Er versuchte, seine Stimme so grausam kühl klingen zu lassen, wie er sich fühlte; und er versuchte auch, sie zu erschrecken, indem er plötzlich hinter einem Baum hervortrat.

Es gelang ihm. Sie stolperte erschrocken und nahm einen Riesenschluck Luft in den Mund.

«Macon? Bist du das? Du hier? Oh, meine Güte. Ich . . .» Sie versuchte verzweifelt, die Situation zu normalisieren, lächelte trübe und blinzelte mit den Augen, suchte nach Worten und Benimmformen und kultiviertem Verhalten.

Milchmann unterband das. «Du kommst hierher, um dich aufs Grab von deinem Vater zu legen? Hast du das all die Jahre getrieben? Hier und da 'ne Nacht mit deinem Vater verbracht?»

Ruths Schultern schienen in sich zusammenzufallen, aber mit überraschend fester Stimme sagte sie: «Gehen wir zur Haltestelle.»

Keiner von beiden sagte ein Wort während der fünfundvierzig Minuten, die sie in dem kleinen Schutzraum auf den Zug zurück zur Stadt warteten. Die Sonne ging auf und wies auf die Namen junger Liebespaare, mit denen die Wände bemalt waren. Ein paar Männer stiegen die Treppe zum Bahnsteig hinauf.

Als der Zug rückwärts aus seinem Rangiergleis einfuhr, hatten sie noch immer nicht gesprochen. Erst als die Räder wirklich rotierten und die Lokomotive sich freigeräuspert hatte, begann Ruth, und sie begann mitten im Satz, als habe sie ihn während der ganzen Zeit, seit sie und ihr Sohn vom Eingang des Friedhofs von Fairfield fortgegangen waren, gedacht.

«. . . denn Tatsache ist, daß ich eine kleine Frau bin. Ich meine nicht klein gewachsen; ich meine klein, und ich bin klein, weil ich kleingedrückt wurde. Ich wohnte in einem prächtigen großen Haus, daß mich zu einem kleinen Päckchen zusammendrückte. Ich hatte keine Freunde, nur Schulkameradinnen, die meine Kleider und weißen Seidenstrümpfe befühlen wollten. Aber ich glaubte nicht, daß ich je einen Freund brauchen würde, denn ich hatte ihn. Ich war klein, aber er war groß. Der einzige Mensch, den es je wirklich gekümmert hat, ob ich lebte oder starb. Viele Leute *interessierten* sich dafür, ob ich lebte oder starb, aber ihn kümmerte es. Er war kein guter Mann, Macon. Sicherlich ein arroganter Mann und oft töricht und destruktiv. Aber es kümmerte ihn, ob und es kümmerte ihn, wie ich lebte, und es gab und gibt sonst niemanden auf der Welt, der je so war. Und dafür würde ich alles tun. Es war wichtig für mich, in seiner Gegenwart zu sein, inmitten seiner Gegenstände, der Dinge, die er benutzt hatte, berührt hatte. Später war es nur noch wichtig für mich zu wissen, daß er auf der Welt war. Als er sie verlassen hat, habe ich weiter dieses Gefühl des Umsorgtseins geschürt, daß er mir gab.

Ich bin keine seltsame Frau. Ich bin eine kleine.

Ich weiß nicht, was alles dein Vater dir über mich erzählt hat, in dem Laden da unten, wo ihr alle sitzt. Aber ich weiß, genausogut wie ich meinen Namen weiß, daß er dir nur erzählt hat, was schmeichelhaft für ihn war. Ich weiß, er hat dir nie erzählt, daß er meinen Vater umgebracht hat und versucht hat, dich umzubringen. Weil ihr beide meine Aufmerksamkeit von ihm abgezogen habt. Ich weiß, das hat er dir nie erzählt. Und ich weiß, er hat dir nie erzählt, daß er die Arznei meines Vaters weggeworfen hat, aber es ist wahr. Und ich konnte meinen Vater nicht retten. Macon nahm seine Medizin weg, und ich wußte es einfach nicht, und ich hätte dich nicht retten können, wäre Pilate nicht gewesen. Pilate war diejenige, wegen der du überhaupt da bist.»

«Pilate?» Milchmann wurde wach. Er hatte seiner Mutter anfänglich mit stumpfen Ohren zugehört, wie jemand, der beschwindelt werden soll und davon weiß.

«Pilate. Die liebe, alte, verrückte Pilate. Dein Vater und ich hatten keine körperlichen Beziehungen gehabt, seit mein Vater starb, als Lena und Corinthians noch kaum laufen konnten. Wir hatten einen furchtbaren Streit. Er drohte damit, mich umzubringen. Ich drohte, wegen dem, was er meinem Vater angetan hatte, zur Polizei zu gehen. Wir taten keines von beidem. Ich nehme an, das Geld meines Vaters war ihm wichtiger als die Befriedigung, mich umzubringen. Und ich wäre mit Freude gestorben, wenn ich nicht an meine Kindchen gedacht hätte. Aber er zog freilich in ein anderes Zimmer, und dabei blieb es, bis ich es nicht mehr aushalten konnte. Bis ich dachte, ich würde wirklich sterben, wenn ich auf diese Art leben müßte. Ohne daß mich jemand berührte oder auch nur so aussah, als würde er mich gern berühren. Damals habe ich angefangen, nach Fairfield zu kommen. Um zu reden. Mit jemandem zu reden, der zuhören wollte und mich nicht auslachen. Mit jemandem, dem ich vertrauen konnte. Jemandem, der mir vertraute. Jemandem, der ... an mir interessiert war. Meiner selbst wegen. Es war mir egal, ob dieser Jemand unter der Erde war. Weißt du, ich war zwanzig Jahre alt, als dein Vater aufgehört hat, mit mir im Bett zu schlafen. Das ist hart, Macon. Sehr hart. Als ich dann dreißig war ... ich glaube, ich hatte einfach Angst, so zu sterben.

Dann kam Pilate in die Stadt. Sie kam hier in die Stadt, als würde sie ihr gehören. Pilate, Reba und Rebas kleines Baby.

Hagar. Pilate kam Macon gleich besuchen und hatte mich kaum gesehen, da wußte sie schon, was mit mir los war. Und eines Tages fragte sie mich: ‹Willst du ihn?› ‹Ich will irgendwen›, sagte ich zu ihr. ‹Er is so gut wie irgendwer›, sagte sie. ‹Außerdem wirst schwanger werden, und dein Baby sollte von ihm sein. Er sollte einen Sohn haben. Sonst is Ende mit uns.›

Sie gab mir komische Dinge zu tun auf. Und irgendein grau-grünlich-grasig aussehendes Zeug, ums ihm ins Essen zu geben.» Ruth lachte. «Ich kam mir wie ein Doktor vor, wie ein Chemiker, der irgendein großes, wichtiges, wissenschaftliches Experiment ausführt. Es hat auch gewirkt. Vier Tage lang kam Macon zu mir. Er kam sogar mitten am Tag aus seinem Büro nach Hause, um mit mir zusammenzusein. Er sah verdutzt aus, aber er kam. Dann war es vorbei. Und zwei Monate später war ich schwanger. Als er es entdeckte, hatte er sofort Pilate in Verdacht und befahl mir, das Baby loszuwerden. Aber ich wollte nicht, und Pilate half mir, ihn abzuwehren. Ich wäre ohne sie nicht stark genug gewesen. Sie hat mir das Leben gerettet. Und dir, Macon. Deins hat sie auch gerettet. Sie hat dich gehütet, als wärst du ihr eigenes. Bis dein Vater sie rauswarf.»

Milchmann legte den Kopf an den kalten Handgriff, der an dem Sitz vor ihm angebracht war. Er blieb so sitzen, ließ die Kälte durch seinen Kopf kreisen. Dann wandte er sich seiner Mutter zu. «Warst du bei deinem Vater im Bett, als er tot war? Nackt?»

«Nein. Aber gekniet habe ich da im Unterrock neben seinem Bett und seine herrlichen Finger geküßt. Sie waren das einzige an ihm, was nicht . . .»

«Du hast mich gestillt.»

«Ja.»

«Bis ich . . . groß war. Zu groß.»

Ruth wandte sich ihrem Sohn zu. Sie hob den Kopf und blickte ihm tief in die Augen. «Und ich habe auch für dich gebetet. Jede einzelne Nacht und jeden einzelnen Tag. Auf meinen Knien. Jetzt sag du mir, welches Leid habe ich dir auf meinen Knien angetan?»

Das war der Anfang. Nun würde es alles zu Ende gehen. In einem Weilchen würde sie durch die Tür kommen, und dieses Mal würde er sie es tun lassen. Danach würde es kein Erinnern mehr geben. Wer er war oder wo. An Magdalene, genannt Lena, und First Corinthians, an seinen Vater, der ihn tot hatte haben wollen, bevor er geboren war. An die funkelnde Bitterkeit zwischen seinem Vater und seiner Mutter, eine Bitterkeit, so geschmeidig und fest wie Stahl. Und er würde diese Wachträume nicht mehr haben und diese entsetzlichen Worte nicht mehr hören, die seine Mutter zu ihm gesprochen hatte: Welches Leid? Welches Leid habe ich dir auf meinen Knien angetan?

Er konnte ihre Fußtritte hören, und dann das Geräusch des Türknopfs, der sich drehte, hängenblieb, sich erneut drehte. Er wußte, ohne die Augen aufzuschlagen, jetzt war sie da, sah ihn durchs Fenster an.

Hagar. Mörderische, Eispickel schwingende Hagar, die bald nach einem weihnachtlichen Dankbrief sich jeden Monat die Fässer und Schränke und Kellerregale nach einer handlichen Waffe durchsuchen sah, um ihre wahre Liebe zu ermorden.

Das «dir danken» kränkte sie tief, aber es war nicht der Grund, warum sie umherlief und Schränke nach Waffen durchstöberte. Das hatte der Anblick von Milchmanns Armen um die Schultern eines Mädchens bewirkt, dessen seidiges, kupferfarbenes Haar in Kaskaden über seinen Mantelärmel fiel. Sie saßen in Marys Bar und lächelten in Gläser, gefüllt mit Jack Daniel's on the Rocks. Das Mädchen sah von hinten ein wenig wie Corinthians oder Lena aus, und als sie sich, lachend, Milchmann zudrehte und Hagar ihre grauen Augen sah, da ließ die Faust, die ihr seit Weihnachten nur so in der Brust saß, ihren Zeigefinger hervorschnellen wie die Klinge eines Abziehmessers. So regelmäßig wie der Neumond die Flut sucht, suchte Hagar nach einer Waffe und schlüpfte dann aus dem Haus und ging den Mann finden, für den sie in diese Welt geboren zu sein glaubte. Daß sie fünf Jahre älter war als er und seine Cousine obendrein, trübte ihre Leidenschaft nicht im mindesten. Ja, ihre

Reife und Blutsverwandtschaft verwandelten die Passion in Fieber, so daß sie mehr Leiden war als Liebe. Sie wurde des Nachts wortwörtlich davon niedergeschlagen und morgens aufgerichtet, denn wenn sie sich nach einem weiteren Tag, an dem sie seine Gegenwart nicht gespürt hatte, zu Bett schleppte, schlug ihr das Herz wie eine behandschuhte Faust gegen die Rippen. Und am Morgen fühlte sie, lange bevor sie voll erwacht war, eine so bittere und beklemmende Sehnsucht, daß sie davon aus ihrem traumfrei gefegten Schlaf gerissen wurde.

Sie bewegte sich durchs Haus, auf die Veranda, die Straßen entlang, zu den Obstständen und in den Metzgerladen wie ein ruheloses Gespenst, nirgendwo und bei nichts Ruhe findend. Nicht bei der ersten geernteten Tomate, aufgeschnitten und leicht gesalzen, die ihre Großmutter ihr vorsetzte. Nicht bei dem halben Dutzend rosa Glasschalen, das Reba im Tivoli-Theater gewonnen hatte. Nicht bei der geschnitzten Wachskerze, welche die beiden für sie machten – Pilate tauchte den Docht in Wachs, Reba schabte mit einer Nagelfeile winzige Blümchen heraus – und in einem echten, im Laden gekauften Kerzenständer neben ihr Bett stellten. Nicht einmal in der hohen, hitzigen Mittagssonne oder den meerdunklen Abenden. Nichts konnte ihre Sinne von dem Mund fortreißen, den Milchmann nicht küßte, den Füßen, die ihm nicht entgegenliefen, den Augen, die ihn nicht mehr erblickten, den Händen, die ihn nicht berührten.

Sie spielte bisweilen mit ihren ungenutzten Brüsten, aber an einem gewissen Punkt verflog ihre Lethargie von selbst, und Wildnis trat an ihre Stelle, die konzentrierte Niedertracht einer Flut oder Lawine, welche nur in einem Rettungshubschrauber fliegende Beobachter für ein neutrales Naturphänomen halten, die Opfer jedoch, beim letzten Atemzug, als gezielt und auf Personen gemünzt erkennen. Die überlegte Gewalttätigkeit eines Hais wuchs in ihr, und wie jede Hexe, die je auf ihrem Besen schnurstracks durch die Nacht einem Kindermord entgegenflog, erregt sowohl vom schwarzen Wind wie von der Rute zwischen ihren Beinen; wie jede bis zum Platzen überdrüssige Braut, die sich je um die Konsistenz der Grütze, die sie nach ihrem Ehemann warf, wie auch um die Stärke der Lauge, die sie hineingerührt hat, sorgte; und wie jede Königin und jede Kurtisane, die von der Schönheit ihres Smaragdrings gefesselt wurde, während sie sein Gift in den alten roten Wein träufelte, so wurde Hagar von den Details ihrer Mission mit Energie erfüllt.

An jenen Tagen stand ihr das Haar vom Kopf ab wie eine Gewitterwolke und sie spukte in den Straßen der Southside und in der Not Doctor Street umher, bis sie ihn gefunden hatte. Manchmal dauerte es zwei oder drei Tage, und die Leute, die sie sahen, reichten die Botschaft weiter, daß «Hagar wieder Milchmann auf den Fersen» war. Frauen beobachteten sie aus ihren Fenstern. Männer sahen von ihrem Damespiel auf und fragten sich, ob sie es dieses Mal schaffen würde. Zu was alles verlorene Liebe Männer und Frauen hinriß, überraschte sie nie. Sie hatten Frauen sich ihre Kleider über den Kopf ziehen und wie Hunde heulen sehen – verlorener Liebe wegen. Und Männer, die mit Münzen im Mund in Türen saßen – verlorener Liebe wegen. «Gott sei Dank», flüsterten sie vor sich hin, «Gott sei Dank, daß ich nie eine von den Friedhoflieben gehabt hab.» Empire State selbst war ein gutes Beispiel für eine solche. Er hatte in Frankreich ein weißes Mädchen geheiratet und sie mit nach Hause gebracht. Glücklich wie eine Hummel und ebenso fleißig lebte er sechs Jahre mit ihr, bis er heimkam und einen anderen Mann bei ihr fand. Einen anderen schwarzen Mann. Und als er entdeckte, daß seine weiße Frau nicht nur ihn liebte, nicht nur diesen anderen schwarzen Mann, sondern die gesamte Rasse, da setzte er sich hin, machte den Mund zu und sagte nie mehr ein Wort. Eisenbahn-Tommy hatte ihm Arbeit als Hausmeister gegeben, um ihn vor dem Armenhaus, dem Arbeitshaus oder vor dem Irrenhaus zu bewahren – vor einem davon.

Hagars Beutezüge waren darumvertrauter Bestandteil der mysteriösen Strafe einer «lebenslänglichen» Liebe, und während die Symptome, die dabei in Erscheinung traten, bei ihnen großes Interesse auslösten, taten dies die möglichen

Konsequenzen nicht. Schließlich geschah es ihm recht, wenn er mit seiner eigenen Cousine herummachte.

Zum Glück für Milchmann hatte sie sich bislang als der Welt unfähigster Mörder erwiesen. Durch die bloße Anwesenheit ihres Opfers (noch mitten in ihrer Wut) von Ehrfurcht ergriffen, zitterte sie heftig, und ihre Messerstiche und Hammerschwünge und Eispickelhiebe gerieten unbeholfen. Sobald der Versuch durch einen Gelenkgriff von hinten oder einen Frontalschlag oder einen sauberen Kinnhaken vereitelt worden war, klappte sie in sich zusammen und weinte reinigende Tränen, an Ort und Stelle sowie später unter Pilates Riemen – dem sie sich mit Erleichterung unterwarf. Pilate schlug sie, Reba heulte und Hagar duckte sich. Bis zum nächstenmal. Wie dieses Mal, wo sie am Türknopf zu Gitarres kleinem Junggesellenzimmer drehte.

Es war verriegelt. Also schwang sie ein Bein über das Verandageländer und fummelte am Fenster herum. Milchmann hörte die Geräusche, hörte das Fenster beben, verweigerte es aber, sich zu bewegen oder den Arm von den Augen zu nehmen. Selbst als er das Klingen und Klirren von Glas hörte, rührte er sich nicht.

Hagar zog ihren Schuh wieder an, bevor sie durch das Loch faßte, das sie gebrochen hatte, und den Griff drehte. Die meiste Zeit kostete es sie, das Fenster anzuheben. Sie hing schief über dem Geländer, ihr Gewicht auf ein Bein gestützt. Das Fenster glitt auf gekrümmtem Weg in seinen Schienen hinauf.

Milchmann weigerte sich hinzusehen. Schweiß sammelte sich an seinem Kreuz und rann ihm aus der Achselhöhle an der Seite herab. Aber die Angst war fort. Er lag da – so still wie das Morgenlicht und saugte seinen Willen voll mit der Energie der Welt. Und wünschte sie tot. Entweder sie wird mich töten oder sie wird tot umfallen. Entweder ich soll in dieser Welt leben, zu meinen Bedingungen, oder ich sterbe und verlasse sie. Wenn ich in ihr leben soll, dann will ich sie tot. Das eine oder das andere. Ich oder sie. Wähle.

Stirb, Hagar. Stirb. Stirb. Stirb.

Aber sie tat es nicht. Sie schlängelte sich in den Raum und

ging zu dem kleinen Eisenbett hinüber. In ihrer Hand war ein Fleischermesser, das sie hoch über ihren Kopf hob und wuchtig auf das glatte Fleisch seines Halses zuführte, das über seinem Hemdkragen sichtbar war. Das Messer traf ihn am Schlüsselbein und rutschte zur Schulter hin ab. Ein kleiner Schnitt in der Haut begann zu bluten. Milchmann zuckte, bewegte aber weder den Arm noch öffnete er die Augen. Hagar hob das Messer erneut hoch, diesmal mit beiden Händen, merkte aber, daß sie die Arme nicht herunterbekam. So sehr sie es auch versuchte, die Kugelgelenke in ihren Schultern wollten sich nicht bewegen. Zehn Sekunden vergingen. Fünfzehn. Die gelähmte Frau und der erstarrte Mann.

In der dreißigsten Sekunde wußte Milchmann, er hatte gewonnen. Er bewegte den Arm und öffnete die Augen. Sein Blick wanderte zu ihren in die Höhe gezogenen, in die Höhe gehobenen Armen.

Oh, dachte sie, als sie sein Gesicht sah, ich hatte vergessen, wie schön er ist.

Milchmann setzte sich auf, schwang die Beine über die Bettkante und stand auf.

«Wenn du die Hände genauso hältst», sagte er, «und sie dann gerade runterziehst, gerade und schnell, kannst du dir mit dem Messer da direkt schmatz in die Fotze fahren. Warum machst du nich das? Dann hast du deine Probleme alle los.» Er tätschelte ihr die Wange und wandte sich ab von ihren weiten, flehenden, hohlen Augen.

Sie stand eine lange Zeit so da, und es dauerte eine noch längere Zeit, bevor jemand sie fand. Obwohl sie hätten erraten können, wo sie war. Wer sie eine Weile vermißte, konnte es raten. Selbst Ruth wußte es nun. Eine Woche zuvor hatte sie von Freddie erfahren, daß Hagar sechsmal in ebenso vielen Monaten versucht hatte, Milchmann umzubringen. Sie starrte auf seine Goldzähne und sagte: «Hagar?» Sie hatte sie in Jahren nur einmal zu sehen bekommen; war nur einmal in ihrem Leben in Pilates Haus gewesen – vor sehr langer Zeit.

«Hagar?»

«Hagar. Klar, Hagar.»
«Weiß es Pilate?»
«türlich. Prügelt sie jedesmal, nützt aber nich.»
Ruth war erleichtert. Einen Augenblick hatte sie sich eingebildet, daß Pilate, die ihrem Sohn überhaupt zum Leben verholfen hatte, nun dazu bestimmt sei, ihn tot zu sehen. Aber gleich nach diesem Moment der Erleichterung fühlte sie sich gekränkt, weil Milchmann es ihr nicht selbst gesagt hatte. Dann erkannte sie, daß er ihr in Wirklichkeit nichts erzählte, dies seit Jahren nicht tat. Ihr Sohn war nie ein Mensch für sie gewesen, ein selbständiger, realer Mensch. Er war immer eine Passion gewesen. Weil sie sich so verzweifelt danach gesehnt hatte, bei ihrem Mann zu liegen und ein weiteres Baby von ihm zu bekommen, war der Sohn, den sie gebar, zu allererst ein erwünschtes Baby zwischen ihr und Macon, etwas, das sie zusammenhalten und ihr sexuelles Leben wiederherstellen sollte. Schon vor seiner Geburt war er ein starkes Gefühl gewesen – ein Gefühl, das sie dem scheußlichen graugrünlichen Puder gegenüber empfand, das Pilate ihr gegeben hatte, damit sie es in Regenwasser rühre und dem Essen beimische. Aber Macon ging aus den wenigen Tagen seiner sexuellen Hypnose voller Wut hervor, und als er später ihre Schwangerschaft entdeckte, versuchte er, sie zur Abtreibung zu bewegen. Dann wurde das Baby zu der Übelkeit, die von der halben Unze Rizinusöl herrührte, die Macon sie zu trinken zwang, dann zu einem heißen, soeben von siedendem Wasser entleerten Topf, auf dem sie saß, dann zu einem Seifenlaugeneinlauf, einer Stricknadel (sie führte nur die Spitze ein, im Badezimmer kauernd, weinend, voller Angst vor dem Mann, der vor der Tür auf und ab lief), und als er ihr schließlich in den Bauch boxte (sie hatte gerade seinen Frühstücksteller abräumen wollen, als er auf ihren Bauch sah und hineinboxte), rannte sie zur Southside und suchte Pilate. Sie war niemals durch diesen Teil der Stadt gegangen, aber sie wußte die Straße, an der Pilate wohnte, wenn auch nicht das Haus. Pilate hatte kein Telefon und keine Nummer an ihrem Haus. Ruth hatte einen Passanten gefragt, wo Pilate wohne, und wurde zu

einem schmalen braunen Haus gewiesen, das von der ungepflasterten Straße zurückgesetzt stand. Pilate saß auf einem Stuhl; Reba schnitt Pilate mit einer Friseurschere die Haare. Damals hatte sie zum erstenmal Hagar gesehen, die vier oder fünf Jahre alt war. Pausbäckig, mit vier langen Zöpfen – zwei wie Hörner über jedem Ohr, zwei wie Schwänzchen im Nacken. Pilate tröstete Ruth, gab ihr einen Pfirsich, den Ruth nicht essen konnte, weil ihr von dem Flaum übel wurde. Sie hörte sich an, was Ruth sagte, und schickte Reba in den Laden, eine Schachtel Argo-Maisstärke holen. Sie streute sich ein wenig davon in die Hand und bot es Ruth an, die gehorsam ein Klümpchen davon nahm und sich in den Mund steckte. Kaum hatte sie gekostet, das Knackige daran gespürt, bat sie um mehr und aß eine halbe Schachtel auf, bevor sie ging. (Von da an aß sie Maisstärke, Eissplitter, Nüsse, und einmal steckte sie in einem Anfall ein paar winzige Kieselsteine in den Mund. «Wenn du in Hoffnung bist, mußt du essen, was das Baby braucht», sagte Pilate, «kommt sonst in die Welt hungrig nach dem, was du ihm verweigert hast.» Ruth konnte nicht genug zu beißen bekommen. In ihren Zähnen kribbelte es vor Verlangen danach. Wie eine Katze den Drang hat, ihre Krallen zu gebrauchen, suchte sie nach Dingen zum Beißen, und wenn es nichts gab, mahlte sie auf ihren Zähnen herum.)

Maisstärke zerbeißend, ließ Ruth sich von Pilate ins Schlafzimmer führen, wo die Frau sie in einen an Ort und Stelle selbstgemachten Gürtel packte – eng anliegend zwischen den Beinen – und ihr auftrug, ihn bis zum vierten Monat anzubehalten, und «Laß dir von Macon kein Mist mehr gefalln un ramm dir nich noch 'n Ding in dein Leib». Sie sagte ihr auch, sie solle sich keine Sorgen machen. Macon werde sie nicht mehr quälen; sie, Pilate, werde dafür sorgen. (Jahre später erfuhr Ruth, daß Pilate eine kleine Puppe auf Macons Stuhl im Büro gesetzt hatte. Eine männliche Puppe, die ein bemaltes Hühnerknöchelchen zwischen den Beinen stecken hatte und auf deren Bauch ein roter Kreis aufgemalt war. Macon schlug sie vom Stuhl herunter und schubste sie mit einer Meßlatte in die Toilette, wo er sie mit Alkohol übergoß und verbrannte. Er mußte sie neun verschiedene Male anzünden, bevor das Feuer bis zu dem Stroh und Drillich ihrer Eingeweide vordrang. Aber den runden feuerroten Bauch hatte er wohl in Erinnerung behalten, denn er ließ Ruth danach in Ruhe.)

Als das Baby geboren war, am Tag, nachdem sie im Schnee gestanden hatte, Stoffrosen zu ihren Füßen und einen Mann mit blauen Schwingen über sich, betrachtete sie ihren Sohn als wunderschönes Spielzeug, als Aufschub, als Ablenkung, als physisches Vergnügen, wenn sie ihn stillte – bis Freddie (wieder Freddie) sie dabei ertappte; danach war er nicht länger ihr samtiges Spielzeug. Er wurde zu einer Ebene, auf der, wie die Cowboys und Indianer im Kino, sie und ihr Mann sich bekämpften. Jeder verwirrt von den Werten des anderen. Jeder von seiner eigenen Lauterkeit überzeugt und empört über die Idiotie, die er im anderen erblickte. Sie war natürlich der Indianer und verlor ihr Land, ihre Gebräuche, ihre Integrität an den Cowboy, wurde zu einem bombastischen Fußschemel, in ihr Schicksal ergeben und an winzigen, bedeutungslosen Widerstandsgesten festhaltend.

Aber wer war dieser ihr Sohn? Dieser großgewachsene Mann, der außen Fleisch und im Innern Gefühle hatte, von denen sie nichts wußte, aber jemand anders wohl wußte, genug über ihn wußte, um ihn töten zu wollen. Plötzlich erschloß sich ihr die Welt wie eine ihrer Kaisertulpen und offenbarte ihren üblen gelben Stempel. Sie hatte ihr eigenes Unglück verwaltet, es geformt, eine Kunst daraus gemacht und einen Weg. Nun sah sie eine größere, feindseligere Welt außerhalb ihrer eigenen. Außerhalb des vierpfostigen Bettes, in dem der Doktor blubbernd verrottet war (mit Ausnahme seiner herrlichen Hände, die das einzige waren, was sein Enkel geerbt hatte). Außerhalb ihres Gartens und des Kugelglases, in dem ihre Goldfische starben. Sie hatte gedacht, es sei alles geschafft. Daß sie über das Rizinusöl gesiegt habe und über den Dampftopf, der ihr die Haut gekräuselt und verbrannt hatte, so daß sie es nicht aushalten konnte, zu urinieren oder mit ihren Töchtern an dem Tisch zu sitzen, wo sie schnitten und nähten. Sie hatte ihren Sohn dennoch bekommen, und obwohl er in nichts dazu beitrug, den Bruch zwischen ihr und Macon zu heilen – da war er, ihr einziger Triumph.

Nun erzählte ihr Freddie, daß es noch nicht geschafft und vorüber war. Jemand versuchte noch immer, ihn zu töten. Sie des einzigen aggressiven Akts zu berauben, den sie zu königlicher Vollendung geführt hatte. Und der Mensch, der sein Leben bedrohte, war jemand, der Macons Blut teilte.

«Das schmerzt», sagte sie laut zu Freddie, während sie das Mietgeld, das er ihr ausgehändigt hatte, in ihre Tasche steckte. «Das schmerzt, wissen Sie.»

Sie stieg die Verandastufen hinauf und ging in die Küche. Ohne zu wissen, was ihr Fuß vorhatte, trat sie gegen die Schranktür unter dem Spülbecken, deren Verschluß ausgeleiert war. Die Tür beantwortete ihren Tritt mit einem leichten Jaulen, bevor sie heimlich wieder aufging. Ruth sah sie an und trat sie noch einmal zu. Wieder jaulte sie und ging gleich wieder auf.

«Ich will dich zu haben», flüsterte sie. «Zu.»

Die Tür blieb offen.

«Zu, hörst du mich? Zu. Zu. Zu.» Sie war inzwischen am Schreien.

Magdalene, genannt Lena, hörte ihre Rufe und kam die Treppe herunter in die Küche gerannt. Sie sah ihre Mutter auf das Spülbecken starren und ihm Befehle geben.

«Mutter?» Lena war erschrocken.

Ruth sah zu ihr auf. «Was ist?»

«Ich weiß nicht ... Ich dachte, ich hätte dich was sagen gehört.»

«Laß jemand die Tür da reparieren. Ich möchte sie geschlossen haben. Fest.»

Lena machte große Augen, während Ruth vorbeieilte, und als sie ihre Mutter die Treppe hinaufrennen hörte, legte sie ungläubig die Finger an den Mund. Ruth war zweiundsechzig Jahre alt. Lena hatte keine Ahnung, daß sie sich so schnell bewegen konnte.

Ihre Leidenschaften waren beschränkt, aber tief. Lange des Sex beraubt, lange auf Selbstberührung angewiesen, sah sie im drohenden Tod ihres Sohnes die vernichtende Negation ihrer letzten Augenblicke körperlicher Liebe.

Mit demselben entschlossenen Schritt, der sie, sechs- oder siebenmal im Jahr, zum Friedhof trug, verließ Ruth das Haus und nahm den Bus Nr. 26 und setzte sich gleich hinter den Fahrer. Sie nahm die Brille ab und putzte sie mit dem Saum ihres Rocks. Sie war gelassen und zielbewußt wie immer, wenn der Tod seine Aufmerksamkeit jemandem zuwandte, der zu ihr gehörte; wie sie es gewesen war, als der Tod ihrem Vater ins strähnige Haar hauchte und es durcheinanderpustete. Sie zeigte dieselbe Ruhe und Tüchtigkeit, mit der sie den Doktor gepflegt hatte, dem Tod die Hand auf die Brust gelegt und ihn zurückgehalten, ihm gewehrt hatte, ihren Vater noch über den Punkt hinaus am Leben haltend, wo er selbst am Leben bleiben wollte, über die Schmerzen hinaus bis in den Ekel und Widerwillen davor, sich mit dem nächsten Atemzug selbst riechen zu müssen. Über all das hinaus, bis er zu krank war, sich ihren Bemühungen, ihn am Leben zu halten, zu widersetzen, und dahinsiechte in purem Haß für diese Frau, die ihm keinen Frieden gewähren wollte, sondern ihre ziemlich hellen, glänzenden Augen wie Magnete auf ihn gerichtet hielt, welche ihn von der Grabesenge fernhielten, nach der er sich sehnte.

Ruth putzte ihre Brille sauber, damit sie die vorbeiziehenden Straßenschilder sehen konnte («Iß Kirschen», hatte Pilate ihr aufgetragen, «un du brauchst nich die Fensterchen da vor dein Augen»); sie hatte nichts im Sinn, als hinzukommen – nach Darling Street, wo Pilate wohnte und wo, wie sie annahm, auch Hagar wohnte. Wie war aus jenem pausbäckigen, von Haarmassen zu Boden gedrückten kleinen Mädchen ein messerschwingender Möchtegern-Killer geworden, der ihrem Sohn nachstellte? Vielleicht log Freddie. Vielleicht. Sie würde sehen.

Als die Banken verschwanden und kleine Läden zwischen rachitischen Häusern in Sicht kamen, zog Ruth die Schnur. Sie stieg aus und ging auf die Unterführung zu, die die Darling Street durchschnitt. Es war ein langer Weg, und sie schwitzte, als sie bei Pilates Haus ankam. Die Tür war offen, aber innen war niemand. Das Haus roch fruchtig, und ihr fiel wieder ein, welche Übelkeit ihr der Pfirsich erregt hatte, als sie das letzte Mal dagewesen war. Hier stand der Stuhl, auf dem sie zusammengebrochen war. Dort das Gestell zum Kerzenmachen, der Tiegel, in dem Pilates hausgemachte Seife zu gelblich-braunen Stücken erstarrte. Dieses Haus war damals eine Freistatt gewesen, und trotz ihrer kalten Wut fand sie nun, daß es noch immer wie eine Herberge wirkte, ein sicherer Hafen. Ein von Fliegen völlig freier Fliegenfänger kringelte sich von der Decke, nicht weit von einem Sack, der ebenfalls dort hing. Ruth blickte in das Schlafzimmer und sah drei schmale Betten, und wie Goldhaar ging sie zum nächsten hinüber und setzte sich darauf. Es gab keine Hintertür in diesem Zwei-Zimmer-Haus, nur ein großer Raum, in dem sie wohnten, und dieser Schlafraum. Es besaß einen Keller, den man nur von außen durch eine Metalltür betreten konnte, die schräg vom Haus abragte und auf eine Steintreppe führte.

Ruth saß still, ließ ihre Wut und Entschlossenheit sich verfestigen. Sie fragte sich, wessen Bett es sei, und hob die Decke an und sah nur Matratzendrillich. Dasselbe war beim nächsten Bett der Fall, aber nicht beim dritten. Es waren Bettücher darauf, ein Kopfkissen und ein Kissenbezug. Das dürfte Hagars sein, dachte sie. Die Wut verflüssigte sich und durchflutete sie. Sie verließ den Raum und drängte die Wut zurück, um lange, lange warten zu können, bis jemand zurückkam. Im vorderen Zimmer auf und ab gehend, die Ellbogen in den Handflächen, hörte sie plötzlich ein Summen, das aus der Gegend hinter dem Haus zu kommen schien. Pilate, dachte sie. Pilate summte ständig und kaute auf irgend etwas. Ruth würde sie zunächst fragen, ob es stimmte, was Freddie sagte. Sie brauchte Pilates ruhige Sehweise, ihre Aufrichtigkeit und Ausgeglichenheit. Dann würde sie wissen, was tun. Ob die Arme ausbreiten und dem Zorn seinen Lauf lassen, welchen auch immer, oder . . . Sie schmeckte wieder die Argo-Maisstärke und spürte das herrliche Beißen und Mahlen, das sie ihr gestattete. Nun knirschte sie lediglich mit den Zähnen, während sie auf die

Veranda hinaustrat und sich um das Haus herum einen Weg durch die Tabakpflanzen bahnte, die ganz wild und unkontrolliert wucherten.

Eine Frau saß auf einer Bank, die Hände zwischen den Knien gefaltet. Es war nicht Pilate. Ruth blieb stehen und betrachtete den Rücken der Frau. Er sah überhaupt nicht aus wie der Rücken des Todes. Er sah verletzlich aus, weich, wie ein leicht verwundbares Schienbein, voller Knochen, aber unempfindlich für den geringsten Schmerz.

«Reba?» sagte sie.

Die Frau drehte sich um und heftete die kummervollsten Augen auf sie, die Ruth jemals gesehen hatte.

«Reba ist fort», sagte sie, und das zweite Wort klang, als meine sie: fort für immer. «Kann ich etwas für Sie tun?»

«Ich bin Ruth Foster.»

Hagar versteifte sich. Ein Blitzstrahl der Erregung ging durch sie hindurch. Milchmanns Mutter: die Silhouette, die sie durch die Vorhänge eines oberen Fensters gesehen hatte, an Abenden, an denen sie auf der gegenüberliegenden Straßenseite gestanden hatte, zunächst in der Hoffnung, ihn zu packen, dann nur, ihn zu sehen, schließlich bloß noch, um in der Nähe der Dinge zu sein, mit denen er vertraut war. Private Nachtwachen, die noch privater dadurch wurden, daß sie Ausdrucksweisen öffentlichen Wahnsinns waren. Die Konturen, die sie ein- oder zweimal gesehen hatte, wenn die Seitentür aufging und eine Frau Krumen von einem Tischtuch oder Staub aus einem kleinen Teppich auf die Erde schüttelte. Was immer ihr Milchmann über seine Mutter erzählt hatte, was immer sie von Pilate und Reba gehört hatte, sie konnte sich nicht daran erinnern, so überwältigt war sie von der Gegenwart *seiner* Mutter. Hagar ließ ihre morbide Freude sich als Lächeln auf ihrem Gesicht ausbreiten.

Ruth war nicht beeindruckt. Der Tod lächelte immer. Und hauchte. Und sah hilflos aus wie ein Schienbein oder wie ein schwarzes Pünktchen auf den Queen Elizabeth-Rosen oder wie der Film auf den Augen eines toten Goldfischs.

«Du versuchst, ihn zu töten.» Ruths Stimme war sachlich.

«Wenn du ihm auch nur ein Haar auf dem Kopf krümmst, so wahr mir Gott helfe, ich reiße dir die Gurgel raus.»

Hagar sah erstaunt drein. Sie liebte nichts in der Welt als den Sohn dieser Frau, wünschte ihn mehr als irgendwen sonst lebendig, hatte aber nicht die geringste Spur von Kontrolle über das Raubtier, das in ihr wohnte. Völlig beherrscht von ihrer Anakonda-Liebe, besaß sie kein Ich mehr, keine Ängste, keine Wünsche, keine Intelligenz, die ihre eigene war. So gab sie Ruth ihre Antwort mit sehr viel Ernsthaftigkeit.

«Ich will versuchen, es nicht zu tun. Kann Ihnen aber kein Ganz-bestimmt-nicht-Versprechen geben.»

Ruth hörte das Flehen in ihren Worten, und es schien ihr, als blicke sie nicht auf einen Menschen, sondern auf einen Trieb, eine Zelle, ein rotes Blutkörperchen, das weder weiß noch versteht, was es dazu treibt, sein ganzes Leben mit einem einzigen Trachten zu verbringen: einen dunklen Tunnel hinauf dem Muskel eines Herzens oder dem Nervenende eines Auges entgegenzuschwimmen, das es nährt und von dem es Nahrung erhält.

Hagar senkte ihre Lider und streifte mit ihrem Blick gierig die Gestalt der Frau, die nur eine Silhouette für sie gewesen war. Die Frau, die im selben Haus mit ihm schlief; die ihn nach Hause rufen konnte, und er kam; die das Mysterium seines Fleisches kannte, Erinnerungen besaß, die sein ganzes Leben umspannten. Die Frau, die ihn kannte, das Sichtbarwerden seiner Zähne beobachtet hatte, ihm einen Finger in den Mund gesteckt hatte, um seinem Gaumen Linderung zu verschaffen. Seinen Hintern gesäubert, seinen Penis mit Vaseline eingecremt, sein Erbrochenes mit einer frischen weißen Windel aufgefangen hatte. Ihn aus ihren eigenen Brustwarzen genährt, ihn nah und warm und sicher unter ihrem Herzen getragen hatte und ihre Beine viel, viel weiter für ihn geöffnet hatte als jemals sie selbst. Die sogar jetzt, wenn sie es wollte, einfach so in sein Zimmer gehen und an seinen Kleidern riechen, seine Schuhe streicheln und ihren Kopf an genau die Stelle legen konnte, wo er den seinen hingelegt hatte. Aber was noch mehr bedeutete, so sehr viel mehr:

diese dünne zitronengelbe Frau wußte mit absoluter Gewißheit, wofür sich Hagar gern hätte die Gurgel ausreißen lassen: daß sie ihn noch an diesem Tag sehen würde. Eifersucht ballte sich so dicht in ihr zusammen, daß sie davon erbebte. Vielleicht du, dachte sie. Vielleicht bist es du, die ich töten sollte. Vielleicht kommt er dann zu mir und läßt mich zu ihm kommen. Er ist mein Heim in dieser Welt. Und dann, laut: «Er ist mein Heim in dieser Welt.»

«Und ich bin seines», sagte Ruth.

«Un nich 'nen Haufen Schwanenscheiße würd er für eine von euch geben.»

Sie wandten sich um und sahen Pilate auf dem Fensterbrett lehnen. Keine von ihnen wußte, wie lange sie schon da war.

«Kann nich mal sagen, daß ichs ihm verübeln tu. Zwei ausgewachsne Frauen, wo über 'n Mann reden, als wär er 'n Haus oder bräucht eins. Is kein Haus, is 'n Mann, un was er auch braucht, 's is keine von euch.»

«Laß mich allein, Mama. Laß mich bloß allein.»

«Bist schon allein. Wenn du mehr allein sein willst, kann ich dich in die Mitte von nächster Woche haun un da sitzen lassen.»

«Du plagst mich!» Hagar schrie und grub die Finger in ihr Haar. Es war eine gewöhnliche Geste hilfloser Enttäuschung, aber aus ihrer Linkischkeit ersah Ruth, daß in diesem Mädchen wahrhaft etwas aus dem Lot war. Das hier war die Wildnis der Southside. Nicht die Armut oder der Schmutz oder der Krach noch bloß extreme, ungezügelte Leidenschaft, wo selbst die Liebe ihren Weg mit dem Eispickel suchte, sondern die Abwesenheit von Kontrolle. Hier lebte man in dem Wissen, daß zu jeder Zeit jeder alles tun konnte. Keine Wildnis, in der System war oder die Logik von Löwen, Bäumen, Kröten und Vögeln, sondern eine wilde Wildnis, in der nichts davon war.

Sie hatte es in Pilate nicht erkannt, deren Ausgeglichenheit alle ihre Absonderlichkeiten überschattete und die jedenfalls die einzige ihr bekannte Person von genügender Stärke war, um Macon Einhalt zu gebieten. Obwohl Ruth vor ihr Angst gehabt hatte, als sie Pilate zum erstenmal sah; als sie an die Küchentür klopfte, damals, vor langer Zeit, und, wie sie sagte, ihren Bruder Macon suchte. (Ruth hatte immer noch ein wenig Angst vor ihr. Nicht nur wegen ihres kurzen, regelrecht wie bei einem Mann geschnittenen Haars oder ihrer schläfrigen großen Augen oder ihrer geschäftigen Lippen oder der glatten, glatten Haut – haarlos, narbenlos und faltenlos. Denn Ruth hatte sie tatsächlich gesehen. Die Stelle auf ihrem Bauch, wo ein Nabel hätte sein sollen und keiner war. Selbst wenn man keine Angst hatte vor einer Frau ohne Nabel, mußte man sie doch gewiß sehr ernst nehmen.)

Nun hob sie die Hand, gebieterisch, und machte Hagars Gewimmer ein Ende.

«Setz dich da hin. Setz dich un geh nich aus dem Hof hier.»

Hagar sackte zusammen und bewegte sich langsam zurück zu ihrer Bank.

Pilate wandte ihren Blick Ruth zu. «Komm rein. Ruh dich aus, bevor du wieder auf den Bus springst.»

Sie setzten sich einander gegenüber an den Tisch.

«Pfirsiche sin mir 'n bißchen verschrumpelt in der Hitze», sagte Pilate und griff nach einem Korb, in dem etwa ein halbes Dutzend davon lag. «Müßten aber noch 'n paar gute hier drin sein. Kann ich dir welche aufschneiden?»

«Nein, danke», sagte Ruth. Sie zitterte jetzt ein wenig. Nach der Anspannung, der Wut und der bemühten Tapferkeit, die ihre innere Verfassung zuvor ausgezeichnet hatten, und der darauffolgenden Gewalttätigkeit von Pilates Worten an ihre Enkeltochter, entwaffnete sie dieser ruhige Teekränzchenton, warf sie zu bald und zu plötzlich in die gespreizte Würde zurück, die ihr gewöhnlich eigen war. Ruth preßte im Schoß die Hände zusammen, damit das Zittern aufhöre.

Sie waren so verschieden, diese beiden Frauen. Schwarz die eine, die andere zitronig. Die eine im Korsett, die andere splitternackt unter ihrem Kleid. Die eine wohlbelesen, aber kaum erfahren. Die andere hatte nur ein Geographiebuch gelesen, hatte aber das Land vom einen Ende zum anderen durchstreift. Die eine für ihr Leben vollkommen auf Geld angewiesen, die andere ihm gleichgültig gegenüber. Aber dies waren bedeutungslose Dinge. Tiefe Ähnlichkeiten verbanden sie. Beide hatten ein vitales Interesse an Macons Sohn. Und beide standen in engem und stützendem postumem Gedankenaustausch mit ihren Vätern.

«Das letzte Mal, als ich hier war, hast du mir einen Pfirsich angeboten. Bei meinem Besuch ging es damals auch um meinen Sohn.»

Pilate nickte mit dem Kopf und schlitzte mit dem rechten Daumennagel den Pfirsich auf.

«Wirst ihr nie vergeben können. Bloß fürs Versuchen wirst du ihr nie vergeben können. Sieht mir aber so aus, als solltest du sie verstehen können. Denk 'n Augenblick drüber nach. Könnst sie jetzt umbringen – na, jedenfalls zum Krüppel machen –, weil sie versucht, ihn dir wegzunehmen. Is der Feind für dich, weil sie 'n aus deim Leben nehmen will. Na, in ihren Augen gibts auch wen, der 'n aus ihrm Leben nehmen will – er. Drum is ihr Feind er. Es is derjenige, der versucht, sich aus ihrm Leben zu nehmen. Un sie bringt ihn eher um, bevor sie 'n das tun läßt. Was ich sag, is, ihr habt beide die gleiche Idee.

Ich tu mein bestes, sie von abzuhalten. Sie is auch mein Baby, weißt du, aber ich reiß sie in Stücke jedesmal, wo sies versucht. Nur fürs Versuchen, wohlgemerkt, denn eins weiß ich sicher: sie wirds nie durchziehn. Der hat schon versucht, sich nich umbringn zu lassen, bevor er auf der Welt war. Hat in deim Bauch gelegen, un sein eigner Papa hat versucht, 's zu tun. Mußte sich gegen Rizinusöl un Stricknadeln un sengend heißen Dampf wehren, un was weiß ich alles, was du un Macon versucht habt. Aber er hats geschafft. Als er am allerhilflosesten war, hat ers geschafft. Un wird ihn nichts umbringn als seine eigne Dummheit, un wird keine Frau ihn je umbringn. Wahrscheinlicher is, daß es 'ne Frau is, wo ihms Leben rettet.»

«Keiner lebt ewig, Pilate.»

«Nich?»

«Natürlich nicht.»

«Keiner?»

«Natürlich keiner.»

«Seh nich, warum nich.»

«Tod ist so natürlich wie Leben.»

«Is nichts natürlich am Tod. Is das unnatürlichste Ding, das es gibt.»

«Du glaubst, Menschen würden ewig leben?»

«Manche. Ja.»

«Wer entscheidet darüber? Welche leben sollen und welche nicht?»

«Menschen selber. Manche Leute wolln ewig leben. Manche nich. Ich glaub, sie entscheiden in jedem Fall drüber. Menschen sterben, wann sies wolln un wenn sies wolln. Braucht keiner zu sterben, wenn ers nich will.»

Ruth spürte ein Frösteln. Sie hatte immer geglaubt, ihr Vater habe sterben wollen. «Ich wünschte, ich könnte auf deinen Glauben zählen, was meinen Sohn angeht. Aber ich denke, ich wär eine wirklich törichte Frau, wenn ich das täte. Du hast deinen eigenen Vater sterben sehen, genau wie ich; du hast gesehen, wie er umgebracht wurde. Denkst du, er wollte sterben?»

«Hab gesehn, daß auf Papa geschossen worden is. Wie er von 'nem Zaun fünf Fuß in die Luft flog. Hab ihn sich auf'm Boden winden sehn, aber nich nur hab ich ihn nich sterbn sehn, ich hab ihn gesehn, seit auf ihn geschossen wordn is.»

«Pilate. Ihr habt ihn alle selbst begraben.» Ruth sprach, als rede sie mit einem Kind.

«Hat Macon.»

«Das ist dasselbe.»

«Macon hat ihn auch gesehn. Nachdem er 'n begraben hat, nachdem er von dem Zaun geblasen war. Ham ihn beide gesehn. Seh 'n immer noch. Hilft mir, hilft mir richtig. Sagt mir Sachn, die ich wissen muß.»

«Was für Sachen?»

«Alle möglichen Sachn. Is 'n gutes Gefühl zu wissn, daß er da is. Sag dir, er is 'n Mensch, auf den kann ich mich immer verlassen. Sag dir noch was. Er is der *einzige*. Bin früh von Leuten abgeschnitten worden. Du kannst nich wissen, wie das is. Nachdem mein Papa von dem Zaun geblasen wurde, sin Macon un ich 'n paar Tage rumgewandert, bis wir 'n Streit hatten un ich allein weg bin. Ich war rund zwölf, nehm ich an. Als ich allein los bin, hab ich mich nach Virginia aufgemacht. Dachte, ich würd mich erinnern, daß mein Papa da Leute hatte. Oder meine Mutter. Kam mir vor, als hätt ich einen das sagen gehört. Erinner mich nich an meine Mutter, weil sie gestorben is, bevor ich geboren wurd.»

«*Bevor* du geboren wurdest? Wie konnte sie ...?»

«Sie is gestorben un im nächsten Moment bin ich geborn. Aber sie war tot vor meim ersten Atemzug. Hab ihr Gesicht nie gesehn. Weiß nich mal, was ihr Name war. Aber daß sie aus Virginia war, weiß ich. Jedenfalls, da hab ich mich hin aufgemacht. Hab mich nach wem umgesehn, der mich reinnimmt, mir für 'ne Weile 'n bißchen Arbeit gibt, damit ich was an Geld verdienen kann, um weiter nach da unten zu kommen. Bin sieben Tage gewandert, bis ich 'nen Platz bei der Familie von 'nem Prediger gefunden hab. Hübscher Platz, außer daß sie mich ham Schuhe tragen lassn. Ham mich aber auch zur Schule geschickt. War nur ein Raum, wo alle drin saßen. Ich war zwölf, aber weil das meine erste Schule war, mußt ich bei den winzig kleinen Kinderchen sitzn. Hat mir nich viel ausgemacht; genau gesagt, hat mir 'ne Menge dran gefallen. Den Teil mit Geographie hab ich richtig geliebt. Da drüber lernen un lesen wollen war eins. Un die Lehrerin war gekitzelt, daß ich Geographie so gern mochte. Sie hat mir das Buch gelassen, un ich habs zum Anschaun mit heimgenommen. Aber dann hat der Prediger angefangen, an mir rumzutätscheln. Ich war so dumm, daß ich nich gescheit genug war, ihms zu verbieten. Aber seine Frau hat ihn dabei erwischt, wie er mir an den Brüsten rumfingert, un mich rausgesetzt. Hab mein Geographiebuch mit auf 'n Weg genommen. Hätt da in der Stadt bleiben können, gab nämlich genug farbige Leute, um mich reinzunehmen. In den Tagen hat, wer zum Arbeiten zu alt war, die Kinder gehütet. Erwachsne ham gearbeitet un ihre Kinder im Haus von andern Leuten gelassen. Aber wo der Prediger war un so, dacht ich, besser verschwinden. War blank wie 'n

Geier, die Stelle hat nämlich kein Lohn abgeworfen. Nur Kost un Unterkunft. Drum hab ich eben mein Geographiebuch genommen un 'nen Stein, den ich als Souvenir aufgelesen hab, un bin davon.

War 'n Sonntag, als ich 'n paar Pflücker getroffen hab. Leute nennen sie Wanderarbeiter heutzutage, damals nannte man sie einfach Pflücker. Ham mich zu sich genommen un gut behandelt. Hab oben im Staat New York Bohnen gepflückt, danach sin wir immer so weitergezogen un ham bei 'ner andern Ernte gepflückt. Wo ich hinkam, hab ich mir 'n Stein geholt. Warn insgesamt so vier, fünf Familien in der Kolonne. Alle irgendwie verwandt. Aber gute Leute, un ham mich gut behandelt. Bin, glaub ich, drei Jahre bei ihnen geblieben, un der Hauptgrund für war 'ne Frau, an die ich mich angeschlossen hab. Eine zum Wurzelnschlagen. Hat mir 'ne Menge beigebracht un mich meine eigne Familie nich so vermissen lassen. Macon un Papa. Hab nie daran gedacht, von denen je wegzugehn, aber so kams. Ich mußte. Nach 'ner Weile wollten sie mich nich mer um sich haben.» Pilate lutschte an einem Pfirsichkern, und ihr Gesicht war dunkel und still von der Erinnerung daran, wie sie so früh von anderen Menschen «abgeschnitten» worden war.

Der Junge. Der Neffe, oder war es der Cousin der Frau zum Wurzelnschlagen. Als sie fünfzehn war und der Regen so heftig, daß sie in den Hütten bleiben mußten (soweit sie welche hatten – die anderen hatten Zelte), weil in solch strömendem Regen nichts geerntet werden konnte, legten sich der Junge und Pilate zusammen. Er war nicht älter als sie, und während ihn alles an ihr entzückte, überraschte ihn nichts an ihr. So war keine böse Absicht dabei, als er eines Abends nach dem Essen einem der Männer gegenüber die Bemerkung machte, er habe nicht gewußt, daß manche Leute einen Nabel hätten und andere nicht. Die Männer und die Frauen zogen auf diese Bemerkung hin die Brauen hoch und forderten ihn auf zu erklären, was er meine. Er brachte es schließlich heraus, nach vielen mißglückten Ansätzen – er dachte, sie seien beunruhigt, weil er das hübsche Mädchen mit dem einzelnen Ohrring mit ins Bett genommen hatte –

aber bald entdeckte er, daß der Nabel das war, was ihnen Sorgen machte.

Der Wurzel-Frau wurde die Aufgabe übertragen herauszufinden, ob das, was er sagte, wahr sei oder nicht. Sie rief Pilate einen Tag später in ihre Hütte. «Leg dich hin», sagte sie, «ich will was prüfen.» Pilate legte sich auf den Strohsack. «Jetzt heb dein Kleid hoch», sagte die Frau. «Mehr. Ganz hoch. Höher.» Und dann flogen ihre Augen weit auf, und sie legte die Hand über den Mund. Pilate fuhr auf. «Was? Was is?» Sie blickte an sich hinunter, weil sie dachte, eine Schlange oder eine giftige Spinne sei ihr über die Beine gekrochen.

«Nichts», sagte die Frau. Dann: «Kind, wo is dein Nabel?»

Pilate hatte das Wort ‹Nabel› niemals gehört und wußte nicht, wovon die Frau sprach. Sie schaute an ihren Beinen hinunter, die gespreizt auf dem groben Drillich lagen. «Nabel?» fragte sie.

«Weißt doch. Das.» Und die Frau zog ihr eigenes Kleid hoch und streifte das Gummiband ihrer Unterhosen über ihren fetten Bauch hinab. Pilate sah das kleine Korkenzieher-Ding mitten darauf, das Stückchen Haut, das aussah, als sei es dazu da, daß Wasser dort hinein ablaufen könne, wie die kleinen Strudel an den Rändern eines Bachs. Es war genau wie das Ding, das ihr Bruder auf dem Bauch hatte. Er hatte eines. Sie nicht. Er pinkelte stehend. Sie hockte sich nieder. Er hatte einen Penis wie Pferde ihn hatten. Sie hatte eine Vagina wie Stuten. Er hatte eine flache Brust mit zwei Warzen darauf. Sie hatte Zitzen wie die Kuh. Er hatte einen Korkenzieher im Bauch. Sie nicht. Sie dachte, dies sei nur eine weitere Weise, in der sich Mann und Frau unterschieden. Der Junge, mit dem sie ins Bett ging, hatte auch einen. Aber bisher hatte sie noch nie den Bauch einer anderen Frau gesehen. Und aus dem Entsetzen im Gesicht der älteren Frau schloß sie, daß es nicht in Ordnung war, keinen Korkenzieher zu haben.

«Wofür is das?» fragte sie.

Die Frau schluckte. «Das is für . . . für Leute, die natürlich geboren sin.»

Pilate verstand das nicht, aber das Gespräch, das sie später mit der Wurzel-Frau und ein paar anderen im Camp führte, verstand sie wohl. Sie sollte gehen. Es tue ihnen sehr leid, sie hätten sie gern und alles, und sie sei solch eine gute Arbeiterin und allen eine große Hilfe. Aber sie müsse trotzdem gehen.

«Wegen meim Bauch?» Aber auch die Frauen wollten ihr nicht antworten. Sie sahen zu Boden.

Pilate ging mit mehr als ihrem Anteil am Verdienst, denn die Frauen wollten nicht, daß sie im Zorn fortging. Sie dachten, sie könne ihnen auf irgendeine Weise schaden, wenn sie zornig würde, und sie empfanden auch Mitleid neben dem Entsetzen darüber, in der Gesellschaft von etwas gewesen zu sein, das Gott nie erschaffen hatte.

Pilate ging fort. Wieder in Richtung Virginia. Aber nun wußte sie, wie man im Team erntete, und hielt nach einem anderen Trupp von Wanderarbeitern Ausschau oder nach einer Gruppe Frauen, die ihren Männern an den Ort einer Saisonarbeit als Ziegelbrenner, Hüttenarbeiter, Werftarbeiter gefolgt waren. Während ihrer drei Jahre als Pflückerin hatte sie eine ganze Anzahl dieser Frauen gesehen, die ihre Habe auf Wagen gepackt hatten und in die Städte zogen, wo schwarze Männer gefragt waren und an diverse Arbeitsstätten verfrachtet wurden, an denen nur bei günstigem Wetter produziert werden konnte. Die Firmen ermutigten die Frauen nicht mitzukommen – sie wollten keinen Zustrom farbiger Siedler in jenen Städten –, aber die Frauen kamen dennoch und nahmen Jobs im Haushalt und als Helferinnen auf Farmen an und wohnten, wo immer Wohnraum umsonst oder spottbillig war. Aber Pilate wollte keinen festen Job in einer Stadt, in der eine Menge Farbiger wohnte. Alle ihre Begegnungen mit Negern, die sich in jenen kleinen Städten des Mittelwestens als Geschäftsleute oder Handwerker niedergelassen hatten, waren unerfreulich gewesen. Deren Frauen gefielen die ungehindert schwingenden Brüste unter ihrem Kleid nicht, und sie sagten es ihr. Und obwohl die Männer viele zerlumpte schwarze Kinder zu sehen bekamen, war Pilate alt genug, ihnen Schande zu machen. Außerdem, sie wollte weiter.

Schließlich wurde sie von ein paar Pflückern angenommen, die auf dem Weg nach Hause waren und hier und da, wenn sie Arbeit bekommen konnten, eine Woche blieben. Wieder nahm sie einen Mann mit ins Bett, und wieder wurde sie ausgestoßen. Nur gab es diesmal keine höfliche, aber entschiedene Vorankündigung und auch kein großzügiges Teilen der Einkünfte. Sie ließen sie einfach eines Tages im Stich, zogen fort, während sie in der Stadt Faden einkaufte. Als sie zum Lagerplatz zurückkam, fand sie nichts vor außer einem verlöschenden Feuer, einem Sack Steine und, gegen einen Baum gelehnt, ihrem Geographiebuch. Sogar ihren Blechbecher hatten sie mitgenommen.

Sie besaß sechs Cents in Kupfer, fünf Steine, das Geographiebuch und zwei Spulen schwarzen Fadens – extra stark Nr. 30. Sie wußte auf der Stelle, daß sie sich entscheiden mußte, ob sie nach Virginia wolle oder in einer Stadt bleiben, wo sie wahrscheinlich würde Schuhe tragen müssen. Also tat sie beides – das letztere, um sich das erstere zu ermöglichen. Mit den sechs Centmünzen, dem Buch, den Steinen und dem Faden wanderte sie zur Stadt zurück. Schwarze Frauen arbeiteten in jener Stadt an zwei Plätzen in größerer Zahl: in der Wäscherei und, über die Straße, im Hotel/Bordell. Pilate wählte die Wäscherei. Sie ging hinein und sagte zu den drei Mädchen, die ihre Arme bis zu den Ellbogen im Wasser hatten: «Kann ich heut nacht bleiben?»

«Is nachts hier keiner.»

«Weiß ich. Kann ich bleiben?»

Sie zuckten mit den Achseln. Am nächsten Tag wurde Pilate für zehn Cent den Tag als Wäscherin angeheuert. Sie arbeitete dort, aß dort, schlief dort und sparte ihre Cents. Ihre von Jahren der Erntearbeit schwieligen Hände büßten ihre Zähigkeit ein und wurden weich von der Lauge. Bevor sie noch die andersgeartete, aber nicht mindere Festigkeit von Waschfrauenhänden erlangen konnten, rissen ihre Knöchel vom Reiben und Wringen auf, und Blut rann in den Spülbottich. Fast hätte sie einen ganzen Stoß Bettücher verdorben, aber die anderen Mädchen deckten sie und spülten die Tücher noch einmal.

Eines Tages sah sie einen Zug dampfend aus der Stadt fahren. «Wo fährt der hin?» fragte sie.

«In den Süden», sagten sie.

«Was kost das?»

Sie lachten. «Sin Güterzüge», erklärten sie ihr. «Nur zwei Wagen für Passagiere, Farbige nicht zugelassen.»

«Na un, wie kommen Farbige hin, wo sie hinwolln?»

«Ham nirgendwo hinzuwolln», sagten sie, «aber wenn sies doch wolln, müssen sie mit dem Wagen fahrn. Frag im Mietstall nach, wann der nächste Wagen runterfährt. Im Mietstall wissen sies immer, wenn einer bald abfährt.»

Das tat sie, und Ende Oktober, knapp bevor das kalte Wetter einsetzte, war sie unterwegs nach West Virginia, was ja auch, nach ihrem Geographiebuch zu urteilen, nicht weit entfernt lag. In Virginia angekommen, begriff sie, daß sie nicht wußte, in welchem Teil des Staates sie nach ihren Leuten suchen sollte. Es gab mehr Neger dort, als sie je gesehen hatte, und das Behagen, das sie unter ihnen verspürte, behielt sie ihr ganzes Leben.

Pilate hatte es gelernt, wann immer sie nach ihrem Namen gefragt wurde, nur ihren Vornamen zu nennen. Der Nachname übte eine schlechte Wirkung auf die Leute aus. Nun war sie gezwungen zu fragen, ob irgend jemand eine Familie namens Dead kenne. Die Leute runzelten die Stirn und sagten: «Nein, nie von gehört.»

Sie war in Culpeper, Virginia, und wusch in einem Hotel die Wäsche, als sie erfuhr, daß es auf einer Insel vor der Küste von Virginia eine Kolonie von schwarzen Farmern gab. Sie zogen Gemüse, hielten Vieh, brannten Whisky und verkauften ein bißchen Tabak. Sie verkehrten nicht viel mit anderen Negern, aber sie wurden von ihnen respektiert und konnten sich selbst unterhalten. Und man kam nur mit dem Boot zu ihnen. An einem Sonntag überredete sie den Fährmann, sie mit seinem Schiff dort hinzubringen, wenn er mit der Arbeit fertig war.

«Was willst du 'n da drüben?» fragte er.

«Arbeiten.»

«Wirst da drüben nich arbeiten», sagte er.

«Warum nich?»
«Bleiben zu arg unter sich dort.»
«Bring mich hin. Ich zahl für.»
«Wieviel?»
«Fünfer.»
«Jesus im Himmel. Topp. Sei um halb zehn hier.»

Es gab fünfundzwanzig bis dreißig Familien auf dieser Insel, und als Pilate deutlich machte, daß sie nicht arbeitsscheu war, sondern das Festland und die Enge einer Stadt nicht mochte, wurde sie akzeptiert. Sie arbeitete drei Monate dort, hackte, fischte, pflügte, pflanzte und half beim Brennen. Sie brauche bloß ihren Bauch bedeckt zu halten, dachte sie. Und es stimmte. Inzwischen sechzehn, nahm sie sich einen Geliebten aus einer der Inselfamilien und schaffte es, daß nie direktes Licht auf ihren Bauch fiel. Sie schaffte es außerdem, schwanger zu werden, und zur großen Bestürzung der Inselfrauen, die davon überzeugt waren, daß ihre Männer die begehrenswertesten auf der Welt seien – was erklärte, warum sie soviel untereinander heirateten –, weigerte sich Pilate, den Mann zu heiraten, der sie gern zur Frau nehmen wollte. Pilate hatte Angst, sie würde vor einem Ehemann ihren Bauch nicht ewig verbergen können. Und wenn er erst einmal diese von nichts unterbrochene Körperfläche gesehen hätte, würde er genauso reagieren wie alle anderen zuvor. Und doch, so unglaublich sie ihre Entscheidung auch fanden, forderte sie niemand auf zu gehen. Sie paßten auf sie auf und gaben ihr, je näher ihre Zeit heranrückte, immer leichtere Arbeiten. Als ihr Baby, ein Mädchen, geboren wurde, waren die beiden Hebammen so mit dem beschäftigt, was zwischen ihren Beinen vorging, daß sie den glatten Ballon von Bauch nicht beachteten.

Das erste, wonach die junge Mutter bei ihrem kleinen Mädchen suchte, war der Nabel, den sie mit Erleichterung sah. Ihr fiel wieder ein, wie sie zu dem Namen gekommen war, den sie gefaltet am Ohr trug, und als die neun Tage des Wartens vorüber waren, bat sie eine der Frauen um eine Bibel. Es gebe ein Gesangbuch auf der Insel, sagten sie, aber keine Bibel. Jeder, der zum Gottesdienst gehen wollte, mußte zum Festland.

«Könnt ihr mir 'n hübschen Namen für 'n Mädchen sagen, der in der Bibel steht?»

«Oh, viele», sagten sie und leierten ein paar herunter, aus denen sie Rebecca aussuchte und zu Reba verkürzte.

Gleich nachdem Reba geboren wurde, hatte ihr Vater sie wieder besucht. Pilate war nach der Geburt äußerst bedrückt und einsam gewesen. Dem Vater des Babys war es verboten, sie zu sehen, da sie noch nicht «geheilt» war, und sie verbrachte ein paar düstere, einsame Stunden neben den heiteren, die das Baby ihr bereitete. Klar wie der Tag sagte ihr Vater «Sing. Sing», und später beugte er sich zum Fenster hinein und sagte: «Kannst nich einfach davonfliegen un 'nen Körper zurücklassen.»

Pilate verstand alles, was er ihr auftrug. Singen, was sie herrlich konnte, linderte sogleich ihre Schwermut. Und sie wußte, daß er ihr auftrug, zurück nach Pennsylvania zu gehen und einzusammeln, was übrig war von dem Mann, den sie und Macon ermordet hatten. (Die Tatsache, daß sie keinen Schlag geführt hatte, war bedeutungslos. Sie hatte Teil an der Tat ihres Bruders, denn damals waren er und sie eins gewesen.) Als das Baby sechs Monate alt war, bat sie die Mutter des Kindesvaters, es zu behalten, und verließ die Insel, um nach Pennsylvania zu ziehen. Sie versuchten sie davon abzubringen, denn es ging auf den Winter zu, aber sie hörte nicht auf sie.

Einen Monat später kehrte sie mit einem Sack zurück, über dessen Inhalt sie niemals sprach und den sie ihrem Geographiebuch und den Steinen und den zwei Spulen Faden hinzufügte.

Als Reba zwei Jahre alt war, wurde Pilate von Ruhelosigkeit ergriffen. Es war, als sei sie durch ihr Geographiebuch dazu bestimmt, das Land zu durchstreifen und den Fuß in jeden einzelnen rosa, gelben, blauen oder grünen Staat zu setzen. Sie verließ die Insel und nahm das Wanderleben auf, das sie von da an über zwanzig Jahre lang führte, und machte nur Halt, als Reba ein Baby bekommen hatte. Kein Ort war je wieder wie die Insel. Da sie eine lange Beziehung zu einem Mann gehabt hatte, suchte sie nach einem anderen, aber auch kein Mann war jemals wieder wie jener Mann von der Insel.

Nach einer Weile hörte sie auf, sich wegen ihres Bauchs Sorgen zu machen, und hörte auf, ihn zu verbergen. Es fiel ihr auf, daß Männer zwar armlose Frauen, einbeinige Frauen, bucklige und blinde Frauen, betrunkene Frauen, mit Rasiermessern bewehrte Frauen, Zwerge, kleine Kinder, Sträflinge, Jungen, Schafe, Hunde, Ziegen, Leber, einander und sogar bestimmte Pflanzenarten fickten, sich aber panisch davor fürchteten, sie zu ficken – eine Frau ohne Nabel. Sie erstarrten beim Anblick dieses Bauchs, der wie ein Rükken aussah; erschlafften oder erkalteten selbst dann, wenn sie sich einmal völlig auszog, geradewegs auf sie zuging und ihnen bewußt einen Bauch zeigte, der so blind war wie ein Knie.

«Was bist du? 'ne Art von *Meerweib*?» hatte ein Mann geschrien und hastig nach seinen Socken gegriffen.

Es isolierte sie. Schon ohne Familie, wurde sie auch noch von ihrem Volk isoliert, denn mit Ausnahme des relativen Glücks auf der Insel blieb ihr jede andere Zuflucht verwehrt: Partnerschaft in der Ehe, intime Freundschaft, die Religion einer Gemeinde. Männer runzelten die Stirn, Frauen tuschelten und schoben ihre Kinder hinter sich. Selbst ein reisendes Kuriositätenkabinett hätte sie zurückgewiesen, denn ihrer Absonderlichkeit mangelte es am entscheidenden Element – dem grotesken. Es gab eigentlich nichts zu sehen. Ihr Defekt, wie furchterregend und exotisch er auch sein mochte, war als Shownummer ein Mißerfolg. Es waren vertrauter Umgang, Klatsch und die Zeit zu beidem nötig, damit das Kuriosum dramatische Züge gewann.

Schließlich begann Pilate, Anstoß zu nehmen. Obwohl sie durch große Wissenslücken behindert, wenngleich keineswegs unintelligent war, entledigte sie sich, als sie begriff, welches ihre Situation in der Welt war und wahrscheinlich immer bleiben würde, aller Voraussetzungen, die sie erlernt hatte, und begann wieder bei Null. Zunächst einmal schnitt sie sich das Haar ab. Das war eine Sache, über die sie nicht mehr nachdenken wollte. Dann ging sie versuchsweise das

Problem an zu entscheiden, wie sie leben wollte und was Wert für sie besaß. Wann bin ich glücklich und wann bin ich traurig und worin liegt der Unterschied? Was muß ich wissen, um am Leben zu bleiben? Was ist wahr in der Welt? Ihr Denken wanderte durch gewundene Straßen und über ziellose Ziegenpfade, stieß manchmal in Tiefen vor und manchmal zu den Offenbarungen eines Dreijährigen. Im Verlauf dieses frischen, wenn auch nicht außerordentlichen Strebens nach Wissen krönte eine Überzeugung alle ihre Bemühungen: da der Tod für sie keine Schrecken barg (sie sprach oft mit den Toten), wußte sie, daß nichts zu fürchten war. Dies und ihr Fremdlingsmitleid für Menschen in Not verlieh ihr Reife und hielt sie – Folge des Wissens, das sie sich erfunden oder erworben hatte – gerade noch eben innerhalb der Grenzen einer von komplizierten Regeln beherrschten schwarzen Gesellschaft. Ihre Kleidung mochte ihnen empörend erscheinen, aber ihr Respekt vor dem Privatleben anderer Leute – worauf sie alle äußerst bedacht waren – glich dies aus. Sie starrte Menschen an, und einer anderen Person direkt in die Augen zu blicken, galt unter Schwarzen damals als die Höhe an Ungezogenheit, als ein Benehmen, das nur von und unter Kindern und gewissen Arten von Außenseitern hinnehmbar war – aber sie machte niemals eine unhöfliche Beobachtung. Und getreu dem Palmenöl, das in ihren Adern floß, hatte sie nie einen Besucher, dem sie nicht Nahrung anbot, bevor das erste Wort eines Gesprächs – geschäftlicher oder geselliger Natur – fiel. Sie lachte, aber sie lächelte niemals, und 1963, als sie achtundsechzig Jahre alt war, hatte sie keine Träne mehr vergossen, seit Circe ihr Kirschmarmelade zum Frühstück gebracht hatte.

Sie gab – anscheinend – jegliches Interesse an Tischsitten oder Hygiene auf, entwickelte aber eine zutiefst fürsorgliche Anteilnahme an menschlichen Beziehungen. Jene zwölf Jahre in Montour County, wo sie von einem Vater und einem Bruder gütig behandelt worden und selbst in der Lage gewesen war, den ihrer Fürsorge anvertrauten Tieren auf der Farm zu helfen, hatten sie ein überlegenes Verhalten gelehrt. Überlegen demjenigen von Männern, die sie Meerweib nannten, und von Frauen, die ihre Fußstapfen aufwischten oder Spiegel an ihrer Tür anbrachten.

Sie war eine natürliche Heilerin, und unter streitenden Betrunkenen und zankenden Frauen konnte sie sich behaupten und manchmal einen Frieden vermitteln, der eine gute Weile länger anhielt als zu erwarten, weil er von jemandem herbeigeführt wurde, der nicht so war wie jene. Sie hörte, und das war das wichtigste, genau auf ihren Mentor – den Vater, der ihr bisweilen erschien und Sachen sagte. Nachdem Reba geboren war, kam er nicht mehr in der Kleidung zu Pilate, die er am Waldrand und in der Höhle trug, nachdem sie und Macon Circes Haus verlassen hatten. Damals hatte er den Overall und die schweren Schuhe angehabt, in denen er erschossen wurde. Nun kam er in einem weißen Hemd, einem blauen Kragen und einer braunen Schirmmütze. Er trug keine Schuhe (sie hingen ihm zusammengebunden über der Schulter), wahrscheinlich, weil ihm die Füße weh taten, denn er rieb sich häufig die Zehen, wenn er nah an ihrem Bett oder auf der Veranda saß oder sich an den Destillierapparat lehnte. Neben dem Herstellen von Wein wurde das Brennen von Whisky allmählich zu dem, womit sich Pilate ihren festen Unterhalt verdiente. Diese Fertigkeit ließ ihr Stunde für Stunde und Tag für Tag mehr Freiheit als jede andere Arbeit, die einer Frau ohne jegliche Mittel und ohne Neigung, sich gegen Geld der Liebe zu verschreiben, zur Wahl stand. War sie einmal als kleine Schnapspanscherin im farbigen Teil einer Stadt eingeführt, hatte sie nur gelegentlich Probleme mit der Polizei oder dem Sheriff zu gewärtigen, denn sie ließ nichts von dem Treiben zu, das oft mit Weinbuden einherging – Frauen, Glücksspiele –, und überwiegend verwehrte sie es ihren Kunden, in ihrem Haus auch zu trinken, was sie bei ihr kauften. Sie stellte Alkohol her und verkaufte ihn. Punkt.

Als Reba aufgewachsen war und von einem Orgasmus zum anderen zu leben begann – mit einer Pause, um ein Kind zu produzieren, Hagar –, fand Pilate, es sei vielleicht an der Zeit für eine Veränderung. Nicht Rebas wegen, die ganz zufrieden war mit dem Leben, das ihre Mutter und sie führten, sondern wegen ihrer Enkeltochter. Hagar war zimperlich. Sie haßte, schon als Zweijährige, Schmutz und Durcheinander. Mit drei war sie bereits eitel und begann stolz zu werden. Sie liebte hübsche Kleider. Erstaunt, wie Pilate und Reba über ihre Wünsche waren, versuchten sie doch mit Freude, sie zu erfüllen. Sie verwöhnten sie, und als Gegenleistung für ihre Nachsicht verbarg sie nach Kräften die Tatsache, daß sie ihr peinlich waren.

Pilate beschloß, ihren Bruder zu finden, wenn er noch am Leben war, denn das Kind, Hagar, brauchte eine Familie, Menschen, ein ganz anderes Leben als dasjenige, was sie und Reba anzubieten hatten, und wenn sie Macon nur im geringsten richtig in Erinnerung hatte, dann würde er anders sein. Erfolgreich, konventionell, mehr wie die Dinge und Menschen, die Hagar zu bewundern schien. Zudem wollte Pilate zwischen ihnen Frieden einkehren lassen. Sie fragte ihren Vater, wo er sei, aber der rieb sich bloß die Füße und schüttelte den Kopf. Also ging Pilate zum erstenmal freiwillig zur Polizei, die sie zum Roten Kreuz schickte, welches sie zur Heilsarmee schickte, die sie zu den Quäkern schickte, welche sie zurück zur Heilsarmee schickten, wo man an die Kommandostellen in großen Städten von New York bis St. Louis und von Detroit bis Louisiana schrieb und darum bat, im Telefonbuch nachzusehen, wo ihn die Sekretärin eines Kommandanten tatsächlich aufgeführt fand. Pilate war erstaunt, daß sie Erfolg gehabt hatten, der Kommandant jedoch nicht, denn es konnte kaum viele Leute mit einem solchen Namen geben.

Sie unternahmen die Reise nicht ohne Stil (ein Zug und zwei Busse), denn Pilate hatte eine Menge Geld; der Zusammenbruch von 1929 hatte so viele Käufer von billigem Hausgebräu hervorgebracht, daß sie nicht einmal das Geld aus der Sammlung brauchte, die von der Heilsarmee für sie veranstaltet wurde. Sie traf ein mit Koffern, einem grünen Sack, einer erwachsenen Tochter, einer Enkeltochter und fand ihren Bruder widerspenstig, ungastlich, peinlich berührt und unversöhnlich. Pilate wäre unverzüglich weitergezogen, hätte es nicht die Frau ihres Bruders gegeben, die damals in Ungeliebtheit schier umkam – und auch jetzt darin umzukommen schien, da sie ihrer Schwägerin am Tisch gegenübersaß und ihrer Lebensgeschichte zuhörte, die Pilate absichtlich lang machte, um Ruths Gedanken von Hagar abzulenken.

6

«Hab sie heimgebracht. Stand mitten im Raum, als ich reinkam. Also hab ich sie einfach heimgebracht. Jammervoll. Wirklich jammervoll.»

Milchmann zuckte mit den Achseln. Er wollte nicht über Hagar reden, aber es war eine Weise, Gitarre dazu zu bekommen, daß er sich setzte, und ihn etwas anderes zu fragen.

«Was hast du ihr getan?» fragte Gitarre.

«Was ich *ihr* getan hab? Hast sie mit 'nem Fleischermesser gesehn un fragst mich das?»

«Meine vorher. Das is vielleicht 'ne verkorkste Frau.»

«Hab getan, was du alle sechs Monate 'ner Frau tust – die ganze Sache abgeblasen.»

«Glaub dir nich.»

«Is die Wahrheit.»

«Nein. Muß noch mehr gewesen sein.»

«Nennst du mich 'n Lügner?»

«Nimms, wie du willst. Aber das Mädchen is wund – un die Wunde stammt von dir.»

«Was is los mit dir? Siehst seit Monaten, wie sie mich umbringen will, un nich einmal hab ich Hand an sie gelegt. Jetzt sitz du da un bist um sie besorgt. Ganz plötzlich spielst du Polizei. Trägst ganz schön oft 'nen Heiligenschein in letzter Zeit. Hast du auch 'n weißes Nachthemd?»

«Was soll 'n das heißen?»

«Soll heißen, ich bins satt, mich von dir kritisieren zu lassen. Weiß, daß wir 'ne Menge Sachen nich mit gleichen Augen sehn. Weiß, du denkst, ich bin träg – nich ernst, heißt das bei dir –, aber wenn wir Freunde sin . . . Ich misch mich bei dir nich ein, oder?»

«Nein. Überhaupt nich.»

Mehrere Minuten verstrichen, in denen Milchmann mit

seinem Bier spielte und Gitarre Tee schlürfte. Sie saßen in Marys Bar, an einem Sonntagnachmittag ein paar Tage nach Hagars jüngstem Anschlag auf sein Leben.

«Du rauchst nich?» fragte Milchmann.

«Nein. Hab aufgehört. Fühl mich auch verdammt viel besser.» Es trat eine weitere Pause ein, bevor Gitarre fortfuhr. «Solltest auch aufhören.»

Milchmann nickte. «Mm. Wenn ich da bleib, tu ichs. Hör auf mit Rauchen, Ficken, Trinken – mit allem. Leg mir 'n geheimes Leben zu un häng mit Empire State rum.»

Gitarre runzelte die Stirn. «Wer mischt sich jetzt ein?»

Milchmann seufzte und sah seinen Freund direkt an. «Ich. Ich will wissen, warum du letzte Weihnachten mit Empire State rumgelaufen bist.»

«War in Schwierigkeiten. Ich hab ihm geholfen.»

«Das is alles?»

«Was sonst?»

«Weiß nich, was sonst. Aber ich weiß, *daß* sonst noch was is. Also, wenns was is, was ich nich wissen darf, okay, dann sags. Aber irgendwas geht mit dir vor. Und ich wüßt gern was.»

Gitarre antwortete nicht.

«Wir waren lange Zeit Freunde, Gitarre. Gibt nichts, was du von mir nich weißt. Kann dir alles sagen – was unsere Unterschiede auch sind, ich weiß, ich kann dir vertrauen. Is aber jetzt seit 'ner Weile 'ne Einbahnstraße. Weißt, was ich mein? Ich red mit dir, aber du redst nich mit mir. Glaubst, man kann mir nich trauen?»

«Ich weiß nich, ob mans kann oder nich.»

«Versuchs.»

«Kann ich nich. Sin andere Leute beteiligt.»

«Dann erzähl mir nich von andern Leuten, erzähl mir von dir.»

Gitarre sah ihn lange an. Vielleicht, dachte er. Vielleicht kann ich dir trauen. Vielleicht nicht, aber ich riskiers in jedem Fall, denn eines Tags . . .

«Okay», sagte er laut, « aber du mußt wissen, daß das, was ich dir erzähl, nich weiterlaufen darf. Un wenns das tut, legst du mir 'ne Schlinge um 'n Hals. Also, willst dus immer noch wissen?»

«Klar.»

«Bist sicher?»

«Bin sicher.»

Gitarre goß weiteres heißes Wasser über seinen Tee. Er sah einen Moment in seine Tasse, in der die Blätter langsam zu Boden sanken. «Nehm an, du weißt, daß weiße Leute von Zeit zu Zeit schwarze Leute ermorden, un die meisten schütteln den Kopf un sagen ‹ts, ts, ts, is das nich 'ne Schande?›»

Milchmann zog die Augenbrauen hoch. Er hatte gedacht, Gitarre würde ihn in eine Geschichte einweihen, die er laufen hatte. Aber er rutschte wieder in seinen Rassenfimmel hinein. Er sprach langsam, als solle jedes Wort zählen, und als lausche er aufmerksam seinen eigenen Worten. «Ich kann nich die Luft durch die Zähne ziehn oder ‹ts, ts, ts› machen. Mußte was tun. Un das einzige, was übrigbleibt, is das Gleichgewicht herstelln; die Sachen auf ebnem Kiel halten. Jeder Mann, jeder Frau un jedes Kind is fünf bis sieben Generationen von Nachkommen wert, bevor die Kette bricht. Drum is jeder Tod der Tod von fünf bis sieben Generationen. Du kannst sie nich dran hindern, uns umzubringen, zu versuchen, uns loszuwerden. Un jedes Mal, wo sies schaffen, sin sie fünf bis sieben Generationen los. Ich helf mit, die Zahlen gleichzuhalten.

Gibt 'ne Gesellschaft. Besteht aus 'n paar Männern, die bereit sin, was zu riskiern. Sie bringen nichts in Gang; wählen nich mal aus. Sin so unparteilich wie der Regen. Aber wenn ein Neger, Mann, Frau oder Kind, von Weißen umgebracht wird un *deren* Gesetz un *deren* Gerichte nichts unternehmen, sucht diese Gesellschaft aufs Geratewohl 'n ähnliches Opfer raus, un sie exekutieren ihn oder sie auf ähnliche Art, wenn sie können. Is der Neger gehängt worden, hängen sie; is ein Neger verbrannt worden, verbrennen sie wen; vergewaltigt un hingemetzelt – dann vergewaltigen un metzeln sie. Wenn sie können. Wenn sies nich auf genau dieselbe Art machen können, tun sies, wie sies können, aber sie tuns. Sie nennen sich die Sieben Tage. Bestehen aus sieben Männern. Immer sieben un nie mehr als sieben. Wenn einer stirbt oder ausscheidet oder nich mehr tauglich is, wird ein andrer gewählt. Nich gleich, denn die Art von Wahl braucht Zeit. Aber sie scheinens nich eilig zu haben. Ihr Geheimnis is Zeit. Sich Zeit zu lassen, zu überdauern. Nich zu wachsen; das is gefährlich, denn du könntst bekannt werden. Schreiben ihrn Namen nich an Klowände un geben nich vor Frauen an. Zeit un Stillschweigen. Das sin ihre Waffen, un sie hören nie auf.

Hat 1920 angefangen, als sie dem Soldaten aus Georgia erst die Eier abgeschnitten un ihn dann ermordet ham, un nachdem dieser Veteran geblendet worden is, als er vom Ersten Weltkrieg aus Frankreich heimkam. Un is bis heute tätig, die Gesellschaft. Ich gehör jetzt dazu.»

Milchmann hatte sich die ganze Zeit, während Gitarre sprach, sehr still verhalten. Nun fühlte er sich verkrampft, ausgedörrt und kalt.

«Du? Du willst Leute umbringen?»

«Nich Leute. Weiße Leute.»

«Aber warum?»

«Hab ich dir grade gesagt. Is notwendig; muß getan werden. Um die Quoten gleichzuhalten.»

«Un wenns nich getan wird? Wenns einfach so weitergeht wie früher?»

«Dann is die Welt 'n Zoo, un ich kann nich drin leben.»

«Warum stöbert ihr nich einfach die auf, die den Mord begangen haben? Warum unschuldige Leute umbringen? Warum nich bloß die, wos getan haben?»

«Is egal, wers getan hat. Jeder einzelne von denen könnts getan haben. Gibt keine unschuldgen Weißen, weil jeder davon 'n potentieller Nigger-Killer is, wenn schon kein tatsächlicher. Glaubst du, Hitler hätt die überrascht? Glaubst du, sie hätten ihn für 'n Spinner gehalten, weil sie in 'n Krieg gezogen sin? Hitler is der natürlichste Weiße von der Welt. Hat Juden un Zigeuner umgebracht, weil er uns nich hatte. Kannst du dir vorstelln, daß die Klan-Leute von ihm schockiert wärn? Kannst du nich.»

«Aber Leute, die lynchen un andern die Eier abschnippeln – verrückt sin die, Gitarre, verrückt.»

«Jedesmal wenn einer einem von uns so was antut, sagen sie, die Leute, die dies getan ham, wärn verrückt oder unwissend. Is so, wie wenn man sagt, sie wärn betrunken. Oder verstopft. Wie kommts, daß einer zum Augenausstechen, zum Eierabschneiden nie zu betrunken oder zu unwissend is? Zu verrückt? Zu verstopft? Un, was entscheidender is, wie kommts, daß Neger, die verrücktesten, unwissendsten Leute in Amerika, so verrückt un so unwissend nich werden? Nein. Weiße sin unnatürlich. Sin unnatürlich als Rasse. Un is 'ne große Anstrengung nötig, wenn man 'nen unnatürlichen Feind überwinden will.»

«Was is mit den Netten? Manche Weiße nehmen Opfer auf sich für Neger. Wirkliche Opfer.»

«Heißt bloß, daß es hin un wieder 'nen Natürlichen gibt. Aber die haben das Morden auch nich abstelln können. Sin empört, aber das stellts nich ab. Machen vielleicht gar den Mund auf, aber das stellts auch nich ab. Schaffen sich vielleicht sogar Unannehmlichkeiten, aber das Morden geht immer weiter. Wir auch.»

«Übersiehst das Entscheidende. Gibt nich nur hin un wieder einen. Gibt 'ne Menge.»

«So? Milchmann, wenn Kennedy besoffen wär un sich langweilen würd un um 'nen Kanonenofen in Mississippi rumsäß – gut möglich, daß er mit Lynchen ging, bloß so zum Spaß. Unter den Umständen käm seine Unnatürlichkeit zum Vorschein. Aber ich weiß, ich würd nich mitgehn, egal wie betrunken oder wie gelangweilt ich wär, un du auch nich, das weiß ich, un kein Schwarzer, den ich kenn oder von dem ich jemals gehört hab. Nie. Irgendwo auf der Welt, irgendwann, einfach aufstehn un wen Weißes finden un zerstückeln. Aber *die* können das. Un sie tuns nich mal wegen dem Profit, wegen dem sie das meiste tun. Tun es aus Spaß. Unnatürlich.»

«Was is mit . . .» Milchmann durchforschte sein Gedächtnis nach einem Weißen, der sich unzweideutig für Neger eingesetzt hatte. «Schweitzer. Albert Schweitzer. Würd ders tun?»

«Sofort. Die Afrikaner, die warn ihm völlig egal. Hätten Ratten sein können. Der war in 'nem Laboratorium un hat sich *selbst* getestet – wollt beweisen, daß er mit menschlichen Hunden arbeiten kann.»

«Was is mit Eleanor Roosevelt?»

«Weiß nich, wies mit den Frauen is. Kann nich sagen, wozu ihre Frauen imstande wärn, aber an das Foto kann ich mich erinnern, wo diese weißen Mütter ihre Kleinen hochheben, damit sie 'ne gute Aussicht auf 'n paar Schwarze haben, die an 'nem Baum verbrennen. Drum hab ich so meine Bedenken, was Eleanor Roosevelt angeht. Aber *keine*, was Mr. Roosevelt angeht. Hättst ihn samt seinem Rollstuhl nehmen un ihn in 'ne kleine staubige Stadt in Alabama setzen un ihm was an Tabak geben können, 'n Schachbrett, Whisky un 'nen Seil, un er hätts auch getan. Will damit sagen, unter bestimmten Umständen würden sies alle tun. Un wir unter den gleichen Umständen nich. Drum kommts nich drauf an, ob 'n paar von ihnen 's nich getan *haben*. Ich hör hin. Ich lese. Un jetzt weiß ich, daß sies auch wissen. Wissen, daß sie unnatürlich sin. Ihre Schriftsteller un Künstler sagens seit Jahren. Sagen ihnen, sie sin unnatürlich, sagen ihnen, sie sin verdorben. Nennen das Tragödie. Im Film nennen sies Abenteuer. Is bloß Verderbtheit, die sie großartig un unnatürlich erscheinen lassen wolln. Is aber nich so. Die Krankheit, die sie ham, steckt ihnen im Blut, in der Struktur von ihrn Chromosomen.»

«Nehm an, du kannst das beweisen. Wissenschaftlich?»

«Nein.»

«Sollt man das nich erst beweisen können, bevor man nach so was handelt?»

«Ham die irgendwas an uns wissenschaftlich bewiesen, bevor sie uns umgebracht ham? Nein. Ham uns erst umgebracht un dann versucht, 'nen wissenschaftlichen Beweis für zu kriegen, warum wir sterben solln.»

«Halt mal, Gitarre. Wenn sie so schlecht, so unnatürlich sin, wie du sagst, warum willst du dann sein wie sie? Willst du nich besser sein als sie?»

«Ich bin besser.»

«Aber jetzt tust du, was die Schlechtesten von ihnen tun.»
«Ja, aber ich bin vernünftig.»
«Vernünftig? Wieso?»
«Ich hab erstens keinen Spaß dran; versuch zweitens nich Macht oder öffentliche Aufmerksamkeit oder Geld oder Land zu gewinnen; bin drittens auf keinen wütend.»
«Du bist nich wütend? Mußt du sein!»
«Überhaupt nich. Is mir verhaßt, 's zu tun. Hab Angst, 's zu tun. Fällt schwer, 's zu tun, wenn du nich wütend oder betrunken oder bekifft bist un persönlich nichts gegen die Person hast.»
«Ich seh nich ein, was das hilft. Seh nich ein, wie das irgendwem hilft.»
«Habs dir erklärt. Zahlen. Gleichgewicht. Quoten. Und die Erde, das Land.»
«Versteh dich nich.»
«Die Erde is sumpfig vom Blut schwarzer Menschen. Un vor uns Indianerblut. Nichts kann sie heilen, un wenns so weitergeht, is keiner von uns mehr übrig un kein Land für die, die übrig sin. Drum müssen die Zahlen statisch bleiben.»
«Gibt aber mehr von denen als von uns.»
«Nur im Westen. Aber trotzdem darf sich das Verhältnis nich zu ihren Gunsten verschieben.»
«Aber ihr solltet drauf aus sein, daß jeder weiß, die Gesellschaft existiert. Das würd dann vielleicht zu beitragen, daß es aufhört. Was soll die Heimlichkeit?»
«Verhindern, daß man gefaßt wird.»
«Könnt ihr nich mal andre Neger von wissen lassen? Ich mein, um uns Hoffnung zu geben?»
«Nein.»
«Warum nich?»
«Verrat. Wegen der Möglichkeit von Verrat.»
«Dann laßt *sie* es wissen. Laßts die Weißen wissen. Wie die Mafia oder der Klan; schüchtert sie ein, bis sie sich benehmen.»
«Du redst törichtes Zeug. Wie kannst dus eine Gruppe wissen lassen un die andre nich? Außerdem, wir sin nich wie

sie. Die Mafia is unnatürlich. Der Klan auch. Die einen töten für Geld, die andern zum Spaß. Un sie haben Riesenprofite un Protektion zur Verfügung. Wir nich. Aber es geht nich drum, daß andre Leute von wissen. Wir sagens nich mal den Opfern. Flüstern ihnen bloß zu: ‹Dein Tag is gekommen.› Die Schönheit von dem, was wir tun, is die Heimlichkeit, die Geringfügigkeit. Die Tatsache, daß keiner die unnatürliche Befriedigung braucht, drüber zu sprechen. Davon zu erzählen. Wir diskutiern es nich mal unter uns, im einzelnen. Wir kriegen einfach 'ne Aufgabe zugewiesen. Wenn der Neger an 'nem Mittwoch umgebracht worden is, übernimmts der Mittwoch-Mann; wurd er an 'nem Montag umgebracht, übernimmt das der Montag-Mann. Un wir teiln uns unternander bloß mit, wanns erledigt is, nich wie oder an wem. Un wenns für einen je zuviel wird, wie damals für Robert Smith, dann tun wir eher *das*, als rausplatzen un wem von erzählen. Wie Porter. Fing an, ihn fertigzumachen. Meinten, müßte wer anders seinen Tag übernehmen. Hat bloß 'ne Ruhepause gebraucht un is jetzt wieder okay.»

Milchmann starrte seinen Freund an und ließ sich dann von der Erregung, die er zurückgehalten hatte, durchströmen. «Ich kanns nich schlucken, Gitarre.»

«Weiß ich.»

«Is zuviel falsch dran.»

«Nenns mir.»

«Also, einmal, irgendwann werdet ihr gefaßt.»

«Kann sein. Aber wenn ich gefaßt werd, sterb ich bloß früher als vorgesehen, nich besser als vorgesehen. Un wie ich sterb oder wann, interessiert mich nich. Wofür ich sterb, interessiert mich. Is dasselbe wie das, wofür ich lebe. Außerdem, wenn ich gefaßt werd, klagen sie mich wegen einem Verbrechen an un bringen mich um, vielleicht wegen zwei, nie wegen allen. Und 's gibt immer noch sechs andre Tage in der Woche. Wir sin schon lange, lange da. Un glaub mir, wir bleiben noch lange, lange da.»

«Du kannst nich heiraten.»

«Nein.»

«Keine Kinder haben.»

«Nein.»

«Was is das für 'n Leben?»

«Sehr befriedigendes.»

«Gibt keine Liebe drin.»

«Keine Liebe? Keine Liebe? Hast du mir nich zugehört? Was ich tu, hat nichts mit Haß auf Weiße zu tun. Hat mit Liebe zu uns zu tun. Mit Liebe zu dir. Mein ganzes Leben is Liebe.»

«Mann, du bist durcheinander.»

«So? Wenn die KZ-Juden Nazis jagen, hassen sie dann Nazis oder lieben sie die toten Juden?»

«Is nich dasselbe.»

«Nur weil sie Geld un Publizität haben.»

«Nein; weil sie sie den Gerichten übergeben. Ihr mordet, und ihr mordet nicht die Mörder. Ihr mordet Unschuldige.»

«Hab dir erklärt, es gibt keine –»

«Und ihr macht nichts besser, wenn ihr –»

«Sin arme Leute, Milchmann. Ich arbeit in 'ner Autofabrik. Die restlichen von uns schlagen sich grad so eben durch. Wo is das Geld, der Staat, das Land, um unsre Gerechtigkeit zu finanzieren? Sagst, die Juden stelln vor 'n Gericht, wen sie fangen. Ham wir 'n Gericht? Gibts einen Gerichtshof in einer Stadt im Land, wo die Geschwornen sie schuldig sprechen würden? Gibt heute noch Orte, wo 'n Neger nich als Zeuge auftreten kann gegen 'nen Weißen. Heißt, daß 'n Schwarzer nur das Opfer von 'nem Verbrechen is, wenn 'n Weißer sagt, er is es. Nur dann. Gäbs so was Ähnliches wie Gerechtigkeit oder Gerichte, wenn 'n weißer Knacker 'nen Neger umbringt, dann wärn keine sieben Tage nötig. Gibts aber nich; drum sin wir nötig. Un wir tuns ohne Geld, ohne Unterstützung, ohne Verkleidung, ohne Zeitungen, ohne Senatoren, ohne Lobby un ohne Illusionen!»

«Klingst wie dieser rothaarige Neger namens X. Warum schließt du dich nich dem an un nennst dich Gitarre X?»

«X, Bains – was ändert das? Ich scheiß auf Namen.»

«Kapierst nich, wos ihm drauf ankommt. Kommt ihm drauf an, daß die Weißen merken, einer nimmt seinen Sklavennamen nich hin.»

«Is mir scheißegal, was Weiße wissen oder denken. Außerdem, ich nehm ihn hin. Is 'n Teil von dem, was ich bin. Gitarre is *mein* Name. Bains is der Name vom Sklavenhalter. Un alles zusammen bin ich. Sklavennamen stören mich nich; Sklavenstatus schon.»

«Un Weiße niedermachen ändert was an deim Sklavenstatus?»

«Glaubs mir.»

«Tuts was gegen meinen Sklavenstatus?»

Gitarre lächelte. «Na, etwa nich?»

«Verflucht, nein.» Milchmann zog die Stirn kraus. «Leb ich 'ne Spur länger, weil ihr die Zeitung lest un dann 'nen armen alten weißen Mann überfallt?»

«Geht nich drum, daß du länger lebst. Geht drum, wie du lebst un warum. Geht drum, ob deine Kinder andre Kinder machen können. Geht drum, daß man versucht, 'ne Welt zu machen, wo Weiße eines Tages nachdenken, bevor sie lynchen.»

«Gitarre, nichts von dem Scheiß wird was dran ändern, wie ich leb oder wie irgendein andrer Neger lebt. Was ihr tut, is wahnsinnig. Un noch was andres: is 'ne Gewohnheit. Wenn dus oft genug tust, kannst dus jedem antun. Weißt, was ich mein? Torpedo is 'n Torpedo, seine Gründe kümmern mich nich. Du kannst jeden beseitigen, der dir nich gefällt. Kannst mich beseitigen.»

«Wir beseitigen keine Neger.»

«Hörst, was du gesagt hast? *Neger.* Nich Milchmann. Nich: ‹Nein, *dich* kann ich nich anrührn, Milchmann›, sondern: ‹Wir beseitigen keine Neger.› Scheiße, Mann, mal angenommen, ihr ändert eure parlamentarischen Regeln?»

«Die Tage sin die Tage. Is lange so gewesen.»

Milchmann dachte darüber nach. «Noch andre junge Typen drin? Sin die andren alle älter? Bist der einzige junge?»

«Warum?»

«Weil junge Typen zu neigen, die Regeln zu ändern.»

«Sorgst dich um mich, Milchmann?» Gitarre wirkte amüsiert.

«Nein. Eigentlich nich.» Milchmann drückte seine Zigarette aus und griff nach einer neuen. «Sag mal, was is 'n dein Tag?»

«Sonntag. Ich bin der Sonntag-Mann.»

Milchmann rieb sich den Knöchel seines kürzeren Beins. «Hab Angst um dich, Mann.»

«Das is komisch. Hab auch Angst um dich.»

7

Wahre Binnenlandbewohner wissen, daß sie es sind. Wissen, daß hier und da ein Bitter Creek oder Powder River durch Wyoming fließt; daß der große, ordentliche Salt Lake das einzige ist, was sie in Utah an Meer besitzen, und daß sie sich mit *Ufer*, *Böschung* und *Strand* begnügen müssen, weil sie eine Küste nicht geltend machen können. Und träumen, da sie keine haben, selten von Flucht. Doch die Menschen, die im Bereich der Großen Seen wohnen, verwirrt ihre Lage am Rand des Landes – einem Rand, der Grenze ist, aber nicht Küste. Sie scheinen, wie Küstenbewohner, lange in dem Glauben leben zu können, daß sie sich an der Grenze befinden, wo endgültiger Abgang und totaler Ausbruch die einzigen Reisen sind, die ihnen bleiben. Doch jene fünf Großen Seen, die der St. Lorenz-Strom mit Erinnerungen an das Meer speist, sind selbst von Land eingeschlossen, trotz des schweifenden Flusses, der sie mit dem Atlantik verbindet. Haben die Menschen des Seengebiets dies einmal entdeckt, wird die Sehnsucht brennend, und eine Trennung von der Gegend ist darum notwendigermaßen traumverseucht, aber deswegen nicht minder notwendig. Es mag sich ein Appetit auf andere Straßen einstellen, auf andere Einfallswinkel des Lichts. Oder das Verlangen, von Fremden umgeben zu sein. Womöglich gar der Wunsch, das feste Klicken einer Tür zu hören, die hinter einem zufällt.

Bei Milchmann war es das Türklicken. Er wollte spüren, wie die schwere weiße Tür in der Not Doctor Street hinter ihm zufiel, und wissen, daß er den Riegel vielleicht zum letztenmal einrasten hörte.

«Dir wird alles gehören. Alles. Du wirst frei sein. Geld ist Freiheit, Macon. Die einzige wirkliche Freiheit, die es gibt.»

«Ich weiß, Daddy, ich weiß. Aber ich muß trotzdem fort. Ich verlaß nicht das Land; ich will bloß mein eigener Herr sein. Mir allein einen Job suchen, allein leben. Du hasts mit sechzehn getan. Gitarre mit siebzehn. Jeder. Ich wohne noch zu Hause, arbeite für dich – nicht weil ich mir den Job erschuftet hab, sondern weil ich dein Sohn bin. Ich bin über dreißig.»

«Ich brauch dich hier, Macon. Wenn du gehen wolltest, hättest du vor fünf Jahren gehen sollen. Jetzt bin ich auf dich angewiesen.» Bitten fiel ihm schwer, aber er kam dem so nahe, wie es ihm möglich war.

«Bloß ein Jahr. Ein Jahr. Greif mir für ein Jahr unter die Arme und laß mich gehen. Wenn ich zurückkomme, arbeite ich ein Jahr umsonst und zahls dir zurück.»

«Es geht nicht ums Geld. Es geht darum, daß du hier bist, dich um das hier kümmerst. Dich um alles kümmerst, was ich dir mal hinterlasse. Es kennenlernst, damit umgehen lernst.»

«Laß mich was davon jetzt nutzen, wo ich es brauche. Machs nicht wie Pilate, die es in einen grünen Sack steckt und an die Decke hängt, so daß keiner dran kann. Laß mich nicht warten, bis –»

«Was hast du gesagt?» So plötzlich, wie ein alter Hund einen Schuh fallen läßt, wenn er rohes Fleisch wittert, ließ Macon Dead seinen flehentlichen Blick fallen und blähte seine Nüstern, von etwas Neuem gefesselt.

«Ich hab gesagt, gib mir ein bißchen –»

«Nein. Nicht das. Über Pilate und einen Sack.»

«Ach so. Ihr Sack. Du hast ihn gesehen, oder? Diesen grünen Sack, den sie unter der Decke hängen hat? Sie nennt ihn ihre Erbschaft. Du kommst nicht quer durchs Zimmer, ohne mit dem Kopf dagegenzuknallen. Kannst du dich nicht dran erinnern?»

Macons Lider flatterten, aber es gelang ihm, sich zu beruhigen und zu sagen: «Ich habe nie im Leben einen Fuß in Pilates Haus gesetzt. Ich hab einmal hineingeschaut, aber es war dunkel, und ich habe nichts von der Decke hängen sehen. Wann hast du ihn das letzte Mal gesehen?»

«Vor neun oder zehn Monaten vielleicht. Was ist damit?»

«Du meinst, er ist noch da?»

«Warum nicht?»

«Grün ist er, sagst du. Weißt du genau, daß er grün ist?»

«Klar, grün. Grasgrün. Was ist? Was hast du?»

«Sie hat dir erzählt, er wär ihre Erbschaft, was?» Macon lächelte, aber so verschlagen, daß Milchmann es kaum als Lächeln erkennen konnte.

«Nein. Sie nicht; Hagar. Ich bin quer durch den Raum zum ... äh ... zur andern Seite gegangen, und ich bin groß genug, daß er mir im Weg ist. Ich bin mit dem Kopf dagegengerannt. Hat sogar eine Beule gegeben. Als ich Hagar gefragt habe, was das wäre, hat sie gesagt: ‹Pilates Erbschaft.›»

«Und du hast dir eine Beule dran geholt?»

«Klar. Hat sich angefühlt wie Backsteine. Was hast du vor, sie verklagen?»

«Hast du was zu Mittag gegessen?»

«Es ist halb elf, Daddy.»

«Geh zu Mary. Schaff uns ein paar Portionen Spießbraten bei. Wir sehen uns im Park gegenüber vom Mercy. Wir essen da.»

«Daddy ...»

«Los jetzt. Tu, was ich sage. Los, Macon.»

Sie trafen sich in dem kleinen Park gegenüber vom Mercy Hospital. Er war voller Tauben, Schüler, Betrunkener, Hunde, Eichhörnchen, Kinder, Bäume und Sekretärinnen. Die beiden farbigen Männer setzten sich auf eine eiserne Bank in einiger Entfernung von den belebtesten Stellen, aber nicht am Rand. Sie waren sehr gut gekleidet, zu gut gekleidet, um Schweinebraten aus einer Schachtel zu essen, aber an jenem warmen Septembertag wirkte es natürlich, eine vollendete Ergänzung der milden Heiterkeit, die den Park erfüllte.

Milchmann stimmte die Erregung seines Vaters neugierig, aber nicht ängstlich. So viel war vorgegangen, so viele Veränderungen. Außerdem wußte er, daß dasjenige, was seinen Vater dazu bewegte, sich zappelig umzusehen, ob nicht jemand zu nah kam, mit etwas zu tun hatte, was sein Vater wollte, nicht mit etwas, was er selbst wollte. Er konnte seinen Vater nun kühl betrachten, nachdem er in jenem Zug gesessen und das traurige, traurige Lied seiner Mutter gehört hatte. Ihre Worte tanzten ihm noch im Kopf herum. «Welches Leid habe ich dir auf meinen Knien angetan?»

Tief unten in jener Tasche, in der er sein Herz verbarg, fühlte er sich mißbraucht. Irgendwie mißbrauchten ihn alle für irgend etwas oder als irgend etwas. Ließen ein Hirngespinst an ihm aus, machten ihn zum Gegenstand ihrer Träume von Reichtum, von Liebe oder Martyrium. Alles, was sie taten, schien sich um ihn zu drehen, doch nichts von dem, was er wünschte, spielte dabei eine Rolle. Schon einmal hatte er ein langes Gespräch mit seinem Vater gehabt und es hatte damit geendet, daß er noch weiter von seiner Mutter abgedrängt worden war. Dann hatte er ein vertrauliches Gespräch mit seiner Mutter geführt und nur herausgefunden, daß er vor seiner Geburt, bevor sich im Mutterleib sein erster Nerv gebildet hatte, der Gegenstand von großem Streit und Hader gewesen war. Und nun liebte die Frau, die behauptete, ihn mehr zu lieben als das Leben, als ihr Leben, ihn in Wirklichkeit mehr als *sein* Leben, denn sie hatte ein halbes Jahr in dem Versuch verbracht, ihn davon zu erlösen. Und Gitarre. Der einzige vernünftige und unerschütterliche Mensch, den er kannte, war umgekippt, war aufgeplatzt und strömte Blut und Torheit aus statt Ansprache. Er war ein passender Kumpan für Empire State. So wartete er nun in Neugier, aber ohne Spannung oder Hoffnung darauf, wofür er diesmal in Anspruch genommen werden sollte.

«Hör mir zu. Iß einfach dein Fleisch und hör mir zu. Unterbrich mich nicht, ich könnte sonst meinen Gedankenfaden verlieren.

Vor langer Zeit habe ich dir davon erzählt, wie ich ein Junge auf der Farm war. Von Pilate und mir. Wie mein Vater umgebracht wurde. Ich hab dir die Geschichte nie zu Ende erzählt; ich hab dir nie alles erzählt. Was ich ausgelassen hab, ging um mich und Pilate. Ich hab versucht, dich von ihr fernzuhalten und gesagt, sie wär eine Schlange. Jetzt werd ich dir sagen warum.»

Ein roter Ball rollte ihm vor die Füße, und Macon hob ihn auf und warf ihn einem kleinen Mädchen zurück. Er vergewisserte sich, daß es wieder sicher in Blickweite seiner Mutter war, bevor er mit seiner Geschichte begann.

Sechs Tage, nachdem der erste Macon Dead gestorben war, sahen sich seine Kinder, eine zwölfjährige Pilate und ein sechzehnjähriger Macon Dead, heimatlos. Bestürzt und schmerzerfüllt gingen sie zum Haus des nächsten farbigen Menschen, den sie kannten: Circe, die ihnen beiden auf die Welt verholfen hatte und die dabei gewesen war, als ihre Muter starb und Pilate ihren Namen bekam. Sie arbeitete außerhalb von Danville in einem geräumigen Haus – einem Herrenhaus – für eine Familie von Gentleman-Farmern, wie man damals sagte. Die Waisen riefen früh am Morgen aus dem Gemüsegarten nach Circe, sobald sie den Rauch vom Küchenherd aufsteigen sahen. Circe ließ sie ein, drückte erleichtert die Hände zusammen und sagte, wie froh sie sei, sie lebendig zu sehen. Sie hatte nicht gewußt, was nach dem Mord mit ihnen geschehen war. Macon berichtete, daß er selbst seinen Vater beerdigt habe, drunten an jenem Abschnitt des Bachs auf Lincolns Himmel, wo sie immer zusammen gefischt hatten, an der Stelle, wo er die neunpfündige Forelle gefangen hatte. Das Grab war flacher, als es hätte sein sollen, aber er hatte Steine daraufgehäuft.

Circe sagte, sie sollten bei ihr bleiben, bis sie sich gemeinsam ausgedacht hätten, was sie tun, wohin sie gehen könnten. Sie könne sie mit Leichtigkeit im Haus verstecken. Es gäbe Räume, welche die Familie selten betrat, aber wenn sie dort nicht sicher seien, würde sie auch ihr eigenes Zimmer mit ihnen teilen (das für jeden im Haus tabu war). Es war allerdings klein, darum willigten sie ein, in zwei Zimmern des dritten Stocks zu bleiben, die nur als Lagerräume genutzt wurden. Circe würde ihnen Essen bringen, Waschwasser, und sie würde ihren Nachttopf leeren.

Macon fragte, ob sie nicht dort arbeiten könnten; würde ihre Herrin sie als Küchenhilfe, Laufbursche, als was immer beschäftigen?

Circe biß sich auf die Zunge, als sie versuchte, die Wörter

herauszubringen. «Wohl verrückt? Sagst, du hast die Männer gesehn, die ihn umgebracht ham. Glaubst, die wissen nich, daß du sie gesehn hast? Wenn sie 'nen ausgewachsnen Mann umbringen, was glaubst du, machen sie mit dir? Sei vernünftig. Wir müssen 'nen Plan machen un uns was ausdenken.»

Macon und Pilate blieben zwei Wochen dort, keinen Tag länger. Er hatte hart auf einer Farm gearbeitet, seit er fünf oder sechs Jahre war, und sie war wild geboren. Sie konnten die Stille nicht ertragen, die Wände, die langweiligen Tage der Untätigkeit, an denen man nur auf die spannenden Momente des Essens und Zu-Toilette-Gehens warten konnte. Alles war besser, als den ganzen Tag auf Teppichen zu gehen, als die milden reizlosen Speisen der Weißen zu essen, als hinter elfenbeinfarbenen Vorhängen hervor einen verstohlenen Blick auf den Himmel werfen zu müssen.

Pilate fing an jenem Tag zu weinen an, als Circe ihr weißen Toast und Kirschmarmelade zum Frühstück brachte. Sie wollte ihre eigenen Kirschen, von ihrem eigenen Kirschbaum, mit Stielen und Kernen; keinen übersüßen, matschigen Mansch. Sie dachte, sie würde sterben, wenn sie nicht den Mund unter Ulysses S. Grants Euter halten und sich die warme Milch in den Mund spritzen oder eine Tomate vom Stock pflücken und auf der Stelle essen könnte. Das Verlangen nach einigen ganz bestimmten Nahrungsmitteln hatte sie schier gebrochen. Dies und der Umstand, daß ihr Ohrläppchen entzündet war von der Operation, die sie an sich selbst vorgenommen hatte, brachte sie an den Rand der Hysterie. Bevor sie die Farm verließen, hatte sie den braunen Zettel mit ihrem Namen aus der Bibel genommen, und nach einer langen Weile, in der sie versuchte, sich zwischen einer Schnupftabakdose und einem Sonnenhäubchen mit blauen Bändern daran zu entscheiden, nahm sie die kleine Messingdose, die ihrer Mutter gehört hatte. Die unglücklichen Tage im Herrenhaus verbrachte sie mit Erwägungen, wie aus der Dose ein Ohrring zu fertigen sei, der ihren Namen bergen würde. Sie fand ein Stück Draht, konnte es aber nicht hindurchbekommen. Mit viel Gebettel und Gejammer bewog Circe schließlich einen schwarzen Schmied dazu, ein Stück Golddraht an die Dose zu löten. Pilate rieb sich das Ohr, bis es taub war, brachte das Ende des Drahts zum Glühen und stieß ihn durch ihr Ohrläppchen. Macon sicherte die Drahtenden mit einem Knoten, aber das Ohrläppchen war geschwollen und eiterte. Auf Circes Anweisung hin legte sie Spinnweben darauf, um den Eiter herauszuziehen und das Bluten zu stillen.

Am Abend des Tages, an dem sie so sehr über die Kirschen geweint hatte, beschlossen die beiden, daß sie gehen würden, sobald ihr Ohr sich besserte. Es war sowieso zu beschwerlich für Circe, wenn sie blieben, und sollten ihre weißen Leute herausfinden, daß sie da waren, würden sie ihr vielleicht den Abschied geben.

Eines Morgens stieg Circe mit einem zugedeckten Hackfleischgericht all die Stufen bis zum dritten Stock hinauf und fand die zwei leeren Räume vor. Nicht einmal eine Decke hatten sie mitgenommen. Nur ein Messer und einen Blechbecher.

Der erste Tag im Freien war voller Freude für sie. Sie aßen Himbeeren und Äpfel, sie zogen ihre Schuhe aus und ließen das tauige Gras und die sonnenwarme Erde ihre Füße liebkosen. Nachts schliefen sie in einem Heuschober, so dankbar für das freie Leben, daß sogar die Feldmäuse und Zecken ihnen als Bettgenossen willkommen waren.

Der nächste Tag war angenehm, aber weniger aufregend. Sie badeten in einer Biegung des Susquehanna und wanderten dann in südlicher Richtung; hielten sich an Felder, Wälder, Flußbetten und wenig begangene Pfade – unterwegs, wie sie glaubten, nach Virginia, wo sie Macons Ansicht nach Verwandte hatten.

Am dritten Tag sahen sie beim Erwachen einen Mann, der ihrem Vater aufs Haar glich, keine fünfzig Meter entfernt auf einem Baumstumpf sitzen. Er sah nicht zu ihnen hin; er saß einfach so da. Sie hätten ihn angerufen oder wären zu ihm gelaufen, hätte er nicht geradewegs an ihnen vorbeigeschaut, mit so fernen Augen, daß er ihnen Angst machte. Also liefen sie davon. Den ganzen Tag über sahen sie ihn in gewissen Abständen; in Ententeiche blickend; vom Ypsilon einer Platane eingerahmt; die Augen vor der Sonne schützend, während er über einen Felsen in die breite Talsohle unter ihnen hinabspähte. Jedesmal wenn sie ihn sahen, wichen sie zurück und gingen in die andere Richtung. Nun begann das Land selbst, das einzige, welches sie kannten und genau kannten, sie mit Angst zu erfüllen. Die Sonne strahlte, die Luft war lind, doch jedes Blatt, das der Wind lüpfte, jedes Rascheln einer Fasanenhenne in einem Büschel Raigras jagte ihnen Nadeln der Furcht durch die Adern. Die Kardinalvögel, die Grauhörnchen, die Gartenschlangen, die Schmetterlinge, die Murmeltiere und Kaninchen – all die lieben Dinge, die ihr Leben bevölkert hatten, seit sie auf der Welt waren, wurden zu bedrohlichen Zeichen einer Erscheinung, die nach ihnen suchte, ihnen folgte. Sogar das Plätschern des Flusses klang wie der Ruf einer feuchten Kehle, die wartete, nur auf sie wartete. So war es am hellichten Tag. Wieviel furchtbarer noch war die Nacht.

Kurz vor Einbruch der Dunkelheit, als die Sonne sie alleingelassen hatte, als sie aus einem Wäldchen traten und sich nach dem Hügelkamm umschauten, von dem sie vielleicht eine Farm, einen leeren Schuppen ausmachen könnten – irgendeinen Ort, wo sie die Nacht verbringen konnten –, da sahen sie eine Höhle, und am Eingang stand ihr Vater. Dieses Mal bedeutete er ihnen, ihm zu folgen. Vor die Wahl gestellt zwischen dem grenzenlosen nächtlichen Wald und einem Mann, der aussah wie ihr Vater, entschieden sie sich für den letzteren. Schließlich würde er ihnen nichts tun, falls er ihr Vater war, oder?

Langsam näherten sie sich dem Eingang der Höhle, folgten den Handbewegungen ihres Vaters und seinem gelegentlichen Blick nach hinten.

Sie blickten in die Höhle und sahen nichts als einen riesigen Rachen von Dunkelheit. Ihr Vater war verschwunden. Wenn sie nahe am Rand blieben, war dies, fanden sie, kein schlechterer Platz, um dort die Nacht zu verbringen, als jeder andere; vielleicht paßte er einfach auf sie auf, zeigte ihnen, was sie tun und wohin sie gehen sollten. Auf einer

Steinformation, die wie ein Brett aus einer hüfthohen Felsmasse hervorragte, machten sie es sich so bequem wie möglich. Hinter ihnen war nichts, was sie sehen konnten, und gewiß schien nur, daß Fledermäuse sie stören würden. Und doch war es nicht zu vergleichen mit jener anderen Dunkelheit – draußen.

Gegen Morgen erwachte Macon aus einem leichten, unruhigen Schlaf mit dem gewaltigen Drang, sich zu erleichtern, die Folge einer Kost, die drei Tage lang aus wilden Früchten bestanden hatte. Ohne seine Schwester zu wecken, stieg er von dem Felsbrett, und ging, da er zu scheu war, sich in der jungen Sonne auf einem Hügelkamm niederzukauern, ein Stück tiefer in die Höhle hinein. Als er fertig war, hatte die Dunkelheit sich ein wenig verflüchtigt und er sah etwa fünfzehn Fuß entfernt einen Mann sich im Schlaf regen. Macon versuchte seine Hose zuzuknöpfen und zu verschwinden, ohne ihn zu wecken, aber die unter seinen Füßen knisternden Blätter und Äste rissen den Mann vollends aus dem Schlaf. Er hob den Kopf, drehte sich herum und lächelte. Macon sah, daß er sehr alt war, sehr weiß, und sein Lächeln war fürchterlich.

Während Macon rückwärts ging, eine Hand nach hinten gestreckt, dachte er die ganze Zeit daran, wie der Körper seines Vaters minutenlang im Schlamm gezuckt und getanzt hatte. Er berührte die Wand der Höhle, und unter seiner Hand löste sich ein Brocken. Er schloß die Finger darum und warf ihn dem grinsenden Mann an den Kopf, traf ihn knapp über dem Auge. Blut schoß hervor und schwemmte das Lächeln von dem fahlen Gesicht, hielt den Mann aber nicht davon ab, näher und näher zu kommen; ununterbrochen wischte er sich Blut vom Gesicht und schmierte es auf sein Hemd. Macon bekam einen weiteren Stein zu fassen, aber diesmal traf er daneben. Der Mann kam immer näher.

Der Schrei, der den Höhlentunnel hinabdröhnte und die Fledermäuse weckte, kam just dann, als Macon dachte, er habe den letzten Atemzug getan.Der blutende Mann drehte sich in die Richtung des Schreis und blickte lange genug zu dem farbigen Mädchen hin, daß Macon sein Messer zücken und dem alten Mann in den Rücken stoßen konnte. Er stürzte vornüber, wandte dann den Kopf und blickte zu ihnen auf. Sein Mund bewegte sich und er murmelte etwas, das klang wie «Warum?» Macon stach immer wieder auf ihn ein, bis er aufhörte, den Mund zu bewegen, aufhörte, sprechen zu wollen, und aufhörte, auf dem Boden herumzurukken und zu zucken.

Keuchend von der Anstrengung, den Brustkorb eines alten Mannes zu durchlöchern, rannte Macon zurück, um die Decke zu holen, auf der dieser Mann geschlafen hatte. Der Tote sollte verschwinden, verhüllt, verborgen, fort sein. Als er die Decke packte, verrutschte zugleich eine große Plane, und er sah drei Bretter, die über etwas lagen, was eine flache Grube zu sein schien. Er hielt inne und stieß dann die Bretter beiseite. Darunter fanden sie kleine graue Säcke, mit Draht zugebunden, angeordnet wie Eier im Nest. Macon hob einen davon auf und war verblüfft über sein Gewicht.

«Pilate», rief er. «Pilate.»

Aber sie stand wie angewurzelt da und starrte mit offenem Mund auf den Toten. Macon mußte sie am Arm zu dem Loch hinüberziehen, in dem die Säcke lagen. Nach einigem Kampf mit dem Draht (er mußte schließlich die Zähne gebrauchen) bekam er einen auf und schüttelte die Goldnuggets, die er enthielt, in die Blätter und Äste auf dem Boden der Höhle.

«Gold», flüsterte er und erhob sich sogleich, wie ein Einbrecher bei seiner ersten Tat, um zu pinkeln.

Leben, Sicherheit und Luxus breiteten sich vor ihm aus wie ein Pfauenrad, und als er da stand und jede einzelne köstliche Farbe auszumachen versuchte, sah er die staubigen Stiefel seines Vaters genau auf der anderen Seite der flachen Grube stehen.

«Es *ist* Papa!» sagte Pilate. Und wie zur Antwort auf ihre Erkenntnis tat er einen tiefen Atemzug, rollte mit den Augen und flüsterte mit hohler Stimme «Sing, Sing», bevor er wieder dahinschwand.

Pilate schnellte in der Höhle umher, rief nach ihm, suchte

nach ihm, während Macon die Säcke mit Gold auf die Plane häufte.

«Komm, Pilate..Komm fort hier.»

«Wir können das nich nehmen.» Sie deutete mit dem Finger auf sein Bündel.

«Was? Nich nehmen? Wohl 'n Verstand verlorn?»

«Is Diebstahl. Ham 'nen Mann umgebracht. Die werdn hinter uns her sein, überall. Wenn wir sein Geld nehmen, denken sie, wir hättens deswegen getan. Wir müssens dalassen, Macon. Können uns nich mit Säcken voll Geld erwischen lassen.»

«Is kein Geld; is Gold. Wird uns fürs Leben reichen, Pilate. Wir können uns 'ne neue Farm verschaffen. Wir können –»

«Laß es liegen, Macon! Laß es liegen! Laß sie es finden, wos war!» Dann begann sie zu rufen: «Papa! Papa!»

Macon ohrfeigte sie, und die kleine Messingdose baumelte an ihrem Ohr. Sie barg sie einen Augenblick in den Händen und sprang ihren Bruder dann an wie eine Antilope. Genau vor den starren Augen des Toten kämpften sie. Pilate war fast so stark wie Macon, aber kein wirklicher Gegner für ihn, und er hätte sie wahrscheinlich bewußtlos geschlagen, wenn sie nicht sein Messer, an dem das Blut des Alten noch nicht getrocknet war, zu fassen bekommen und ihm stichbereit über das Herz gehalten hätte.

Macon stand ganz still und beobachtete ihre Augen. Er begann sie mit häßlichen Worten zu belegen, aber sie antwortete nicht. Er ging rückwärts aus der Höhle und entfernte sich ein Stück.

Den ganzen Tag über wartete er darauf, daß sie herauskomme. Den ganzen Tag über blieb sie drinnen. Als die Nacht kam, setzte er sich einfach an einen Baum, ohne Angst vor all den Dingen, die ihn zuvor in Schrecken versetzt hatten, mit weit offenen Augen, und wartete darauf, daß sie ihren wolligen Kopf aus der Höhle steckte. Es gab kein Geräusch aus ihrer Richtung, und er wartete die ganze Nacht. In der Morgendämmerung kroch er Handbreit um Handbreit näher in der Hoffnung, sie im Schlaf packen zu können. Da hörte er Hunde und wußte, Jäger gingen in der Nähe vorbei. Er rannte, so schnell er konnte, durch den Wald, bis er die Hunde nicht mehr hören konnte.

Einen weiteren Tag und eine weitere Nacht verbrachte er damit, sich wieder an die Höhle heranzuarbeiten, ohne den Jägern in die Hände zu laufen, sollten sie noch in der Gegend sein. Schließlich gelangte er dorthin, drei Tage und zwei Nächte später. Im Innern der Höhle sah der Tote ihn noch immer friedlich an, aber die Plane und das Gold waren fort.

Die Sekretärinnen gingen davon. Die Kinder und die Hunde auch. Nur die Tauben, die Betrunkenen und die Bäume blieben in dem kleinen Park zurück.

Milchmann hatte fast nichts von seinem Braten gegessen. Er betrachtete das Gesicht seines Vaters, auf dem Schweiß und die Gefühle der Erinnerung glänzten.

«Sie hats genommen, Macon. Nach alldem hat sie das Gold genommen.»

«Woher weißt du das? Du hast sie nicht dabei gesehen», sagte Milchmann.

«Die Plane war grün.» Macon Dead rieb die Hände gegeneinander. «Pilate ist 1930 hier in die Stadt gekommen. Zwei Jahre später haben sie alles Gold zurückgerufen. Hab gedacht, sie hätt alles ausgegeben in den vielleicht zwanzig Jahren, seit ich sie zuletzt gesehen hatte, denn sie hat gelebt wie armes Pack, als sie herkam. War natürlich, daß ich geglaubt hab, sie wär alles losgeworden. Jetzt erzählst du mir, sie hat einen Sack voll mit so hartem Zeug, daß du dir eine Beule geholt hast, als du mit dem Kopf dagegengerannt bist. Das ist das Gold, Junge. Das ist es!»

Er wandte seinem Sohn voll das Gesicht zu und leckte sich die Lippen. «Macon, schaffs bei und du kannst die Hälfte davon haben; gehen, wohin du willst. Schaffs bei. Für uns beide. Bitte, schaffs bei, Sohn. Schaff das Gold bei.»

8

Nacht für Nacht sah Gitarre nun kleine Fetzen von Sonntagskleidern – weiß und violett, himmelblau, rosa und weiß, aus Spitze und Voile, Samt und Seide, Baumwolle und Satin, maschig und gerippt. Die Fetzen blieben ihm die ganze Nacht über vor Augen, und ihm fiel wieder ein, wie Magdalene, genannt Lena, und Corinthians sich im Wind gebückt hatten, um die herzroten Samtstücke zu erhaschen, die unter dem Blick von Mr. Robert Smith dahintrieben. Nur waren Gitarres Fetzen anders. Die Stückchen von Sonntagskleidern, die er sah, flogen nicht; sie hingen still in der Luft, wie die ganzen Noten im letzten Takt einer Osterhymne.

Vier kleine farbige Mädchen waren aus einer Kirche geschleudert worden, und seine Mission war es, an einem Sonntag den möglichst ähnlichen Tod von vier kleinen weißen Mädchen herbeizuführen, denn er war der Sonntag-Mann. Er konnte es nicht mit einem Stück Draht tun oder mit einem Schnappmesser. Hierzu brauchte er Sprengstoff oder Gewehre oder Handgranaten. Und das würde Geld erfordern. Er wußte, daß die Aufgabe der Tage mehr und mehr im Töten von Weißen in Gruppen bestehen würde, denn mehr und mehr wurden Neger in Gruppen getötet. Der einzelne, vereinzelte Tod kam rasch aus der Mode, und die Tage taten gut daran, sich darauf vorzubereiten.

Als Milchmann daher mit dem Vorschlag zu ihm kam, einen Schatz Gold zu stehlen und aufzuteilen, lächelte Gitarre. «Gold?» Er konnte es kaum glauben.

«Gold.»

«Keiner hat Gold, Milchmann.»

«Pilate schon.»

«Is gegens Gesetz, Gold zu haben.»

«Drum hat sies. Sie kanns nich benutzen un sie kanns

nich als gestohlen melden, weil sies gar nich hätt haben dürfen.»

«Wie kriegen wirs los – kriegen Scheine für?»

«Überlaß das meim Vater. Kennt Bankleute, die andre Bankleute kennen. Die geben ihm gesetzliche Zahlungsmittel für.»

«Gesetzliche Zahlungsmittel.» Gitarre lachte sanft. «Wieviel an gesetzlichen Zahlungsmitteln wirds bringen?»

«Müssen wir rausfinden.»

«Wie wird geteilt?»

«Durch drei.»

«Dein Papa weiß von?»

«Noch nich. Denkt, geht durch zwei.»

«Wann willst dus ihm sagen?»

«Hinterher.»

«Wird er drauf eingehn?»

«Was soll er 'n *sonst* machen?»

«Wann beschaffen wirs?»

«Wann wir wollen.»

Gitarre streckte ihm die Handfläche hin. «Bist mein Mann.» Milchmann schlug darauf. «Gesetzliche Zahlungsmittel. Gesetzliche Zahlungsmittel. Find ich herrlich. Klingt wie 'ne jungfräuliche Braut.» Gitarre rieb sich den Nacken und erhob, eine Geste von Luxus und Überschwang, das Gesicht zur Sonne.

«Jetzt müssen wir uns was ausdenken. Wie wir rankommen», sagte Milchmann.

«Geht wie der Wind. Wie 'n kühles, kühles Windchen», fuhr Gitarre fort, der Sonne zulächelnd, die Augen geschlossen, als macht er sich für das Gold bereit, indem er ein wenig von dem der Sonne kostete.

«Wie der Wind?» Nun, da Gitarres Enthusiasmus vollkommen war, hatte Milchmanns eigene Erregung sich abgestumpft. Aus irgendeiner Verdrehtheit heraus mochte er seinem Freund nicht das Ganze auf dem Tablett servieren. Irgendeine Schwierigkeit oder Komplikation gehörte zu diesem Abenteuer. «Wir marschiern einfach rüber un angeln ihn von der Wand, was? Un wenn Pilate oder Reba was sagen, schubsen wir sie einfach aus dem Weg. Schwebt dir das vor?» Er legte so viel Ironie in seine Stimme, wie er konnte.

«Defätismus. Das hast du. Defätismus.»

«Gesunden Menschenverstand hab ich.»

«Na, komm, alter Kumpel. Dein Papi schenkt dir was Gutes un du willst dich dagegen sträuben.»

«Ich sträub mich nich. Ich möcht nur lebendig und heil da rauskommen, damit mir das, was ich angle, was nützt. Wills nich 'nem Hirnchirurg geben müssen, dafür, daß er mir 'nen Eispickel aus dem Hinterkopf zieht.»

«Kann kein Eispickel durch dein Hinterkopf gehn, Nigger.»

«Kann durch mein Herz gehn.»

«Was machst du überhaupt mit 'nem Herz?»

«Blut pumpen. Un ich würds gern weiter pumpen.»

«Okay. Wir ham 'n Problem. 'n winziges Problemchen: wie können zwei starke Männer 'nen Sack von fünfzig Pfund aus 'nem Haus schaffen mit drei Frauen drin – Frauen, die alle zusammen keine dreihundert Pfund wiegen.»

«Wieviel mußt du wiegen, um abzudrücken?»

«Was abdrücken? Hat keiner in dem Haus 'n Gewehr.»

«Weißt nich, was Hagar alles hat.»

«Schau, Milchmann. Hat fast 'n Jahr versucht, dich umzubringn. Hat alles benutzt, was sie hat auftreiben können, aber nich einmal 'n Gewehr.»

«So? Vielleicht überlegt sie sich was. Wart bis nächsten Monat.»

«Nächsten Monat is sie zu spät dran, oder?» Gitarre legte den Kopf zur Seite und warf Milchmann ein Lächeln zu, ein gewinnendes, jungenhaftes Lächeln. Milchmann hatte ihn seit langer, langer Zeit nicht so gelöst und herzlich erlebt. Er fragte sich, ob er ihn deswegen eingeweiht hatte. Ganz offensichtlich konnte er es allein durchziehen, aber vielleicht wollte er Gitarre wieder warm und witzig erleben, mit offenem Gesicht und lächelnd, statt mit jenem grimmigen Schnitterblick.

Sie trafen sich wieder am Sonntag auf der Route 6, weit

weg vom farbigen Teil der Stadt. Eine Straße, die aus Gebrauchtwagenfirmen, Dairy Queen-Gaststätten und White Castle-Hamburger-Lokalen bestand. Sie war an diesem Morgen von Kunden verlassen – nichts als gelegentlich die Geräusche von Autos durchbrach die Friedhofsruhe der Wagen, die auf den Geländen aufgereiht standen wie Grabsteine.

Seit ihrem letzten Gespräch – dem wichtigen, in dem Gitarre sein Wirken erläutert hatte, nicht den paar Sätzen, die sie danach noch getauscht hatten, wenn es sich ergab – wünschte Milchmann, er brächte den Mut auf, Gitarre die Frage zu stellen, die ihn quälte. «Hat er?» Er konnte die Frage kaum im Kopf in Wörter fassen, und gewiß würde er sie nie aussprechen können. Gitarre hatte ihn beeindruckt mit der Ernsthaftigkeit und Grausigkeit des Wirkens der Tage und mit dessen Gefährlichkeit. Er hatte gesagt, daß die Tage nicht einmal unter sich jemals über die Einzelheiten sprachen, daher war Milchmann sicher, daß jegliche Erkundigung von seiner Seite Gitarre nur wieder finster stimmen würde. Und kalt. Aber die Frage war da. «Hat ers getan? Hat er wirklich jemanden umgebracht?» Wie die alten Männer an der Zehnten Straße kaufte er nun die Morgen- und Abendzeitungen und alle zwei Wochen die schwarze Zeitung und las sie nervös; suchte nach Berichten über Morde, die verdächtig, sinnlos erschienen. Fand er einen, verfolgte er die Artikel, bis ein Verdächtiger gefaßt war. Dann mußte er nachsehen, ob irgendwelche Schwarzen von anderen als ebenfalls Schwarzen ermordet worden waren.

«Hast du es schon getan?» Er glich einem Schulmädchen, das über die Jungfräulichkeit seiner Freundin nachgrübelt, der Freundin, deren Blick, deren Wesen eine neue Prägung besitzt – anders, abgesondert, auf bestimmte Weise konzentriert. «Hast dus schon getan? Kennst du etwas zugleich Exotisches und Gewöhnliches, was ich nie empfunden habe? Weißt du, wie es ist, wenn man sich selbst, sein ein und alles, aufs Spiel setzt? Wie hat es sich angefühlt? Hattest du Angst? Hat es dich verwandelt? Und wenn ich es tue, wird es mich auch verwandeln?»

Vielleicht konnte er ihn eines Tages fragen, aber nicht an diesem Tag, an dem alles so war wie in alten Zeiten. Wo sie zusammen etwas riskierten wie damals, als Milchmann zwölf und Gitarre ein Teenager war und sie groß taten, sich ruppig gebärdeten, mit wiegendem Gang breitbeinig daherkamen, in der ganzen Stadt herumrannten und versuchten, Streit anzufangen oder wenigstens jemanden einzuschüchtern: andere Jungen, Mädchen, Hunde, Tauben, alte Frauen, Schuldirektoren, Betrunkene, Eisverkäufer und die Pferde von Altwarenhändlern. Wenn es ihnen gelang, verspürten sie Aufwind und bedeckten ihre Münder, um ihr Gelächter zu verstärken. Und wenn es ihnen nicht gelang, wenn jemand mehr Beleidigungen wußte als sie oder sie ignorierte oder in die Flucht jagte, dann klopften sie Sprüche und warfen mit Schimpfwörtern um sich, bis der Schweiß der Verlegenheit auf ihren Handflächen verdunstet war. Nun waren sie Männer, und der Schrecken, den sie bei anderen auslösen mußten, und sei es aus keinem anderen Grund, als um ihn selbst zu verspüren, war seltener geworden, aber nicht weniger tief. Durch Angst gewonnene und durch Angst gesicherte Herrschaft war immer noch süßer als jede auf andere Weise erringbare. (Frauen ausgenommen, die sie gern mit Charme gewannen, aber mit Gleichgültigkeit beibehielten.)

So war es nun wieder, und Milchmann wollte es nicht verlieren.

Da war auch noch etwas anderes. Gitarre hatte bereitwillig und begierig sein Leben einer Sache verschrieben, die ihm messerkalte Schrecken stets in erreichbarer Nähe halten würde. Milchmanns eigene Bedürfnisse, das wußte er, waren gelinder, denn er konnte in der Gegenwart von Menschen gedeihen, die Furcht einflößten. Sein Vater, Pilate, Gitarre. Von jedem war er angezogen, beneidete sie jetzt um ihre Furchtlosigkeit, selbst Hagar, trotz der Tatsache, daß sie nicht mehr bedrohlich, sondern nur noch eine Närrin war, die nicht so sehr seinen Tod als seine Aufmerksamkeit wünschte. Gitarre konnte noch immer das Gefühl von Gefahr und einem auf Messers Schneide gelebten Leben heraufbeschwören. Darum hatte ihn Milchmann nicht allein deswegen in diesen Plan einbezogen, um seine Hilfe zu haben, sondern vor allem, weil die Eskapade zur Ergänzung ihrer lerchenlustigen Qualität nach einer Messerschneide schrie. Mit Gitarre als Mitverschwörer konnte Milchmann Spaß und Furcht gleichermaßen freudig entgegensehen.

Sie schlenderten die Route 6 hinunter, blieben häufig stehen, um die Wagen zu begutachten, gestikulierten, foppten sich gegenseitig damit, wie man am besten in eine Hütte einbrach, in der es, wie Gitarre sagte, «keine Tür und kein Fenster mit Schloß» gab.

«Aber 's gibt Leute drin», betonte Milchmann. «Drei. Alle verrückt.»

«Frauen.»

«Verrückte Frauen.»

«Frauen.»

«Du vergißt, Gitarre, wie Pilate überhaupt an das Gold gekommen is. Hat drei Tage in einer Höhle mit einem Toten drin gewartet, um es rauszuschleppen, und da war sie zwölf. Wenn sie das mit zwölf getan hat, um es zu bekommen, was glaubst du, tut sie dann jetzt, wo sie fast siebzig ist, ums zu behalten?»

«Wir brauchen nicht grob werden. Listig müssen wir sein, sonst nichts.»

«Okay. Erzähl mir, wie du sie aus dem Haus rauslisten willst.»

«Na, wolln wir mal sehn.» Gitarre hörte auf, sich an einem Telefonmast den Rücken zu kratzen. Er schloß die Augen, entweder aus der Ekstase der Erleichterung heraus oder vor den Unbilden der Konzentration. Milchmann suchte im Himmel Inspiration, und als er auf die Dächer der Gebrauchtwagengeschäfte schaute, sah er einen weißen Pfau auf dem Dach eines langen, niedrigen Gebäudes sitzen, das als Zentrale für Nelson Buick diente. Er wollte die Gegenwart des Vogels schon hinnehmen als einen jener Tagträume, für die er anfällig war, wann immer seine Unschlüssigkeit mit Realität konfrontiert wurde, als Gitarre die Augen aufschlug und sagte: «Verdammich! Wo kommt denn das her?»

Milchmann war erleichtert. «Muß aus'm Zoo kommen.»

«Aus dem abgewrackten Schlumpelzoo? Gibt da nur zwei müde Affen un 'n paar Schlangen.»

«Na, woher dann?»

«Keine Ahnung.»

«Schau – sie fliegt runter.» Milchmann empfand wieder einmal seine hemmungslose Freude über alles, was fliegen konnte. «Hat ja 'nen schrägen Flugstil, aber schau mal, wie die rumstolziert.»

«Er.»

«Hä?»

«Er. Das 'n Er. Männchen is das einzige, was so 'n Schwanz voll Edelsteine hat. Verfluchtes Aas. Schau dir das an.» Der Pfau schlug ein Rad. «Den fangen wir uns. Auf, Milchmann!» Und schon rannte Gitarre auf den Zaun los.

«Wozu?» fragte Milchmann, während er hinter ihm herlief. «Was solln wir mit machen, wenn wir 'n haben?»

«Ihn essen!» brüllte Gitarre. Er schwang sich ohne Schwierigkeit über die beiden Rohre, die das Gelände abgrenzten, und begann den Vogel in einiger Entfernung zu umkreisen, den Kopf ein wenig zur Seite geneigt, um den Pfau zu täuschen, der um einen himmelblauen Buick herumstolzierte. Er schloß seinen Schwanz und ließ die Spitzen im Kies schleifen. Die beiden Männer blieben stehen, beobachteten ihn.

«Wie kommts, daß er nich besser fliegen kann als 'n Huhn?» fragte Milchmann.

«Zuviel Schwanz. Die ganzen Edelsteine ziehn ihn runter. Wie Eitelkeit. Kann keiner fliegen mit dem ganzen Scheiß. Willst fliegen, mußt du den ganzen Scheiß aufgeben, der dich runterzieht.»

Der Pfau hüpfte auf die Motorhaube des Buicks und ließ, als er erneut seinen Schwanz ausbreitete, den funkelnden Buick in Vergessenheit versinken.

«Tunte.» Gitarre lachte sanft. «Weiße Tunte.»

Milchmann lachte auch, und sie sahen noch ein Weilchen

zu, bevor sie die Gebrauchtwagen und den reinen weißen Pfau verließen.

Aber der Vogel hatte sie aufgewühlt. Statt ihren Disput darüber fortzusetzen, wie sie vorgehen wollten, begannen sie darüber zu phantasieren, was sich für das Gold alles kaufen ließ, wenn es in gesetzliche Zahlungsmittel verwandelt war. Von seinem jüngsten Asketismus abweichend, gönnte Gitarre sich das Vergnügen, alte Träume auferstehen zu lassen: was er für seine Großmutter und ihren Bruder, Onkel Billy, kaufen würde, der von Florida heraufgekommen war, um sie nach dem Tod des Vaters alle großziehen zu helfen; die Gedenktafel, die er für das Grab seines Vaters kaufen würde, «rosa, mit Lilien reingeschnitzt»; dann Sachen für seinen Bruder und seine Schwestern und die Kinder seiner Schwestern. Milchmann phantasierte ebenfalls, aber nicht von den feststehenden Dingen, die Gitarre beschrieb. Milchmann wollte Schiffe, Wagen, Flugzeuge haben und das Kommando über eine große Mannschaft. Spielerisch, großzügig, geheimnisvoll wollte er mit seinem Geld umgehen. Aber während er sich lachend darüber ausließ, was er tun würde und wie er zu leben gedachte, war er sich ständig eines falschen Tons in seiner Stimme bewußt. Er wollte das Geld haben – verzweifelt, wie er glaubte –, aber abgesehen davon, daß er aus der Stadt verschwinden, die Not Doctor Street und Sonnys Laden und Marys Bar und Hagar weit hinter sich lassen wollte, konnte er sich kein Leben vorstellen, das sich sehr unterschied von dem, das er führte. Neue Menschen. Neue Orte. Kommando. Das war es, was er von seinem Leben wollte. Und er konnte sich nicht recht einlassen auf Gitarres Gerede von eleganten Kleidern für sich und seinen Bruder, üppigen Gelagen für Onkel Billy und von tagelangen Kartenspielen, bei denen der Einsatz erst anderthalb Tausend und dann zweieinviertel Dollar betragen würde. Er schrie und brüllte «Wauuiii!» zu Gitarres Liste, aber da sein Leben nicht unangenehm war, ja, über die Bequemlichkeit hinaus ein gewisses Maß an Luxus enthielt, fühlte er sich im Abseits. Er wollte sich lediglich einen Pfad schlagen, fort von der Vergangenheit seiner Eltern, die auch ihre

Gegenwart war und seine eigene Gegenwart zu werden drohte. Er haßte die ätzende Schärfe in der Beziehung zwischen seiner Mutter und seinem Vater, die Überzeugung von der eigenen Rechtschaffenheit, an der jeder von ihnen mit beiden Händen festhielt. Und seine Bemühungen, dies zu ignorieren, sich darüber zu erheben, schienen nur zu fruchten, wenn er seine Tage mit der Suche nach all jenem verbrachte, was unbeschwert und ohne ernste Konsequenzen war. Er mied jedes Engagement und starke Gefühle, scheute vor Entscheidungen zurück. Er wollte so wenig wissen wie möglich, gerade genug fühlen, um liebenswürdig durch den Tag zu kommen und für andere Leute hinlänglich interessant zu sein, daß ihm ihre Neugier gewiß war – aber nicht ihre alles verzehrende Hingabe. Die hatte Hagar ihm geschenkt, und mehr Dramatik, als er sich je wieder wünschen konnte. Er hatte immer geglaubt, seine Kindheit sei steril gewesen, aber das Wissen, das Macon und Ruth ihm vermittelt hatten, hüllte seine Erinnerung daran in septische Tücher, getränkt mit dem Geruch von Krankheit, Leid und unversöhnlichen Herzen. Seine Rebellionen, geringfügig wie sie waren, hatten sämtlich in der Gesellschaft – oder unter der Beteiligung – von Gitarre stattgefunden. Und diese jüngste münchhausenhafte Freiheitschance hatte, wenn sie ihm auch von seinem Vater serviert – fast zugewiesen – worden war, einige Aussicht auf Erfolg.

Er hatte halb erwartet, sein Freund werde ihn auslachen, ihn zurückweisen mit einer bissigen Bemerkung, die Milchmann daran erinnerte, daß Gitarre nun ein Mann des Dunkels war, ein Mann mit bluttiefen Verantwortlichkeiten. Aber als er Gitarres Gesicht beobachtete, während er beschrieb, was da beinahe umsonst zu haben war, da wußte er, daß er nicht falsch getippt hatte. Vielleicht genügte es dem Berufsattentäter schon, oder er hatte seine Gesinnung geändert. Hatte er . . .? «Hast du . . .?» Als er ihn auf jedes Detail von Mahlzeiten, Kleidern, Grabsteinen eingehen hörte, fragte er sich, ob Gitarre vielleicht einfach der Verlockung einer Sache nicht widerstehen konnte, die er nie gehabt hatte – Geld.

Gitarre lächelte zur Sonne und redete liebevoll von Fernsehgeräten und Messingbetten und tagelangen Kartenspielen, aber seine Gedanken waren bei den Wundern des T.N.T.

Bis sie ihre imaginären Schätze erschöpft hatten, war es fast Mittag und sie befanden sich wieder am Rand der Southside. Sie griffen die Erörterung des Plans da auf, wo sie unterbrochen hatten. Gitarre war nun bereit; Milchmann noch immer vorsichtig. Zu vorsichtig für Gitarre.

«Versteh dich nich. Kommst mir mit 'nem Bombenvorschlag nachgerannt un wir reden drei Tage lang drüber, meine beste Neuigkeit seit Miezes Zeiten, aber wenn wir zur Sache kommen, bringst du irgend 'nen Scheiß auf, warums nich geht. Willst mich linken oder was?»

«Warum sollt ich dich linken wolln? Hätt dir nich von erzählen brauchen.»

«Weiß nich. Weiß nich mal, warum dus tust. Über mich weißt du Bescheid – kannst dir denken, warum ich dabei bin. Aber Geld war noch nie das, was du gebraucht hast oder nich hast kriegen können.»

Milchmann ignorierte den Hinweis darauf, warum Gitarre «dabei» war, und sagte so gelassen, wie er konnte: «Ich brauchs, um wegzukommen. Habs dir gesagt, Mann. Ich muß hier raus. Aus eigener Kraft leben.»

«Aus *eigener* Kraft? Mit 'ner Million in der Brieftasche, das nennst du aus eigener Kraft?»

«Leck mich. Was machts schon aus, warum ichs haben will?»

«Weil ich nich sicher bin, ob dus willst. Wenigstens nicht arg genug, loszugehn un 's hinter dich zu bringen.»

«Ich wills nur richtig haben. Kein Ärger. Kein . . . Du weißt, Einbruch is 'n ernstes Verbrechen. Ich will nich im Kna –»

«Was für 'n Einbruch? Hams nich mit Einbruch zu tun. Hams mit Pilate zu tun.»

«Ja?»

«Ja! Sin deine Leute.»

«Sin immer noch Leute, un Leute schreien.»

«Un im schlimmsten Fall? Was kann im schlimmsten Fall passieren? Wir platzen rein, nich? Mal angenommen, alle drei sin da. Sin Frauen. Was können sie machen? Uns auspeitschen?»

«Vielleicht.»

«Also komm! Wer? Hagar? Die vermasselts sich vor deiner Nase. Pilate? Die liebt dich, Junge. Nich anfassen würd sie dich.»

«Das glaubst du?»

«Klar glaub ichs! Schau. Wenn du Gewissensbisse hast, erzähl mir drüber. Weil ihr verwandt seid? Dein Daddy is verwandter als du, un die Idee kommt von ihm.»

«Das is es nich.»

«Was dann?»

«Die sin verrückt, Gitarre. Keiner weiß, was sie machen; wissens *selber* nich.»

«Weiß ich, daß sie verrückt sin. Jeder, der so lebt wie die, Wein für 'n halben Dollar verkauft un in 'nen Eimer pinkelt, wenn er 'ne Million Dollar überm Noppenkopf hängen hat, muß verrückt sein. Hast Angst vor Verrückten? Dann bist *du* verrückt.»

«Will nich gefaßt werden, das is alles. Will nich sitzen. Ich wills so planen, daß beides nich passiert. Wieso is das zuviel verlangt? Daß wir planen.»

«Sieht nich wie Planen aus. Sieht wie Hinhalten aus.»

«Ist Planen. Planen, wie wir sie aus dem Haus schaffen. Wie wir uns ins Haus schaffen. Wie man den Sack von der Decke schneidet un aus dem Haus kommt un die Straße runter. Un die einzuplanen is schwer. Die sin nich normal. Ham keine normalen Gewohnheiten. Un dann gibts da die Säufer. Einer davon kann zur unmöglichsten Zeit auftauchen. Sin keine Uhrenmenschen, Gitarre. Ich glaub nich, daß Pilate die Uhrzeit ablesen kann, außer von der Sonne.»

«Nachts schlafen sie.»

«Kann jeder aufwachn, der schläft.»

«Kann jeder umgehaun werden, der aufwacht.»

«Ich will kein umhaun. Will, daß sie weg sin, wenn wir zuschlagen.»

«Un was treibt sie aus dem Haus?»

Milchmann schüttelte den Kopf. «Erdbeben vielleicht.»

«Machen wir eben 'n Erdbeben.»

«Wie?»

«Stecken das Haus an. Schaffen 'n Stinktier rein. 'n Bär. Irgendwas. Was auch immer.»

«Werd ernst, Mann.»

«Ich versuchs, Baby. Ich versuchs. Gehn die nirgendwo hin?»

«Alle zusammen?»

«Alle zusammen.»

Milchmann zuckte mit den Achseln. «Beerdigungen. Zu Beerdigungen gehn sie. Un in Zirkusse.»

«Oh, Mann! Müssen wir warten, bis wer stirbt? Oder bis Ringling Brothers in die Stadt kommen?»

«Versuch, mir was auszudenken, sonst nichts. Im Augenblick ham wir keine Chance.»

«Also, 'n Mann hat nur dann keine Chance, wenn er sie sich nehmen läßt!»

«Sei vernünftig.»

«Vernünftig? Mit Vernunft kannst du keinen Topf Gold kriegen. Kriegt keiner Gold mit Vernunft. Mußt unvernünftig sein. Wie kommts, daß du das nich weißt?»

«Hör mal zu . . .»

«Hab grad aufgehört mit Zuhörn. Hör du zu! Hast du 'n Leben? Leb es! Leb das verfluchte Leben! Leb es!»

Milchmanns Augen öffneten sich weit. Er bemühte sich sehr, nicht zu schlucken, aber der Posaunenruf in Gitarres Stimme füllte ihm den Mund mit Salz. Mit demselben Salz, das der Grund des Meeres birgt und der Schweiß auf dem Hals eines Pferdes. Ein Geschmack so eindringlich und unentbehrlich, daß Hengste Meilen und Tage dafür galoppieren. Er war neu, dieser Geschmack, er war köstlich und er war sein eigener. All die Zaghaftigkeit, die Ungewißheit, die Unechtheit, die ihn plagte, glitt von ihm ab, spurlos und tonlos.

Nun wußte er, was hinter seinem Zaudern eigentlich gesteckt hatte. Er hatte weder eine simple Aufgabe künstlich komplizieren noch Gitarre unter seinem Einfluß halten wollen. Er hatte einfach bisher nicht daran geglaubt. Als sein Vater ihm jene lange Geschichte erzählte, kam sie ihm wie ein Münchhausen-Abenteuer vor ... märchenhafter Quatsch. Er hatte nicht geglaubt, daß es wirklich vorhanden oder wirklich Gold sei und daß er wirklich bloß zugreifen brauchte. Es war zu einfach. Aber Gitarre glaubte daran, gab der Sache eine knisternde Greifbarkeit und, mehr noch, verwandelte sie in einen Akt, in eine wichtige, wirkliche, kühne Tat. Er fühlte ein Ich in sich entstehen, ein klarumrissenes, bestimmtes Ich. Ein Ich, das in den Chor bei Eisenbahn-Tommy mit mehr einstimmen konnte als nur mit Gelächter. Das spürte er. Die einzige andere wirkliche Konfrontation hatte er durchlebt, als er seinen Vater schlug, aber das war keine Geschichte von der Art, die das Gefunkel in den Augen der alten Männer bei Tommy entfachte.

Nichts von alldem durchdachte Milchmann deutlich. Er schmeckte nur das Salz und hörte das Jagdhorn in Gitarres Stimme.

«Morgen», sagte er. «Morgen nacht.»

«Um wieviel Uhr?»

«Halb zwei. Ich hol dich ab.»

«Wunderbar.»

Weit unten an der Straße, von Milchmann und Gitarre längst verlassen, schlug der Pfau sein Rad.

In Herbstnächten trägt der vom See kommende Wind in manchen Vierteln der Stadt einen süßlichen Geruch uferwärts. Einen Duft wie von kandiertem Ingwer oder von gezuckertem Eistee, in dem eine dunkle Gewürznelke schwimmt. Es gibt auch keine Erklärung für den Geruch, da der See am 19. September 1963 so voll war mit Industrieabwässern und Chemikalien aus einer Plastikfabrik, daß das Haar der nah am Ufer stehenden Weiden schütter und fahl war. Karpfen wurden, mit dem Bauch nach oben, an den Strand getrieben, und die Ärzte im Mercy wußten, machten es jedoch nicht bekannt, daß jeder, der in diesem Gewässer schwamm, unweigerlich eine Ohrinfektion bekam.

Und doch war da dieser schwere, würzig-süße Duft, der einen an den Orient und gestreifte Zelte und das *scha-scha-scha* von Fußkettchen denken ließ. Die Leute, die nah am See wohnten, hatten den Geruch nun seit langem nicht mehr bemerkt, denn als die Klimaanlagen kamen, schlossen sie ihre Fenster und schliefen einen leichten, oberflächlichen Schlaf unter dem Summen des Motors.

So wehte der süße Ingwer unbemerkt durch die Straßen, um die Bäume, über Dächer, bis er, ein wenig verdünnt und abgeschwächt, die Southside erreichte. Dort, wo manche Häuser nicht einmal Fliegengitter hatten, geschweige denn Klimaanlagen, standen die Fenster weit offen für alles, was die Nacht zu bieten haben mochte. Und dort war der Ingwergeruch scharf, scharf genug, um Träume zu verzerren und den Schläfer glauben zu machen, die Dinge, nach denen er lechzte, seien greifbar nah. Den Gedanken und dem Tun der Southside-Bewohner, die in solchen Nächten wach waren, verlieh er große Intimität und tiefe Distanz zugleich. Die beiden Männer, die in der Darling Street in der Nähe der Kiefern standen – ganz nah bei dem braunen Haus, das Weintrinker aufzusuchen pflegten –, rochen den Duft, aber sie dachten nicht an Ingwer. Jeder von ihnen dachte, so also duftet Freiheit oder Gerechtigkeit oder Luxus oder Rache.

Die Luft atmend, die geradewegs von einem Markt in Akkra hätte kommen können, standen sie eine für ihr Gefühl sehr lange Zeit da. Der eine lehnte sich an einen Baum, und sein Fuß schwebte über dem Boden. Schließlich berührte der eine den anderen am Ellbogen, und beide bewegten sich auf ein offenes Fenster zu. Ohne jegliche Mühe drangen sie ein. Obwohl sie mit Bedacht im Dunkel der Kiefern gestanden hatten, waren sie auf die tiefere Dunkelheit, die ihnen in diesem Raum da entgegenschlug, nicht vorbereitet. Verwirrender jedoch als die Dunkelheit wirkte die Tatsache, daß es im Gegensatz zu der draußen herrschenden Hitze (der brütenden, von Ingwer geschwängerten Hitze, welche die Leute dazu trieb, sich den Schweiß aus den Halsfalten zu wischen) so kalt war wie Eis in Pilates Haus.

Auf einmal kam der Mond heraus und schien wie eine

Stablampe direkt in den Raum. Beide sahen sie das Ding gleichzeitig. Schwer hing es da, grün wie Ostereier grün sind, die zu lange im Färbbad gelassen wurden. Und wie Ostern versprach es alles: den auferstandenen Sohn und des Herzens einziges Verlangen. Totale Macht, vollkommene Freiheit und ganze Gerechtigkeit. Gitarre kniete davor nieder und flocht seine Finger so ineinander, daß sie einem Fuß Halt boten. Milchmann stieg darauf, eine Hand auf Gitarres Kopf, und verlagerte sein Gewicht so lange, bis er auf Gitarres Schultern saß. Langsam stand Gitarre auf. Milchmann tastete sich an dem Sack entlang nach oben, bis er seine Öffnung fand. Er dachte, der Strick müsse durchschnitten werden, entdeckte aber zu seinem Ärger, daß der Sack an einem Draht aufgehängt war. Er hoffte, daß sein Messer genügen würde, denn mit Draht hatten sie nicht gerechnet und weder eine Zange noch eine Drahtschere mitgebracht. Das Geräusch des schabenden Messers erfüllte den Raum. Niemand, dachte er, konnte dabei weiterschlafen. Endlich gingen ein paar Stränge entzwei und es dauerte nur noch einen Moment, bis die Schwärze gänzlich durchtrennt war. Sie hatten angenommen, daß der Sack mit seinem Gewicht sie sofort umwerfen würde, sobald er freigeschnitten war, und ausgemacht, Gitarre solle auf ein geflüstertes Zeichen hin die Knie beugen und niedersinken, so daß Milchmann beinahe gleichzeitig mit den Füßen auf den Boden kam. Doch solch anmutiger Beinarbeit bedurfte es nicht; der Beutel war viel leichter, als sie erwartet hatten, und Milchmann kam ganz mühelos herunter. Als sie beide ihre Balance wiedergewonnen hatten, war ein luftreich gedehntes Seufzen zu hören, das jeder auf den anderen zurückführte. Milchmann reichte Gitarre sein Messer, der klappte es zusammen und steckte es in die Gesäßtasche. Wieder war da das tiefe Seufzen und eine womöglich noch durchdringendere Kälte. Den Sack an beiden Enden haltend, folgte Milchmann Gitarre zum Fenster. Sobald Gitarre vom Fensterbrett weg war, griff er nach hinten, um Milchmann herüberzuhelfen. Das Mondlicht spielte ihm Streiche, denn er meinte eine Männergestalt gleich hinter seinem Freund stehen zu sehen. Umhüllt von der Hitze, die sie vor ein paar Minuten hinter sich gelassen hatten, gingen sie rasch fort von dem Haus und hinaus auf die Straße.

An einem anderen offenen Fenster auf derselben Seite des Hauses, dem Fenster neben dem Spülbecken, worin Hagar ihr Haar wusch und Reba Feldbohnen weichen ließ, erschien das Gesicht einer Frau. «Wofür, zum Teufel, wolln sie den haben?» wunderte sie sich. Dann kratzte sie auf dem Fensterbrett herum, bis sie einen Holzsplitter gelöst hatte, und steckte ihn in den Mund.

9

Amanuensis. Das war das Wort, welches sie wählte, und da es geradewegs aus dem 19. Jahrhundert kam, fand es die Billigung ihrer Mutter, die das sprachlose Glotzen ihrer Besucherinnen genoß, als sie ihnen erzählte, welche Position ihre Tochter bei dem Poeta Laureatus des Staates erlangt hatte. «Sie ist Michael-Mary Grahams Amanuensis.» Das rachitische lateinische Wort ließ die Arbeit, die ihre Tochter tat (sie hatte es schließlich nicht nötig zu arbeiten), kompliziert, anspruchsvoll und gänzlich in Einklang mit ihrer Bildung erscheinen. Und die Frauen wagten nicht, nach weiteren Einzelheiten zu fragen (sie bemühten sich, seinen Klang im Gedächtnis zu behalten, konnten es aber dennoch nicht im Wörterbuch finden), denn sie waren von dem Namen Michael-Mary Graham geziemend beeindruckt. Es war natürlich eine Lüge, wie selbst das schlichtere Wort «Sekretärin» eine Lüge gewesen wäre, aber Ruth wiederholte es mit Selbstvertrauen, denn sie glaubte, es sei wahr. Sie wußte zu jener Zeit nicht und fand nie heraus, daß Corinthians Miss Grahams Hausmädchen war.

Untauglich zu jeder anderen Arbeit als der Herstellung roter Samtrosen, stieß sie auf große Schwierigkeiten bei der Suche nach einer ihrem akademischen Grad angemessenen Stelle. Die drei Jahre, die sie auf dem College verbracht hatte, ein Studienjahr in Frankreich und ihre Abkunft von dem bedeutenden Dr. Foster hätten in etwas Eleganterem gipfeln sollen als den beiden Uniformen, die an Miss Grahams Kellertür hingen. Das all diese Vorzüge nichts nützten, war für sie noch immer unglaublich. Man hatte angenommen, daß sie und Magdalene, genannt Lena, sich gut verheiraten würden, aber in Corinthians wurden besonders hohe Erwartungen gesetzt, da sie auf dem College gewesen war. Ihre Erziehung hatte sie gelehrt, eine aufgeklärte Gattin und Mutter zu sein, fähig, einen Beitrag zur Kultur – oder in ihrem Falle, zur Kultivierung – ihrer sozialen Umwelt zu leisten. Und wenn die Ehe nicht zu erreichen war, dann gab es andere mögliche Rollen: Lehrerin, Bibliothekarin oder ... nun, etwas Intelligentes und dem Gemeinwohl Dienendes. Als keines dieser Geschicke ihr sogleich auf die Stirn tippte, wartete sie einfach ab. Hochnäsig und hellhäutig, glaubte sie an das, wovon auch ihre Mutter überzeugt war: daß sie einem farbigen Akademiker als Preis bestimmt sei. Also gab es Ferien und Wochenenden in anderen Städten sowie Visiten und Teeparties in der eigenen Stadt – wo immer und wann immer solche Männer in Erscheinung traten. Der erste der schwarzen Ärzte, der in den vierziger Jahren, als sie das College absolviert hatte, in die Stadt zog, hatte einen Sohn, der fünf Jahre jünger war als sie. Der zweite, ein Zahnarzt, hatte zwei kleine Mädchen; der dritte war ein sehr alter Internist (Gerüchten nach Alkoholiker), dessen beide Söhne bereits Familien gründeten. Dann gab es Lehrer, zwei Rechtsanwälte, einen Bestattungsunternehmer – aber die wenigen Male, wo sich akzeptable Junggesellen unter ihnen befanden, fiel ihre Wahl nicht auf Corinthians. Sie war hübsch genug, liebenswürdig genug und ihr Vater hatte Geld, auf das sie zählen konnten, wenn sie es brauchten, aber es fehlte ihr an Energie. Diese Männer wünschten sich tüchtige Frauen, die an das Leben der Mittelschicht noch nicht so gewöhnt waren, daß sie keinen Ehrgeiz, keinen Hunger, keinen Schwung mehr in sich hatten. Sie wollten, daß ihre Frauen Gefallen fänden am Aufsteigen, am Erwerben und an der Arbeit, deren es bedurfte, um den einmal errungenen Status aufrechtzuerhalten. Sie wollten Frauen, die sich aufopfern würden und die harte Arbeit und die Opfer ihrer Ehemänner zu schätzen wußten. Corinthians war eine Spur zu elegant. Bryn Mawr-Absolventin 1940. Frankreich 1939. Das war ein bißchen viel. Fisk, Howard, Talledega, Tougaloo – das war ihr Jagdgebiet. Eine Frau, die Französisch sprach und auf der ‹Queen Mary› gereist war, hätte vielleicht nicht die richtige Einstellung zu künftigen Patienten oder Klienten, und wenn der Mann Lehrer war, dann machte er einen Bogen um eine Frau, die eine bessere Ausbildung besaß als er. Zu einem gewissen Zeitpunkt wurden selbst Postangestellte als passend für Lena und Corinthians erachtet, aber das war lange nachdem sie die Fünfunddreißig überschritten hatten und nachdem Ruth sich mit der grausamen Tatsache abgefunden hatte, daß ihre Töchter keine Doktoren heiraten würden. Es war ein Schock für sie alle, dem sie zu widerstehen suchten, indem sie eine umfassendere Wahrheit nicht akzeptierten: daß sie vermutlich niemanden heiraten würden.

Magdalene, genannt Lena, schien sich in ihr Leben zu fügen, aber als Corinthians eines Tages erwachte und in sich eine zweiundvierzigjährige Näherin von Rosenblüten erkannte, fiel sie in eine schwere Depression, die andauerte, bis sie sich entschloß, aus dem Haus zu gehen. So war ihre Suche nach Arbeit – Schock Nummer zwei – intensiv. Die zweiundzwanzig Jahre, die seit ihrer College-Zeit vergangen waren, wirkten sich gegen sie aus, jetzt, da es um eine Stelle als Lehrerin ging. Sie besaß keinen der «neuen» Scheine, die von der Schulbehörde nun verlangt wurden. Sie erwog, an die staatliche pädagogische Hochschule zu gehen und die erforderlichen Kurse zu belegen, ging sogar zum Verwaltungsgebäude, um sich einzuschreiben. Doch der Anblick dieser Torpedobrüste unter flauschigen blauen Pullovern, die absolute Nacktheit dieser jungen Gesichter trieb sie aus dem Gebäude und vom Campus wie ein Blatt vor einem Hagelwetter. Was allerdings schade war, denn sie verfügte über keine wirklichen Fertigkeiten. Bryn Mawr hatte erreicht, was eine vierjährige Dosis an Allgemeinbildung erreichen soll: sie für achtzig Prozent der nützlichen Arbeit in dieser Welt untauglich zu machen. Erstens, indem es sie zu Müßiggang, Schnörkeln und häuslicher Rücksichtslosigkeit erzog. Zweitens durch klare Hinweise, daß sie für solche Arbeit zu fein sei. Nach dem Abschluß kehrte sie in eine Arbeitswelt zurück, in der farbige Mädchen, ungeachtet ihres Hintergrunds, nur für eine und eine einzige Art von Arbeit gefragt waren. Und im Jahre 1963 war die hauptsächliche Sorge für Corinthians schlicht die, ihre Familie möge nicht erfahren, daß sie diese Arbeit seit zwei Jahren tat.

Sie mied die anderen Hausmädchen der Straße, und diejenigen, denen sie regelmäßig im Bus begegnete, nahmen an, sie habe eine höhere Position im Haushalt inne als sie, da sie in Schuhen mit hohen Absätzen zur Arbeit kam und nur eine Frau, die nicht den ganzen Tag auf den Beinen sein mußte, den Druck von Absätzen auf der langen Fahrt nach Hause ertragen konnte. Corinthians war vorsichtig; sie trug keine Einkaufstasche mit Schuhen, Schürzen oder Uniformen bei sich. Statt dessen hatte sie ein Buch mit. Ein kleines graues Buch, auf dessen Umschlag in goldenen Lettern *Contes de Daudet* gedruckt stand. Sobald sie in Miss Grahams Haus war, zog sie ihre Uniform an (eine dezent blaue übrigens, keine weiße) und Mokassins, bevor sie sich neben dem Eimer Seifenwasser auf die Knie fallen ließ.

Miss Graham war entzückt von Corinthians' Kleidung und leicht hochmütigen Manieren. Es verlieh ihrem Haus die fremdländische Atmosphäre, die sie zur Schau zu tragen liebte, denn sie war in der Stadt der Mittelpunkt, ja das schlagende Herz der literarischen Welt. Michael-Mary Graham verhielt sich Corinthians gegenüber höchst taktvoll. Wenn sie große Diners gab, wurde ein schwedischer Koch angeheuert, und die schwere Arbeit wurde von der alten weißen Säuferin getan, die sie sich mit der Firma Goodwill teilte. Auch war sie nicht ungeduldig mit Corinthians' anspruchsloser Alltagsküche, denn Michael-Mary nahm mehrere kleine, einfache Mahlzeiten zu sich. Es bedeutete für sie zudem eine Freude und Erleichterung, ein Hausmädchen zu haben, das las und mit einigen der großen literarischen Meister vertraut zu sein schien. Wie nett, einem Hausmädchen zu Weihnachten eine Ausgabe von *Walden* statt eines trübseligen Umschlags zu geben und dies seinen Freunden sagen zu können. In der Welt, die Michael-Mary Graham bewohnte, gingen ihr milder Liberalismus, Überbleibsel ihrer Jugend in der Boheme, und ihre sensible Dichterinnenpose als Anarchismus durch.

Corinthians war naiv, aber sie war keine totale Närrin. Sie

ließ ihre Herrin niemals wissen, daß sie einmal auf dem College und in Europa gewesen war oder ein einziges französisches Wort wiedererkannte, das Miss Graham ihr nicht beigebracht hatte (*entrez* zum Beispiel). Tatsächlich tat die Arbeit, die Corinthians leistete, ihr gut. In jenem Haus besaß sie, was sie in ihrem eigenen nie gehabt hatte: Verantwortung. In gewisser Weise blühte sie auf und tauschte Arroganz gelegentlich gegen Selbstvertrauen ein. Die Demütigung, eine Uniform zu tragen, und sei es eine blaue, und Menschen täuschen zu müssen, wurde gemildert durch den echten Auftrieb, den es ihr gab, über eigenes Geld zu verfügen, statt Taschengeld zu empfangen wie ein Kind. Und zu ihrem Erstaunen entdeckte sie, daß der Betrag, den ihr Michael-Mary jeden Samstag in ordentlich gefalteten Noten aushändigte, kaum zwei Dollar unter dem lag, was wirkliche Sekretärinnen jede Woche nach Hause trugen.

Abgesehen davon, daß sie die Küchenfliesen zu schrubben und die Holzböden auf Hochglanz zu halten hatte, war die Arbeit nicht hart. Die Dichterin lebte allein und gestaltete ihre Zeit und Aktivität sorgsam, um den starken Anforderungen künstlerischer Verantwortung gewachsen zu sein. Als Dichterin konnte sie natürlich sonst kaum etwas tun. Ehe, Kinder – alles war dem großen Ringen geopfert worden, und ihr Heim war eine Huldigung an die Überempfindlichkeit ihrer Schaffenskraft (und an die Großzügigkeit des Testaments ihres Vaters). Farben, Mobiliar und Ausstattung waren nach ihrem Inspirationswert ausgesucht. Und wenn sie ein Objekt verwarf, so tat sie dies gern mit den Worten: «*Damit* im Haus könnte ich keine Zeile schreiben.» Das konnte eine Vase sein, die neue Toilettenschüssel, die von den Installateuren hereingeschleppt wurde, eine Pflanze oder sogar der Weihnachtskranz, den die Drittkläßler von St. John ihr aus Dankbarkeit für die bewegende Lesung im Rahmen ihrer Schulfeier überreichten. Jeden Vormittag zwischen zehn und zwölf schrieb sie, und jeden Nachmittag zwischen drei und Viertel nach vier. Die Abende waren oft Diskussionen und Begegnungen mit ortsansässigen Dichtern, Malern, Musikern und Schriftstellern gewidmet, bei denen sie andere Künstler priesen oder verdammten, den Marktplatz schmähten und umwarben. In dieser Gruppe war Michael-Mary Graham die Königin, denn ihre Gedichte waren veröffentlicht worden – erstmals 1938 in einem Band mit dem Titel *Seasons of My Soul*; eine zweite Sammlung, *Farther Shores*, kam 1941 heraus. Mehr noch, ihre Gedichte waren in wenigstens zwanzig kleinen literarischen Zeitschriften erschienen, in zwei «wichtigen», sechs College-Blättern und in den Sonntagsbeilagen zahlloser Tageszeitungen. Zudem wurde ihr zwischen 1938 und 1958 neunmal der Preis eines Dichters des Jahres verliehen, gipfelnd in der heißbegehrten Würde eines Poeta Laureatus ihres Heimatstaates. Bei der Zeremonie führte die Sprechchor-Gesellschaft der St. John-Schule ihr berühmtestes Gedicht *Losung* auf. Nichts von alldem hatte jedoch den Widerstand ihres Verlegers zu brechen vermocht, ihre vollständigen gesammelten Werke (vorläufiger Titel: *The Farthest Shore*) herauszubringen. Aber ihrer Meinung nach stand es außer Zweifel, daß er einlenken würde.

Als Miss Graham Corinthians zum erstenmal sah, war sie mitnichten von ihr beeindruckt. Einmal, weil die künftige Angestellte zehn Minuten zu früh zur Vorstellung kam und Michael-Mary, die ihren Zeitplan auf die Minute genau einhielt, sich gezwungen sah, im bedruckten Negligé an die Tür zu gehen. Durch diesen Fauxpas bereits gereizt, wurde sie durch die zarte Gestalt der Frau weiter desillusioniert. Augenscheinlich konnte sie die Fliegengitter nicht einsetzen, die Doppelfenster nicht abnehmen und auf Dauer keine schwere Putzarbeit leisten. Aber als sie ihren Namen erfuhr, entzückte sie der Klang von «Corinthians Dead» so sehr, daß sie die Frau auf der Stelle engagierte. Wie sie Freunden später erzählte, trug ihre poetische Sensibilität den Sieg über ihr gesundes Urteil davon.

Sie kamen gut miteinander aus, Herrin und Hausmädchen, und als sie sechs Monate da war, schlug Michael-Mary vor, sie solle Schreibmaschine schreiben lernen. So war Corinthians fast auf dem Wege, doch noch Amanuensis zu werden.

Kurz nachdem Miss Graham sie ermutigt hatte, mit Maschineschreiben zu beginnen, damit sie ihrer Herrin bei einigen Arbeiten behilflich sein könne, setzte sich im Bus ein Schwarzer neben Corinthians. Sie schenkte ihm kaum Beachtung – registrierte nur, daß er schlecht gekleidet war und ältlich wirkte. Doch bald wurde ihr bewußt, daß er sie anstarrte. Ein rascher, klärender Blick zur Seite traf auf sein strahlendes Lächeln. Corinthians wandte den Kopf ab und hielt ihn so, bis er ausstieg.

Am nächsten Tag war er wieder da. Noch einmal machte sie ihre Verachtung deutlich. Die übrige Woche verstrich ohne seine wachsamen Augen. Aber am folgenden Montag war er wieder da, sah sie an mit einem Blick, der sich Lüsternheit knapp versagte. Diese gelegentlichen Begegnungen hielten ungefähr einen Monat an. Corinthians fand, sie sollte Angst vor ihm haben, denn in seinem Benehmen lag etwas Abwartendes – selbstgewiß, Vertrauen einflößend wartete er ab. Eines Morgens dann ließ er einen weißen Umschlag auf den Sitz neben ihr fallen, kurz bevor er aus dem Bus stieg. Sie ließ ihn die ganze Zeit, bis ihre eigene Haltestelle kam, liegen; konnte aber nicht widerstehen, ihn so verstohlen wie möglich einzustecken, als sie aufstand, um an der Leine zu ziehen.

Während sie am Herd stand und darauf wartete, daß Michael-Marys Milch zu schäumen begann, öffnete sie den Umschlag und zog eine Grußkarte hervor. In gehämmerten Lettern schwebte das Wort «Freundschaft» über einem blau-gelben Blumenbukett und wiederholte sich auf der Innenseite über einem Vers.

Freundschaft – eine ausgestreckte Hand
Eines warmen Lächelns Band
Beides trag ich heut dir an
Folgend der Gefühle Bann

Eine weiße Hand unbestimmten Geschlechts hielt ein weiteres blau-gelbes Bukett. Eine Unterschrift fehlte.

Corinthians warf sie in die braune Papiertüte, die für den

Abfall des Tages offen bereitstand. Dort blieb sie den Tag über, aber sie blieb auch in ihren Gedanken. Als der Abend kam, griff sie durch die Grapefruitschalen, Teeblätter und Salamipelle hindurch, fand sie, wischte sie sauber und legte sie in ihre Tasche. Sie konnte sich selbst nicht erklären warum. Der Mann war nichts als lästig und sein Flirtversuch eine Beleidigung. Aber niemand, nicht ein einziger Mann, hatte seit langer Zeit irgendeinen Versuch (irgendeinen ernstlichen Versuch) unternommen, mit ihr zu flirten. Zu allermindest taugte die Karte als Konversationsgegenstand. Sie wünschte, er hätte sie unterschrieben, nicht weil sie gern seinen Namen gewußt hätte, sondern weil sie dann echter aussehen würde – so konnte man denken, sie habe sie selbst gekauft.

Zwei Wochen lang war der Mann danach nicht im Bus. Als er auftauchte, fiel es Corinthians schwer, nicht zu sprechen oder seine Gegenwart sichtbar zur Kenntnis zu nehmen. Als sie sich der Stelle näherten, an der er gewöhnlich ausstieg, beugte er sich herüber und sagte: «Ich hoffe wirklich, Sie waren mir nicht böse.» Sie blickte auf, schenkte ihm ein kleines Lächeln und schüttelte den Kopf. Mehr sagte er nicht.

Doch in den folgenden Tagen tauschten sie Grüße, und schließlich begannen sie, miteinander zu reden. Nach einer Weile plauderten sie bereits (vorsichtig, behutsam), und sie wenigstens freute sich auf seine Anwesenheit. Als sie dann wußte, daß er Henry Porter hieß und in jenem Teil der Stadt gelegentlich Gartenarbeiten erledigte, war sie froh, daß sie weder die Karte noch den Mann jemandem gezeigt oder irgendwie erwähnt hatte.

Angenehm waren ihre Gespräche, aber auch seltsam. Jeder achtete darauf, dem anderen gewisse Fragen nicht zu stellen – aus Angst, er oder sie müsse mit den gleichen Informationen herausrücken. In welchem Stadtteil wohnen Sie? Kennen Sie Mr. Soundso?

Endlich erbot sich Mr. Porter, Corinthians nach der Arbeit abzuholen. Er besitze keinen Wagen, sagte er, leihe sich aber manchmal den eines Freundes. Corinthians erklärte sich einverstanden, und das Ergebnis war ein Liebespaar mittleren Alters, das sich verhielt wie Teenager – voller

Angst, von den Eltern bei einer Liebesbeziehung ertappt zu werden, für die man zu jung ist. Er fuhr mit ihr in einem alten grauen Oldsmobile aus – aufs Land, in Autokinos –, und sie saßen bei schlechtem Kaffee in bestimmten billigen Kaufhäusern, wo es unwahrscheinlich war, daß sie erkannt wurden.

Corinthians wußte, daß sie sich seiner schämte, daß sie ihn mit ihrem anderen Geheimnis, der Natur ihrer Arbeit, in eine Reihe würde stellen müssen, daß er nie den Fuß in ihr Haus setzen konnte. Und sie haßte ihn nicht wenig für die Scham, die sie empfand. Haßte ihn manchmal just inmitten seiner offenkundigen Verehrung, seiner häufigen Komplimente für ihr Aussehen, ihre Manieren, ihre Stimme. Aber solche flüchtigen Gefühle der Verachtung hielten nie lang genug an, als daß sie jene Stunden im Autokino verweigert hätte, in denen sie für einen Menschen das einzige Objekt seines Hungers und seiner Befriedigung war.

Von einem gewissen Zeitpunkt an begann Corinthians zu ahnen, daß Porter nicht nur aus Ehrerbietung für das, was sie war (ihre Position und derlei), Diskretion bewies, sondern auch, weil er ebenfalls nicht entdeckt werden wollte. Ihr erster Gedanke war, er sei verheiratet. Sein Leugnen, begleitet von einem wehmütigen Lächeln, das sie als verschmitzt interpretierte, bestärkte sie nur in ihrem Verdacht. Um seinen Junggesellenstatus zu beweisen wie um sich mit einem richtigen Bett zu verwöhnen, lud er sie schließlich in sein Zimmer ein. Sie lehnte dies sofort und an den folgenden Tagen wiederholt ab, bis er sie des einzigen beschuldigte, was absolut stimmte: daß sie sich seiner schäme.

«Mich schämen?» Ihre Augen und ihr Mund weiteten sich vor Erstaunen (echtem Erstaunen, denn sie hätte nie gedacht, daß er es erraten würde). «Wenn ich mich schämte, würde ich mich überhaupt nicht mit dir treffen, schon gar nicht auf *diese* Weise.» Mit der Hand verwies sie auf die Welt außerhalb des Wagens, in dem sie saßen: auf die Reihen von Fahrzeugen, die in dem heißen Autokino parkten.

Porter strich ihr mit den Knöcheln über die Wangenlinie.

«Gut, was dann? Die Dinge, die du mir erzählst, können nicht gleichzeitig wahr und unwahr sein.»

«Ich hab dir nie etwas erzählt, das nicht wahr war. Ich dachte, wir kennen . . . verstehen . . . beide das Problem.»

«Mag sein», sagte er. «Laß mal hören, Corrie.» Seine Knöchel streichelten ihr Kinn. «Laß uns das Problem mal hören.»

«Mein Vater. Es liegt nur an meinem Vater . . . an der Art, wie er ist.»

«Wie ist er?»

Corinthians zuckte mit den Achseln. «Das weißt du so gut wie ich. Er hat nie gewollt, daß wir mit . . . Leuten Umgang haben. Er ist sehr streng.»

«Und das ist der Grund, warum du nicht mit mir nach Hause kommen willst?»

«Tut mir leid. Ich muß dort leben. Ich muß sehen, daß er nichts über uns erfährt. Noch nicht.» Aber wann? dachte sie. Wenn nicht mit vierundvierzig, wann dann? Wenn nicht jetzt, wo sogar mein Schamhaar grau wird und meine Brüste sich von selbst gesenkt haben – wann dann?

Porter sprach ihre Frage laut aus. «Wann dann?» Und sie konnte ihm nicht gleich antworten. Sie legte sich die Finger auf die Stirn und sagte: «Ich weiß nicht. Ich weiß es ehrlich nicht.»

Die Geste war so unecht, so passend zu ihren unechten, moralisierenden Tochtergefühlen, daß sie sofort wußte, wie töricht sie wirkte. Die Dinge, die sie in diesem alten Auto taten, die Dinge, die sie ihre Zunge vor kaum fünf Minuten hatte sagen lassen . . . und sich dann die Schläfen zu massieren und in Michael-Marys Lesestimme «ich weiß nicht» zu sagen – es war ihr selbst peinlich, und Porter mußte es abgestoßen haben, denn er nahm die Hand von ihrem Gesicht und legte sie auf das Lenkrad. In dem Augenblick, als der zweite Film begann, startete er den Wagen und steuerte ihn langsam die kiesbestreute Ausfahrt hinunter.

Keiner von ihnen sprach, bevor der Wagen in den Verkehr der Innenstadt tauchte. Es war halb elf. Sie hatte ihrer Mutter gesagt, sie würde bis spät in die Nacht für Miss Graham

Manuskripte tippen. «Bei dieser Hitze?» hatte ihre Mutter nur geantwortet. Corinthians saß still da und verspürte Scham, ohne das Wort zu denken, bis sie begriff, daß er sie zu der Bushaltestelle fuhr, an der er sie immer absetzte und von wo sie dann zu Fuß nach Hause ging wie alle Tage. Plötzlich wurde ihr bewußt, daß er sich nie wieder mit ihr treffen würde, und die Tage entrollten sich vor ihr wie der schäbige graue Läufer in einem unmöblierten, menschenleeren Mietsaal.

«Bringst du mich heim?» Es gelang ihr, die Angst aus ihrer Stimme herauszuhalten – gelang ihr zu gut, denn ihre Worte klangen arrogant und gleichgültig.

Er nickte und sagte: «Ich will keine Babypuppe. Ich will eine Frau. Eine erwachsene Frau, die keine Angst vor ihrem Daddy hat. Ich glaub, du willst keine erwachsene Frau sein, Corrie.»

Sie starrte durch die Windschutzscheibe. Eine erwachsene Frau? Sie versuchte, sich auf eine zu besinnen. Ihre Mutter? Lena? Die Dekanin für Frauenfragen in Bryn Mawr? Michael-Mary? Die Damen, die ihre Mutter besuchten und Kuchen aßen? Irgendwie paßte es auf keine. Sie kannte keine erwachsenen Frauen. Jede Frau, die sie kannte, war eine Babypuppe. Meinte er die Frauen, die im Bus fuhren? Die anderen Hausmädchen, die nicht versteckten, was sie waren? Oder die schwarzen Frauen, die nachts durch die Straßen schlenderten?

«Wie die Frauen im Bus, meinst du? Von *denen* kannst du eine haben, weißt du. Warum läßt du nicht einer von *denen* eine Grußkarte in den Schoß fallen?» Seine Worte hatten ins Schwarze getroffen; sie war verglichen worden – unvorteilhaft verglichen, wie sie glaubte – mit den einzigen Leuten, denen sie sich ganz sicher überlegen wußte. «Die wären hingerissen, wenn sie eine Grußkarte in den Schoß geworfen bekämen. Einfach hingerissen. Aber oh, das habe ich vergessen. Das könntest du ja nicht machen, nicht wahr, weil sie nicht imstande wären, sie auch zu lesen. Sie müßten sie mit heim nehmen und bis Sonntag warten und sie sich vom Prediger vorlesen lassen. Wenn sie es hören würden, könnte es natürlich immer noch sein, daß sie nicht wüßten, was es bedeutet. Aber das wäre egal – sie würden die Blümchen und die Schnörkel rings um die Wörter sehen und wären glücklich. Es wäre völlig egal, daß es sich um das lächerlichste, klischeehafteste, trivialste Stück Kitsch handelt, das die Kaufhauswelt zu bieten hat. Sie würden Mittelmaß nicht mal erkennen, wenn sie es mitten in ihre fetten Gesichter geklatscht bekämen. Lachen würden sie und sich auf die fetten Schenkel hauen und dich gleich mit in ihre Küchen schleppen. Direkt auf den Frühstückstisch. Aber denen würdest du keine Fünfzehn-Cent-Grußkarte schenken, nicht? – egal wie albern und dümmlich sie wäre –, denn das sind erwachsene Frauen und *die* brauchst du nicht zu hofieren. Du kannst gleich rausrücken und sagen, ‹He da, komm heut nacht mit auf mein Zimmer.› Nicht? Ist das nicht so? Ist das nicht so?» Sie war fast am Schreien. «Aber nein. Du wolltest eine Dame. Eine, die weiß, wie man sich setzt, sich kleidet, mit Messer und Gabel ißt. Nun, es gibt eben einen Unterschied zwischen einer Frau und einer Dame, und du weißt genau, was ich bin, das weiß ich.»

Porter fuhr den Wagen an den Randstein und ohne den Motor abzustellen beugte er sich vor ihr hinüber und öffnete die Tür. Corinthians stieg aus und bemühte sich nach Kräften, sie zuzuschlagen, aber die rostigen Scharniere des geborgten Oldsmobile taten ihr den Gefallen nicht. So mußte sie es bei der Geste bewenden lassen.

Bis sie die Not Doctor Street Nummer 12 erreicht hatte, war ihr Zittern unkontrollierbar geworden. Plötzlich hörte das Schütteln auf und sie erstarrte auf den Stufen. Zwei Sekunden später machte sie auf dem Absatz kehrt und rannte die Straße zurück, dorthin, wo Porter angehalten hatte. In dem Augenblick, als sie den Fuß auf die Treppe gesetzt hatte, die zur Veranda hinaufführte, sah sie ihre eigene Reife vor einem Berg roter Samtfetzen auf einem runden Eichentisch dahinschmelzen und verwesen. Das Auto stand noch da, mit summendem Motor. Corinthians rannte schneller, als sie mit fünf Jahren durch das Gras auf Honoré Island geschossen war, wo die ganze Familie einen Feiertag verbracht hatte. Schneller sogar, als sie damals die Treppe hinuntergeflogen war, nachdem sie zum erstenmal gesehen hatte, was die Krankheit ihrem Großvater antat. Sie legte die Hand auf den Türgriff und fand ihn verriegelt. Porter saß ungefähr genau so da, wie in dem Moment, als sie versucht hatte, die Tür zuzuschlagen. Herabgebeugt pochte sie ans Fenster. Porters Profil bewegte sich nicht. Sie pochte erneut, lauter, ohne Rücksicht darauf, wer sie unter der grauen Buche gleich um die Ecke von zu Hause sehen könnte. So nah und doch so fern, fühlte sie sich wie im Traum; da und auch nicht da, keine Haaresbreite entfernt, ohne *es* erreichen zu können.

Sie war First Corinthians Dead, Tochter eines wohlhabenden Grundbesitzers und der eleganten Ruth Foster, Enkelin des großartigen und vergötterten Dr. Foster, der als zweiter Mann in der Stadt eine zweispännige Kutsche besessen hatte, und eine Frau, nach der sich auf jedem Deck der ‹Queen Mary› die Köpfe umgedreht und in ganz Paris Franzosen gelechzt hatten. Corinthians Dead, die sich in all diesen Jahren rein gehalten hatte (nun, in fast allen und fast rein), hämmerte nun gegen das Wagentürfenster eines Gärtnerburschen. Aber sie würde ewig hämmern, um dem Samt zu entkommen. Dem roten Samt, der überall im Schnee herumgeflogen war an dem Tag, als sie und Lena und ihre Mutter auf dem Weg zum Kaufhaus am Hospital vorbeigingen. Ihre Mutter war schwanger – ein Umstand, der Corinthians in Verlegenheit versetzt hatte, als sie es erfuhr. Sie konnte an nichts denken als an das Gelächter, das ihre Freundinnen anstimmen würden, wenn sie herausbekämen, daß sie eine schwangere Mutter hatte. Süß war ihre Erleichterung gewesen, als sie entdeckte, daß man es noch nicht sah. Aber bis Februar war ihre Mutter schwer und mußte aus dem Haus, um etwas Bewegung zu bekommen. Langsam waren sie durch den Schnee gewandert, sorgsam auf vereiste Stellen achtend. Dann, als sie am Mercy vorbeikamen, war da eine Ansammlung von Menschen gewesen, die einen Mann auf dem Dach beobachteten. Corinthians hatte ihn vor ihrer Mutter gesehen, aber als Ruth hinaufblickte, war sie so überrascht, daß sie den Korb fallen ließ und die Rosen überall verstreute. Eifrig lasen Corinthians und Lena sie auf, wischten an ihren Mänteln den Schnee vom Stoff und spähten dabei ständig nach dem Mann mit blauen Schwingen auf dem Hospitaldach. Sie lachten, Lena und sie; sammelten die Rosen ein, blickten zu dem Mann hinauf und lachten aus Angst, Verlegenheit und Schwindelgefühl. Alles war vermischt – der rote Samt, die Aufschreie und der aufs Pflaster herabstürzende Mann. Sie hatte seinen Körper ganz deutlich gesehen, und zu ihrem Erstaunen gab es kein Blut. Das einzige Rot weit und breit war das in ihren Händen und im Korb. Das Stöhnen ihrer Mutter wurde lauter und sie schien in die Erde zu versinken. Endlich kam eine Bahre für den kaputten Puppenkörper (der durch das Fehlen von Blut noch puppenartiger wirkte) und dann auch ein Rollstuhl für ihre Mutter, die geradewegs auf die Wehen zuging.

Corinthians stellte weiter Rosen her, aber sie haßte diese stumpfsinnige Beschäftigung und brachte Lena gegenüber alle möglichen Entschuldigungen vor, um ihr zu entgehen. Sie sprachen zu ihr von Tod. Zunächst vom Tod des Mannes mit den blauen Schwingen. Nun von ihrem eigenen. Denn wenn Porter nicht den Kopf umdrehte und sich zur Tür hinüberlehnte, um sie ihr zu öffnen, dann, glaubte Corinthians, war ihr der Tod gewiß. Sie hämmerte mit den Knöcheln so lange, bis sie weh taten, um die Aufmerksamkeit des lebendigen Leibes hinter dem Glas zu erringen, und hätte ihre Faust durch das Fenster geschmettert, nur um ihn zu berühren, seine Hitze zu fühlen, das einzige, was sie vor dem Ersticken unter dürren Rosen bewahren konnte.

Er rührte sich nicht. In panischer Angst, er könne den Gang einlegen, davonfahren und sie allein auf der Straße zurücklassen, stieg Corinthians auf die Stoßstange und legte sich in ganzer Länge auf die Motorhaube des Wagens. Sie blickte nicht durch die Windschutzscheibe nach ihm. Lag einfach auf dem Wagen ausgestreckt und suchte mit den Fingern auf dem Metall nach Halt. Sie dachte an nichts. An nichts außer dem, was ihr Körper brauchte, um sich festzuklammern, um niemals loszulassen. Nicht einmal, wenn er mit hundert Stundenmeilen davonfuhr, würde sie loslassen.

Die Augen hielt sie fest geschlossen in der Anstrengung, sich an der Motorhaube festzuklammern, und sie hörte weder, wie die Tür sich öffnete und schloß, noch die Schritte von Porter, der um den Wagen herum nach vorn ging. Sie schrie zuerst auf, als er ihr die Hand auf die Schulter legte und sie sanft in seine Arme zu ziehen begann. Er trug sie zur Beifahrerseite des Wagens, stellte sie, während er die Tür öffnete, auf die Füße und half ihr, in den Sitz gleiten. Im Wagen drückte er ihren Kopf an seine Schulter und wartete, bis ihr leises Weinen nachließ, bevor er vom Fahrersitz ausstieg, um die Handtasche aufzuheben, die sie auf den Gehweg hatte fallen lassen. Dann fuhr er davon zum Haus Nummer 3 an der Fünfzehnten Straße, einem Haus, das Macon Dead gehörte, von sechzehn Mietern bewohnt wurde und in dem es ein Mansardenfenster gab, aus dem eben derselbe Henry Porter geschrien, geweint, mit einem Gewehr herumgefuchtelt und über die Köpfe der Frauen im Hof uriniert hatte.

Es war noch nicht Mitternacht und heiß – heiß genug, um Menschen wütend zu machen, hätte nicht ein angenehmer Duft in der Luft gelegen, wie von süßem Ingwer. Corinthians und Porter betraten den Flur, der hinter der Haustür lag. Außer einem Lichtsaum unter der Tür zur Küche, wo ein Kartenspiel in Gang war, wies nichts auf die anderen Mieter hin.

Corinthians sah nur das Bett, ein krankenhausweiß gestrichenes Eisenbett. Sie sank darauf nieder, sobald sie ins Zimmer kam; fühlte sich gebadet, gereinigt, mit dem Staubsauger gesaugt – und zum erstenmal einfach. Porter zog sich nach ihr aus und legte sich neben ihr nieder. Sie blieben eine Minute still, dann wandte er sich herum und spreizte ihre Beine mit den seinen.

Corinthians sah an ihm herunter. «Ist das für mich?» fragte sie.

«Ja», sagte er. «Ja, das ist für dich.»

«Porter.»

«Das ist . . . für dich. Statt Rosen. Und seidener Unterwäsche und Parfumflaschen.»

«Porter.»

«Statt Pralinen in einer herzförmigen Schachtel. Statt einem großen Haus und einem schönen großen Wagen. Statt langen Reisen . . .»

«Porter.»

«. . . auf einem sauberen weißen Schiff.»

«Nein.»

«Statt Picknicks . . .»

«Nein.»

«. . . und Angeln . . .»

«Nein.»

«. . . und auf einer Veranda zusammen alt sein.»

«Nein.»

«Das ist für dich. Mädchen. O ja. Das ist für dich.»

Um vier Uhr morgens wachten sie auf, oder vielmehr sie wachte auf. Als sie die Augen aufschlug, sah sie, daß er sie betrachtete, und das in seinen Augen waren entweder Tränen oder Schweißtropfen. Es war sehr heiß im Zimmer, trotz des offenen Fensters.

«Das Bad», murmelte sie, «wo ist das Bad?»

«Den Gang entlang», sagte er. Dann entschuldigend: «Kann ich dir etwas holen?»

«Oh.» Sie schob sich ein paar wirre, feuchte Haarsträhnen aus der Stirn. «Etwas zu trinken, bitte. Etwas Kaltes.»

Er zog sich schnell an, wobei er Hemd und Socken fortließ, und ging aus dem Zimmer. Corinthians stand ebenfalls auf und begann in ihre Kleider zu schlüpfen. Da es im Zimmer keinen Spiegel zu geben schien, stellte sie sich vor das offene Fenster und benutzte die obere Hälfte der Scheibe – dunkel genug, um ihr Spiegelbild wiederzugeben –, um ihr Haar zu glätten. Dann nahm sie die Wände wahr. Was sie für Tapete gehalten hatte, als sie das Zimmer betreten und sich auf das Bett hatte fallen lassen, waren in Wirklichkeit Kalender. Reihenweise Kalender: von S. & J. Kraftfahrzeugzubehör, mit einem Hudson, Baujahr 1939, geschmückt; vom Cuyahoga River-Bauunternehmen («Wir bauen Ihre Wünsche – darauf können Sie bauen»); von Lucky Hart-Kosmetika (eine ondulierte Dame lächelte aus einem dick gepuderten Gesicht); von der *Call and Post*-Zeitung. Aber die meisten stammten von der Genossenschaftlichen Lebensversicherung von North Carolina. Sie bedeckten buchstäblich die Wände, und bei allen war das Dezemberblatt aufgeschlagen. Es schien, als habe er jeden Kalender seit 1939 aufgehoben. Manche davon waren große Karten mit sämtlichen zwölf Monaten drauf, und auf diesen entdeckte sie Kreise, die bestimmte Daten markierten.

Porter kam herein, während sie noch die Blätter betrachtete. Er hatte ein Glas Wasser in der Hand, bis zum Rand mit Eiswürfeln gefüllt.

«Warum hebst du Kalender auf?» fragte sie.

Er lächelte. «Vertreibt die Zeit. Hier. Trink was. Das kühlt dich ab.»

Sie nahm das Glas und nippte daran, wobei sie versuchte, nicht mit den Zähnen das Eis zu berühren, und ihn über den Rand hinweg ansah. Als sie da so barfuß stand, mit schweißklammen Haaren, die ihr wie Farbe an den Wangen klebten, fühlte sie sich frei. Sie war ihm dankbar, diesem Mann, der ein winziges Zimmer von ihrem Vater mietete, der mit dem Messer aß und nicht einmal ein Paar Ausgehschuhe sein eigen nannte. Ein vollendetes Beispiel für die Männer, von denen ihre Eltern sie (und sie sich selbst) ihr Leben lang ferngehalten hatten, weil ein solcher Mann bekanntlich seine Frau schlug, betrog, beschämte und im Stich ließ. Corinthians trat nah zu ihm heran, hob ihm mit ihren Fingern das Kinn hoch und gab ihm einen federleichten Kuß auf die Kehle. Er hielt mit seinen Händen ihren Kopf, bis sie die Augen schloß und versuchte, das Glas auf einem winzigen Tisch abzusetzen.

«Eh-eh. Es wird bald hell. Muß dich heimbringen.»

Sie gehorchte und zog sich fertig an. So leise wie möglich gingen sie die Treppe hinunter und an dem breiten Lichtdreieck vorbei, das vor der Küchentür auf dem Boden lag. Die Männer waren noch immer bei ihrem Kartenspiel, aber die Tür stand nun ein Stück weit offen. Porter und Corinthians huschten am Rand des Lichtscheins rasch vorüber.

Dennoch rief eine Stimme: «Wer is 'n das? Mary?»

«Nein. Nur ich, Porter.»

«Porter?» Die Stimme klang ungläubig. «Welche Schicht hast 'n du?»

«Sags dir später», antwortete Porter und öffnete die Haustür, bevor Neugierde den Sprecher in den Flur treiben konnte.

Corinthians rutschte so nahe zu Porter hinüber, wie es die Bodenschaltung des Wagens zuließ. Den Kopf auf der Rükkenlehne, schloß sie noch einmal die Augen und atmete in tiefen Zügen die süße Luft, die ihr Bruder drei Stunden zuvor eingesogen hatte.

«Machst du dir nicht besser die Haare zurecht?» fragte Porter. Er fand sie schön so, mädchenhaft, aber er wollte nicht, daß ihre Ausrede, falls ihre Eltern noch wach waren, lächerlich wirkte.

Sie schüttelte den Kopf. Um nichts in der Welt hätte sie ihr Haar jetzt zu einem Knoten im Nacken zusammengesteckt.

Porter parkte unter demselben Baum, wo Corinthians sich über die Motorhaube des Wagens geworfen hatte. Nach einem geflüsterten Geständnis ging sie nun die vier Blocks, ohne sich mehr vor dem Ersteigen der Verandastufen zu fürchten.

Sobald sie die Tür hinter sich schloß, hörte sie Stimmen und faßte instinktiv nach ihren offenen Haaren. Die Stimmen kamen aus der Richtung des Eßzimmers, drangen hinter der geschlossenen Küchentür hervor. Männerstimmen. Corinthians blinzelte. Sie war aus einem Haus gekommen, wo Männer in einer erleuchteten Küche saßen und mit lauten, erregten Stimmen sprachen, nur um zu Hause eine identische Szene anzutreffen. Sie fragte sich, ob dieser Teil der Nacht, ein Teil, mit dem sie nicht vertraut war, den Männern gehörte, ihnen immer gehört hatte. Ob dies vielleicht eine geheime Stunde war, in der Männer wie Riesen aus Drachenzähnen erstanden und sich in Küchen versammelten. Auf Zehenspitzen näherte sie sich der Tür. Ihr Vater war am Reden.

«Du hast mir immer noch nicht erklärt, warum du ihn mitgenommen hast.»

«Was ändert das jetzt?» Das war die Stimme ihres Bruders.

«Er weiß davon», sagte ihr Vater. «Das ändert es.»
«Von was? Da ist nichts zu wissen. Es war 'ne Pleite.» Milchmanns Stimme schwoll an wie eine Blase.
«Es war ein Irrtum, keine Pleite. Es bedeutet nur, daß es woanders ist. Sonst nichts.»
«Klar. In der Münzanstalt. Willst, daß ich in die Münzanstalt gehe?»
«Nein!» Macon schlug auf den Tisch. «Es muß da sein. Es muß.»
Corinthians konnte sich keinen Reim auf das machen, was sie mit soviel Leidenschaft beredeten, und sie wollte nicht bleiben und es erfahren, denn es hätte ihr die Zufriedenheit rauben können, die sie verspürte. Sie verließ sie und stieg die Treppe hinauf zu ihrem eigenen Bett.
Unten in der Küche verschränkte Milchmann die Arme auf dem Tisch und legte seinen Kopf darauf. «Is mir egal. Is mir egal, wo es steckt.»
«Es war bloß ein Irrtum», sagte sein Vater. «Ein kleiner Reinfall. Das heißt nicht, daß wir aufgeben müssen.»
«Ins Gefängnis geworfen werden nennst du 'nen kleinen Reinfall?»
«Bist draußen, oder? Warst bloß zwanzig Minuten drin.»
«Zwei Stunden.»
«Wärn keine zwei Minuten gewesen, wenn du mich gleich angerufen hättest. Weniger. Hättst mich sofort anrufen solln, als sie dich aufgelesen haben.»
«Gibt kein Telefon in 'nem Polizeiwagen.» Milchmann war müde. Er hob den Kopf und stützte ihn in die Hand; sprach in den Ärmel seines Hemds hinein.
«Die hätten dich gehen lassen, wenn du allein gewesen wärst. Sobald du ihnen deinen Namen genannt hättst, hätten sie dich gehen lassen. Aber du warst mit diesem Southside-Nigger zusammen. Daran lags.»
«Daran lags *nicht*. Lag am Rumfahren mit 'nem Sack voller Steine und Menschenknochen. Menschenknochen. Was, wenn einer 'n halbwegs intelligenter Cop ist, drauf hinweist, daß irgendwann mal 'n menschliches Wesen zu den Knochen gehört haben muß.»

«Natürlich irgendwann. Aber nich heut nacht. Konnte nich gestern noch 'n Mensch an den Knochen befestigt gewesen sein. Dauert seine Zeit, bis 'ne Leiche 'n Skelett is. Die wissen das. Un erzähl mir nich, die hätten nich Gitarre im Verdacht gehabt. Der gelbäugige Nigger sieht aus, als wär er zu allem fähig.»

«Die ham nich seine Augen gesehn, als sie gesagt ham, wir solln an den Rand fahrn. Ham gar nicht gesehn. Ham uns einfach an den Rand gewischt un gesagt, wir solln aussteigen. Also weswegen? Weswegen ham sie uns angehalten? Wir sin nich gerast. Ganz normal gefahren.» Milchmann suchte nach Zigaretten. Er wurde wütend, als er daran dachte, wie er sich mit breiten Beinen, die Hände auf der Motorhaube, über den Wagen gebeugt hatte, während der Polizist ihm die Beine, den Rücken, den Hintern, die Arme abtastete. «Was ham die Autos anzuhalten, die nich zu schnell fahrn?»

«Halten an, wen sie wolln. Ham gesehn, daß ihr farbig seid, sonst nichts. Un suchen nach dem Neger, der den Jungen da umgebracht hat.»

«Wer sagt, war 'n Neger?»

«Zeitung.»

«Sagen sie immer. Jedesmal . . .»

«Was ändert das? Wärst du allein gewesen und hättest ihnen deinen Namen gesagt, hätten sie dich nie mitgeschleppt, nie den Wagen durchsucht und den Sack nie aufgemacht. Die kennen mich. Hast gesehn, wie sie sich verhalten haben, als ich hinkam.»

«Ham sich nich anders verhalten, als du hinkamst . . .»

«Was?»

«Ham sich anders verhalten, als du den Scheißer mit in die Ecke genommen un deine Brieftasche aufgemacht hast.»

«Kannst dankbar sein, daß ich 'ne Brieftasche hab.»

«Bin ich. Bin ich weiß Gott.»

«Un ohne den Southside-Nigger wär damit auch Schluß gewesen. Nur wegen dem ham sie Pilate beiholn müssen.» Macon rieb sich die Knie. Der Gedanke, daß er auf Pilate angewiesen war, um seinen Sohn aus dem Gefängnis zu bekommen, erniedrigte ihn. «Verlumptes, weinpanschendes Biest.»

«Is immer noch 'n Biest?» Milchmann fing zu glucksen an. Die Anspannung ließ allmählich nach, und ihm war schwindlig vor Erschöpfung. «Du hast gedacht, sie hätts gestohlen. Die ganzen Jahre . . . die ganzen Jahre hast dus ihr verübelt.» Er lachte jetzt frei heraus. «Daß sie sich aus irgend 'ner Höhle mit 'nem dicken Sack Gold über der Schulter, der 'n Zentner gewogen haben muß, davongeschlichen hat, fünfzig Jahre lang mit im ganzen Land rumzieht und nichts von ausgibt – ihn bloß unter die Decke hängt wie 'n popligen Sack Zwiebeln.» Milchmann legte den Kopf zurück und ließ das Gelächter die Küche füllen. Macon schwieg. «Fünfzig Jahre . . . Fünfzig Jahre lang hast du an das Gold gedacht! Oh, Scheiße. Das is vielleicht 'ne verrückte Scheiße . . .» Lachtränen liefen ihm von den Augen. «Verrückt. Ihr alle zusammen. Kerzengerade, spiegelglatt verrückt. Hätt ich wissen müssen. Die ganze Sache war verrückt; alles daran war verrückt – die ganze Idee.»

«Was is verrückter? Daß sie 'nen Sack Gold rumschleppt oder die ganze Zeit den Knochen von 'nem Toten? Hm? Was?» fragte Macon.

«Weiß ich nich. Weiß ich wirklich nich.»

«Wenn sies eine tut, is sie zum andern fähig. Hätten *sie* dabehalten solln. Als ihr denen gesagt habt, daß die Knochen ihr gehörn, hätten sie Pilate einlochen solln, sobald sie durch die Tür kam.»

Milchmann wischte sich die Tränen am Ärmel ab. «Einlochen für was? Nach der Geschichte, die sie erzählt hat?» Er fing wieder an zu lachen. «Kam rein wie Louise Beaver und Butterfly McQueen zusammengerührt. ‹Aber ja, Sir, aber ja doch, Boss . . .›»

«Das hat sie nich gesagt.»

«Beinah. Hat sogar ihre Stimme verändert.»

«Hab dir gesagt, sie is 'ne Schlange. Streift ihre Haut in 'nem Bruchteil von 'ner Sekunde ab.»

«Sah nich mal aus wie sonst. Sah klein aus. Klein und erbärmlich.»

«Weil sies zurück haben wollte. Wollte, daß sie ihr die Knochen zurückgeben . . .»

Die Knochen von ihrm armen Ehemann, die zu beerdigen sie kein Geld hatte. Is Pilate mal verheiratet gewesen?»

«Is der Papst mal verheiratet gewesen?»

«Na, sie hat sie zurückgekriegt. Ham sie ihr gegeben.»

«Hat genau gewußt, was sie tut.»

«Jaa, hat sie gewußt. Aber wie hat sies so schnell gewußt? Ich mein, sie kam . . . weißt du . . . irgendwie vorbereitet rein. Sie war ganz beinander, als sie hinkam. Der Cop muß ihr alles erzählt ham, als er sie abgeholt un zur Wache gebracht hat.»

«Nee. Das tun die nich.»

«Wie hat sies dann gewußt?»

«Wer weiß, was Pilate weiß?»

Milchmann schüttelte den Kopf. «Nur der Schatten weiß es.» Er war immer noch belustigt, aber vor einiger Zeit, als er und Gitarre in Handschellen auf einer Holzbank gesessen hatten, war ihm noch die Angst über den Nacken gekrochen.

«Weiße Knochen», sagte Macon. Er stand auf und gähnte. Die Dunkelheit des Himmels war nun gebrochen. «Nigger-Biest, was mit den Knochen von 'nem weißen Mann rumzieht.» Wieder gähnte er. «Werd die Frau nie verstehn. Bin zweiundsiebzig un werd sterben, ohne irgendwas an ihr zu verstehn.» Macon ging zur Küchentür und öffnete sie. Dann drehte er sich um und sagte zu Milchmann: «Aber du weißt, was das heißt, oder? Wenn sie die Knochen von dem Weißen genommen un das Geld zurückgelassen hat, dann muß das Gold noch da sein.» Er schloß die Tür, bevor sein Sohn widersprechen konnte.

Nun, dann würde es da eben vergammeln, dachte Milchmann. Wenn einer das Wort «Gold» auch bloß erwähnt, werde ich ihm die Zähne einschlagen müssen. Er blieb in der Küche sitzen mit dem dringenden Wunsch nach frischem Kaffee, aber zu müde, um aufzustehen und ihn zu kochen. Gleich würde seine Mutter herunterkommen; sie war aufgestanden, als er und Macon eingetroffen waren, aber Macon hatte sie wieder hinaufgeschickt. Milchmann angelte nach einer neuen Zigarette und sah zu, wie die Morgendämmerung die elektrische Birne über dem Spülbecken beschämte. Eine heitere Sonne kam da auf, die einen weiteren heißen Tag ankündigte. Aber je mehr sie an Kraft gewann, desto niedergeschlagener wurde er. Allein, ohne Macon, ließ er die Ereignisse der Nacht noch einmal in sich aufkommen – er erinnerte sich an Kleinigkeiten, Details, und doch war er sich nicht sicher, ob es diese Details wirklich gegeben hatte. Vielleicht hatte er sie erfunden. Pilate war allerdings kleiner gewesen. Als sie da auf der Wache stand, hatte sie dem Wachtmeister nicht einmal bis zur Schulter gereicht – und der Wachtmeister reichte Milchmann kaum bis zum Kinn. Und doch war Pilate so groß wie er. Als sie dem Polizisten etwas vorgejammert und die Lüge von Milchmann und Gitarre bestätigt hatte, daß sie sich einen Scherz mit einer alten Dame erlaubt hatten, als sie den Sack klauten, mußte sie zu ihm aufblicken. Und ihre Hände bebten, als sie schilderte, daß sie das Verschwinden des Sacks nicht bemerkt habe, bevor sie der Beamte geweckt hatte; daß sie keine Ahnung habe, was irgendwer mit den Knochen ihres Mannes anfangen wolle, daß ihr Mann vor fünfzehn Jahren in Mississippi gelyncht worden sei und daß man sie ihn nicht habe herunternehmen lassen; das sie daraufhin die Stadt verlassen habe und daß der Leichnam, als sie zürückkam, von selbst durch den Strick gefallen gewesen sei, woraufhin sie ihn eingesammelt und zu beerdigen versucht habe, die «Beerdigungsleute» aber fünfzig Dollar für einen Sarg und der Schreiner zwölf Dollar fünfzig für eine Kiefernkiste verlangt hätten und sie einfach die zwölf Dollar und fünfzig Cent nicht gehabt und darum einfach die Überreste von Mr. Solomon (sie nenne ihn stets Mr. Solomon, weil er ein mit so viel Würden bekleideter Farbiger gewesen sei) in einem Sack mit sich genommen und bei sich behalten habe. «Bibel sagt, was Gott zusammengefügt hat, das soll der Mensch nicht scheiden. Matthäus neunzehn, Vers sechs. Wir warn richtig vor Gott und Gesetz verheiratet», brachte sie vor. Sogar ihre Augen, diese riesigen, schläfrigen alten Augen, waren klein, als sie fortfuhr: «Drum hab ich gedacht, könnt ihn gradsogut bei mir behalten, un wenn ich sterb, können sie ihn in dieselbe Grube legen wie mich. Stehn dann am Jüngsten Tag zusammen auf. Hand in Hand.»

Milchmann war erstaunt. Er hatte gedacht, Pilates Bibelkenntnisse erschöpften sich darin, daß sie ihr Namen entnahm, aber anscheinend wußte sie mit Vers und Kapitel daraus zu zitieren. Mehr noch, sie hatte Milchmann und Gitarre und Macon angesehen, als wisse sie nicht genau, wer sie seien. Ja, sie hatte sogar auf die Frage, ob sie ihr bekannt wären, sehr betont gesagt: «Nich der Mann hier –» und sah ihren Bruder an – «aber ich glaub, der Bursche da is mir schon in der Nachbarschaft begegnet.» Dabei deutete sie auf Gitarre, der dasaß wie Marmor, mit den Augen eines Toten. Als Macon sie später alle heimfuhr – Pilate saß vorn, Gitarre und er hinten –, sagte Gitarre nicht ein Wort. Seine Wut flimmerte ihm wie Hitze über der Haut und ließ die heiße Luft, die durch das offene Fenster hineinblies, vergleichsweise erfrischend erscheinen.

Und wieder vollzog sich ein Wandel. Pilate war wieder groß. Mit ihrem Kopf, um den sie einen Seidenlappen geschlungen hatte, berührte sie fast das Wagendach, so wie die Männer. Und ihre eigene Stimme war wieder da. Sie sprach, aber nur zu Macon, und sonst sprach überhaupt niemand. In einem Gesprächston, wie jemand, der eine Geschichte aufgreift, bei der er unterbrochen wurde, erzählte sie ihrem Bruder etwas gänzlich anderes als dem Polizisten.

«Hab den ganzen Tag un die Nacht da drinnen verbracht, un als ich am nächsten Morgen rausgeschaut hab, warst du weg. Hatt Angst, würd dir übern Weg laufen, warst aber mit Haut und Haar verschwunden. Sin drei Jahre oder mehr vergangen, bevor ich wieder hin bin. Im Winter wars. Überall Schnee, konnt kaum mein Weg finden. Hab erst nach Circe geschaut, dann bin ich die Höhle suchen gegangen. Harter Treck, kann ich dir sagen, un ich war in schwachem Zustand. Haufenweise Schnee, nich ein Weg frei. Aber das hättest du dir denken müssen, daß ich nich wegen den ollen Säckchen zurückgehn würd. Wollt nichts von wissen, als ich die Augen drauf geworfen hab, da war ich bestimmt nicht drei Jahre später drauf aus. Bin hin, weil Papa 's mir aufgetragen hat. Is mich immer besuchen gekommen, von Zeit zu Zeit. Mir Sachen sagen, die ich tun soll. Erst hat er mich singen geheißen, immerfort singen. ‹Sing›, hat er geflüstert. ‹Sing, sing.› Gleich nachdem Reba geboren war, is er dann gekommen un hat mir klar gesagt: ‹Kannst nich einfach davonfliegen und 'nen Körper zurücklassen› – hat er mir gesagt. 'n Menschenleben is kostbar. Sollte nich davonfliegen un 's zurücklassen. So hab ich gleich gewußt, was er meint, denn er is dabeigewesen, als wirs getan ham. Meinte, wenn du 'n Leben nimmst, gehörts dir. Bist verantwortlich für. Kannst Leute nich loswern, indem du sie umbringst. Sin noch da un gehörn jetzt dir. Drum mußt ich zurück un ihn holn. Un hab sie gefunden, die Höhle. Un da war er. Paar Wölfe oder was müssn ihn rumgezerrt ham, denn er war gleich am Eingang der Höhle, lag schräg, fast sitzend, auf genau dem Felsen, wo wir drauf geschlafen ham. War noch 'n bißchen Stoff an ihm, aber die Knochen warn sauber un trocken. Seit der Zeit hab ichs. Papa hats mich geheißen, un er hat recht gehabt, weißt du. Kannst nich 'n Leben nehmen un weggehn un 's zurücklassen. Leben is Leben. Kostbar. Un die Toten, wo du umbringst, sin deine. Bleiben in jedem Fall bei dir, bleiben dir im Sinn. Drum is die beßre Sache, 'ne viel beßre Sache, die Knochen direkt bei dir zu ham, wo du auch hingehst. Hält dir 'n Sinn frei.»

Verkorkst dir den Sinn, dachte Milchmann, verkorkst ihn dir endgültig. Er zog sich vom Tisch hoch. Er brauchte ein paar Stunden Schlaf, bevor er Gitarre suchen gehen würde.

Als er die Treppe hinaufwankte, erinnerte er sich, mit welch einem Rücken Pilate aus dem Buick gestiegen war – nicht im mindesten gebeugt unter dem Gewicht des Sacks. Und er erinnerte sich, wie Gitarre ihr nachgestarrt hatte, als sie davonschritt. Als Macon ihn absetzte, wandte er weder den Kopf um noch antwortete er auf Milchmanns «Bis später».

Milchmann erwachte gegen Mittag. Jemand war in sein

Zimmer gekommen und hatte einen kleinen Ventilator neben das Fußende seines Betts auf den Boden gestellt. Er hörte dem Schwirren lange zu, bevor er aufstand und ins Bad ging, um die Wanne vollaufen zu lassen. Da lag er im lauwarmen Wasser, noch immer schwitzend, zu erhitzt und müde, um sich abzuseifen. Von Zeit zu Zeit klatschte er sich Wasser aufs Gesicht, ließ es seinen zwei Tage alten Bart benetzen. Er wußte nicht recht, ob er sich würde rasieren können, ohne sich ins Kinn zu schneiden. Die Wanne war unbequem, zu kurz für ihn, um sich darin auszustrecken, obwohl er sich erinnerte, daß er einmal fast hatte darin schwimmen können. Nun sah er hinunter auf seine Beine. Das linke sah genauso lang aus wie das andere. Sein Blick wanderte an seinem Körper hinauf. Die Berührung durch die Hand des Polizisten war noch spürbar – eine Berührung, die seinen Leib zusammenfahren ließ wie eine bebende Pferdeflanke, wenn Fliegen sich darauf niederlassen. Und noch etwas mehr. Etwas wie Scham haftete an seiner Haut. Scham darüber, wie ein Wappenadler hingestellt, abgetastet, in Handschellen gesteckt worden zu sein. Scham darüber, ein Skelett gestohlen zu haben, wie ein Kind den Großen einen Halloween-Streich spielt, statt einen Treffer zu erzielen wie ein erwachsener Mann. Scham, weil er sowohl seinen Vater wie seine Tante gebraucht hatte, um freizukommen. Dann erneut Scham darüber, seinen Vater – mit einem zuvorkommenden «Wir-wissen-ja-wie-das-ist»-Lächeln – vor den Polizisten buckeln zu sehen. Doch nichts reichte an die Scham heran, die er empfand, als er Pilate zusah und zuhörte. Nicht bloß wegen ihres Tante-Jemina-Auftritts, sondern der Tatsache wegen, daß sie sowohl gut darin als auch dazu bereit war – für ihn. Für denjenigen, der soeben ihr Haus mit etwas verlassen hatte, was er für ihre Erbschaft hielt. Es kam nicht darauf an, daß er außerdem glaubte, sie habe es «gestohlen» ... Von wem? Von einem Toten? Von seinem Vater, der ebenfalls im Begriff war, es zu stehlen? Damals und jetzt? Er hatte es auch gestohlen, und mehr noch, er war darauf gefaßt gewesen – wenigstens sagte er sich, er sei darauf gefaßt gewesen –, sie niederzuschlagen, wäre sie ins

Zimmer gekommen, während er den Diebstahl beging. Eine alte schwarze Frau niederzuschlagen, die ihm sein erstes perfektes Ei gekocht, ihm den Himmel gezeigt hatte, sein Blau, das wie die Bänder ihrer Mutter war, so daß er von da an, wenn Milchmann zu ihm aufblickte, nichts Fernes, Entrücktes hatte, sondern intim war, vertraut wie ein Raum, den er bewohnte, ein Ort, wo er hingehörte. Sie hatte ihm Geschichten erzählt, Lieder gesungen, ihn mit Bananen und Maisbrot und, am ersten kalten Tag des Jahres, mit heißer Nußsuppe gefüttert. Und wenn stimmte, was seine Mutter sagte, hatte diese alte schwarze Frau – Ende Sechzig, aber mit der Haut und Beweglichkeit eines Teenagers – ihn in die Welt gebracht, als nur ein Wunder dies bewirken konnte. Diese Frau, die er bewußtlos geschlagen hätte, schlurfte in die Polizeiwache und spielte den Cops eine kleine Nummer vor – öffnete sich weit für ihr Vergnügen, ihr Mitleid, ihre Verachtung, ihren Spott, ihren Unglauben, ihre Gemeinheit, ihre Launenhaftigkeit, ihren Verdruß, ihre Macht, ihre Wut, ihre Langweile – was immer für sie und für ihn nützlich wäre.

Milchmann planschte mit den Beinen im Wasser. Er dachte wieder daran, wie Gitarre Pilate angesehen hatte – glitzernden Haß in den Augen. Er hatte kein Recht auf jenen Blick. Plötzlich wußte Milchmann die Antwort auf die Frage, die er Gitarre nie hatte stellen können. Gitarre konnte töten, würde töten und hatte wahrscheinlich getötet. Die Sieben Tage waren die Folge dieser Fähigkeit, aber nicht ihr Ursprung. Er hat keinen Grund, sie so anzusehen, dachte Milchmann, setzte sich in der Wanne auf und seifte sich eilig ab.

Die Septemberhitze versengte ihn, sobald er ins Freie trat, und wischte die angenehme Wirkung seines Bades weg. Macon hatte den Buick genommen – das Alter zwang ihn, weniger zu Fuß zu gehen –, darum ging Milchmann zu Gitarres Haus. Als er um die Ecke bog, sah er einen grauen Oldsmobile mit einem zackigen Sprung im Rückfenster, der ihm bekannt vorkam, vor dem Haus parken. Mehrere Männer saßen darin, und zwei standen davor: Gitarre und Eisenbahn-Tommy. Milchmann verlangsamte seine Schritte. Tommy redete, und Gitarre nickte dazu mit dem Kopf. Dann gaben sich die beiden Männer die Hand – mit einem Handschlag, den Milchmann noch nie gesehen hatte: erst hielt Tommy mit beiden Händen Gitarres eine, dann hielt Gitarre Tommys Hand in den seinen. Tommy stieg ins Auto, und Gitarre stürzte um das Haus herum zu der Seitentreppe, die zu seinem Zimmer führte. Der Oldsmobile – Baujahr 1953 oder 1954, schätzte Milchmann – wendete auf engem Raum und fuhr auf ihn zu. Als er vorbeifuhr, blickten sämtliche Insassen geradeaus. Porter saß am Steuer, Empire State in der Mitte und Eisenbahn-Tommy auf der anderen Seite, und auf der Hinderbank waren Hospital-Tommy und ein Mann namens Nero. Den anderen Mann kannte Milchmann nicht.

Das müssen sie sein, dachte er. Sein Herz schlug wild. Sechs Männer, einer davon Porter, und Gitarre. Das sind die Tage. Und dieser Wagen. Das war der Wagen, der Corinthians manchmal in der Nähe des Hauses absetzte. Milchmann hatte zunächst angenommen, seine Schwester könne nach der Arbeit gelegentlich bei jemandem mitfahren. Da sie es niemals erwähnte und auch, weil sie in letzter Zeit ruhiger und runder wirkte, war er nach einer Weile zu dem Schluß gekommen, daß sie sich heimlich mit einem Mann traf. Er hatte es komisch gefunden, lieb und ein wenig traurig. Doch nun wußte er, daß der Mann, mit dem sie sich traf, zu diesem Wagen gehörte und zu den Sieben Tagen gehörte. Törichte Frau, dachte er. Ausgerechnet auf einen von denen zu verfallen. Sie war so dämlich. So dämlich. Himmel!

Gitarre war er jetzt nicht gewachsen. Er würde ihn später aufsuchen.

Die Leute benahmen sich viel besser, waren höflicher, verständnisvoller, wenn Milchmann betrunken war. Der Alkohol veränderte ihn überhaupt nicht, aber er übte eine ungeheure Wirkung auf alle aus, die er sah, während er unter seinem Einfluß stand. Sie sahen besser aus, sprachen nie lauter als im Flüsterton, und wenn wie ihn berührten – und sei es, um ihn aus dem Haus zu werfen, weil er bei der Party ins Küchenbecken gepinkelt hatte, oder wenn sie ihm die Taschen ausplünderten, während er auf einer Bank in der Busstation döste –, waren sie sanft, liebevoll.

Zwei Tage und eine Nacht blieb er so, zwischen Angesäuseltsein und Volltrunkenheit pendelnd, und hätte es wenigstens noch um einen weiteren Tag ausgedehnt, wäre da nicht ein ernüchterndes Gespräch mit Magdalene, genannt Lena, gewesen, zu der er seit seinem neunten Schuljahr keine fünf aufeinanderfolgenden Sätze mehr gesagt hatte.

Sie wartete oben an der Treppe auf ihn, als er eines frühen Morgens nach Hause kam. In einem Rayon-Morgenrock und ohne ihre Brille sah sie unwirklich und doch freundlich aus, wie der Mann, der ihm kurz vorher die Taschen geleert hatte.

«Komm her. Ich will dir was zeigen. Kannst du für eine Minute hier reinkommen?» Sie flüsterte.

«Kann das nicht warten?» Auch er war freundlich; und er war stolz auf die Höflichkeit in seiner Stimme, in Anbetracht dessen, wie müde er war.

«Nein», sagte sie. «Nein. Du mußt es jetzt sehen. Heute. Schau es dir bloß an.»

«Lena, ich bin wirklich ausgepumpt . . .» begann er mit wohltuender Vernünftigkeit.

«Dauert nicht länger als eine Minute. Es ist wichtig.»

Er seufzte und folgte ihr den Gang entlang in ihr Zimmer. Sie ging zum Fenster und zeigte mit dem Finger. «Sieh da runter.»

In Zeitlupenbewegungen, die ihm sehr elegant erschienen, trat Milchmann zum Fenster, teilte die Vorhänge und folgte mit den Augen ihrem zeigenden Finger. Er sah nichts als den Rasen neben dem Haus. Nichts bewegte sich dort, aber in dem Licht des jungen Tages mochte es ihm, dachte er, entgangen sein.

«Was?»

«Der kleine Ahornbaum. Da.» Sie deutete auf ein Ahornbäumchen von etwas vier Fuß Höhe. «Die Blätter müßten jetzt rot werden. Der September ist fast vorbei. Aber sie tun es nicht; sie verschrumpeln einfach und fallen grün ab.»

Er wandte sich ihr zu und lächelte. «Du hast gesagt, es sei wichtig.» Er war nicht ärgerlich, nicht einmal gereizt, und genoß seinen Gleichmut.

«Es ist wichtig. Sehr wichtig.» Ihre Stimme war sanft; sie löste den Blick nicht von dem Baum.

«Dann sags mir. In ein paar Minuten muß ich zur Arbeit.»

«Ich weiß. Aber du hast eine Minute Zeit für mich, oder?»

«Nicht um einen toten Busch anzustarren, dafür nicht.»

«Er ist noch nicht tot. Aber bald wird ers sein. Die Blätter verfärben sich dieses Jahr nicht.»

«Lena, hast du in die Sherryflasche geguckt?»

«Mach dich nicht über mich lustig», sagte sie, und etwas in ihrer Stimme gemahnte an Stahl.

«Aber es stimmt, oder?»

«Du hörst mir nicht zu.»

«O doch. Ich stehe hier und lasse mir von dir die Neuigkeit des Tages mitteilen – daß ein Busch stirbt.»

«Du erinnerst dich nicht mehr an ihn, oder?»

«Ob ich mich daran erinnere?»

«Du hast darauf gepinkelt.»

«Ich habe was?

«Du hast darauf gepinkelt.»

«Lena, vielleicht können wir das später besprechen . . .»

«Und auf mich.»

«Äh . . . Lena, ich hab ein paar Dinge getan in meinem Leben. Ein paar Dinge, wegen denen mir nicht ganz wohl ist. Aber ich schwöre bei Gott, ich habe dich nie angepinkelt.»

«Es war Sommer. In dem Jahr, als Daddy den Packard hatte. Wir sind spazierengefahren und du mußtest auf die Toilette. Weißt du noch?»

Milchmann schüttelte den Kopf. «Nein. Das weiß ich nicht mehr.»

«Ich bin mit dir gegangen. Wir waren auf dem Land, und man konnte sonst nirgendwo hin. Darum mußte ich mit dir gehen. Mama wollte es tun, aber Daddy hat sie nicht gelassen. Und selbst wollte er nicht gehen. Corinthians hat die Nase gerümpft und sich glatt geweigert, also haben sie mich geschickt. Ich hatte auch hohe Absätze. Ich war auch ein Mädchen, aber mich haben sie geschickt. Du und ich mußten neben der Straße einen kleinen Abhang hinunterrutschen. Es war hübsch da unten. Ich hab dir die Hose aufgeknöpft und mich umgedreht, damit du allein sein konntest. Überall im Gras wuchsen violette Veilchen und wilde Narzissen. Ich hab davon gepflückt und ein paar Zweige von einem Baum dazugenommen. Als ich nach Hause kam, hab ich sie da unten in die Erde gesteckt.» Sie deutete mit dem Kopf zum Fenster. «Einfach ein Loch gemacht und sie hineingesteckt. Ich hab Blumen immer gemocht, weißt du. Ich wars, die angefangen hat, künstliche Rosen zu nähen. Nicht Mama. Nicht Corinthians. Ich. Ich habs mit Begeisterung getan. Es hat mich ... ruhig gemacht. Das ist der Grund, warum sie die Leute in der Anstalt Körbe flechten und Flickenteppiche weben lassen. Es hält sie ruhig. Wenn sie die Körbe nicht hätten, bekämen sie vielleicht raus, was wirklich in Unordnung ist, und würden ... etwas tun. Etwas Furchtbares. Nachdem du mich angepinkelt hattest, wollte ich dich umbringen. Ich hab es sogar ein- oder zweimal versucht. Mit kleinen Mitteln: indem ich die Seife in deiner Badewanne gelassen habe und dergleichen. Aber nie bist du ausgerutscht und hast dir den Hals gebrochen oder bist die Treppe runtergefallen oder derlei. Doch dann hab ich etwas gesehen. Die Blumen, die ich in die Erde gesteckt hatte, die, auf die du gepinkelt hast – nun, die sind natürlich gestorben, aber nicht der Zweig. Er ist am Leben geblieben. Er ist der Ahornbaum. Da war ich nicht mehr wütend darüber – über das Pinkeln, meine ich –, weil der Baum wuchs. Aber nun stirbt er, Macon.»

Milchmann rieb sich mit dem Ringfinger den Augenwinkel. Er war so schläfrig. «Jaa, war höllisch gute Pisse, meinst du nich auch? Soll ich noch mal draufhalten?»

Magdalene, genannt Lena, nahm eine Hand aus der Tasche ihres Morgenrocks und schlug ihm damit über den Mund. Milchmann erstarrte und machte eine unvollständige Bewegung in ihre Richtung. Sie ignorierte sie und sagte: «So sicher wie mein Name Magdalene ist, bist du die Grenze, die ich überschreiten werde. Ich dachte, weil der Baum am Leben war, sei alles in Ordnung. Aber ich hatte vergessen, daß man Menschen auf alle möglichen Arten anpinkeln kann.»

«Jetzt hör mal zu.» Milchmann war nun nüchtern und sprach mit so fester Stimme, wie er nur konnte. «Ich bin bereit, wegen deinem Sherry Nachsicht zu üben – bis zu einem gewissen Punkt. Aber faß mich nicht an. Was soll das Gerede vom Anpinkeln?»

«Dein ganzes Leben lang hast du das mit uns gemacht.»

«Du bist verrückt. Wann hab ich jemals einen in diesem Haus beschmutzt? Wann hast du mich jemals herumkommandieren oder jemandem sagen hören, was er tun und lassen soll? Ich laufe nicht mit dem Stock herum; ich lebe und lasse leben, das weißt du.»

«Ich weiß, du hast Daddy von Corinthians erzählt. Daß sie sich mit einem Mann trifft. Heimlich. Und –»

«Das *mußte* ich. Ich würde es ihr von Herzen gönnen, daß sie jemanden findet, aber ich *kenne* den Mann. Ich – ich war mit ihm zusammen. Und ich glaube nicht, daß er . . .» Milchmann verstummte, zu Erklärungen unfähig. Was die Tage anging, was seinen Verdacht anging.

«Oh?» Ihre Stimme war voller Sarkasmus. «Du hast wen anders für sie im Auge?»

«Nein.»

«Nein? Aber er ist von der Southside und nicht gut genug für sie? Ist gut genug für dich, aber nicht für sie, richtig?»

«Lena . . .»

«Was weißt du davon, ob jemand gut genug für jemand anders ist? Und seit wann kümmerst du dich darum, ob Corinthians steht oder fällt? Dein ganzes Leben lang hast du uns ausgelacht. Corinthians. Mama. Mich. Uns benutzt, uns Befehle gegeben und uns beurteilt: wie wir dein Essen kochen; wie wir dein Haus führen. Aber jetzt liegt dir plötzlich Corinthians' Wohl am Herzen und du trennst sie von einem Mann, den du nicht billigst. Wer bist du denn, daß du irgendwen oder irgendwas billigen oder mißbilligen kannst? Ich habe dreizehn Jahre die Luft in dieser Welt geatmet, bevor deine Lungen sich überhaupt gebildet hatten. Corinthians zwölf Jahre. Du weißt nicht das geringste über eine von uns – Rosen haben wir gemacht; das ist das einzige, was du weißt –, aber jetzt weißt du, was das Beste ist für die Frau, die dir den Sabber vom Kinn gewischt hat, weil du zu klein warst, um spucken zu können. Wie aufgelesene Münzen sind unsere Mädchenjahre für dich vergeudet worden. Wenn du geschlafen hast, waren wir ruhig; wenn du hungrig warst, haben wir gekocht; wenn du spielen wolltest, haben wir für deine Unterhaltung gesorgt; und als du groß genug wurdest, um zwischen einer Frau und einem Ford-Zweitakter unterscheiden zu können, stand deinetwegen in diesem Haus alles still. Noch nie hast du deine Unterwäsche gewaschen, ein Bett gemacht, nach dem Baden den Rand von der Wanne gewischt oder ein Körnchen von deinem Schmutz herumgeschoben. Und bis zum heutigen Tag hast du noch nie eine von uns gefragt, ob wir müde sind oder traurig, oder ob wir eine Tasse Kaffee möchten. Noch nie hast du etwas Schwereres getragen als deine eigenen Füße oder ein Problem gelöst, das die Rechenkünste eines Viertkläßlers übersteigt. Woher nimmst du das Recht, über unsere Leben zu entscheiden?»

«Beruhige dich, Lena. Ich will das nicht hören.»

«Ich will dir sagen woher. Von dem Stück Schweinedarm, das du zwischen den Beinen hängen hast. Na, laß dir was sagen von mir, kleiner Bruder: du wirst mehr brauchen als das. Ich weiß nicht, wo dus herkriegen wirst oder wer es dir geben wird, aber merk dir, du wirst mehr brauchen als das. Er hat ihr verboten, aus dem Haus zu gehen, sie ihre Stelle kündigen lassen, den Mann aus seiner Wohnung vertrieben, seinen Lohn gepfändet, und all das wegen dir. Du bist genau wie er. Genau. Ich bin nicht aufs College gegangen wegen ihm. Weil ich Angst davor hatte, was er Mama antun würde. Du denkst, weil du ihn einmal geschlagen hast, glauben wir alle, du hättest sie beschützt. Dich auf ihre Seite gestellt. Eine Lüge ist das. Du hast die Macht übernommen, hast uns wissen lassen, daß du das Recht hast, ihr und uns allen zu sagen, was wir tun sollen.»

Sie hielt plötzlich inne, und Milchmann konnte ihr Atmen hören. Als sie wieder begann, war ihre Stimme verwandelt; der Stahl war daraus verschwunden und durch eine schwebende, flüchtige Musik ersetzt. «Als wir kleine Kinder waren, vor deiner Geburt, hat er uns einmal zum Eiskeller mitgenommen. Hat uns in seinem Hudson dort hingefahren. Richtig feingemacht waren wir, und standen da vor diesen schwitzenden schwarzen Männern und schleckten Eis aus unsern Taschentüchern, ein bißchen vorgebeugt, damit kein Wassertropfen auf unsere Kleidchen fiel. Es gab dort andere Kinder. Barfuß, nackt bis zur Taille, schmutzig. Aber wir standen abseits, in der Nähe des Wagens, in weißen Strümpfen, Schleifen und Handschuhen. Und während er mit den Männern redete, blickte er immer wieder zu uns herüber, zu uns und dem Wagen. Verstehst du, er hat uns dorthin mitgenommen, damit sie uns sehen konnten, ihn beneideten. Dann kam einer der kleinen Jungen zu uns herüber und legte seine Hand auf Corinthians Haar. Sie bot ihm ein Stück Eis an, und bevor wir uns versahen, rannte schon *er* auf uns zu. Er schlug ihr das Eis aus der Hand, so daß es in den Schmutz fiel, und schubste uns beide in den Wagen. Erst stellte er uns zur Schau, dann in die Ecke. Unser ganzes Leben war so: er hat uns vorgeführt wie Jungfrauen in Babylon und dann gedemütigt wie Huren in Babylon. Jetzt hat er Corinthians wieder das Eis aus der Hand geschlagen. Und du bist schuld.» Magdalene, genannt Lena, weinte. «Du bist schuld. Du bist ein trauriger, erbärmlicher, dummer, egoistischer, widerlicher Mann. Ich hoffe, dein Stückchen Schweinedarm leistet dir gute Dienste, und daß du gut darauf acht gibst, denn sonst hast du nichts. Aber ich will dir was ankündigen.» Sie zog ihre Brille aus der Tasche und setzte sie auf. Ihre Augen wuchsen hinter den Linsen auf die doppelte Größe und waren fahl und kalt. «Ich stelle keine Rosen mehr her, und du hast in diesem Haus verpißt.»

Milchmann sagte nichts.

«Jetzt», flüsterte sie, «raus aus meinem Zimmer.»
Milchmann machte kehrt und ging durch den Raum. Ein guter Rat, dachte er. Warum ihn nicht befolgen? Er schloß die Tür.

Teil II

10

Als Hänsel und Gretel im Wald standen und das Haus auf der Lichtung vor sich sahen, muß ihnen der Flaum im Nacken gebebt haben. Ihre Knie müssen sich so weich angefühlt haben, daß nur betäubender Hunger sie vorwärts treiben konnte. Es gab niemanden, der sie hätte warnen oder zurückhalten können; ihre Eltern, geläutert und betrübt, waren weit weg. Also rannten sie, so schnell sie konnten, auf das Haus zu, in dem eine Frau wohnte, die älter war als der Tod, und achteten nicht auf den bebenden Nackenflaum und die Weichheit ihrer Knie. Auch einem erwachsenen Mann kann der Hunger Energie verleihen und jede Schwäche in seinen Knien und jede Unregelmäßigkeit wird aus seinem Herzschlag verschwinden, wenn er glaubt, sein Hunger werde bald gestillt. Zumal wenn der Gegenstand seines Verlangens nicht Ingwerkuchen ist oder köstliches Weingummi, sondern Gold.

Milchmann duckte sich unter den Ästen schwarzer Walnußbäume hindurch und ging geradewegs auf das große verfallene Haus zu. Er wußte, eine alte Frau hatte einst darin gewohnt, aber jetzt sah er keine Lebenszeichen. Er war blind für den Kosmos von Waldesleben, das dort in den wuchernden Efeuschichten herrschte, so tiefen Schichten, daß er den Arm bis zum Ellbogen hätte hineinversenken können. Leben, das krabbelte, Leben, das schlüpfte und kroch und nie die Augen schloß. Leben, das wühlte und trippelte, und so stilles Leben, daß es nicht von den Efeustämmen zu unterscheiden war, auf denen es lag. Geburt, Leben und Tod – alles ereignete sich auf der verborgenen Seite eines Blatts. Von dort, wo er stand, wirkte das Haus, als sei es von einer galoppierenden Krankheit zerfressen, die dunkle und fließende Schwären hinterließ.

Eine Meile hinter ihm war Schotter und das beruhigende

Geräusch von ein oder zwei Automobilen – darunter der Wagen von Reverend Cooper mit seinem dreizehnjährigen Neffen am Steuer.

Mittag, hatte Milchmann ihm gesagt. Komm gegen Mittag zurück. Er hätte genauso leicht sagen können: in zwanzig Minuten, und nun, wo er allein war, bedroht von dem, was Stadtmenschen als heiseres Schweigen empfinden, wünschte er, er hätte fünf Minuten gesagt. Doch selbst wenn der Junge keine Hausarbeit zu erledigen gehabt hätte, wäre es töricht gewesen, sich «zu Geschäften» fünfzehn Meilen aus Danville herausfahren zu lassen und nur auf einen Sprung zu bleiben.

Er hätte niemals diese umständliche Geschichte erfinden sollen, um seine Suche nach der Höhle zu verschleiern; jemand würde ihn womöglich danach fragen. Außerdem sollten Lügen sehr einfach sein, wie die Wahrheit. Übertriebene Einzelheiten waren eben einfach Übertreibung. Aber er war so müde gewesen nach der langen Busfahrt von Pittsburgh her, die sich unmittelbar an den Luxus des Flugs anschloß, daß er befürchtet hatte, nicht überzeugend zu wirken.

Die Reise im Flugzeug hatte ihn aufgeheitert, Illusionen und ein Gefühl von Unverletzlichkeit befördert. Hoch über den Wolken, schwer und doch leicht, im Stillstand der Geschwindigkeit befangen («Reisegeschwindigkeit», sagte der Pilot), in ausgeklügeltem, zum gleißenden Vogel gewordenem Metall sitzend, war es unmöglich zu glauben, daß er je einen Fehler begangen hatte oder begehen könnte. Nur ein kleiner Gedanke belästigte ihn – daß Gitarre nicht auch da war. Es hätte ihn begeistert – der Blick, die Verpflegung, die Stewardessen. Aber Milchmann wollte dies allein tun, ohne Beeinflussung durch einen anderen. Dieses eine Mal wollte er im Solo vorgehen. In der Luft, fern vom wirklichen Leben, fühlte er sich frei, aber auf der Erde, als er kurz vor seiner Abreise mit Gitarre sprach, schlugen ihm die Alpträume all der anderen Leute mit ihren Flügeln ins Gesicht und beengten ihn. Lenas Wut, Corinthians' offenes, ungekämmtes Haar, passend zu ihren schlaffen Lippen, Ruths gesteigerte Überwachung, seines Vaters bodenlose Gier, Hagars hohle Augen – er wußte nicht, ob er etwas davon verdient hatte, aber er wußte, daß er es satt war, und wußte, daß er rasch fort mußte. Er berichtete Gitarre von seiner Entscheidung, bevor er sie seinem Vater mitteilte.

«Daddy meint, das Zeug is immer noch in der Höhle.»

«Könnt sein.» Gitarre nippte an seinem Tee.

«Is jedenfalls wert, daß man mal nachsieht. Dann wissen wirs wenigstens ein für allemal.»

«Kann ich nur zustimmen.»

«Also geh ich der Sache nach.»

«Allein?»

Milchmann seufzte. «Jaa. Jaa. Allein. Ich muß hier raus. Ich mein, ich muß wirklich irgendwohin verschwinden.»

Gitarre setzte die Tasse ab und faltete die Hände vor dem Mund. «Gings nich einfacher, wenn wir zu zweit wärn? Angenommen, du kriegst Schwierigkeiten?»

«Wär vielleicht einfacher, aber es säh verdächtiger aus, wenn zwei Männer statt einem durch den Wald streifen. Wenn ichs find, schaff ichs her un wir teilens genau wie ausgemacht. Wenn nicht, na, zurück komm ich in jedem Fall.»

«Wann fährst du?»

«Morgen früh.»

«Was sagt dein Vater zu, daß du allein gehst?»

«Hab's ihm noch nich erzählt. Bist der einzige bisher, ders weiß.» Milchmann stand auf und ging zu dem Fenster, das auf Gitarres kleine Veranda ging. «Scheiße.»

Gitarre beobachtete ihn aufmerksam. «Was is los?» fragte er. «Warum hast du 'n Tief? Verhältst dich nich wie 'n Mann auf seim Weg zum Ende vom Regenbogen.»

Milchmann drehte sich um und drehte sich aufs Fensterbrett. «Ich hoff, es *is* 'n Regenbogen un keiner hat sich mit dem Einsatz davongemacht, denn ich brauchs.»

«Jeder brauchts.»

«Nich so arg wie ich.»

Gitarre lächelte. «Sieht aus, als würds dich jetzt wirklich jucken. Mehr als vorher.»

«Klar, schon, alles is schlimmer als vorher, oder vielleicht is es genauso wie vorher. Weiß nich. Weiß nur, daß ich mein eignes Leben leben will. Möcht nich mehr der Bürobursche von meim Alten sein. Un das bleib ich, solang ich hier am Ort bin. Außer, ich hab mein eigenes Geld. Ich muß raus aus dem Haus da, un ich will keinem was zu verdanken haben, wenn ich geh. Meine Familie macht mich verrückt. Daddy will, daß ich bin wie er und meine Mutter hasse. Meine Mutter will, daß ich denke wie sie und meinen Vater hasse. Corinthians will nicht mit mir reden; Lena will mich raushaben. Und Hagar will mich an ihr Bett gekettet sehen, oder tot. Alle wollen was von mir, weißt du, was ich mein? Etwas, von dem sie glauben, ich hätte es. Ich weiß nicht, was es ist – ich meine, was sie wirklich wollen.»

Gitarre streckte die Beine aus. «Die wolln dein Leben, Mann.»

«Mein Leben?»

«Was sonst?»

«Nein. Hagar will mein Leben. Meine Familie ... die wollen –»

«So mein ichs nich. Mein nich, sie wolln dein totes Leben; die wolln dein lebendes Leben.»

«Da komm ich nicht mit», sagte Milchmann.

«Schau. Liegt an der Verfassung, in der unsre Verfassung is. Alle wolln das Leben von 'nem schwarzen Mann. Alle. Weiße Männer wolln uns tot oder mundtot – was dasselbe is wie tot. Weiße Frauen genauso. Die wolln uns ‹universal›, weißt du, menschlich, ohne ‹Rassenbewußtsein›. Zahm, außer im Bett. Aber außerhalb vom Bett wolln sie, daß wir Individuen sin. Du erzählst ihnen: ‹Aber mein Papa ham sie gelyncht›, un sie sagen: ‹Schon, aber du bist besser als die Lyncher, also vergiß es.› Un schwarze Frauen, die wolln dich ganz. Liebe nennen sie das, un Verstehen. ‹Warum *verstehst* du mich nich?› Was sie meinen, is: Lieb nichts auf der Welt außer mir. Sagen: ‹Sei verantwortlich›, aber was sie meinen, is: Geh nirgendwo hin, wo ich nich bin. Du versuchst, den Mount Everest zu besteigen, un sie machen dir Knoten in die Seile. Sag ihnen, du willst zum Meeresgrund –

bloß um dich mal umzusehn –, un sie verstecken dir den Sauerstofftank. Aber brauchst gar nich so weit gehn. Kauf 'n Horn un sag, du willst spielen. Oh, die *lieben* die Musik, aber erst nachdem du acht Stunden bei der Post runtergerissen hast. Selbst wenn dus schaffst, selbst wenn du zäh un toll bist un die Spitze vom Mount Everest erreichst, oder du spielst wirklich un bist gut, richtig gut – is immer noch nich gut. Bläst dir aufm Horn die Lunge ausm Leib, un sie wolln mit der Luft, die du noch übrig hast, hören, wie sehr du sie liebst. Wolln deine ganze Aufmerksamkeit. Riskier was, un sie sagen, bist unmöglich. Daß du sie nich liebst. Wolln dich nich mal dein eignes Leben riskiern lassen. Mann, dein *eigenes* Leben – außer, 's geht um sie. Was taugt das Leben von 'nem Mann, wenn er sich nich mal aussuchen kann, wofür er sterben will?»

«Kann sich keiner aussuchen, wofür er stirbt.»

«Kannst du wohl, un wenn dus nicht kannst, kannst dus verdammt noch mal versuchen.»

«Klingst bitter. Wenn das deine Gefühle sin, warum spielst du dann dein Zahlenspielchen? Das Rassenverhältnis gleichhalten un so? Jedesmal wenn ich dich frag, warum dus tust, redst du von Liebe. Liebe zu Negern. Jetzt sagst du –»

«*Geht* um Liebe! Um was sonst außer Liebe? Kann ich nich lieben, was ich kritisier?»

«Schon, aber von der Hautfarbe abgesehn kann ich nich unterscheiden zwischen dem, was die weißen Frauen von uns wolln, un dem, was die farbigen Frauen wolln. Sagst, die wolln nur unser Leben, unser lebendes Leben. Warum vergewaltigen un ermorden die Tage dann 'ne Weiße, wenn 'ne farbige Frau vergewaltigt un ermordet worden is? Warum sich um die farbige Frau überhaupt kümmern?»

Gitarre legte den Kopf schief und sah Milchmann von der Seite an. Seine Nüstern blähten sich ein wenig. «Weil sie *meine* is.»

«Ach so. Klar.» Milchmann bemühte sich nicht, die Ungläubigkeit aus seiner Stimme herauszuhalten. «Also will jeder uns töten, außer schwarzen Männern, richtig?»

«Richtig.»

«Warum hat dann mein Vater – was ein sehr schwarzer Mann is – versucht mich zu töten, bevor ich überhaupt geboren war?»

«Vielleicht hat er gedacht, du wärst 'n kleines Mädchen; weiß nich. Aber ich brauch dir nich erst erzählen, daß dein Vater 'n sehr merkwürdiger Neger is. Erntet den Gewinn von dem, was wir säen, un wir können nichts gegen tun. Benimmt sich wie 'n Weißer, denkt wie 'n Weißer. Bin übrigens froh, daß du die Sprache auf ihn bringst. Vielleicht kannst du mir erklärn, wie ers schafft, nachdem er alles, wofür sein eigener Vater gearbeitet hat, an so 'n paar weiße Knacker verloren hat, nachdem er *gesehen* hat, wie sie sein Vater umlegen, wie ers dann noch schafft zu buckeln? Warum liebt er die so? Un Pilate. Die is noch schlimmer. Hats auch gesehn un geht erstens zurück, um für irgend 'ne verrückte Art von Selbstbefragung die Knochen von 'nem Knacker zu holen, un läßt zweitens das Gold von dem Knacker grad, wos war! Also, is das freiwillige Sklaverei oder nich? Die is in die Jemima-Schuhe geschlüpft, weil sie ihr passen.»

«Schau, Gitarre. Erst mal is es meinem Vater egal, ob ein Weißer lebt oder Lauge schluckt. Er will nur haben, was sie haben. Und Pilate spinnt ein bißchen, aber sie wollte uns da raushaben. Wenn sie nicht so pfiffig gewesen wär, würden wir uns da immer noch unsre Ärsche abfrieren.»

«Ich meinen Arsch. Du nicht. Dich wollte sie raushaben, nicht mich.»

«Also komm. Das is nich fair.»

«Nein. Fair is noch was, was ich mir abgewöhnt hab.»

«Aber Pilate gegenüber? Warum? Hat gewußt, was wir getan haben, und uns trotzdem rausgehauen. Is für uns hingegangen, is für uns gekrochen un hat den Clown gemacht. Hast ihr Gesicht gesehn. Hast du je im Leben so was gesehn?»

«Einmal. Bloß einmal», sagte Gitarre. Und er erinnerte sich erneut daran, wie seine Mutter gelächelt hatte, als ihr der weiße Mann die vier Zehn-Dollar-Noten aushändigte. Mehr als Dankbarkeit hatte in ihren Augen gelegen. Mehr als das. Nicht Liebe, aber Bereitschaft zur Liebe. Ihr Mann war mitten durchgeschnitten und falsch herum eingekistet worden. Er hatte die Arbeiter erzählen hören, wie die beiden Hälften, noch nicht einmal aneinandergepaßt, mit der Schnittfläche nach unten, der Hautseite nach oben in den Sarg gelegt worden waren. Jedes Auge blickte seinen Gefährten tief an. Jedes Nasenloch sog den Atem ein, den das andere Nasenloch ausgestoßen hatte. Die rechte Wange berührte die linke. Der linke Ellbogen überkreuzte sich mit dem rechten. Und damals, als Kind, hatte es ihn bekümmert, daß seinem Vater, wenn er zum Jüngsten Gericht erwachte, als erstes nicht der Himmel oder das herrliche Haupt Gottes ins Auge stechen würde – nicht einmal der Regenbogen. Sondern sein eigenes zweites Auge.

Und dennoch hatte seine Mutter gelächelt und jene Bereitschaft gezeigt, den Mann zu lieben, der dafür verantwortlich war, daß sein Vater bis in alle Ewigkeit geteilt blieb. Nicht von dem Götterschaum der Werkmeistersfrau war ihm übel geworden. Der kam später. Sondern von dem Umstand, daß der Sägewerksbesitzer seiner Mutter statt einer Lebensversicherung vierzig Dollar gab, «damit Sie und die Kinder da über die Runden kommen», und sie es freudig annahm und jedem von ihnen eine große Pfefferminzstange kaufte, genau am Tag der Beerdigung. Gitarres beide Schwestern und sein kleiner Bruder hatten kräftig an der knochenweißen und blutroten Stange gelutscht, aber Gitarre brachte es nicht fertig. Er behielt sie in der Hand, bis sie darin kleben blieb. Den ganzen Tag hielt er sie in der Hand. Am offenen Grab, beim Beerdigungsmahl, die ganze schlaflose Nacht hindurch. Die übrigen machen sich lustig über das, was sie als seine Geizigkeit ansahen, aber er konnte die Stange weder essen noch wegwerfen, bis er sie schließlich – im Klosettschuppen – in das stinkende Loch der Erde fallen ließ.

«Einmal», sagte er. «Bloß einmal.» Und die ganze Übelkeit stieg wieder in ihm auf. «Das Knirschen is da», sagte er. «Das große Knirschen. Laß dich nich täuschen von den Kennedys. Un ich will dir die Wahrheit sagen: Ich hoff, dein Vater hat recht mit dem, was in der Höhle is. Un ich hoff doch sehr, daß du keine Hintergedanken hast, was das Herschaffen angeht.»

«Was soll 'n das heißen?»

«Heißt, bin nervös. Arg nervös. Brauch den Kies.»

«Wenn du in Druck bist, kann ich dir –»

«Nich *ich*. *Wir*. Ham Arbeit vor uns, Mann. Un grad kürzlich –» Gitarre sah Milchmann mit verkniffenen Augen an – «grad kürzlich is einer von uns auf die Straße gesetzt worden, von jemand, den ich nich nennen muß. Un sein Lohn is gepfändet worden, weil dieser Jemand sagt, er würd ihm zwei Monate Miete schulden. Dieser Jemand braucht zwei Monate Miete für 'n zwölf mal zwölf Fuß großes Loch in der Wand so dringend, wie 'n Fisch Hosentaschen braucht. Jetzt müssen wir für den Mann sorgen, ihm 'nen Platz zum Wohnen verschaffen, die sogenannte fällige Miete bezahln un –»

«Das war meine Schuld. Laß mich erzählen, was passiert is . . .»

«Nein. Erzähl mir nichts. Bist nich der Hausherr un hast ihn nich rausgesetzt. Hast ihm vielleicht das Gewehr in die Hand gegeben, aber abgedrückt hast du nich. Ich mach dich nich verantwortlich.»

«Warum nich? Redst über mein Vater, über die Schwester von meim Vater, un wenn ich dich laß, redst du über meine Schwester auch. Was traust du mir?»

«Baby, hoff sehr, daß ich mir die Frage nie selber stellen brauch.»

Es endete nicht schlecht, dieses düstere Gespräch. Es gab keinen wirklichen Wutausbruch und es fiel kein unwiderrufliches Wort. Als Milchmann ging, hielt ihm Gitarre wie gewöhnlich die Handfläche hin, und Milchmann klatschte darauf. Vielleicht war Müdigkeit daran schuld, aber die Berührung der Handflächen wirkte ein wenig schwach.

Auf dem Flughafen von Pittsburgh fand er heraus, daß Danville 240 Meilen weiter nordöstlich lag und durch kein anderes öffentliches Verkehrsmittel als einen Greyhound-Bus zu erreichen war. Widerstrebend, unwillig, auf die Eleganz zu verzichten, die ihm während des Flugs so wohlgetan hatte, fuhr er mit dem Taxi zur Busstation und richtete sich auf zwei müßige Stunden bis zur Abfahrt des Busses ein. Als er endlich einstieg, war er erschöpft von der Untätigkeit, von den Zeitschriften, die er gelesen hatte, und vom Herumbummeln in den Straßen um die Busstation. Fünfzehn Minuten außerhalb von Pittsburgh schlief er ein. Als er aufwachte, war es später Nachmittag, und bis zur Ankunft in Danville blieb ihm noch eine Stunde. Sein Vater hatte von der Schönheit dieses Landesteils geschwärmt, aber Milchmann sah ihn lediglich als grün, tief im Altweibersommer versunken, aber kühler als seine eigene Stadt, obwohl die weiter nördlich gelegen war. Die Berge, dachte er, müssen der Grund für den Temperaturunterschied sein. Für ein paar Minuten versuchte er, die an seinem Fenster vorbeiziehende Landschaft zu genießen, dann siegte die Neigung des Stadtmenschen, die Wiederholungen der Natur langweilig zu finden. An manchen Stellen gab es viele Bäume, an manchen nicht; manche Felder waren grün, manche nicht, und die Hügel in der Ferne waren wie die Hügel in jeder Ferne. Dann achtete er auf die Schilder – auf die Namen von Orten, die zweiundzwanzig Meilen voraus, siebzehn Meilen östlich, fünf Meilen nordöstlich lagen. Und auf die Namen von Gemarkungen, Landkreisen, Straßenkreuzungen, Brücken, Stationen, Tunnel, Bergen, Flüssen, Bächen, Anlegeplätzen, Parks und Aussichtspunkten. Alle müssen sich aufspielen, dachte er, wo doch bestimmt jeder, der sich für Dudberry Point interessiert, schon weiß, wo das ist.

Er hatte zwei Flaschen Cutty Sark im Koffer, neben zwei Hemden und etwas Unterwäsche. Der große Koffer, dachte er, würde erst auf der Rückreise sein eigentliches Gewicht haben. Nun wünschte er, er hätte ihn nicht unten im Bus verstauen lassen, denn er hätte gern sofort einen Drink gehabt. Nach seiner Uhr, der goldenen Longines, die seine Mutter ihm geschenkt hatte, waren es zwanzig Minuten bis zum nächsten Halt. Er legte sich an die Kopfstütze zurück und versuchte einzuschlafen. Seine Augen knitterten vom fortwährenden Betrachten ereignisloser Landschaft.

In Danville entdeckte er zu seinem Erstaunen, daß der Busbahnhof aus einem Imbißwagen bestand, wo der Mann hinter der Theke Busfahrscheine, Hamburger, Kaffee, Kräcker mit Käse oder Erdnußbutter, Zigaretten, Süßigkeiten und einen Aufschnitteller verkaufte. Keine Schließfächer, kein Gepäckschalter, kein Taxi und, wie er gerade feststellte, auch keine Herrentoilette.

Plötzlich kam er sich lächerlich vor. Was wurde eigentlich von ihm erwartet? Daß er den Koffer absetzte und den Mann fragte: Wo ist die Höhle in der Nähe der Farm, auf der mein Vater vor achtundfünfzig Jahren gelebt hat? Er kannte niemanden, wußte keinen Namen außer dem Vornamen einer alten Frau, die nun tot war. Und statt in diesem kleinen Farmerstädtchen noch mehr Aufmerksamkeit auf sich zu ziehen, als sein beigefarbener Anzug mit Weste, seine schmale schwarze Krawatte auf dem hellblauen Button Down-Hemd und seine prächtigen Florsheim-Schuhe bereits erregt hatten, fragte er den Mann an der Theke, ob er sein Gepäck hier abstellen könne. Der Mann starrte auf den Koffer und schien sich das Ersuchen durch den Kopf gehen zu lassen.

«Ich bezahl dafür», sagte Milchmann.

«Lassen Sie ihn. Hinten bei 'n Sprudelkisten», sagte der Mann. «Wann wollns ihn denn holn?»

«Heute abend.»

«Recht. Wird noch dastehn.»

Milchmann verließ den Imbißwagen/Busbahnhof mit einer kleinen Mappe, in der er Rasierzeug hatte, und trat hinaus in die Straßen von Danville, Pennsylvania. Er hatte natürlich Orte wie diesen in Michigan gesehen, aber er hatte nie etwas anderes in ihnen zu tun gehabt als zu tanken. Die drei Läden an der Straße schlossen für die Nacht. Es war Viertel nach fünf, und alles zusammengezählt gingen vielleicht ein Dutzend Leute auf den Bürgersteigen. Einer davon war ein Neger. Ein großer, älterer Mann mit einer braunen Schirmmütze und altmodischem Kragen. Milchmann folgte ihm eine Weile, schloß dann zu ihm auf und fragte: «Sagen Sie, können Sie mir vielleicht helfen.» Er lächelte, während er sprach.

Der Mann drehte sich um, antwortete jedoch nicht. Milchmann fragte sich, ob er ihn irgendwie beleidigt habe. Endlich nickte der Mann und sagte: «Tu, was ich kann.» Er hatte ein leichtes ländliches Federn in der Stimme, wie der Mann an der Theke.

«Ich suche nach . . . Circe, einer Frau namens Circe. Also nicht nach ihr, sondern nach ihrem Haus. Wissen Sie, wo sie gewohnt hat? Ich bin von auswärts. Ich komme gerade vom Bus. Ich habe hier Geschäfte zu erledigen, eine Versicherungspolice, und ich muß mir ein paar Grundstücke hier ansehen.»

Der Mann hörte zu und wollte ihm offensichtlich nicht ins Wort fallen; so beschloß Milchmann seinen Satz lahm mit: «Können Sie mir helfen?»

«Reverend Cooper würds wissen», sagte der Mann.

«Wo kann ich den finden?» Milchmann hatte das Gefühl, etwas fehle in diesem Gespräch.

«Stone Lane. Gehn Sie die Straße hier weiter bis zur Post. Um die Post rum, un sind in Windsor Street. Die nächste is Stone Lane. Da wohnt er.»

«Ist da auch eine Kirche?» Milchmann nahm an, ein Prediger werde neben seiner Kirche wohnen.

«Nein. Nein. Kirche hat kein Pfarrhaus. Reverend Cooper wohnt in Stone Lane. Gelbes Haus, glaub ich.»

«Danke», sagte Milchmann. «Vielen Dank.»

«Gern geschehn», sagte der Mann. «Schön Abend.» Und ging davon.

Milchmann überlegte, ob er zurückgehen und seinen Koffer holen sollte, verwarf den Gedanken und schlug den Weg ein, den man ihm beschrieben hatte. Eine amerikanische Fahne kennzeichnete das Postamt, ein Holzhaus gleich neben einem Drugstore, der auch als Western Union-Büro diente. Er bog links um die Ecke, stellte jedoch fest, daß es nirgendwo Straßenschilder gab. Wie konnte er Windsor Street oder Stone Lane finden, wenn die Schilder fehlten? Er ging durch eine Wohnstraße, eine zweite und eine weitere, und war gerade im Begriff, zum Drugstore zurückzukehren und im Telefonbuch unter «African Methodist Episcopal» oder «A.M.E. Zion» nachzuschlagen, als er ein weiß-gelbes Haus sah. Vielleicht ist es das, dachte er. Er stieg die Stufen hinauf, entschlossen, auf sein Benehmen zu achten. Ein Dieb sollte höflich sein und für sich einnehmen.

«Guten Abend. Ist Reverend Cooper da?»

Eine Frau stand im Eingang. «Ja, er ist da. Möchten Sie hereinkommen? Ich rufe ihn.»

«Danke schön.» Milchmann betrat einen winzigen Flur und wartete.

Ein gedrungener, rundlicher Mann, der mit seiner Brille spielte, erschien. «Ja, Sir? Sie wollten mich sprechen?» Sein Blick streifte rasch Milchmanns Kleidung, aber seine Stimme verriet keine übermäßige Neugier.

«Ja. Äh . . . wie geht es Ihnen?»

«Gut. Gut. Und Ihnen?»

«Ganz gut.» Milchmann fühlte sich so verlegen wie er klang. Noch nie hatte er versuchen müssen, einen angenehmen Eindruck auf einen Fremden zu machen, hatte noch nie etwas von einem Fremden gebraucht und konnte sich nicht erinnern, jemals in der Welt jemanden gefragt zu haben, wie es ihm gehe. Am besten sage ich alles, dachte er. «Ich könnte Ihre Hilfe gebrauchen, Sir. Meine Name ist Macon Dead. Mein Vater ist hier in der Gegend –»

«Dead? Macon Dead, sagen Sie?»

«Ja.» Milchmann lächelte, wie um sich für den Namen zu entschuldigen. «Mein Vater –»

«Na, so was.» Reverend Cooper nahm die Brille ab. «Na, so was! Esther!» Er schleuderte die Worte über die Schulter, ohne den Blick von seinem Gast zu nehmen. «Esther, komm her!» Dann zu Milchmann: «Ich kenne Ihre Leute!»

Milchmann lächelte und ließ die Schultern ein wenig sinken. Es war ein gutes Gefühl, in eine fremde Stadt zu kommen und einen Fremden zu finden, der die Leute von einem kannte. Sein Leben lang hatte er das Beben in Sätzen gehört wie: «Ich wohne hier, aber meine *Leute* . . .» oder: «Sie verhält sich, als hätt sie keine *Leute*», oder: «Wohnt jemand von deinen *Leuten* da?» Aber er hatte nie gewußt, was das bedeutete: Verbindungen. Ihm fiel wieder ein, wie Freddie am Tag vor Weihnachten in Sonnys Laden gesessen und gesagt hatte: «Keiner von mein Leuten wollt mich nehmen.» Milchmann strahlte Reverend Cooper und seine Frau an. «Wirklich?»

«Setz dich her, Junge. Bist der Sohn von dem Macon Dead, den ich gekannt hab. Oh, na ja, ich will nicht behaupten, daß ich ihn gar so gut gekannt hab. Dein Daddy war vier oder fünf Jahre älter als ich und viel sind sie nicht in die Stadt gekommen, aber jeder hier in der Gegend erinnert sich an den Alten. An den alten Macon Dead, deinen Großvater. Mein Daddy und er waren gute Freunde. Schmied war der, mein Daddy. Ich bin der einzige, der berufen worden ist. Ja, ja, ja.» Reverend Cooper grinste und massierte sich die Knie. «Lord, ich vergeß mich. Du mußt hungrig sein. Esther, bring ihm was, damit er satt wird.»

«O nein. Nein, dankeschön, Sir. Vielleicht eine Kleinigkeit zu trinken. Das heißt, wenn Sie trinken, meine ich.»

«Sicher. Sicher. Nichts Städtisches, muß ich leider sagen, aber – Esther!» Sie war auf dem Weg in die Küche. «Bring Gläser und hol den Whisky aus dem Schrank. Das hier ist Macon Deads Junge und er ist müde und braucht was zu trinken. Erzähl mir, wie hast du mich gefunden? Sag bloß, dein Daddy erinnert sich noch an mich?»

«Das tut er wahrscheinlich, aber ich hab auf der Straße einen Mann getroffen, der mir gesagt hat, wie ich sie finden kann.»

«Du hast ihn nach mir gefragt?» Reverend Cooper wollte alles in der richtigen Reihenfolge wissen. Er entwarf die Geschichte bereits für seine Freunde: wie der Mann zuerst in sein Haus kam, wie er nach ihm fragte . . .

Esther kam zurück mit einem Coca-Cola-Tablett, zwei Gläsern und einem großen Mayonnaiseglas gefüllt mit etwas, was wie Wasser aussah. Reverend Cooper goß es warm und unverdünnt in die beiden Gläser. Kein Eis, kein Wasser – einfach purer Roggenwhisky, der Milchmann fast die Kehle zerriß, als er einen Schluck nahm.

«Nein. Ich habe nicht namentlich nach Ihnen gefragt. Ich habe ihn gefragt, ob er wüßte, wo eine Frau namens Circe früher gewohnt hat.»

«Circe? Ja. Lord, die alte Circe!»

«Er hat mir gesagt, ich sollte mit Ihnen sprechen.»

Reverend Cooper lächelte und schenkte Whisky nach. «Jeder hier in der Gegend kennt mich, und ich kenne jeden.»

«Also, ich weiß, daß mein Vater eine Weile bei ihr war, nachdem sie ... als sie ... nachdem sein Vater gestorben war.»

«Sie hatten eine schöne Farm. Mächtig schön. Gehört jetzt Weißen. Das wollten sie natürlich. Deshalb haben sie ihn erschossen. Hat eine Menge Leute hier aufgebracht, eine ganze Menge Leute. Und ihnen Angst gemacht. Aber hatte dein Daddy nicht eine Schwester, mit Namen Pilate?»

«Ja, Sir. Pilate.»

«Und ist noch am Leben?»

«O ja. Noch sehr am Leben.»

«Ja soo? Hübsches Mädchen, wirklich hübsch. Mein Daddy war der, der ihr den Ohrring gemacht hat. So ham wir erfahrn, daß sie am Leben warn. Nachdem der alte Macon Dead umgebracht worden is, hat keiner gewußt, ob die Kinder auch tot warn oder was. Dann sin ein paar Wochen verstrichen und Circe kam zu meinem Daddy in die Werkstatt. Genau gegenüber von da, wo jetzt das Postamt ist – da ist die Schmiede von meinem Daddy gewesen. Sie ist mit diesem Metalldöschen gekommen, wo ein Stück Papiertüte zusammengefaltet drinlag. Pilates Name stand draufgeschrieben. Circe hat Daddy nichts gesagt, außer daß er einen Ohrring draus machen soll. Sie hatte bei den Leuten, für die sie gearbeitet hat, eine Brosche gestohlen. Mein Daddy hat die goldene Nadel davon bekommen und sie an die Dose geschweißt. So haben wir gewußt, daß sie am Leben waren und daß Circe für sie sorgt. Bei Circe waren sie gut aufgehoben. Sie hat für die Butlers gearbeitet – reiche weiße Leute, weißt du –, aber sie war eine gute Hebamme zu jener Zeit. Hat jeden auf die Welt geholt. Einschließlich mich.»

Vielleicht lag es am Whisky, der, wenn er ihn trank, andere Leute immer herzlich machte, aber Milchmann verspürte eine gewisse Inbrunst, als er aus dem Mund dieses Mannes eine Geschichte vernahm, die er schon viele Male gehört hatte, wenngleich nur mit halbem Ohr. Oder vielleicht erschien sie deshalb so real, weil er sich an dem Ort befand, wo sie geschehen war. Pilate in Darling Street von Höhlen und Wäldern und Ohrringen oder seinen Vater zu den Automobilgeräuschen in der Not Doctor Street von der Zubereitung wilden Truthahns reden zu hören, wirkte exotisch, wie etwa aus einer anderen Welt und einem anderen Zeitalter, das womöglich nicht einmal wahr war. Hier im Pfarrhaus, wo er in einem Sessel mit einer Sitzfläche aus geflochtenem Rohr neben einem Klavier saß und hausgemachten Whisky trank, der aus einem Mayonnaiseglas eingeschenkt wurde, da war es real. Ohne es zu wissen, war er just an der Stelle vorbeigegangen, wo Pilates Ohrring angefertigt worden war, jener Ohrring, der ihn als kleinen Jungen fasziniert hatte, dessen Anfertigung die Farbigen hier davon unterrichtet hatte, daß die Kinder des Ermordeten am Leben waren. Und dies war das Wohnzimmer des Sohnes von dem Mann, der den Ohrring geschmiedet hatte.

«Hat jemals einer die Männer gefaßt, die es getan – die ihn umgebracht haben?»

Reverend Cooper zog die Augenbrauen hoch. «Gefaßt?» fragte er mit ganz verwundertem Gesicht. Dann lächelte er wieder. «Brauchten die nich fassen. Sin nie weggewesen.»

«Ich meine, sind sie vor Gericht gekommen; sind sie festgenommen worden?»

«Festgenommen für was? Fürs Killen von 'nem Nigger? Was hast du gesagt, wo du her bist?»

«Sie wollen sagen, keiner hat etwas unternommen? Haben nicht mal versucht rauszufinden, wer es war?»

«Wußte jeder, wers gewesen war. Dieselben Leute, für die Circe gearbeitet hat – die Butlers.»

«Und keiner hat was unternommen?» Milchmann wunderte sich über seine eigene Wut. Er war nicht wütend gewesen, als er zum erstenmal davon gehört hatte. Warum nun?

«War nichts zu unternehmen. Die Weißen hats nich gekümmert, die Farbigen ham sich nich getraut. Gab keine Polizei wie heute. Jetzt ham wir 'nen Bezirkssheriff, der zuständig is. Damals nich. Damals kam bloß ein oder zweimal im Jahr der Richter auf Rundreise durch. Außerdem hat den Leuten, die das getan ham, der halbe Bezirk gehört. Macons Land war ihnen im Weg. Leute warn schon dankbar, daß die Kinder davongekommen sin.»

«Sie sagen, Circe hat für die Leute gearbeitet, die ihn umgebracht haben. Hat sie das gewußt?»

«'türlich hat sies gewußt.»

«Und sie hat sie dabehalten?»

«Nich vor allen Augen. Hat sie versteckt.»

«Aber immer noch im selben Haus, oder?»

«Klar. Beste Ort, würd ich sagen. Wärn sie in die Stadt gekommen, hätt sie wer gesehn. Wär keiner auf den Gedanken verfalln, da zu suchen.»

«Hat Daddy – hat mein Vater das gewußt?»

«Ich weiß nicht, was er wußte, ob Circe es ihm je gesagt hat. Ich hab ihn nach dem Mord nie wieder gesehen. Keiner von uns.»

«Wo sind sie? Die Butlers. Leben sie immer noch hier?»

«Sin tot jetzt. Allesamt. Die letzte, Elizabeth, is vor 'n paar Jahrn gestorben. Unfruchtbar wie 'n Stein un genauso alt. Die Dinge klären sich, Sohn. Gottes Wege sind geheimnisvoll, aber wenn dus überlebst, bloß überlebst, dann siehst du, daß es sich immer von selbst erledigt. Nichts, was sie gestohlen un wofür sie gemordet ham, hat ihnen Segen gebracht. Nicht die Spur.»

«Es ist mir egal, ob es ihnen Segen gebracht hat. Tatsache ist, daß sie jemand anderem Unrecht zugefügt haben.»

Reverend Cooper zuckte mit den Achseln. «Sin Weiße anders bei euch?»

«Nein, vermutlich nicht ... Nur, manchmal kann man was unternehmen.»

«Was?» Der Prediger blickte aufrichtig interessiert.

Milchmann konnte nicht antworten, es sei denn in Gitarres Worten; also sagte er nichts.

«Siehst das hier?» Der Reverend wandte sich um und zeigte Milchmann einen walnußgroßen Knoten, der hinter seinem Ohr wuchs. «Ein paar von uns sind nach Philly gefahren und haben versucht, bei einer Parade zum Waffenstillstandstag mitzumarschieren. Das war nach dem Ersten Weltkrieg. Wir waren eingeladen und hatten die Genehmigung, aber die Leute, die weißen Leute, wollten uns nicht dahaben. Sie haben einen Aufruhr angezettelt. Du weißt schon – Steine geworfen und uns Schimpfworte zugerufen. Ham sich 'nen Dreck um unsere Uniform geschert. Jedenfalls sin 'n paar berittene Polizisten gekommen – um sie zur Ruhe zu bringen, dachten wir. *Uns* haben sie umgerannt. Richtig mit ihren Pferden. Das hier is, was 'n Pferdehuf anstelln kann. Is das nich was?»

«Jesus Gott.»

«Du wärst nich etwa hier, um Rechnungen zu begleichen, oder?» Der Prediger beugte sich über seinen Bauch.

«Nein. Ich bin auf der Durchreise, sonst nichts. Dachte einfach, ich seh mich mal um. Ich wollte die Farm sehen . . .»

«Denn was an Rechnungen noch zu begleichen war, hat Circe erledigt.»

«Was hat sie getan?»

«Ha! Was hat sie nicht getan?»

«Schade, daß ich nicht schon vor langer Zeit hier herausgekommen bin. Ich hätte sie gern kennengelernt. Sie muß hundert Jahre alt gewesen sein, als sie gestorben ist.»

«Älter. War hundert, als ich ein Junge war.»

«Ist die Farm in der Nähe?» Milchmann schien gelinde interessiert zu sein.

«Nicht allzu weit.»

«Seitdem ich in dieser Richtung unterwegs bin, möchte ich irgendwie gern sehen, wo sie lag. Daddy hat so viel davon geredet.»

«Sie liegt gleich hinter dem Anwesen der Butlers, rund fünfzehn Meilen draußen. Ich kann dich hinbringen. Mein alter Klapperkasten von Auto ist in der Werkstatt, hätt aber gestern fertig sein sollen. Ich frag mal nach.»

Milchmann wartete vier Tage darauf, daß der Wagen fertig wurde. Vier Tage als Gast im Haus von Reverend Cooper und als Ziel des Besuchs von jedem alten Mann in der

Stadt, der sich an seinen Vater oder seinen Großvater erinnern konnte, und von manchen, die nur von ihnen gehört hatten. Sie alle wiederholten unterschiedliche Aspekte der Geschichte, alle redeten davon, wie schön Lincolns Himmel sei. In der Küche sitzend, sahen sie Milchmann mit solch feuchten Augen an und sprachen mit so viel Hochachtung und Zuneigung von seinem Großvater, daß Milchmann ihn gleichfalls zu vermissen begann. Die Worte seines eigenen Vaters fielen ihm wieder ein: «Ich hab Seite an Seite mit meinem Vater gearbeitet. Im gleichen Schritt mit ihm.» Milchmann hatte damals gedacht, sein Vater prahle mit seiner Mannhaftigkeit als Kind. Nun wußte er, daß er ihm etwas anderes hatte sagen wollen. Daß er seinen Vater liebte; eine innige Beziehung zu ihm hatte; daß sein Vater ihn liebte, ihm vertraute und für würdig befand, «im gleichen Schritt mit ihm» zu arbeiten. «Irgendwas in mir wurde wild», hatte er gesagt, «als ich ihn am Boden sah.»

Von ihm war das echte Gefühl, das Milchmann nur vorgetäuscht hatte, als Reverend Cooper die Aussichtslosigkeit schilderte, «etwas zu unternehmen». Diese Männer hatten beide Macon Dead als außergewöhnliche Männer in Erinnerung. Pilate als hübsches, waldnärrisches Mädchen, «das keiner in Schuhe reinkriegen konnte». Nur einer von ihnen erinnerte sich an seine Großmutter. «Gut aussehend, aber wie 'ne Weiße. Indianisch vielleicht. Schwarze Haare, Augen nach oben geschlitzt. Is im Kindbett gestorben, weißt du.» Je mehr die alten Männer redeten – je mehr er hörte über die einzige Farm im Landkreis, auf der Pfirsiche wuchsen, richtige Pfirsiche, wie es sie in Georgia gab, von den Festen, die sie feierten, wenn die Jagdzeit vorüber war, vom Schweineschlachten im Winter und von der Arbeit, der Knochenarbeit auf einer gutgehenden Farm –, um so mehr vermißte er etwas in seinem Leben. Sie redeten davon, wie man Brunnen grub, Fallen baute, Bäume fällte, Obstgärten mit Feuern warmhielt wenn im Frühjahr das Wetter schlecht war, wie man Pferde zuritt, Hunde dressierte. Und in alldem kam sein eigener Vater vor, der zweite Macon Dead, ihr Zeitgenosse, der stark war wie ein Ochse, ohne

Sattel und barfuß reiten konnte, der, darin waren sie sich einig, schneller rannte, tiefer pflügte, sicherer schoß, mehr pflückte und besser ritt als sie alle. Er konnte jenen starren, habgierigen, lieblosen Mann nicht wiedererkennen in dem Jungen, von dem sie sprachen, aber er liebte den Jungen, den sie schilderten, und liebte den Vater dieses Jungen – mit seiner Walmdachscheune, seinen Pfirsichbäumen und sonntäglichen Angelpartien bei Tagesanbruch in einem zwei Morgen bedeckenden Fischteich.

Sie redeten und redeten, Milchmann als Zündung für das Feuerwerk ihrer Erinnerungen benutzend. Von guten Zeiten, schlechten Zeiten, Dingen, die sich verändert hatten, Dingen, die gleich geblieben waren – und alles überragte mit Kopf und Schultern der große, herrliche Macon Dead, dessen Tod, so schien ihm, der Beginn ihres eigenen Sterbens bedeutete, obwohl sie zu jener Zeit erst Jungen gewesen waren. Macon Dead war der Farmer, der sie sein wollten, der kluge Bewässerer, der Pfirsichbaumzüchter, der Schweineschlächter, der Truthahnbräter, der Mann, der im Handumdrehen glatt vierzig Felder pflügen konnte und dabei sang wie ein Engel. Er war aus dem Nichts aufgetaucht, unwissend wie ein Hammer und abgebrannt wie ein Sträfling, mit nichts als den Papieren eines freien Mannes, einer Bibel und einer hübschen schwarzhaarigen Frau, und in einem Jahr hatte er zehn Morgen gepachtet, nach dem nächsten zehn weitere. Sechzehn Jahre später besaß er eine der besten Farmen in Montour County. Eine Farm, die ihrem Leben Farbe verlieh wie ein Pinsel und zu ihnen sprach wie eine Predigt. «Siehst du?» sagte die Farm zu ihnen. «Siehst du? Siehst du, was du schaffen kannst? Macht nichts, daß du keinen Buchstaben vom andern unterscheiden kannst, macht nichts, daß du als Sklave geboren wurdst, macht nichts, daß du deinen Namen verlorn hast, macht nichts, daß dein Daddy tot ist, macht alles nichts. Hier, das hier ist, was ein Mann tun kann, wenn er sichs in den Kopf setzt und den Rücken krumm macht. Hör auf zu plärren», sagte sie. «Hör auf, an den Rändern der Welt rumzustochern. Nütz deinen Vorteil, und wenn du keinen Vorteil nützen kannst, nütz den Nachteil. Wir leben hier. Auf diesem Planet, in dieser Nation, in diesem Landkreis hier. Nirgends sonst! Wir haben ein Haus auf diesem Felsen, siehst du das nicht! Keiner hungert in meinem Haus; keiner weint in meinem Haus, und wenn ich ein Haus hab, habt ihr auch eins! Greift danach. Greift nach diesem Land! Nehmt es, haltet es fest, meine Brüder, macht es, meine Brüder, schüttelt es durch, quetscht es aus, dreht und wendet es, prügelt, tretet, küßt es, peitscht es, stampft es, zerfurcht es, pflügt es, bepflanzt es, erntet es ab, mietet, kauft, verkauft es, besitzt es, bebaut es, mehrt es und reicht es weiter – könnt ihr mich hören? Reicht es weiter!»

Aber sie schossen ihm die Schädeldecke weg und aßen seine feinen Georgia-Pfirsiche. Und noch als Jungen begannen diese Männer zu sterben und starben immer noch. In jenen nächtlichen Gesprächen sahen sie Milchmann an und sehnten sich nach etwas. Nach einem Wort von ihm, das den Traum wieder auflodern ließe und dem Tod, den sie starben, Einhalt gebieten würde. Darum begann Milchmann über seinen Vater zu reden, den Jungen, den sie kannten, den Sohn des sagenhaften Macon Dead. Er schnitt ein bißchen auf, und sie wurden lebendig. Wie viele Häuser sein Vater besaß (sie grinsten); der neue Wagen alle zwei Jahre (sie lachten); und als er ihnen erzählte, wie sein Vater versucht hatte, die Erie-Lackawanna-Eisenbahngesellschaft zu kaufen (so klang es besser), da johlten sie vor Vergnügen. Das is er! Das is wahrhaftig der Junge vom alten Macon Dead! Sie wollten alles wissen, und Macon hörte sich Kontoposten herunterrasseln wie ein Buchhalter, Geschäfte beschreiben, die Gesamthöhe der Mieteinkünfte, Bankkredite und diese neue Sache anführen, die sein Vater ins Auge faßte – die Wertpapierbörse.

Plötzlich, mitten in seiner Erzählung, wollte Milchmann das Gold. Sofort, auf der Stelle wollte er aufstehen und es sich holen gehen. Da hinrennen, wo es war, und jedes Körnchen davon den Butlers unter der Nase wegschnappen, die blöd genug waren zu glauben, daß der ganze Stamm sterbe, wenn sie einen Mann umbrachten. Er funkelte im Licht ihrer Verehrung und wurde wild vor Stolz.

«Wen hat dein Daddy geheiratet?»
«Die Tochter des reichsten Negerdoktors in der Stadt.»
«Das is er! Das is Macon Dead!»
«Hat euch alle aufs College geschickt?»
«Meine Schwestern. Ich arbeite direkt neben ihm im Büro.»
«Ha! Behält dich daheim, um Geld zu machen! Macon Dead wird immer 'ne Menge Geld scheffeln!»
«Was für 'n Auto fährt er?»
«Buick. Zweihundertfünfundzwanzig.»
«Allmächtiger, 'nen Zweizweifünfer! Von was für 'm Jahr?»
«Von diesem Jahr!»
«Das is er! Das is Macon Dead! Kauft noch die Erie-Lakkawanna! Wenn er sie haben will, kriegt er sie! Bei meiner Seel. Möcht wetten, ärgert die Weißen da zu Tode. Den kann keiner unten halten! Nich 'nen Macon Dead! Nich in der Welt hier! Un in der nächsten auch nich! Hoho! Gottverdammich! Die Erie-Lacka*wan*na!»
Nach all dem Warten konnte Reverend Cooper dann nicht fort. Sein Predigereinkommen ergänzte er durch Arbeit auf einem Güterumschlagplatz, und er wurde zu einer Frühschicht gerufen. Sein Neffe, Neffe genannt, weil er der einzige war, wurde angewiesen, Milchmann zur Farm hinauszufahren – so nah heran, wie es ging. Neffe war dreizehn und konnte kaum über das Lenkrad hinwegsehen.
«Hat er einen Führerschein?» fragte Milchmann Mrs. Cooper.
«Noch nicht», sagte sie, und als sie seine Bestürzung bemerkte, erklärte sie ihm, daß Farmkinder früh Auto fuhren – es blieb ihnen nichts anderes übrig.
Milchmann und Neffe fuhren gleich nach dem Frühstück los. Sie brauchten fast eine Stunde, denn die Straßen waren nur zweispurig und kurvenreich, und sie hingen zwanzig Minuten hinter einem Kleinlaster, an dem sie nicht vorbeikamen. Neffe sprach sehr wenig. Er schien sich nur für Milchmanns Kleider zu interessieren, die er genau betrachtete, wann immer sich eine Gelegenheit ergab. Milchmann

beschloß, ihm eines seiner Hemden zu schenken und bat ihn, an der Busstation zu halten und den Koffer zu holen, den er dort abgestellt hatte.

Schließlich bremste er auf einem Straßenabschnitt, an dem keinerlei Häuser in Sicht waren. Er hielt an.

«Was ist los? Soll ich fahren?»

«Nein, Sir. Das wärs.»

«Wäre was? Wo?»

«Weiter dahinten.» Er zeigte auf ein paar Büsche. «Die Straße zum Butler-Haus is da drin, un die Farm liegt dahinter. Müssn zu Fuß hin. Schafft der Wagen nich.»

Er hatte nur zu sehr recht; wie sich herausstellte, kam Milchmann kaum zu Fuß voran auf dem steinigen, überwachsenen Weg. Er hatte Neffe gebeten zu warten – in der Absicht, das Terrain nur rasch in Augenschein zu nehmen und später allein wiederzukommen. Aber der Junge hatte was zu erledigen, sagte er, und würde zurückkommen, wann Milchmann es wünschte.

«In einer Stunde», sagte Milchmann.

«Brauch schon 'ne Stunde zurück in die Stadt», sagte Neffe.

«Reverend Cooper hat gesagt, du sollst mich fahren. Nicht mich auf dem trocknen sitzenlassen.»

«Meine Mama verprügelt mich, wenn ich meine Arbeit nich mach.»

Milchmann ärgerte sich, aber da er nicht wollte, daß der Junge glaube, es mache ihn nervös, hier draußen allein gelassen zu werden, einigte er sich mit ihm darauf, daß er um – er schaute auf seine schwere, überstilisierte Uhr – die Mittagszeit zurückzukommen solle. Es war gerade neun.

Die ersten Äste der alten Walnußbäume hatten ihm den Hut vom Kopf geschlagen, also trug er ihn in der Hand. Seine Hose ohne Aufschläge hatte dunkle Ränder von der Meile, die er durch feuchtes Laub gegangen war. Die Stille dröhnte ihm geradezu in den Ohren. Er fühlte sich unbehaglich und ein wenig bange, aber das Gold schwebte ihm unübersehbar vor Augen wie auch die Gesichter der Männer, mit denen er am Abend zuvor getrunken hatte, und entschlossen setzte er den Fuß auf den Kies und das Laub des Fahrwegs, der das größte Haus umgab, das er jemals gesehen hatte.

Hier haben sie sich aufgehalten, dachte er, hier hat Pilate geweint, als ihr Kirschmarmelade vorgesetzt wurde. Einen Augenblick lang blieb er stehen. Es mußte wunderbar gewesen sein, mußte ihnen wie ein Palast erschienen sein, aber beide hatten sie immer nur davon geredet, wie eingesperrt sie sich gefühlt hatten, wie schwierig es war, von ihrem Zimmer aus den Himmel zu sehen, wie widerwärtig ihnen die Teppiche, die Vorhänge gewesen waren. Ohne zu wissen, wer ihren Vater umgebracht hatte, haßten sie instinktiv das Haus des Mörders. Und wie das Haus eines Mörders sah es auch aus. Dunkel, verfallen, böse. Niemals, nicht seit er an seinem Fensterbrett gekniet und gewünscht hatte, er könne fliegen, hatte er sich so einsam gefühlt. Er sah über dem Fensterbrett des einzigen Fensters im zweiten Stock, das nicht von Efeu überwuchert war, die Augen eines Kindes auf sich herablinsen. Er lächelte. Muß ich selbst sein, den ich da sehe – wenn man bedenkt, wie ich immer vom Fenster aus den Himmel betrachtet habe. Oder vielleicht ist es das Licht, das versucht, durch die Bäume zu dringen. Vier anmutige Säulen stützten den Portikus, und ein schwerer Messingklopfer schmückte die riesige zweiflüglige Tür. Er hob ihn an und ließ ihn fallen; der Ton wurde aufgesaugt wie ein vereinzelter Regentropfen von Baumwolle. Nichts rührte sich. Er blickte zurück auf den Pfad und sah den grünen Schlund, aus dem er gekommen war, einen grünlichschwarzen Tunnel ohne sichtbares Ende.

Die Farm, hatten sie gesagt, lag gleich hinter dem Anwesen der Butlers, aber da er wußte, wie anders ihr Begriff von Entfernungen war, dachte er, es sei klug, sich zu eilen. Falls er fand, wonach er suchte, würde er des Nachts zurückkommen müssen – mit Werkzeug natürlich, aber auch mit einer gewissen Kenntnis des Terrains. Spontan streckte er die Hand aus und versuchte, den Türknopf zu drehen. Er gab nicht nach. Schon halb zum Gehen gewandt, kam ihm gleichsam nachträglich der Gedanke, gegen die Tür zu drükken, und sie ging seufzend auf. Der Geruch hinderte ihn mehr als das Fehlen von Licht daran, irgend etwas wahrzunehmen. Ein haariger Tiergeruch, faulig, allgegenwärtig, erstickend. Er hustete und suchte nach einer Stelle, um auszuspucken, denn der Gestank drang ihm in den Mund, legte sich auf Zähne und Zunge. Er zog ein Taschentuch aus der Gesäßtasche, hielt es sich vor die Nase, trat rückwärts von der offenen Tür fort und hatte eben begonnen, das knappe Frühstück zu opfern, das er zu sich genommen hatte, als der Gestank verschwand und, ganz plötzlich, ein süßer, würziger Duft an seine Stelle getreten war. Wie Ingwerwurzeln – angenehm, frisch, verführerisch. Davon überrascht und bezaubert, wagte er sich wieder vor und trat ein. Nach ein paar Augenblicken vermochte er das handverlegte und handgeschliffene Parkett einer großen Eingangshalle zu sehen, und an ihrem hinteren Ende die breite Spirale einer ins Dunkle hinaufführenden Treppe. Sein Blick glitt die Stufen hinauf.

Als Kind hatte er, wie jedes Kind, von der Hexe geträumt, die ihn dunkle Gassen hinunter, zwischen Parkbäumen hindurch und schließlich in Räume hineinscheuchte, aus denen er nicht entkommen konnte. Von Hexen in schwarzen Kleidern und roten Unterröcken; von Hexen mit rosa Augen und grünen Lippen, winzigen Hexen, großen, langgliedrigen Hexen, finster dreinschauenden Hexen, lächelnden Hexen, kreischenden Hexen und lachenden Hexen, von Hexen, die flogen, Hexen, die rannten, und solchen, die lediglich über die Erde rutschten. Als er darum die Frau oben auf der Treppe sah, gab es kein Halten für ihn, und er stieg ihren ausgestreckten Händen entgegen, ihren für ihn geöffneten Fingern, ihrem nach ihm aufgerissenen Mund, ihren ihn verschlingenden Augen. In einem Traum steigt man die Treppe hinauf. Sie packte ihn, packte ihn bei den Schultern und zog ihn fest an sich und umschloß ihn mit ihren Armen. Ihr Kopf reichte ihm bis zur Brust, und das Gefühl, diese Haare unter seinem Kinn zu spüren, die trockenen knochigen Hände, die ihm wie Stahlfedern über den Rücken rieben, ihren schlaffen Mund, der in seine Weste hineinbrabbelte, machte ihn schwindlig, aber er wußte, daß er immer, immer genau im Moment des Zugriffs oder der zähen Umarmung, mit einem Schrei und einer Erektion erwachte. Nun hatte er nur die Erektion.

Milchmann schloß die Augen, unfähig, sich vor der Vollendung des Traums zurückzuziehen. Was ihn daraus auftauchen ließ, war ein brummendes Geräusch um seine Knie. Er sah hinunter, und rings um ihn stand ein Rudel goldäugiger Hunde, von denen jeder die intelligenten Kinderaugen besaß, die er im Fenster gesehen hatte. Abrupt ließ die Frau ihn los, und er sah auch auf sie hinunter. Neben den gelassenen, vernünftigen, taxierenden Augen der Hunde wirkten ihre Augen verrückt. Neben deren gestriegeltem, gebürstetem stahlgrauem Haar war ihres verwildert und schmutzig.

Sie redete mit den Hunden. «Geht weg. Helmut, weg. Horst, los.» Sie wedelte mit den Händen, und die Hunde gehorchten.

«Komm, komm», sagte sie zu Milchmann, «hier rein.» Sie faßte mit beiden Händen nach der seinen, und er folgte ihr – mit ausgestrecktem Arm, seine Hand in ihren Händen – wie ein kleiner Junge, der gegen seinen Willen ins Bett gezerrt wird. Zusammen schlängelten sie sich zwischen den Körpern der Hunde hindurch, die sich um seine Beine herumtrieben. Sie führte ihn in ein Zimmer, ließ ihn auf einem grauen Plüschsofa Platz nehmen und schickte sämtliche Hunde weg bis auf zwei, die sich ihr zu Füßen legten.

«Erinnerst du dich noch an die Weimarer?» fragte sie, während sie sich setzte und ihren Stuhl zu ihm heranzog.

Sie war alt. So alt, daß sie farblos war. So alt, daß Mund und Augen die einzigen erkennbaren Züge in ihrem Gesicht waren. Nase, Kinn, Backenknochen, Hals hatten ihre Identität den Falten und dem Netzwerk der ständigem Wandel unterworfenen Haut ausgeliefert.

Milchmann kämpfte um einen klaren Gedanken, so schwer zu finden in einem Traum: Vielleicht ist diese Frau Circe. Aber Circe ist tot. Diese Frau lebt. Weiter kam er nicht, denn wenn diese Frau auch zu ihm sprach, konnte sie doch immer noch tot sein – mußte sogar tot sein. Nicht wegen der Runzeln und dem Gesicht, das so alt war, daß es nicht lebendig sein konnte, sondern weil aus ihrem zahnlosen Mund die kräftige, einschmeichelnde Stimme eines zwanzigjährigen Mädchens sprach.

«Ich wußte, du würdst eines Tags zurückkommen. Na, das stimmt nicht ganz. An manchen Tagen hab ich dran gezweifelt, und an manchen Tagen hab ich überhaupt nicht darüber nachgedacht. Aber du siehst, ich hatte recht. Du bist gekommen.»

Es war furchtbar, diese Stimme aus diesem Mund zu hören. Vielleicht war etwas mit seinen Ohren los. Er wollte den Klang seiner eigenen Stimme vernehmen, darum beschloß er, es einmal mit Logik zu versuchen.

«Entschuldigung. Ich bin sein Sohn. Ich bin Macon Deads Sohn. Nicht der, den Sie gekannt haben.»

Sie hörte auf zu lächeln.

«Mein Name ist ebenfalls Macon Dead, aber ich bin zweiunddreißig Jahre alt. Sie haben meinen Vater gekannt und dessen Vater auch.» So weit, so gut. Seine Stimme war dieselbe. Nun brauchte er nur noch zu wissen, ob er die Situation korrekt eingeschätzt hatte. Sie antwortete ihm nicht. «Sie sind Circe, nicht?»

«Ja, Circe», sagte sie, aber sie schien alles Interesse an ihm verloren zu haben. «Mein Name ist Circe.»

«Ich bin nur zu Besuch», sagte er. «Ich habe ein paar Tage bei Reverend Cooper und seiner Frau verbracht. Sie haben mich auch hier herausgebracht.»

«Ich dachte, du wärst er. Ich dachte, du kämst zurück, um mich zu sehen. Wo ist er? Mein Macon?»

«Daheim. Er ist am Leben. Er hat mir von Ihnen erzählt . . .»

«Und Pilate. Wo ist sie?»

«Auch dort. Es geht ihr gut.»

«Nun, du siehst aus wie er. Tust du wirklich.» Aber sie klang nicht überzeugt.

«Er ist jetzt zweiundsiebzig Jahre alt», sagte Macon. Er dachte, das würde die Dinge klären, ihr bewußt machen, daß er nicht der Macon sein konnte, den sie kannte; der sechzehn gewesen war, als sie ihn zuletzt gesehen hatte. Aber sie sagte nur «Uhm», als bedeuteten zweiundsiebzig, zweiunddreißig Jahre, überhaupt ein Alter, nicht das mindeste für sie. Milchmann fragte sich, wie alt sie wirklich sei.

«Bist du hungrig?» fragte sie.

«Nein. Danke schön. Ich habe gefrühstückt.»

«Du wohnst also bei dem kleinen Cooper-Jungen?»

«Ja, Madam.»

«Ein Esel. Ich hab ihm gesagt, er soll nicht rauchen, aber Kinder hören eben nicht.»

«Stört es Sie, wenn ich rauche?» Milchmann entspannte sich etwas, und er hoffte, die Zigarette würde ihn weiter entspannen.

Sie zuckte mit den Achseln. «Mach, was du willst. Heutzutage macht sowieso jeder, was er will.»

Milchmann zündete die Zigarette an, und die Hunde brummten beim Geräusch des Streichholzes; ihre Augen funkelten der Flamme entgegen.

«Sch!» flüsterte Circe.

«Schön», sagte Milchmann.

«Was ist schön?»

«Die Hunde.»

«Sie sind nicht schön, sie sind seltsam, aber sie halten allerlei fort. Ich bin völlig erledigt davon, sie zu versorgen. Sie haben Miss Butler gehört. Sie hat sie gezüchtet, durch Kreuzung. Hat jahrelang versucht, sie beim amerikanischen Hundezüchterverband durchzubekommen. Sie wolltens nicht erlauben.»

«Wie haben Sie sie genannt?»

«Weimarer. Deutsch.»

«Was tun Sie mit ihnen?»

«Oh, manche behalte ich. Manche verkauf ich. Bis wir alle zusammen hier drinnen sterben.» Sie lächelte.

Sie hatte gezierte Angewohnheiten, die zu ihren zerrissenen und schmutzigen Kleidern auf genau dieselbe Weise paßten wie ihre kräftige, junge, kultivierte Stimme zu ihrem runzligen Gesicht. Ihr weißes Haar – geflochten vielleicht, vielleicht auch nicht – berührte sie, als ordne sie eine widerspenstige Strähne in einer eleganten Frisur. Und wenn sie lächelte – wenn sich ein Krater in ihrem Fleisch auftat wie Zelluloid, das sich unter einem Säuretropfen auflöst –, preßte sie die Finger gegen das Kinn. Diese Kombination von Geziertheit und kultivierter Sprache war es, was Macon irreführte und dazu verleitete, sie lediglich für töricht zu halten.

«Sie sollten ab und zu ausgehen.»

Sie sah ihn an.

«Gehört dieses Haus jetzt Ihnen? Haben sie es Ihnen vermacht? Müssen Sie darum hierbleiben?»

Sie preßte die Lippen über ihre Gaumen. «Der einzige Grund, warum ich hier allein bin, ist, daß sie gestorben ist. Sie hat sich umgebracht. Das ganze Geld war weg, also hat sie sich umgebracht. Stand direkt da auf dem Treppenabsatz, wo du vor einem Augenblick warst, und hat sich über das Geländer gestürzt. Sie ist allerdings nicht gleich gestorben; sie hat ein oder zwei Wochen im Bett gelegen, und es war außer uns niemand hier. Die Hunde waren damals im Zwinger. Ich habe sie auf die Welt geholt, genau wie davor ihre Mutter und ihre Großmutter. Hab so gut wie jedem im Landkreis in die Welt geholfen. Und keinen verloren. Nie jemanden verloren außer deiner Mutter. Na, deine Großmutter war sie wohl. Jetzt helfe ich Hunden auf die Welt.»

«Ein Freund von Reverend Cooper hat gesagt, sie hätte weiß ausgesehen. Meine Großmutter. War sies?»

«Nein. Gemischt. Überwiegend indianisch. Eine gutaussehende Frau, aber hitzig für eine so junge Frau, als die ich sie kannte. Und verrückt auf ihren Mann, viel zu verrückt. Weißt du, was ich meine? Manche Frauen lieben zu heftig. Sie hat über ihn gewacht wie eine Fasanenhenne. Nervös. Nervöse Liebe.»

Milchmann dachte an die Großenkelin dieser Mischlingsfrau, Hagar, und sagte: «Ja. Ich weiß, was Sie meinen.»

«Aber eine gute Frau. Ich hab geweint wie ein Baby, als ich sie verloren hab. Wie ein Baby. Arme Sing.»

«Was?» Er fragte sich, ob sie lisple.

«Ich hab geweint wie ein Baby, als ich –»

«Nein. Ich meine, wie haben Sie sie genannt?»

«Sing. Sie hieß Sing.»

«Sing? Sing Dead. Wie ist sie zu solch einem Namen gekommen?»

«Wie bist du an deinen Namen wie deinen gekommen? Weiße benennen Neger wie Rennpferde.»

«Vermutlich. Daddy hat mir erzählt, wie sie zu ihrem Namen gekommen sind.»

«Was hat er dir erzählt?»

Milchmann erzählt die Geschichte von dem betrunkenen Yankee.

«Nun, er hätte den Namen nicht zu behalten brauchen. Sie hat ihn dazu gebracht. Dazu gebracht, den Namen zuzubehalten», sagte Circe, als er geendet hatte.

«Sie?»

«Sing. Seine Frau. Sie haben sich auf einem Fuhrwerk unterwegs nach Norden kennengelernt. Haben auf der ganzen Fahrt Pekannüsse gegessen, hat sie mir erzählt. War eine Fuhre von ehemaligen Sklaven auf dem Weg ins Gelobte Land.»

«War sie auch Sklave gewesen?»

«Nein. Mitnichten. Sie gab immer damit an, daß sie nie Sklave gewesen war. Ihre Leute auch nicht.»

«Was hatte sie dann auf dem Fuhrwerk zu suchen?»

«Das kann ich dir nicht sagen, weil ich es nicht weiß. Kam mir nie in den Sinn, sie zu fragen.»

«Wo kamen sie her? Aus Georgia?»

«Nein. Aus Virginia. Lebten in Virginia, ihre Leute und seine. Irgendwo in der Gegend von Culpeper da unten. Charlemagne oder so.»

«Ich glaube, da war Pilate eine Weile lang. Sie ist im ganzen Land herumgezogen, bevor sie zu uns kam.»

«Hat sie den Jungen je geheiratet?»

«Welchen Jungen?»

«Den Jungen, von dem sie das Baby hatte.»

«Nein. Sie hat ihn nicht geheiratet.»

«Hab ich mir gedacht. Sie hat sich zu sehr geschämt.»

«Geschämt weswegen?»

«Wegen ihrem Bauch.»

«Ach, das.»

«Hat sich selbst auf die Welt gebracht. Ich hab sehr wenig dazu beigetragen. Ich dachte, sie wären beide tot, die Mutter und das Kind. Als sie rauspurzelte, hättst du mich umhauen können. Ich hatte nirgendwo Herztöne gehört. Sie kam einfach raus. Dein Daddy hat sie geliebt. Tat mir weh zu hören, daß sie miteinander gebrochen hatten. Drum tut es mir gut zu hören, daß sie wieder zusammen sind.» Von der Vergangenheit zu sprechen, hatte sie aufgetaut, und Milchmann beschloß, ihr nicht zu erzählen, daß Macon und Pilate lediglich in derselben Stadt lebten. Er fragte sich, was sie über die Entzweiung wußte und ob sie wußte, weswegen sie gebrochen hatten.

«Sie wußten von ihrem Streit?» fragte er ruhig, gleichmütig.

«Nicht worum es ging. Nur von der Tatsache. Pilate kam hierher zurück, gleich nachdem ihr Baby geboren war. Eines Winters. Sie hat mir erzählt, sie hätten sich entzweit, nachdem sie von hier fortgegangen waren, und sie hätte ihn seitdem nicht gesehen.»

«Pilate hat mir erzählt, sie hätten ein paar Tage lang in einer Höhle gelebt, nachdem sie aus dem Haus hier fortgegangen waren.»

«So? Muß die Jägerhöhle gewesen sein. Jäger haben sich manchmal darin ausgeruht. Gegessen. Geraucht. Geschlafen. Dort haben sie auch die Leiche vom alten Macon hingeschafft.

«Wer – sie? Ich dachte ... Mein Vater hat gesagt, er hätte ihn beerdigt. An einem Bach oder einem Fluß, an einer Stelle, wo sie immer geangelt haben.»

«Hat er auch. Aber zu flach und zu nah am Wasser. Beim ersten starken Regen trieb die Leiche nach oben. Die Kinder waren noch keinen Monat fort, als sie nach oben trieb. Ein paar Männer haben da unten geangelt und diese Leiche gesehen, von einem Neger. Also wußten sie, wer es war. Haben sie in die Höhle geschafft, dabei war es Sommer. Man möchte meinen, sie hätten eine Leiche begraben, im Sommer. Ich habe zu Mrs. Butler gesagt, ich fände das eine Schande.»

«Daddy weiß das nicht.»

«Nun, erzähls ihm nicht. Laß ihm seinen Frieden. Ist hart genug mit einem ermordeten Vater; er braucht nicht zu wissen, was mit der Leiche passiert ist.»

«Hat Pilate Ihnen gesagt, warum sie zurückkam?»

«Ja. Sie sagte, ihr Vater hätte es ihr aufgetragen. Er würde sie besuchen, sagte sie.»

«Ich würde gern diese Höhle sehen. Wo er ... wo sie ihn hingebracht haben.»

«Dürfte jetzt nichts mehr zu sehen sein. Das ist lange Zeit her.»

«Ich weiß, aber vielleicht gibt es da etwas, was ich anständig beerdigen kann.»

«Also, das ist ein ehrenwerter Gedanke. Die Toten mögen es nicht, wenn sie nicht beerdigt werden. Sie mögen es ganz und gar nicht. Es wird dir nicht schwerfallen, sie zu finden. Du gehst die Straße zurück, auf der du hergekommen bist. Geh nach Norden, bis du zu einem Zauntritt kommst. Er fällt zusammen, aber du kannst noch sehen, daß es ein Zauntritt ist. Gleich dahinter ist der Wald licht. Geh ein Stück weit hinein und du kommst zu einem Bach. Überquer ihn. Dann kommt noch ein kleines Waldstück, aber vor dir siehst du eine kurze Hügelkette. Die Höhle liegt direkt in der Vorderseite der Hügel. Du kannst sie nicht verfehlen. Es ist die einzige dort. Sag deinem Daddy, du hättest ihn anständig beerdigt, auf einem Friedhof. Mit einem Grabstein vielleicht. Einem hübschen Grabstein. Ich hoffe, sie finden mich bald genug und jemand erbarmt sich meiner.» Sie sah auf die Hunde. «Hoffe, sie finden mich bald und lassen mich nicht zu lange hier liegen.»

Milchmann schluckte, als ihr Gedanke bei ihm ankam. «Es kommen Sie doch Leute besuchen, oder?»

«Hundekäufer. Die kommen von Zeit zu Zeit. Sie werden mich wohl finden.»

«Reverend Cooper ... Die denken, Sie wären tot.»

«Großartig. Ich mag die Neger in der Stadt da nicht.

Hundefreunde kommen und der Mann, der einmal die Woche das Hundefutter liefert. Sie kommen. Sie werden mich finden. Ich hoffe bloß, bald.»

Er lockerte sich den Kragen und zündete sich eine neue Zigarette an. Hier saß er in diesem düsteren Zimmer mit der Frau, die bei der Geburt von Pilate und seinem Vater Beistand geleistet hatte; die ihre Stelle, ihr Leben vielleicht aufs Spiel gesetzt hatte, um die beiden zu verstecken, nachdem ihr Vater umgebracht worden war, ihre Nachttöpfe geleert und ihnen nachts Essen und Schüsseln mit Waschwasser gebracht hatte. Sich sogar ins Dorf davongeschlichen hatte, um aus dem Schnupftabakdöschen und dem Namen der kleinen Pilate einen Ohrring machen zu lassen. Die das Ohr heilte, als es sich entzündete. Und nach all den Jahren entzückt war, jemanden zu sehen, den sie für einen von ihnen hielt. Heilerin, Geburtshelferin; in einer anderen Welt wäre sie die Schwester Oberin im Mercy gewesen. Statt dessen pflegte sie Weimarer und hatte nur einen Wunsch für sich selbst: daß, wenn sie starb, jemand sie finden würde, bevor die Hunde sie auffraßen.

«Sie sollten hier fortgehen. Verkaufen sie die verdammten Hunde. Ich helfe Ihnen. Brauchen Sie Geld? Wieviel?» Milchmann verspürte einen Strom von Mitleid und dachte, sie lächle ihn aus Dankbarkeit an. Aber ihre Stimme war kalt.

«Denkst du, ich verstehs nicht zu gehen, wenn ich gehen will? Steck dein Geld wieder in die Tasche.»

Mit seinen feinen Gefühlen zurückgewiesen, paßte sich Milchmann ihrem kalten Ton an: «So sehr geliebt haben Sie diese weißen Leute?»

«Liebe?» fragte sie. «Liebe?»

«Nun, warum sorgen Sie für ihre Hunde?»

«Weißt du, warum sie sich umgebracht hat? Sie konnte den Anblick nicht ertragen, wie das Haus verfiel. Sie konnte nicht leben ohne Diener und Geld und was man dafür kaufen kann. Jeder Cent war weg, und die Steuer verschlang alles, was reinkam. Sie mußte das Hausmädchen gehen lassen, dann die Köchin, dann den Hundeabrichter, dann den

Gärtner, dann den Chauffeur, dann den Wagen, dann die Frau, die einmal in der Woche wusch. Dann fing sie an, dies und das zu verkaufen – Land, Schmuck, Möbel. Die letzten paar Jahre haben wir aus dem Garten gegessen. Schließlich konnte sie es nicht mehr aushalten. Die Vorstellung, keine Hilfe zu haben, kein Geld – nun, sie konnte das nicht ertragen. Sie mußte alles gehen lassen.»

«Aber Sie hat sie nicht gehen lassen.» Milchmann hatte keine Mühe, seine Worte zum Knurren zu bringen.

«Nein, mich hat sie nicht gehen lassen. Sie hat sich umgebracht.»

«Und Sie sind immer noch treu.»

«Du hörst den Leuten nicht zu. Du hast Ohren am Kopf, aber sie sind nicht mit deinem Hirn verbunden. Ich hab gesagt, sie hat sich lieber umgebracht, als die Arbeit zu tun, die ich mein ganzes Leben getan hatte!» Circe stand auf, und die Hunde auch. «Hörst du? Sie sah die Arbeit, die ich ihr Leben lang getan hatte, und *starb*, hörst du, *starb* lieber, als so zu leben wie ich. Na, was meinst du, wofür sie mich gehalten hat! Wenn die Art, wie ich lebte, und die Arbeit, die ich tat, ihr so verhaßt waren, daß sie sich umbrachte, um sie bloß nicht tun zu müssen, und du denkst, ich bleibe weiter hier, weil ich sie geliebt habe, dann hast du ungefähr so viel Verstand wie ein Furz!»

Die Hunde brummten, und sie legte ihnen die Hände auf den Kopf. Einer stand auf jeder Seite von ihr. «Sie haben dieses Haus geliebt. Wirklich geliebt. Holten rosa geäderten Marmor dafür über das Meer und stellten Männer in Italien an, den Kronleuchter anzufertigen – alle zwei Monate mußte ich auf eine Leiter steigen und ihn mit weißem Musselin putzen. Sie haben es geliebt. Haben gestohlen dafür, gelogen dafür, gemordet dafür. Aber übriggeblieben bin ich. Ich und die Hunde. Und nie werde ich es putzen. Niemals. Nichts. Nicht ein Staubkorn, nicht einen Fleck mach ich weg. Alles in dieser Welt, wofür sie gelebt haben, wird zerfallen und verrotten. Der Kronleuchter ist schon runtergefallen und hat sich selbst in Stücke geschlagen. Er liegt jetzt unten, im Ballsaal. In lauter Stücken. Etwas hat die Schnüre durchgenagt. Ha! Und ich will es alles vergehen sehen, mich vergewissern, daß es vergeht und daß keiner es repariert. Ich hab die Hunde hereingebracht, um es sicherzustellen. Sie halten auch Fremde fern. Leute haben versucht, hier einzubrechen, nachdem sie tot war. Ich hab die Hunde auf sie gehetzt. Dann hab ich sie ganz einfach hier zu mir hereingeholt. Du solltest sehen, was sie mit ihrem Schlafzimmer gemacht haben. An ihren Wänden waren keine Tapeten. Nein. Seidenbrokat, der irgendwelche belgischen Frauen sechs Jahre Arbeit gekostet hat. Geliebt hat sie ihn – oh wie sehr sie ihn geliebt hat. Hat dreißig Weimarer einen Tag gekostet, ihn von den Wänden zu reißen. Wenn ich nicht dächte, der Gestank erstickt dich, würd ich es dir zeigen.» Sie betrachtete die Wände um sich herum. «Das hier ist das letzte Zimmer.»

«Ich wünschte, Sie würden mich Ihnen helfen lassen», sagte er nach einer Weile.

«Das hast du. Du bist hier hereingekommen und hast so getan, als würde es nicht stinken, und mir von Macon und meiner süßen kleinen Pilate erzählt.»

«Sind Sie sicher?»

«Nie sicherer gewesen.»

Beide standen sie auf und gingen den Gang entlang. «Paß auf, wohin du trittst. Es gibt kein Licht.» Hunde kamen von überall her, brummend.

«Zeit für ihre Fütterung», sagte sie. Milchmann begann die Treppe hinabzusteigen. Auf halbem Weg drehte er sich um und sah zu ihr hinauf.

«Sie haben gesagt, seine Frau hat ihn dazu gebracht, den Namen zu behalten. Haben Sie je seinen richtigen Namen gekannt?»

«Jake, glaube ich.»

«Jake – was?»

Sie zuckte mit den Achseln – kleinmädchenhaft, ein Shirley Temple-Achselzucken. «Jake, mehr hat er mir nicht gesagt.»

«Danke», rief er zurück, lauter als nötig, aber er wollte, daß seine Dankbarkeit den Gestank durchbrach, der über dem Brummen der Hunde zurückflutete.

Doch das Brummen und der Geruch folgten ihm den ganzen Weg durch den Tunnel zurück zur Schotterstraße. Als er dort ankam, war es halb elf. Noch anderthalb Stunden, bis Neffe zurück sein würde. Milchmann ging am Straßenrand auf und ab und schmiedete Pläne. Wann sollte er wiederkommen? Sollte er versuchen, ein Auto zu mieten oder das des Predigers leihen? Hatte Neffe seinen Koffer geholt? Was würde er an Ausrüstung brauchen? Stablampe, und was noch? Was für eine Geschichte sollte er parat haben, falls er entdeckt wurde? Natürlich: daß er nach den Überresten seines Großvaters suche – um sie einzusammeln und sie ordentlich beerdigen zu lassen. Er ging weiter auf und ab und begann dann, in die Richtung zu schlendern, aus der Neffe kommen würde. Nach ein paar Minuten fragte er sich, ob er auf dem richtigen Weg sei. Er wollte umkehren, entdeckte da aber gerade die Enden von zwei oder drei Holzplanken, die aus dem Gestrüpp herausragten. Vielleicht war dies der Zauntritt, den Circe ihm beschrieben hatte. Nicht eben ein Zauntritt, aber die Überreste eines solchen. Circe hat jahrelang das Haus nicht verlassen, dachte er. Jeder Zauntritt, den sie kannte, mußte nun dem Verfall nahe sein. Und wenn ihre Anweisungen richtig waren, konnte er es vielleicht bis zwölf hin und zurück schaffen. Wenigstens würde er es sich bei Tageslicht besehen können.

Feurig schob er das Gestrüpp beiseite und ging ein Stück weit in den Wald hinein. Er sah nicht einmal die Spur eines Pfades. Aber als er ein bißchen weiter war, hörte er Wasser und folgte dem Geräusch, das gleich hinter der nächsten Baumreihe seinen Ursprung zu haben schien. Er hatte sich täuschen lassen. Fünfzehn Minuten ging er, bevor er hinkam. «Überquer ihn», hatte sie gesagt, und er hatte gedacht, es werde irgendeine Form von Brücke geben. Es gab keine. Er blicke hinüber und sah Hügel. Da mußte es sein. Genau da. Er schätzte, daß er es gerade eben schaffen könne in der runden Stunde, die ihm noch blieb, bevor er wieder an der Straße sein sollte. Er setzte sich hin, zog Schuhe und Socken aus, stopfte die Socken in seine Tasche und rollte seine

Hosenbeine auf. Die Schuhe in der Hand, watete er hinein. Auf die Kälte des Wassers und die schleimigen Steine auf dem Grund nicht gefaßt, rutschte er auf ein Knie und machte in dem Versuch, sich abzufangen, seine Schuhe naß. Unter Schwierigkeiten richtete er sich auf und schüttete das Wasser aus den Schuhen. Da er schon einmal naß war, gab es keinen Grund umzukehren; er watete weiter hindurch. Nach einer halben Minute senkte sich das Bachbett um eine Handlänge und er fiel wieder hin, nur ging er diesmal völlig unter und bekam, als sein Kopf eintauchte, flüchtig kleine, silbrig durchscheinende Fische zu sehen. Wasser schnaubend verfluchte er den Bach, der zum Schwimmen zu flach und zum Gehen zu steinig war. Er hätte sich einen Stecken suchen sollen, um die Tiefe zu prüfen, bevor er den Fuß hineinsetzte, aber seine Erregung war zu groß gewesen. Er ging weiter und suchte jedesmal mit den Zehen nach festem Grund, bevor er sein Gewicht verlagerte. Er kam langsam voran – das Wasser war etwa zwei bis drei Fuß tief und gut dreißig Fuß breit. Wäre er nicht so ungeduldig gewesen, hätte er vielleicht eine schmalere Stelle zum Überqueren finden können. Die Überlegungen, was er hätte tun sollen statt sich einfach hineinzustürzen, reizten ihn so, daß er erst haltmachte, als er es bis zum anderen Ufer geschafft hatte. Er schleuderte seine Schuhe auf den trockenen Boden und hievte sich über den Bachrand. Atemlos griff er nach seinen Zigaretten und fand sie völlig durchnäßt. Er legte sich zurück ins Gras und ließ sich von der hohen Sonne wärmen. Er öffnete den Mund, damit die klare Luft seine Zunge baden konnte.

Nach einer Weile setzte er sich auf und zog die nassen Socken und Schuhe an. Er sah auf seine Uhr, um die Zeit zu kontrollieren. Sie tickte, aber das Glas war zersplittert und der Minutenzeiger verbogen. Besser weiter, dachte er, und schritt auf die Hügel zu, die, täuschend wie das Geräusch des Bachs, viel weiter entfernt waren, als es schien. Er hatte nicht geahnt, daß es so hart sein konnte, einfach durch Bäume, Gebüsch und über ungezähmten Grund zu gehen. Bei «Wald» dachte er immer an den Stadtpark, an die gepflegten Waldungen auf Honoré Island, in die er als Kind

Ausflüge gemacht hatte und wo einen überall bequeme kleine Pfade leiteten. «Er hat zehn Morgen jungfräulichen Wald gepachtet und ihn allein gerodet», hatten die Männer gesagt, als sie die Anfänge der Farm des alten Macon Dead schilderten. Dies hier gerodet? Dies hier abgehauen? Dieses Zeug, in dem er kaum vorankam?

Er schwitzte in sein nasses Hemd und begann allmählich die Folgen der spitzen Steine an seinen Füßen zu spüren. Gelegentlich kam er an eine freie Stelle und wechselte die Richtung, sobald die niedrigen Hügel wieder in Sicht kamen.

Endlich machte der flache Grund einem sanften Hang voller Büsche, Schößlinge und Steine Platz. Er wanderte an einem Fluß entlang und hielt nach einer Öffnung Ausschau. Als er weiter nach Süden ging, wurden die Schößlinge rarer und der Hügelsaum felsiger. Dann sah er, fünfzehn bis zwanzig Fuß über sich, ein schwarzes Loch im Felsen, das er in einem schwierigen, wenngleich nicht gefährlichen Aufstieg erreichen konnte, einem Aufstieg, den die dünnen, glatten Sohlen seiner Schuhe schwieriger machten. Mit dem Jackettärmel wischte er sich den Schweiß von der Stirn, streifte die schmale schwarze Krawatte, die ihm offen um den Kragen hing, ab und steckte sie in die Tasche.

Er hatte den salzigen Geschmack wieder im Mund und war so aufgeregt von dem, was er da zu finden glaubte, zu finden hoffte, daß er die Hände auf warmes Gestein legen mußte, um sie zu trocknen. Er dachte an die jammervoll hungrigen Augen der alten Männer, an ihre Gier nach einer Nachricht vom ertrotzten Erfolg des Sohns von Macon Dead und an die weißen Männer, die durch die Obstgärten stolzierten und die Georgia-Pfirsiche aßen, nachdem sie seinem Großvater den Kopf abgeschossen hatten. Milchmann tat einen tiefen Atemzug und begann die Felsen in Angriff zu nehmen.

Kaum hatte er den Fuß auf den ersten Stein gesetzt, witterte er Gold, obwohl es eigentlich gar kein Geruch war. Es war wie Süßigkeiten und Sex und sanftes Flimmerlicht. Wie Klaviermusik mit ein paar Streichern im Hintergrund. Er hatte es schon bemerkt, als er unter den Kiefern bei Pilates

Haus wartete; mehr noch, als der Mond den grünen Sack beschien, der wie ein eingehaltenes Versprechen von der Decke hing; und am meisten, als er, den Sack in der Hand, leicht zu Boden purzelte. Las Vegas und vergrabene Schätze; Buchmacher und Wells Fargo-Fuhrwerke; Rennbahn-Wettschalter und sprudelnde Ölquellen; Würfel, Hauptgewinne und Totokarten. Auktionen, Banktresore und Heroinhandel. Es verursachte Lähmungen, Zittern, trockene Kehlen und Handschweiß. Eile und das Gefühl, daß «sie» besiegt oder auf der gleichen Seite seien. Stille Männer erhoben sich und schmetterten eine Dame mit genügend Wucht auf den Tisch, um ihr den Hals zu brechen. Frauen saugten an ihren Unterlippen und legten kleine rote Scheiben in numerierte Felder. Rettungsschwimmer, Einserstudenten beäugten Registrierkassen und spekulierten darüber, wie weit es zur Tür sei. Um zu gewinnen. Nichts auf der Welt war damit zu vergleichen.

Milchmann wurde flink; er zog sich an der Felsfläche hinauf, grub seine Knie in Spalten, tastete mit den Fingern nach festen Erdstellen und Steingesimsen. Er hörte auf zu denken und ließ seinen Körper die Arbeit leisten. Schließlich konnte er sich auf ebenem Grund zwanzig Fuß rechts vom Höhleneingang aufrichten. Da sah er einen Trampelpfad, den er früher hätte finden können, wenn er nicht so hastig gewesen wäre. Das war der Pfad, den die Jäger benutzten und den auch Pilate und sein Vater benutzt hatten. Keiner von denen zerriß sich die Kleider wie er, indem er zwanzig Fuß über steilen Felsen hinaufkletterte.

Er trat in die Höhle und war geblendet durch das Fehlen von Licht. Er ging rückwärts wieder hinaus, beschattete sich die Augen und trat erneut ein. Nach einer Weile vermochte er den Boden der Höhle von den Wänden zu unterscheiden. Da war der Felsvorsprung, auf dem sie geschlafen hatten: viel größer als in seiner Vorstellung. Und abgenutzte Stellen auf dem Boden, wo einst Feuer gebrannt hatten, und mehrere Findlinge, die um den Eingang herumstanden – einer davon mit einer V-förmigen Krone. Aber wo waren die Knochen? Circe sagte, sie hätten sie hier hineingeworfen.

Weiter hinten wahrscheinlich, wo die flache Grube war. Milchmann hatte keine Taschenlampe, und seine Streichhölzer waren sicherlich feucht, aber er versuchte gleichwohl, ein trockenes zu finden. Nur ein oder zwei sprühten überhaupt. Die übrigen waren unbrauchbar. Dennoch gewöhnten sich seine Augen allmählich an die Dunkelheit. Er riß von einem Busch, der in der Nähe des Eingangs wuchs, einen Zweig ab und ließ ihn, vorgebeugt, im Gehen vor sich über den Boden streifen. Er war dreißig bis vierzig Fuß weit gekommen, als ihm auffiel, daß die Wände der Höhle näher zusammengerückt waren. Das Höhlendach konnte er überhaupt nicht sehen. Er hielt an und begann langsam seitwärts vorzurükken, wobei er die Zweigspitze immer rund einen Meter vorausschrammen ließ. Mit dem Handrücken streifte er Felsen; er schüttelte den getrockneten Fledermausdung ab und bewegte sich weiter nach rechts. Der Zweig stieß auf Luft. Er hielt wieder an und senkte die Spitze, bis sie wieder Grund berührte. Nachdem er den Zweig auf und nieder geschwenkt und vor und zurückgestoßen hatte, wußte er, daß er die Grube gefunden hatte. Sie war etwa zwei Fuß tief und vielleicht acht Fuß breit. Ungestüm scharrte er mit dem Zweig auf dem Boden umher. Er traf auf etwas Hartes, wieder auf etwas Hartes. Milchmann schluckte und ließ sich auf die Knie fallen. Er kniff so fest wie möglich die Augen zusammen, konnte jedoch nicht das geringste sehen. Plötzlich erinnerte er sich an ein Feuerzeug in seiner Westentasche. Er warf den Zweig hin und suchte hastig danach, fast ohnmächtig von dem Goldgeruch – dem Flimmerlicht, der Klaviermusik. Er zog es heraus, betend, es möge zünden. Beim zweiten Versuch sprang die Flamme an, und er spähte hinab. Das Feuerzeug ging aus. Er schnippte es wieder an und hielt die Hand über die zarte Flamme. Auf dem Grund des Lochs sah er Steine, Bretter, Laub, einen Blechbecher sogar, aber kein Gold. Flach auf dem Bauch liegend, das Feuerzeug in der einen Hand, fuhr er mit der anderen über den Boden, krallte sich hinein, fühlte, zerrte, stocherte. Da waren keine fetten, hühnerbrüstigen Goldsäckchen. Da war nichts. Überhaupt nichts. Und bevor es ihm bewußt wurde, brüllte er einen langgezogenen *Oooohh-Laut* in die Grube. Das scheuchte die Fledermäuse auf, die in der Dunkelheit über seinem Kopf plötzlich im Sturzflug herabschossen und umhersausten. Sie erschreckten ihn, und er sprang auf die Füße, worauf sich die Sohle seines rechten Schuhs von dem weichen Korduanleder löste. Die Fledermäuse trieben ihn hinaus im hinkenden Laufschritt, denn der schlappenden Sohle wegen mußte er den einen Fuß besonders anheben.

Ans Licht der Sonne zurückgekehrt, blieb er stehen, um Atem zu schöpfen. Er hatte Staub, Tränen und zu grelles Licht in den Augen, war jedoch zu wütend und angewidert, um sie sich zu reiben. Er warf lediglich das Feuerzeug im weiten Bogen in die Bäume am Fuß der Hügel und hinkte den Pfad hinunter, ohne darauf zu achten, in welcher Richtung er ging. Er setzte seine Füße auf, wo es gerade am bequemsten war. Ganz plötzlich, so schien es ihm, war er wieder am Bach, aber weiter aufwärts, wo über das Wasser – hier etwa zwölf Fuß breit und so flach, daß er den steinigen Grund sehen konnte – Bretter gelegt waren. Er setzte sich und band die Schuhsohle vorn mit seiner schwarzen Krawatte fest, dann ging er über die improvisierte Brücke. Durch den Wald auf der anderen Seite führte ein Fußweg.

Milchmann begann zu zittern vor Hunger. Wirklichem Hunger, nicht dem weniger als prallsatten Gefühl, an das er gewöhnt war, dem nervösen Verlangen nach etwas Gutem. Wirklichen Hunger. Er glaubte, wenn er nicht in diesem Augenblick etwas zu essen bekäme, würde er ohnmächtig werden. Er suchte die Büsche, die Zweige, die Erde nach einer Beere, einer Nuß, nach irgend etwas ab. Aber er wußte weder, wonach er suchen sollte, noch wie es wuchs. Bebend, mit einem Krampf im Magen, rupfte er ein paar Blätter ab und steckte sie in den Mund. Sie waren bitter wie Galle, aber er kaute dennoch darauf herum, spie sie aus und griff nach anderen. Er dachte an die Speisen, die Mrs. Cooper ihm zum Frühstück vorgesetzt hatte und die ihm ekelhaft vorgekommen waren. Fettbedeckte gebratene Eier, frisch gepreßter Orangensaft, in dem Kerne und Fruchtfleisch schwammen, dicker mit der Hand geschnittener

Schinken, einen kochendheißen Berg Grütze und Brötchen. Sie hatte sich die größte Mühe gegeben, das wußte er, aber vielleicht wegen des Whiskys, den er am Abend zuvor getrunken hatte, brachte er nur zwei Tassen schwarzen Kaffee und zwei Brötchen hinunter. Das übrige hatte ihm Übelkeit erregt, und das wenige, was er gegessen hatte, war an Circes Tür geblieben.

Sträucher versperrten ihm den Weg, und als er sie ärgerlich beiseite wischte, sah er einen Zauntritt und die Straße vor sich. Schotter, Fahrzeuge, Zaunpfosten, Zivilisation. Er blickte zum Himmel, um die Uhrzeit zu schätzen. Die Sonne hatte um ein Viertel den Punkt überschritten, der, das wußte sogar er, Mittag anzeigte. Ungefähr eins, nahm er an. Neffe würde dagewesen und wieder abgefahren sein. Er fühlte hinten in der Hose nach seiner Brieftasche. Sie war an den Rändern vom Wasser verfärbt, aber der Inhalt war trocken. Fünfhundert Dollar, sein Führerschein, Telefonnummern auf Zetteln, Sozialversicherungskarte, abgerissenes Flugticket, Reinigungsquittungen. Er blickte auf und die Straße hinunter. Er brauchte etwas zu essen und ging nach Süden los, wo er Danville vermutete, in der Hoffnung, mit dem nächsten Wagen, der vorbeikam, mitfahren zu können. Er war nicht nur heißhungrig; die Füße taten ihm weh. Der dritte Wagen – ein Chevrolet, Baujahr 54 – hielt, und der Fahrer, ein Schwarzer, zeigte das gleiche Interesse für Milchmanns Kleidung wie Neffe. Die Risse am Knie und unter dem Arm, den mit der Krawatte zusammengehaltenen Schuh, die Blätter in Milchmanns Haaren und den Schmutz überall an dem Anzug schien er nicht zu bemerken oder nicht störend zu finden.

«Wo solls hingehn, Partner?»

«Danville. So nah, wie ich rankomm.»

«Dann mal reingesprungen. Is nich ganz meine Richtung. Ich bieg rüber nach Buford, aber ich bring Sie näher ran, als Sie warn.»

«Prima», antwortete Milchmann. Er genoß den Autositz, genoß ihn richtig. Und sank müde in das Nylon zurück und seufzte.

«Guter Anzugschnitt», sagte der Mann. «Nehm an, Sie sin nich hier aus der Gegend.»

«Nein. Michigan.»

«Ach was? Hab 'ne Tante, die da rausgezogen is. Flint. Kennen sie Flint?»

«Schon. Flint kenn ich.» Milchmanns Füße sangen, die zarte Haut der Ballen lauter als die Fersen. Er wagte die Zehen nicht auszustrecken, weil das Singen dann womöglich nie aufhören würde.

«Was für 'n Ort is 'n das, Flint?»

«Verpennt. Kein Ort, wo Sie hinwolln.»

«Habs mir gedacht. Name klingt gut, habs mir aber gedacht, daß es so is.»

Milchmann war beim Einsteigen auf dem Rücksitz ein Karton mit sechs Flaschen Coca-Cola aufgefallen. Darauf hatte er es abgesehen.

«Könnt ich Ihnen eins von den Coca-Cola abkaufen? Bin ziemlich durstig.»

«Is warm», sagte der Mann.

«Hauptsache, naß.»

«Bedienen Sie sich.»

Milchmann faßte nach hinten und zog eine Flasche aus der Packung.

«Gibts 'n Flaschenöffner?»

Der Mann nahm ihm die Flasche ab und setzte sie mit dem Hals an den Mund und stemmte langsam den Deckel hoch. Schaum schoß ihm über den Mund und in den Schoß, bevor Milchmann sie ihm abnehmen konnte.

«Heiß.» Der Mann lachte und wischte sich mit einem blauweißen Taschentuch ab.

Milchmann kippte das Coke, Schaum hin oder her, in drei oder vier Sekunden hinunter.

«Wolln Sie noch eins?»

Er wollte, sagte aber nein. Nur eine Zigarette.

«Rauch nich», sagte der Mann.

«Oh», sagte Milchmann und kämpfte und verlor gegen einen langen Rülpser.

«Bushaltestelle is gleich da um die Kurve.» Sie waren kurz vor Danville. «Schaffen Sie leicht.»

«Ich bin Ihnen wirklich dankbar.» Milchmann öffnete die Tür. «Was bin ich Ihnen schuldig? Für das Coke und alles?»

Der Mann lächelte, aber seine Miene änderte sich nun. «Mein Name is Garnett, Fred Garnett. Ich hab nich viel, aber 'n Coke und jemand mitzunehmen kann ich mir von Zeit zu Zeit leisten.»

«Ich wollte nicht . . . ich . . .»

Aber Mr. Garnett hatte schon hinübergegriffen und die Tür zugemacht. Milchmann sah ihn im Davonfahren den Kopf schütteln.

Milchmann taten die Füße so weh, daß er hätte schreien können, aber er schaffte es bis zu dem Imbißwagen/Busbahnhof und suchte nach dem Mann hinter der Theke. Er war nicht da, aber eine Frau erbot sich, ihm zu helfen. Es folgte eine lange Diskussion, in deren Verlauf er herausfand, daß der Koffer nicht da war, der Mann nicht da war, sie nicht wußte, ob ein farbiger Junge ihn abgeholt hatte oder nicht, sie keinen Gepäckraum hatten und es ihr mächtig leid tat, er aber beim Stationsleiter nachsehen könne, falls der Junge ihn nicht habe – und ob sie sonst noch etwas für ihn tun könne?

«Hamburger», sagte er. «Geben Sie mir ein paar Hamburger und einen Kaffee.»

«Ja, Sir. Wie viele?»

«Sechs», sagte er, aber beim vierten krampfte sich sein Magen zusammen und ließ ihn sich krümmen vor Schmerzen, die ihn bis Roanoke nicht wieder völlig verließen. Aber bevor er ging, rief er Reverend Cooper an. Seine Frau war am Telefon und sagte ihm, ihr Mann sei noch am Güterplatz, und er könne ihn dort finden, wenn es eilig sei. Milchmann dankte ihr und hängte auf. Gehend wie ein Zuhälter in empfindlichen Schuhen, erreichte er irgendwie den Güterplatz, der recht nah bei der Busstation lag. Er trat durchs Tor und fragte den ersten Mann, den er sah, ob Reverend Cooper noch da sei.

«Coop?» sagte der Mann. «Ich glaub, er ist zum Stationsgebäude rübergegangen. Sehn Sie? Gleich da drüben.»

Milchmann folgte seinem Finger und hoppelte über den Kies und die Schwellen zum Stationsgebäude hinüber.

Es war leer bis auf einen alten Mann, der an einer Lattenkiste zerrte.

«Entschuldigung», sagte Milchmann. «Ist Rev – ist Coop noch da?»

«Grad weg. Wenn Sie rennen, können sie ihn noch erwischen», sagte der Mann. Er rieb sich den Schweiß der Anstrengung von der Stirn.

Milchmann erwog, auf seinen empfindlichen Füßen irgendwohin zu rennen, und sagte: «Na ja. Ich versuch ein andermal, ihn zu erwischen.» Er wandte sich zum Gehen.

«Sagen Sie», sagte der Mann. «Wenn Sie nich versuchen wolln, ihn zu erwischen, könnten Sie mir hiermit helfen?» Er deutete hinunter auf die Kiste zu seinen Füßen. Zu müde, um nein zu sagen oder Erklärungen zu geben, nickte Milchmann. Die beiden ächzten und grunzten über der Kiste, bekamen sie schließlich auf einen Karren und konnten sie so auf die Wiegeplattform schieben. Milchmann klappte über der Kiste zusammen und rang nach Atem, kaum imstande, auf die Dankeschöns des alten Mannes zu nicken. Dann ging er aus der Station auf die Straße hinaus.

Er war jetzt müde. Wirklich müde. Er wollte Reverend Cooper und seine erfolgshungrigen Freunde nicht wiedersehen. Und ganz gewiß wollte er jetzt seinem Vater oder Gitarre noch nichts erklären. Also hoppelte er zur Busstation zurück und fragte nach dem nächsten Bus, der nach Süden fuhr. Der Süden mußte es sein. Und Virginia mußte es sein. Denn jetzt glaubte er zu wissen, wie er herausfinden konnte, was mit dem Gold geschehen war.

Voller Hamburger, fußwund, krank bis in den Magen hinein, aber wenigstens sitzend, konnte er nicht einmal die Enttäuschung fühlen, die in der Grube in der Höhle steckte. Mehrere Stunden schlief er tief im Bus, wachte auf und hatte Tagträume, nickte noch einmal ein, wachte an einer Raststätte wieder auf und aß eine Schüssel Erbsensuppe. Er ging in eine Drogerie und ersetzte die Rasiersachen und Toilettenartikel, die er in Reverend Coopers Haus gelassen hatte, und beschloß, erst in Virginia seinen Schuh reparieren (er war jetzt mit Kaugummi versiegelt), seinen Anzug flicken zu lassen und sich ein neues Hemd zu kaufen.

Der Greyhound-Bus machte ein Geräusch wie das Brummen der Weimarer, als er die Landstraße entlangrollte. Milchmann erschauerte ein wenig, wie in dem Augenblick, als Circe sie aus ihrem Sessel im «letzten Zimmer» betrachtete und sich fragte, ob sie länger leben würde als sie. Aber es gab mehr als dreißig davon und sie pflanzten sich ständig fort.

Die niedrigen Hügel in der Ferne waren nicht länger Kulissen für ihn. Sie waren reale Orte, die einem Dreißig-Dollar-Schuhe aufschlitzen konnten. Mehr als alles in der Welt hatte er gewollt, daß es da wäre, daß Reihe um Reihe jener Säckchen ihre fetten Hühnerbrüste seinen Händen entgegenrecken würden. Er hatte geglaubt, er wollte es im Namen von Macon Deads Georgia-Pfirsichen, im Namen von Circe und ihren goldäugigen Hunden, und ganz besonders im Namen von Reverend Cooper und seinen wehmütigen Freunden, die zu sterben begonnen hatten, bevor ihnen Haare im Gesicht wuchsen, als sie sahen, was einem Schwarzen wie sie – «unwissend wie ein Hammer und abgebrannt wie ein Sträfling» – geschah, der es dennoch geschafft hatte. Er glaubte auch, er wollte es in Gitarres Namen, um aus seinem Gesicht zu tilgen, was wie Zweifel ausgesehen hatte, als Milchmann ging, den «Ich-weiß-du-baust-Pfusch»-Blick. Da war kein Gold, aber er wußte nun, daß all die edlen Gründe, es zu wollen, nicht das mindeste bedeuteten. Tatsache war, daß er das Gold wollte, weil es Gold war und er es besitzen wollte. Umsonst. Als er Hamburger mampfend in der Busstation gesessen und sich vorgestellt hatte, wie es wäre, jetzt heimzukehren – nicht nur sagen zu müssen, daß kein Gold da war, sondern auch zu wissen, daß er dort in der Falle saß –, da hatte sein Verstand klar zu funktionieren begonnen.

Circe sagte, daß Macon und Sing jenes Fuhrwerk in Virginia bestiegen hatten, wo sie beide herstammten. Sie sagte außerdem, Macons Leiche sei beim ersten heftigen Regen aus dem Boden gekommen, und daß die Butlers oder irgendwer sie in einer Sommernacht in die Höhle geschafft hätten. In einer Sommernacht. Und es war ein Körper, eine Leiche, als sie sie wegschleppten, denn sie erkannten sie als die eines Negers. Pilate jedoch sagte, es sei Winter gewesen, als sie dort war, und es waren nur Knochen da. Sie sagte, sie hätte bei Circe vorbeigeschaut und die Höhle besucht, vier Jahre später, im Schnee, und die Knochen des weißen Mannes mitgenommen. Warum hatte sie die Knochen ihres Vaters nicht gesehen? Es hätten zwei Skelette da sein sollen. War sie über das eine gestiegen und hatte das andere eingesammelt? Bestimmt hatte Circe ihr dasselbe gesagt wie ihm – daß die Leiche ihres Vaters in der Höhle sei. Hatte Pilate Circe erzählt, daß sie dort einen Mann umgebracht hatten? Wahrscheinlich nicht, denn Circe hatte es nicht erwähnt. Pilate sagte, sie hätte die Knochen des Weißen genommen und nicht einmal nach dem Gold geschaut. Aber sie log. Sie hatte das zweite Skelett nicht erwähnt, weil es noch nicht da war, als sie zu der Höhle kam. Sie war nicht vier Jahre später zurückgekommen – oder wenn doch, dann zum *zweitenmal.* Sie war zurückgekommen, *bevor* sie den Neger, den sie gefunden hatten, in die Höhle warfen. Sie nahm die Knochen, soweit richtig; Milchmann hatte sie auf dem Tisch im Gefängnis gesehen. Aber das war nicht das einzige, was sie mitnahm. Sie nahm das Gold mit. Nach Virginia. Und vielleicht würde jemand in Virginia davon wissen.

Milchmann folgte ihren Spuren.

11

Die Hände der Frauen waren leer. Keine Handtasche, kein Portemonnaie, keine Brieftasche, keine Schlüssel, keine kleine Papiertüte, kein Kamm, kein Taschentuch. Sie trugen nichts bei sich. Milchmann hatte nie im Leben eine Frau auf der Straße gesehen, die nicht eine Handtasche über der Schulter hängen, unter den Arm gedrückt, von den geballten Fingern baumeln hatte. Diese Frauen gingen, als hätten sie ein Ziel, aber sie trugen nichts in den Händen. Das reichte, um ihm zu verstehen zu geben, daß er wirklich in den abgelegenen Wäldern von Virginia war, in einer Gegend, die, wie die Schilder ihm einhämmerten, Blue Ridge Mountains hieß. Danville mit seinem Imbißwagen/Busbahnhof und seinem Postamt an der Hauptstraße war eine blühende Metropole im Vergleich zu diesem namenlosen Weiler, einem so kleinen Ort, daß nichts, was durch staatliche Mittel oder privaten Unternehmergeist finanziert wurde, hier steinerne Zeichen setzte. In Roanoke, Petersburg, Culpeper hatte er nach einer Stadt namens Charlemagne gefragt. Niemand kannte sie. An der Küste, sagten die einen. Am Meer. Eine Talstadt, sagten andere. Er landete schließlich in einem Büro des Automobilclubs, und nach einer Weile fanden sie dort ihren richtigen Namen heraus: Shalimar. Wie komme ich da hin? Na, zu Fuß nicht, das ist mal sicher. Fahren Busse da hin? Züge? Nein. Na, sehr nah heran nicht. Es gibt einen Bus, aber der fährt bloß bis ... Es lief darauf hinaus, daß er für fünfundsiebzig Dollar aus dem Hof eines jungen Mannes ein Fünfzig-Dollar-Auto kaufte. Es blieb stehen, bevor er noch zur Tankstelle gekommen war. Und als er es dorthin geschoben hatte, bezahlte er 132 Dollar für einen Treibriemen, Bremsbeläge, Ölfilter, Benzinfilter, zwei runderneuerte Reifen und eine nagelneue Ölwanne, die er nicht brauchte, aber gekauft hatte, bevor der Mechaniker ihm sagte, daß die Dichtung kaputt war. Ein harter, bitterer Preis. Nicht weil die Teile ihn nicht wert waren, und nicht, weil er in bar bezahlen mußte, da der Garagenbesitzer seine Standard-Oil-Kreditkarte ansah, als sei sie eine Drei-Dollar-Note, sondern weil er sich an die Preise im Süden gewöhnt hatte: zwei Paar Socken für fünfundzwanzig Cent; neubesohlte Schuhe dreißig Cent, Hemd 1 Dollar 98, und die beiden Tommys mußten einmal erfahren, daß ihn Rasieren *und* Haareschneiden zusammen 50 Cent gekostet hatte.

Um die Zeit, als er den Wagen kaufte, war seine Moral an einem Höhepunkt angelangt, und er begann die Reise zu genießen: seine Fähigkeit, von Fremden Informationen und Hilfe zu bekommen, ihre Zuneigung zu ihm, ihre Großzügigkeit. (Sind Sie für die Nacht unter? Wollen Sie wissen, wo man gut ißt?) An dem ganzen Gerede von südlicher Gastfreundschaft war etwas dran. Er fragte sich, warum Schwarze je den Süden verließen. Wo er hinkam, war kein weißes Gesicht zu sehen, und die Neger waren so liebenswürdig, weitherzig und eigenständig, wie man es sich nur vorstellen konnte. Er verdiente die Belohnungen, die er hier erhielt. Nie wurde ihm Liebenswürdigkeit wegen seines Vaters entgegengebracht wie daheim oder wegen der Erinnerungen an seinen Großvater wie in Danville. Und nun, wo er hinter einem Lenkrad saß, fühlte er sich sogar noch besser. Er war sein eigener Herr – erleichterte sich, wann er wollte, hielt auf ein kühles Bier an, wenn er Durst hatte, und selbst in einem Fünfundsiebzig-Dollar-Wagen war das Machtgefühl groß.

Er hatte genau auf Schilder und Anhaltspunkte achten müssen, weil Shalimar nicht auf der Texaco-Karte eingetragen war, die er hatte, und weil der Automobilclub einem Nichtmitglied keinen detaillierten Reiseplan mitgeben konnte – nur die Karte und ein paar allgemeine Informationen. Selbst so, obwohl er so sorgfältig Ausschau gehalten hatte, wie er nur konnte, hätte er nicht gemerkt, daß er angekommen war, wäre der Treibriemen nicht wieder gerissen, genau vor Solomons General Store, der sich als das Herz und die Seele von Shalimar, Virginia, herausstellte.

Er ging auf den Laden zu, wobei er den vier Männern, die

draußen auf der Veranda saßen, zunickte und den weißen Hennen auswich, die herumspazierten. Im Innern waren drei weitere Männer, von dem Mann hinter der Theke abgesehen, der wohl Mr. Solomon selber war. Milchmann verlangte von ihm eine kalte Flasche Red Cap, bitte schön.

«Kein Bierverkauf am Sonntag», sagte der Mann. Es war ein hellhäutiger Neger, dessen rotes Haar grau wurde.

«Oh. Ich hab vergessen, was für ein Tag es ist.» Milchmann lächelte. «Limo dann. Sprudel, mein ich. Haben Sie irgendwas auf Eis?»

«Kirschpunsch. Ihnen recht?»

«Prima. Ist mir recht.»

Der Mann ging zur Schmalseite des Ladens hinüber und zog die Tür eines altertümlichen Eisschranks auf. Der Boden war abgenutzt und uneben von den Füßen, die ihn im Laufe vieler Jahre betreten hatten. Die Konservendosen auf dem Regal waren spärlich, aber Säcke, Schalen und Kartons mit verderblichen und halbverderblichen Lebensmitteln gab es in Hülle und Fülle. Der Mann zog eine Flasche mit roter Flüssigkeit aus dem Eisschrank und wischte sie an seiner Schürze trocken, bevor er sie Milchmann reichte.

«Fünf Cent, wenn Sies hier trinken. Sonst sieben.»

«Ich trinks hier.»

«Grad angekommen?»

«Jaa. Wagen ist stehengeblieben. Gibts eine Werkstatt in der Nähe?»

«Nee. Aber fünf Meilen weiter.»

«Fünf Meilen?»

«Mm. Woran liegts denn? Kann sein, einer von uns kriegts hin. Wo wolln Sie 'n hin?»

«Shalimar.»

«Stehn drin.»

«Hier? Das hier ist Shalimar?»

«Ja, klar. Shalimar.» Der Mann sprach es *Scholiimoon* aus.

«Ein Glück, daß ich stehngeblieben bin. Ich hätts bestimmt verpaßt.» Milchmann lachte.

«Ihr Freund hätts auch fast verpaßt.»

«Mein Freund? Was für 'n Freund?»

«Der nach Ihnen sucht. Is heut früh angefahrn gekommen, un hat nach Ihnen gefragt.»

«Namentlich nach mir gefragt?»

«Nein. Hat Ihrn Namen nie erwähnt.»

«Woher wissen Sie dann, daß er nach mir gesucht hat?»

«Meinte, er sucht nach seinem Freund in 'nem beigen Anzug mit Weste. So eim.» Er zeigte auf Milchmanns Brust.

«Wie hat er 'n ausgesehn?»

«Dunkel. Etwa Ihrn Hautton. Groß. Dünn. Was is los? Ham sich eure Telegramme alle gekreuzt?»

«Jaa. Nein. Ich mein . . . was war sein Name?»

«Hat er nich gesagt. Nur nach Ihnen gefragt. Is aber von weither gekommen, um Sie zu treffn. Soviel weiß ich. Fuhr 'nen Ford mit Michigan-Schildern.»

«Michigan? Sind Sie sicher?»

«Sicher bin ich sicher. Sollt er Sie in Roanoke treffen?»

Als Milchmann verstört dreinblickte, sagte der Mann: «Hab Ihre Schilder gesehn.»

Milchmann seufzte erleichtert auf. Und dann sagte er: «Ich war mir nicht klar, wo wir uns treffen würden. Und seinen Namen hat er nicht genannt?»

«Nee. Bloß gesagt, ich sollt Ihnen 'nen Glückwünsch ausrichtn, wenn ich Sie seh. Muß mal überlegen . . .»

«Einen Glückwunsch?»

«Jaa. Meinte, ich soll Ihn sagen, daß Ihr Tag sicher kommt, oder daß Ihr Tag . . . irgend so was . . . Ihr Tag da is. Aber ich weiß, es kam 'n Tag drin vor. Bin aber nich sicher, ob er gesagt hat, er würd kommen oder wär schon da.» Er gluckste. «Wünscht, meiner wär da. Hab siebenundfünfzig Jahr drauf gewartet un is immer noch nich gekommen.»

Die anderen Männer im Laden lachten zustimmend, während Milchmann erstarrt dastand. Alles in ihm war still außer seinem Herzen. Die Botschaft war nicht zu verkennen. Der Bote auch nicht. Gitarre suchte ihn, folgte ihm, und zwar aus professionellen Gründen. Es sei denn . . . Würde Gitarre mit diesem Satz Scherze machen? Dieser besonderen Geheimformel, welche die Sieben Tage ihren Opfern zuflüsterten?

«Schlägt der Punsch Ihnen auf'n Magen?» Mr. Solomon sah ihn an. «Süßer Sprudel bekommt mir nich.»

Milchmann schüttelte den Kopf und schluckte den Rest hastig hinunter. «Nein», sagte er. «Ich bin bloß . . . müde vom Fahren. Ich denk, ich setz mich eine Weile raus.» Er ging auf die Tür zu.

«Wolln Sie, daß ich mich um Ihrn Wagen kümmer?» Mr. Solomon klang leicht gekränkt.

«Gleich. Bin sofort wieder da.»

Milchmann drückte die Fliegennetztür auf und trat auf die Veranda. Die Sonne brannte. Er zog sein Jackett aus und hielt es am Zeigefinger über der Schulter. Er blickte die staubige Straße auf und ab. Baufällige Häuser mit großen Abständen dazwischen, ein paar Hunde, Hühner, Kinder und die Frauen mit nichts in den Händen. Sie saßen auf Veranden, gingen über die Straße mit schwingenden Hüften unter Baumwollkleidern, mit nackten Beinen, die ungeglätteten Haare geflochten oder zu einem Knoten straff nach hinten gezogen. Er hatte großes Verlangen nach einer von ihnen. Sich auf einem Feldbett zusammenzurollen, in den Armen von der da, oder der, oder der. So mußte Pilate als Mädchen ausgesehen haben, sah sie selbst heute noch aus, nur war es fehl am Platz in der großen nördlichen Stadt, in die sie gekommen war. Riesige schläfrige Augen, deren Winkel nach oben wiesen, hohe Wangenknochen, volle Lippen, die schwärzer waren als ihre Haut, beerenfarbig, und lange, lange Hälse. Es muß hier viele Heiraten innerhalb der Familie geben, dachte er. Die Frauen sahen sich alle ähnlich, und mit Ausnahme von ein paar hellhäutigen Rotschöpfen (wie Mr. Solomon) glichen die Männer den Frauen sehr. Besucher mußten in Shalimar selten sein, und daß sich neues Blut hier niederließ, kam sicher überhaupt nicht vor.

Milchmann stieg von der Veranda hinab, verscheuchte die Hennen und ging die Straße hinunter zu einer Baumgruppe neben einem Gebäude, das aussah wie eine Kirche oder eine Art von Clubhaus. Kinder spielten hinter den Bäumen. Er legte sein Jackett auf das verbrannte Gras, setzte sich nieder und zündete sich eine Zigarette an.

Gitarre war hier. Hatte nach ihm gefragt. Aber warum hatte er Angst? Sie waren Freunde, enge Freunde. So eng, daß er ihm alles über die Sieben Tage erzählt hatte. Ein tieferes Vertrauen gab es nicht. Milchmann war sein Vertrauter, fast ein Komplice. Warum also hatte er Angst? Es war unsinnig. Gitarre mußte diese besondere Nachricht hinterlassen haben, damit Milchmann wußte, wer nach ihm suchte, ohne daß er seinen Namen angab. Gitarre mußte auf der Flucht sein, vor der Polizei vielleicht, und beschlossen haben, zu seinem Freund zu fliehen – zu dem einzigen Menschen neben den Tagen, der wußte, worum es ging und dem er vertrauen konnte. Gitarre brauchte Milchmann, und er brauchte Hilfe. Das war es. Aber wenn Gitarre wußte, daß Milchmann nach Shalimar unterwegs war, dann mußte er das in Roanoke oder Culpeper herausbekommen haben – oder vielleicht schon in Danville. Und wenn er das wußte, warum hatte er nicht gewartet? Wo war er jetzt? Schwierigkeiten. Gitarre war in Schwierigkeiten.

Hinter ihm sangen die Kinder eine Art von Ringelreihen- oder Goldne-Brücke-Lied. Milchmann wandte sich um und sah zu. Etwa acht oder neun Jungen und Mädchen standen im Kreis. Ein Junge in der Mitte drehte sich mit ausgebreiteten Armen wie ein Flugzeug, während die übrigen einen sinnlosen Reim sangen:

Jay, der einzige Sohn von Solomon
Komm buba yalle, komm buba tambi
Wirbel rum und berühr die Sonn
Komm buba yalle, komm buba tambi . . .

Sie sangen noch mehrere Strophen, und der Junge in der Mitte fuhr fort mit seiner Nachahmung eines Flugzeugs. Der Höhepunkt des Spiels bestand im Herausbrüllen einer raschen Folge von Nonsenswörtern, unter noch rascherem Rotieren: «Solomon rei balaly *schlauch*; yaraba medina hamlet *auch*» – bis zur letzten Zeile: «Einundzwanzig Kindr, das letzte *Jay*!» An welchem Punkt der Junge zu Boden stürzte und die anderen aufschrien.

Milchmann sah den Kindern zu. So hatte er als Kind nie gespielt. Sobald er nicht mehr am Fensterbrett trauerte, weil er nicht fliegen konnte, sobald er sich von den Knien erhob und zur Schule trottete, hatte ihn sein Samtanzug von den anderen getrennt. Weiße und Schwarze fanden ihn zum Totlachen und setzen alles daran, ihn auszulachen und dafür zu sorgen, daß er kein Vesper zu essen und keine Buntstifte hatte und niemals bis zur Toilette oder zum Trinkwasserhahn vordrang. Seine Mutter hatte schließlich vor seinem Betteln um Knickerbocker oder lange Hosen aus Kord kapituliert, was die Lage ein wenig verbesserte, aber er wurde nie aufgefordert, bei diesen Kreisspielen, diesen Singspielen, bei irgend etwas mitzumachen, bis Gitarre jene vier Jungen von ihm weggezogen hatte. Milchmann lächelte bei der Erinnerung, wie Gitarre gegrinst und gejuchzt hatte, als die vier Jungen sich auf ihn warfen. Damals hatte Milchmann zum erstenmal jemanden einen Kampf wirklich genießen sehen. Anschließend hatte Gitarre seine Baseballmütze abgenommen, sie Milchmann hingestreckt und ihm gesagt, er solle sich das Blut von der Nase wischen. Milchmann machte die Mütze blutig, gab sie zurück, und Gitarre stülpte sie sich wieder auf den Kopf.

Jetzt, da er an jene Zeiten zurückdachte, schämte sich Milchmann dafür, daß ihm Gitarres Botschaft Angst oder Mißtrauen eingeflößt hatte. Wenn er auftauchte, würde er alles erklären, und Milchmann würde ihm helfen, so gut er konnte. Er stand auf und bürstete sein Jackett ab. Ein schwarzer Hahn stolzierte vorbei, den blutroten Kamm nach vorn drapiert, als mache er ein böses Gesicht.

Milchmann ging zu Solomons Laden zurück. Er brauchte eine Unterkunft, ein paar Auskünfte und eine Frau – nicht unbedingt in dieser Reihenfolge. Er würde anfangen, wo immer der Anfang war. In einer Weise war es gut, daß Gitarre nach ihm gefragt hatte. Da er nun auf ihn und darauf warten mußte, daß er irgendwie an einen neuen Treibriemen kam, hatte er einen legitimen Grund zum Herumtrödeln. Hennen und Katzen räumten ihre Plätze auf den Stufen, als er sich näherte.

«Fühln sich besser, was?» fragte Mr. Solomon.

«Viel besser. Mußt mich bloß ein bißchen ausstrecken, nehm ich an.» Er deutete mit dem Kinn zum Fenster. «Hübsch hier. Friedlich. Und hübsche Frauen.»

Ein junger Mann, der seinen Stuhl zur Wand zurückgekippt hatte, schob seine Mütze aus der Stirn zurück und ließ die Vorderbeine des Stuhls auf den Boden knallen. Sein Mund stand offen und gab das Fehlen von vier Vorderzähnen preis. Die anderen Männer scharrten mit den Füßen. Mr. Solomon lächelte, sagte aber nichts. Milchmann spürte, daß er den falschen Ton angeschlagen hatte. Wegen der Frauen, nahm er an. Was für ein Ort war das, wo ein Mann nicht einmal nach einer Frau fragen konnte?

Er wechselte das Thema. «Wenn mein Freund, der heute morgen vorbeigekommen ist, auf mich warten wollte, wo könnte er Unterkunft gefunden haben? Irgendwelche Pensionen hier in der Gegend?»

«Pensionen?»

«Ja. Wo ein Mann übernachten kann.»

Mr. Solomon schüttelte den Kopf. «So was gibts hier nich.»

Milchmann wurde langsam ärgerlich. Wozu die ganze Feindseligkeit? Er schaute die Männer an, die im Laden herumsaßen. «Glauben Sie, einer von denen könnte mir vielleicht beim Auto helfen?» fragte er Mr. Solomon. «Vielleicht irgendwo einen neuen Treibriemen beschaffen?»

Mr. Solomon hielt die Augen auf die Theke gerichtet. «Könnt mal fragen.» Seine Stimme war leise; er sprach, als sei ihm etwas peinlich. Die Schwatzhaftigkeit, die ihn erfüllt hatte, als Milchmann ankam, hatte sich verflüchtigt.

«Wenn Sie keinen auftreiben können, lassen Sie es mich gleich wissen. Ich muß vielleicht ein neues Auto kaufen, um nach Hause zurückzukommen.»

Jedes einzelne Gesicht wandte sich ihm zu, und Milchmann wußte, er hatte wieder etwas Falsches gesagt, wenn er auch nicht wußte was. Er wußte nur, daß sie sich benahmen, als seien sie beleidigt worden.

Und das waren sie auch. Sie sahen mit Haß auf den städtischen Neger, der ein Auto kaufen konnte, als sei es eine Flasche Whisky, wenn das, was er hatte, kaputt war. Und schlimmer noch, der dies vor ihnen ausgesprochen hatte. Er hatte sich nicht die Mühe gemacht, seinen Namen zu sagen oder nach den ihren zu fragen, hatte sie «die» genannt und würde sicherlich ihre Zeit geringschätzen, die sie rechterdings zum Ernten ihrer eigenen Feldfrüchte hätten verwenden müssen, statt wartend im Dorfladen herumzusitzen und zu hoffen, daß ein Lastwagen aus dem Flachland kam und nach Hilfsarbeitern oder Tabakpflückern suchte, für Ländereien, die jemand anderem gehörten. Sein Benehmen, seine Kleider erinnerten sie daran, daß sie keine eigenen Feldfrüchte hatten und auch kein Land, das der Rede wert war. Nur Gemüsegärten, um die sich die Frauen kümmerten, und Hühner und Schweine, um die sich die Kinder kümmerten. Er sagte ihnen, daß sie keine Männer waren, daß sie für ihre Ernährung auf Frauen und Kinder angewiesen waren. Und daß die Fusseln und der Tabak in ihren Hosentaschen, in denen Dollarscheine hätten stecken sollen, der Maßstab waren. Daß dünne Schuhe und Anzüge mit Westen und glatte, glatte Hände der Maßstab waren. Daß Augen, die große Städte und das Innere von Flugzeugen gesehen hatten, der Maßstab waren. Sie hatten ihn ihre Frauen betrachten und sich die Vorderseite seiner Hose reiben sehen, als er auf der Treppe stand. Sie hatten ihn auch seinen Wagen abschließen sehen, sobald er ausstieg – an einem Ort, wo es nicht mehr als zwei Schlüssel im Umkreis von fünfundzwanzig Meilen geben konnte. Er hatte sie für nicht anständig genug oder gut genug befunden, um ihre Namen wissen zu wollen, und hielt sich selbst für zu gut, ihnen den seinen mitzuteilen. Sie schauten auf seine Haut und sahen, daß sie so schwarz war wie ihre eigene, aber sie wußten, er hatte das Herz der weißen Männer, die sie mit den Lastwagen abholen kamen, wenn sie anonyme, gesichtslose Arbeiter brauchten.

Jetzt sprach einer von ihnen den Neger mit dem Nummernschild aus Virginia und dem nördlichen Akzent an.

«Dickes Geld oben im Norden, hä?»

«Für manche», antwortete Milchmann.

«Manche? Laß mir sagen, jeder hat dickes Geld oben im Norden.»

«'ne Menge Leute im Norden haben nichts.» Milchmann ließ seine Stimme freundlich klingen, aber er wußte, etwas braute sich zusammen.

«Das is schwer zu glauben. Warum würd jemand da bleiben wolln, wenns kein dickes Geld gibt?»

«Wegen der Aussicht, nehm ich an.» Ein anderer Mann antwortete dem ersten. «Wegen der Aussicht un den Frauen.»

«Verkohlst mich», sagte der erste mit gespieltem Entsetzen. «Willst mir im Ernst weismachen, Muschi wär anders oben im Norden?»

«Nee», sagte der zweite. «Muschi is überall gleich. Riecht wie der Ozean; schmeckt wie das Meer.»

«Kann nich sein», sagte ein dritter. «Muß anders sein.»

«Vielleicht sin die Schwänze anders.» Der erste ergriff wieder das Wort.

«Ach ja?» fragte der zweite Mann.

«Laß ich mir sagen», sagte der erste.

«Wie anders?» fragte der zweite.

«Arg winzig», sagte der erste Mann. «Arg, arg winzig.»

«Nee!» sagte der zweite.

«Krieg ich erzählt. Drum ham sie so enge Hosen. Stimmts?» Der erste Mann sah Milchmann an und wartete auf Antwort.

«Bin ich überfragt», sagte Milchmann. «Hab nie viel Zeit mit verbracht, über dem Pimmel von 'nem andern Mann mit den Lippen zu schmatzen.» Alle lächelten, Milchmann eingeschlossen. Gleich würde es anfangen.

«Un wie is es mit seim Arschloch? Je da drüber mit den Lippen geschmatzt?»

«Einmal», sagte Milchmann, «als ein Niggerbürschchen mich wild gemacht hat und ich ihm eine Coke-Flasche in den Arsch stopfen mußte.»

«Wozu hastn 'ne Flasche gebraucht? Hätts dein Ding nich gefüllt?»

«Hat es. Nachdem ich die Coke-Flasche rausgenommen hab. Hat ihm den Mund auch gestopft.»

«Ziehst 'n Mund vor, was?»

«Wenn er groß genug ist und häßlich genug und einem unwissenden Mamaficker gehört, der gleich die lebende Scheiße aus dem Bauch geprügelt kriegt.»

Das Messer blitzte.

Milchmann lachte. «Hab von denen keins mehr gesehn, seit ich vierzehn war. Wo ich herkomm, spielen *Kinder* mit Messern – das heißt, wenn sie Angst ham zu verliern.»

Der erste Mann lächelte. «Das bin ich, du Mamaficker. Hab 'ne Todesangst, daß ich verlier.»

Milchmann tat sein Bestes mit einer abgebrochenen Flasche, aber er bekam einen Schnitt ins Gesicht und in die linke Hand und in seinen schönen beigefarbenen Anzug, und er hätte wahrscheinlich die Kehle durchschnitten bekommen, wenn nicht zwei Frauen hereingerannt gekommen wären, schreiend: «Saul! Saul!»

Der Laden war inzwischen voller Menschen, und die Frauen kamen nicht durch. Die Männer versuchten, sie zum Schweigen zu bringen, aber sie hörten nicht auf zu schreien und brachten den Kampf so weit zum Abklingen, daß Mr. Solomon eingreifen konnte.

«Okay. Okay. Das reicht erst mal.»

«Halts Maul, Solomon.

«Schafft die Weiber da raus.»

«Stech ihn ab, Saul, stech ihn ab, den Schwanzlutscher.»

Aber Saul hatte einen gezackten Schnitt über dem Auge, und das Blut, das sich daraus ergoß, erschwerte ihm das Sehen. Es war schwierig, aber nicht unmöglich für Mr. Solomon, ihn wegzuziehen. Er überhäufte Milchmann im Weggehen mit Flüchen, aber sein Eifer war dahin.

Milchmann zog sich an die Theke zurück und wartete, ob ihn noch jemand anders anfallen würde. Als es so aussah, als käme keiner mehr, und als die Leute nach draußen drifteten, um sich anzusehen, wie Saul schimpfend und raufend von den Männern weggezogen wurde, sank er ein wenig zusammen und wischte sich das Gesicht ab. Als der

Laden bis auf den Besitzer völlig leer war, schleuderte Milchmann die abgebrochene Flasche in eine Ecke. Sie eierte am Eisschrank vorbei und prallte gegen die Wand, bevor sie auf dem Boden zersplitterte. Er ging nach draußen, immer noch schnaufend, und sah sich um. Vier ältere Männer saßen noch auf der Veranda, als sei nichts geschehen. Blut strömte Milchmann über das Gesicht, aber auf seiner Hand war es getrocknet. Er trat nach einer weißen Henne, setzte sich auf die oberste Stufe und wischte sich mit dem Taschentuch das Blut ab. Drei junge Frauen mit nichts in den Händen standen auf der Straße und betrachteten ihn. Ihre Augen waren groß, aber neutral. Kinder kamen hinzu, umkreisten die Frauen wie Vögel. Niemand sagte etwas. Selbst die vier Männer auf der Veranda waren still. Niemand kam auf ihn zu, bot ihm eine Zigarette an oder ein Glas Wasser. Nur die Kinder und die Hennen wanderten umher. Unter der heißen Sonne war Milchmann eisig vor Wut. Hätte er eine Waffe gehabt, er hätte jeden, der in Sicht war, niedergemetzelt.

«Sin ganz gut mit 'ner Flasche. Wie is es mit 'nem Gewehr?» Einer der älteren Männer hatte sich an ihn herangemacht. Auf seinem Gesicht lag ein schwaches Lächeln. Es war, als wollten nun, wo die jungen Männer ihre Chance gehabt hatten, mit unbefriedigendem Ergebnis, die älteren Männer die Sache in die Hand nehmen. Ihr Stil würde natürlich ein anderer sein. Kein Abtrittwörter-Wettstreit. Auch keine Messer, kein dampfender Atem und keine knotigen Nackenmuskeln. Sie würden ihn auf einem anderen Feld auf die Probe stellen, sich mit ihm messen und ihn – wahrscheinlich – schlagen.

«Beste Schütze, den es gibt», log Milchmann.

«So?»

«Klar. So.»

«'n paar von uns gehn später jagen. Wolln Sie mit?»

«Geht der zahnlose Mamaficker auch mit?»

«Saul? Nein.»

«Weil ich ihm den Rest geben müßte.»

Der Mann lachte. «Sheriff hat den Rest mitgenommen – mit dem Gewehrkolben.»

«Ja? Gut so.»

«Na, kommen Sie mit?»

«Klar komm ich mit. Beschafft mir bloß 'n Gewehr.»

Er lachte wieder. «Heiß Omar.»

«Macon Dead.»

Omar blinzelte bei dem Namen, gab aber keinen Kommentar dazu. Er sagte lediglich, er solle zu King Walker kommen, einer Tankstelle zwei Meilen weiter, so gegen Sonnenuntergang. «Is gradaus da vorn. Is das Unmöglichste von der Welt, daß Sies verfehlen.»

«Werds nicht verfehlen.» Milchmann stand auf und ging zu seinem Wagen. Er fummelte nach dem Autoschlüssel, schloß die Tür auf und ließ sich auf den Sitz gleiten. Er kurbelte sämtliche vier Fenster herunter, fand auf dem Rücksitz ein Handtuch und streckte sich aus, sein Jackett als Kissen und das Handtuch als Verband für sein Gesicht benutzend. Die Füße streckte er zur offenen Tür hinaus. Verfluchtes Pack. Wer waren all diese Leute, die durch die Welt zogen und versuchten, ihn umzubringen? Sein eigener Vater hatte es versucht, als er noch im Bauch seiner Mutter war. Aber er hatte überlebt. Und er hatte das vergangene Jahr überlebt war einer Frau entschlüpft, die jeden Monat kam, ihn umzubringen, und er hatte dagelegen genau wie jetzt, den Arm über den Augen, weit offen für alles, was sie gerade in der Hand hatte. Auch das hatte er überlebt. Dann war eine Hexe aus den Alpträumen seiner Kindheit auferstanden, um ihn zu packen, und er hatte es überlebt. Fledermäuse hatten ihn aus einer Höhle getrieben – und er hatte es überlebt. Und bei keinem Mal hatte er eine Waffe gehabt. Nun trat er in einen Laden und fragte, ob jemand sein Auto reparieren könne, und ein Nigger ging mit dem Messer auf ihn los. Und er war immer noch nicht tot. Also, was dachten sich diese schwarzen Neandertaler eigentlich dabei? Verfluchtes Pack. Mein Name ist Macon; ich bin schon tot. Er hatte gedacht, dieses Shalimar würde die Heimat sein. Seine ursprüngliche Heimat. Seine Leute kamen von hier, sein

Großvater und seine Großmutter. Auf dem ganzen Weg in den Süden waren die Leute nett zu ihm gewesen, großzügig, hilfsbereit. In Danville hatten sie ihn zum Gegenstand von Heldenverehrung gemacht. In seiner Heimatstadt war sein Name untrennbar mit Furcht und widerwilligem Respekt verbunden. Aber hier, in seiner «Heimat», war er unbekannt, ungeliebt und verdammt nah daran, umgebracht zu werden. Von allen Niggern auf der Welt, die noch nicht am Strick baumelten, waren hier ein paar von den gemeinsten beisammen.

Er schlief, unbelästigt von allem und jedem, mit Ausnahme eines Traums, in dem er glaubte, Gitarre blicke auf ihn herab. Als er aufwachte, kaufte er zwei Dosen Ananas und ein Paket Kräcker von Mr. Solomon. Er aß auf der Veranda mit den Hennen. Die Männer waren gegangen, und die Sonne sank. Nur die Kinder blieben zurück, um ihm beim Essen zuzusehen. Als er sich den letzten Rest Ananassaft in die Kehle goß, trat eines der Kinder vor und fragte: «Können wir Ihre Dose haben, Mister?» Er hielt sie hin, und sie schnappten sie sich und rannten davon, um irgendein Spiel damit zu beginnen.

Er machte sich zu King Walker auf den Weg. Selbst wenn ihm ein Weg eingefallen wäre, um die Jagd herumzukommen, hätte er keinen Gebrauch davon gemacht, trotz des Umstands, daß er noch nie im Leben mit einer Feuerwaffe umgegangen war. Er hatte aufgehört, den Dingen aus dem Weg zu gehen, zwischen Schwierigkeiten hindurch, über sie hinweg und um sie herumzuschlüpfen. Früher war er Risiken nur mit Gitarre zusammen eingegangen. Nun tat er es allein. Nicht nur hatte er Hagar auf ihn einstechen lassen; er hatte sich von der Alptraumhexe fangen und küssen lassen. Für einen Mann, der das überlebte, war alles andere ein Scherz.

King Walker glich in nichts der Vorstellung, die sein Name erweckte. Er war ein kleiner Mann, kahlköpfig, die linke Backe prall gefüllt mit Tabak. Vor Jahren war er ein Starspieler in einer der schwarzen Baseball-Ligen gewesen, und seine ganze Werkstatt war mit der Geschichte seiner Karriere benagelt und beklebt. Sie hatten nicht gelogen, als sie sagten, es sei keine Werkstatt und kein Mechaniker in näherer Entfernung als fünf Meilen dienstbereit. King Walkers Tankstelle war offensichtlich vor langer Zeit bankrott gegangen. Die Pumpen waren trocken; es gab nicht einmal eine Dose Öl im Haus. Nun schien es als eine Art Clublokal für die Männer zu dienen und Walker wohnte hinter der Tankstelle. Neben Walker, der nicht mitkommen würde, war Omar da und ein weiterer Mann, der ebenfalls auf der Veranda gesessen hatte und sich als Luther Solomon vorstellte – nicht verwandt mit dem Solomon vom Lebensmittelgeschäft. Sie warteten auf ein paar andere, die bald, nachdem Milchmann eingetroffen war, in einem alten Chevy angefahren kamen. Omar stellte sie vor als Calvin Breakstone und Small Boy.

Calvin schien der sympathischste von ihnen zu sein und erteilte King Walker gleich nach den Vorstellungen den Befehl, «diesem Stadtjungen 'n paar Schuhe für seine Füße» zu verschaffen. King kramte herum und brachte ein paar schmutzverkrustete Wanderschuhe zum Vorschein. Sie statteten Milchmann komplett aus, lachten dabei die ganze Zeit über seine Unterwäsche, fingerten an seiner Weste herum – Small Boy versuchte, mit seinen Ringerarmen in Milchmanns Jackett zu kommen – und wunderten sich über seine Füße. Noch immer pellten sich Hautfetzen von seinen Zehen ab, Folge der beiden Tage, die er in nassen Schuhen und Socken verbracht hatte. King Walker veranlaßte ihn, Arm & Hammer-Soda darauf zu streuen, bevor er die dikken Socken anzog, die sie ihm gaben. Als Milchmann in Armee-Arbeitskleidern aus dem Zweiten Weltkrieg steckte und eine Strickmütze auf dem Kopf hatte, machten sie ein paar Dosen Falstaff-Bier auf und begannen über Gewehre zu reden. An welchem Punkt das mit Gemeinheiten durchsetzte Gelage abflaute und King Walker Milchmann seine Winchester .22 reichte.

«Schon mal 'ne zwoundzwanzig benutzt?»

«'ne ganze Weile nich», sagte Milchmann.

Die fünf Männer quetschten sich in den Chevy und fuhren in das abnehmende Licht hinein. Soweit Milchmann es feststellen konnte, ging es nach etwa fünfzehn Minuten in bergiges Gelände hinauf. Als der Wagen durch schmale Wege schweifte, kam das Gespräch wieder in Gang und sie unterhielten sich über andere Ausflüge, Wild, Treffer, Fehlschüsse. Bald kam das einzige Licht vom Mond und es wurde so kühl, daß Milchmann über seine Strickmütze froh war. Der Wagen fuhr geradeaus und um ein paar scharfe Kurven. Im Rückspiegel glaubte Milchmann die Scheinwerfer eines weiteren Autos zu entdecken und fragte sich, ob noch andere mit ihnen zusammentreffen sollten. Der Himmel war jetzt dunkel genug für Sterne.

«Sollten uns eilen, Calvin. Waschbärn ham sonst gefuttert un sin wieder daheim.»

Calvin fuhr an den Rand und hielt an.

«Laß sie laufen», sagte er und gab die Autoschlüssel Small Boy, der um den Wagen herumging und den Kofferraum aufschloß. Drei Jagdhunde sprangen heraus, witternd und wedelnd. Aber sie gaben keinen Laut von sich.

«Du hast Becky dabei?» fragte Luther. «Oh, Mann! Was kriegen wir da heut nacht an Waschbärn!»

Die Nervosität der Hunde, ihre Ungeduld, das Signal zu vernehmen, auf das hin sie in die Bäume davonsausen durften, machte Milchmann zappelig. Was wurde von ihm erwartet? Zwei Fuß von den Scheinwerfern entfernt war schwarze Nacht, in jeder Richtung.

Omar und Small Boy zogen die Ausrüstung aus dem Kofferraum: vier Lampen, eine Taschenlampe, Schnur, Patronen und eine Flasche Schnaps. Als alle vier Lampen brannten, fragten sie Milchmann, ob er eine Lampe oder die Taschenlampe benutzen wolle. Er zögerte, und Calvin sagte: «Er kann mit mir kommen. Gib ihm die Taschenlampe.»

Milchmann steckte sie in seine Gesäßtasche.

«Nimm die Münzen da aus der Tasche», sagte Calvin. «Machen zuviel Krach.»

Milchmann tat, wie ihm gesagt wurde, und nahm Kings Gewehr, ein Stück Schnur und einen tiefen Schluck aus der Flasche, die sie herumreichten.

Die Hunde trotteten umher, stumm, schnaufend, fast entkräftet vor Aufregung. Aber sie gaben noch immer keinen Laut von sich. Calvin und Omar luden die eine Kammer ihrer doppelläufigen Gewehre mit .22-Patronen und die andere mit Schrot. Small Boy klatschte einmal in die Hände, und die drei Hunde sausten lärmend in die Nacht. Die Männer brachen nicht sofort nach ihnen auf, wie Milchmann angenommen hatte. Statt dessen standen sie still da und horchten eine Weile. Small Boy lachte leise und schüttelte den Kopf. «Becky führt. Gehn wir. Calvin, du und Macon nach rechts rüber. Wir ziehn in der Richtung da los un kommn an der Schlucht im Kreis rüber. Schießt keine Bären, jetzt.»

«Seh ich einen, schieß ich einen», sagte Calvin, und er und Milchmann zogen davon.

Als sie den Chevy verließen, sauste das Auto, das Milchmann bemerkt hatte, an ihnen vorbei. Offensichtlich gehörte sonst niemand zu der Jagdgesellschaft. Calvin ging voran; die brennende Lampe pendelte niedrig von seiner Hand. Milchmann schnippte die Taschenlampe an.

«Geh besser sparsam mit um», sagte Calvin. «Brauchst die jetzt nich.»

Sie stapften in eine Richtung, die auf die lärmenden Hunde zuführen mochte; Milchmann hätte es nicht zu sagen gewußt.

«Bären in der Gegend?» fragte er mit einer Stimme, die, so hoffte er, interessiert klang, aber nicht ängstlich.

«Bloß wir, un wir ham die Gewehre.» Calvin lachte und war plötzlich von der Dunkelheit verschluckt; nur die niedrig pendelnde Lampe markierte seine Spur. Milchmann behielt die Lampe im Auge, bis er merkte, daß die Konzentration darauf ihn hinderte, etwas anderes wahrzunehmen. Wenn er sich an die Dunkelheit gewöhnen wollte, würde er auf das achten müssen, was zu sehen möglich war. Ein langgezogenes Stöhnen segelte irgendwo links von der Stelle, an der sie sich befanden, durch die Bäume. Es klang wie die Stimme einer Frau, schluchzend, vermengte sich mit dem Hundegekläff und den Männerrufen. Ein paar Minuten darauf verstummte das ferne Bellen der Hunde und das Rufen der drei Männer. Nur noch das Heulen des Winds war zu hören und seine und Calvins Fußtritte. Es dauerte eine Weile, bis Milchmann gelernt hatte, seine Füße so zu setzen, daß er Wurzeln und Steine vermied; einen Baum von einem Schatten zu unterscheiden; den Kopf gesenkt zu halten und den Ästen auszuweichen, die ihm aus Calvins Hand ins Gesicht zurückwippten. Sie gingen bergauf. Von Zeit zu Zeit blieb Calvin stehen, richtete die Lampe auf einen Baum und untersuchte ihn genau von einem Punkt, der etwa drei Fuß vom Boden entfernt war, bis so weit hinauf, wie sein Arm reichte. Dann wieder hockte er sich auf die Fersen und nahm die Erde in Augenschein. Jedesmal schien er zu flüstern. Was immer er entdecken mochte, er behielt es für sich, und Milchmann fragte ihn nicht danach. Er wollte nichts anderes als mithalten, bereit sein, auf jedes Wild zu schießen, das erscheinen würde, und auf der Hut zu sein vor einem Anschlag, den einer von ihnen womöglich auf sein Leben unternahm. Kaum eine Stunde nach seiner Ankunft in Shalimar hatte ein junger Mann in aller Öffentlichkeit versucht, ihn umzubringen. Wozu diese älteren Männer im Schutz der Nacht fähig waren, konnte er nur ahnen.

Wieder hörte er das Frauenschluchzen und fragte Calvin: «Was, zum Teufel, ist das?»

«Echo», sagte er. «Rynas Schlucht liegt da vorn. Die macht so 'n Geräusch, wenn der Wind aus 'ner bestimmten Ecke kommt.»

«Klingt wie eine Frau, die weint», sagte Milchmann.

«Ryna. Leute sagen, 'ne Frau namens Ryna weint da drin. So kommts zu dem Namen.»

Calvin blieb stehen, aber so plötzlich, daß Milchmann, tief in Gedanken über Ryna versunken, in ihn hineinrannte. «Pst!» Calvin schloß die Augen und legte den Kopf schräg zum Wind. Alles, was Milchmann hörte, waren wieder die Hunde, die kläfften, aber hastiger, meinte er, als zuvor. Calvin pfiff. Ein schwacher Pfiff drang zu ihnen zurück.

«Verfluchtes Biest!» Calvins Stimme kippte um vor Erregung. «Luchs! Los, Mann!» Er sprang buchstäblich davon, und Milchmann tat es ihm gleich. Sie bewegten sich jetzt doppelt so schnell, noch immer auf ansteigendem Gelände. Es war die längste Wanderung, die Milchmann je in seinem Leben gemacht hatte. Meilen, dachte er; wir müssen Meilen zurücklegen. Und Stunden; es muß jetzt zwei Stunden her sein, daß er gepfiffen hat. Weiter ging es, und Calvin hielt nur inne, um gelegentlich einen Ruf auszustoßen und auf den Antwortklang zu horchen.

Das Licht veränderte sich, und Milchmann wurde allmählich sehr müde. Der Abstand zwischen ihm und Calvins Lampe vergrößerte sich immer mehr. Er war zwanzig Jahre jünger als Calvin, sah sich aber nicht imstande, mit ihm Schritt zu halten. Und unbeholfen wurde er, stieg über große Steine, statt um sie herumzugehen, schleifte die Füße über den Boden und verfing sich in höckrigen Wurzeln, und nun, wo Calvin nicht mehr direkt vor ihm war, mußte er selbst die Äste vor seinem Gesicht wegschieben. Das Bükken, um unter Zweigen hindurchzukriechen, und Wegbahnen war so anstrengend wie das Gehen selber. Sein Atem wurde immer kürzer, und er wünschte nichts mehr in der Welt, als sich zu setzen. Er glaubte, daß sie nun im Kreis herumgingen, denn es kam ihm so vor, als sehe er jenen doppelhöckrigen Felsen in der Ferne schon zum drittenmal. War es richtig, daß sie im Kreis gingen? fragte er sich. Dann meinte er, einmal gehört zu haben, daß bestimmte Tiere kreisten, wenn sie angepirscht würden. Luchse auch? Er wußte nicht einmal, wie ein Luchs aussah.

Schließlich gab er der Erschöpfung nach und machte den Fehler, sich zu setzen, statt langsamer zu gehen, denn als er wieder aufstand, hatte die Ruhepause seinen Füßen Gelegenheit gegeben, ihm weh zu tun, und der Schmerz in seinem kürzeren Bein war so stark, daß er zu hinken und humpeln anfing. Bald war es ihm nicht mehr möglich, länger als fünf Minuten an einem Stück zu gehen, ohne gegen einen Amberbaum gelehnt zu pausieren. Calvin war ein Lichtpünktchen, das vor ihm zwischen den Bäumen hin und her hüpfte. Dann war Milchmann am Ende; er mußte rasten. Am nächsten Baum sank er zu Boden und legte den Kopf an die Rinde. Sollten sie lachen, wenn sie wollten; er würde sich erst wieder rühren, wenn sein Herz unter dem Kinn verschwunden und wieder in die Brust hinuntergewandert war, wo es hingehörte. Er machte die Beine breit, zog die Taschenlampe aus der Hüfttasche und legte die Winchester neben sein rechtes Bein. Nun, da er ruhte, fühlte er das Blut in den Schläfen pulsen, und die Wunde in seinem Gesicht schmerzte im Nachtwind unter dem Blattsaft und Baumharz, das die Zweige daraufgeschmiert hatten.

Als er beinahe normal atmete, begann er sich zu fragen, was er da auf dem Boden mitten in einem Wald in der Blue Ridge-Gegend eigentlich tue. Er war hierhergekommen, um Spuren von Pilates Reise zu finden, um Verwandte zu finden, die sie besucht haben mochte, um alles zu finden, was ihn entweder zu dem Gold führen oder davon überzeugen würde, daß es nicht mehr existierte. Wie hatte er es überhaupt geschafft, sich in eine Jagd, in einen Kampf mit Messer und abgebrochener Flasche verwickeln zu lassen? Durch Dummheit, dachte er, und Eitelkeit. Er war nicht früh genug wachsam gewesen, hatte die Zeichen nicht wahrgenommen, die ihm ringsum entgegensprangen. Schon möglich, daß dies hier übles schwarzes Pack war, aber er hätte es ahnen müssen, spüren müssen, und daß er das nicht getan hatte, lag zum Teil an der zwanglosen, guten Behandlung, die er anderswo erfahren hatte. Aber stimmte das? Vielleicht hatte die glühende Heldenverehrung (um zwei Ecken), in der er in Danville gebadet worden war, ihn zugleich geblendet. Vielleicht hatten die Augen der Männer in Roanoke, Petersburg, Newport News gar nicht Willkommen und Bewunderung ausgestrahlt. Vielleicht waren sie schlicht neugierig oder belustigt gewesen. An keinem Ort war er lange genug geblieben, um es herauszufinden. Eine Mahlzeit hier, Benzin dort – der einzige wirkliche Kontakt hatte sich beim Kauf des Autos ergeben, und natürlich würde ein Verkäufer, der einen Käufer brauchte, unter diesen Umständen freundlich sein. Das gleiche galt für den Punkt, an dem er diese komplizierten Reparaturen hatte machen lassen müssen. Was für Wilde waren diese Leute?

Mißtrauisch. Hitzig. Schnell bei der Hand mit Mißbilligung und Verachtung für einen Außenseiter. Empfindlich. Verschlagen, eifersüchtig, verräterisch und böse. Mit nichts hatte er ihre Geringschätzung verdient. Mit nichts die explosive Feindseligkeit, die ihn verschlungen hatte, als er sagte, er müsse vielleicht ein neues Auto kaufen. Warum hatten sie nicht reagiert wie der Mann in Roanoke, als er das Auto kaufte? Weil er in Roanoke kein Auto gehabt hatte. Hier hatte er eins und wollte ein anderes, und vielleicht hatte das sie aufgebracht. Darüber hinaus hatte er nicht einmal angedeutet, daß er das alte in Zahlung geben wolle. Er hatte zu verstehen gegeben, daß er das «kaputte» im Stich lassen und einfach ein neues anschaffen würde. Und wennschon! Was ging es sie an, was er mit seinem Geld machte. Er hatte es nicht verdient . . .

Das klang alt. *Verdienen.* Alt und ausgeleiert und zu Tode geritten. Verdienen. Nun kam es ihm so vor, als sage oder denke er ständig, dieses oder jenes Pech und diese oder jene schlechte Behandlung habe er nicht verdient. Er hatte Gitarre erzählt, daß er die Abhängigkeit seiner Familie von ihm, ihren Haß oder was auch immer nicht «verdiene». Sogar, daß er es nicht «verdiene», sich all den Jammer und die gegenseitigen Beschuldigungen anhören zu müssen, die seine Eltern bei ihm abluden. Ebensowenig hatte er Hagars Rache «verdient». Aber warum sollten ihm seine Eltern nicht ihre persönlichen Probleme erzählen? Wenn nicht ihm, wem dann? Und wenn ein Fremder versuchen konnte, ihn umzubringen, dann hatte Hagar, die ihn kannte und die er weggeworfen hatte wie einen Klumpen Kaugummi, das keinen Geschmack mehr besitzt – dann hatte sie sicherlich auch das Recht zu versuchen, ihn umzubringen.

Augenscheinlich glaubte er, er verdiene es nur, geliebt zu werden – aus einer gewissen Entfernung freilich – und zu bekommen, was er wollte. Und als Gegenleistung würde er . . . was sein? Freundlich? Großzügig? Vielleicht sagte er mit alldem in Wirklichkeit nur: Ich bin nicht verantwortlich für deinen Schmerz; teil dein Glück mit mir, aber nicht dein Unglück.

Es waren beunruhigende Gedanken, aber sie wollten nicht vergehen. Unter dem Mond, auf dem Boden, allein, ohne daß ihn auch nur Hundegebell daran erinnerte, daß er mit anderen zusammen war – da löste sein Ich, der Kokon seiner «Persönlichkeit», sich auf. Er konnte kaum seine eigene Hand sehen, und seine Füße überhaupt nicht. Er bestand nur aus seinem Atem, der nun langsamer ging, und seinen Gedanken. Alles übrige von ihm war verschwunden. So kamen die Gedanken, unbehindert von anderen Menschen, von Dingen, sogar vom Anblick seiner selbst. Nichts konnte ihm hier helfen – nicht sein Geld, nicht sein Wagen, nicht das Ansehen seines Vaters, nicht sein Anzug, nicht seine Schuhe. In Wahrheit hemmten sie ihn. Mit Ausnahme seiner kaputten Uhr und seiner Brieftasche mit rund zweihundert Dollar war alles, womit er seine Reise angetreten hatte, abhanden gekommen: sein Koffer mit dem Scotch, den Hemden und dem leeren Platz für die Goldsäcke; sein breitkrempiger Hut, seine Krawatte, sein Hemd, sein Anzug mit Weste, seine Socken und seine Schuhe. Seine Uhr und seine zweihundert Dollar würden ihm nicht helfen hier draußen, wo ein Mann nichts hatte als das, womit er geboren war oder was er zu gebrauchen gelernt hatte. Und Ausdauer. Augen, Ohren, Nase, Geschmacks- und Tastsinn – und noch einen weiteren Sinn, von dem er wußte, daß er ihn nicht besaß: eine Fähigkeit, unter all den Dingen, die wahrnehmbar waren, dasjenige herauszuspüren, von dem womöglich das Leben selbst abhing. Was sah Calvin in der Rinde? Auf dem Boden? Was sagte er darüber? Was hörte er, das ihn wissen ließ, daß zwei Meilen – vielleicht weiter – entfernt etwas Unerwartetes geschehen war und daß dieses Etwas in einer anderen Art von Jagdbeute bestand, einem Luchs? Er konnte sie noch hören – wie sie in den letzten paar Stunden geklungen hatten. Einander Signale gegeben hatten. Was bedeuteten sie? «Wartet?» «Hier herüber?» Nach und nach ergab es Sinn. Die Hunde, die Männer – nichts davon war pures Gebrüll, bloßes Signalisieren von Standort oder Tempo. Die Männer und die Hunde sprachen zueinander. Mit unzweideutigen Stimmen sagten sie unzweideutige, komplizierte Dinge. Auf diesen langgezogenen *jah*-Ton folgte ein besonderer Heullaut von einem der Hunde. Das tiefe *houm houm*, das wie ein Kontrabaß klang, der ein Fagott imitiert, bedeutete etwas, was die Hunde verstanden und ausführten. Und die Hunde sprachen zu den Männern: mit einzelnen Kläfflauten – in großen, gleichmäßigen Abständen – alle drei oder vier Minuten; vielleicht zwanzig Minuten lang ging das so. Eine Art Radar, die den Männern anzeigte, wo sie waren und was sie sahen und was sie zu unternehmen vorhatten. Und die Männer gaben ihre Zustimmung oder befahlen ihnen, die Richtung zu wechseln oder zurückzukommen. All diese Schreie, diese raschen, rollenden Beller, das lang anhaltende Geheul, die Tubatöne, die Trommeltöne, das tiefe, palatale *houm houm*, das schrille Pfeifen, die dünnen *iiiis* eines Kornetts, die *onh-onh-onh*-Baßklänge. Es war alles Sprache. Eine Erweiterung des Schnalzlauts, den die Leute zu Hause in der Wange erzeugten, wenn sie wollten, daß ein Hund ihnen folge. Nein, es war nicht Sprache; es war das, was vor der Sprache dagewesen war. Bevor die Dinge niedergeschrieben wurden. Sprache aus der Zeit, als Menschen und Tiere miteinander sprachen, als der Mensch und ein Affe sich zusammensetzen und sich unterhalten konnten; als ein Tiger und ein Mensch denselben Raum teilen und einander verstehen konnten; als die Menschen *mit* den Wölfen liefen, nicht voreinander weg oder hintereinander her. Und er hörte es in den Blue Ridge Mountains unter einem Amberbaum. Und wenn sie mit den Tieren reden konnten und die Tiere mit ihnen, was wußten sie dann nicht über menschliche Wesen? Oder gar über die Erde. Es waren mehr als Spuren, wonach Calvin suchte – er flüsterte mit den Bäumen, flüsterte mit dem Erdreich, berührte sie, wie ein Blinder eine Seite mit Brailleschrift liebkost, mit seinen Fingern Bedeutung aufsaugend.

Milchmann rieb sich den Hinterkopf an der Rinde. Dies war der Süden, den Gitarre vermißt hatte – die Wälder, die Jäger, das Töten. Aber etwas hatte ihn verstümmelt, entstellt wie Reverend Coopers Knoten, wie Sauls fehlende Zähne – und wie sein eigener Vater verstümmelt war. Er verspürte einen plötzlichen Strom von Liebe für sie alle, und dort draußen, inmitten der Geräusche von Männern auf der Jagd nach einem Luchs, glaubte er Gitarre nun zu verstehen. Wirklich zu verstehen.

An jeder Seite seiner Schenkel spürte er die Oberflächenwurzeln des Amberbaums ihn umfangen wie die rauhen, aber mütterlichen Hände eines Großvaters. Er fühlte sich angespannt und locker zugleich und versenkte seine Finger in das Gras. Mit den Fingerspitzen versuchte er zu horchen, zu hören, was, wenn überhaupt, die Erde ihm zu sagen hätte, und schnell erzählte sie ihm, daß jemand hinter ihm stand, und es blieb ihm gerade genug Zeit, um eine Hand zum Hals zu nehmen und den Draht zu packen, der sich ihm um die Kehle legte. Er schnitt ihm wie eine Rasierklinge in die Finger, grub sich so tief in die Haut, daß er loslassen mußte. Der Draht drückte sich ihm daraufhin in den Hals und nahm ihm den Atem. Er glaubte, er höre sich selbst gurgeln, und sah eine Salve vielfarbiger Lichter vor seinen Augen tanzen. Als die Musik auf die farbigen Lichter folgte, wußte er, soeben hatte er die letzte süße Luft eingesogen, die für ihn in der Welt übrig war. Genauso, wie er es hatte voraussagen hören, blitzte sein Leben vor ihm auf, doch es bestand nur aus einem einzigen Bild: Hagar beugte sich über ihn in vollkommener Liebe, in der intimsten sexuellen Geste, die sich vorstellen ließ. Mitten in diesem Bild hörte er die Stimme von jemandem, der den Draht hielt, sagen: «Dein Tag ist gekommen», und es erfüllte ihn mit solcher Traurigkeit zu sterben, diese Welt vollständig seinem Freund zu überlassen, daß er sich entspannte, und in dem Augenblick, den er brauchte, um sich der überwältigenden Melancholie ganz hinzugeben, spürte er, wie die Stränge seiner widerstrebenden Halsmuskeln sich ebenfalls entspannten, und es blieb der Bruchteil einer Sekunde, in welchem der Draht ihm genug Raum ließ, um nach Luft zu schnappen, noch einen Atemzug zu tun. Aber es war ein lebender Atemzug diesesmal, kein sterbender. Hagar, die Lichter, die Musik verschwanden, und Milchmann packte die Winchester an seiner Seite, spannte den Hahn und drückte ab – schoß in die Bäume vor ihm. Der Knall erschreckte Gitarre, und wieder glitt der Draht ab. Gitarre zog ihn wieder an, aber Milchmann wußte, sein Freund würde beide Hände brauchen, um ihn so zu halten. Er kehrte das Gewehr so weit nach hinten, wie er konnte, und schaffte es mühsam, erneut abzudrücken, traf jedoch nur Zweige und Lehmboden. Er fragte sich gerade, ob noch ein Schuß in dem Gewehr sei, als er ganz nah das wilde, wunderbare Bellen dreier Hunde hörte, die, das wußte er, einen Luchs auf einen Baum gehetzt hatten. Der Draht fiel von ihm ab, und er hörte Gitarre in schnellem Lauf durch die Bäume davonstieben. Milchmann stand auf, packte seine Taschenlampe und hielt sie in die Richtung, aus der das Geräusch rennender Füße kam. Er sah nichts als zurückwippende Äste. Sich den Nacken reibend, ging Milchmann auf das Hundegebell zu. Gitarre hatte kein Gewehr, sonst würde er es benutzt haben, und so fühlte Milchmann sich sicher, während er, das Gewehr in der Hand, auf die Hunde zusteuerte, obwohl kein Schuß mehr darin war. Er ging nicht fehl; sein Richtungssinn war präzise, und er stieß auf Calvin, Small Boy, Luther und Omar, die auf dem Boden kauerten, ein paar Fuß entfernt von den Hunden und den gleißenden Nachtaugen eines Luchses auf einem Baum.

Die Hunde taten ihr Bestes, in den Baum hinaufzukommen, und die Männer überlegten, ob sie den Luchs herunterschießen sollten, auf einen Ast schießen und ihn zwingen sollten, herabzuspringen und gegen die Hunde zu kämpfen, oder was. Sie entschieden sich für den Versuch, die Katze dort zu töten, wo sie lag. Omar stand auf und trug seine Lampe nach links hinüber. Der Luchs schob sich ein wenig vor, dem Licht nach. Dann zielte Small Boy und landete eine Kugel genau unter dem linken Vorderlauf, und der Luchs fiel durch die Zweige in die Rachen von Becky und ihren Gefährten.

Es steckte eine Menge Leben in der Katze; sie kämpfte gut, bis Calvin die Hunde zurückrief und erneut schoß, und noch einmal, und dann war sie still.

Sie hielten die Lampen über den Kadaver und stöhnten vor

Freude über seine Größe, seine Wildheit, seine Reglosigkeit. Alle vier gingen auf die Knie, zogen Schnur und Messer hervor, schnitten einen Ast von der Dicke eines Handgelenks ab, banden ihn daran fest für den langen Rückmarsch.

Sie waren so zufrieden mit sich, daß es einige Zeit dauerte, bevor jemand darauf verfiel, Milchmann zu fragen, worauf er dort hinten geschossen habe. Milchmann hievte den Pfahl, den er trug, ein wenig höher und sagte: «Ich hab das Gewehr fallen lassen. Ich bin gestolpert und es ging los. Als ich es dann aufgehoben hab, ging es noch mal los.»

Sie brachen in Gelächter aus. «Gestolpert? Wieso hattest dus entsichert? Angst gehabt?»

«Todesangst», sagte Milchmann. «Todesangst.»

Sie johlten und lachten auf dem ganzen Weg zurück zum Wagen, zogen Milchmann auf und feuerten ihn an, mehr davon zu erzählen, welche Angst er ausgestanden hatte. Und er tat es. Ebenfalls lachend; kräftig, laut und lang. Wirklich lachend, und er fühlte sich aufgeheitert einfach dadurch, daß er über die Erde schritt. Darüber schritt, als gehöre er dahin; als seien seine Beine Stengel, Stämme, ein Teil seines Körpers, der sich tief, tief, tief in den Fels und das Erdreich hinein fortsetzte und dort wohl fühlte – auf der Erde und an dem Ort, über den er schritt. Und er hinkte nicht.

Sie erlebten den Sonnenaufgang in King Walkers Tankstelle, um die Nacht, die sie verbracht hatten, noch einmal wiederzukäuen. Milchmann war die Zielscheibe ihrer Scherze, aber es waren scherzhafte Scherze, ganz anders als das Lachen, mit dem der Ausflug begonnen hatte. «'n Glück, noch am Leben zu sein. Luchs war kein Problem, der Nigger hier wars Problem. Ballert uns nach, wo 'ne üble Katze grad drauf un dran is, uns aufzufressen un die Hunde gleich mit. Schießt wild im Wald rum. Hätt sich selbst 'n Kopf abschießen können. Wißt ihr Stadtjungen euch denn nich zu beherrschen?»

«Ihr Landnigger macht uns total fertig», antwortete Milchmann.

Omar und Small Boy schlugen ihm auf die Schultern. Calvin brüllte Luther zu: «Hol Vernell. Sag ihr, solls Frühstück machen. Sobald wir die Katze hier abgezogen ham, kommen wir mit 'nem mächtigen Hunger an, da kann sie sich am besten gleich drauf gefaßt machen.»

Milchmann ging mit ihnen hinter die Tankstelle, wo auf einer kleinen zementierten Fläche unter einem Wellblechdach der tote Luchs lag. Milchmanns Hals war geschwollen, so daß er das Kinn nur schwer ohne Schmerzen senken konnte.

Omar durchschnitt die Schnur um die Füße des Luchses. Mit Calvin zusammen drehte er ihn auf den Rücken. Die Läufe fielen auseinander. Solche dünnen, zarten Fesseln.

«Alle wolln das Leben von 'nem schwarzen Mann.»

Calvin hielt die Vorderläufe hoch und auseinander, während Omar das lockige Fell an dem Punkt anritzte, wo das Brustbein lag. Dann zog er einen Schlitz geradewegs bis zu den Genitalien hinunter. Um einen sauberen, ordentlicheren Schnitt zu bekommen, hielt er das Messer senkrecht.

«Nich sein totes Leben, ich mein, sein lebendes Leben.»

Als er bei den Genitalien anlangte, schnitt er sie ab, ließ das Skrotum jedoch intakt.

«Liegt an der Verfassung, in der unsre Verfassung is.»

Omar schnitt um die Beine und um den Hals herum. Dann zog er die Haut ab.

«Was taugt das Leben von 'nem Mann, wenn er sich nich mal aussuchen kann, wofür er sterben will?»

Die durchsichtige Unterhaut riß unter seinen Fingern wie Gaze.

«Alle wolln das Leben von 'nem schwarzen Mann.»

Nun kniete Small Boy nieder und schlitzte das Fleisch vom Skrotum bis zum Rachen auf.

«Fair is noch was, das ich mir abgewöhnt hab.»

Luther kam zurück und trennte, während die anderen sich ausruhten, die Rektalröhre mit den geschickten Bewegungen eines Mannes heraus, der einen Apfel entkernt.

«Hoff, daß ich mir die Frage nie selber stellen muß.»

Luther griff in die Bauchhöhle und hob die Eingeweide an.

Er grub sich unter dem Brustkorb bis zum Zwerchfell vor und schnitt vorsichtig davor herum, bis es freilag.

«Geht *um Liebe. Um was sonst außer Liebe? Kann ich nich lieben, was ich kritisier?*»

Dann packte er die Luftröhre und die Gurgel, lockerte sie und trennte sie mit einem Zug seines kleinen Messers ab.

«Geht *um Liebe. Um was sonst?*»

Sie wandten sich Milchmann zu. «Willst das Herz?» fragten sie ihn. Schnell, bevor ein Gedanke ihn zu lähmen vermochte, stieß Milchmann beide Hände in den Brustkorb. «Hol dir nich die Lungen. Hol dirs Herz.»

«Um was sonst?»

Er fand es und zog. Das Herz glitt so leicht aus der Brust wie Dotter aus seiner Schale.

«Um was sonst? Um was sonst? Um was sonst?»

Nun machte sich Luther wieder in der Bauchhöhle zu schaffen und riß die Eingeweide gänzlich heraus. Sie schlüpften schnalzend wie aus einem Vakuum durch das Loch, das am Rektum entstanden war. Er ließ die Eingeweide in eine Papiertüte fallen, während die übrigen anfingen, sauberzumachen, abzuspritzen, einzusalzen, abzupacken, aufzuräumen, und dann drehten sie die Katze um, damit das Blut auf die Haut ausfließen konnte.

«Was wollt ihr damit machen?» fragte Milchmann.

«Ihn essen!»

Ein Pfau flog davon und landete auf der Motorhaube eines blauen Buicks.

Milchmann betrachtete den Kopf des Luchses. Die Zunge lag in ihrem Mund so harmlos wie in einem Sandwich. Nur die Augen bewahrten die Drohung der Nacht.

Trotz seines Hungers konnte er von Vernells Frühstück nicht viel essen, darum schob er die Rühreier, den Maisbrei, die gebratenen Äpfel auf dem Teller umher, schüttete Kaffee in sich hinein und redete viel. Und irgendwie mußte er auf den Grund seines Besuchs in Shalimar zu sprechen kommen.

«Wißt ihr, mein Großvater stammte irgendwo hier aus der Gegend. Meine Großmutter auch.»

«Was? Von hier? Wie war ’n der Name?»

«Ich kenn ihren Mädchennamen nicht, aber ihr Vorname war Sing. Hat einer von euch mal wen mit dem Namen gekannt?»

Sie schüttelten die Köpfe. «Sing? Nein. Nie von wem mit dem Namen gehört.»

«Hab auch ’ne Tante, die hier unten gewohnt hat. Heißt Pilate. Pilate Dead. Mal von gehört?»

«Ha! Klingt wie ’ne Schlagzeile: Pilot tot. Fliegt die?»

«Nein, *P-i-l-a-t-e*, Pilate.»

«*P-i-l-a-t-e*. Das buchstabiert sich *Peil-lot*», sagte Small Boy.

«Nee, Nigger. Kein Peil-lot. Pilate wie in der Bibel, Blödmann.»

«Liest nich die Bibel, der.»

«Liest gar nichts.»

«Kann gar nich lesen.»

Sie zogen Small Boy auf, bis Vernell sie unterbrach. «Alle mal still. Sing, sagen Sie?» fragte sie Milchmann.

«Klar. Sing.»

«Glaub, das war der Name von ’nem Mädchen, mit dem meine Granny immer gespielt hat. Erinner mich an den Namen, weil er so hübsch klang. Granny hat ständig von ihr geredet. Scheint, ihre Leute mochtens nich leiden, daß sie mit den farbigen Kindern von hier gespielt hat, und drum sin sie un meine Granny immer davongeschlichen, angeln un Beeren sammeln. Wissen, was ich mein? Mußten sich heimlich treffen.» Vernell beäugte Milchmann aufmerksam. «Das Mädchen Sing hat helle Haut gehabt, mit glatten schwarzen Haarn.»

«Das ist sie!» sagte Milchmann. «War gemischt oder indianisch, eins von beiden.»

Vernell nickte. «Indianisch. Eins von der alten Heddy ihrn Kindern. Heddy war okay, mochts aber nich, daß ihr Mädchen mit Farbigen spielt. War ’ne Byrd.»

«Eine was?»

«’ne Byrd. Gehörte zu der Byrd-Familie drüben am Kamm. Bei Solomons Sprung.»

«Ach ja?» sagte einer der Männer. «Eine von Susan Byrds Leuten?»

«Richtig. Eine von denen. Warn nie sehr scharf auf Farbige. Susan auch nich.»

«Wohnen sie noch da?» fragte Milchmann.

«Susan schon. Gleich hinterm Kamm. Einzige Haus da mit 'ner Backsteinfassade. Lebt allein jetzt. Andern sin alle ausgezogen, damit sie zu 'n Weißen überwechseln konnten.»

«Kann ich zu Fuß hin?» fragte er.

«Die meisten Leute könntens, schätz ich», sagte Omar. «Aber nach heut nacht möcht ichs dir nich empfehlen.» Er lachte.

«Kommt man mit 'nem Auto durch?»

«Stück weit schon. Aber die Straße is schmal un schlammig da oben», sagte Vernell. «Mit dem Pferd vielleicht, aber nich mit 'nem Auto.»

«Ich schaffs. Brauch vielleicht 'ne Woche, aber schaffen tu ichs», sagte Milchmann.

«Nimm bloß kein Gewehr mit –» Calvin kühlte seinen Kaffee in der Untertasse – «un du bist okay.» Wieder lachten sie alle.

Milchmann dachte darüber nach. Gitarre war irgendwo da draußen, und da er alles zu wissen schien, was Milchmann tat oder vorhatte, würde er auch wissen, daß er zu irgendeinem Bergkamm wollte. Er faßt sich an seinen geschwollenen Hals. Ohne ein Gewehr mochte er nirgendwohin allein gehen.

«Solltest dich ausruhn, bevor du irgendwohin lostrabst», sagte Omar und sah ihn an. «Gibt 'ne nette Frau 'n Stück weit die Straße rauf. Wär stolz, dich zu beherbergen.» Der Ausdruck in seinen Augen war unmißverständlich. «Hübsche Frau sogar. Richtig hübsch.» Vernell knurrte, und Milchmann lächelte. Hoffentlich hat sie ein Gewehr, dachte er.

Sie hatte keines, aber die Toilette im Haus, und ihr Lächeln war gerade so wie ihr Name: Sweet, als sie auf Milchmanns Frage, ob er ein Bad nehmen könne, mit dem Kopf nickte. Die Wanne war die neuste Errungenschaft in dem winzigen, wackligen Haus, und Milchmann sank dankbar in das dampfende Wasser. Sweet brachte ihm Seife und eine Bürste aus Wildschweinborsten und kniete nieder, um ihn zu baden. Was sie für seine wunden Füße, sein verletztes Gesicht, seinen Rücken, seinen Hals, seine Schenkel und Handflächen tat, war so köstlich, daß er sich die Liebe, die folgen würde, nicht anders als im Vergleich dazu enttäuschend vorstellen konnte. Wenn dieses Bad und diese Frau, dachte er, alles ist, was bei dieser Reise herauskommt, dann will ich mit Freuden Ruhe geben und für den Rest meines Lebens meine Pflicht vor Gott, Vaterland und der Bruderschaft der Elks erfüllen. Ich will mit einer Flasche Kerosin in der Hand über glühende Kohlen gehen dafür. Ich will über jede Eisenbahnschwelle von hier bis Cheyenne und wieder zurück laufen dafür. Doch als erst die Liebe kam, da beschloß er, daß er kriechen würde. Anschließend erbot er sich, sie zu baden. Sie sagte, das könne er nicht, weil der Tank klein sei und das Wasser nicht reiche für ein zweites heißes Bad.

«Dann laß mich dir ein kühles geben», sagte er. Und er behandelte sie mit Seife und Wasser, bis ihre Haut quiekte und schimmerte wie Onyx. Sie salbte ihm das Gesicht. Er wusch ihr das Haar. Sie streute Puder auf seine Füße. Er setzte sich rittlings auf ihren Hintern und massierte ihr den Rücken. Sie tat Hexenrinde auf seinen geschwollenen Hals. Er machte das Bett. Sie gab ihm Gumbo zu essen. Er wusch das Geschirr. Sie wusch seine Kleider und hängte sie zum Trocknen hinaus. Er scheuerte die Wanne. Sie bügelte sein Hemd und seine Hose. Er gab ihr fünfzig Dollar. Sie küßte ihn auf den Mund. Er streichelte ihr Gesicht. Sie sagte, bitte komm zurück. Er sagte, ich seh dich heut nacht.

12

Um vier Uhr klopfte er an die Tür des einzigen Hauses mit einer Backsteinfassade jenseits des Bergkamms. Frisch und glänzend in dem Armeeanzug, den Sweet gewaschen und gebügelt hatte, war er vorangewandert in dem Gefühl, für alles bereit zu sein. Aber er glaubte nicht, daß Gitarre ihn am hellichten Tag auf einem gewundenen Pfad (den sie als Straße bezeichneten) anspringen würde, der durch hügeliges Land führte, das nichtsdestoweniger bestellt war und in dem es versprengt Häuser und Menschen gab. Wenn er ihm doch gegenübertrat (mit allem außer einem Gewehr), dann war Milchmann sich sicher, daß er mit ihm fertig würde, aber das beste wäre, vor Einbruch der Nacht zurückzusein. Er wußte nicht, was Gitarre im Sinn hatte, aber er wußte, daß es etwas mit dem Gold zu tun hatte. Wenn er weiß, daß ich hier bin und wo ich davor war und was ich an jedem Ort getrieben habe, dann muß er auch wissen, daß ich versuche, es zu bekommen, daß ich genau das tue, was ich gesagt habe. Warum wollte er versuchen, mich umzubringen, bevor ich es habe oder auch nur herausbekomme, was damit geschehen ist? Das meiste war ihm völlig rätselhaft, aber das wenige, was ihm klarwar, reichte aus, um ihn auf dem ganzen Weg wachsam und zappelig zu halten.

Das Haus der Byrds stand auf einem gepflegten Rasen, den auf allen Seiten ein weißer Lattenzaun von den Wiesen rings um das Grundstück trennte. Eine Kinderschaukel baumelte von einer Zeder; vier kleine, blaugestrichene Stufen führten zur Veranda hinauf, und aus dem Fenster drang zwischen flatternden Vorhängen der Backofenduft von Ingwerkuchen hervor.

Eine Frau, die etwa im Alter seiner Mutter zu sein schien, kam an die Tür.

«Miss Byrd?» fragte Milchmann.

«Ja?»

«Wie geht es Ihnen? Mein Name ist, äh, Macon, und ich bin hier für ein paar Tage zu Besuch. Ich komme aus Michigan und ich glaube, einige von meinen Leuten haben vor langer Zeit hier gewohnt. Ich habe gehofft, Sie könnten mir vielleicht helfen.»

«Helfen wobei?» Sie klang schnippisch, und Milchmann hatte den deutlichen Eindruck, daß dieser Frau die Farbe seiner Haut nicht gefiel.

«Sie zu finden. Ich meine, etwas über sie herauszufinden. Wir sind alle auseinandergerissen, meine Familie, und im Dorf meinten einige, Sie würden vielleicht jemand davon kennen.»

«Wer ist das, Susan?» meldete sich hinter ihr eine andere Frauenstimme.

«Jemand für *mich*, Grace.»

«Na, warum bittest du ihn nicht herein? Laß ihn nicht auf der Treppe sagen, was er möchte.»

Miss Byrd seufzte. «Bitte, kommen Sie herein, Mr. Macon.

Milchmann folgte ihr in ein freundliches Wohnzimmer ganz voller Sonnenschein. «Entschuldigen Sie», sagte sie. «Ich wollte nicht unhöflich sein. Bitte, nehmen Sie Platz.» Sie wies auf einen grausamtenen Ohrensessel. Eine Frau in einem bedruckten Kostüm kam ins Zimmer, die eine Papierserviette umklammert hielt und auf etwas kaute.

«Wer, sagtest du?» Sie richtete ihre Frage an Miss Byrd, streifte jedoch Milchmann mit wißbegierigen Augen.

Miss Byrd streckte eine Hand aus. «Das ist eine Freundin von mir – Miss Long. Grace Long – Mr. . . .»

«Wie geht es Ihnen?» Grace hielt ihm die Hand hin.

«Danke schön, gut.»

«Mr. Macon, nicht?»

«Ja.»

«Susan, vielleicht hätte Mr. Macon gern eine Erfrischung», Miss Long lächelte und setzte sich auf das Sofa dem grauen Sessel gegenüber.

«Nun, er hat gerade erst den Fuß über die Schwelle gesetzt,

Grace. Laß ihm Zeit.» Miss Byrd wandte sich Milchmann zu. «Möchten Sie eine Tasse Kaffee oder Tee?»

«Gern. Danke.»

«Welches von beiden?»

«Kaffee wäre schön.»

«Du hast Butterplätzchen, Susan. Gib ihm ein paar von den Butterplätzchen.»

Miss Byrd zeigte ihrer Freundin ein ermattetes Stirnrunzeln. «Ich bin gleich wieder da», sagte sie zu Milchmann und verließ das Zimmer.

«Ja, gut. Habe ich richtig gehört, daß Sie in dieser Gegend zu Besuch sind? Wir sehen nicht allzu oft Besucher.» Grace kreuzte die Fesseln. Wie Susan Byrd trug sie schwarze Schnürschuhe und Baumwollstrümpfe. Als sie es sich bequem machte, zupfte sie ihr Kleid ein wenig hinauf.

«Ja, auf Besuch.»

«Sind Sie in der Armee?»

«Madam? Oh – nein. Ich war letzte Nacht jagen. Ein paar Freunde haben mir das hier geliehen.» Er glättete die Falten, die Sweet in den Arbeitsanzug gebügelt hatte.

«Jagen? Oh, Lord, sagen Sie bloß nicht, Sie sind einer von denen. Ich kann diese Jäger nicht ausstehen. Mir wird übel davon, wie sie ständig auf anderer Leute Grund herumpirschen. Tag und Nacht schießen sie die Welt zusammen. Ich sage meinen Schülern – ich bin Lehrerin, wissen Sie, ich unterrichte drüben an der Grundschule. Haben Sie sie schon gesehen?»

«Nein, noch nicht.»

«Na, es gibt eigentlich auch nichts zu sehen. Einfach eine Schule wie jede andere. Aber Sie dürfen gern einmal vorbeischauen. Wir würden uns sehr freuen. Wo kommen Sie noch her?»

«Aus Michigan.»

«Das dachte ich mir. Susan!» Sie drehte sich herum. «Er kommt aus dem Norden oben.» Dann wieder zu Milchmann: «Wo sind Sie untergebracht?»

«Also, bisher nirgendwo. Ich habe mich bloß mit ein paar Leuten im Dorf getroffen und ...»

Susan Byrd kam mit einem Tablett herein, auf dem Kaffeetassen und ein Teller mit großen, blassen Plätzchen standen.
«Er kommt aus Michigan», sagte Grace.
«Ich habe es gehört. Wie trinken Sie Ihren Kaffee?»
«Schwarz.»
«Schwarz? Ganz ohne Milch und Zucker?» fragte Grace. «Ich wünschte, ich brächte das fertig; vielleicht würde mir Größe zwölf dann wieder passen. Aber so wird es nie dazu kommen.» Sie drückte eine Hand gegen die Hüfte und lächelte Milchmann an.
«Weswegen wollten Sie mich sprechen?» Susan Byrd legte sanft, aber deutlich den Ton auf das Wort «mich».
«Ich versuche, jemanden ausfindig zu machen, der meine Großmutter gekannt haben könnte. Ihr Name war Sing.»
Grace schlug die Hände vor dem Mund zusammen und quietschte leise auf. «Verwandte! Ihr seid Verwandte!» Milchmann setzte seine Tasse ab. «Na, so was!» Ihre Augen leuchteten und tanzten.
«Da sind Sie hier richtig», sagte Susan, «aber ich bezweifle, daß ich Ihnen irgendwie helfen kann.»
«Was redest du da, Susan? Deine Mutter hieß Sing, nicht?»
«Nein, Grace, und wenn du mich einen Satz zu Ende sagen läßt, hörst du vielleicht etwas, was du auch nicht weißt.»
«Ich dachte, du hättest gesagt –»
«Meine Mutter hieß Mary, M-a-r-y, Mary.»
«Nun, entschuldige.»
Susan wandte sich an Milchmann. «Mein Vater, Crowell Byrd, hatte eine Schwester namens Sing.»
«Das muß sie sein! Meine Großmutter! Sing. Hat sie einen Mann geheiratet namens –»
«Ich wußte doch, es gab jemand in deiner Familie namens Sing!»
«Sie hat niemanden geheiratet, von dem ich wüßte.» Susan unterbrach sie beide.
«Oh, das ist wirklich etwas. Ein Fremder tritt durch deine Tür und ist dein eigner . . . was? Cousin? So ungern ich es sage, aber die Welt ist klein. Nicht? Sie *müssen* meine Klasse besuchen kommen, Mr. Macon.»

Milchmann tat es Susan Byrd gleich und ignorierte Grace Long. «Wo hat sie gelebt?» fragte er sie.

«Als mein Vater sie das letzte Mal sah, saß sie auf einem Fuhrwerk, das sie nach Massachusetts in eine Privatschule dort oben bringen sollte. In eine Quäkerschule.»

«Deine Leute Quäker? Das hast du mir nie erzählt. Sehen Sie, Mr. Macon, was einem seine Freunde alles verheimlichen? Ich wette, sie würde Sie auch verheimlichen.»

«Und sie hat nie geheiratet?» Milchmann konnte sich nicht die Zeit nehmen, die Aufmerksamkeiten von Grace zu erwidern.

«Soweit wir gehört haben nicht. Nachdem sie auf diese Quäkerschule gegangen war, haben sie ihre Spur verloren. Ich glaube, sie haben versucht, sie ausfindig zu machen, hauptsächlich, weil meine Großmutter – sie hieß Heddy – so aufgewühlt deswegen war. Ich habe immer dasselbe geglaubt, was mein Vater geglaubt hat: daß sie nicht gefunden werden wollte, nachdem sie diese Schule verlassen hatte.»

«Du weißt verflixt gut, daß sies nicht wollte», sagte Grace. «Sie hat wahrscheinlich angefangen, zu den Weißen überzuwechseln wie all die andren, das hat sie.» Sie beugte sich zu Milchmann herüber. «Gab mal 'ne Menge davon. 'ne Menge. Heutzutage nich so viel, abers warn mal 'ne Menge, dies getan haben – wenn sie konnten.» Sie blitzte Susan an. «Wie deine Cousins, Susan. Sie wechseln jetzt über. Lilah, John. Ich weiß, daß es John tut, und er weiß, daß ich es weiß.»

«Jeder weiß das, Grace.»

«Mr. Macon weiß es nicht. Ich habe John in Mayville auf der Straße gesehen –»

«Mr. Macon braucht es nicht zu wissen. Er interessiert sich nicht einmal dafür.»

«Woher weißt du das?»

«Weil er gesagt hat, die Frau, nach der er sucht, war seine Großmutter, und wenn sie seine Großmutter ist, wäre sie zu dunkel, um . . .» Susan Byrd zögerte. «Nun, zu dunkel, um überzuwechseln. Nicht?» Sie errötete ein wenig.

Milchmann ignorierte die Frage. «Und Sie sagen, sie hat in Massachusetts gelebt, richtig?»

«Ja. In Boston.»

«Ich verstehe.» Es sah wie eine Sackgasse aus, also beschloß er, einen anderen Faden zu verfolgen. «Haben Sie hier in der Gegend je von einer Frau namens Pilate gehört?»

«Pilate. Nein. Nie. Du, Grace?»

Grace schüttelte den Kopf. «Nein, und ich bin fast mein ganzes Leben hiergewesen.»

«Ich bin mein *ganzes* Leben hiergewesen», sagte Susan. «Meine Eltern sind hier geboren und ich auch. War nie weiter weg als bis in den St. Phillips-Landkreis. Ich habe Leute in South Carolina, aber ich war noch nicht einmal bei ihnen zu Besuch.»

«Weil sie auch überwechseln. Genau wie John. Du könntest sie nicht besuchen, wenn du es wolltest.» Grace beugte sich über den Plätzchenteller und suchte sich eines aus.

«Das sind nicht die einzigen Verwandten, die ich habe.» Susan war ungehalten.

«Hoffentlich nicht. Es ist eine traurige Sache, Mr. Macon, wenn man keine Leute mehr hat, die auf einen Anspruch erheben. Ich halte zu meiner Familie. Ich bin nicht verheiratet, wissen Sie, jedenfalls noch nicht, aber meine Familie ist *sehr* eng verbunden.» Sie sah ihn bedeutungsvoll an. Milchmann drehte sein Handgelenk um und blickte hinunter, um nach der Uhrzeit zu sehen.

«Oh, schau dir das an.» Grace deutete auf seine Hand. «Was für eine elegante Uhr. Darf ich sie sehen?» Milchmann stand auf, um sie ihr zu geben, und blieb stehen. «Schau mal, Susan, es ist keine einzige Zahl darauf. Nur Punkte. Also, wie kann ein Mensch von den Punkten da ablesen, wieviel Uhr es ist?»

Susan stand ebenfalls auf. «Sind Sie schon einmal hiergewesen, Mr. Macon?»

«Nein. Das ist mein erster Besuch.»

«Nun, ich hoffe, es bleibt nicht Ihr letzter. Wie lang sind Sie noch hier?»

«Oh, ich denke, ich fahre heute nacht zurück, oder spätestens morgen.» Er sah aus dem Fenster. Die Sonne sank.

«So bald?» fragte Grace. «Warum gibst du ihm nichts zum

Mitnehmen, Susan? Möchten Sie gern ein paar Butterplätzchen mitnehmen, Mr. Macon?»

«Nein, danke sehr.»

«Später werden Sie sich darüber freuen.» Die Frau machte ihn schwach. Er lächelte dennoch und sagte: «Wenn Sie möchten.»

«Ich mache Ihnen ein Päckchen zurecht. Okay, Susan?» Sie floh aus dem Zimmer.

Susan brachte ein kleines Lächeln zustande. «Ich wünschte, Sie könnten bleiben und eine Weile bei uns zu Besuch sein.» Ihre Worte waren so mechanisch wie ihr Lächeln.

«Ich auch», sagte er, «aber, na ja, vielleicht komme ich mal wieder.»

«Das wäre nett. Tut mir leid, daß ich Ihnen nicht helfen konnte.»

«Das haben Sie.»

«Habe ich?»

«Oh, sicher. Man muß wissen, was falsch ist, bevor man herausfinden kann, was richtig ist.»

Da lächelte sie ein echtes Lächeln. «Es ist wichtig für Sie, nicht, Ihre Leute zu finden?»

Milchman überlegte. «Nein. Eigentlich nicht. Ich war nur auf der Durchreise, und es war nur – nur so eine Idee. Es ist nicht wichtig.»

Grace kam mit einem kleinen in weiße Papierservietten gehüllten Päckchen zurück. «Hier», sagte sie. «Später werden Sie das hier zu schätzen wissen.»

«Danke. Vielen Dank Ihnen beiden.»

«War nett, Sie kennenzulernen.»

«Danke, gleichfalls.»

Er fühlte sich erschöpft und durcheinander, als er das Haus verließ. Ich verbringe noch eine Nacht hier und fahre dann ab, dachte er. Der Wagen dürfte inzwischen repariert sein. Es gibt hier nichts zu erfahren, kein Gold und keine Spuren davon. Pilate hat in Virginia gelebt, aber nicht in diesem Teil des Staates. Nicht einer hat von ihr gehört. Und die Sing, die hier gewohnt hat, ist nach Boston, nicht nach Danville,

Pennsylvania, gegangen und zu den Weißen übergewechselt. Seine Großmutter wäre «zu dunkel» gewesen, «um überzuwechseln». Sie war tatsächlich rot geworden. Als ob sie etwas Unanständiges an ihm entdeckt hätte. Er war ärgerlich und belustigt zugleich und fragte sich, was Omar und Sweet und Vernell von Miss Susan Byrd hielten.

Er war neugierig auf diese Leute. Er fühlte sich ihnen nicht nah, aber verbunden, als teile er eine Nabelschnur oder einen Puls oder ein Wissen mit ihnen. Zu Hause hatte er nie so empfunden – als gehörte er irgendwohin oder zu jemandem. Er hatte sich immer als den Außenseiter in seiner Familie betrachtet, nur vage mit seinen Freunden in Beziehung gestanden, und außer Gitarre war da niemand gewesen, auf dessen Meinung über ihn er etwas gegeben hätte. Einst, vor langer Zeit, war es ihm wichtig gewesen, was Pilate und Hagar von ihm hielten, aber nachdem er Hagar erobert und Pilate so weit mißachtet hatte, daß er sie bestehlen konnte, war all das vorbei. Doch nun gab es etwas, was er fühlte – hier in Shalimar und davor in Danville –, was ihn daran erinnerte, wie er sich früher in Pilates Haus gefühlt hatte. Wenn er in Susan Byrds Wohnzimmer saß, bei Sweet lag, mit den Männern an Vernells Tisch aß, mußte er keine Brücke schlagen, nicht aufdrehen oder umdrehen oder gar abdrehen.

Und da war noch etwas. Es stimmte nicht, was er zu Susan Byrd gesagt hatte: daß es ihm nicht wichtig sei, ob er seine Leute fand. Seit Danville war sein Interesse an seinen eigenen Leuten, nicht bloß an solchen, denen er begegnete, ständig gewachsen. Macon Dead, auch bekannt als Jake Soundso. Sing. Wer waren sie, und wie waren sie? Der Mann, der fünf Nächte hindurch mit einem Gewehr auf einem Zaun saß, wartend. Der sein kleines Mädchen Pilate nannte, der der Wildnis eine Farm entriß. Der Mann, der auf einem Fuhrwerk unterwegs nach Norden Pekannüsse aß. Hatte er Geschwister, die er zurückließ? Wer war seine Mutter, sein Vater? Und seine Frau. War sie die Sing von Boston? Wenn ja, was tat sie auf einem Fuhrwerk? Warum sollte sie zu einer Privatschule im Norden mit einem Fuhrwerk reisen? Nicht mit einer Kutsche oder einem Zug, sondern mit einem Fuhrwerk – voll ehemaliger Sklaven. Vielleicht war sie nie bis Boston gekommen. Vielleicht hatte sie nicht übergewechselt. Sie konnte es sich mit der Schule anders überlegt haben und mit dem Jungen davongelaufen sein, mit dem sie die Pekannüsse gegessen hatte. Und wer immer sie sein mochte, warum wollte sie, daß ihr Mann diesen furchtbaren Namen beibehielt? Um die Vergangenheit auszulöschen? Welche Vergangenheit? Sklaverei? Sie war nie Sklave gewesen. *Seine* Sklavenvergangenheit? Und warum kannten sein eigener Vater und Pilate niemand von ihren Verwandten? Gab es keine Familie, die zu verständigen war, als ihr Vater starb? Macon hatte nicht einmal versucht, nach Virginia zu kommen. Pilate war schnurstracks dahin aufgebrochen.

Milchmann öffnete das Päckchen, das Grace ihm zurechtgemacht hatte, und nahm ein Plätzchen heraus. Ein kleiner Zettel flatterte zu Boden. Er hob ihn auf und las: «Grace Long, Route 40, drittes Haus neben der Grundschule.» Er lächelte. Deswegen hatte sie so lange gebraucht, um vier Plätzchen einzupacken. Er biß in eines hinein und schlenderte weiter, die Servietten und die Einladung von Grace zu einem Ball zusammenknüllend. Die Fragen zu seiner Familie schnellten ihm noch immer im Kopf herum wie Billardkugeln. Wenn sein Großvater, dieser Jake, am selben Ort geboren war wie seine Frau, in Shalimar, warum erzählte er dann dem Yankee, er sei in Macon geboren, und lieferte ihm damit das Rohmaterial für die Fehlbenennung? Und wenn er und seine Frau am selben Ort geboren waren, warum sagten dann alle, Pilate und sein Vater und Circe, sie seien sich auf jenem Fuhrwerk «begegnet»? Und warum befahl der Geist Pilate zu singen? Milchmann gluckste vor sich hin. Das war es überhaupt nicht, was er zu ihr sagte; vielleicht wiederholte der Geist nur den Namen seiner Frau, Sing, und Pilate wußte es nicht, weil sie den Namen ihrer Mutter nie gekannt hatte. Nach ihrem Tod duldete es Macon Dead nicht, daß jemand ihn aussprach. Das war komisch. Er wollte ihn nicht sagen, nachdem sie gestorben war, und nachdem er gestorben war, sagte er nichts anderes mehr – nur ihren Namen.

Jesus! Hier wanderte er in der Mitte des 20. Jahrhunderts umher und versuchte zu erklären, was ein Geist getan hatte. Aber warum nicht? dachte er. Eine Tatsache war sicher: Pilate besaß keinen Nabel. Und da das so war, war alles möglich, und warum dann nicht auch Geister?

Er war jetzt in der Nähe der Straße, die ins Dorf führte, und es wurde dunkel. Er hob das Handgelenk, um auf seine Uhr zu sehen, und es fiel ihm ein, daß Grace sie ihm nicht zurückgegeben hatte. «Verdammt», murmelte er laut. «Ich verliere alles.» Er blieb stehen und versuchte sich zu entscheiden, ob er deswegen gleich oder später zurückgehen sollte. Wenn er jetzt ging, würde er gezwungen sein, in völliger Dunkelheit zurückzukehren. Vollkommen wehrlos, wenn Gitarre zuschlug. Aber es wäre wirklich lästig, den ganzen Weg bis hierher – den kein Auto bewältigte – morgen vor der Abreise noch einmal machen zu müssen. Aber Gitarre würde vielleicht . . .

«Ich kann ihn nicht dirigieren und bestimmen lassen, was ich tue, wohin ich gehe oder wann. Wenn ich das jetzt tue, werde ich es mein ganzes Leben lang tun, und er wird mich von der Erde hetzen.»

Er wußte nicht, was tun, kam jedoch endlich zu dem Schluß, die Uhr sei es nicht wert, daß man sich darum Sorgen mache. Sie konnte nichts tun, als ihm die Uhrzeit zu nennen, und die interessierte ihn eigentlich gar nicht. Sich Plätzchenkrümel aus dem Schnurrbart streichend, bog er in die Hauptstraße ein, und da stand, mit kobaltblauen Konturen, Gitarre. Lehnte vielmehr an einem Götterpflaumenbaum. Milchmann hielt inne, erstaunt über den ruhigen, gleichmäßigen Schlag seines Herzes – über die vollkommene Abwesenheit von Angst. Aber schließlich reinigte sich Gitarre gerade die Fingernägel mit einem harmlosen Streichholz. Welche Waffe er auch dabei hatte, sie mußte in seiner Jeansjacke oder Hose verborgen sein.

Sie sahen einander eine Minute lang an. Nein, kürzer. Gerade so lang, wie das Herz des einen Mannes brauchte, um sein Pochen dem Takt des anderen anzugleichen. Gitarre sprach als erster.

«Tag, Mann.»

Milchmann ignorierte den Gruß. «Warum, Gitarre? Sag mir bloß warum.»

«Du hast das Gold genommen.»

«Was für Gold. Da war kein Gold.»

«Du hast das Gold genommen.»

«Die Höhle war leer, Mann. Ich hab mich auf den Bauch geworfen und in die Grube da reingeschaut. Ich hab mit den Händen –»

«Du hast das Gold genommen.»

«Du bist verrückt, Gitarre.»

«Zornig. Verrückt niemals.»

«Da war kein Gold!» Milchmann bemühte sich sehr, nicht zu brüllen.

«Ich hab dich gesehen, Scheißkerl.»

«Mich gesehen? Wobei?»

«Das Gold nehmen.»

«Wo?»

«In Danville.»

«Du hast mich in Danville mit Gold gesehen?»

«Ich habe dich in Danville mit Gold gesehen.»

«Das soll wohl ein Witz sein. Was hab ich damit gemacht?»

«Es versandt.»

«Es versandt?»

«Klar. Was soll das Spiel, Mann? Bist einfach habgierig wie dein Alter? Oder was?» Gitarres Augen ruhten auf dem letzten Butterplätzchen in Milchmanns Hand. Er runzelte die Stirn und begann durch die Lippen zu atmen.

«Gitarre, ich hab kein Gold versandt. Da war kein Gold zu versenden. Du kannst mich nicht gesehen haben.»

«Ich hab dich gesehen, Baby. Ich war in der Station.»

«In welcher Station, verflucht?»

«Der Güterverladestation in Danville.»

Da fiel Milchmann wieder ein, wie er sich auf die Suche nach Reverend Cooper gemacht hatte, überall nach ihm gesucht hatte. Dann in das Stationsgebäude gegangen war, um zu sehen, ob er schon fort sei, und dort einem Mann geholfen hatte, eine riesige Kiste auf die Wiegeplattform zu schaffen. Er fing an zu lachen. «Oh, Scheiße. Gitarre, das war kein Gold. Ich hab dem Mann da bloß geholfen, 'ne Kiste hochzuheben. Hat mich gebeten, ihm zu helfen. Zu helfen, 'ne große olle Kiste hochzuheben. Habs getan un bin dann abgehaun.»

Gitarre blickte erneut auf das Plätzchen, dann wieder Milchmann in die Augen. Nichts veränderte sich in seinem Gesicht. Milchmann wußte, daß es lahm klang. Es war die Wahrheit, aber es klang wie eine Lüge. Eine schwache Lüge obendrein. Er wußte auch, daß Gitarre nie im Leben Milchmann jemandem hatte helfen sehen, schon gar nicht einem Fremden; er wußte auch, daß sie sogar darüber gesprochen hatten, ausgehend davon, daß Milchmann in einem Traum seiner Mutter nicht zur Hilfe gekommen war. Gitarre hatte ihn der Gleichgültigkeit und Selbstsucht bezichtigt; hatte ihm erklärt, er sei kein ernster Mensch und besitze kein Mitgefühl – nicht das mindeste. Nun stand er hier und behauptete, er habe freiwillig, spontan, einem alten weißen Mann geholfen, eine große, schwere Kiste hochzuheben. Aber es war die Wahrheit. Die Wahrheit. Und er würde es beweisen.

«Gitarre, warum bin ich hier? Wenn ich Gold nach Hause versandt habe, warum bin ich dann hier, so angezogen? Würde ich wie ein Idiot im Land rumziehen, wenn ich irgendwo eine Kiste Gold hätte! Würd ich das? Warum sollt ich das tun, verflucht noch mal, und dann hier herkommen?»

«Vielleicht hast du das Gold *hierher* versandt, du Quatschkopf.»

«Wovon redst du, zum Teufel?»

«Ich hab zugeschaut! Ich habs gesehn! Hörst du? Ich bin nach dort runtergefahrn, dir dorthin gefolgt, weil ich das komische Gefühl hatte, du würdst die Mücke machen. Ich war nicht sicher, aber ich hatte das Gefühl. Wenn ich unrecht hätte, wollte ich dir helfen, es zu finden. Aber ich hatte nicht unrecht. Bin an dem Nachmittag in Danville angekommen. Ich bin direkt am Güterdepot vorbeigefahren, und da warst du in deinem beigefarbenen Anzügelchen. Ich hab geparkt und bin dir ins Stationsgebäude nachgegangen. Als ich hinkam, hab ich dich sie versenden sehen. Sie dem Mann geben. Ich hab gewartet, bis du fort warst, und bin wieder reingegangen und hab den Knacker gefragt, ob mein Freund –» er huschte über das Wort hinweg – «eine Kiste nach Michigan versandt hätte. Der Mann hat nein gesagt. Bloß eine Kiste bei der Ladung, hat er gesagt. Bloß eine Kiste. Und als ich ihn gefragt hab, wo die hingehe, wußte er nur noch: Virginia.» Gitarre lächelte. «Der Bus, den du genommen hast, fuhr nicht nach Michigan. Der fuhr nach Virginia. Und hier bist du.»

Milchmann fühlte sich geschlagen. Es blieb ihm nichts anderes übrig, als sich auf das Spiel einzulassen.

«Stand mein Name auf der Kiste?»

«Ich hab nicht geschaut.»

«Würd ich eine Kiste Gold nach Virginia schicken – *Gold*, Mann.»

«Schon möglich, du hast es getan.»

«Hast du darum versucht, mich umzubringen?»

«Ja.»

«Weil ich dich übers Ohr gehauen hab?»

«Weil du *uns* übers Ohr gehauen hast! Du vermasselst uns unsere Arbeit!»

«Du liegst falsch. Todfalsch.»

«Das ‹tot› betrifft dich.»

Milchmann sah auf das Plätzchen in seiner Hand hinunter. Es sah töricht aus, und er setzte an, es wegzuwerfen, überlegte es sich aber anders. «Mein Tag ist also gekommen?»

«Dein Tag ist gekommen, aber nach *meinem* Zeitplan. Und glaub mir, ich werde dich hetzen, so weit die Erde reicht. Dein Name ist Macon, aber du bist noch nicht tot.»

«Sag mir eins. Als du mich in der Station gesehen hast, mit der Kiste, warum hast du gekniffen und dich versteckt? Warum bist du nicht einfach auf mich zugegangen? Es hätte sich dort klären lassen.»

«Ich habs dir gesagt. Ich hatte so ein komisches Gefühl.»
«Daß ich dich ausschalten würde?»
«*Uns* ausschalten würdest. Ja.»
«Und du glaubst, das hab ich getan?»
«Ja.»
«Neulich im Wald warst du zornig.»
«Ja.»
«Jetzt wirst du abwarten, bis das Gold kommt.»
«Ja.»
«Und ichs abhole.»
«Du wirsts nicht abholen können.»
«Tu mir einen Gefallen. Wenn es ankommt. Sieh erst nach, ob Gold drin ist.»
«Erst?»
«Oder zuletzt. Nur bevor du es bis nach Hause schleppst.»
«Mach dir deswegen keine Sorgen.»
«Noch eins. Warum die Botschaft? Warum hast du mich mit der Botschaft im Laden gewarnt?»
«Du bist mein Freund. Das ist das wenigste, was ich für einen Freund tun konnte.»
«Okay, Mann. Ich möcht dir danken.»
«Nehms zur Kenntnis, Baby.»

Milchmann schlüpfte in Sweets Bett und verschlief die Nacht in ihren vollkommenen Armen. Er hatte einen warmen, verträumten Schlaf, in dem es nur ums Fliegen ging, um das Segeln hoch über der Erde. Aber nicht mit ausgebreiteten Armen, beflügelt wie ein Flugzeug; auch nicht in horizontalem Tauchflug vorwärts geschnellt wie Superman, sondern schwebend, schwingend wie ein Mann, der entspannt auf einer Couch liegt und in der Zeitung liest. Ein Teil seines Flugs führte über die dunkle See, doch das ängstigte ihn nicht, weil er wußte, er konnte nicht fallen. Er war allein im Himmel, aber jemand applaudierte ihm, sah ihm zu und applaudierte. Er konnte nicht sehen, wer es war.

Als er am nächsten Morgen erwachte und sich anschickte, für die Reparatur seines Wagens zu sorgen, konnte er den Traum nicht abschütteln und wollte es im Grunde auch nicht. In Solomons Laden traf er Omar und Solomon an, die gerade Gumbo aus Säcken in Körbe schütteten, und noch immer spürte er das Gefühl von Leichtigkeit und Macht, das ihm das Fliegen vermittelt hatte.

«Hab 'nen Riemen für dein Auto», sagte Omar. «Is nich neu, müßt aber passen.»

«He, das ist gut. Danke, Omar.»

«Verläßt uns schon gleich?»

«Ja, muß langsam zurück.»

«Hat geklappt mit der Byrd-Frau?»

«Ja, hab ich besucht.»

«Hat dir was geholfen?» Omar wischte sich den Gumboflaum von den Händen an die Hose.

«Nein. Nicht viel.»

«Na, King Walker meint, kommt heut morgen runter un setzt den Riemen ein. Solltest den Wagen wahrscheinlich mal ordentlich unter die Lupe nehmen lassen, wenn du erst unterwegs bist.»

«Hab ich vor.»

«Hat Sweet dir was zum Frühstück gemacht?»

«Sie hats versucht, aber ich wollte früh hierher und mich ums Auto kümmern.»

«Wie wärs mit 'ner Tasse Kaffee; steht 'ne volle Kanne hinten.»

«Nein, danke. Ich denk, ich lauf ein bißchen rum, bis er kommt.»

Es war halb sieben am Morgen, und in der Stadt herrschte Geschäftigkeit, als sei es Mittag. Das Leben und die Arbeit begannen früh im Süden, damit die kühlsten Stunden des Tages genutzt werden konnten. Die Leute hatten bereits gegessen, Frauen hatten bereits Kleider gewaschen und breiteten sie über Sträucher, und in ein paar Tagen, wenn die Schule in der nächsten Stadt begann, würden die Kinder um diese Zeit bereits über die Wege und Felder zum Unterricht wandern oder rennen. Nun bummelten sie herum, erledigten Pflichten, neckten Katzen, warfen einzelnen Hühnern Brot zu und einige von ihnen spielten ihre endlosen Kreisspiele. Milchmann konnte sie singen hören und spazierte auf sie und die große Zeder zu, die sich über ihren Köpfen erhob. Wieder erinnerten ihn die lieblichen Stimmen an die Lücke in seiner eigenen Kindheit, als er sich an die Zeder lehnte, um ihnen zuzusehen. Der Junge in der Mitte des Kreises (es schien immer ein Junge zu sein) wirbelte mit geschlossenen Augen und ausgestreckten Armen herum, zeigend. Er drehte sich und drehte sich, bis das Lied mit einem lauten Ruf endete und er anhielt, mit dem Finger auf ein Kind zeigend, das Milchmann nicht sehen konnte. Dann ließen sie sich alle auf die Knie fallen, und zu seinem Erstaunen hörte er, wie sie an diesem Punkt ein anderes Lied anstimmten, eines, das er sein ganzes Leben über von Zeit zu Zeit gehört hatte. Den alten Blues, den Pilate ständig sang: *«O Sugarman, verlaß mich nicht»*, nur daß die Kinder sangen: *«O Solomon, verlaß mich nicht.»*

Milchmann lächelte, als er an Pilate dachte. Hunderte von Meilen entfernt, hatte er Heimweh nach ihr, nach ihrem Haus, nach eben den Menschen, die hinter sich zu lassen er so versessen gewesen war. Nach dem stillen, gewundenen, entschuldigenden Lächeln seiner Mutter. Die besten Jahre ihres Lebens, von zwanzig bis vierzig, hatte sie im Zölibat verbracht, und abgesehen von der Vereinigung, die sein eigenes Leben begründete, ihr übriges Leben ebenfalls. Er hatte nicht groß darüber nachgedacht, als sie es ihm erzählte, doch nun schien ihm, daß ein solcher sexueller Entzug sie auf genau dieselbe Weise betreffen, verwunden mußte, wie er ihn betreffen und verwunden würde. Wenn jemand ihn zwingen könnte, so zu leben, ihm sagen könnte: «Du darfst inmitten von Frauen leben und dich bewegen, du darfst sie sogar begehren, aber du wirst dich in den nächsten zwanzig Jahren mit keiner vereinigen», was würde er empfinden? Was würde er tun? Würde er weiterleben wie bisher? Und angenommen, er wäre verheiratet und seine Frau würde sich ihm fünfzehn Jahre verweigern. Seine Mutter hatte dies zu überleben vermocht, indem sie ihren Sohn lange stillte, und durch gelegentliche Besuche auf einem Friedhof. Wie wäre sie wohl gewesen, wenn ihr Mann sie geliebt hätte?

Und sein Vater. Ein alter Mann nun, der Dinge erwarb und

Menschen dazu benutzte, weitere Dinge zu erwerben. Als der Sohn von Macon Dead dem Ersten huldigte er dem Leben und Tod seines Vaters, indem er liebte, was sein Vater geliebt hatte: Eigentum, gutes, solides Eigentum, den Überfluß des Lebens. Er liebte diese Dinge im Übermaß, weil er seinen Vater im Übermaß liebte. Besitzen, bauen, erwerben – das war sein Leben, seine Zukunft, seine Gegenwart und alles, was er von Geschichte wußte. Daß er um des Profits willen das Leben verzerrte und verdrehte, bewies, welch großen Verlust er beim Tod seines Vaters erlitten hatte.

Während Milchmann den Kindern zusah, begann er sich unwohl zu fühlen. Seine Eltern, seine Schwestern zu hassen, kam ihm nun albern vor. Die Schicht von Scham, die er im Badewasser fortgespült hatte, nachdem er an Pilate zum Dieb geworden war, kehrte zurück. Doch jetzt war sie so dick und dicht wie eine Glückshaube. Wie hatte er in jenes Haus einbrechen können – das einzige ihm bekannte, das Komfort ausstrahlte, ohne einen Komfortgegenstand zu enthalten. Keinen weichen durchgesessenen Sessel, kein Polster oder Kissen. Keinen Lichtschalter, kein Wasser, das üppig und klar strömte, sobald man an einem Hahn drehte. Keine Servietten, kein Tischtuch. Keine geriffelten Teller oder geblümten Tassen, keinen blauen Flammenkreis in einem Backofenfenster. Aber Friede war dort, Energie, Gesang und nun auch seine Erinnerung.

Seine Gedanken schweiften zu Hagar und der Art, wie er sie zum Schluß behandelt hatte. Warum hatte er sich nie zu ihr gesetzt und mit ihr geredet? Offen. Und was war das für eine häßliche Sache gewesen, die er zu ihr gesagt hatte, als sie das letzte Mal versuchte, ihn umzubringen. Und Gott, wie hohl ihre Augen ausgesehen hatten. Er hatte sich nie vor ihr gefürchtet; hatte nie wirklich geglaubt, daß es ihr gelingen würde, ihn umzubringen, oder daß sie es wahrhaft wollte. Ihre Waffen, das völlige Fehlen von Schlauheit oder Intelligenz, ja sogar von innerer Überzeugung bei ihren Angriffen genügten, um jegliche Angst versiegen zu lassen. Oh, sie hätte ihn durch Zufall verletzen können, aber es wäre ihm auf allerhand Wegen möglich gewesen, ihr Einhalt zu gebieten.

Er hatte es jedoch nicht gewollt. Er hatte sie benutzt – ihre Liebe, ihre Verrücktheit – und am allermeisten hatte er ihre feige, bittere Rache benutzt. Sie machte ihn im Blutbankviertel zu einem Star, einer Berühmtheit; sie ließ Männer und andere Frauen wissen, daß er ein verflucht gefährlicher Typ war, daß er die Macht besaß, eine Frau um ihren Verstand zu bringen, sie zu vernichten, und zwar nicht, weil sie ihn haßte oder weil er ihr irgend etwas Unverzeihliches angetan hätte, sondern weil er sie gefickt hatte und es sie wild machte, auf sein prachtvolles Glied verzichten zu müssen. Seinen Schweinsdarm hatte Lena es genannt. Sogar das letzte Mal hatte er sie benutzt. Hatte ihr bevorstehendes Eintreffen und ihren schwächlichen Mordversuch benutzt, um seinen Willen an dem ihren zu messen – dem Universum ein Ultimatum zu stellen. «Stirb, Hagar, stirb.» Entweder dieses Biest stirbt oder ich. Und sie hatte dagestanden wie eine Marionette, deren Spieler sie an ihren Drähten hängen gelassen hat und zu einem anderen Hobby davongegangen ist.

O Solomon, verlaß mich nicht

Die Kinder begannen eine neue Runde. Milchmann rieb sich den Nacken. Plötzlich war er müde, obwohl der Morgen noch jung war. Er drückte sich von der Zeder ab und sank auf seine Schenkel.

Jay, einzger Sohn von Solomon
Kam buba yalle, kam . . .

Jeder heißt Solomon in dieser Stadt, dachte er träge. Solomons Gemischtwarenladen, Luther Solomon (nicht verwandt). Solomons Sprung, und nun sangen die Kinder «*Solomon*, verlaß mich nicht» statt «*Sugarman*». Sogar der Name der Stadt klang wie Solomon: Shalimar, was Mr. Solomon und alle anderen *Scholiimoon* aussprachen.

Milchmann begann die Kopfhaut zu prickeln. Jay, einziger Sohn von Solomon? War das Jake, einziger Sohn von Solomon? Jake. Angestrengt hörte er auf die Kinder. Das war einer der Leute, nach denen er suchte. Ein Man namens Jake, der in Shalimar lebte wie seine Frau, Sing.

Er setzte sich auf und wartete ab, bis die Kinder wieder bei dem Vers waren. *«Kam buba yalle, kam buba tambi»*, so klang es und ergab keinen Sinn. Eine andere Zeile jedoch – *«Schwarze Frau fiel hin auf den Grund»* – war hinreichend klar. Es kam eine weitere Kette von Nonsenswörtern, dann *«Warf ihrn Körper herum in der Rund»*. Nun begann das Kind in der Mitte sich zu drehen und herumzuwirbeln, zu einem Text, der in einem anderen, schnelleren Tempo gesungen wurde: *«Solomon n Reiner Belali Schalut . . .»*

Solomon wieder und – Reiner? Ryna? Warum klang der zweite Name so vertraut? Solomon und Ryna. Der Wald. Die Jagd. Solomons Sprung und Rynas Schlucht, Orte, zu denen sie gegangen oder an denen sie vorbeigekommen waren in jener Nacht, als sie den Luchs schossen. An der Schlucht hatte er dieses Geräusch gehört, das klang wie das Weinen einer Frau und von dem Calvin gesagt hatte, es komme von Rynas Schlucht, wo es ein Echo gebe, von dem die Leute sagten, «eine Frau namens Ryna» weine. Man könne sie hören, wenn der Wind richtig stehe.

Doch was hieß das übrige: Belali . . . Schalut . . . Yaruba? Wenn Solomon und Ryna die Namen von Personen waren, dann waren das vielleicht auch die anderen. Die Strophe endete mit einer weiteren klaren Zeile. *«Einundzwanzig Kinder, der letzte Jake!»* Und bei dem gebrüllten *Jake* (offenbar zugleich «der einzige Sohn von Solomon») hielt der rotierende Junge an. Nun begriff Milchmann, daß sie von neuem begannen, wenn der Finger des Kindes auf niemanden deutete, vorbeizielte. Doch wenn er direkt auf ein anderes Kind deutete, dann kam der Punkt, wo sie auf die Knie fielen und Pilates Lied sangen.

Milchmann nahm seine Brieftasche heraus und zog das benutzte Ticket daraus hervor, aber er hatte keinen Stift zum Schreiben, und sein Federhalter steckte in seinem Anzug. Er würde einfach hinhören und es auswendig lernen müssen. Er schloß die Augen und konzentrierte sich, während die Kinder, unermüdlich in ihrer Lust, ein rhythmisches Bewegungsspiel mit Reimen zu wiederholen, eine Runde nach der anderen aufführten. Und Milchmann behielt alles, was sie sangen.

Jake, einzger Sohn von Solomon
Kam buba yalle, kam buba tambi
Wirbelt rum und berührt die Sonn
Kam konka yalle, kam konka tambi

Ließ das Baby in 'nem Weißen seim Haus
Kam buba yalle, kam buba tambi
Heddy brachts in 'nem Roten sein Haus
Kam konka yalle, kam konka tambi

Schwarze Frau fiel hin auf den Grund
Kam buba yalle, kam buba tambi
Warf ihr'n Körper herum in der Rund
Kam konka yalle, kam konka tambi

Solomon und Ryna Belali Schalut
Yaruba Medina Muhammet gut
Nestor Kalina Saraka Scheik
Einundzwanzig Kinder, das letzte Jake!

O Solomon, verlaß mich nicht
Daß Baumwoll mich ersticke
O Solomon verlaß mich nicht
Daß weiße Arme mich erdrücken

Solomon is geflogen,
Solomon is gegangen
Solomon saust durch die Luft,
Solomon flog heim

Er hätte fast aufgebrüllt, als er hörte «*Heddy brachts in 'nem Roten sein Haus*». Heddy war Susan Byrds Großmutter väterlicherseits, und also auch Sings Mutter. Und «*'nem Roten sein Haus*» mußte darauf anspielen, daß die Byrds Indianer seien. Natürlich! Sing war Indianerin oder teilweise indianisch und ihr Name war Sing Byrd oder, wahrscheinlicher, Sing Bird. Nein – Singing Bird! Das mußte ihr ursprünglicher

Name gewesen sein – Singing Bird. Und ihr Bruder, Crowell Byrd, war wahrscheinlich Crow Bird, oder einfach Crow. Sie hatten ihre indianischen Namen mit amerikanisch klingenden Namen vermischt. Milchmann hatte nun vier Personen in dem Lied gefunden, die er einordnen konnte: Solomon, Jake, Ryna und Heddy; außerdem eine verschleierte Anspielung darauf, daß Heddy Indianerin war. Was alles zusammen dafür zu sprechen schien, daß Jake und Sing beide aus Shalimar kamen, genau wie Circe gesagt hatte. Er konnte sich nicht irren. Diese Kinder sangen eine Geschichte über seine eigenen Leute! Er summte und gluckste vor sich hin, während er sich bemühte, alles zu verknüpfen.

Jakes Vater war Solomon. War Jake herumgewirbelt und hatte die Sonne berührt? Hatte Jake ein Baby im Haus eines Weißen gelassen? Nein. Wenn die Zeile *«Solomon, verlaß mich nicht»* richtig war, dann war Solomon derjenige, der wegging, der «davonflog» – also starb oder davonlief –, nicht Jake. Vielleicht war es das Baby oder Jake selbst, der ihn bat zu bleiben. Aber wer war die «schwarze Frau», die auf die Erde fiel? Warum warf sie ihren Körper in der Runde herum? Klang wie ein Anfall. Weil jemand ein Baby erst in das Haus eines Weißen, dann eines Indianers brachte? Ryna? War Ryna die schwarze Frau, die noch immer in der Schlucht weinte? War Ryna Solomons Tochter? Vielleicht hatte sie ein uneheliches Kind und ihr Vater – nein. Wegen Solomon weint sie, nicht wegen einem Baby. *«Solomon, verlaß mich nicht.»* Er muß ihr Geliebter gewesen sein.

Milchmann geriet durcheinander, aber er war so aufgeregt wie ein Kind, das sich einem Berg von Geschenkpäckchen unter dem Weihnachtsbaum gegenübersieht. Irgendwo in dem Haufen war ein Geschenk für ihn.

Und doch fehlten viele, viele Stücke. Susan Byrd, dachte er – sie mußte mehr wissen, als sie erzählt hatte. Außerdem mußte er sich seine Uhr wiederholen.

Er lief zurück zu Solomons Laden und sah sich flüchtig im Schaufenster. Er grinste. Seine Augen glänzten. Er war lebhafter und glücklicher, als er je in seinem Leben gewesen war.

13

Erst lange nachdem er gegangen war an jenem warmen Septembermorgen, hatte sie sich genügend zu entspannen vermocht, um das Messer fallen zu lassen. Als es auf das Linoleum klapperte, nahm sie, oh, so langsam, die Arme herunter und wiegte ihre Brüste, als seien es zwei Mangofrüchte, die auf dem kleinen Marktplatz begrapscht und beiseite geschoben worden sind. So stand sie in dem winzigen gemieteten Zimmer mit dem üppig einfallenden Sonnenschein, bis Gitarre nach Hause kam. Er konnte sie nicht dazu bringen, zu sprechen oder sich zu rühren, darum nahm er sie in seine Arme und trug sie die Treppe hinab. Er setzte sie auf die unterste Stufe, während er ein Auto leihen ging, um sie heimzufahren.

Entsetzlich fand er die ganze Geschichte, und Rücksichtslosigkeit in der Liebe stieß ihn ab – dennoch konnte er nicht verhindern, daß die tiefe Welle von Leid ihn verschlang, als er diese wirklich recht hübsche Frau betrachtete, die säulengerade dasaß, sich die Brüste hielt und aus hohlen Augen vor sich hin starrte.

Der Motor des alten Autos, das er geliehen hatte, dröhnte, aber Gitarre sprach leise zu ihr. «Du glaubst, weil er dich nicht liebt, bist du wertlos. Du glaubst, weil er dich nicht mehr will, hat er recht – sein Urteil und seine Meinung von dir wären richtig. Wenn er dich rauswirft, dann bist du Müll. Du glaubst, er gehört zu dir, weil du zu ihm gehören möchtest. Nicht, Hagar. Ist ein böses Wort, ‹gehören›. Besonders wenn du es mit jemand in Verbindung bringst, den du liebst. So sollte Liebe nicht sein. Hast du schon einmal gesehen, auf welche Weise die Wolken einen Berg lieben? Sie umgeben ihn im Kreis; manchmal kannst du vor lauter Wolken den Berg nicht mehr sehen. Aber weißt du was? Du gehst ganz hinauf, und was siehst du? Seine Spitze. Die Wolken bedecken nie die Spitze. Sein Kopf ragt hindurch, weil die Wolken ihn lassen; sie schließen ihn nicht ein. Sie lassen ihn den Kopf frei halten, hoch oben, ohne etwas, was ihn verbirgt oder bindet. Hörst du, Hagar?» Er sprach mit ihr wie mit einem ganz kleinen Kind. «Du kannst keinen Menschen besitzen. Du kannst nicht verlieren, was du nicht besitzt. Angenommen, du würdst ihn besitzen. Könntest du wirklich jemanden lieben, der absolut nichts wäre ohne dich? Willst du wirklich so jemanden? Jemanden, der auseinanderfällt, sobald du zur Tür herausgehst? Willst du nicht, oder? Und er auch nicht. Du trittst ihm dein ganzes Leben ab. Dein ganzes Leben, Mädchen. Und wenn es dir so wenig bedeutet, daß du es einfach wegschenken, ihm in die Hand geben kannst, warum sollte es ihm dann mehr bedeuten? Er kann es nicht höherschätzen, als du es selbst schätzt.» Er beließ es dabei. Sie bewegte sich nicht und zeigte auf keine Weise, daß sie ihn gehört hatte.

Hübsche Frau, dachte er. Hübsche kleine schwarzhäutige Frau. Die um der Liebe willen töten wollte, sterben wollte, die Einbildung dieser Türmatten-Frauen erstaunte ihn. Es waren immer Frauen, die verwöhnte Kinder gewesen waren. Deren Launen von Erwachsenen ernst genommen worden waren und zu den knickrigsten, gierigsten Leuten von der Welt heranwuchsen und auf ihrer Knickrigkeit ihre knickrige kleine Liebe züchteten, die alles in Sichtweite auffraß. Sie konnten nicht glauben oder akzeptieren, daß sie ungeliebt waren; sie glaubten, die Welt selbst sei aus dem Gleichgewicht geraten, wenn es so aussah, als würden sie nicht geliebt. Warum hielten sie sich für so liebenswert? Warum hielten sie ihre Form von Liebe für besser als die von jedermann sonst, oder auch bloß für genausogut? Jedenfalls taten sie das. Und sie liebten ihre Liebe so sehr, daß sie jeden umbringen würden, der ihr im Weg war.

Er sah sie wieder an. Hübsch. Hübsches kleines schwarzes Mädchen. Hübsches kleines schwarzhäutiges Mädchen. Was hatte Pilate mit ihr gemacht? Hatte ihr niemand die Dinge gesagt, die sie wissen mußte? Er dachte an seine beiden Schwestern, erwachsene Frauen jetzt, die sich zu helfen wußten, und an die Litanei, die ihr Heranwachsen begleitet hatte. Wo 's dein Daddy? Weiß deine Mama, daß du hier auf der Straße bist? Setz dir was auf den Kopf. Du holst dir den Tod, 'ne Erkältung. Is dir nich heiß? Is dir nich kalt? Hast du nich Angst, du wirst naß? Stell die Beine nebeneinander. Zieh die Strümpfe hoch. Ich dachte, du gehst zum Jugendchor. Dein Unterrock guckt vor. Du hast den Saum nach außen. Komm noch mal rein un bügel den Kragen da. Sei still. Kämm dich. Steh da auf un mach das Bett hier. Setz das Fleisch auf. Bring den Müll raus. Mit Vaseline kriegst du die schuppige Haut weg.

Weder Pilate noch Reba wußten, daß Hagar nicht wie sie war. Weder stark genug, wie Pilate, noch einfältig genug, wie Reba, um sich ein Leben zu erfinden, wie sie es getan hatten. Sie brauchte, was die meisten farbigen Mädchen brauchten: einen Chor von Mamas, Großmamas, Tanten, Cousinen, Schwestern, Nachbarinnen, Sonntagsschullehrerinnen, besten Freundinnen und so weiter – Leute, die ihr die Stärke gaben, die das Leben von ihr verlangte, und den Humor, ohne den es sich nicht leben ließ.

Dennoch, dachte er, vom Gegenstand seiner Liebe, ob er sie nun wert war oder nicht, verschmäht oder verlassen zu werden . . .

«Weißt du was, Hagar? Alles, was ich je im Leben geliebt habe, hat mich verlassen. Mein Vater ist gestorben, als ich vier war. Das war mein erstes Verlassenwerden und das härteste. Dann meine Mutter. Wir waren vier, und sie konnte es einfach nicht verwinden, als mein Vater starb. Sie ist davongelaufen. Einfach davongelaufen. Meine Tante hat uns versorgt, bis meine Großmutter herkommen konnte. Dann hat meine Großmutter für uns gesorgt. Dann kam Onkel Billy. Sie stehen beide jetzt kurz vorm Tod. Drum ist es mir schwergefallen, bei einer Frau anzubeißen. Weil ich dachte, wenn ich etwas liebe, stirbt es. Aber ich hab angebissen. Einmal. Aber mehr, nehm ich an, kann man auch nicht bewältigen.» Gitarre dachte darüber nach und sagte: «Aber ich hab sie nie umbringen wollen. *Ihn* schon. Aber sie nicht.» Er lächelte, aber Hagar sah nicht auf, hörte nicht einmal zu, und als er sie aus dem Auto in Rebas Arme führte, waren ihre Augen noch immer leer.

Sie wußten nichts anderes zu tun, als sie zu lieben, und da sie nicht reden wollte, brachten sie ihr Dinge, um sie zu erfreuen. Zum erstenmal in ihrem Leben *bemühte* sich Reba, Dinge zu gewinnen. Und ebenfalls zum erstenmal gelang es ihr nicht. Mit Ausnahme eines tragbaren Fernsehgeräts, das sie nicht anschließen konnten, weil sie keine Elektrizität hatten, gewann Reba nichts. Kein Tombolalos, kein Bingo, kein Lottoschein, keine Kassennummer, kein Zeitschriften-Preisausschreiben, nein, nicht einmal ein unzerstochener Luftballon erlag ihrem Zauber. Es zermürbte sie. Verwirrt und glücklos schleppte sie sich heim, Stengel von allem umklammernd, was an den Rändern von Grundstücken und anderer Leute Gärten gerade blühte. Die brachte sie ihrer Tochter dar, die in einem Sessel am Fenster saß oder im Bett lag und ihr Haar befühlte, ununterbrochen.

Sie kochten besondere Sachen für sie; suchten nach Geschenken, die, so hofften sie, den Bann brechen würden. Nichts half. Pilates Lippen ruhten, und Rebas Augen waren voller Panik. Sie brachten ihr Lippenstift und Schokoladenmilch, einen giftrosa Nylonpullover und ein fuchsienrotes Bettjäckchen. Reba erkundete sogar die Mysterien der Herstellung von Wackelpudding, sowohl rot als auch grün. Hagar sah ihn nicht einmal an.

Eines Tages setzte sich Pilate auf Hagars Bett und hielt ihrer Enkelin eine Puderdose vor das Gesicht. Sie war in goldähnliches Metall gefaßt und hatte einen rosa Plastikdeckel.

«Schau, Baby. Siehst du?» Pilate drehte und wendete die Dose, um sie richtig zur Geltung zu bringen, und drückte auf das Schloß. Der Deckel sprang auf, und Hagar sah im Spiegel einen kleinen Teil ihres Gesichts. Da nahm sie die Puderdose und schaute lange Zeit in den Spiegel.

«Kein Wunder», sagte sie schließlich. «Sieh dir das an. Kein Wunder. Kein Wunder.»

Pilate war entzückt, Hagars Stimme zu hören. «Is deins, Baby», sagte sie. «Is hübsch, nich?»

«Kein Wunder», sagte Hagar. «Kein Wunder.»

«Was is kein Wunder?» fragte Pilate.

«Schau mal, wie ich ausseh. Furchtbar seh ich aus. Kein Wunder, daß er mich nicht gewollt hat. Ich seh schrecklich aus.» Ihre Stimme klang ruhig und vernünftig, als habe sie die letzten paar Tage überhaupt nicht durchlebt. «Ich muß hier aufstehen und mich zurechtmachen. Kein *Wunder*!» Hagar warf die Bettdecke zurück und stand auf. «Ohhh. Riechen tu ich auch. Mama, mach mir Wasser heiß. Ich brauch ein Bad. Ein langes. Haben wir noch Badesalz? O Gott, mein Kopf. Schau dir das an.» Sie blickte wieder in den Spiegel der Puderdose. «Ich seh aus wie ein Erdferkel. Wo ist der Kamm?»

Pilate rief Reba, und zusammen flogen sie durchs Haus, um den Kamm zu finden, doch als sie ihn gefunden hatten, kam Hagar mit den Zähnen nicht durch ihr wirres, verfilztes Haar.

«Wasch es», sagte Reba. «Wasch es, und wir kämmen es durch, solang es naß ist.»

«Dann brauch ich Shampoo. Richtiges Shampoo. Mamas Seife kann ich nicht nehmen.»

«Ich geh welches holen.» Reba bebte ein wenig. «Was für eins?»

«Oh, irgendeins. Und hol Haaröl, Reba. Von Posner. Und noch . . . Nein, doch nicht. Nur das. Mama? Hast du irgendwo mein . . . Oh, mein Gott. Kein Wunder. Kein Wunder.»

Pilate zog ein Stück Faden aus Hagars Bettdecke und steckte es in den Mund. «Ich mach das Wasser heiß», sagte sie.

Als Reba zurückkam, wusch sie Hagar die Haare, bürstete sie und kämmte sie sanft durch.

«Mach mir einfach zwei Zöpfe, Reba. Ich werd noch zum Friseur gehen müssen. Heute. Oh, und ich brauch was zum Anziehen.» Hagar stand an der Tür des kleinen Pappkleiderschranks und strich mit der Hand über die Schultern von Kleidern. «Alles vergammelt hier drin. Total vergammelt. Verknittert . . .»

«Wasser is heiß. Wo willst du den Bottich ham?»

«Bring ihn hier rein.»

«Du meinst, du solltest so bald schon baden?» fragte Reba. «Bist gerade aufgestanden.»

«Still, Reba», sagte Pilate. «Laß das Kind auf sich selbst aufpassen.»

«Aber sie hat drei Tage im Bett gelegen.»

«Ein Grund mehr.»

«Ich kann die Sachen hier nicht anziehen. Alles ist verschlampt.» Hagar war den Tränen nahe.

Reba sah Pilate an. «Hoffentlich hast du recht. Ich bin nicht dafür, daß einer zu schnell aufsteht und gleich ins Wasser springt.»

«Hilf mir mit dem Bottich da und hör auf zu maulen.»

«Alles verknittert. Was soll ich bloß anziehen?»

«Das is nich mal genug Wasser für ihre Füße.»

«Steigt noch, wenn sie sich reinsetzt.»

«Wo ist mein gelbes Kleid? Das, was ganz durchgeknöpft ist?»

«Irgendwo da drin, schätz ich.»

«Suchs mir und bügle es, ja? Bestimmt ist es vergammelt. Alles ist vergammelt.»

Reba fand und bügelte das gelbe Kleid. Pilate half Hagar baden. Schließlich stand eine saubere und bekleidete Hagar vor den beiden Frauen und sagte: «Ich muß ein paar Kleider kaufen. Neue Kleider. Alles, was ich habe, ist vergammelt.»

Sie sahen einander an. «Was brauchst du?» fragte Pilate.

«Ich brauche alles», sagte sie, und alles bekam sie. Sie ging alles kaufen, was eine Frau von der Haut aufwärts tragen konnte; mit dem Geld von Rebas Brillanten. Sie besaßen fünfundsiebzig Cent insgesamt, als Hagar ihre Bedürfnisse anmeldete, und sechs Dollar, die Kunden ihnen schuldeten. Also wanderte der Zweitausend-Dollar-Ring mit dem zweikarätigen Brillanten in ein Pfandhaus, wo Reba ihn zunächst gegen dreißig Dollar eintauschte; von einer tobenden Pilate begleitet, ging sie dann noch einmal zurück und bekam einhundertsiebzig mehr dafür. Hagar stopfte zweihundert Dollar und fünfundsiebzig Cent in ihre Handtasche und strebte der Innenstadt zu, wobei sie hin und wieder immer noch vor sich hinflüsterte: «Kein Wunder.»

Sie kaufte einen Playtex-Strumpfbandgürtel, eine I. Miller-Strumpfhose «No Color», Fruit of the Loom-Höschen und zwei Nylonunterröcke – einer weiß, einer rosa – und Schuhe, ein Paar Joyce Fancy Free sowie ein Paar Con Brio («Dem Himmel Dank für die Zierlichen von Joyce»). Sie trug einen Armvoll Röcke und ein zweiteiliges Modell von Evan-Picone in die Kabine. Ihr durchgeknöpftes gelbes Kleidchen lag auf dem Boden, als sie einen Rock über Kopf und Schultern bis zur Taille herunterstreifte. Aber der Schlitz wollte nicht zugehen. Sie zog den Bauch ein und dehnte den Stoff so weit es ging, aber die Zähne des Reißverschlusses wollten nicht ineinandergreifen. Sie schnaufte und keuchte, und auf ihrer Stirn brach ein leichter Schimmer aus. Sie war davon überzeugt, daß ihr ganzes Leben davon abhing, ob jene Aluminiumzähne sich vereinigten. Der Nagel ihres Zeigefingers splitterte, und die Kuppen der Daumen taten ihr weh, aber sie mühte sich weiter mit dem Schlitz ab. Aus Feuchtigkeit wurde Schweiß, und ihr Atem ging stoßweise. Sie war dem Weinen nahe, als die Verkäuferin den Kopf durch den Vorhang steckte und heiter sagte: «Wie kommen Sie zurecht?» Doch als sie Hagars verzerrtes und angsterfülltes Gesicht sah, gefror ihr Lächeln.

«O je», sagte sie und griff nach dem Etikett, das an dem Rockbund hing. «Das hier ist fünf. Nicht mit Gewalt. Sie brauchen, na, neun oder elf, möcht ich annehmen. Bitte, nicht mit Gewalt. Lassen Sie mich nachsehen, ob ich die Größe da habe.»

Sie wartete, bis Hagar den Schottenrock zu ihren Knöcheln fallen ließ, bevor sie verschwand. Mühelos zog Hagar den Rock an, mit dem die Frau zurückkam, und ohne weiter zu suchen, sagte sie, sie würde ihn und das Evan Picone-Kostümchen nehmen.

Als nächstes kaufte sie eine weiße Bluse und ein Nachthemd – rehbraun, meerschaumfarben abgesetzt. Nun brauchte sie nur noch Make-up.

Die Kosmetikabteilung hüllte sie in Parfum, und gierig las

sie die Aufkleber und ihre Versprechen. Myrurgia für die Urfrau, die für IHN eine runde Welt der Zärtlichkeit schafft, von niemandem bewohnt als EUCH, vermengt mit Nina Riccis L'Air du Temps. Yardleys Flair mit Tuvachés Nectaroma und D'Orsays Intoxication. Robert Piguets Fracas und Calypso und Visa und Bandit. Chantilly von Houbigant. Fleurs de Rocaille von Caron und Bellodgia. Hagar atmete die süße Luft, die über den Glastheken hing, tief ein. Wie eine lächelnde Traumwandlerin ging sie im Kreis herum. Rundherum um die diamantklaren Theken voller Flaschen, waffeldünnen Scheiben, runden Dosen, Tuben und Phiolen. Lippenstifte in weichen weißen Händen schnellten aus ihren Hüllen hervor wie die glänzenden roten Penisse von Welpen. Aprikosige Puder und milchige Lotions waren gruppiert vor einem Kartonplakat nach dem anderen mit blendenden, grinsenden Gesichtern. Gesichtern in Ekstase. Von geglückter Verführung verhangenen Gesichtern. Hagar dachte, sie könne ihr ganzes Leben da verbringen, inmitten des geschliffenen Glases, in Pfirsich- und Cremetönen schimmernd, in Satin gehüllt. In Opulenz. In Luxus. In Liebe.

Es war halb sechs, als Hagar mit zwei Einkaufstüten voller kleinerer Tüten in den Händen das Kaufhaus verließ. Und sie lockerte ihren Griff nicht eher, als bis sie Lilly's Beauty Parlor erreicht hatte.

«Keine Frisuren mehr, Süßes.» Lilly blickte vom Waschbecken auf, als Hagar hereinkam.

Hagar starrte sie an. «Ich muß die Haare gemacht bekommen. Ich muß mich eilen», sagte sie.

Lilly sah zu Marcelline hinüber. Marcelline war es, deretwegen der Laden florierte. Sie war jünger, vor kürzerer Zeit ausgebildet und konnte eine leichte Glättung vornehmen, die anhielt. Lilly benutzte noch rotglühende Bügeleisen und eine Tasse Öl für jede Frisur. Ihre Kundinnen waren treu, aber unzufrieden. Jetzt wandte sie sich an Marcelline. «Kannst du sie nehmen? Ich nämlich nicht.»

Marcelline versenkte ihren Blick tief in die Kopfhaut ihrer Kundin. «Hatte nicht vor, Überstunden zu machen. Zwei kommen noch. Das hier ist meine achte heute.»

Niemand sprach. Hagar starrte sie an.

«Na ja», sagte Marcelline. «Weil Sies sind, kommen Sie um halb neun wieder. Gewaschen ist es schon?»

Hagar nickte.

«Okay», sagte Marcelline. «Halb neun. Aber erwarten Sie nichts Ausgefallenes.»

«Du überraschst mich», kicherte Lilly, als Hagar gegangen war. «Hast grad zwei weggeschickt.»

«Schon – Lust hab ich ja keine, aber ich will keinen Ärger mit dieser Hagar. Weißt nie, was die fertigbringt. Hat ihrn eignen Cousin angefallen, wer weiß, was sie mit mir machen würd.»

«Is das die, die mit Macon Deads Jungen geht?» Lillys Kundin nahm den Kopf aus dem Becken hoch.

«Das is sie. Sollten sich schämen, die zwei. *Cousins.*»

«Muß wohl nich klappen, wenn sie versucht, ihn umzubringen.»

«Dachte, der wär fort aus der Stadt.»

«Würdst du bleiben?»

«Na, jedenfalls will ich mich nich mit ihr anlegen. Ich nich.»

«Hat noch jeden in Ruhe gelassen außer ihm.»

«Na, dann mit Pilate. Wenn Pilate erfährt, ich hab sie abgelehnt – würd ihr nich gefallen. Schrecklich, wie die das Kind verwöhnen.»

«Hast du nich Fisch bestellt von nebenan?»

«Soviel Haar. Hoffentlich erwartet sie nich was Ausgefallenes.»

«Ruf da noch mal an. Ich krieg Hunger.»

«Sieht der grad ähnlich. Keine Anmeldung. Kein gar nichts. Hier reingeplatzt kommen, spät un ungelegen, un was Ausgefallenes wollen.»

Sie hatte wahrscheinlich vorgehabt, irgendwo zu warten. Oder nach Hause zu gehen und um halb neun zu Lillys Salon zurückzukommen. Doch der Schwung des ganzen ließ sie nicht los – es war alles aus einem Guß. Von dem Moment an, da sie in den Spiegel der kleinen rosa Puderdose geblickt hatte, konnte sie nicht innehalten. Es war, als halte sie den Atem an und könne ihn nicht entweichen lassen, bevor Energie und Geschäftigkeit nicht in einer Schönheit gipfelten, die ihn blenden würde. Darum schaute sie, als sie Lillys Laden verlassen hatte, weder rechts noch links, sondern ging immer weiter, ohne auf andere Menschen, Ampeln, Autos und einen Gewitterhimmel zu achten. Sie war gründlich durchweicht, bevor sie merkte, daß es regnete, und auch dann nur, weil eine der Einkaufstüten aufriß. Als sie hinuntersah, lag ihr weißer, farbig abgesetzter Evan Picone-Rock ordentlich zusammengefaltet auf der Bordsteinkante, und sie war weit fort von zu Hause. Sie setzte beide Tüten ab, hob den Rock auf und strich die Kieskrümel herunter, die daran hafteten. Rasch faltete sie ihn wieder zusammen, aber als sie versuchte, ihn wieder in die Einkaufstüte zu stecken, fiel die ganz auseinander. Regen durchweichte ihr Haar und lief ihr am Hals herunter, als sie sich bückte, um den Schaden zu beheben. Sie zog die Schachtel mit den Con Brios heraus, ein kleineres Päckchen mit Van Raalte-Handschuhen und ein weiteres mit ihrem rehbraunen, meerschaumfarben umrandeten Shorty-Nachthemd. Die stopfte sie in die andere Tüte. Als sie sich wieder auf den Weg machen wollte, stellte sie fest, daß sie die schwerer gewordene Tüte in einer Hand nicht tragen konnte, hievte sie also bis vor ihren Bauch hoch und umschlang sie mit beiden Armen. Sie war kaum zehn Meter gegangen, als der Boden herausfiel. Hagar stolperte über Jungle Red (Sculptura) und Youth Blend und sah die Sunny Glow-Dose zu ihrer Bestürzung in eine Pfütze purzeln. Sie las Jungle Red und Youth Blend heil auf, aber Sunny Glow, das ganz umgekippt war und seine Schutzfolie verloren hatte, explodierte unter dem Gewicht der Regentropfen in leichten Pfirsichbeulen. Hagar schabte soviel wie möglich davon auf und drückte die erschlaffte Zellophanscheibe wieder in die Dose.

Zweimal mußte sie anhalten und ihre Erwerbungen von der Erde aufklauben, bevor sie in der Darling Street anlangte. Endlich stand sie in Pilates Tür, schlapp, naß und durcheinander, ihre Bündel irgendwie umklammernd. Reba war so erleichtert, sie zu sehen, daß sie Hagar packte und dabei Chantilly und Bandit zu Boden stieß. Hagar wurde steif und riß sich von ihrer Mutter los.

«Ich muß mich eilen», flüsterte sie. «Ich muß mich eilen.»

Mit schmatzenden Mokassins, triefenden Haaren, die Einkäufe in den Armen, schaffte sie es bis ins Schlafzimmer und schloß die Tür. Pilate und Reba machten keine Anstalten, ihr zu folgen.

Hagar zog sich dort nackt aus und ohne sich die Zeit zu nehmen, sich Gesicht oder Haare oder Füße abzutrocknen, putzte sie sich heraus mit dem weißen, farbig abgesetzten Rock samt passendem Bolero, dem Maidenform-Büstenhalter, dem Fruit of the Loom-Höschen, der No Color-Strumpfhose, dem Playtex-Gürtel und den Con Brios von Joyce. Dann setzte sie sich, um ihr Gesicht zurechtzumachen. Sie zog ihre Augenbrauen mit Charcoal Gray für das junge, runde Auge nach, worauf sie Mango Tango auf ihre Wangen rieb. Dann tupfte sie Sunny Glow über ihr ganzes Gesicht. Das Mango Tango verschwand darunter und sie mußte es erneut auftragen. Sie schob die Lippen vor und bedeckte sie mit Dschungelrot. Sie legte einen Frosthauch von Sky Light – überlistet das Tageslicht – auf ihre Lider und benetzte ihre Kehle, ihre Ohrläppchen und ihre Handgelenke mit Bandit. Als letztes goß sie sich etwas Youth Blend in die Hand und verteilte es über ihr Gesicht.

Schließlich öffnete sie die Tür und zeigte sich Pilate und Reba. Und in ihren Augen sah sie dann, was sie zuvor im Spiegel nicht gesehen hatte: die feuchte, zerrissene Strumpfhose, das besudelte weiße Kleid, den bröseligen Puder, das fleckige Rouge und die wirren, feuchten Haarmassen. All dies sah sie in ihren Augen, und von dem Anblick füllten sich ihre eigenen mit Wasser, wärmer und weit älter als der Regen. Wasser, das über Stunden anhielt, bis das Fieber kam; und dann versiegte. Das Fieber trocknete ihre Augen aus, und ihren Mund auch.

Sie lag in ihrem Schneewittchen-Bettchen, mit Augen so trocken wie Sand und so still wie Glas. Pilate und Reba saßen an ihrem Bett, über sie gebeugt wie zwei Dividivi-Bäume, die ein stets aus derselben Richtung wehender Wind vorwärts peitscht. Wie die Bäume, boten sie ihr alles dar, was sie hatten: Liebesgemurmel und schützenden Schatten.

«Mama.» Hagar trieb in ein noch höheres Fieber hinauf.

«Hmmm?»

«Warum mag er mein Haar nicht?»

«Wer, Baby? Wer mag dein Haar nich?»

«Milchmann.»

«Milchmann mag wohl dein Haar», sagte Reba.

«Nein. Mag er nich. Aber ich krieg nich raus warum. Warum er mein Haar nie gemocht hat.»

«Natürlich mag ers. Wie kann ers nich mögen?» fragte Pilate.

«Er mag seidiges Haar.» Hagar murmelte so leise, daß Pilate sich vorbeugen mußten, um sie zu verstehen.

«Seidiges Haar? Milchmann?»

«Er mag Haar wie meins nich.»

«Sch, Hagar.»

«Seidiges Haar im Ton von 'nem Penny.»

«Nich reden, Baby.»

«Lockiges, welliges, seidiges Haar. Meins mag er nich.»

Pilate legte die Hand auf Hagars Kopf und zog ihre Finger durch die weiche, feuchte Wolle ihrer Enkeltochter. «Wie kann er dein Haar nich mögen? Ist das gleiche Haar, das ihm aus den eigenen Achselhöhlen wächst. Das gleiche Haar, das sich ihm zwischen den Beinen hoch über den Bauch rankt. Über seine ganze Brust. Genau das gleiche. Wächst ihm aus der Nase, über die Lippen, un wenn er mal seinen Rasierer verlör, würds ihm übers ganze Gesicht wachsen. Is überall auf seinem Kopf, Hagar. Is auch sein Haar. Er muß es lieben.»

«Liebts überhaupt nich. Haßt es.»

«Nein, tut er nich. Er weiß nich, was er liebt, aber einmal findet er dazu, Süße. Wie kann er sich selbst lieben un dein Haar hassen?»

«Liebt seidiges Haar.»

«Sch, Hagar.»

«Pennyfarbenes Haar.»
«Bitte, Liebes.»
«Und zitronenfarbne Haut.»
«Schsch.»
«Un graublaue Augen.»
«Still jetzt, still.»
«Un schmale Nasen.»
«Still, Mädchen, still.»
«Nie wird er mein Haar mögen.»
«Still. Still. Still, Mädchen, still.»

Die Nachbarn veranstalteten eine Sammlung, weil Pilate und Reba alles ausgegeben hatten, damit Hagar die Dinge bekam, die sie brauchte, um sich herzurichten. Es kam aber nicht viel zusammen, und es stand auf der Kippe, ob sie ein anständiges Begräbnis haben würde, bis Ruth zu Sonnys Laden hinunterging und Macon anstarrte, ohne einmal zu blinzeln. Er griff in seine Geldschublade und zog zwei Zwanzig-Dollar-Scheine heraus und legte sie auf den Schreibtisch. Ruth streckte weder die Hand aus, um sie aufzunehmen, noch trat sie auch nur von einem Fuß auf den anderen. Macon zögerte, dann drehte er sich mitsamt seinem Stuhl herum und begann an dem Kombinationsschloß seines Safes zu spielen. Ruth wartete. Macon griff dreimal gesondert in den Safe, bevor Ruth ihre verschränkten Hände auseinandernahm und nach dem Geld griff. «Danke schön», sagte sie und marschierte los zum Linden Chapel Funeral Home, um alles so schnell wie möglich zu arrangieren.

Zwei Tage später, als der Gottesdienst halb vorüber war, schien es, als würde Ruth das einzige anwesende Mitglied der trauernden Familie bleiben. Ein weibliches Quartett der Linden Baptist Church hatte bereits *Abide with Me* gesungen; die Frau des Bestattungsunternehmers hatte die Beileidskarten verlesen und der Geistliche sich in seine Predigt gestürzt, die ihm für den Tod einer jungen Frau immer schon besonders passend vorgekommen war; und die Säufer im Vestibül, die erschienen waren, um «Pilates Mädchen» ihre Aufwartung zu machen, sich jedoch nicht hineintrauten, hatten zu schluchzen begonnen, als die Tür aufgerissen wurde und Pilate hereinstürzte, «Mercy!» rufend, als sei es ein Befehl. Ein junger Mann stand auf und bewegte sich auf sie zu. Sie schleuderte den rechten Arm herum und hätte ihn fast niedergeschlagen. «Ich will Mercy!» rief sie und begann auf den Sarg zuzugehen, den Kopf schüttelnd, als habe ihr jemand eine Frage gestellt und ihre Antwort sei Nein.

Auf halbem Wege den Mittelgang hinauf blieb sie stehen, hob einen Finger und zeigte. Langsam, obwohl ihr Atem rasch und flach ging, senkte sie dann die Hand zur Taille. Seltsam war das, wie die träge, schlaffe Hand an ihrer Taille zur Ruhe kam, während ihr Atem so kurz und schnell ging. «Mercy», sagte sie wieder, aber nun flüsterte sie es. Der Bestattungsunternehmer trippelte auf sie zu und berührte sie am Ellbogen. Sie entzog sich ihm und ging geradewegs auf die Bahre zu. Sie legte den Kopf schräg und sah hinab. Ihr Ohrring streifte ihre Schulter. In der völligen Schwärze ihrer Kleidung heraus funkelte er wie ein Stern. Der Bestattungsunternehmer versuchte erneut, sich ihr zu nähern, und kam heran, doch als er ihre tintigen, beerenschwarzen Lippen sah, ihre wolkigen regnerischen Augen, das wunderbare Messingdöschen an ihrem Ohr, da trat er zurück und sah zu Boden.

«Mercy?» Nun stellte sie eine Frage. «Mercy?»

Es war nicht genug. Das Wort bedurfte eines Sockels, eines Rahmens. Sie richtete sich auf, hob den Kopf und verwandelte die Bitte in einen Ton. Mit klarer Glockenblumenstimme sang sie ihn – hielt das einzelne Wort so lange, daß es zum Satz wurde –, und bevor die letzte Silbe in den Winkeln des Raums verklungen war, antwortete ihr ein lieblicher Sopran: «Ich hör dich.»

Die Leute drehten sich um. Reba war eingetreten und sang nun ebenfalls. Pilate nahm von ihrem Eintreten weder Notiz, noch ließ sie einen einzigen Taktteil aus. Sie wiederholte einfach das Wort «Mercy», und Reba antwortete. Die Tochter im Hintergrund der Kapelle, die Mutter ganz vorn: sie sangen.

In der Nacht.
Mercy.
Im Dunkeln.
Mercy.
Am Morgen.
Mercy.
An meinem Bett.
Mercy.
Auf meinen Knien nun.
Mercy. Mercy. Mercy. Mercy.

Sie verharrten gleichzeitig in erhabenem Schweigen. Pilate streckte die Hand aus und legte drei Finger auf den Rand des Sarges. Nun richtete sie ihre Worte an die von grauem Satin umrahmte Frau, die vor ihr lag. Leise, persönlich, sang sie Hagar das beruhigende Versprechen vor, das sie ihr als kleinem Mädchen gegeben hatte.

Wer hat es geärgert, mein Zückerchen?
Wer hat es geärgert, mein Baby?
Wer hat es geärgert, mein Zückerchen?
Wer hat es geärgert, mein Baby-Mädchen?

Einer hat es geärgert, mein Zückerchen.
Einer hat es geärgert, mein Baby.
Einer hat es geärgert, mein Zückerchen.
Einer hat es geärgert, mein Baby-Mädchen.

Den find ich, der ärgert mein Zückerchen.
Den find ich, der ärgert mein Baby.
Den find ich, der ärgert mein Zückerchen.
Den find ich, der ärgert mein Baby-Mädchen.

«Mein Baby-Mädchen.» Die drei Wörter pumpten noch immer in ihrer Kehle, als sie sich vom Sarg abwandte. Sie sah sich um unter den Gesichtern der Leute, die in den Bänken saßen, und heftete ihren Blick auf das erste Augenpaar, das auf sie gerichtet war. Sie nickte dem Gesicht zu und sagte, «mein Baby-Mädchen». Sie suchte nach einem anderen

Augenpaar und sagte auch zu ihm «mein Baby-Mädchen». Während sie durch den Mittelgang zurückging, erzählte sie jedem ihr zugewandten Gesicht dieselbe Nachricht. «Mein Baby-Mädchen. Das is mein Baby-Mädchen. Mein Baby-Mädchen. Mein Baby-Mädchen. Mein Baby-Mädchen.»

Im Gesprächston redete sie, identifizierte Hagar, trennte sie von allen anderen in der Welt, die gestorben waren. Zuerst sprach sie zu denen, die den Mut hatten, sie anzusehen, den Kopf zu schütteln und «Amen» zu sagen. Dann sprach sie zu denen, deren Nerven versagten, deren Blick nicht höher stieg als bis zu den langen schwarzen Fingern an Pilates Taille. Ihnen besonders neigte sie sich ein wenig zu und erzählte in drei Wörtern die ganze Geschichte des gefällten Lebens in dem Sarg hinter ihr. «Mein Baby-Mädchen.» Wörter wie Steine, in einen stummen Canyon geschleudert.

Plötzlich – wie ein Elefant, der soeben zu seiner Wut gefunden hat und den Rüssel über die Köpfe der kleinen Männer erhebt, die seine Zähne wollen oder seine Haut oder sein Fleisch oder seine erstaunliche Kraft – trompetetete Pilate, auf daß selbst der Himmel es höre: «Und sie ist *geliebt* worden!»

Das scheuchte einen der teilnahmsvollen Säufer im Vestibül auf, und er ließ seine Flasche fallen. Smaragdglas und dschungelroter Wein spritzten überallhin.

14

Vielleicht lag es daran, daß die Sonne den Rand des Horizonts erreicht hatte, aber Susan Byrds Haus sah anders aus. Die Zeder war von silbrigem Grau und ihre Rinde runzlig bis obenhin. Sie kam Milchmann vor wie das Bein eines uralten Elefanten. Und nun bemerkte er, daß die Seile, an denen die Schaukel hing, brüchig waren, und der Lattenzaun, der zuvor so keck und licht gewirkt hatte, war in Wirklichkeit schuppig, blätterte ab und neigte sich sogar nach links. Die blauen Stufen, die zur Veranda führten, waren zu einem wäßrigen Grau verblichen. Tatsächlich wirkte das ganze Haus schäbig.

Er hob die Hand hoch, um an die Tür zu klopfen, und bemerkte die Klingel. Er drückte darauf, und Susan Byrd öffnete.

«Noch mal guten Tag», sagte er.

«Na», sagte sie. «Sie sind ja ein Mann von Wort.»

«Ich würde gern noch etwas mit Ihnen sprechen, wenn es Ihnen nichts ausmacht. Über Sing. Darf ich reinkommen?»

«Natürlich.» Sie trat von der Tür zurück, und der Duft eines neuen Blechs Ingwerkuchen wehte heraus. Wieder nahmen sie im Wohnzimmer Platz – er in dem grauen Ohrensessel, sie diesmal auf dem Sofa. Miss Long war nirgendwo in Sicht.

«Ich weiß, Sie wissen nicht, wen Sing geheiratet hat oder ob überhaupt, aber ich habe mich gefragt –»

«Natürlich weiß ich, wen sie geheiratet hat. Das heißt, *falls* sie geheiratet haben. Sie hat Jake geheiratet, diesen schwarzen Jungen, um den seine Mutter sich gekümmert hat.»

Milchmann fühlte sich schwindlig. Ständig wechselte jeder vor seinen Augen die Gestalt. «Aber gestern sagten Sie, niemand hätte mehr von ihr gehört, nachdem sie abgereist war.»

«Hat auch niemand. Aber man wußte, mit wem sie abgereist war!»

«Mit Jake?»

«Mit Jake. Dem schwarzen Jake. Schwarz wie Kohle.»

«Wo – wo haben sie gelebt? In Boston?»

«Ich weiß nicht, wo sie gelandet sind. Im Norden, nehme ich an. Wir haben es nie erfahren.»

«Ich dachte, sie hätten gesagt, sie sei in Boston auf eine Privatschule gegangen.»

Mit einer Handbewegung tat sie die ganze Vorstellung ab. «Das habe ich nur vor *ihr* gesagt, vor Grace. Sie redet zuviel, wissen Sie. Verbreitet Geschichten im gesamten Landkreis. Es stimmt, daß sie auf irgendeine Schule gehen sollte, aber sie ging nicht. Sie fuhr auf dem vierspännigen Fuhrwerk da mit diesem schwarzen Jungen, Jake, davon. Eine ganze Menge Sklaven kamen zusammen. Jake kutschierte. Können Sie sich das vorstellen? Mit einer Wagenladung Sklaven davonzufahren?»

«Wie hieß Jake mit Nachnamen? Können Sie mir das sagen?»

Sie zuckte mit den Achseln. «Ich glaub nicht, daß er einen hatte. Er gehörte zu diesen fliegenden afrikanischen Kindern. Sie müssen jetzt alle schon lange tot sein.»

«Fliegende afrikanische Kinder?»

«Mm, eins von Solomons Kindern. Oder Shalimar. Papa sagte, Heddy hätte ihn immer Shalimar genannt.»

«Und Heddy war . . .»

«Meine Großmutter. Die Mutter von Sing und auch von Papa. Eine Indianerin. Sie war diejenige, die sich um Jake gekümmert hat, als sein Vater sie alle verlassen hatte. Sie hat ihn gefunden und mit nach Hause genommen und aufgezogen. Sie hatte noch kein männliches Kind damals. Mein Vater, Crowell, kam erst später.» Sie beugte sich vor und flüsterte: «Sie hatte keinen Ehemann, Heddy. Ich wollte vor Grace auf all das nicht eingehen. Sie können sich vorstellen, was sie mit solchen Informationen anfangen würde. Sie sind nicht von hier, deswegen macht es nichts. Aber Grace . . .» Susan Byrd blickte flehentlich zur Decke. «Dieser Jake war ein Baby, das sie gefunden hatte, und er und Sing wuchsen zusammen auf, und ich nehme an, daß sie lieber mit ihm davongelaufen ist, als sich auf eine Quäkerschule verfrachten zu lassen. Wissen Sie, es gab eine Menge Mischehen zwischen Farbigen und Indianern, aber manchmal, na, manchen Indianern gefiel das nicht – die Heiraterei, mein ich. Aber beide kannten sie ihren Vater nicht, Jake und Sing. Und mein Vater wußte auch nicht, wer seiner war. Heddy hat es nie gesagt. Ich weiß bis auf den heutigen Tag nicht, ob er weiß war oder rot oder – na – was eben. Sings Name war Singing Bird. Und mein Vater hieß zuerst Crow. Später änderte er ihn in Crowell Byrd. Als er aus dem Gröbsten heraus war.» Sie lächelte.

«Warum haben Sie Solomon einen fliegenden Afrikaner genannt?»

«Oh, das ist bloß so eine alte Lügengeschichte, die hier in der Gegend erzählt wird. Ein paar von den Afrikanern, die sie als Sklaven hier rübergebracht haben, konnten fliegen. Eine Menge davon sind nach Afrika zurückgeflogen. Derjenige, der das hier in der Gegend getan hat, war eben dieser Solomon oder Shalimar – ich wußte noch nie, wie es richtig heißt. Er hatte einen Haufen Kinder, wo man nur hinsah. Vielleicht ist Ihnen aufgefallen, daß jeder in der Gegend behauptete, mit ihm verwandt zu sein. Müssen mehr als vierzig Familien hier in den Bergen verstreut sein, die sich Solomon oder so ähnlich nennen. Er muß wohl sehr aufregend gewesen sein, nehm ich an.» Sie lachte. «Aber jedenfalls, aufregend oder nicht, er ist verschwunden und hat alle im Stich gelassen. Frau, alle, einundzwanzig Kinder darunter. Und es heißt, sie hätten ihn alle fortgehen sehen. Die Frau hat ihn gesehen, und die Kinder haben es gesehen. Sie haben alle auf den Feldern gearbeitet. Früher wurde hier Baumwolle angebaut. Können Sie sich das vorstellen? In den Bergen hier? Aber die Baumwolle beherrschte damals alles. Jeder hat sie angebaut, bis der Boden schlecht wurde. Selbst zu meiner Mädchenzeit drehte sich noch alles um Baumwolle. Na, zurück zu diesem Jake. Angeblich war er einer von Solomons ursprünglichen einundzwanzig – alles

Jungen und alle von derselben Mutter. Jake war der jüngste. Der Jüngste und seine Frau waren direkt neben ihm, als er davonflog.»

«Wenn Sie sagen ‹davonflog›, meinen Sie doch, daß er davongelaufen ist, oder? Entflohen?»

«Nein, ich meine, daß er flog. Oh, es ist reiner Blödsinn, wissen Sie, aber nach der Geschichte ist er nicht davongelaufen. Er ist geflogen. Konnte fliegen. Doch, wie ein Vogel. Richtete sich einfach eines Tages im Feld auf, rannte einen Hügel hinauf, drehte sich ein paarmal um sich selbst und wurde in die Luft gehoben. Ging glatt wieder dahin zurück, wo immer er hergekommen sein mag. Es gibt einen großen Felsen mit zwei Spitzen über dem Tal, der nach ihm benannt ist. Die Frau hat es wohl umgebracht, die Ehefrau. Ich nehm an, man kann ‹Ehefrau› sagen. Jedenfalls soll sie tagelang laut geschrien haben. Und es gibt eine Schlucht hier in der Nähe, die sie Rynas Schlucht nennen, und manchmal kann man dort dieses komische Geräusch hören, das der Wind darin macht. Die Leute sagen, es ist die Frau, Solomons Frau, die da weint. Ihr Name war Ryna. Sie sagen, sie hätte geschrien und geschrien, hätte völlig den Verstand verloren. Man hört nicht mehr oft von solchen Frauen, aber es gab sie einmal häufiger – den Typ von Frauen, die ohne einen bestimmten Mann nicht leben konnten. Und wenn der Mann davonging, verloren sie den Verstand oder starben oder sonstwas. Aus Liebe, nehm ich an. Aber ich habe immer geglaubt, es hatte damit zu tun, daß sie versuchen mußten, allein für Kinder zu sorgen, verstehen Sie, was ich meine?»

Sie redete immer weiter, während Milchmann sich zurücklehnte und Klatsch, Geschichten, Legenden und Vermutungen anhörte. Seine Gedanken waren den ihren voraus, hinkten hinterher, hielten Schritt, und Stück für Stück ergab das, was sie sagte, was er wußte und was er erriet, ein Bild.

Sing hatte gesagt, sie werde auf eine Quäkerschule gehen, aber sie kam mit Jake auf seinem Fuhrwerk voller ehemaliger Sklaven mit, die nach Boston oder sonstwohin wollten. Sie mußten unterwegs immer wieder Passagiere abgesetzt haben. Und dann bog Jake, der die Zügel führte, irgendwo falsch ab, weil er nicht lesen konnte, und sie landeten in Pennsylvania.

«Aber es gibt ein Spiel, das die Kinder hier in der Gegend spielen. Und darin singen sie ‹Jake, einzger Sohn von Solomon.› *Einzger.*» Er sah sie an in der Hoffnung, sie werde ihm die Unterbrechung nicht übelnehmen.

«Also, da singen sie was Falsches. Er war nicht der einzige Sohn. Es gab noch zwanzig andere. Aber er war der einzige, den Solomon mitzunehmen versucht hat. Vielleicht ist das damit gemeint. Er hob ihn auf, ließ ihn aber bei der Veranda des großen Hauses fallen. Dort hat Heddy ihn gefunden. Sie kam immer dort hinüber und half beim Seifensieden und Kerzenziehen. Sie war keine Sklavin, aber sie hat zu bestimmten Zeiten im Jahr drüben im großen Haus gearbeitet. Sie war beim Talgschmelzen, als sie aufschaute und den Mann mit dem Baby im Arm auf den Bergkamm zufliegen sah. Er streifte zu nah an einem Baum vorbei, und das Baby glitt ihm aus den Armen und fiel durch die Zweige zur Erde. Es war bewußtlos, aber die Bäume hatten es vor dem Tod bewahrt. Heddy lief hinüber und hob es auf. Sie hatte keine männlichen Kinder, sagte ich schon, nur ein winzig kleines Mädchen, und dieser Junge fiel ihr fast in den Schoß, einfach so aus dem Himmel. Sie hat ihm nie einen andern Namen gegeben; davor hatte sie Angst. Sie bekam heraus, daß es Rynas Baby war, aber Ryna hatte den Verstand verloren. Heddy wohnte ein gutes Stück weg von dem Ort, wo Solomon und die übrigen arbeiteten. Sie hat auch versucht, das Mädchen von dort fernzuhalten. Und Sie können sich vorstellen, wie sie sich gefühlt hat, als sie beide davongelaufen sind. Nur mein Vater ist dageblieben.»

«Mußte Jake sich beim Freedmen's Bureau registrieren lassen, bevor er den Staat verließ?»

«Alle mußten das. Das heißt, alle, die Sklaven gewesen waren. Ob sie den Staat verließen oder nicht. Aber wir waren nie Sklaven, drum –»

«Das haben Sie mir erzählt. Haben sich nicht welche von Jakes Brüdern auch registrieren lassen?»

«Kann ich nicht sagen. Das müssen vielleicht Zeiten gewesen sein, damals. Ganz schön schlimme Zeiten. Ein Wunder, daß überhaupt einer weiß, wer alle sind.»

«Sie haben mir viel geholfen, Miss Byrd. Ich bin Ihnen dankbar.» Er dachte daran, sie zu fragen, ob sie ein Fotoalbum habe. Er wollte sie sehen – Sing, Crowell, sogar Heddy. Aber er entschied sich dagegen. Sie würde womöglich anfangen, Fragen zu stellen, und er mochte sie nicht mit einem neu entdeckten Verwandten behelligen, der so schwarz war wie Jake.

«Nun, das ist nicht die Frau, nach der Sie suchen, oder? Pilate?»

«Nein», sagte er. «Kann nicht sein.» Er machte Anstalten aufzubrechen, und da fiel ihm seine Uhr wieder ein.

«Übrigens, habe ich meine Uhr hiergelassen? Ich hätte sie gern zurück.»

«Uhr?»

«Ja. Ihre Freundin wollte sie sehen. Miss Long. Ich habe sie ihr gegeben, aber vergessen –» Milchmann hielt inne. Susan Byrd lachte laut heraus.

«Na, Sie können ihr Lebwohl sagen, Mr. Macon. Grace wird den Leuten bei jedem Dinner im Landkreis von der Uhr erzählen, die Sie ihr geschenkt haben.»

«Wie bitte?»

«Na, Sie wissen schon. Sie meint es nicht wirklich böse, aber es ist still hier. Wir haben nicht viele Besucher, zumal keine jungen Männer, die goldene Uhren tragen und einen Nordstaatenakzent haben. Ich sorge dafür, daß Sie sie zurückbekommen.»

«Machen Sie nur keine Umstände. Nur keine Umstände.»

«Und sonst werden Sie ihr einfach verzeihen müssen. Es ist öde hier, Mr. Macon. Absolut nichts geschieht hier. Nicht das geringste von der Welt.»

15

Der Treibriemen hielt nicht stand, bis er zur nächsten Tankstelle kam. Er riß am Rand eines Städtchens namens Jistann, als die Nadel bei H zitterte. Milchmann verkaufte das Auto für zwanzig Dollar an den Mann vom Abschleppwagen und nahm den ersten Bus, der abfuhr. Es war wahrscheinlich am besten so, denn über den surrenden Rädern, die Beine verschränkt in dem knappen Raum vor seinem Sitz, hatte er Zeit, von dem unglaublichen High herunterzukommen, das begonnen hatte, sobald er die Tür dieser Byrd-Frau hinter sich zuschlug.

Er konnte nicht schnell genug nach Shalimar zurückkommen, und als er dort ankam, staubig und schmutzig vom Laufen, sprang er ins Auto und fuhr zu Sweets Haus. Er zerbrach ihr fast die Tür. «Ich will schwimmen!» brüllte er. «Komm, laß uns schwimmen gehen. Ich bin schmutzig und will Waaaaasser!»

Sweet lächelte und sagte, sie werde ihm ein Bad machen.

«Bad! Du glaubst, ich setz mich in den engen kleinen Porzellankasten? Ich brauch das Meer! Das ganze gottverdammte Meer!» Lachend, brüllend, rannte er zu ihr hin und packte sie sich bei den Knien und lief mit ihr über der Schulter im Zimmer herum. «Das Meer! Ich muß im Meer schwimmen! Gib mir kein klitzekleinwinziges Wännlein, Mädchen. Ich brauch das ganze, vollständige, komplette, tiefe blaue Meer!»

Er stellte sie auf ihre Füße. «Geht ihr hier alle nicht schwimmen?»

«Drüben an der Kiesgrube, da gehn die Kinder manchmal hin.»

«Kiesgrube? Habt ihr denn kein Meer? Keinen Ozean?»

«Nichts; is Hügelland hier.»

«Hügelland. Bergland. Flugland.»

«Ein Mann war für dich hier.»

«Ach ja? Das dürfte Mr. Gitarre Bains gewesen sein.»

«Hat seinen Namen nicht genannt.»

«Braucht er nich! Is Gitarre Bains. Gitter, Gitter, Gitter Bains!» Milchmann führte ein Tänzchen vor, und Sweet legte sich lachend die Hand vor den Mund.

«Los, Sweet, erzähl mir, wo das Meer ist.»

«Gibt 'n Wasser, was unten auf der andern Seite vom Kamm runterkommt. Richtig tief; un weit.»

«Dann auf! Komm!» Er faßte sie am Arm und zog sie hinaus zum Auto. Auf dem ganzen Weg sang er: «‹Salomon un Ryna Belali Schalut . . .›»

«Wo hast 'n das gelernt?» fragte sie ihn. «Das 'n Spiel, was wir gespielt ham, als wir klein warn.»

«Klar habt ihr. Haben alle. Alle außer mir. Aber jetzt kann ichs spielen. Is jetzt mein Spiel.»

Der Fluß im Tal war breit und grün. Milchmann zog seine Kleider aus, stieg auf einen Baum und tauchte ins Wasser. Wie ein Geschoß kam er an die Oberfläche, schillernd, grinsend, Wasser spritzend. «Na komm. Runter mit den Kleidern und rein mit dir.»

«Nee. Mag nich schwimmen.»

«Komm rein hier, Mädchen!»

«Sin Wasserschlangen drin.»

«Scheiß drauf. Komm rein. Schnell!»

Sie stieg aus den Schuhen, zog ihr Kleid über den Kopf und war fertig. Milchmann streckte ihr die Arme entgegen, als sie zaghaft das Ufer herunterkam, rutschend, stolpernd, über ihre eigene Unbeholfenheit lachend, quiekend dann, als das kalte Flußwasser ihre Beine, ihre Hüften, ihre Taille umtanzte. Milchmann zog sie an sich und küßte sie auf den Mund; beschloß den Kuß dann in dem entschiedenen Bestreben, sie unter Wasser zu ziehen. Sie wehrte sich. «Oh, meine Haare! Meine Haare werden naß.»

«Werden sie nicht», sagte er und goß ihr eine Handvoll mitten auf den Kopf. Sich die Augen wischend, Wasser spuckend, machte sie kehrt und watete hinaus, immerzu kreischend. «Okay, okay», brüllte er. «Verlaß mich. Laß mich ganz allein hier drin. Mir is es egal. Spiel ich eben mit den Wasserschlangen.» Und er fing an, Radau zu machen und zu tauchen und zu planschen und sich zu wälzen. «Er konnte fliegen! Hörst du? Mein Urgroßdaddy konnte fliegen! Gottverdammich!» Er peitschte mit den Fäusten ins Wasser, sprang dann kerzengerade in die Höhe, als könnte er ebenfalls abheben, und landete auf dem Rücken und ging unter, Mund und Augen voller Wasser. Wieder hoch. Immer noch trommelnd, springend, tauchend. «Dieser Hundesohn konnte fliegen! Der brauchte kein Flugzeug. Brauchte verflucht keine Tii-Dabbelju-Ej. Der konnte sich selbst fliegen!»

«Von wem redst du?» Sweet lag auf der Seite, eine Wange in die Hand gestützt.

«Von Solomon, wem sonst.»

«Oh, von dem.» Sie lachte. «Gehörst du zu *dem* Stamm von Niggern?» Sie dachte, er sei betrunken.

«Klar. Zu dem Stamm. Dem mamafickenden Fliegerstamm. O Mann! Der brauchte kein Flugzeug! Hob einfach ab; hatte die Nase voll. *Bis oben hin!* Keine Baumwolle mehr! Keine Ballen mehr! Keine Befehle mehr! Kein Scheiß mehr! Der is geflogen, Baby. Hat seinen herrlichen schwarzen Arsch in den Himmel gestreckt un is heimgeflogen. Kannst du das fassen? Du meine Güte, muß das ein Anblick gewesen sein. Un weißt du was noch? Er hat versucht, seinen jüngsten Sohn mitzunehmen. Meinen Großvater. Wau! Wauii! Gitarre! Hörst du das? Gitarre, mein Urgroßdaddy konnt fliiiiiegen, und die ganze verdammte Stadt is nach ihm benannt. Sags ihm, Sweet. Sag ihm, mein Urgroßdaddy konnte fliegen.»

«Wo is er 'n hin, Macon?»

«Zurück nach Afrika. Sag Gitarre, er is zurück nach Afrika.»

«Wen hat er zurückgelassen?»

«Alle! Hat alle unten am Boden zurückgelassen un is davongesegelt wie ein Steinadler. ‹O-o-o-o-o-o Solomon is geflogen, Solomon is gegangen, Solomon saust durch die Luft, Solomon flog heim!›»

Er konnte es kaum abwarten, nach Hause zu kommen. Seinem Vater, Pilate davon zu erzählen; und zu gern hätte er Reverend Cooper und seine Freunde gesehen. «Ihr meint, Macon Dead wär schon was gewesen? Ha. Laßt mich mal von *dem* Daddy erzählen. Das beste kommt überhaupt noch.»

Milchmann rückte auf seinem Sitz herum und versuchte die Beine auszustrecken. Es war Morgen. Er hatte dreimal den Bus gewechselt und brachte nun im Eiltempo den letzten Rest seiner Reise hinter sich. Er blickte aus dem Fenster. Weit von Virginia entfernt, war hier schon Herbst. Ohio, Indiana, Michigan waren herausgeputzt wie die indianischen Krieger, von denen ihre Namen kamen. Blutrot und gelb, ocker und eisblau.

Er las die Straßenschilder nun mit Interesse, fragte sich, was hinter den Namen stecken mochte. Die Algonquins hatten das Gebiet, in dem er lebte, Großes Wasser getauft, *michi gami.* Wie viele tote Leben und verblassende Erinnerungen waren in und unter den Ortsnamen in diesem Land begraben. Unter den verzeichneten Namen waren andere Namen – so wie «Macon Dead», für alle Zeiten in irgendeiner staubigen Akte aufgezeichnet, die wirklichen Namen von Menschen, Orten und Dingen der Sicht entzog, Namen, die Bedeutung besaßen. Kein Wunder, daß Pilate ihren im Ohr stecken hatte. Wenn du deinen Namen weißt, solltest du daran festhalten, denn wenn er nicht niedergeschrieben und im Gedächtnis behalten wird, stirbt er mit dir. Wie die Straße, an der er wohnte; als Mains Avenue verzeichnet, doch von den Negern Not Doctor Street genannt in Erinnerung an seinen Großvater, den ersten Farbigen von Bedeutung in jener Stadt. Gleichgültig, daß er wahrscheinlich ihren Respekt nicht verdiente – sie wußten, was für ein Mann er war: arrogant, auf Hautfarbe fixiert, snobistisch. Das war ihnen egal. Sie erwiesen dem die Ehre, was ihn erst einmal zum Doktor gemacht hatte, wo er der Wahrscheinlichkeit nach sein Leben lang hätte Laufbursche bleiben müssen. Darum nannten sie eine Straße nach ihm. Pilate hatte aus jedem Staat, in dem sie gelebt hatte, einen Stein mitgenommen – weil sie dort gelebt *hatte*. Und da sie dort gelebt hatte, gehörte das Land ihr – und ihm, und seinem Vater, seinem Großvater, seiner Großmutter. Not Doctor Street, Solomons Sprung, Rynas Schlucht, Shalimar, Virginia.

Er schloß die Augen und dachte an die Schwarzen in Shalimar, Roanoke, Petersburg, Newport News, Danville, in der Blutbank, in der Darling Street, in den Billardsälen, den Fiseurläden. An ihre Namen. Namen, die von Sehnsüchten, Gesten, Makeln, Ereignissen, Fehlern, Schwächen herrührten. Namen, die Zeugnis ablegten. Macon Dead, Sing Byrd, Crowell Byrd, Pilate, Reba, Hagar, Magdalene, First Corinthians, Milchmann, Gitarre, Eisenbahn-Tommy, Hospital-Tommy, Empire State (er stand bloß herum und schwankte), Small Boy, Sweet, Circe, Moon, Nero, Humpty-Dumpty, Blue Boy, Skandinavien, Quack-Quack, Jericho, Maisauflauf, Eismann, Teigbauch, Rocky River, Grauauge, Cock-a-Doodle-Doo, Cool Breeze, Muddy Waters, Pinetop, Jelly Roll, Fats, Lead-Babe, Funny Papa, Bukka, Pink, Bull Moose, B. B., T-Bone, Black Ace, Lemon, Waschbrett, Gatemouth Cleanhead, Tampa Red, Juke Boy, Shine, Staggerlee, Jim der Teufel Fuck-Up und *Dieser* Nigger.

Aus diesen Gedanken an Namen ragte der an einen weiteren heraus – an einen, den die surrenden Busräder flüsterten: «Gitarre liegt auf der Lauer. Gitarre liegt auf der Lauer. Dein Tag ist gekommen. Dein Tag ist gekommen. Gitarre liegt auf der Lauer. Gitarre ist ein sehr guter Tag. Gitarre ist ein sehr guter Tag. Ein sehr guter Tag, ein sehr guter Tag und liegt auf der Lauer, Lauer.»

Zuvor in seinem Fünfundsiebzig-Dollar-Auto und hier in dem großen Greyhound-Bus fühlte Milchmann sich sicher. Aber es lagen noch viele Tage vor ihm. Wenn Gitarre nun wieder in der Stadt war, in vertrauter Umgebung, würde Milchmann ihn vielleicht entschärfen können. Und bestimmt würde er mit der Zeit seine Torheit einsehen. Da war kein Gold. Zwar würde es zwischen ihnen nie wieder so werden wie früher, aber die Menschenjagd wenigstens wäre vorbei.

Schon während er den Gedanken im Kopf formulierte, wußte Milchmann, daß es so nicht war. Entweder hatte Gitarre die tiefe Enttäuschung über das Gold, das nicht vorhanden war, geistig verwirrt, oder seine «Arbeit» hatte das bewirkt. Oder vielleicht gestattete er sich einfach nur, Milchmann gegenüber zu empfinden, was er für Macon Dead und die Honoré-Clique schon immer empfunden hatte. Jedenfalls hatte er sich den ersten besten Strohhalm geschnappt, wie schlaff und naß der auch sein mochte, um sich selbst die Notwendigkeit zu beweisen, Milchmann umzubringen. Die Sonntagsschulmädchen hatten Besseres verdient, als von diesem habichtköpfigen, rabenhäutigen Sonntagsmann gerächt zu werden, der in sein Blutbad vier unschuldige weiße Mädchen und einen unschuldigen schwarzen Mann einbezog.

Vielleicht liefen alle menschlichen Beziehungen wirklich nur darauf hinaus: Würdst du mir das Leben retten? Oder würdest du es mir nehmen?

«Jeder will das Leben von 'nem schwarzen Mann.»

Jaa. Und schwarze Männer nicht ausgeschlossen. Mit zwei Ausnahmen schienen alle, die ihm nahestanden, es vorzuziehen, wenn er aus dem Leben schiede. Und die zwei Ausnahmen waren beide Frauen, beide schwarz, beide alt. Von Anfang an hatten seine Mutter und Pilate für sein Leben gekämpft, und niemals hatte er einer von ihnen auch nur eine Tasse Tee gemacht.

Würdest du mir das Leben retten oder würdest du es mir nehmen? Gitarre war außergewöhnlich. Auf beide Fragen konnte er mit ja antworten.

«Soll ich erst heimgehen, oder erst zu Pilate gehen?» Draußen auf der Straße, spätabends, während vom See her kühle Herbstluft heranwehte, versuchte er, sich zu entscheiden. Er war so begierig auf den Anblick von Pilates Gesicht, wenn er ihr erzählte, was er wußte, daß er beschloß, erst sie zu besuchen. In seinem eigenen Haus würde er sich noch lange genug aufhalten. Er fuhr mit einem Taxi in die Darling Street, bezahlte den Fahrer und sprang die Stufen hinauf. Er stieß die Tür auf und sah sie über einem Bottich mit Wasser stehen und die grünen Flaschen spülen, in die sie ihren Wein füllte.

«Pilate!» rief er. «Hab ich dir Sachen zu erzählen!»

Sie drehte sich um. Milchmann öffnete weit die Arme, um sie zärtlich an sich zu drücken. «Komm her, mein Herz», sagte er grinsend. Sie kam und zerschlug eine nasse grüne Flasche auf seinem Kopf.

Als er zu sich kam, lag er auf der Seite im Keller. Er machte ein Auge auf und erwog die Möglichkeit, noch ein Weilchen nicht zu sich zu kommen. Seit langem wußte er nun, daß alles als etwas anderes erscheinen konnte und es wahrscheinlich auch war. Nichts konnte man für selbstverständlich nehmen. Frauen, die einen liebten, versuchten, einem die Kehle durchzuschneiden, während Frauen, die einen nicht einmal beim Namen kannten, einem den Rücken schrubbten. Hexen konnten klingen wie Katharine Hepburn und der beste Freund konnte versuchen, einen zu erdrosseln. Mitten in einer Orchidee mußte man glatt auf einen Klecks Pudding gefaßt sein und im Innern einer Mickey Mouse-Figur auf einen strahlenden Fixstern.

So lag er auf dem kühlen, feuchten Boden des Kellers und versuchte herauszubekommen, was er dort zu suchen hatte. Warum hatte Pilate ihn k.o. geschlagen? Wegen dem Sack Knochen, den er ihr gestohlen hatte? Nein. Sie war unverzüglich zu seiner Rettung herbeigeeilt. Was konnte es sein, was konnte er sonst getan haben, das sie gegen ihn einnahm? Dann wußte er es. Hagar. Irgend etwas war mit Hagar geschehen. Wo war sie? War sie weggelaufen? War sie krank oder . . . Hagar war tot. Die Sehnen seines Halses spannten sich. Wie? Hatte sie in Gitarres Zimmer . . .?

Kam es denn darauf an? Er hatte sie verletzt, sie verlassen, und nun war sie tot – das wußte er sicher. Er hatte sie verlassen. Während er vom Fliegen geträumt hatte, lag Hagar im Sterben. Sweets silbrige Stimme klang wieder in ihm auf: «Wen hat er zurückgelassen?» Er hatte Ryna und zwanzig Kinder zurückgelassen. Einundzwanzig, da er dasjenige, was er mitzunehmen versuchte, fallen ließ. Und Ryna hatte sich auf dem Boden gewälzt, den Verstand verloren und weinte in einem Graben noch immer. Wer hatte für die zwanzig Kinder gesorgt? Jesus Christus, er hatte einundzwanzig Kinder verlassen! Gitarre und die Tage entschieden sich dafür, niemals Kinder zu haben. Shalimar hatte seine verlassen, doch es waren die Kinder, die davon sangen und die Geschichte seines Abschieds lebendig hielten.

Milchmann rollte seinen Kopf auf dem Kellerboden hin und her. Es war seine Schuld, und Pilate wußte es. Sie hatte ihn in den Keller geworfen. Was, fragte er sich, hatte sie mit ihm vor? Dann wußte er auch das. Wußte, welches Pilates Form von Strafe war, wenn jemand einem anderen das Leben nahm. Hagar. Irgend etwas von Hagar mußte in der Nähe sein. Pilate würde ihn in die Nähe von etwas schaffen, was von dem Leben, das er genommen hatte, übriggeblieben war, so daß er es *haben* konnte. Sie würde sich an das Gebot halten, das ihr Vater für sie aufgestellt hatte, und ihn ebenfalls dazu zwingen. «Kannst nich einfach davonfliegen un 'nen Körper zurücklassen.»

Auf einmal fing Milchmann an zu lachen. Zusammengebogen wie eine polnische Wurst, mit einem Strick um die Handgelenke, der ihm in die Haut schnitt, lachte er.

«Pilate!» rief er. «Pilate! Das ist es nicht, was er gemeint hat. Pilate! Das hat er nicht gemeint. Er hat nicht von dem Mann in der Höhle geredet. Pilate! Es hat von sich selbst geredet. Sein eigener Vater ist davongeflogen. Er war der ‹Körper›. Der Körper, den man nicht zurücklassen soll, wenn man davonfliegt. Pilate, er hat dich nicht mal singen geheißen, Pilate. Er hat nach seiner Frau gerufen – deiner Mutter. Pilate! Hol mich hier raus!»

Licht explodierte ihm ins Gesicht. Die Kellertür über seinem Kopf ging auf. Pilates Füße wurden auf den steinernen Stufen sichtbar und hielten an.

«Pilate», sagte Milchmann, jetzt leise, «das hat er nicht gemeint. Ich weiß, was er gemeint hat. Komm, ich möchts dir erzählen. Und, Pilate, die Knochen da. Das sind nicht die Knochen von diesem weißen Mann. Der ist wahrscheinlich nicht mal gestorben. Ich war dort. Ich hab mich umgesehen.

Er war nicht da und das Gold genausowenig. Jemand hat es gefunden und ihn auch. Sie müssen ihn gefunden haben, Pilate. Lange, bevor du hingekommen bist. Aber, Pilate . . .»

Sie stieg ein paar Stufen hinab.

«Pilate?»

Sie kam ganz hinunter, und er sah ihr in die Augen und auf den reglosen Mund. «Pilate, die Leiche von deinem Vater ist aus dem Grab geschwemmt worden, das ihr ihm gegraben habt. Einen Monat später ist sie hochgeschwemmt worden. Die Butlers, irgendwer, haben seine Leiche in die Höhle geschafft. Es haben den weißen Mann keine Wölfe zum Höhleneingang geschleppt und gegen einen Fels gelehnt. Das war dein Vater, den du gefunden hast. Du hast die Knochen von deinem Vater herumgetragen – die ganze Zeit.»

«Papa?» flüsterte sie.

«Ja. Und, Pilate, du mußt ihn beerdigen. Er will, daß du ihn beerdigst. Dort, wo er hingehört. An Solomons Sprung.»

«Papa?» fragte sie wieder.

Milchmann sagte nichts; er sah ihren langen Fingern zu, die an ihrem Kleid hinaufwanderten und – wie Starenflügel – auf ihrem Gesicht zur Ruhe kamen. «Ich hab Papa rumgetragen?» Pilate bewegte sich auf Milchmann zu, blieb stehen und blickte ihn eine Weile an. Dann schweiften ihre Augen zu einem klapprigen Holztisch hinüber, der an der steinernen Wand des Kellers stand, in einem so dunklen Teil des Raums, daß er ihn überhaupt nicht gesehen hatte. Sie ging hinüber und nahm von dem Tisch eine grün-weiße Schuhschachtel, deren Deckel mit einem Gummiband festgehalten wurde. «Joyce», stand auf der Schachtel. «Dem Himmel Dank für die Zierlichen von Joyce.»

«Ich nehm an, wenn ich Papa beerdige, sollt ich das hier auch beerdigen – irgendwo.» Sie sah sich nach Milchmann um.

«Nein», sagte er. «Nein. Gib es her.»

Als er an jenem Abend heimging, betrat er das Haus in der Not Doctor Street mit nahezu nichts von dem, was er mit sich genommen hatte. Aber er kehrte zurück mit einer Schachtel, gefüllt mit Hagars Haar.

Sie weigerte sich, den Fuß in ein Flugzeug zu setzen, also fuhr er mit dem Auto. Sie wirkte jetzt glücklich. Mit Lippen, die ihre Beweglichkeit wiedergefunden hatten, saß sie neben ihm in Macons Buick, eine Nerzstola, die Reba gewonnen hatte, über dem alten schwarzen Kleid um die Schultern. Die Strickmütze hatte sie tief in die Stirn gezogen, und ihre Schuhe waren noch immer ohne Schnürsenkel. Von Zeit zu Zeit warf sie einen Blick auf die Rückbank, um nach dem Sack zu sehen. Friede umhüllte sie.

Milchmann spürte ihn ebenfalls. Seine Rückkehr in die Not Doctor Street war nicht so triumphal verlaufen, wie er gehofft hatte, doch in dem gewundenen Lächeln seiner Mutter lag Erleichterung. Und Lena war, bei aller Unversöhnlichkeit, höflich zu ihm, da Corinthians in ein kleines Haus an der Southside gezogen war, das sie mit Porter teilte. Die Sieben Tage, vermutete Milchmann, würden sich wohl nach einem neuen Rekruten umsehen müssen, wie damals, als Robert Smith vom Dach des Mercy gesprungen war. Aber es gab lange, weitschweifige Gespräche mit seinem Vater, der sich nicht satthören konnte – über die «Burschèn» in Danville, die sich noch an ihn erinnerten; an der Geschichte seines Vaters und Großvaters. Für die Sache mit dem Fliegen interessierte er sich nicht eine Spur, aber die Geschichte und die Tatsache, daß Orte nach seinen Leuten benannt waren, gefielen ihm. Von Circe lieferte Milchmann eine abgemilderte Beschreibung, sagte lediglich, sie sei am Leben und versorge die Hunde.

«Sollt mich vielleicht mal aufmachen nach da unten», sagte Macon.

«Nach Virginia?» fragte ihn Milchmann.

«Nach Danville. Sollt vorbeischauen und ein paar von den Burschen besuchen, bevor die Beine hier nicht mehr mitmachen. Vielleicht Freddie die Mieten einsammeln lassen.»

Es war nett. Keine Aussöhnung fand statt zwischen Pilate und Macon (wenngleich es ihn zu befriedigen schien, daß sie ihren Vater in Virginia beerdigen würden), und die Beziehung zwischen Ruth und Macon war wie eh und je und würde sich niemals ändern. Wie auch die Folgen von Milchmanns eigener Dummheit bleiben würden und Bedauern immer den Stolz auf die Dinge, die er getan hatte, überwiegen würde. Hagar war tot, und er hatte sie nicht ein bißchen geliebt. Und Gitarre war . . . irgendwo.

In Shalimar wurde seine rasche Rückkehr mit allgmeiner Fröhlichkeit quittiert, und Pilate fügte sich in die Bevölkerung wie ein Stück Butter in ein Butterfaß. Sie wohnten bei Omars Familie, und am zweiten und letzten Abend wanderten Milchmann und Pilate die Straße hinauf zu dem Pfad, der zu Solomons Sprung führte. Es war die höhere von zwei aus der Erde ragenden Felsadern. Beide oben abgeflacht, beide ein tiefes Tal überschauend. Pilate trug den Sack, Milchmann eine kleine Schaufel. Es war ein langer Weg bis zur Spitze, aber keiner von beiden blieb stehen, um Atem zu schöpfen. Ganz oben, auf dem Plateau, waren die Bäume, die dem Wind in dieser Höhe standzuhalten vermochten, rar. Sie suchten auf der felsigen Fläche lange nach einem Stück Erde, das für die Bestattung groß genug wäre. Als sie eines fanden, hockte Pilate sich nieder und öffnete den Sack, während Milchmann grub. Ein tiefes Seufzen entschlüpfte dem Sack, und der Wind wurde eisig. Ingwer, ein würziger, zuckriger Ingwerduft hüllte sie ein. Pilate legte die Knochen sorgsam in das kleine Grab. Milchmann häufte Erde darüber und klopfte sie mit der Rückseite seiner Schaufel fest.

«Sollten wir einen Stein oder ein Kreuz darauf setzen?» fragte Milchmann.

Pilate schüttelte den Kopf. Sie griff nach oben und riß den Ohrring heraus, das Ohrläppchen spaltend. Dann machte sie mit den Fingern ein kleines Loch und bettete Sings Schnupftabakdose mit dem einzigen Wort, das Jake jemals geschrieben hatte, hinein. Dann stand sie auf, und es kam Milchmann so vor, als hörte er den Schuß, nachdem sie gestürzt war. Er ließ sich auf die Knie fallen und barg ihren baumelnden Kopf in der Beuge seines Arms, rauh auf sie einredend: «Bist du verletzt? Bist du verletzt, Pilate?»

Sie lachte leise, und er wußte sogleich, daß sie sich an den Tag erinnert fühlte, an dem er sie kennengelernt und das Dümmste gesagt hatte, was nur zu sagen gewesen war.

Das Zwielicht hatte sich verdichtet und rings um sie her wurde es dunkel. Milchmann strich ihr mit der Hand über Brust und Bauch und versuchte, die Stelle zu finden, wo sie getroffen sein mochte. «Pilate? Bist du okay?» Er konnte ihre Augen nicht ausmachen. Seine Hand unter ihrem Kopf schwitzte wie ein Brunnen. «Pilate?»

Sie seufzte. «Paß für mich auf Reba auf.» Und dann: «Wünscht, ich hätt mehr Leut gekannt. Hätt sie alle geliebt. Hätt ich mehr gekannt, hätt ich mehr geliebt.»

Milchmann beugte sich tief hinab, um ihr Gesicht zu sehen, und entdeckte dunkle Flecken auf seiner Hand. Nicht Schweiß, sondern Blut sickerte aus ihrem Hals in seine hohle Hand. Er preßte die Finger gegen ihre Haut, wie um das Leben in sie zurückzuzwingen, zurück an den Ort, aus dem es entfloh. Doch das ließ es nur noch schneller fließen. Außer sich, dachte er an Aderpressen und hörte sogar das Zerreißen des Stoffs, den er hätte zerfetzen sollen. Er verlagerte sein Gewicht und war im Begriff, sie zu Boden zu legen, um ihre Wunde besser verbinden zu können, als sie erneut sprach.

«Sing», sagte sie. «Sing ein klein bißchen für mich.»

Milchmann kannte keine Lieder und besaß keine Singstimme, die irgend jemand hätte hören wollen, aber er konnte die Dringlichkeit in ihrer Stimme nicht ignorieren. Die Wörter sprechend, ohne das mindeste an Melodie, sang er für diese Frau. «Sugargirl, verlaß mich nicht / Daß Baumwoll mich ersticke / Sugargirl, verlaß mich nicht / Daß weiße Arme mich erdrücken.» Das Blut pulste nicht mehr heraus, und in ihrem Mund war etwas blasig Schwarzes. Doch als sie den Kopf ein wenig bewegte, um sich nach etwas hinter ihrer Schulter umzusehen, dauerte es eine Weile, bis er begriff, daß sie tot war. Und als er es begriff, konnte er den alten, abgenutzten Worten nicht Einhalt gebieten, lauter und lauter drangen sie hervor, als würde die bloße Lautstärke sie erwecken. Er weckte nur die Vögel, die sich erschrokken in die Luft erhoben. Milchmann legte ihren Kopf auf den Fels nieder. Zwei der Vögel umkreisten sie. Einer tauchte in das frische Grab hinab und schnappte sich mit dem Schnabel etwas Glänzendes, bevor er davonflog.

Nun wußte er, warum er sie so liebte. Ohne je den Boden zu verlassen, konnte sie fliegen. «Es muß noch so eine geben wie dich», flüsterte er ihr zu. «Es muß zumindest noch eine Frau geben, die so ist wie du.»

Während er noch über ihr kniete, wußte er schon, daß ein weiterer Fehler folgen würde; daß Gitarre versuchen würde, ihn abzuknallen, sobald er aufstünde. Er stand auf.

«Gitarre!» brüllte er.

Tar tar tar, antworteten die Berge.

«Hier, Bruder, Mann! Kannst du mich sehen?» Milchmann legte die eine Hand gerundet an den Mund und schwenkte die andere über dem Kopf. «Hier bin ich!»

Ich ich ich ich, sagten die Felsen.

«Willst mich? Hä? Willst mein Leben?»

Leben ben ben ben.

Am Rand des anderen abgeflachten Felsens hockend, von nichts gedeckt als der Nacht, lächelte Gitarre über den Lauf seines Gewehrs hinweg. «Mein Mann», murmelte er vor sich hin. «Mächtig mein Mann.» Er legte das Gewehr zu Boden und stand auf.

Milchmann hörte auf zu winken und kniff die Augen zusammen. Er konnte im Finstern gerade eben Gitarres Kopf und Schultern ausmachen. «Willst mein Leben?» Milchmann brüllte jetzt. «Brauchst es? Hier? Ohne die Tränen abzuwischen, tief Atem zu holen oder auch nur die Knie zu beugen – sprang er. So geschwind und strahlend wie ein Leitstern wirbelte er Gitarre entgegen – und es war nicht mehr wichtig, wer von ihnen seinen Geist in den mörderischen Armen seines Bruders aufgeben würde. Denn nun wußte er, was Shalimar wußte: Wer sich der Luft hingibt, vermag auf ihr zu *reiten*.

Toni Morrison

Jazz

Roman
Deutsch von Helga Pfetsch
256 Seiten. Gebunden

Harlem, 1926. Auf einer Party in einem Mietshaus lassen sich die schwarzen Bewohner vom Rhythmus des Jazz und Blues mitreißen. Überall wird getanzt und gefeiert. Plötzlich fällt ein Schuß. Die achtzehnjährige Dorcas sinkt tot zusammen, erschossen von ihrem viel älteren Geliebten Joe. Er bringt sie um, aus lauter Angst, sie zu verlieren. Kein Wort dringt zur Polizei, denn nichts fürchtet man mehr als das Gesetz des weißen Mannes…

Toni Morrison erzählt die Geschichte einer großen Liebe, die scheitert, weil sie ihre Wurzeln nicht kennt. Sie schreibt über das andere Amerika, über das Trauma der Sklaverei, über die Macht der Weißen und die Ohnmacht der Schwarzen, die nichts zuläßt außer der Gewalt gegen sich selbst. Aber auch über die Kraft und Fruchtbarkeit der schwarzen Kultur.

«Toni Morrison ist wohl die letzte klassische amerikanische Schriftstellerin, krönender Gipfel einer Tradition von Poe über Melville und Twain bis Faulkner.» *Newsweek*

Toni Morrison

Menschenkind

Roman
Deutsch von Helga Pfetsch
384 Seiten. Gebunden und als
rororo 13065

«Menschenkind», die Fabel von der entlaufenen schwarzen Sklavin Sethe und ihren verlorenen Kindern, ist ein Werk von der mythischen Kraft antiker Tragödien und wurzelt doch tief in der Geschichte. Toni Morrison wurde für dieses Buch 1988 mit dem Pulitzer-Preis ausgezeichnet.

Teerbaby

Roman
Deutsch von Uli Aumüller und Uta Goridis
368 Seiten. Gebunden und als
rororo neue frau 13548

«Entfesselte Leidenschaften, ausweglose Konflikte zwischen Schwarz und Weiß, zwischen Diener und Herrn, zwischen Geschlechtern und Generationen sind Inhalt von Toni Morrisons Roman. Ohne viel Federlesens räumt sie auf mit der Illusion von einem friedlichen menschlichen Zusammenleben. Fesselnd geschrieben ist das Buch ein niveauvollpackendes Stück Unterhaltungsliteratur.» *Berliner Morgenpost*

Toni Morrison

Sehr blaue Augen

Roman
Deutsch von Susanne Rademacher
neue frau Band 4392

«Wenn nicht alles trügt, beginnt mit Toni Morrison ein neuer Abschnitt in der Literaturgeschichte der schwarzen Amerikaner.»
Frankfurter Allgemeine Zeitung

Sula

Roman. Mit einer Auswahl
von Essays zu diesem Roman
Deutsch von Karin Polz
rororo Band 5470

«Toni Morrison gelingt es, Außergewöhnliches mit alltäglichen Geschehnissen in Verbindung zu bringen, d. h. eine gewisse Balance zwischen Schmerz und Lust bzw. Tragik und Leichtigkeit herzustellen, ohne jedoch Themen und Handlungen farblos zu vermitteln oder unsensibel zu erfassen.»
Münchner Stadtzeitung